COLLECTION FOLIO

Martin Amis

La veuve enceinte

Les dessous de l'histoire

*Traduit de l'anglais
par Bernard Hœpffner*

Gallimard

Titre original :
THE PREGNANT WIDOW

© *Martin Amis, 2010.*
© *Éditions Gallimard, 2012, pour la traduction française.*

Surnommé « l'enfant terrible des lettres anglaises », Martin Amis, né en 1949, est le fils de Kingsley Amis. Il vit actuellement à Londres, où il est acteur de la vie sociale et mondaine. Il a profondément marqué la littérature anglaise des trente dernières années et s'est imposé comme un moraliste incisif et terriblement perspicace (*Poupées crevées*, *London Fields*, *La flèche du temps*, *La veuve enceinte – Les dessous de l'histoire*).

À If

La mort des formes contemporaines de l'ordre social devrait réjouir plutôt qu'affliger l'âme. Pourtant, ce qui est terrible, c'est que le monde qui s'en va ne laisse pas derrière lui un héritier, mais une veuve enceinte. Entre la mort de l'un et la naissance de l'autre, beaucoup d'eau coulera sous les ponts, une longue nuit de chaos et de désolation passera.

Alexandre Herzen

narcissisme : n. m. intérêt excessif ou érotique pour soi-même et pour son apparence physique.

Concise Oxford Dictionary

À présent je suis prêt à dire comment les corps sont changés
En corps différents.

Métamorphoses
(d'après la traduction
de Ted Hughes, Tales from Ovid)

2006 — Quelques mots d'introduction

Ils avaient pris la voiture pour aller en ville depuis le château; et, au crépuscule, Keith Nearing parcourut les rues de Montale, en Italie, de la voiture au bar, flanqué de deux blondes de vingt ans, Lily et Shéhérazade...

Ceci est le récit d'un trauma sexuel. Il n'était plus d'un âge tendre quand cela lui arriva. Selon toute définition il était un adulte; et il consentit — il consentit complètement. *Trauma* est-il donc vraiment le mot que nous cherchons (du gr. « blessure »)? Parce que sa blessure, quand elle arriva — ne le fit pas du tout souffrir. Elle était le contraire sensoriel de la torture. Elle surgit devant lui dévêtue et sans armes, avec ses pinces de volupté — ses lèvres, le bout de ses doigts. Torture : du lat. *torquere*, « tordre ». Elle était le contraire de la torture, et pourtant elle tordait. Sa vie en fut gâchée pendant vingt-cinq ans.

———

Quand il était petit, les imbéciles, ou les dingues, étaient appelés *imbéciles*, ou *dingues*. Mais maintenant (maintenant qu'il était vieux) les imbéciles et les dingues avaient des noms spécifiques pour ce dont ils souffraient. Et Keith en voulait un. Lui aussi était imbécile et dingue, et il en voulait un — un nom spécifique pour ce dont il souffrait.

Il remarqua que même les trucs de gamins avaient droit à des noms spécifiques. Et il lut des textes sur leurs prétendues névroses et leurs handicaps fantômes avec le regard mauvais d'un parent plein d'expérience et à présent plutôt cynique. Je le reconnais, celui-là, se disait-il : connu par ailleurs sous le nom de Syndrome du Petit Merdeux. Et je reconnais également celui-là : connu par ailleurs sous le nom de Troubles du Flemmard Chiant. Ces troubles et ces syndromes, il en était plutôt certain, n'étaient que des excuses pour que les mères et les pères puissent droguer leurs enfants. En Amérique, qui était l'avenir, grosso modo, la plupart des animaux domestiques (environ soixante pour cent) avaient droit à des stabilisateurs d'humeur.

En y réfléchissant, Keith se disait que, dix ou douze ans plus tôt, il aurait dû droguer Nat et Gus — un moyen d'imposer un cessez-le-feu à leur guerre fratricide. Et il devrait aussi, aujourd'hui, droguer Isabel et Chloe — chaque fois qu'elles armaient leurs voix de hurlements et de cris stridents (pour tenter de trouver les limites de l'univers), ou chaque fois que, avec toute la fraîcheur de la découverte, elles disaient des choses incroyablement blessantes sur son aspect. *Tu aurais bien meilleure mine, P'pa, si tu avais un peu plus de cheveux.* Ah, vraiment. *P'pa, quand tu ris, tu as l'air d'un vieux clodo dingo.* Tu trouves...? Keith n'avait aucune peine à l'imaginer : l'option du stabilisateur d'humeur. *Venez ici, les filles. Venez goûter ce merveilleux nouveau bonbon.* Ouais, mais il faudrait alors aller consulter le médecin, et forger tout un passé contre elles, et faire la queue dans la pharmacie éclairée au néon de Lead Road...

Qu'est-ce qui n'allait pas chez lui ? se demanda-t-il. Et puis un jour (en octobre 2006), alors qu'il avait cessé de neiger et qu'il ne faisait que pleuvoir, il sortit là-dedans, dans l'enchevêtrement, dans le plan de Londres — les chantiers détrempés, la grande *fouille* de la ville de Londres. Et les gens étaient là. Comme toujours, maintenant, il observa visage après visage, pensant, *Lui* — 1937. *Elle* — 1954. *Eux* — 1949... Règle numéro un : la chose la plus importante vous concernant est votre date de naissance. Qui vous introduit dans l'histoire. Règle numéro deux : tôt ou tard, chaque vie humaine est une tragédie, parfois plus tôt, toujours plus tard. Il y aura d'autres règles.

Keith s'installa dans son café habituel avec son Americano, sa cigarette française non allumée (à présent, juste un accessoire), son journal sérieux très britannique. Et voilà, les nouvelles, le dernier épisode du thriller tellement excitant, le grand livre dévoré avec impatience qu'on appelle la planète Terre. Le monde est un livre qu'on ne peut refermer... Et il commença la lecture d'un article sur une nouvelle maladie mentale, une maladie qui lui parlait en un chuchotement obsédant. Elle touchait les enfants, cette nouvelle maladie ; mais elle marchait mieux avec les adultes — ceux qui avaient atteint les années de sagesse.

La nouvelle maladie avait pour nom Syndrome de Dysmorphophobie ou Crainte Obsédante de la

Laideur. Les personnes atteintes de SD ou de COL observaient leur propre image dans un miroir et ce qu'elles voyaient était encore pire que la réalité. À ce moment de sa vie (il avait cinquante-six ans), on se résignait à une simple vérité : chaque visite successive au miroir t'obligera, par définition, à faire face à quelque chose d'inhabituellement horrible. Mais ces jours-ci, lorsqu'il surplombait le lavabo de la salle de bains, il avait l'impression d'être sous l'influence d'un hallucinogène infernal. Chaque trajet jusqu'au miroir lui envoyait une dose d'acide lysergique ; il arrivait quelquefois que ce trajet soit un bon trip, le plus souvent c'était un mauvais trip ; mais c'était toujours un trip.

Keith commanda alors un autre café. Il se sentit ragaillardi.

Peut-être que je ne ressemble pas vraiment à ça, pensa-t-il. Je suis simplement fou — c'est tout. Il est donc possible qu'il n'y ait pas de souci à se faire. Syndrome de Dysmorphophobie ou Crainte Obsédante de la Laideur, voilà ce qu'il *espérait* avoir.

Quand on vieillit... Quand on vieillit, on se retrouve en train d'auditionner pour le rôle de sa vie ; puis, après d'interminables répétitions, on finit par être la star d'un film d'horreur — un film d'horreur dépourvu de talent, irresponsable et surtout à petit budget, dans lequel (c'est le cas pour les films d'horreur) on réserve le pire pour la fin.

Tout ce qui va suivre est vrai. L'Italie est vraie. Le château est vrai. Les filles sont vraies, et les garçons sont vrais (Rita est vraie, Adriano, incroyablement, est vrai). Les noms eux-mêmes n'ont pas été changés. Pourquoi s'en inquiéter ? Pour protéger les innocents ? Il n'y avait pas d'innocent. Ou alors tous étaient innocents — mais ils ne peuvent pas être protégés.

Voici comment ça se passe. À la quarantaine on subit sa première crise de mortalité (*la mort ne m'oubliera pas*) ; et dix ans plus tard on subit sa première crise d'âge (*mon corps me murmure que j'ai commencé à intriguer la mort*). Mais quelque chose de très intéressant vous arrive entre-temps.

Lorsque le cinquantième anniversaire approche, on a le sentiment que la vie s'amenuise, et va continuer à s'amenuiser, et s'amenuisera au point de n'être plus rien. Et on se dit parfois à soi-même : C'est allé un peu vite. C'est allé un peu vite. Selon l'humeur, on peut vouloir exprimer ça avec plus de force. Comme dans : *EH OH !! PUTAIN, C'EST ALLÉ UN PEU TROP VITE !!!...* Et puis on a cinquante ans, et puis cinquante et un, et puis cinquante-deux. Et la vie reprend de l'épaisseur. Parce qu'il y a maintenant une présence énorme et insoupçonnée en vous, tel un continent qui n'a pas encore été découvert. C'est le passé.

LIVRE UN

OÙ NOUS INSTALLONS LA SCÈNE

1

Franca Viola

C'était l'été 1970 et le temps ne les avait pas encore écrasées et aplaties, ces lignes :

> Les relations sexuelles commencèrent
> En 1963
> (Ce qui était plutôt tard pour moi) —
> Entre la fin de l'interdiction de *Chatterley*
> Et le premier 33 tours des Beatles.
>
> Philip Larkin, « Annus Mirabilis »
(auparavant « Histoire »),
Magazine *Cover*, février 1968

Mais c'était maintenant l'été 1970, et les relations sexuelles avaient beaucoup progressé. Les relations sexuelles étaient allées très loin, et tout le monde y pensait.

Les relations sexuelles, je devrais le préciser, ont deux caractéristiques uniques. Elles sont indescriptibles. Et elles peuplent le monde. Nous ne devrions pas trouver surprenant, donc, que tout le monde y pense beaucoup.

Keith allait habiter, pendant toute la durée de cet été torride, sans fin et érotiquement décisif, dans un château à flanc de montagne surplombant un village de Campanie, en Italie. Et à présent il parcourait les ruelles de Montale, de la voiture au bar, au crépuscule, flanqué de deux blondes de vingt ans, Lily et Shéhérazade... Lily : 1 m 65, 86-63-86. Shéhérazade : 1 m 77, 94-58-86. Et Keith ? Eh bien, il avait le même âge, et il était mince (avec des cheveux bruns, un menton très trompeur, mal rasé, l'air têtu) ; et il occupait ce territoire très disputé entre un mètre soixante-sept et un mètre soixante-dix.

Des statistiques vitales. L'expression faisait référence, au début, dans les enquêtes sociétales, aux naissances, aux mariages et aux décès ; à présent elles signifiaient buste, taille, hanches. Pendant les longues journées et nuits des débuts de son adolescence, Keith montra un intérêt anormal pour les statistiques vitales ; et il les rêvait pour son plaisir solitaire. Bien qu'il n'ait jamais su dessiner (avec un crayon, il devenait manchot), il savait mettre des chiffres sur le papier, des contours féminins, rendus numériquement. Et toutes les combinaisons possibles, ou en tout cas plus ou moins humaines — 89-114-140, par exemple, ou 150-150-150 —, paraissaient valoir la peine qu'on s'y attarde. 117-119-79, 79-119-117 : valaient la peine qu'on s'y attarde. Mais on était toujours attiré, d'une façon ou d'une autre, par l'archétype du sablier et, une fois qu'on avait été confronté (par exemple) à 245-8-245, il n'y avait plus rien de nouveau à chercher ; pendant une heure de bonheur on pouvait contempler le chiffre huit, debout, puis couché ; jusqu'à ce qu'on reparte à moitié somnolent dans les combinaisons larmoyantes et tendres des soixante-quinze, cinquante, soixante-quinze. Juste des chiffres, juste des nombres entiers. Tout de même, quand il était adolescent et qu'il voyait les statistiques vitales au-dessous de la photo d'une chanteuse ou d'une starlette, celles-ci paraissaient indiscrètement volubiles, lui disaient tout ce qu'il avait besoin de savoir sur ce qui allait bientôt être. Il ne voulait pas étreindre et embrasser ces femmes, pas encore. Il voulait les sauver. Il les sauverait (disons) d'une forteresse sur une île...

86-63-86 (Lily), 94-58-86 (Shéhérazade) — et Keith. Ils étaient tous à l'université de Londres, ces trois-là ; Droit, Mathématiques, Littérature anglaise. Intelligentsia, noblesse, prolétariat. Lily, Shéhérazade, Keith Nearing.

Ils descendaient des ruelles pentues, déchirées par les scooters et sectionnées par des tapisseries de vêtements et de draps agités par le vent, et tous les deux carrefours était tapi un petit autel, avec des bougies et des napperons et l'effigie en pied d'un saint, d'un martyr ou d'un ecclésiastique hagard. Crucifix, habits sacerdotaux, pommes en cire, vertes ou véreuses. Et puis il y avait l'odeur, le vin aigrelet, la fumée de cigarettes, le chou bouilli, les égouts, l'eau de Cologne à la douceur transperçante, et aussi la senteur de la fièvre. Le trio fit une halte polie tandis qu'un rat brun — somptueusement assimilé — traversait leur route en grande pompe : s'il avait eu le pouvoir de la parole, ce rat aurait grogné un *buona sera* indifférent. Des chiens aboyaient. Keith inspira profondément, il but à longs traits la senteur irritante, taquine de la fièvre.

Il trébucha puis se redressa. Que se passait-il? Depuis son arrivée, quatre jours plus tôt, Keith vivait dans une peinture, et à présent il en sortait. Avec ses rouges de cadmium, ses saphirs de cobalt, ses jaunes de strontiane (tous fraîchement broyés), l'Italie était une peinture, et maintenant il en sortait pour entrer dans quelque chose qu'il connaissait : le centre-ville et les quartiers de prestige de l'humble ville industrielle. Keith connaissait les villes. Il connaissait les humbles rues marchandes. Cinéma, pharmacie, tabac, confiserie. Avec de larges surfaces vitrées et des intérieurs éclairés au néon — les toutes premières copies de la splendeur des boutiques de l'État-marché. Là, dans la devanture, des mannequins de plastique brun caramélisé, l'un d'eux sans bras, l'un d'eux sans tête, alignés dans des attitudes de présentation polie, comme pour vous souhaiter la bienvenue dans la forme féminine. Ainsi le challenge historique était énoncé brutalement. Les madones en bois dans les ruelles finiraient par être usurpées par les dames en plastique de la modernité.

Alors quelque chose se passa — une chose qu'il n'avait encore jamais vue. Après quinze ou vingt secondes, Lily et Shéhérazade (avec Keith plus ou moins entre parenthèses au milieu) furent rapidement et irréellement englouties par un essaim de jeunes gens, pas des garçons ni des adolescents, mais des jeunes gens avec des chemises amidonnées et des pantalons repassés, qui criaient, imploraient, caquetaient — et le tout vibrant, comme un tour de cartes télékinétique de rois et de valets, brouillées, battues et déployées sous les lampadaires... L'énergie qui jaillissait d'eux était à la hauteur (imaginait-il) d'une émeute dans une prison d'Asie du Sud-Est ou d'Afrique subsaharienne — mais en fait ils ne touchèrent pas, en fait ils ne gênèrent pas ; et après une centaine de mètres ils finirent, tels des soldats bruyants, en formation relâchée, une douzaine d'entre eux environ se contentant d'une vue arrière, une autre douzaine se rapprochant de chaque côté et la vaste majorité en avant et marchant à reculons. Quand donc peut-on voir ça ? Une foule d'hommes, marchant à reculons ?

Whittaker les attendait, avec sa boisson (et le sac postal), de l'autre côté du verre maculé.

Keith pénétra à l'intérieur, tandis que les filles s'attardaient devant la porte (bavardant ou se regroupant), et dit :

« Est-ce que j'ai eu une vision ? Ça, c'était une nouvelle expérience. Bon Dieu, mais *qu'est-ce* qui leur prend ?

— C'est une approche différente, expliqua Whittaker d'une voix traînante. Ils ne sont pas comme toi. Pour eux, la jouer cool, ça n'a pas de sens.

— Pour moi non plus. Je ne la joue pas cool. Personne ne s'en apercevrait. Et puis, jouer *quoi* cool ?

— Ils font ce qu'ils font. La prochaine fois que tu vois une fille qui te plaît, fais-lui le coup du pantin qui sort de sa boîte.

— C'était incroyable, ça. Ce... ces putains d'*Italiens*.

— Italiens ? Arrête, tu es un rosbif. Tu peux faire mieux qu'*Italiens*.

— D'accord, ces basanés... je veux dire ritals. Ces putains de Latinos.

— Les Latinos sont mexicains. C'est pitoyable. *Italiens*, Keith — métèques, gnocchis, gominés.

— Ah, mais mon éducation m'a appris à ne pas faire de distinctions fondées sur la race ou la culture.

— Ça va vraiment t'être très utile. Ton premier voyage en Italie.

— Et tous ces autels... De toute façon, je te l'ai dit, ce sont mes origines. Moi, je ne juge pas. Je ne peux pas. C'est pour ça que tu dois t'occuper de moi.

— Tu es susceptible. Tes mains tremblent — regarde-les. Être névrosé, c'est un sacré boulot.

— C'est bien plus que ça. Je ne suis pas dingue, en fait, mais j'ai des moments. Je ne vois pas les choses avec netteté. J'interprète mal.

— Particulièrement avec les filles.

— Particulièrement avec les filles. Et puis je suis surpassé en nombre. Je suis un mec et un rosbif.

— Et hétéro.

— Et hétéro. Où est mon frère ? Tu vas devoir être un frère pour moi. Non. Traite-moi comme l'enfant que tu n'as jamais eu.

— C'est bon, d'accord. Maintenant, écoute. Écoute, mon fils. Commence par voir ces types avec un peu de recul. Johnny Rital est un comédien. Les Italiens sont des fantaisistes. La réalité ne leur suffit pas.

— Ah bon ? Pas même cette réalité-là ? »

Ils se retournèrent, Keith en T-shirt et jean, Whittaker avec ses montures en écaille, pièces en cuir aux coudes de sa veste en velours côtelé, écharpe en laine, fauve, comme ses cheveux. Lily et Shéhérazade se dirigeaient à présent vers l'escalier du sous-sol, suscitant, de la part de la clientèle âgée entièrement masculine, une extraordinaire diversité de grimaces ; leurs douces silhouettes avancèrent, courant la bouline des gargouilles, pivotèrent, puis sortirent vers le bas, côte à côte. Keith dit :

« Ces vieilles ruines. Qu'est-ce qu'ils regardent ?

— Ce qu'ils regardent ? Qu'est-ce que tu crois qu'ils regardent ? Deux filles qui ont oublié de s'habiller. Je l'ai dit à Shéhérazade. *Tu vas en ville ce soir. Mets quelques vêtements. Habille-toi.* Mais elle a oublié.

— Lily aussi. Pas de vêtements.

— Tu ne fais aucune différence culturelle. Keith, tu devrais. Ces vieux débarquent tant bien que mal tout droit du Moyen Âge. Réfléchis. Imagine. Tu es citadin de la première génération. Avec ta brouette garée dans la rue. Tu t'assieds pour boire un verre, tu essayes de te ressaisir. Tu lèves les yeux et qu'est-ce que tu vois ? Deux blondes nues.

— ... Oh, Whittaker. C'était trop horrible. Là-bas. Et pas pour la raison évidente.

— Quelle est la raison non évidente ?

— Merde. Les hommes sont si cruels. Je ne peux pas le dire. Tu verras toi-même en rentrant... Regarde ! Ils sont encore là. »

Les jeunes gens de Montale étaient à présent de l'autre côté de la vitre, empilés comme des acrobates silencieux, et un puzzle de visages se tortillait contre le verre — étrangement nobles, des visages sacerdotaux, souffrant avec noblesse. L'un après l'autre ils commencèrent à retomber et à se décoller. Whittaker dit :

« Ce que je ne comprends pas, c'est pourquoi les garçons ne font pas la même chose quand moi, je marche dans la rue. Pourquoi les filles ne bondissent pas comme des pantins quand toi, tu marches dans la rue?

— Ouais. Pourquoi elles ne le font pas? »

Quatre bocks de bière furent glissés devant eux. Keith alluma une Disque Bleu, ajoutant sa fumée aux borborygmes sulfureux de la machine à café et à la brume ambiante de méfiance superstitieuse : les habitués du bar et leur regard cataracte, voir et éliminer, voir et ne pas croire...

« C'est votre faute, dit Whittaker. Ça ne vous suffit pas d'être nues — vous êtes blondes. »

Les filles n'avaient pas fini de rougir et de se hérisser, et elles soufflaient pour écarter les mèches rebelles de leur front. Shéhérazade dit :

« Eh bien, nous sommes désolées. Et la prochaine fois, nous mettrons des vêtements.

— Et nous mettrons des voiles, dit Lily. Et pourquoi blondes?

— Vous comprenez, poursuivit-il, les blondes sont le contraire de leur idéal pieux. Ça fait travailler leur cerveau. Les brunettes, c'est sans espoir — elles sont italiennes. Elles ne baisent que si on jure qu'on va les épouser. Mais les blondes. Les blondes feraient *n'importe quoi.* »

Lily et Shéhérazade étaient blondes, l'une aux yeux bleus, l'autre aux yeux bruns — elles avaient le teint transparent, la candeur des blondes... Le visage de Shéhérazade, pensa Keith, avait maintenant un air de satiété tranquille, comme si elle avait rapidement mais fructueusement mangé quelque chose de riche et de gourmand. Lily paraissait plus rose, plus bouffie, plus jeune, le regard tourné vers l'intérieur, ce qui lui rappelait (et il aurait de loin préféré que ce ne soit pas le cas) sa petite sœur ; et sa bouche semblait tendue et sous-alimentée. Toutes les deux faisaient le même mouvement, sous l'avancée de la table. Elles tiraient leur robe vers les genoux. Mais les robes s'y refusaient.

« Mon Dieu, c'est presque pire ici, dit Shéhérazade.

— Non, c'est pire dehors, dit Lily.

— Mm. Ici au moins, ils sont trop vieux pour bondir et gambader.

— Et trop enroués pour nous iodler sous le nez.

— Ici ils nous détestent. Ils veulent nous enfermer.

— Ils nous détestent probablement aussi dehors. Mais au moins ils ont envie de nous baiser.

— Je ne sais pas vraiment comment vous l'annoncer, dit Whittaker, mais ils n'ont pas non plus envie de vous baiser dehors. Ce sont des tantes. Ils sont tous terrifiés. Écoutez. Je suis un ami du plus célèbre mannequin de Milan. Valentina Casamassima. Elle aussi blonde. Quand elle arrive à Rome ou à Naples et qu'ils sont tous complètement dingues, elle se tourne vers le plus grand des mecs et elle lui dit : *Allez, viens, on baise. Je vais sucer ta queue ici, dans la rue. Je vais te bouffer* maintenant.

— Et ?

— Ils vacillent. Ils reculent. Ils s'effondrent. »

Keith détourna la tête avec gêne. Et sentit une ombre traverser l'arlequinade — l'arlequinade de son époque. Près du centre de cette ombre se trouvait Ulrike Meinhof, elle déambulait toute nue devant des recrues palestiniennes (*Baiser et tirer*, disait-elle — *c'est la même chose*), et même, un peu plus loin là-bas, il y avait Cielo Drive, Pinkie et Charles. Il dit :

« C'est trop cher payer.

— Ce qui signifie ?

— Tu comprends, ils ne veulent pas vraiment te draguer, je crois, Lily. Je veux dire, ce n'est pas comme ça qu'on fait, pas vrai. Leur seul espoir, dit-il, c'est de tomber sur une fille qui sort avec des équipes de foot. » Ce n'était sans doute pas très clair (et elles le regardaient fixement), alors il poursuivit : « C'est comme ça que Nicholas les appelle. Mon frère. Je veux dire, elles ne sont pas très nombreuses, mais elles existent vraiment. Les filles qui aiment sortir avec des équipes de foot.

— Ah, dit Lily, mais en faisant semblant d'aimer sortir avec des équipes de foot, Valentina démontre qu'ils ne veulent même pas des filles qui aiment sortir avec des équipes de foot.

— Exactement, dit Keith (qui était en fait un peu désorienté). Quand même. Valentina. Des filles qui la jouent plus dure que les garçons de cette façon-là. C'est... » C'était quoi ? Surexpérimenté. Non innocent. Parce que les jeunes gens de Montale étaient au moins innocents — même leur cruauté était innocente. Il expliqua en désespoir de cause : « Les Italiens sont tous des comédiens. Et puis ce n'est qu'un jeu.

— Eh bien, Lily, dit Whittaker, maintenant tu

sais ce qu'il faut faire. Quand ils hurlent et bondissent, tu sais ce qu'il faut faire.

— Promettre de les sucer.

— Ouais. Promets de faire ça.

— J'étais à Milan au printemps, avec Timmy, dit Shéhérazade en se laissant aller en arrière. Et il n'y avait pas besoin de promettre de les sucer. On avait droit aux regards et aux sifflets et à cet horrible gargouillis qu'ils émettent. Ce n'était pas... un cirque, comme ici. »

Oui, pensa Keith, le cirque — la corde raide, le trapèze, les clowns, les acrobates.

« Mais ce n'était pas une foule. Ils ne faisaient pas la *queue*.

— À reculons », dit Lily. Qui se tourna alors vers Shéhérazade et lui dit avec une urgence pleine de sollicitude, presque maternelle : « Oui. Mais tu n'avais pas l'air que tu as maintenant. Au printemps. »

Whittaker dit : « Ce n'est pas ça. C'est Franca Viola. »

Tous les trois, de la sorte, accompagnaient Whittaker, avec toute la révérence due à son regard à monture en écaille, à son aisance en italien, à ses années à Turin et Florence, et à son inimaginable ancienneté (il avait trente et un ans). Il y avait aussi le fait des *tendances* de Whittaker. Quelle était leur attitude envers les homosexuels, à l'époque ? Eh bien, ils les acceptaient sans réserve, tout en se félicitant, toutes les deux minutes, d'être aussi extraordinairement tolérants. Mais ils étaient maintenant allés au-delà, et l'homosexualité avait le prestige de l'avant-garde.

« Franca Viola. Une fille extraordinaire. Elle a tout changé. »

Et, d'un air possessif, Whittaker leur raconta l'histoire. Franca Viola, apprit Keith, était une adolescente sicilienne qui avait été enlevée et violée par un prétendant éconduit. Ce qui était une chose. Mais l'enlèvement et le viol, en Sicile, c'était l'autre voie possible menant aux confettis et aux cloches du mariage. Whittaker leur dit :

« Ouais, c'est ça. Ce que le code pénal appelle *matrimonio riparatore*. Ainsi, Keith, si jamais tu te fatigues de jouer de la guitare sous un balcon avec une fleur entre les lèvres, et si le pantin qui sort de sa boîte ne suffit pas, rappelle-toi qu'il y a toujours une autre solution. L'enlèvement et le viol... Épouser le violeur. C'est ce que la famille de Franca Viola lui disait de faire. Mais Franca n'est pas allée à l'église. Elle est allée au commissariat de police de Palerme. Et c'est devenu des nouvelles nationales. Une fille incroyable. Sa famille voulait toujours qu'elle épouse le violeur. De même que le village, de même que les gens de l'île, de même que la moitié du pays. Mais elle ne voulait pas. Elle a porté plainte.

— Je ne comprends pas, dit Shéhérazade. Pourquoi donc voudrait-on épouser le violeur ? C'est préhistorique.

— C'est tribal. La honte et l'honneur. C'est comme en Afghanistan. Ou en Somalie. Épouser le violeur, sinon les hommes de la famille vont te tuer. Elle ne l'a pas fait. Elle ne l'a pas épousé — elle l'a mis *en prison*. Et elle a tout transformé. Aujourd'hui, Milan et Turin sont en partie civilisées. Rome commence à s'améliorer. Naples est encore un cauchemar. Mais toute cette merde descend doucement vers le sud. La Sicile sera la dernière à changer. Franca avait seize ans quand c'est arrivé. Une fille incroyable. »

Keith se disait que sa sœur Violet, une autre fille incroyable, avait aussi seize ans. Quel que soit le type d'arrangement de honte-et-honneur, Violet aurait été assassinée depuis longtemps — par Keith lui-même, et par son frère Nicholas, et par son père, Karl, avec le soutien moral et logistique d'Oncle Mick et d'Oncle Brian. Il dit :

« Que lui est-il arrivé, à Franca ?

— Elle s'est mariée par amour il y a deux mois. Avec un avocat. Elle a ton âge maintenant. » Whittaker secoua la tête. « Une fille incroyable. Les couilles de cette fille. Alors, quand on sortira d'ici, et que les garçons vous tomberont dessus, vous aurez deux choix. Faites comme Valentina Casamassima. Ou pensez à Franca Viola. »

Ils burent une dernière bière et discutèrent des événements de mai, en France, en 1968, et de l'Automne chaud, en Italie, en 1969 — et des slogans. Plus de travail. Ne jamais faire confiance aux gens de plus de vingt-cinq ans. Ne jamais faire confiance à quelqu'un qui n'a pas été en prison. Ce qui est personnel est politique. Quand je pense à la révolution, je veux faire l'amour. Il est interdit d'interdire. *Tutto e subito* : Tout et tout de suite. Ils étaient d'accord, tous les quatre, ce dernier leur irait très bien. Tout et tout de suite leur irait très bien, à tous.

« C'est ce que ressentent les bébés, dit Keith. Semble-t-il. Ils pensent : Je ne suis rien et je devrais être tout. »

Alors ils se rendirent compte qu'il était temps maintenant de s'en aller, d'aller dehors, et Whittaker dit :

« Oh oui. Une autre chose qui les rend dingues c'est que tu prends presque certainement la pilule. Ils ne peuvent pas s'en remettre — de ce que ça veut dire. La contraception est encore illégale. Et l'avortement. Et le divorce.

— Comment s'en sortent-ils ? demanda Shéhérazade.

— Facile. L'hypocrisie, dit Lily. Maîtresses. Avortements clandestins.

— Comment se débrouillent-ils pour la contraception ? »

Whittaker répondit : « Ils sont supposés être de grands experts du *coitus interruptus*. De grands artistes du retrait en retôt. Oh, c'est sûr, je sais ce que cela veut dire.

— Quoi ?

— Ils jouissent dans votre cul.

— Whittaker !

— Ou sur votre visage.

— *Whitt*aker ! »

Et Keith le ressentit une fois de plus (il le ressentait plusieurs fois par jour) : le picotement de la liberté. Tout le monde pouvait jurer maintenant, si les gens le voulaient. Le mot *fuck* était disponible pour les deux sexes. C'était comme un jouet collant, et c'était là si on en avait besoin. Il dit :

« Ouais, Whittaker, ça fait longtemps que je voulais te demander. Tu dis *ass* exactement comme nous disons *arse*. Sans prononcer le *r* — *ahse*. Lily et Shéhérazade le prononcent de la même façon, mais elles ont grandi en Angleterre. Comme tu dis *lahndscape.* Et ces *aunts* qui t'ennuyaient au pique-nique. Ces *ants* — ces fourmis — qui grimpaient dans ton short. Ça m'a fait paniquer. C'est quoi, cet accent ?

— Brahmane de Boston, la haute... dit Shéhérazade. Plus chic que la reine. Mais si vous voulez bien nous excuser... »

Tandis que les filles repartaient, Whittaker dit :

« Je crois que je vois comment ça va se passer. Dehors. Qu'est-ce qui est arrivé ? Plus tôt. Dis-moi.

— Tu sais, les garçons sont tellement cruels. Et puis ces connards sont tellement *grossiers*. » Keith expliqua que le ramdam mimé, dehors, la révolution sexuelle, était aussi une sorte de plébiscite. « Pour juger les filles. Et devine qui a gagné. Je me suis mis à penser : Je vous en prie, vous ne pourriez pas aussi insulter Lily ?

— Mm. Est-ce que vous ne pourriez pas avoir la décence de traiter Lily comme une stripteaseuse dans un club minable ?

— Le choix du public allait à Shéhérazade. Par acclamation... Elle s'est transformée, pas vrai. Ça fait quelques mois que je ne l'ai pas vue, et je l'ai à peine reconnue.

— Shéhérazade, dans l'ensemble, est absolument splendide. Mais soyons honnêtes. Ce sont ses seins.

— ... Ainsi tu comprends, pour les seins de Shéhérazade.

— Je pense que oui. Après tout, je peins. Et puis ce ne sont pas les dimensions, je crois. C'est presque en dépit des dimensions. Sur cette silhouette de roseau.

— Ouais. Précisément.

— J'ai lu quelque chose l'autre jour, dit Whittaker, qui m'a fait apprécier les seins. Je les ai vus sous une lumière différente. En termes d'évolution, disait ce type, les seins sont là pour imiter le cul.

— Le cul ?

— Les seins copient le cul. Un encouragement à faire l'amour face à face. Quand les femmes ont évolué pour sortir de l'œstrus. Tu dois savoir ce qu'est l'œstrus. »

Keith savait. Du gr. *oistros*, « mouche du coche, ou passion ». Chaleur. Whittaker dit :

« Ainsi des seins semblables à un cul ont mis un peu de miel sur la pilule amère de la position du missionnaire. Rien qu'une théorie. Non, je comprends, pour les seins de Shéhérazade. Les caractéristiques sexuelles secondaires dans leur forme platonique. Plan principal sur les tétons. Je comprends — en principe. » Il regarda Keith avec un mépris affectueux. « Je n'ai pas envie de les palper ou de les embrasser ou d'y cacher mon visage en sanglotant. Qu'est-ce que vous *faites*, vous les mecs, avec les seins ? Je veux dire, ils ne mènent nulle part, hein.

— Je suppose que c'est vrai. Ils sont une sorte de mystère. Une fin en eux-mêmes. »

Whittaker jeta un coup d'œil par-dessus son épaule. « Je peux te dire qu'ils ne sont pas admirés universellement. Quelqu'un que je connais a très mal réagi devant eux. Amen.

— Amen ? » Amen — prononcé *Ahmoun* — était le petit ami libyen reclus de Whittaker (il avait dix-huit ans). Keith dit : « Qu'est-ce qu'Amen a contre les seins de Shéhérazade ?

— C'est pour ça qu'il ne descend plus à la piscine. Il ne supporte plus ses seins. Attends. Les voilà. »

Est-ce que cela signifiait — signifiait vraiment — que Shéhérazade, au bord de la piscine (comme l'avait insinué Lily), bronzait sans le haut? Il resta assez de temps pour que Keith dise : « Est-ce que tu es sérieux quand tu me dis que ses tétons ressemblent à un cul ? »

Il alla lui aussi faire une brève visite au sous-sol — avant qu'ils ressortent tous dans la rue... Les toilettes italiennes, et leur aventure sensuelle négative : qu'essayaient-elles de dire ? L'Europe méridionale tout entière les voyait ainsi, même la France, les trous encroûtés au niveau du sol avec la chasse qui mouille les genoux et la poignée de journaux de la veille coincée entre le tuyau et le mur en briques. La puanteur qui introduisait son acide dans les tendons de la mâchoire et brûlait les gencives. Ne vous flattez pas, disaient les toilettes. Vous êtes un animal, fait de matière. Et quelque chose en lui réagissait à cela, comme s'il sentait la proximité d'un animal aimé, humide et tanné, dans la pénombre épicée.

Ensuite ils ressortirent tous — passèrent devant les mannequins féminins dans les vitrines des boutiques, puis dans l'œstrus tournoyant, le verdict impitoyable, l'unanimité mortifiante des jeunes gens de Montale.

Ainsi ils se rendirent en voiture de la ville au village — au château, perché comme un roc à flanc de montagne.

———

Vous savez, Keith Nearing et moi passions beaucoup de temps ensemble. Nous étions très proches, autrefois. Et puis nous nous sommes brouillés à propos d'une femme. Pas au sens habituel. Nous avons eu un *désaccord* au sujet d'une femme. Je me dis parfois qu'il aurait pu être poète. Livresque, aimant les mots, aimant les belles lettres, avec une provenance très particulière, un romantique convaincu qui avait néanmoins du mal à se trouver une petite amie — oui, il aurait pu être poète. Mais il y a eu son été en Italie.

2

*Réalisme social
(ou Ballot pour l'amour)*

Keith était couché entre les draps, en haut dans la tour sud. Il réfléchissait, de manière pas trop constructive, au sac de jute effiloché que Whittaker avait jeté sur son épaule quand ils avaient quitté le bar. *C'est quoi?* avait demandé Keith. *Le courrier?* Les sacs postaux italiens, supposait-il, comme les sacs postaux anglais, étaient fabriqués dans les prisons du pays; et le sac de jute de Whittaker avait vraiment l'air d'être l'œuvre d'un criminel (il paraissait tissé de mécontentement), avec dans la teinte de sa trame quelque chose de sociopathe, de vaguement violet. Keith se rendait compte que, ces jours-ci, ses pensées tournaient souvent autour de mesures coercitives. Ou, plutôt, de leur absence, de leur laxisme inexplicable... *Pas le courrier,* dit Whittaker. *Le courrier est livré directement. Ici se trouve... le monde. Tu vois?* Et il se trouvait bien là, le monde : des *Time, Life, Nation* et *Commentary,* des *New Statesman, Listener, Spectator, Encounter.* Il était donc toujours là-bas — le monde. Et le monde paraissait déjà très silencieux et très lointain.

« Je suppose donc que tu es d'accord, dit Lily dans le noir, avec les jeunes gens de Montale.

— Non, pas du tout, dit Keith. Je voulais te sauter dessus comme un pantin hors d'une boîte. Pour te le dire.

— ... Est-ce que tu as la moindre idée de ce que c'était ? Pour moi ?

— Ouais, je crois que oui. Je vois ça quand je suis avec Kenrik. Elles ne lui sautent pas dessus comme des pantins, mais elles...

— C'est vrai qu'il est beau.

— Mm. C'est difficile à accepter, mais rappelle-toi. Le monde n'a pas bon goût. Il fonce sur ce qui est évident.

— *Qu'est-ce* qui est évident ?

— Arrête, tu sais ce que je veux dire. Le superficiel. Sa silhouette est sans doute plaisante pour le vulgaire, Lily. Mais tu es bien plus intelligente et plus intéressante.

— Mm. Merci. Mais je sais ce qui va se passer. Tu vas tomber amoureux d'elle. Non que tu aies la moindre chance, évidemment. Mais ça va t'arriver. Est-ce que ça pourrait se passer autrement ? Toi. Tu tombes amoureux de tout ce qui bouge. Tu tomberais amoureux d'une équipe de foot féminine. Et de Shéhérazade. Elle est belle, et douce, et drôle. Et follement grandiose.

— C'est ce qui m'ôte toute envie. Elle ne compte pas. Elle est d'un autre monde.

— Mm. En fait, tu as conscience d'être surclassé, dit-elle en s'installant plus confortablement sur le polochon de son bras. Un connard de première comme toi. Un petit voyou frétillant comme toi. » Elle embrassa son épaule. « Tout ça, c'est déjà dans les noms. Shéhérazade — et *Keith*. Keith est sans doute le plus plébéien de tous les noms, tu ne crois pas?

— Sans doute... Non. *Non*, dit-il. Les comtes-maréchaux d'Écosse étaient des Keith. Il y en a eu toute une lignée, chacun d'eux s'appelait Lord Keith. En tout cas, c'est mieux que Timmy. » Il pensa à cet échalas nonchalant de Timmy, à Milan, avec Shéhérazade. « *Timmy*. Tu trouves que c'est un nom? Keith est un meilleur nom que Timmy.

— *Tous* les noms sont mieux que Timmy.

— Ouais. Impossible de penser à un Timmy qui ferait quoi que ce soit d'un peu cool. Timmy Milton. Timmy Keats.

— ... Keith Keats, dit-elle. Keith Keats est plutôt improbable, aussi.

— C'est vrai. Mais Keith Coleridge? Tu sais, Lily, il y a un poète qui s'appelait Keith Douglas. Lui, il était chic. Son deuxième prénom était Castellain et il est allé dans la même école préparatoire que Kenrik. Christ's Hospital. Eh oui. Et le K de G. K. Chesterton, c'est Keith.

— Et le G alors?

— Gilbert.

— Eh bien, tu vois. »

Keith pensa à Keith Douglas. Un poète de la guerre — un poète guerrier. Le soldat blessé mortellement : *Oh mère, ma bouche est pleine d'étoiles...* Il pensa à Keith Douglas, mort en Normandie (une blessure de shrapnel à la tête) à vingt-quatre ans. Vingt-quatre. Lily dit :

« Très bien. Que ferais-tu si elle promettait de te faire une pipe? »

Keith dit : « Je serais surpris, mais je ne serais pas choqué. Seulement déçu. Je dirais : Shéhérazade!

— Ouais, j'aimerais voir ça. Tu sais, quelquefois j'aimerais... »

Keith et Lily étaient ensemble depuis plus d'un an — avec une pause récente d'un trimestre, portant divers noms tels que Interregnum, Interruption, ou simplement Vacances de Printemps. Et maintenant, après la séparation à l'essai, les retrouvailles à l'essai. Keith avait une énorme dette de reconnaissance envers elle. Elle était son premier amour, dans ce sens particulier : il avait aimé beaucoup de filles, mais Lily était la première qui l'avait aimé en retour.

« Lily, c'est toi que j'aime. »

L'interaction nocturne quotidienne, l'acte indescriptible, eut alors lieu, à la lumière des bougies.

« C'était bien ?
— Quoi ?
— Prétendre que j'étais Shéhérazade.
— ... Lily, tu oublies toujours ma noblesse d'âme. Matthew Arnold : *Ce qui a été pensé et dit de mieux.* F. R. Leavis : *Sentit la vie dans toute sa force créatrice.* En plus, elle est bien trop grande pour moi. Ce n'est pas mon type. Toi, tu es mon type, Lily.
— Mm. Tu as moins de noblesse d'âme qu'avant. Bien moins.
— Si, comme avant... C'est son caractère. Elle est douce et gentille et drôle et brillante. Et elle est *bonne*. C'est ça qui me rebute vraiment.
— Je sais. C'est écœurant. Et elle a grandi de plus de vingt centimètres, dit Lily, qui était maintenant indignée et tout à fait réveillée. Surtout son cou !

— Ouais, c'est vrai, un sacré cou. » Lily avait déjà dit beaucoup de choses sur Shéhérazade et son cou. Elle la comparait à un cygne et parfois — selon son humeur — à une autruche (et, une fois, à une girafe). Lily dit :

« L'année dernière elle était... Qu'est-il *arrivé* à Shéhérazade ? »

En se réveillant un matin après des rêves agités, Shéhérazade se retrouva, dans son lit, métamorphosée en... Comme dans la célèbre histoire, évidemment, Gregor Samsa (pron. *Zamza*) fut métamorphosé en *une véritable vermine*, ou alternativement *une grosse punaise*, ou alternativement — et c'était là la meilleure traduction, Keith en était certain — *un énorme cancrelat*. Dans le cas de Shéhérazade, la métamorphose était une ascension radicale. Mais Keith ne pouvait pas se décider sur l'animal qui convenait. Une biche, un dauphin, une panthère des neiges, une jument ailée, un oiseau de paradis...

Mais d'abord le passé. Lily et Keith se séparèrent parce que Lily voulait se comporter comme un garçon. C'était le cœur du problème, en fait : les filles qui se comportaient comme des garçons, c'était dans l'air, et Lily voulait essayer. Et ils eurent donc leur première grosse dispute (son thème, c'était ridicule, la religion), et Lily annonça *une séparation à l'essai*. Les mots bondirent sur lui comme une bouffée d'air comprimé : de tels essais, il le savait, réussissaient presque toujours. Après deux jours de réelles souffrances, dans l'horrible chambre de l'horrible appartement à Earls Court, après deux jours de *désolation*, il lui téléphona et ils se virent, et des larmes furent versées — des deux côtés de la table du bistrot. Et elle lui demanda de se montrer un peu évolué.

Pourquoi les garçons devraient-ils être les seuls à s'amuser ? dit Lily en se mouchant dans la serviette en papier. *Nous sommes des anachronismes, toi et moi. Nous sommes comme des amoureux d'enfance. Nous aurions dû nous rencontrer dans dix ans. Nous sommes trop jeunes pour la monogamie. Ou même pour l'amour.*

Il écouta tout ça. L'annonce de Lily l'avait laissé endeuillé, orphelin. C'est ce que ça signifiait : du gr. *orphanos*, « privé de ». En réalité, Keith était né endeuillé. Et le soupçon que cela allait rester son état naturel lui était évidemment bien trop facilement disponible. Désolé : du lat. *desolare*, « abandonner », de *de-*, « complètement » + *solus*, « seul ». Il écouta Lily — et naturellement il le savait déjà. Quelque chose bouillonnait dans le monde des hommes et des femmes, une révolution ou un profond changement, une réorganisation touchant à la connaissance charnelle et à l'émotion. Keith ne voulait pas être un anachronisme. Et je pense pouvoir dire que c'était là la première fois qu'il tentait de gérer son caractère : il décida de mieux réussir à ne pas tomber amoureux.

Si nous n'aimons pas ça, nous pouvons toujours... Je veux me comporter comme un garçon pendant quelque temps. Et toi tu peux continuer comme tu es.

Ainsi Lily changea de coiffure, et acheta des quantités de minijupes, et de shorts découpés, et de débardeurs, et de chemisiers transparents, et de hautes bottes en cuir verni, et de grands anneaux pour les oreilles, et de crayons khôl, et toutes les autres choses dont il fallait se munir avant de pouvoir se comporter comme un garçon. Et Keith resta exactement le même.

Il était mieux placé qu'elle, d'une certaine façon : il avait un peu d'expérience pour se comporter comme un garçon. Il s'y remit. Pré-Lily, avant Lily, il devait souvent faire face à une difficulté correspondant davantage à quelqu'un qui se comportait comme une fille : ses émotions. Et il ne voyait pas toujours les choses clairement. Il se trompait complètement, par exemple, au sujet de ce que tout le monde appelait *l'amour libre* — comme pouvait en attester tranquillement toute une série de hippies horrifiées. Il pensait que cela signifiait ce que ça disait ; mais ce n'était pas l'amour qui était offert par les filles-fleurs de la capitale à la pâleur de champignon, avec leurs hit-parades, leurs cartes de tarot et leur oui-ja. Quelques filles se réservaient encore pour le mariage ; d'autres étaient encore dévotes — et même les hippies ne passaient que lentement à la laïcité...

Après Lily, post-Lily, les nouvelles règles de l'engagement paraissaient plus fermement posées. L'année était 1970, et il avait vingt ans : à cette opportunité historique, il apporta sa séduction minimale, sa langue plausible, son enthousiasme sincère et une certaine froideur volontaire et revigorante. Il y eut des déceptions, des presque réussites, il y eut quelques consentements miraculeux (qui donnaient toujours l'impression de *libertés*, au sens de honte-et-honneur : impliquant de l'impudence, une trop grande familiarité, une exploitation). En tout cas, le business de l'amour libre fonctionnait certainement mieux avec les filles qui se comportaient comme des garçons. De nouvelles règles — et de nouvelles et sinistres façons de se tromper du tout au tout. Il se comportait comme un garçon, et Lily de même. Mais elle était une fille et pouvait en faire davantage que lui.

Viens avec moi, dit Lily trois mois plus tard, au téléphone, *viens avec moi en Italie pour l'été. Viens avec moi dans un château en Italie avec Shéhérazade. S'il te plaît. Prenons des vacances de tout ça. Tu sais, il y a des gens là-bas qui n*'essayent *même pas d'être gentils.*

Keith lui dit qu'il la rappellerait. Mais presque immédiatement il sentit sa tête acquiescer. Il venait de passer une nuit de souffrances quasi artistiques avec une ancienne petite amie (elle s'appelait Pansy). Il était effrayé, contusionné et, pour la première fois, il se sentait obscurément mais intensément coupable ; et il voulait retourner vers Lily — vers Lily, et son monde moyen, son *middle world.*

Ça coûtera combien ?

Elle le lui dit. *Et tu auras besoin d'argent de poche pour quand nous sortirons. Ce qu'il y a, c'est que je ne suis pas douée pour jouer au garçon.*

D'accord. Et je suis content. Je vais commencer à emprunter et à économiser.

Sa ridicule dispute avec Lily. Elle lui reprochait, au fond, de confondre Violet et le christianisme et donc de l'avoir corrompue quand elle était petite. Ce qui était assez vrai pour autant qu'il le sache. *J'ai tenté de la déconvertir quand elle avait neuf ans,* expliqua-t-il. *J'ai dit* : Dieu est exactement comme Bellgrow : ton ami imaginaire. *Et pourtant elle n'a pas voulu en démordre.* Lily dit : *On aurait pu penser que la religion la calmerait. Et ça a eu l'effet contraire. Elle est certaine qu'elle sera pardonnée parce qu'elle croit à un imbécile dans les cieux. Et tout ça par ta faute.*

Lily était clairement athée — de toute évidence athée. Keith argumenta que sa position n'était pas tout à fait rationnelle; mais le rationalisme de Lily n'était de toute façon pas rationnel. Elle détestait l'astrologie, naturellement, mais elle détestait aussi l'astronomie : elle détestait le fait que la lumière se courbe, que la gravité freine le temps. Elle était particulièrement exaspérée par le comportement des particules subatomiques. Elle voulait que l'univers se comporte raisonnablement. Même les rêves de Lily étaient ordinaires. Dans ses rêves (ce qu'elle dévoila avec timidité), elle allait faire les courses, ou se lavait les cheveux, ou déjeunait en vitesse debout à côté du frigo. Ouvertement méfiante devant la poésie, elle ne supportait pas les œuvres de fiction qui s'éloignaient du plus sérieux réalisme social. Le seul roman qu'elle louait sans réserve était *Middlemarch*. Parce que Lily était une créature du monde moyen.

Viens avec moi dans un château en Italie avec Shéhérazade. Il faudrait ajouter que la présence de Shéhérazade dans la proposition de Lily, en ce qui concernait Keith, ne comptait pas vraiment. Shéhérazade, lorsqu'il l'avait vue pour la dernière fois, aux environs de Noël, était le type même de la philanthrope renfrognée classique à chaussures plates et à lunettes; elle faisait du bénévolat, manifestait pour le désarmement nucléaire et l'aide au tiers-monde, conduisait une camionnette pour livrer des repas aux nécessiteux; et elle avait un vague petit ami du nom de Timmy, qui aimait tuer les animaux, jouer du violoncelle et aller à l'église. Mais Shéhérazade se réveilla alors après des rêves agités.

Keith supposait que le réalisme social tiendrait, ici, en Italie. Et pourtant l'Italie elle-même paraissait en partie fabuleuse, et la citadelle qu'ils occupaient paraissait en partie fabuleuse, et la transformation de Shéhérazade paraissait en partie fabuleuse. Où était le réalisme social? Les classes supérieures, ne pouvait-il s'empêcher de penser, ne faisaient pas dans le réalisme social. Leur modus operandi, leur manière d'opérer, obéissait à des règles moins strictes. Il était, sinistrement, un K dans un château. Mais il continuait à supposer que le réalisme social tiendrait.

———

« Est-ce qu'elle continue à faire ces trucs avec les vieilles épaves?

— ... Oui, toujours. Ça lui manque.

— Et où est son mec, d'ailleurs? Où est "Timmy"? Il arrive quand?

— C'est ce qu'*elle* aimerait savoir. Elle est plutôt remontée contre lui. Il devrait déjà être ici. Il est à Jérusalem, Dieu sait ce qu'il fait là-bas.

— ... C'est sa mère qui me plaît. Oona. Mignonne et petite. » Il pensa à Pansy. Et penser à Pansy l'obligeait nécessairement à penser au mentor de Pansy, Rita. Il dit alors : « Euh, Lily. Tu sais, je t'avais prévenue que Kenrik viendrait peut-être par ici. Il va camper avec le Chien. En Sardaigne, théoriquement.

— C'est quoi, le vrai nom du Chien ? Rita, n'est-ce pas ?... Décris-la.

— Eh bien. Elle vient du nord. Classe ouvrière riche. Très grands yeux. Très grande bouche. Une rousse. Et pas la moindre courbe. Comme un crayon. Est-ce qu'on pourrait les loger pour une nuit, Kenrik et Rita ?

— Je demanderai à Shéhérazade. Et je suis certaine que nous trouverons de la place, dit-elle en bâillant, pour une jolie limande rouquine du nord. Je m'en réjouis d'avance.

— Elle t'émerveillera. C'est une experte en comportement de garçon. »

Lily se tourna sur le côté, se fit plus petite, plus entière, plus complète et comprimée. Il ressentait toujours de l'affection pour elle quand elle faisait ça, et il suivait de près les relais de ses secousses et de ses convulsions, ces minuscules surprises sur le chemin de l'oubli. Comment pouvait-elle y parvenir, sans embrasser l'irrationnel ?... Lily aimait parfois entendre sa voix pendant qu'elle s'éloignait en tremblant vers la religion du sommeil (il résumait d'habitude les romans qu'il lisait), de sorte qu'il se rapprocha d'elle en disant :

« Il y aura bien assez de romans plus tard. Écoute. La toute première fille que j'ai embrassée était plus grande que moi. Sans doute pas plus de quelques centimètres mais j'avais l'impression que c'était un mètre. Maureen. Nous étions au bord de la mer. Je l'avais déjà embrassée quand nous étions assis dans l'abribus et je n'avais pas la moindre idée de la technique que nous allions utiliser pour nous dire bonne nuit. Mais il y avait un tuyau d'égout par terre devant sa caravane, et je suis monté dessus.

De beaux baisers. Pas la langue ou ce genre de truc. Nous étions trop jeunes pour la langue. Il est important de ne pas faire les choses pour lesquelles on est trop jeune. Tu ne crois pas ?

— Shéhérazade, dit Lily, ensommeillée. Amène-la près d'un tuyau d'égout. » Puis, un peu plus claire : « Comment peux-tu ne pas être amoureux d'elle ? Tu tombes amoureux si facilement et elle est... Bonne nuit. Quelquefois j'aimerais...

— Bonne nuit.

— Toi. Un sacré ballot pour l'amour. »

Quand nous nous réveillons le matin (pensa-t-il), voilà la première tâche qui nous attend : séparer le vrai du faux. Nous devons écarter, effacer les royaumes moqueurs produits par le sommeil. Mais à la fin de la journée, ça se faisait dans l'autre sens et nous cherchions le faux et le fictif, notre faim de connexions absurdes nous réveillant parfois brutalement.

C'était vrai, ce qu'elle avait dit, ou ça l'avait été. Ballot pour l'amour. Cela tenait à sa provenance particulière. Il tombait amoureux des filles avec tant de facilité — et il continuait à les aimer. Il aimait toujours Maureen : il pensait à elle tous les jours. Il aimait toujours Pansy. Est-ce pour ça que je suis ici ? se demanda-t-il. Est-ce pour ça que je suis ici avec Lily dans ce château de Campanie ? À cause de la nuit tragique avec Pansy, de ce qu'elle indiquait, de ce qu'elle signifiait ? Keith ferma les yeux et partit en quête de rêves agités.

Les chiens dans la vallée aboyèrent. Et les chiens du village, pour ne pas être en reste, aboyèrent à leur tour.

Un peu avant l'aube il monta fumer une cigarette sur la tour de guet. Le jour arrivait comme porté par un courant. Et tout à coup il était là, sur le flanc du massif, le coq rouge de Dieu.

3

Possibilité

Nous sommes piégés par la vérité, et la vérité était que tout cela s'était construit *très lentement*...

« Il y a un truc ennuyeux », dit Shéhérazade le premier après-midi alors qu'elle le conduisait dans la tour.

Mais ce n'était pas encore ennuyeux. Pour quelque raison datant du XVe siècle, l'escalier était très raide, ce qui était plutôt tonifiant, et sur les paliers de repos, quand elle pivotait, Keith pouvait voir sous sa jupe.

« Quoi ?

— Je te montrerai quand nous serons en haut. On n'y est pas encore. C'est sans fin. »

Du fait de sa noblesse d'âme, Keith détourna les yeux. Puis il regarda. Puis il regarda de l'autre côté (et aperçut, par la fente dans le mur en pierre, un cheval pâle dont les flancs frissonnaient). Il regarda, et regarda ailleurs — jusqu'à ce que, avec un clic audible dans son cou, il se verrouille en position et *regarde*. Comment se faisait-il qu'il n'ait jamais vraiment remarqué ceci — la beauté, le pouvoir, la sagesse et la justice des cuisses de femmes ?

Shéhérazade demanda par-dessus son épaule :
« Es-tu un prophète des grandes visions ?

— Je suis partant pour tout.

— Quoi, passionnément ? »

Il paraissait déjà se trouver dans un film — un thriller salace, peut-être — dans lequel chaque ligne de dialogue intersexuel était un jeu de mots irrésistiblement cochon. Ils continuaient à monter. À présent il cherchait une réponse sans double sens. « Assez intéressé. J'ai tous ces livres à lire, dit-il. Du retard à rattraper. *Clarissa. Tom Jones.*

— Pauvre garçon. »

Signalons que le sous-vêtement inférieur de Shéhérazade était ordinaire et brun pâle (ressemblant pas mal au genre de culotte que Lily avait l'habitude de mettre — avant). En contrepartie, l'ourlet était lâche et oubliait de couvrir la fesse droite, offrant une tranche de blanc dans le creuset de tout ce bronze bouillonnant. Elle dit :

« On parle du Passo del Diavolo.

— C'est quoi ?

— Le col du Diable. Très sinueux et effrayant. C'est ce qu'on m'a dit. Bon. Alors, vous deux, vous êtes dans cette tourelle. Et moi je suis dans cette tourelle-là. (Elle fit un geste vers le passage.) Et nous partageons la salle de bains au milieu. C'est ça le truc ennuyeux.

— ... Pourquoi c'est ennuyeux ?

— Lily refuse de partager une salle de bains avec moi. Nous avons déjà essayé. Je suis simplement trop désordonnée. Donc elle va devoir descendre jusqu'au milieu de la tour et tourner à droite. Mais je ne vois pas pourquoi toi, tu devrais faire pareil. À moins que toi aussi le désordre te dérange.

— Le désordre ne me dérange pas.
— Regarde. »
La salle de bains éclairée par le plafond était longue, étroite et en forme de L, le coude gauche était présidé par un porte-serviettes bruni et par deux miroirs aussi hauts que le mur. Ils la traversèrent. Shéhérazade dit :
« Nous partageons. Alors voici la marche à suivre. Quand tu viens de votre chambre, tu verrouilles la porte menant à ma chambre. Et quand tu t'en vas, tu la déverrouilles. Et je fais la même chose... Ça c'est moi. Mon Dieu, quel bordel. »
Il jeta un coup d'œil, la chemise de nuit blanche en travers du lit défait, le tas de chaussures, le jean amidonné, piétiné, bouche bée, mais encore à genoux et moulant toujours sa taille et ses hanches.
« Ça me stupéfie toujours, dit-il. Les chaussures des filles. Les chaussures et les filles. Si nombreuses. Lily est venue avec une pleine valise. Pourquoi les filles ont-elles ce truc avec les chaussures ?
— Mm, eh bien, je suppose que les pieds sont la seule partie de nous qui ne peut vraiment pas être vue comme jolie.
— Tu crois que c'est ça ? »
Ils baissèrent les yeux vers les habitants ingénus des tongs de Shéhérazade : la cambrure du cou-de-pied, la flexure visible des ligaments, les dix taches cramoisies en cinq tailles différentes. Il trouvait toujours ça touchant — que les filles s'occupent aussi de ce point sur l'orteil extérieur. Le petit orteil, l'avorton de la portée. Mais on ne pouvait pas le négliger, évidemment — chaque petit cochon avait besoin de son béret rouge. Il dit :
« *Tu* as de jolis pieds.

— Pas trop moches. » Les dix orteils ondulèrent avec gaucherie. « Pour des pieds. Les pieds. Ils ont l'air tellement bêtes.

— Je suppose que oui. Certaines personnes prétendent qu'ils sont compliqués. Les filles et les pieds. Je peux ? » Il ramassa le représentant gauche d'une paire de chaussures qu'il savait porter le nom d'*escarpins*. « Qu'est-ce qui pourrait moins ressembler à un pied que ça ? » Il voulait dire le niveau de stylisation et d'invention. « Avec cette cambrure et ce talon.

— Mm. Les pieds. Et dire qu'il y a des gens qui sont fétichistes des pieds.

— Imagine ce que ça révèle sur toi.

— Terrifiant. C'est très facile, dit-elle alors qu'ils retraversaient la salle de bains déjà lourde de sens, d'oublier de déverrouiller. Tout le monde oublie tout le temps. Il y a même une petite sonnette — tu vois ? Si ma porte est verrouillée, je sonne. » Elle sonna : un ronronnement doux mais déterminé. « Tu en as une toi aussi. Moi j'oublie toujours. Ce qui est ennuyeux à la longue. »

Shéhérazade regarda dans sa direction avec sa franchise étrange, des yeux dorés, idéalistes, des arcades sourcilières bien parallèles. Lorsque ce regard tomba sur Keith, il eut l'impression qu'elle avait déjà réglé tout ce qui le concernait — naissance, milieu, aspect, même la stature. Ce qui était important, aussi (se dit-il de façon décousue), était le fait qu'elle appelait sa mère M'man et pas Maman (comme tous les autres membres féminins de sa classe). Cela indiquait à Keith son âme essentiellement égalitaire. Mais le plus étrange était son sourire, qui n'était pas le sourire d'une belle fille. Il y avait trop de connivence dans ces arcs qui ondulaient doucement — trop de connivence avec la comédie humaine. Le sourire d'une belle fille était un sourire séquestré. *Elle n'en a pas encore conscience*, disait Lily. *Elle ne sait pas.* Est-ce que ça peut être vrai ? Keith dit à Shéhérazade :

« Je ne m'ennuie pas facilement. Rien n'est ennuyeux. Si on l'examine comme il faut.

— Oh, je connais cette réponse, dit-elle. Si c'est ennuyeux, c'est intéressant parce que c'est ennuyeux.

— C'est ça. Être ennuyeux est intéressant.

— Et il est intéressant que rien ne soit ennuyeux. »

Ne sont-ils pas gentils tout plein, les jeunes ? Ils sont restés debout jusqu'à l'aube pendant deux ans à boire du café instantané ensemble, et maintenant ils ont des opinions — ils ont des opinions arrêtées.

« Quand même, dit-elle, la répétition est ennuyeuse. Allez, tu le sais bien. Comme le temps aujourd'hui. Désolée pour ça.

— Il ne faut jamais s'excuser pour le temps.

— C'est que j'ai envie de nager et de me dorer au soleil. Et il pleut. Et il fait presque *froid*... Mais au moins on transpire.

— Au moins on transpire. Merci de m'avoir invité. C'est magnifique ici. Je suis ravi. »

Keith savait évidemment que la signification psychologique de *pieds* était elle-même double. Ces pattes étaient un rappel permanent de notre animalité, de notre statut impardonné, non angélique d'êtres humains. Ils exécutaient également la tâche servile de nous connecter à la terre ferme.

———

Donc c'était là le château, ses remparts portés haut sur les épaules des quatre géants à la taille épaisse, les quatre tours, les quatre terrasses, la salle de bal circulaire (avec son escalier orbital), la bibliothèque pentagonale à coupole, le salon avec ses six jeux de fenêtres, la salle de banquet baronniale au bout du peu pratique et long corridor menant à la cuisine grande comme une grange, toutes les antichambres qui s'estompaient, tels des miroirs se faisant face, en une infinité répétitive. Au-dessus se trouvait *l'appartement* (où Oona passait presque tout son temps); au-dessous se trouvait *l'étage du donjon*, à moitié submergé dans le terreau des fondations, et produisant la plus fine des brumes, laquelle avait une odeur, selon Keith, de sueur froide.

« Il y a un mot ancien pour la manière dont elle nous considère, Shéhérazade », dit-il à Lily dans la bibliothèque pentagonale. Il était debout au sommet d'une échelle, presque à hauteur de la coupole. « Tu vas sans doute penser que ça veut dire regarder de haut. Mais c'est un éloge. Une gratitude pleine d'humilité. *Condescendance*, Lily. » Du lat. eccl., de *con-*, « ensemble » + *descendere*, « descendre » (« ensemble » était la partie importante). « Puisqu'elle est une lady, et tout le reste.

— Elle n'est pas une lady. Elle est Honorable. Son papa est un vicomte. Tu veux dire qu'elle te traite, dit Lily, exactement comme si tu n'étais pas un manant.

— Ouais. » Il parlait du système de classes. Mais il pensait au système des apparences — le système de la beauté. Y aurait-il un jour une révolution des apparences, au cours de laquelle ceux qui étaient les derniers deviendraient les premiers ? « Je suppose que c'est plus ou moins ça.

— Et tu ne chantes tes louanges et ta gratitude envers les gens de la haute que parce que tu connais ta place. Tu es un bon manant. »

Keith n'aurait pas voulu que vous pensiez qu'il n'arrêtait pas de faire de la lèche aux filles de l'aristocratie. Ces dernières années (je me dois de le préciser) il avait passé la plus grande partie de son temps libre à faire de la lèche aux filles du prolétariat — puis aux filles, ou à la fille, de l'intelligentsia professionnelle (Lily). Des trois strates, les filles de la classe ouvrière étaient les plus puritaines. Les filles de la haute, selon Kenrik, étaient les plus légères, les plus *rapides*, comme elles le disaient elles-mêmes, plus rapides encore que les filles des classes moyennes, qui, évidemment, n'allaient pas tarder à les dépasser définitivement... Il retourna vers le canapé en cuir où il lisait *Clarissa* et prenait des notes. Lily était dans une chaise longue et avait devant elle quelque chose qui s'appelait *Interdiction : Notre loi et son étude*. Il dit :

« Ooh, tu n'as pas aimé ça, hein. Oh la la.

— Tu es sadique, dit Lily.

— Non, pas du tout. Tu remarqueras que je n'ai aucun problème avec d'autres insectes. Même les guêpes. Et d'ailleurs j'admire les araignées.

— Tu t'es rendu au village à pied pour aller acheter la bombe. La tapette ne te suffit pas ?

— Ça laisse d'horribles traces quand on se sert de la tapette. »

La mouche qu'il venait d'asperger à mort était en train d'étirer ses pattes arrière, comme un vieux chien après une longue sieste.

« Tu aimes une mort lente, c'est tout.

— ... Est-ce que Shéhérazade se comporte comme un garçon? Est-ce qu'elle est légère?

— Non. Je suis bien plus légère qu'elle. Numériquement, dit Lily. Tu sais. Elle a eu droit au pelotage et au tripotage habituels. Et puis elle a eu pitié d'une ou deux andouilles qui lui ont écrit des poèmes. Et elle l'a regretté. Puis rien pendant quelque temps. Puis Timmy.

— Et c'est tout?

— C'est tout. Mais à présent elle s'épanouit, elle est nerveuse, et ça lui a donné des idées. »

Selon Lily, Shéhérazade avait une explication pour sa métamorphose particulière. *J'étais jolie à seize ans*, lui avait-elle apparemment confié, *mais après la mort de mon père j'ai perdu ma beauté — je crois que je voulais me cacher.* Ainsi son extérieur, ce qu'on voyait d'elle, était déprimé ou retardé par la mort du père. Il y eut l'accident d'avion, et puis les années passèrent. Et le brouillard se leva lentement et disparut, et ses dons corporels, entassés et planant dans le ciel, pouvaient maintenant redescendre et atterrir.

« Quel genre d'idées?

— Déployer ses ailes. Mais elle ignore encore qu'elle est belle.

— Et pour son corps, elle sait?

— Pas vraiment. Elle pense que ça va disparaître. Aussi vite que c'est venu. Comment as-tu réussi à ne jamais en lire un? »

Devant lui, Keith n'avait pas seulement un trauma sexuel, il avait aussi une valise de lectures en retard. « Jamais lu quoi?

— Un roman anglais. Tu as lu les Russes et les Américains. Mais tu n'as jamais lu de roman anglais.

— Si, j'ai lu *un* roman anglais. *La Puissance et la Gloire. Ces corps vils.* Mais je n'ai jamais lu *Peregrine Pickle* ou *Phineas Finn.* D'ailleurs, à quoi bon ? Et *Clarissa* me démolit.

— Tu aurais dû y penser avant de changer de matière.

— Mm. C'est que j'ai toujours été surtout un lecteur de poésie.

— ... Un lecteur de poésie. Qui torture les insectes. Les insectes ressentent aussi la douleur, tu sais.

— Oui, mais pas beaucoup. » Il regarda sa victime bourdonnante qui tournoyait et vibrait sur son axe. « Nous sommes pour les dieux ce que les mouches sont aux gamins cruels, Lily. Ils nous arrachent les ailes pour s'amuser.

— Tu dis que tu n'aimes pas les taches. Mais tu aimes les regarder se tortiller. »

Keith Nearing détestait-il *toutes* les mouches ? Il aimait les mouches à miel et les mouches à feu. Mais les mouches à miel étaient des hyménoptères rayés, et les mouches à feu des lucioles au corps mou munies d'organes luminescents. Il s'imaginait, parfois, que Shéhérazade serait comme ça. Que ses organes luiraient dans le noir.

Keith prit l'habitude de monter dans la tour, vers midi, pour y lire un roman anglais — et pour avoir un peu de paix. Cette visite à sa chambre avait tendance à coïncider avec la douche que Shéhérazade avait tendance à prendre avant le déjeuner. Il l'entendait, sa douche. Les lourdes perles d'eau faisaient penser à des roues de voiture sur du gravier. Il s'asseyait là, le livre de poche d'une obésité morbide sur les genoux. Puis il attendait cinq pages avant d'aller se laver le visage.

Le troisième jour, il souleva le loquet, poussa la porte mais elle ne s'ouvrit pas. Il écouta. Un instant plus tard, il tendit la main vers la sonnette et pressa lourdement (pourquoi cela semblait-il avoir tant de sens?). Davantage de silence, le clic d'un loquet lointain, un pas traînant.

Le visage réchauffé de Shéhérazade émanait vers lui à présent depuis les replis d'une épaisse serviette blanche.

« Tu vois, dit-elle. Je te l'avais dit. »

Les lèvres : celle d'en haut aussi pleine que celle d'en bas. Ses yeux bruns et l'équilibre de leur regard, ses sourcils parallèles.

« Et ce ne sera pas non plus la dernière, dit-elle. Je te le promets. »

Elle pivota, il suivit. Elle tourna à gauche et il observa comment elles s'éloignaient toutes les trois, la vraie Shéhérazade et les simulacres qui glissaient sur le miroir.

Keith resta dans le L de miroirs.

... Foireux, Possible, Vision. Combien d'heures, combien d'heures tellement heureuses avait-il connues, avec sa mère Tina, à jouer à Foireux, Possible, Vision, dans le Wimpy Bar, le café (Kardomah), le milk-bar Art déco.

Et ces deux-là assis près du juke-box, M'man?

Le garçon ou la fille?... Mm. Ils sont tous les deux des Possibles faibles.

Et ils évaluaient non seulement les inconnus et les passants mais aussi toutes les personnes qu'ils connaissaient. Un après-midi, tandis que Tina repassait, il affirma, ce qu'elle confirma, que Violet était une Vision — qu'elle pouvait très bien avoir sa place près de Nicholas. Et Keith, qui avait onze ans, dit :

M'man ? Est-ce que je suis un Foireux ?

Non, mon chéri. La tête de sa mère recula de deux centimètres. *Non, mon amour. Tu as un visage, un vrai visage, voilà ce que tu as. Un visage plein de caractère. Tu es un Possible. Un Possible de haut niveau.*

… Bon. Si on faisait une nana ?

Quelle nana ?

Davina.

Oh, une Vision.

Mm. Une Vision de haut niveau. Et Mrs Littlejohn ?

Mais en fait il s'était plus ou moins résigné à la laideur (et il répondait stoïquement au nom de *Bec* dans la cour d'école). Ensuite les choses changèrent. L'événement nécessaire eut lieu, et cela changea. Son visage changea. La mâchoire et particulièrement le menton s'affirmèrent, la lèvre supérieure perdit sa rigidité de bec, les yeux s'animèrent et s'élargirent. Plus tard il inventa une théorie qui allait le troubler pendant tout le reste de sa vie : l'aspect dépendait du bonheur. Petit garçon réticent à l'air blessé, il commença tout à coup à être heureux. Et à présent il voyait son visage dans le miroir ridé et moucheté en Italie, agréablement peu exceptionnel, ferme, sec. Jeune. Il était suffisamment heureux. Était-il suffisamment heureux pour survivre à — pour vivre avec — l'extase d'être Shéhérazade ? Il pensait aussi que la beauté était légèrement contagieuse, en cas de contact proche et prolongé. C'était une hypothèse universelle, et il la partageait : il voulait expérimenter la beauté — trouver sa légitimité dans la beauté.

Keith se rinça le visage sous le robinet et descendit retrouver les autres.

Des nuages froids et humides tourbillonnaient au-dessus d'eux, et tout autour d'eux et même au-dessous d'eux. Des lamines de vapeur grise se détachaient du sommet de la montagne et glissaient paresseusement vers le bas des pentes. Elles paraissaient couchées sur le dos, se reposer, dans les gorges et les stries, tels des génies épuisés.

Keith alla réellement patauger dans un de ces petits nuages. Pas beaucoup plus grand que Shéhérazade dans son épaisse serviette blanche, il était étendu sur une terrasse du bas au-delà du paddock. La présence vaporeuse, cendrée remua et se modifia sous son pas, puis s'aplatit de nouveau, le dos de sa main posé sur son front rocheux avec une patience à toute épreuve.

Une semaine s'écoula, et les nouveaux arrivants n'avaient pas encore pu profiter de la piscine olympienne dans son écrin de rocaille. Keith décida que son cœur se porterait mieux s'il pouvait voir les filles s'amuser là en bas — particulièrement Shéhérazade. Entre-temps, *Clarissa* l'ennuyait. Mais rien d'autre ne l'ennuyait.

———

« Souvent je pense que j'aimerais, dit Lily dans le noir. Souvent... Tu sais, j'échangerais bien un peu de mon intelligence pour un peu plus de beauté. »

Il la croyait et il était désolé pour elle. Et la flatterie ne servait à rien. Lily était trop intelligente pour qu'on lui dise qu'elle était belle. Voici la forme des mots sur lesquels ils s'étaient décidés : *elle attendait son moment.* Il dit :

« C'est... c'est démodé. On attend des filles maintenant qu'elles fassent carrière. Ça ne dépend plus de la qualité du mari qu'elles peuvent attirer.

— Tu te trompes. L'aspect compte encore plus. Et avec Shéhérazade j'ai l'impression d'être un canard. Je déteste me sentir comparée. Tu ne peux pas le comprendre, mais elle me torture. »

Lily lui avait dit un jour que lorsque les filles atteignaient vingt ans la beauté, si à la beauté elles avaient droit, leur viendrait. La sienne, espérait-elle, était en route. Mais celle de Shéhérazade était là, elle était arrivée, elle venait de descendre du bateau. Les prix qui lui étaient attribués pour sa beauté — les Grammies et Tonys et Emmies, et les Palmes d'or. Keith dit :

« Ta beauté va bientôt arriver.

— Oui, mais *où est-elle* ?

— Réfléchissons. Moins d'intelligence, et plus de beauté. C'est un peu comme la phrase — Qu'est-ce que tu préfères ? Avoir l'air plus intelligent que tu ne l'es, ou être plus stupide que tu n'en as l'air ?

— Je ne veux pas avoir l'air intelligente. Je ne veux pas avoir l'air stupide. Je veux avoir l'air belle. »

Il lâcha mollement : « Eh bien, si j'avais le choix, j'aimerais être plus dur et plus intelligent.

— Que dirais-tu de *plus petit* et plus intelligent ?

— Euh, non. Je suis déjà trop petit pour Shéhérazade. Elle est tout là-haut. Comment pourrais-je jamais démarrer quelque chose ? »

Lily se rapprocha de lui et dit : « Facile. Je vais t'expliquer comment faire. »

C'était en train de devenir le prélude à leur acte nocturne. Et nécessaire ou au moins utile, parce que Lily, ici en Italie, pour des raisons qu'il ne comprenait pas vraiment, semblait perdre son altérité sexuelle. Elle était semblable à une cousine germaine ou à une vieille amie de la famille, une personne avec qui il avait joué pendant son enfance et qu'il avait connue toute sa vie. « Comment ? demanda-t-il.

— Il suffit que tu te penches au-dessus d'elle quand vous jouez aux cartes par terre en fin de soirée. Et que tu te mettes à l'embrasser — son cou, ses oreilles. Sa gorge. Ensuite, tu vois ce petit nœud sur sa chemise quand elle exhibe son ventre bronzé ? Tu pourrais simplement tirer dessus. Et tout s'ouvrira. Keith, tu as cessé de respirer.

— Non, je me retenais de bâiller. Continue. Le petit nœud.

— Tu tires dessus, et alors ses seins ne pourront que dégringoler vers toi. Et puis elle remontera sa jupe et se couchera sur le dos. Et s'arquera pour que tu puisses faire glisser sa culotte. Ensuite elle se mettra sur le flanc pour défaire ta ceinture. Et tu pourras te relever, et peu importe qu'elle soit plus grande que toi. Parce qu'elle sera en place, à genoux. Pas la peine de t'inquiéter. »

Lorsque ce fut terminé, elle se détourna de lui en disant : « Je veux être belle. »

Il l'étreignit. Accroche-toi à Lily, se dit-il. Accroche-toi à ton niveau. Tu ne dois pas — tu ne dois pas — tomber amoureux de Shéhérazade... Oui, c'était bien plus sécurisant de parcourir le niveau moyen en se contentant d'être un Possible. C'était ce qu'il fallait espérer. La possibilité.

« Tu sais, Lily, avec toi je suis moi-même. Avec tous les autres j'ai l'impression de jouer un rôle. Non. De travailler. Avec toi je suis moi-même, dit-il. Moi-même, sans effort.

— Mm, mais je ne veux pas être moi-même. Je veux être quelqu'un d'autre.

— Je t'aime, Lily. Je te dois tout.

— Je t'aime aussi. J'ai au moins ça... Les filles ont encore plus besoin de la beauté aujourd'hui. Tu verras », dit-elle. Puis elle dormit.

4

Le col du Diable

Ainsi ils firent des excursions (une station balnéaire et puis un village de pêcheurs méditerranéen, un temple en ruine, un parc national, le col du Diable), et il y eut des visiteurs. Comme le trio du moment : la divorcée du Dakota, Prentiss ; sa fille récemment adoptée, Conchita ; son amie et dame de compagnie, Dorothy, connue sous le nom de Dodo. Il ne serait pas correct, je crois, de donner leurs statistiques vitales, mais nous pouvons dévoiler la plus vitale de toutes les statistiques : Prentiss, supposait Keith, devait avoir « environ cinquante ans » (c'est-à-dire, plus ou moins entre quarante et soixante), Conchita avait douze ans, et Dodo vingt-sept. En outre, Prentiss était une Possible, Conchita une Vision et Dodo une Foireuse. La petite Conchita venait de Guadalajara, au Mexique, et était en deuil — de son père, avait-on dit à Keith.

Prentiss, qui attendait l'issue d'un testament, celui de sa grand-mère (dont dépendait leur voyage en Europe), était grande et anguleuse. Conchita était en fait un peu rondelette (avec un petit ventre tout rond). Et Dodo, une infirmière diplômée, était étonnamment grosse. Keith fut consterné par la taille de la tête de Dodo — comme elle était ou paraissait petite. Sa tête était presque hors de propos, comme une tasse de thé sur un iceberg. Les visiteuses dormaient toutes dans l'immense appartement d'Oona.

Il n'était pas un jeune homme de vingt ans typique, Keith, mais il était typique en ce qui concernait ceci : il pensait que chaque personne était placidement statique dans son être — tout le monde excepté les jeunes gens de vingt ans. Mais même lui se rendait compte que la vie des trois visiteuses était soumise au drame et au flux. Il y avait évidemment la question du deuil de Conchita. Il y avait l'héritage de Prentiss et la résolution de diverses vendettas et tensions avec ses parents, ses nombreux oncles et tantes, ses trois frères et ses six sœurs. Et il y avait même un peu de suspense concernant Dodo, dont la corpulence, en tendance, n'était pas déliquescente mais très tendue et crispée ; sa chair avait la qualité élastique d'un ballon gonflé à bloc. Est-ce que Dodo, pendant son séjour, allait vraiment éclater ? Ou bien son visage serait-il de plus en plus gros et de plus en plus rouge ? C'étaient là de vraies questions.

« Si seulement le soleil voulait sortir, dit Shéhérazade tandis qu'ils prenaient le petit déjeuner à la cuisine. Parce que les gens extrêmement gros adorent les piscines.

— Ah bon ? dit Keith. Pourquoi ?

— Parce qu'ils sont allégés du poids d'eau qu'ils déplacent.

— Ça fait beaucoup d'eau, dit Lily. Je n'arrive pas à décider si oui ou non j'ai envie de la voir en maillot de bain. Pensez à ses pauvres genoux. »

Il y eut un silence de compassion pour les genoux de Dodo. Puis Keith dit pesamment :

« Quand je la regarde, j'ai l'impression d'observer les dimensions du malheur.

— Mm. Ce sont peut-être les glandes ?

— Ce ne sont pas les glandes, dit Lily, c'est la *nourriture*. Vous l'avez vue hier soir avec l'oie ? Elle en a repris trois fois.

— Et Conchita a avalé deux portions.

— Ça fait réfléchir, quand même, pas vrai. Dodo.

— C'est vrai. Cela met nos propres soucis, conclut Lily, plus ou moins en perspective. »

Des domestiques servaient au château, une équipe qui arrivait tous les jours du village. Keith ne s'était jamais auparavant trouvé en compagnie d'une équipe régulière de domestiques.

Ses deux parents biologiques étaient de la classe des domestiques, sa mère une femme de chambre, son père un jardinier. De toute façon, Keith avait ses sympathies gauchistes (très insipides comparées à celles du flamboyant Nicholas), de sorte qu'il avait naturellement une sorte de lien avec les domestiques du château, un lien fait de hochements de tête, de sourires et, étonnamment, de révérences (inclinaison formelle du torse), et de quelques mots en italien, particulièrement avec Madonna qui, entre autres choses, faisait tous les lits, et avec Eugenio, numéro deux pour les roses et les pelouses. Ils avaient tous les deux environ vingt-cinq ans et on les voyait parfois rire quand ils étaient brièvement seuls ensemble. Et en conséquence Keith commença à se demander si l'amour allait venir à eux, la soigneuse des lits et le soigneur des fleurs. Et Eugenio s'occupait également des terrasses, et de la culture des fruits.

C'était donc transparent, le style de sa pensée. Mais il avait à présent suffisamment lu pour être au courant de l'amertume des domestiques, de la rage impuissante nourrie par les domestiques. Et il espérait ne pas en avoir hérité ; il raisonna que l'amertume se durcissait plus tard dans la vie des domestiques, quand ils vieillissaient, ce que ses parents n'étaient pas parvenus à faire... L'éducation de Keith lui avait appris à penser que tout ça — sa provenance — n'était pas tellement important, n'était pas *tellement* important. Et pour l'instant il était d'accord. Il avait toujours su, entre parenthèses, que Tina n'était pas sa mère, que Karl n'était pas son père. Cette information était sa berceuse. *Tu es adopté et nous t'aimons*, chantonnait Tina, au moins un an avant qu'il ait commencé à comprendre. La provenance n'était pas tellement importante. Et il pensa qu'il pourrait dire deux mots à ce sujet à Conchita avant qu'elle ne parte vers le nord.

Conchita possédait deux peluches, Patita (un canard) et Corderito (un agnelet), et elle adorait *colorier* ; elle avait douze ans et elle aimait encore colorier. *Je meurs d'envie de faire de la couleur* (pron. *coular*), disait-elle lorsque le déjeuner s'achevait. *Voulez-vous m'excuser* (pron. *ess-cucé*) *? Je meurs d'envie de faire de la couleur*. Et elle partait à la bibliothèque avec ses livres de coloriage. Bords de mer, voitures et bus, vêtements de filles et évidemment toutes sortes de fleurs.

———

Lily s'approcha de lui alors qu'il était assis à la table circulaire sur la terrasse supérieure du jardin est. Il faisait maintenant plus chaud, mais le ciel était toujours couvert, avec cette lumière bilieuse de basse pression qui présage le tonnerre. Quelques odeurs étaient décelables dans l'air cireux : *il gelsomino* (le jasmin), *il giacinto* (la jacinthe), *l'ibisco*, et le narcisse, le narcisse... Keith était encore en train de traiter les événements, ou les non-événements (il n'était pas sûr) de l'excursion au Passo del Diavolo avec Shéhérazade à ses côtés. Il n'était pas sûr. À qui pouvait-il demander ?

« Tu passes de l'un à l'autre, remarqua Lily.

— Eh bien, c'est la seule façon de les finir. Pas *Tom Jones*. *Tom Jones* est magnifique. Et Tom est mon type d'homme.

— Dans quel sens ?

— C'est un bâtard. Mais *Clarissa* est un cauchemar. Tu ne vas pas le croire, Lily, dit-il (et il avait, entre parenthèses, décidé de jurer davantage), mais il lui faut deux mille pages pour la baiser.

— Bon Dieu.

— Je sais.

— Mais, honnêtement, écoute comme tu parles. D'habitude, quand tu lis un roman, tu parles de choses du genre, je sais pas, niveau de perception. Ou la profondeur de l'ordre moral. Maintenant, c'est simplement la baise.

— Ce n'est pas *simplement* la baise, Lily. Une baise en deux mille pages. Ce n'est pas *simplement* la baise.

— Non, mais c'est tout ce dont tu parles. »

Il n'y avait pas de serpents dans ce jardin, mais il y avait des mouches : à mi-distance, de vagues taches de mort — et puis, de près, des machines de survie blindées avec des visages de masque à gaz. Et il y avait des papillons blancs soyeux. Et de grosses abeilles ivres, en orbes palpitants qui paraissaient porter leur propre résonance électrique ; quand elles entraient en collision avec un objet solide — tronc d'arbre, statue, pot de fleur —, elles rebondissaient en vibrant et repartaient, la charge positive repoussée par le positif. Lily dit :

« Deux mille pages, c'était sans doute le temps qu'il fallait. Quand ?

— Euh... 1750. Et même alors il doit l'abrutir avec des drogues. Devine ce qu'elle devient après. Elle meurt de honte.

— Et c'est supposé être triste.

— Pas vraiment. Elle continue à babiller qu'elle est tellement heureuse. Je, euh, *me réjouirai des fruits bénis de Sa clémence... dans les demeures éternelles.* Elle est très littérale à ce sujet. Sa récompense céleste.

— Sa récompense pour avoir été baisée alors qu'elle était droguée.

— Lily, c'était un viol. En fait, il est évident qu'elle avait envie de lui à mort dès le début. Ils sont tous pris de fébrilité à l'idée de violation. » Elle le regardait et avait maintenant l'air ouverte à ses idées, et il poursuivit donc : « Les filles peuvent baiser dans *Tom Jones* — qu'elles soient aristos ou prolos. Une laitière. Ou une châtelaine décadente. Mais Clarissa est une bourgeoise, alors elle doit être droguée pour baiser.

— Parce que alors ce n'est pas sa faute.

— Ouais. Et elle peut continuer à prétendre qu'elle ne voulait pas. En tout cas, elle a résisté pendant deux mille pages. Ça fait un million de mots, Lily. Est-ce que tu as résisté pendant un million de mots ? Quand tu te comportais comme un garçon ? »

Lily soupira et dit : « Shéhérazade vient de me raconter à quel point elle est frustrée.

— ... Frustrée comment ?

— Sexuellement. Ça saute aux yeux. »

Il alluma une cigarette et demanda : « Est-ce qu'elle sait déjà qu'elle est belle ?

— Oui. Et elle sait aussi à propos de ses tétons. Au cas où tu te poserais la question.

— Et qu'est-ce qu'elle pense d'eux ?

— Elle pense qu'ils sont juste comme il faut. Mais ils sont très sensibles en ce moment et ça la rend encore plus frustrée.

— Elle a toute ma sympathie. Et puis Timmy va débarquer dans un ou deux chapitres.

— Peut-être. Elle vient de recevoir une lettre. Il n'arrive pas à quitter Jérusalem. Elle est vraiment remontée contre lui maintenant. Et elle met beaucoup d'espoir dans Adriano.

— Qui est Adriano ? »

Lily dit : « Tu ne t'exprimes pas très clairement. Est-ce que tu veux dire : Putain, c'est qui, Adriano ?

— Non, pas du tout. Tu es sur une fausse piste, Lily. Qui est Adriano ?... D'accord. Putain, c'est qui, Adriano ?

— Tu vois. Ça colle mieux avec ta mine renfrognée. » Lily émit un rire court et aigu. « C'est un play-boy notoire. Et un comte. Ou alors il le sera un jour.

— Tous les Italiens sont comtes.

— Tous les Italiens sont des comtes pauvres.

Lui, c'est un comte riche. Lui et son papa ont *chacun* leur château.

— Tu parles! Je n'ai compris qu'hier. Il y a des châteaux partout en Italie. Je veux dire, il y en a un tous les deux ou trois cents mètres. Est-ce qu'ils ont eu, euh, est-ce qu'il y a eu une longue période de luttes entre barons?

— Pas particulièrement, dit Lily, qui lisait un livre intitulé *Italie : précis d'histoire*. Ils n'ont pas cessé d'être envahis par les barbares. Attends. » Méthodique, Lily consulta ses notes. « Les Huns, les Francs, les Vandales, les Visigoths et les Goths. Et ensuite les Keiths. Les Keiths ont été les pires.

— Vraiment? Et quand rencontrons-nous Adriano?

— C'est ce dont elle a besoin. Quelqu'un de son rang. Est-ce que, dit Lily, tu as aimé le col du Diable? »

Sur la banquette arrière de la Fiat, il était assis entre Prentiss et Shéhérazade — tandis que Lily était dans ce qu'on appelait *le cabriolet* (une décapotable rouge chic) avec Oona et Conchita. Sur la banquette arrière, Prentiss restait parfaitement à sa place, mais Shéhérazade oscillait contre lui, se pâmait contre lui, à chaque virage un peu serré. Il pleuvait fort et tout ce qu'ils purent faire, au Passo del Diavolo, fut de négocier les virages et le regarder. Keith, en tout cas, s'occupait d'une meute d'impressions sensuelles : il était comme les jeunes gens de Montale, chacune de ses glandes et de ses hormones un Jocopo, un Giovanni, un Giuseppe. Son bras et sa cuisse venant se presser contre son bras et sa cuisse. Ses cheveux blonds aromatiques s'abattant, se dépliant, un instant, sur sa poitrine. Était-ce habituel? Est-ce que ça signifiait quelque chose ? *Dites donc, Prentiss,* aurait-il voulu dire. *Vous avez vécu. C'est quoi tout ça, alors ? Regardez. Shéhérazade n'arrête pas...*

« C'était bien, dit-il. Très sinueux et effrayant.

— Mm. Effrayant. C'est sûr. Avec Dodo coincée sur le siège avant.

— Et toujours du côté du précipice — merci beaucoup.

— Mon Dieu. Tu devais être terrifié. »

Dans la voiture, Keith se disait que Shéhérazade devait simplement être à moitié endormie. Et pendant quelques minutes, juste avant qu'ils fassent demi-tour, elle s'était vraiment endormie — sa tête reposant avec confiance sur son épaule. Puis elle s'était redressée en sursaut, avait toussé et l'avait regardé à travers ses cils avec son sourire illisiblement généreux... Et tout avait recommencé, son bras contre son bras, sa cuisse contre sa cuisse. *Qu'est-ce que tu en penses, Lily ? Bon sang, tu aurais dû la voir dans la salle de bains l'autre jour. Un autre oubli avec le verrou, Lily, et elle était là en blue-jean et soutien-gorge. Est-ce qu'elle essaye de me dire quelque chose ?* Ou alors peut-être sa façon de penser n'avait-elle pas encore atteint le niveau de sa transformation. Dans le miroir en pied elle voyait encore parfois la philanthrope effacée en chaussures pratiques et lunettes. Et pas un cheval ailé en blue-jean et soutien-gorge blanc à fin liséré bleu. Il dit :

« Whittaker paraissait batailler sans arrêt pour redresser vers la gauche.

— C'est pour ça que je suis montée avec Oona. Votre roue avant droite avait l'air complètement dégonflée.

— Je n'ai pas cessé de penser que la voiture finirait par abandonner et par se retourner. C'était comment, pour toi, le col du Diable ?

— Pas mal. Conchita sommeillait. Le toit fuyait. »

Il ferma les yeux. Ces cogneuses d'abeilles vibraient et pétillaient. Il se redressa sur sa chaise. Une mouche accroupie sur la surface de la table l'observait. Il la chassa d'un geste mais elle revint, et s'accroupit là, et l'observa. Petit pavillon à tête de mort... Dans cette histoire avec Shéhérazade, les papillons, selon Keith, étaient de son côté. Les papillons : jouets en plastique, éventails et mouchoirs miniatures — optimistes invétérés, rêveurs gazouillants.

Keith était conscient qu'il allait mourir, ce qui était inhabituel à vingt ans (ce privilège était dû à sa situation particulière). Plus que ça encore, il savait que quand le processus commencerait, la seule chose qui compterait serait comment ça s'était passé avec les femmes. Sur son lit de mort, l'homme fouillera son passé en quête de vie et d'amour. Et c'est vrai, je pense. Keith était plutôt bon pour l'image générale. Mais la situation immédiate, le processus immédiat — il les voyait souvent avec des yeux peu fiables.

———

« Bon Dieu, ils ont vraiment *tout* ici », dit-il. Il voulait dire dans la bibliothèque, des étagères de laquelle il sortit un exemplaire de *Pamela* (sous-titre : *La Vertu récompensée*), par l'auteur de *Clarissa,* et un exemplaire de *Shamela,* par l'auteur de *Tom Jones. Shamela* était une attaque parodique de

Pamela, et cherchait à dévoiler sa fausse piété, sa vulgarité à trois francs six sous et sa lubricité terriblement mal sublimée — *lubricité*, empr. au b. lat. *lubricitas*, « nature glissante, inconstante ».

« Ainsi Prentiss est riche maintenant, dit-il. Ou plus riche.

— Plus riche, je crois », dit Conchita.

Elle se leva du bureau et alla se tenir devant la fenêtre. La courbe agréable de son abdomen dans la blouse noire informe. De sa voix anormalement basse, elle dit :

« Je veux trouver la couleur exacte des roses. »

La coular essac... Il dit : « Comment es-tu venue ici depuis l'Amérique, Conchita ? Je veux dire, en bateau ou en avion ? Avion ? Quelle classe ?

— Prentiss à l'avant. Nous à l'arrière.

— Et comment s'est débrouillée Dodo ? Pour les repas. Le plateau. »

La gamine de douze ans retourna à son bureau et ramassa les crayons mauves et violets en disant : « Dodo le baisse autant qu'elle peut, et remplit le — elle forma un V avec une main bien droite — et remplit le vide avec des magazines. Et elle pose le plateau là-dessus. »

Maga-scince... Keith se réjouissait de pouvoir raconter ça à Lily (le savoir-faire des gros lards en avion), mais un peu moins qu'il ne l'aurait fait — avant. Il avait toujours une énorme dette de reconnaissance envers Lily. La reconnaissance était ce qu'il faisait le mieux. C'était son unique talent émotionnel, croyait-il. Assis, maintenant, il était reconnaissant envers la chaise sous lui, le livre devant lui. Reconnaissant et agréablement surpris. Il était reconnaissant envers le stylo à bille dans sa main, agréablement surpris par le capuchon du stylo à bille. Conchita dit :

« Ensuite elle mange tout. Même tout le beurre. »

Comme il avait eu l'intention de le dire, il dit : « Je ne te verrai peut-être pas demain, avant ton départ. Tu savais que j'étais un enfant adopté ? Être adopté... c'est pas mal. »

La tête de Conchita ne bougea pas mais ses iris quittèrent la page, et il eut immédiatement honte, parce qu'il se rendit compte qu'être adopté (en tant que fardeau existentiel mineur) n'était pas d'une grande importance sur l'échelle des problèmes de Conchita. Elle dit :

« C'est pas mal.

— Je voulais dire plus tard. » Pendant quelque temps il la contempla, la pureté lunaire de son front, le rose cendré trépidant de ses joues. « Je voulais dire plus tard. Je suis désolé pour tes parents. Au revoir.

— *Adios. Hasta luego.* Je crois que nous allons revenir. »

M'man est sortie, P'pa est sorti, parlons sale. Pipi popo ventre derrière culotte. C'était ce que sa mère et ses sœurs chantaient (lui avait-elle dit), vers 1935...

« Je peux t'assurer que le talent islamique, dit Keith, ne m'est pas inconnu. Ils sont parmi les plus beaux exemples d'êtres humains sur terre, tu ne crois pas ?

— Oui, je le crois bien. Le croissant tout entier. »

Whittaker et lui jouaient aux échecs sur *la terrasse coucher de soleil* — donnant à l'ouest. Whittaker lui avait expliqué le pour et le contre d'être amoureux d'Amen. Les contre étaient bien plus nombreux. Keith dit :

« Moi, je suis sorti avec deux musulmanes. Ashraf. Et la petite Dilkash.

— Quelles nationalités ? Ou est-ce que tu ne fais pas la différence ?

— Ashraf d'Iran, Dilkash du Pakistan. Ashraf était magnifique. Elle aimait boire et elle s'est exécutée dès le premier soir. Dilkash n'était pas du tout comme ça.

— Donc, Ashraf était un pour. Et Dilkash un contre.

— Ouais. Dilkash a dit non. » Keith se tortillait sur son siège. En vérité, il avait mauvaise conscience au sujet de Dilkash. « Je n'ai jamais demandé à Nicholas et je ne comprends toujours pas. Alors je vais te demander. »

Whittaker avait en fait beaucoup d'affinités avec Nicholas. Tous les deux parlaient en phrases construites — même en paragraphes construits. Tous les deux savaient tout. Et au début on pouvait penser qu'il y avait pas mal de ressemblances. En tant qu'élève, pendant de nombreuses années, d'un pensionnat anglais, Nicholas avait eu naturellement sa période gay. Mais il y avait une volonté politique chez Nicholas, maintenant : ce que les hommes politiques, en tout cas, appelaient de l'*acier*. Et cela n'était pas vrai de Whittaker, avec ses pièces en cuir aux coudes et les verres épais de ses lunettes. Keith dit :

« Ashraf, Dilkash. Iran, Pakistan — quelle différence ? Je veux dire, toutes les deux sont arabes. Pas vrai ? Non. Attends. Ashraf est arabe.

— Non, Ashraf n'est pas arabe non plus. Elle est

persane. Et la différence, Keith, dit Whittaker, est que l'Iran est une monarchie décadente tandis que le Pakistan est une république islamique. En tout cas en nom. Un peu plus de vin. Oh, pardon. Tu n'en bois pas, je crois.

— Si, un peu. Vas-y quand même... Là-bas chez Dilkash, ses parents buvaient des sodas le soir. Tu imagines ça. Un homme et une femme, deux adultes, le soir, boire du soda. Amen boit?

— Boire? Pour lui c'est simplement... oh, incroyablement grossier. Il fume du hasch. Par contre.

— Ashraf était magnifique, mais avec Dilkash je n'ai jamais... » Keith s'interrompit un instant. « Et c'est quoi ce drame, dit-il en allumant une cigarette, au sujet d'Amen et des seins de Shéhérazade?

— Amen, dit Whittaker en penchant son visage très bas sur le jeu d'échecs, est beaucoup plus pédé que moi. *Beaucoup*.

— Alors, il y a des niveaux. Ouais, ça a du sens. Naturellement.

— Naturellement. Et Amen est *très* pédé. D'où la gravité du problème qu'il a avec les seins de Shéhérazade.

— Je ne le vois plus.

— Moi non plus. C'est pire que jamais.

— Les exercices.

— Les exercices.

— Trop mince.

— Trop gros. Il était trop mince jusqu'à lundi après-midi à peu près. Maintenant il est trop gros. »

Whittaker prenait la plupart de ses repas avec eux mais il ne logeait pas au château. Amen et lui partageaient un studio moderne un peu plus bas à flanc de colline. Keith pensait à Amen, dix-huit ans, aussi beau qu'un pirate avec son incisive manquante dans la mâchoire supérieure; et des cils duveteux recourbés au bout, comme des pantoufles de harem. Il ne voulait pas l'avouer — mais il était plutôt séduit par Amen. Chaque fois qu'il le voyait, il sentait une légère pression peser sur sa poitrine. Ce n'était rien en comparaison de la massalpine qu'appliquait la présence de Shéhérazade; cependant, c'était là. Keith dit :

« Il est d'une si jolie couleur. Et avec ces muscles, on a l'impression qu'il porte une armure. Une armure dorée. *Lily* pense qu'elle n'est pas assez mince. Rondeurs de l'enfance. Il y a six mois, elle a vécu ce qu'elle a appelé une *attaque de rondeurs de l'enfance.*

— Elle pourrait venir ici. Amen a transformé tout le premier étage en pavillon orthopédique. Tous ces poids au bout d'une corde. Il y a des parties de son corps qu'il n'aime pas. Il est *furieux* contre certaines parties de son corps.

— Quelles parties?

— Ses putains d'avant-bras, ses putains de mollets. Les proportions. Il a l'œil d'un artiste, et c'est une question de proportions. De rapport.

— C'est ça son problème avec les seins de Shéhérazade? Le rapport?

— Non, c'est plus fondamental que ça. »

Ils étaient assis dans l'ombre de leur montagne sœur. Au-dessus et au-delà, les nuages cherchaient les couleurs gothiques et les configurations bouffonnes dont ils allaient avoir besoin, en préparation de l'orage — qu'on attendait depuis longtemps. Whittaker dit :

« C'est comme avec les pedzouilles bouche bée du

bar de Montale. Mais plus extrême. Amen, Keith, a grandi dans le désert du Sahara. Les femmes auxquelles il est habitué ressemblent toutes à des boules de bowling. Et puis un après-midi il est à la piscine, il émerge pour respirer et voit une blonde d'un mètre quatre-vingts. Seins nus. Et ils étaient là, et le regardaient. Les seins de Shéhérazade. »

Ainsi, c'était vrai, pensa Keith. « Seins nus, dit-il, écœuré. Tu te moques de moi. Je croyais que Lily me taquinait.

— Non. Shéhérazade au bord de la piscine — seins nus comme le voulait la nature. Et maintenant, avec Amen, c'est devenu une obsession négative.

— Mm. J'essaye de les voir selon son point de vue.

— C'est compliqué. Il a l'œil d'un artiste et c'est compliqué. Quelquefois il dit qu'ils ressemblent à une sculpture terrifiante intitulée *Femelle*. Et pas de la pierre — du métal. Et écoute-moi ça. Quelquefois il dit qu'ils devraient être dans un bocal en verre épais. Dans la resserre d'un labo. Avec tous les autres monstres.

— Ça *c'est* — c'est formidablement gay... Moi, je suppose que je n'en serais pas décontenancé. Je crois que je suis assez lucide à propos des seins. On m'a nourri au biberon, tu comprends. Pas de période seins nus pendant mon enfance. »

Des gouttes d'eau corpulentes commencèrent à tomber ici et là.

« Ce serait sans doute moins problématique, dit Whittaker, si nous ressemblions tous à des boules de bowling. La sœur d'Amen, Ruaa, elle n'est pas grosse, en tout cas je ne crois pas, mais elle est...

Elle ressemble — comment s'appelle ce film d'horreur avec Steve McQueen? Ah oui. Elle ressemble au Blob, le Grumeau, *Danger planétaire.* »

Les trente-deux pièces sur les soixante-quatre cases étaient maintenant réduites à sept dans chaque camp.

« Match nul? dit Keith. Voici un tuyau pour Amen. La prochaine fois qu'il verra les seins de Shéhérazade, est-ce qu'il ne peut pas prétendre que c'est un cul? Est-ce qu'il y a des parties de *ton* corps qu'Amen n'aime pas?

— Il ne l'aime pas du tout. J'ai trente et un ans. Vous, les mecs, vous êtes tous des gamins. Trop grand, trop petit, trop ceci et trop cela. Quand est-ce que vous parviendrez jamais à vous sentir à l'aise avec votre corps? »

———

Après le dîner, il joua une heure aux cartes avec Shéhérazade sur l'épais tapis d'une pièce lointaine (*l'antre* ou *l'armurerie,* avec sa tête d'élan, ses dagues croisées, ses canons miniatures de chaque côté du foyer de la cheminée). Keith avait passé la plus grande partie de la soirée à bavarder avec Oona, sa mère, de sorte qu'il était bien placé (les cartes en éventail de Shéhérazade étaient à vingt centimètres de son menton) pour voir ce qu'était la jeunesse. Le visage de Shéhérazade était en fait plus étroit que celui de sa mère, mais la chair en était plus pleine et plus potelée. Et elle avait une qualité qui en amplifiait la beauté — la peau pleine de la jeunesse. Il y avait beaucoup de rires et, de sa part à elle, un peu de rayonnement; de temps en temps elle le regardait en rayonnant. Juste avant minuit, ils montèrent dans la tour à la lumière d'une lanterne.

« Je suis Shéhérazade, dit Lily dans le noir. Shéhérazade est étendue là. Mais elle a été droguée. Elle est entièrement à ta merci. Avec la drogue, elle est sans défense.

— Quel genre de drogue ?

— Elle ne peut pas parler. Elle est sans défense. Tu peux tout essayer ! »

Plus tard, Lily dit :

« Non. Reste. Fume-la à la fenêtre. Penche-toi. »

Il se pencha, et fuma. Le ciel était sans étoiles, les cigales étaient silencieuses... Dix-sept ans plus tôt à la même heure, le 15 juillet 1953, il avait été autorisé à voir l'inconnue dans la chambre de ses parents. Karl était présent, lui aussi, et il y avait une sage-femme qui rangeait ses affaires, le visage de sa mère sur l'oreiller était cramoisi, et moite, et plein de sagesse. Keith n'avait pas tout à fait quatre ans. Avec un cœur prêt à éclater il s'approcha du berceau — mais non, dans son esprit ce n'était pas un berceau ou un panier : c'était un lit, et y était posée une créature de la taille d'un nourrisson déjà développé, avec des cheveux blonds, épais et longs couvrant sa poitrine, des joues tièdes et le sourire entendu du sommeil. Un faux souvenir (en tout cas c'est ce qu'il avait toujours supposé), retouché ou restauré par les facettes et les lustres qui l'attendaient dans le futur — parce qu'il avait vu entretemps un ou deux nouveau-nés et il n'avait aucune illusion sur leur aspect. Mais maintenant (penché au-dehors, fumant, réfléchissant) il décida que cette ancienne vision, sa sœur formée, était en fait ce qu'il avait vu, dans son état hallucinatoire, défoncé par l'amour et le désir de protéger.

Pas d'étoiles et pas de cigales. Seulement un quart de lune, couché sur le dos et à un angle plein d'attente, comme un bébé se préparant pour le biberon ou le sein.

« Où est notre orage ? » demanda Lily quand il la rejoignit.

Keith se laissa aller en arrière. Lily aussi était pareille à une sœur adoptive pour lui... Tout va se décider ici, pensa-t-il. Tout va se décider dans le château en Italie. Dès le début, alors qu'il grimpait dans la tour avec ses sacs, trois marches au-dessous de Shéhérazade (le segment de blanc dans tout ce bronze bouillonnant), il avait eu la forte intuition que sa nature sexuelle était encore ouverte aux changements. Pendant quelque temps, il s'en inquiéta : il deviendrait gay et tomberait follement amoureux d'Amen ; il serait pris de passion pour une des brebis dans le champ derrière le paddock ; au minimum, il développerait un sentiment maladif pour, disons, Oona, ou Conchita — ou même Dodo !... C'est l'apothéose de ma jeunesse, pensa-t-il. Tout va se décider ici.

Et cela arriva alors, une heure plus tard, deux heures, trois heures. Très amateur, camelote, comme un fusil de pantomime. On voyait presque le méchant barbu dans sa redingote, et les ronds de fumée mollassons s'épanouissant au-dessus de son espingole. Amateur — et néolithiquement bruyant.

« Toi ? demanda Lily tout à coup.
— Oui, dit-il. Moi.

— Mm. Demain, tous tes rêves deviendront réalité.
— Comment ça ?
— Après l'orage. Nous nous exhibons. Elle. Au bord de la piscine. »

PREMIER ENTRACTE

La Décennie du Moi ne s'est appelée la Décennie du Moi qu'en 1976. Pendant l'été 1970, ils n'y étaient entrés que depuis six mois ; mais ils pouvaient tous être plutôt certains que les années 70 seraient une décennie du moi. Cela parce que toutes les décennies étaient à présent des décennies du moi. Il n'y a jamais rien eu qu'on puisse appeler une décennie du vous : en théorie, et en Angleterre, les décennies du *you* (jadis, dans la nuit médiévale) auraient été connues sous le nom de décennies du *thou*. Les années 1940 furent probablement la dernière décennie du nous. Et toutes les décennies, jusqu'en 1970, étaient indéniablement des décennies du lui. De sorte que la Décennie du Moi était la Décennie du Moi, sans l'ombre d'un doute — une nouvelle intensité d'égocentrisme. Mais la Décennie du Moi était aussi et indubitablement la Décennie du Elle.

Tout cela était organisé, organisé par l'histoire — simplement pour Keith. En tout cas il en avait parfois l'impression. Tout cela était fait pour Keith.

Parmi les pauvres (selon un distingué historien marxiste), *les femmes sont allées travailler après 1945 parce que, pour le dire crûment, les enfants ne le faisaient plus.* Ensuite, l'éducation supérieure, et la proportion d'étudiantes avait doublé pour passer du quart à la moitié. Également, sans jamais un instant oublier les besoins de Keith : les antibiotiques (1955), la pilule (1960), la loi sur l'égalité des salaires (1963), la loi sur les droits civiques (1964), l'Organisation nationale des femmes (1966), « Le mythe de l'orgasme vaginal » (1968), la Ligue nationale pour le droit à l'avortement (1969). *La Femme eunuque* (l'amour et l'idylle sont des illusions), *L'Âge de femme* (la famille nucléaire est une arnaque consumériste), *La Politique du mâle* (une insécurité sans fond incite l'homme à vouloir dominer), *Nos Corps, Nous-Mêmes* (comment émanciper la chambre à coucher), tous publiés en 1970, les uns après les autres, avec une synchronisation parfaite. C'était officiel. C'était là, et uniquement pour Keith.

Ce n'est qu'en 2003 que l'année 1970 le rattrapa.

La date était le 1er avril, le jour des poissons d'avril, et il sortait tout juste d'une rencontre des plus extraordinaires avec sa première épouse. La réaction immédiate de Keith, après la rencontre, fut d'appeler sa deuxième épouse et de lui en parler (sa deuxième épouse pensa que c'était scandaleux). Une fois rentré chez lui, il donna une version plus complète à sa troisième épouse, et sa troisième épouse, qui était presque toujours follement joyeuse, trouva que c'était très drôle.

« Comment peux-tu rire ? Cela veut dire que ma vie entière n'a aucun sens.

— Pas du tout. Cela veut simplement dire que ton premier mariage n'avait aucun sens. »

Keith examina le dos de ses mains. « Mon deuxième mariage ne fait pas non plus très bon effet. Tout à coup. J'ai agi sous le coup de la déception.

— Mm. Mais tu ne *peux pas* dire ça. Pense aux garçons. Pense à Nat et à Gus.

— C'est vrai.

— Et qu'est-ce que tu dis de ton troisième mariage ?

— Ça a l'air de bien marcher. Grâce à toi, ma chérie. Mais tout ce temps-là je ne faisais que... Maintenant c'est encore pire. Dans ma tête. »

La sonnette vibra. « C'est Silvia, dit-elle (c'est-à-dire sa fille adulte). Sois positif à propos de tout ça. Tu devrais remercier Dieu de ne jamais avoir eu d'enfant avec cette vieille salope. »

Il était une fois une très belle jeune fille dont le nom était Écho qui tomba amoureuse d'un très beau garçon. Un jour, alors qu'il était à la chasse, le garçon se trouva séparé de ses compagnons. Il les appela : Où êtes-vous ? Je suis ici. *Et Écho, qui le regardait avec prudence à distance, lui répondit :* Je suis ici. Je suis ici, je suis ici, je suis ici.

Je reste, *dit-il*. Viens vers moi.

Viens vers moi. Vers moi, vers moi, vers moi.

Reste là !

Reste là, *dit-elle, en larmes*. Reste là, reste là, reste là.

Il s'arrêta et écouta. Retrouvons-nous à mi-chemin. Viens.

Viens, *dit-elle.* Viens, viens, viens.

———

Notre historien marxiste écrit :

> Pourquoi les brillants dessinateurs de mode, une espèce connue pour son incapacité à analyser, réussissent parfois à anticiper la forme des choses à venir mieux que les prévisionnistes professionnels est une des questions les plus obscures de l'histoire ; et, pour les historiens de la culture, l'une des plus centrales.

Quel était donc le commentaire vestimentaire sur la période qui nous occupe ? Pour le voyage en Italie, Keith fit très attention à standardiser sa garde-robe peu étendue : jeans, chemises, T-shirts et son unique complet. Mais vous auriez dû le voir au printemps, déambulant d'un bout à l'autre de King's Road avec un Kenrik vêtu à l'identique, bottes à talons hauts en peau de serpent, pantalon taille basse à pattes d'éléphant, ceinture aussi massive qu'un grappin de marine, chemise à motif cachemire, tunique militaire à épaulettes dorées et foulard en soie sale noué autour du cou.

Quant aux filles, eh bien, prenez Shéhérazade par exemple : sandales modestes à lacets (avec des talonnettes), puis une vaste étendue nue et bronzée de mollet et de cuisse, les deux tiges fermes montant encore et encore et plus haut et plus haut, et encore et plus haut, jusqu'au dernier moment possible (le suspense étranglait tout le monde), la corolle, sous la forme d'une légère jupe d'été à peine plus large qu'un bracelet-montre; ensuite, démarrant avec persuasion très bas sur les hanches, une autre étendue (la concavité moite du nombril), finissant avec les pans noués du corsage transparent pour déboucher sur le ravin sans support du décolleté.

Résumons par une approximation : les garçons étaient habillés en clowns, alors qu'ils se débarrassaient avec empressement (et avec raison) d'un coup de plume d'environ un tiers de leur patrimoine *sans conditions*. Et les filles? Était-ce — toute cette exhibition —, était-ce supposé adoucir la pilule du transfert de pouvoir? Non, parce qu'elles allaient de toute façon obtenir le pouvoir. Était-ce une manière de remerciement? Peut-être, mais elles allaient de toute façon obtenir le pouvoir. À présent, il pense que l'exhibition n'était pas, pas tout à fait, une exhibition de pouvoir féminin, mais de magnitude féminine.

Keith se tenait devant l'évier de son bureau ou atelier à l'extrémité du jardin, et s'occupait de la blessure sur le dos de sa main. Cette blessure datait de début mars, lorsque ses jointures avaient emphatiquement pris contact avec un mur en brique. La plaie en était maintenant à sa troisième croûte, mais il continuait à la traiter, à la tamponner, à souffler dessus, à la chérir — sa pauvre main. Ces bobos étaient comme de petits animaux domestiques ou des plantes en pot dont on vous a soudainement confié le soin, qui ont besoin d'être nourris, promenés ou arrosés.

Lorsqu'on a vécu un demi-siècle, la chair, ce qui recouvre la personne, commence à s'amincir. Et le monde est plein de lames et de pointes. Pendant un an ou deux vos mains sont aussi coupées et éraflées qu'un genou d'écolier. Ensuite on apprend à se protéger. C'est ce que l'on fait jusqu'à ce que, à l'approche de la fin, on ne fasse plus rien d'autre — seulement se protéger. Et tandis que l'on apprend à faire ça, une clé de porte est un clou de porte, le rabat de la boîte aux lettres est un hachoir et l'air lui-même est plein de pointes et de lames.

C'était le 10 avril 2003 et Keith lisait le journal au café. Bagdad était tombée. Ce nouveau combat, entre l'islam et la chrétienté. La pensée infantile mais persistante de Keith (qui venait du poète écrasé en lui) était quelque chose comme : Mais on s'entendait si bien avant, les croyants et les infidèles... Ce n'était pas vraiment une guerre entre différentes religions, ou entre différents pays. C'était une guerre entre différents siècles. Comment les historiens du futur l'appelleraient-ils ? La Guerre du Temps, peut-être, ou la Guerre des Horloges.

La police secrète du régime qui venait d'être abattu avait pour nom Jihaz al-Haneen. Elle incluait le corps des tortionnaires — dont les agents étaient des érudits de la douleur. Pourtant, Jihaz al-Haneen se traduisait par *l'instrument du désir*. Cette expression ne faisait sens pour lui qu'en tant que description du corps humain.

Sa blessure l'attendait au tournant, un autre type de blessure, dans le château en Italie. C'était le contraire sensoriel de la torture : elle — ses pinces de délice, ses lèvres, le bout de ses doigts. Et que restait-il par la suite? Elle — ses menottes, ses fers chauffés à blanc.

C'était ici et tout autour d'eux. Que devaient-ils faire, les jeunes? La réaction au profond changement, à la réorganisation du pouvoir : voilà la chose qu'ils commençaient à traverser en tâtonnant, ainsi que des centaines de millions d'autres personnes. C'était une révolution. Et nous savons tous ce qui se passe dans une révolution.

On voit ce qui s'en va, on voit ce qui reste, on voit ce qui vient.

LIVRE DEUX

BALLE DE RÊVE

1

Où était la police ?

Sous l'axe brûlant de l'étoile parente, il était assis, torse nu, au bord de la piscine, le visage incliné au-dessus de *Peregrine Pickle*. Peregrine venait d'essayer (sans y parvenir) de droguer (et de violer) Emily Gauntlet, sa fiancée fortunée... Keith n'arrêtait pas de regarder sa montre.

« Tu n'arrêtes pas de regarder ta montre, dit Lily.
— Pas du tout.
— Mais si. Et tu es ici depuis sept heures du matin.
— Huit heures et demie, Lily. Belle matinée. Et je voulais dire au revoir à Conchita. Tu sais, j'ai un lien avec Conchita. Et c'est plus que d'avoir tous les deux été adoptés... De toute façon, je ne pensais pas à l'heure. Je pensais aux filles qu'on drogue. Ils s'y mettent *tous*. »

Lily dit : « Quel est le rapport entre l'heure et les filles qu'on drogue ? Je suppose que droguer les filles était leur seule chance — à l'époque. C'était comme ça qu'on faisait.

— Ouais. » Il pensa, alors, à une autre ancienne petite amie : Doris. « Ouais. Au lieu de les harceler à propos de la révolution sexuelle. De leur casser les pieds avec la révolution sexuelle... Tu as décidé, maintenant? Si tu vas bronzer le haut?

— Oui. Et la réponse est non. Mets-toi à ma place. Est-ce que tu aimerais t'asseoir ici nu avec Tarzan? »

Il se leva et s'approcha lentement du bord de la piscine. Oona et Amen étaient venus et repartis séparément — leurs longueurs du matin; et Keith réfléchissait à l'optique peu fiable de la piscine. Les parois et le fond étaient gris métallique. Lorsque l'eau était calme, sa surface brillait, massive et impénétrable, comme un miroir; quand l'eau s'agitait, ou quand la lumière changeait (de l'ombre à l'aveuglant, mais aussi de l'aveuglant à l'ombre), elle devenait translucide et on apercevait la grosse bonde au fond de la partie profonde, et même une pièce de monnaie ou une épingle à cheveux parfois. Il y réfléchissait, à ce nouveau monde gris de verre et d'opacité, et pas le bleu tremblant, glissant, en rubans, des piscines de son enfance.

« La voilà. »

Shéhérazade se décantait en descendant les trois niveaux de terrasses, avant de traverser un décor de tonnelles et de serres à proximité de l'eau, pieds nus mais en tenue de tennis — une jupe plissée vert pâle et un Fred Perry jaune. Elle fit glisser la partie basse en pivotant (ce qui lui fit penser à une pomme qu'on épluche) et se tortilla hors du polo; puis elle forma des ailes avec ses bras et dégrafa le haut de son bikini (et il n'était plus là — à peine un haussement d'épaules et il n'était plus là), en disant :

« Voilà encore un truc ennuyeux. »

Évidemment, cela n'était pas ennuyeux non plus.

D'un autre côté, il aurait été disgracieusement novice et bourgeois (et pas très cool) de réagir le moins du monde à ce qui était maintenant visible; de sorte que Keith se trouvait devant une tâche difficile, regarder Lily (en robe de chambre et pantoufles, encore dans l'ombre) en communiant simultanément avec une image qui était destinée, pour l'instant, à demeurer dans le désert le plus solitaire de sa vision périphérique. Après environ trente secondes, afin de soulager la tension des nerfs coincés dans son cou coincé, Keith leva les yeux vers l'extérieur — vers les pentes dorées du massif qui résonnaient dans le bleu pâle. Lily bâilla, et dit :

« Quel est l'autre truc ennuyeux?

— Eh bien, on vient de m'apprendre...

— Non, quel est *l'autre* truc ennuyeux? »

Lily regardait Shéhérazade. Keith fit donc de même... Et voici la pensée, voici la question qu'ils éveillaient en lui, les seins de Shéhérazade (les circonférences jumelles, interadjacentes, interchangeables) : *Où était la police?* Mais bon Dieu, où était la police? Telle était la question qu'il se posait souvent, en ces temps incertains. Où était-elle, la police? Shéhérazade dit :

« Excuse-moi, je ne te suis pas.

— Je veux dire, quel était le *premier* truc ennuyeux?

— La salle de bains, dit Keith. Tu sais. La partager. La sonnette.

— Ah. Et alors, quel est le *second* truc ennuyeux?

— Laisse-moi me mouiller d'abord. »

Shéhérazade fit un pas en avant et continua et plongea... Oui, l'ennui inexprimable de la salle de bains où, l'après-midi du jour précédent, Shéhérazade était apparue, genoux pliés et serrés, ses poings tenant fermement l'ourlet d'un T-shirt rose, tandis qu'elle reculait à petits pas traînants en riant... Elle refit alors surface et escalada le rebord, tendons tendus, couverte de perles d'eau étincelantes. Et tout ça était posé devant vous. Torse nu, comme le voulait la nature. Et pourtant le spectacle paraissait antinaturel à Keith — paraissait douteux, comme un glissement de genre. Les cigales montèrent le volume, et le soleil brillait. Elle dit :

« Fraîche, comme il faut. Je déteste quand on dirait de la soupe. Vous savez. Tiédasse. »

Lily dit : « Est-ce que le second truc ennuyeux est plus ennuyeux que le premier truc ennuyeux ?

— À peu près pareil — non, plus ennuyeux. On vient nous *rejoindre*. Oh, bon. Ces choses-là nous sont envoyées pour nous tester. Gloria, dit Shéhérazade, étendue sur le dos, les mains derrière la tête. Gloria. La coqueluche de Jorquil. Elle est en disgrâce et on la met à l'isolement — ici. Avec nous. Gloria Beautyman. Beautyman. Ça s'écrit comme *beauty*, et ça s'écrit comme *man*. Elle est plus âgée que nous. Vingt-deux ans. Ou vingt-*trois*. Oh, et puis, qu'est-ce qu'on peut faire ? C'est le château de Jorq. »

Keith avait rencontré Jorquil, ou s'était trouvé en sa présence pendant une ou deux minutes — Jorquil, l'oncle de Shéhérazade, trente ans (c'était ce genre de famille). Keith dit alors : « Joli *nom*. Gloria Beautyman.

— Oui, dit Lily avec précaution. Mais est-ce qu'elle est à la hauteur ? Est-ce qu'elle le porte bien, ce nom ?

— Plus ou moins. Je ne sais pas. Je crois qu'à la

longue on s'y fait. Un physique plutôt bizarre. Jorq s'en est entiché. Il dit que c'est ce qu'il y a de mieux. Il l'appelle Miss Univers. Pourquoi Miss Univers vient-elle toujours de la Terre? Il veut l'épouser. Je comprends mal. Les copines habituelles de Jorq ressemblent à des stars de cinéma.

— Jorq?

— Oui, je sais. Jorq, ce n'est pas un adonis, mais il est très riche. Et très passionné. Et Gloria... Elle doit posséder des profondeurs cachées. Quand même. Pauvre Gloria. Après deux semaines aux portes de la mort à cause *d'un seul* verre de champagne, elle peut presque s'asseoir dans son lit.

— Pourquoi elle est en disgrâce? Quel genre de disgrâce? On le sait?

— Disgrâce sexuelle, dit Shéhérazade. Et j'étais *là*. » Le soleil faisait briller ses dents et lui donnait un air affamé.

« Oh, raconte.

— Eh bien, j'ai promis de ne pas le dire. Je ne devrais vraiment pas. Non, je ne peux pas.

— Shéhérazade! fit Lily.

— Non. Je ne peux vraiment pas.

— Shé*hé*razade!

— Oh, c'est bon. Mais nous ne devons pas... Mon Dieu, je n'ai jamais rien vu de pareil. Et c'était si peu dans sa nature. Elle donne l'impression d'être un peu guindée. Elle est d'Édimbourg. Catholique. La haute. Et elle est presque morte de honte. Attendons Whittaker. Il adore ce genre de choses. »

En espadrilles, short kaki et chapeau de paille défoncé, Whittaker avançait dans le sentier, abandonnant derrière lui, parmi les jeunes arbres du deuxième niveau, la silhouette à peine perceptible mais visiblement terrifiée d'Amen. Keith réfléchit. Obsession — positive, négative. Du lat. *obsidere*, « assiéger ». Amen, cerné par les seins de Shéhérazade.

« Je croyais qu'ils étaient allés à Naples, dit Lily, pour chercher Ruaa. Vous savez. Le Grumeau. »

Shéhérazade dit : « Vous ne devez pas l'appeler le Grumeau devant Whittaker. Il pense que c'est irrévérencieux... Et Amen, il ne va pas bien, Whittaker ? Il a l'air complètement hanté. »

Mais Whittaker ne lui répondit rien et se contenta de soupirer et de s'asseoir.

« La disgrâce sexuelle, Whittaker, dit Keith d'un ton apaisant. Quelqu'un de la haute en meurt presque de honte.

— Oh, elle ne va pas si mal, Gloria, dit Shéhérazade. Ce qu'il y a, c'est qu'elle a fait ces peintures pour un roi du sexe. Et nous...

— Non, attends, dit Lily. Qu'est-ce que tu veux dire, un roi du sexe ?

— Le type qui monte des spectacles de cul mais pas *Oh Calcutta!*... Tu comprends, Gloria est surtout une danseuse. Royal Ballet. Mais elle est aussi peintre. Et elle a fait ces petites peintures pour le roi du sexe. Des danseurs qui font ça en l'air.

— En l'air ? dit Lily avec un peu d'impatience. En l'*air* ?

— Des danseurs qui font ça en l'air. Et le roi du sexe a organisé un grand déjeuner mondain dans le Wiltshire, et Gloria a été invitée, et nous n'étions qu'à une centaine de kilomètres de là, alors on y est allés. Et elle s'est couverte de honte. Je n'ai jamais rien vu de pareil. »

Keith s'installa plus confortablement. Le soleil, les cigales, les seins, les papillons, le goût mordant du café dans sa bouche, le plaisir flamboyant de sa cigarette française, le récit de disgrâce sexuelle qui n'impliquait pas sa sœur... Il dit :

« Raconte-nous ça, Shéhérazade, si tu veux bien. Tous les détails auxquels tu penses. Ne lésine pas.

— Eh bien. Pour commencer, elle s'est presque noyée dans la piscine intérieure. Attendez. Jorquil nous a déposées. Il a dit : *Tu feras le chaperon. Et pour l'amour de Dieu ne la laisse rien boire.* Parce qu'elle ne boit pas. Ne peut pas. Mais elle paraissait très énervée. Et alors naturellement je suis allée aux toilettes et quand je suis revenue elle finissait une énorme flûte de champagne. Je n'ai jamais rien vu de pareil. Elle était méconnaissable.

— Elle est petite ? demanda Keith. Ça arrive quelquefois quand les gens sont petits.

— Elle est *plutôt* petite. Elle n'est pas *tellement* petite. Ensuite elle a été extrêmement malade pendant plusieurs jours et a dû garder le lit après ça. Nous l'avons vraiment cru. Nous avons vraiment cru que la pauvre Gloria allait mourir de honte.

— Et je suppose, dit Lily, que de toute façon l'endroit était bourré de trouducs.

— Pas vraiment. Je veux dire, il y avait quelques beaux mecs et quelques pin-up autour de la piscine. Vous savez. Des gens qui ont l'air d'être en chocolat pâle. Mais il y avait des règles. Pas de seins nus. Pas de sexe. Et Gloria n'avait pas les seins nus. Pas les seins nus. Oh non. Elle avait le derrière nu. Elle avait perdu la culotte de son bikini juste avant de presque se noyer. Elle a dit que la culotte avait été aspirée par le jacuzzi.

— ... Aspirée par le jacuzzi, dit Whittaker. C'est vraiment très bon.

— Exactement ce qu'elle a dit. *Elle a été aspirée par le jacuzzi.* Alors ce type, le pro de polo, quand il l'a repêchée, il a dû la tenir à l'envers par les chevilles, et il l'a bien secouée. Un sacré spectacle. Et puis, dès qu'on l'a rhabillée elle a filé à l'étage. Et sur la piste de danse ils la faisaient passer d'homme en homme et ils la pelotaient à fond. Et elle avait l'air de quelqu'un dans un rêve. Et ils la pelotaient. Je veux dire, ils la pelotaient *vraiment*. »

Keith dit : « La pelotaient vraiment comment ?

— Eh bien. Quand je suis revenue, sa robe était troussée jusqu'à la taille. Pas seulement ça — elle était rentrée dans son porte-jarretelles. Pour pas qu'elle redescende. Et devinez quoi. Le type avec la langue dans son oreille lui palpait le cul avec les deux mains *dans sa culotte.* »

Il y eut une pause.

Whittaker dit : « Ça aussi c'est de première bourre. Dans sa culotte.

— Ces deux grosses paluches poilues dans sa culotte... Et ce n'était absolument pas dans sa nature.

— *In vino veritas*, dit Lily.

— Non », dit Keith. Mais il n'ajouta rien. La vérité dans le vin ? La vérité dans une Special Brew et un Southern Comfort, la vérité dans un Pink Lady ? Alors Clarissa Harlowe et Emily Gauntlet, pendant qu'elles étaient droguées, se comportaient *en toute vérité* ? Non. Mais quand la fille portait la potion à ses propres lèvres (Gloria, Violet), on pouvait alors affirmer que c'était *veritas*. Il dit avec gêne : « On pourrait penser qu'elle aurait dû savoir. Gloria Beautyman.

— On pourrait. Ce n'est pas tout. La salle de bains à l'étage avec le pro de polo. »

Un silence songeur plana sur la piscine.

« Un peu décevant, à dire vrai, après tout le reste. Jorquil est arrivé, vers quatre heures, et personne ne la *trouvait*. On est montés à l'étage et toutes les chambres étaient verrouillées. La politique de la maison. Et puis — dans le corridor. Il y avait là ces deux énormes nanas ou pouffes ou grosseins. D'anciennes doubles pages, ces énormes sous-maîtresses. Pareilles à des chevaux de course à la retraite. Elles avaient essayé de la contrôler toute la journée. Elles frappaient à la porte de la salle de bains en disant des choses comme : *Tu* viens, *Gloria? Tu as déjà tiré la* chasse, *Gloria?* Et puis la porte s'est ouverte et elle s'est affalée dans le couloir. Suivie par le pro de polo.

— Comment l'a pris Jorquil?

— Il est parti furieux. Il n'a pas vu tout ça. »

Ils attendirent.

« En fait, ils n'étaient restés là que quelques minutes. Le pro de polo a dit que c'était en toute innocence. Vous savez, un peu de cocaïne. Un peu de pelotage, pas plus, je crois. Il y avait du rouge à lèvres sur le col du pro de polo. Et pas juste une trace. Une petite bouche souriante. On pouvait même imaginer les petites dents souriantes... »

Whittaker dit : « Comme c'est décevant.

— Je sais. Mais quand même, elle a pleuré toutes les larmes de son corps dans la voiture. Et elle est suicidaire depuis. »

Shéhérazade se frotta les yeux avec ses poings,

comme une enfant... Selon un roman anglais qu'il avait lu, les hommes savaient pourquoi ils aimaient les seins des femmes — mais ils ne savaient pas pourquoi ils les aimaient *autant*. Keith, qui les aimait autant, ne savait même pas pourquoi il les aimait. Pourquoi ? Allez, se dit-il : dénombre sérieusement leurs forces et leurs vertus. Et pourtant ils vous dirigeaient vers l'idéal. Ça doit avoir un rapport avec l'univers, pensa Keith, avec les planètes, avec les soleils et les lunes.

Les jeunes ont en permanence une légère fièvre ; et c'est une erreur dans laquelle la mémoire tombe aisément, je crois — de penser que les jeunes de vingt ans se sentent toujours bien. À peine quelques minutes après la conclusion du conte de Shéhérazade, Keith se leva (le seul fait de se redresser, parfois, provoquait une attaque de vertige) et s'excusa. S'il avait été chez lui, aux bons vieux jours, il aurait pris une voix pitoyable pour appeler Sandy, leur chienne berger allemand toute douce, sa fourrure veinée noir et jaune ; et Sandy l'aurait rejoint sur la couverture en fronçant les sourcils, et aurait léché la face intérieure de ses poignets... Les jeunes de vingt ans luttent contre le poids de la gravité, et ils souffrent de décompression, avec des symptômes classiques. Douleur dans les muscles et les jointures, crampes, engourdissement, nausée, paralysie. Après un somme tragique dans la tour, Keith se redressa une fois de plus et se rendit dans la pièce adjacente pour mettre la tête sous le robinet.

D'une minute à l'autre maintenant, il en était

certain, il recommencerait à être heureux. D'où venait-il, ce bonheur qui redessinait son visage ? Contrairement à la majorité des gens, Keith avait été obligé de tomber amoureux de sa famille, et sa famille avait été obligée de tomber amoureuse de lui. Ça avait marché avec sa mère, Tina, ça avait marché avec Violet — avec Violet c'était facile. Mais ça n'avait jamais vraiment marché avec Karl, son père. Et, pendant presque dix ans, ça n'avait pas marché avec Nicholas. Quand Keith était apparu, quand il était arrivé en titubant sur la scène, à l'âge de dix-huit mois, les yeux de Nicholas, âgé de cinq ans, avaient l'éclat mort de la trahison, lui avait dit Tina. Et Nicholas en avait fait une sorte de passe-temps, la maltraitance, en parole ou en action, de son petit frère. Et Keith l'avait accepté. C'était la vie.

Deux semaines après son onzième anniversaire, Keith faisait ses devoirs de math dans la salle du petit déjeuner. Une guêpe malade grimpait sur la vitre de la fenêtre et n'arrêtait pas de retomber, et se remettait à grimper, et retombait. Il sentit Nicholas se matérialiser derrière lui. Les choses allaient mieux alors (en grande partie grâce à Violet, et à ses intercessions larmoyantes) ; néanmoins, il se tendit. Et Nicholas dit : *J'ai décidé que j'aime bien avoir un frère plus jeune.* Keith hocha la tête sans se retourner, et tous les chiffres s'éloignèrent et puis refluèrent, et il commença à se sentir heureux.

2

Regardez comment il l'éclairait

« Je ne trouve pas mes chaussures de gym, mes tennis. »

Il descendait de la tour (ayant abandonné son mal de tête derrière lui, dans la salle de bains suggestive). Shéhérazade portait sa jupe vert pâle et son polo jaune. Et Keith reçut alors son discours pénétrant et le ton d'accusation amusée comme si, en fait, Keith les avait cachées — avait caché les chaussures de tennis de Shéhérazade. Il s'arrêta une marche au-dessus d'elle. Il mesurait un mètre quatre-vingt-sept. Il dit :

« Tu joues avec qui ?

— Un aristo du coin. » Elle haussa les épaules. « Supposé être le grand play-boy italien. Comme ça tu sais. Le macaron de rêve habituel.

— Macaroni, tu veux dire. Ou bien tu veux dire oiseau de rêve ? »

Elle fronça les sourcils et dit : « Je croyais que je voulais dire macaron de rêve. Ou bien est-ce que je veux dire balle de rêve ?

— T'es bonne ?

— Pas vraiment. Une forme correcte. J'ai eu plein de leçons et le type m'a dit que l'important c'était comment on prenait tournure. Ce qui compte, c'est de quoi on a l'air. Ensuite, le reste vient tout seul. »

Il mesurait un mètre quatre-vingt-sept. Il dit : « À propos — tu portes parfaitement ton nom, Shéhérazade. La disgrâce de Gloria Beautyman. Le jour de honte de Gloria Beautyman. J'espère que tu me raconteras beaucoup d'histoires comme celle-là.

— Oh, je n'ai pas été très gentille. Elle m'a suppliée de ne pas le répéter. Gloria pleurait et elle m'a *suppliée* de ne pas le répéter. »

Pendant un moment les yeux de Shéhérazade se liquéfièrent, comme si elle avait emporté les larmes de Gloria avec elle jusqu'en Italie. Keith dit :

« Tu aurais eu du mal à ne pas le dire.

— C'est vrai. Nous voulons tous entendre parler de limites, tu ne crois pas ? Elle m'a dit : *S'il te plaît, oh s'il te plaît, ne le dis pas à Oona.* M'man venait de se rendre à l'aéroport. » Shéhérazade se croisa les bras et s'appuya de côté contre le mur. « Mais elle était au courant, pour la salle de bains verrouillée et le pro de polo. Jorq était fumasse et on l'a entendu dans toute la maison. Et c'est délicat, parce qu'ils sont plus ou moins fiancés. *Ne le dis pas à Oona.* La marque de rouge à lèvres et les mains dans la culotte.

— Et le bas du bikini aspiré par le jacuzzi. Qu'est-ce que tu as dit à ta mère, en fin de compte ?

— Eh bien, elle m'a cuisinée dès que je suis arrivée. Je ne suis pas une bonne menteuse, et c'est plus facile s'il y a un peu de vrai. La cocaïne était vraie. Il en proposait à tout le monde. Alors j'ai seulement dit que Gloria avait pris de la cocaïne là-bas. Avec le pro de polo. Et M'man n'a pas eu l'air de s'en inquiéter.

— Alors Gloria est hors de danger.

— Mais maintenant je vous ai tout raconté. Et quand elle viendra il y aura des sourires entendus. Et elle comprendra.

— Mais pas du tout. Pas de sourires entendus. Tu feras la leçon à Whittaker.

— C'est bon. Et tu feras la leçon à Lily. C'est bon. D'accord. »

Elle passa devant lui. Elle se retourna. Elle mesurait un mètre quatre-vingt-quinze. Il dit :

« En fait, tu les as vues, ces miniatures qu'elle a peintes ?

— Oui. Le roi du sexe les avait accrochées sur le mur de l'escalier. Des danseuses flottant en l'air et faisant Dieu sait quoi. Un bras ici, une jambe là. Je les ai vues. Et je les ai trouvées plutôt mignonnes. »

Keith tentait de savoir quelle était sa place dans la chaîne des êtres. Elle se tourna de nouveau et grimpa un peu plus haut. Il ferma les yeux et la vit entière, dans son enveloppe — dans le catsuit de sa jeunesse.

Cet après-midi-là ils empruntèrent le petit chemin raide qui menait au village, pour se promener, se tenir par la main et être un couple ensemble : Lily et Keith. Les rues profondes, le revêtement concassé, la noire pénombre des figuiers, dans le grand silence de l'heure de la sieste, abandonnée aux légers gargouillis de la digestion. Les graffitis, barbouillés de blanc : *Mussolini Ha Sempre Ragione!*

Mussolini a toujours raison ! Au-dessus d'eux, visible d'un peu partout, se dressait le cou arthritique de Santa Maria. Il était cinq heures, et les cloches frétillaient et se balançaient. L'occasion de se promener, de se tenir par la main et d'être un couple, pendant qu'il était encore temps.

« Regarde ça, dit-il. Ce n'est pas un chien, c'est un rat.

— Pas du tout, dit-elle. C'est un petit chien tout à fait correct.

— Ça n'a même pas *envie* d'être un chien.

— Arrête. Tu l'embarrasses.

— ... En fait, il a l'air un peu embarrassé.

— C'est vrai. Pauvre petite chose. Une espèce de teckel. Ou un terrier. Je pense que c'est un croisement.

— C'est possible. Sa maman était une chienne, mais son papa était un rat. »

La boutique d'animaux exhibait fièrement sa double vitrine : dans celle de gauche, une ménagerie divisée en sections (chatons, hamsters se tortillant, un seul lapin ébahi) ; dans celle de droite, avec toute la vitrine pour lui, le rat avec son collier bleu très chic, plus l'os en plastique, le panier en osier et le coussin de velours rouge sur lequel il était habituellement perché. Ce n'était pas la première fois qu'ils s'arrêtaient pour s'émerveiller devant lui. De la taille d'un rat, le poil gris à la fois court et dru, avec des moustaches remuantes, des yeux malariens, un museau rose et une queue pareille à un gros ver de terre. Keith demanda :

« Tu connais combien de rats qui mènent ce style de vie ? C'est pour ça qu'il a l'air tellement embarrassé. »

Lily dit tout à coup : « Ils jouent sur le court de tennis de son château. Il est supposé être un grand athlète. Elle dit que même si elle ne l'apprécie qu'un tout petit peu elle étudiera la proposition. »

Keith s'entendit dire : « Non. Est-ce que c'est juste pour Timmy ?

— Eh bien, c'est plus ou moins la faute de Timmy. Il devrait être ici. Je t'ai dit à quel point elle se sentait frustrée. Elle est capable de tout.

— Capable de tout ?

— Capable de tout. Regarde. Il est embarrassé de nouveau. »

Il dit : « Tu vois ? Un chien ne serait pas embarrassé. Et puis je ne comprends pas, pour Shéhérazade. Seul un rat serait embarrassé.

— Qu'est-ce que tu ne comprends pas ? Un chien serait embarrassé. Si tout le monde le prenait en permanence pour un rat. »

Il se retourna et dit : « Il y a six mois elle portait un uniforme et aidait les écoliers à traverser la rue. Et elle transportait des repas dans une camionnette. Je n'aurais même pas *juré* devant elle.

— Mais elle est différente. Elle a changé. Tu devrais l'entendre maintenant — sexe, sexe, sexe. Il y a tellement plus de femme en elle maintenant. »

Il se souvenait de la description de sa première fois, la première fois de Lily, avec l'étudiant français à Toulon, et qu'elle avait *marché sur la plage le lendemain matin, en pensant, mon Dieu, je suis une femme...* Éveillée à la féminité. C'était ce que les psychologues appelaient un *anniversaire animal* : on fait l'expérience d'un anniversaire animal quand le corps vous *tombe* dessus. Ce n'était pas comme ça pour les garçons, la première fois : la première fois était simplement quelque chose dont il fallait se débarrasser. Il fut saisi par un sentiment d'impuissance, et il tendit la main pour prendre celle de Lily.

« Au fait, dit-il. Quand Gloria Beautyman sera là, tu dois prétendre ne pas être au courant de son jour de honte.

— Violet est un peu comme ça quand elle boit, non ?

— Ouais, mais elle est un peu comme ça aussi quand elle ne boit pas. Rappelle-toi. Nous ne devons pas *traduire* Gloria. Tu sais ce que cela veut dire, Lily — *traduire* ?

— Explique, alors.

— Du latin *traducere*. "Conduire devant les yeux de la foule, exposer à la risée, au mépris." » Les héros tragiques étaient *traducti*. Riez autant que vous voulez, finissez-en avec ces yeux écarquillés. « Donc nous ne traduirons pas Gloria.

— Regarde, il aboie. C'est un chien.

— Ce qu'il veut c'est redevenir un rat. » Il veut s'éloigner de tout ça. Sans fanfare : un retour discret au royaume des rongeurs. « Il veut s'éloigner du coussin de velours et de l'os en plastique. Il veut escalader une gouttière.

— Tu es horrible. Regarde, il aboie. Ça prouve que c'est un chien.

— Ce n'est pas un aboiement. C'est un couinement.

— Ça ne peut être qu'un jappement. Tu l'embarrasses. Tu le traduis. C'est après toi qu'il aboie. C'est sa façon de te dire de foutre le camp. »

Ils étaient sur le chemin qui grimpait (et passait sous la route, et grimpait de l'autre côté) quand ils aperçurent Shéhérazade, qui était en train de descendre d'une Rolls-Royce crème. Elle se pencha brièvement dans l'encadrement de la vitre, ce qui fit remonter sa jupe verte ; puis elle agita la main tandis que la machine bondissait en avant. Keith pensa un instant que la voiture était sans conducteur, mais un bras bronzé apparut, fut paresseusement brandi et disparut à l'intérieur.

« Alors ? demanda Lily quand ils rejoignirent Shéhérazade devant le portail.

— Il m'a dit qu'il m'aimait.

— *Non*. À quel moment ?

— Le premier jeu du premier set. On en était à quinze partout. Il vient déjeuner demain. Et il est plein de projets.

— Et ?

— Il serait absolument parfait, se plaignit Shéhérazade. Si ce n'était ce petit détail. »

À présent je suis prêt à dire comment les corps sont changés en corps différents.

J'étais d'accord avec Keith quand il décida que la beauté de Shéhérazade était arrivée, elle était là, à peine descendue du bateau... Sept ou huit ans plus tôt, Keith avait dit à sa sœur : *Tu grandis tellement vite maintenant, Vi. Fixons un moment ta main des yeux et essayons de la voir grandir*. Et ils l'avaient fixée, et fixée, jusqu'à ce que la main semblât manifestement palpiter. Le talent de Shéhérazade était encore en train d'advenir, il lui venait par secousses. Il était à peine descendu du bateau, mais tous les jours il y en avait un peu plus. Elle se retourna, repartit sur le quai, et les dockers s'écrièrent : *Signorina, signorina* — et il y eut une autre malle de soies et de teintures et d'épices. Un teint de rose, mais une rose anglaise tonifiée par ce qui était indubitablement de l'américain — l'*américain*, quelque chose de plus dur et de plus brillant : le flot des métaux précieux du Nouveau Monde. Il y avait à peine assez de place en elle pour tout mettre — personne ne savait comment ils allaient parvenir à tout faire entrer.

Et Keith, lui aussi, changeait — mais pas extérieurement... Ici, au château, quand on marchait dans les longs corridors en pierre, l'écho était plus sonore que les bruits des pas, et on était confronté aux disjonctions produites par la paresse lamentable de la vitesse du son. Le bruit de pas syncopé. *Hello. Écho.* Et on n'arrêtait pas non plus d'apercevoir son reflet, dans des endroits inattendus, dans des miroirs riches et ondoyants, évidemment, mais aussi sur des bols et des soupières en argent, sur les lames et les dents des pesants couverts, dans les armures, dans les épais petits carreaux des vitres une fois le soir tombé.

Intérieurement, Keith se transformait. Il y avait quelque chose en lui qui n'était pas là auparavant.

« Allez, dis-moi. Qu'est-ce qui ne va pas avec Adriano ? demanda-t-il à Lily, ce soir-là dans le salon.

— Je ne te dirai rien. Tu vas devoir attendre, et tu verras. Tout ce que je peux dire, c'est qu'il est bel homme. Avec un corps sculpté des plus exquis. Et très cultivé. »

Le regard de Keith se déplaça latéralement tandis qu'il réfléchissait. « Je sais. Il a un rire horrible ou une voix très haut perchée. » Lily secoua la tête avec solennité. Il continua à réfléchir et dit : « Je sais. Il est dingue.

— Non, c'est toi qui es dingue. Et tu n'es même pas tiède. »

Keith se rendit à la cuisine. « Qu'est-ce qui ne va pas avec Adriano ? demanda-t-il à Shéhérazade.

— J'ai promis à Lily que je ne le dirais pas.

— Est-ce que c'est, euh, insurmontable ? Ce qui ne va pas chez lui ?

— Je ne suis pas vraiment sûre. Je suppose qu'on verra bien.

— Est-ce que c'est parce qu'il est...

— Plus de questions. Ne me tente pas. Sinon je vais craquer. Je l'ai déjà fait une fois aujourd'hui. Mangé le morceau. »

Au dîner, ce soir-là, il mena une expérience de pensée, ou une expérience de sentiment : il regarda Shéhérazade, pour la première fois, avec les yeux de l'amour. Comme s'il l'aimait et qu'elle l'aimait en retour. Tandis qu'il se rendait agréable à Lily, à Oona et à Whittaker, chaque fois qu'il osait le faire il regardait Shéhérazade avec les yeux de l'amour. Et que voient-ils, ces yeux ? Ils voient l'équivalent d'une œuvre d'art, ils voient l'esprit, le talent et une complication passionnante ; pendant des minutes entières il se croyait dans une salle de projection privée, témoin d'une première séance dont la spontanéité était inoubliable. Derrière les scènes de ce film, le réalisateur, un génie tourmenté (et sans doute italien), aurait la sagesse de coucher avec sa grande découverte. De toute évidence. Regardez comment il l'éclairait. Ça se voyait tout de suite.

Keith baissa la tête et observa la boue granuleuse au fond de sa tasse à café. Il y avait en lui quelque chose qui n'était pas là auparavant. C'était né quand Lily avait prononcé les mots *capable de tout*.

C'était l'espoir.

Et ils étaient entrés dans la Décennie du Elle — mais ils étaient tous à l'orée de Narcisse. Ils n'étaient pas comme leurs aînés et ne seraient pas comme leurs cadets. Parce qu'ils se rappelaient comment c'était avant : moins de pesanteur sur l'individu, quand on vivait sa vie de manière plus automatique... Ils étaient les premiers à pénétrer dans cette mer silencieuse, dont la surface est un bouclier qui brûle comme un miroir. Là-bas près de la grotte, là-bas près de la tonnelle, ils étaient couchés presque nus, avec leurs instruments de désir. Ils étaient les Yeux, ils étaient les *Je*, ils étaient les reflets, ils étaient les lucioles avec leurs organes luminescents.

3

Le trône le plus élevé du monde

Mon cher petit Keith,
Je t'envoie de mauvaises nouvelles au sujet de notre incroyable petite sœur (si mauvaises que ça ? demanderais-tu), alors je vais essayer de mettre un sourire sur ton visage avant de l'enlever :
Mon cœur bondit quand je vois. Le cœur est un chasseur solitaire. Cœur de chêne. Au cœur des ténèbres. Enterre mon cœur à Wounded Knee. Alors se brisa son puissant...

« Qu'est-ce qui est si drôle ? dit Lily, qui enduisait son toast de marmelade et se versait une deuxième tasse de thé.

— Un jeu auquel nous jouons. Moi et Nicholas. Viens voir.

— ... Je te repose la question. Qu'est-ce qui est si drôle ?

— Il faut remplacer *cœur* par *bite*. Comme dans Voici que se brise un noble... »

Elle dit : « *Le cœur est un chasseur solitaire.* L'auteur est une femme, non ?

— Ah, mais on ne met pas *bite* quand c'est une femme. On met *con* à la place.

— Enterre ma... C'est un peu puéril, non ?

— Oui. Très. » Il expliqua que quand on grandissait dans une maison avec des parents éclairés, où tout était permis et pardonné, où rien n'était jugé, excepté le jugement, on finissait par se passionner pour le subversif. « On a toujours fait ça. Et il y en a des tonnes d'autres.

— Peut-être auraient-ils dû être *moins* éclairés. Avec ton incroyable petite sœur.

— Mm. Peut-être. »

La lettre était sur le plateau du petit déjeuner. Et le plateau du petit déjeuner — préparé et porté héroïquement dans les hauteurs par Lily — était en lui-même une information. Il n'y avait à présent plus aucun doute à ce sujet : Lily et Keith vivaient maintenant une relation de fratrie — une relation de fratrie à peine animée par le crime nocturne de l'inceste. Et aucun crime, aucun acte d'endogamie appliquée n'avait été perpétré la nuit précédente. Il avait été reprogrammé — ce qui était le contenu paraphrasable du thé, des toasts, des oranges en quartiers. Il dit :

« Je suppose que tu aimerais maintenant lire le reste. Appuyée sur mon épaule. Eh bien, tu ne peux pas.

— Ne sois pas méchant.

— C'est bon. Mais pas avant que tu m'aies dit ce qui ne va pas avec Adriano. Et pourquoi Shéhérazade est si insupportablement désolée pour lui.

— Nous avons tous un petit défaut.

— C'est vrai. Et le sien est?

— Mais je voudrais que ce soit une belle surprise. »

Il dit : « D'accord. Mais pas d'interruption. »

Avant-hier soir, j'ai emmené Violet à une fête chez Sue et Mark. Il y avait quelques trucs intéressants, dont un *canard* qui se dandinait sur le plancher et qui chiait partout, et une fille ensorceleuse se dandinait derrière lui, accroupie, avec un rouleau de papier hygiénique à la main. Donc, l'enfer hippie habituel (festival de monstres et rodéo de dingues), et Vi s'est comportée plus ou moins comme on peut s'y attendre. L'inhabituel est ce qui s'est passé à l'aller.

« Oh, et je suppose que Nicholas ne fait pas de bêtises dans les enfers hippies.

— Sexuellement ? Non. Pas du tout. Parce que c'est un vrai gauchiste. Je n'arrête pas de le lui dire. *Tu n'es pas dans la bonne révolution, mon pote.* Mais est-ce qu'il m'écoute ?

— Et tu penses qu'il devrait en faire. Des bêtises.

— Non, je suis simplement surpris. Les filles lui font toujours du gringue. Et il ne suit jamais. Molly Sims lui a fait du gringue.

— Molly Sims ? Non.

— Si. Du gringue tellement graphique, prétendait-il, qu'elle lui a envoyé une lettre d'excuse le lendemain.

— Mais elle est connue pour ne presque jamais coucher avec personne. Molly Sims ? N'importe quoi.

— C'est ce que j'ai dit. Il est resté dormir chez elle après une fête et elle est venue lui dire bonsoir. En nuisette. Et elle s'est assise comme ça, les genoux relevés.

— Et alors, qu'a-t-il vu ?

— *Un cassoulet de chatte.* Selon lui.

— N'importe quoi.

— C'est ce que j'ai dit. Mais il a insisté. *Un cassoulet de chatte péteuse.* Moi non plus je ne l'ai pas cru. Alors il m'a montré la lettre. Plutôt extrême, ça. Pour du gringue.

— Très... Tu sais, cette nuit j'ai rêvé que tu avais étudié le Sexe à Oxford. Tout était parfaitement normal. Dans mon rêve. Sauf que tu avais étudié le Sexe à Oxford.

— J'ai obtenu quelle mention?

— Passable. Je déteste les rêves.

— Tu m'interromps. »

Je suis allé la chercher vers dix heures dans un bar à vin de Notting Hill. J'étais avec le poète Michael Underwood. Tu le connais? En tout cas, dans le taxi (comment puis-je l'exprimer?), j'ai tout à coup eu l'impression que j'avais une moustache. Ce n'était pas ma moustache. C'était celle de Michael. Alors je lui ai dit : Non merci, Mike, et nous avons continué à parler de William Empson et de I. A. Richards. Il est gay, tu comprends. Il ne minaude pas, n'a pas la voix haut perchée, pas vraiment, mais il est évidemment gay et content de l'être.

Bon. Violet était avec quelques filles, nous avions besoin de deux taxis pour le reste du trajet et elle est montée avec Michael. À l'arrivée (et ce n'était vraiment pas loin) il a dégringolé de la voiture comme s'il sortait de la bataille de Stalingrad. Debout là, les cheveux dans tous les sens, il rentrait sa chemise dans son pantalon et cherchait sa cravate entre ses omoplates, il m'a dit (remarque : il roule et avale ses *r* comme Denisov dans <u>Guerre et Paix</u>) : « Ma parole, ta sœur est une sacrée garrrce, pas vrai? »

121

« Garrrce ?

— Garce. » C'était une des choses qu'il aimait avec Lily : elle lisait à la même vitesse que lui (et elle savait tout ce qu'il y avait à savoir sur sa petite sœur). « Garce. Ce que Shéhérazade est supposée être. D'après toi. »

> Sur le moment ça a paru plutôt drôlement symétrique, et ce n'est que le lendemain que cela a commencé à me tourmenter. J'ai donc appelé Michael et nous sommes allés boire un pot. Entracte :
> L'amour est une chose splendide. J'aime Lucy. Si la musique nourrit l'amour. L'Amour dans un climat froid. L'amour est dans la vie d'un homme une chose à part. Aime-moi tendrement. Dieu est amour. L'Espion qui m'aimait. Stop ! Au <u>nom</u> de...

« L'amour est une... De quoi parle-t-il maintenant ?

— Eh bien, avec celui-là, dit Keith, quand c'est *aimer*, le verbe, on le remplace par *baiser*, et quand c'est le substantif, *amour*, on le remplace par *sexe hystérique*.

— Stop ! Au *nom* de... Tu ne peux pas finir ça plus tard ? Et puis, dans un instant on pourra aller rejoindre les tourtereaux dans la grotte.

— Mm. Je suis impatient de poser les yeux sur lui. Attends. Nom de Dieu.

— Finis ça plus tard. Adriano, ferme les yeux. Je suis Shéhérazade.

— Attends. »

Lily dit : « Stop ! Au nom de...

— Avant que tu me brises le...

— Stop ! »

Plus tard, Keith et Lily descendirent et furent présentés à Adriano autour d'une tasse de café dans le salon. Ils parlèrent de châteaux. Le château d'Adriano ressemblait au château de Jorquil — une forteresse à flanc de montagne. Le château d'Adriano (comme Keith n'allait pas tarder à le découvrir) prenait tout un village dans ses bras. Puis Keith retourna dans la tour.

Sa mission, là-haut, ne convenait pas à un héros romantique — ni même à l'antihéros qu'il était destiné à devenir. C'était indigne de lui, tout ça. Seulement, que pouvait-il y faire ? *Et au plus eslevé throne du monde*, dit Michel Eyquem de Montaigne en — quoi ? — 1575, *si ne sommes nous assis que sus nostre cul*. Êtres humains, fissionneurs d'atomes, donneurs de sérénades, rédacteurs de sonnets, ils veulent être des dieux mais ils sont des animaux, avec des corps qui appartenaient jadis à un poisson. Bref, Keith Nearing était assis sur la lunette froide. Il était naturellement impatient de se retrouver avec Adriano ; en tout cas, Adriano comprendrait.

Keith n'étudiait pas le Sexe à l'université — ou plutôt ne l'étudiait plus. Ces jours-ci, il étudiait *Pamela* et *Shamela*. Et pourtant, pendant ses quatre premiers trimestres, ce fut le Sexe qu'il étudia. Pas seulement le Sexe ; il étudiait aussi la Mort, il étudiait les Rêves, il étudiait la Merde. Selon le néofreudisme dominant à son époque, c'étaient là les pierres angulaires du moi — le sexe, la mort, les rêves, et les ordures humaines, ou les selles nocturnes. Montaigne aurait pu aller plus loin : il y a une cavité ovale sur le trône le plus élevé du monde, et un rouleau de papier hygiénique à portée de main.

Il y avait *bien* un truc ennuyeux à propos de la salle de bains — la salle de bains qui le liait à Shéhérazade. Elle n'avait pas de fenêtre. Uniquement une lucarne, hors d'atteinte. En comparaison de l'habitant mâle moyen d'Angleterre, Keith se trouvait franchement nonchalant en ce qui concernait la défécation. Mais il ne pouvait être qu'attristé par ce que cela signifiait. Et il était d'accord avec les valeureuses condoléances offertes par le grand Auden dans la strophe finale de « Géographie de la chambre » :

> L'esprit et le corps n'ont pas
> Le même calendrier :
> Ce n'est qu'après la visite
> Du matin que nous laissons
> Les inquiétudes mortes
> De la veille derrière nous,
> Affrontons, avec courage,
> Ce qui maintenant va être.

Ça aidait. De même que ceci, comme il le dirait un jour à ses deux fils qui grandissaient : *Les garçons ? Un conseil paternel sur la merde quand vous partagez la salle de bains avec une fille.* Grattez une allumette après. Grattez-en deux. Parce que ce n'était pas l'odeur, en fait, qui humiliait ; c'étaient les humiliantes émanations de la pourriture.

Keith gratta une troisième allumette. Alors qu'il serait inexact de dire qu'il s'inquiétait peu de savoir que Lily respirait sa chaleur, ses inquiétudes mortes, les restes de la veille, il ne supportait certainement pas l'idée de Shéhérazade et de ses narines délicatement en alerte. Ainsi restait-il sur place, avec *Roderick Random* ou *Peregrine Pickle*, parfois une demi-heure, pour être tout à fait certain. Il avait vingt ans, rappelez-vous, et était encore assez jeune — osmosant encore avec ses fluides et ses nostalgies. *Nostalgie*, du gr. *nostos*, « retour » + *algos*, « douleur ». La douleur du retour de ceux qui ont vingt ans.

Assez jeune aussi (alors qu'il abandonnait la salle de bains après un dernier reniflement dubitatif) pour que toutes ses journées, excepté une heure ou deux, soient bien empoisonnées par la conscience de son insuffisance physique. Oh, comme les jeunes souffrent à cause d'un nez, d'un menton, d'une paire d'oreilles... le morceau de son corps que Keith détestait était le morceau qui n'était pas là. Il souffrait de sa taille.

Poète et chercheur, péteur avaleur d'air et pompeur de sang (champion cosmique, rustre servile), il se glissa dans son maillot de bain et enfila ses tongs avant de descendre, par les terrasses, jusqu'à la piscine, prêt à confronter, avec courage, ce qui maintenant allait être.

« Ah, fit Adriano en s'adressant à Shéhérazade avec une élégante ondulation de sa paume ouverte, apporte-moi le tournesol fou de lumière ! »

La paume ouverte se retira et se referma sur le nœud en oreilles de lapin du cordon en soie qui serrait la ceinture de son pantalon crémeux (la couleur crème assortie, sans doute, à sa voiture). Keith s'assit sur une chaise métallique et regarda — tandis qu'*il Conte* se dévêtait en grande pompe.

Lorsqu'il avait pour la première fois entendu parler d'Adriano, Keith avait imaginé un grand séducteur, un génie splendide de la chambre et du boudoir — onctueusement viril, avec de lourdes paupières, des lèvres charnues et le sébum s'amassant visiblement dans chaque pore. Puis était venue la clause restrictive de Shéhérazade : *Il serait absolument parfait,* avait-elle dit. *Si ce n'était ce petit détail.* Et Keith avait passé une nuit de bonheur à dégrader cette affiche, le macaron ou la balle de rêve. Postillons, bégaiement, transpiration asphyxiante. Mais Adriano n'était pas comme ça.

Il se dévêtait, Adriano : tombèrent le pantalon neigeux, les mocassins à pompons, la chemise en shantoung, jusqu'aux étranges côtes de son maillot de bain bleu ciel, qui, néanmoins, bombait de manière intéressante... Adriano était équipé d'un anglais parfait, ou presque parfait : il lui arrivait de dire *as* au lieu de *like* (et pour une quelconque raison il ne parvenait pas à dire *Keith* — il ne parvint jamais à le dire correctement). Adriano hériterait d'un titre ancien et d'une fortune illimitée. Adriano était doté d'une musculation dense et d'une beauté classique, avec le front noble d'une monnaie antique, quelque chose d'argenté et de césarien.

Et il s'avança, jusqu'à la chaise longue de Shéhérazade. Adriano s'assit et, avec une formidable insouciance, glissa une main entre ses mollets humides.

« Ah, reprit-il. Je sais ce que ressentit Térée quand il vit Philomèle pour la première fois. Comme une forêt qu'enflamme soudain un vent brûlant. »

Ce n'était pas la voix d'un homme de petite taille, ce qui était d'une certaine façon remarquable. Parce que devinez quoi. Adriano mesurait un mètre cinquante.

« Je croyais que tu l'aurais terminée, dit Lily lorsque Keith la rejoignit à l'ombre, pendant que tu posais ta crotte.
— Lily ! » Personne n'était supposé savoir exactement quand il la posait. « En fait, j'ai essayé, mais je n'ai pas eu le courage. Viens, lis-la avec moi. Pas d'interruption. »

> Quand je me suis réveillé le lendemain, me sentant <u>vraiment</u> mal fichu, j'ai trouvé 1) une fille inconnue dans mon lit (tout habillée, y compris des bottes en caoutchouc), 2) Violet, sous un vieux rideau et un skinhead éclaboussé de tatouages sur le plancher du salon et, perturbablement, 3) un putain de <u>canard</u> qui faisait des longueurs dans la baignoire. Oui, dans l'ensemble, une soirée plutôt ordinaire. Mais ce qu'il m'en restait surtout, c'était l'histoire avec Michael Underwood.
> Nous...

« Le canard, dit Lily (il sentait son haleine dans son cou). Ça a dû être *vraiment* dur. Ooh. Tu vois ? Il fait des progrès. »
Keith dirigea son regard vers le scintillement jaune. Adriano s'était faufilé plus haut sur la chaise longue et était à présent face à Shéhérazade étendue ; il était penché en avant et sa main droite était posée sur le côté de sa taille.
« Il la torture, dit Keith. Regarde son visage. »
Et c'était vrai, pensa-t-il. Le visage de Shéhérazade avait l'expression d'une femme attirée sur scène par un magicien, un hypnotiste ou un lanceur

de couteaux. Amusée, embarrassée, extrêmement sceptique, avant qu'on la coupe en deux avec une scie. Lily dit :

« J'aperçois un sourire. Regarde. Il a presque posé son menton sur ses tétons.

— Attends qu'ils se lèvent en même temps. Cela remettra les choses en perspective. Maintenant, chut. Tu interromps.

— Adriano — qu'est-ce qui est arrivé à son cou ? »

> Nous nous sommes retrouvés après le travail, et Michael était inhabituellement silencieux — mal luné et gêné. J'ai dû approcher furtivement le sujet. Deux verres plus tard il a dit — bon Dieu —, il a dit qu'il n'avait jamais été attaqué aussi sauvagement et <u>insensiblement</u> (c'est le mot qu'il a utilisé) de toute sa vie. Et il m'a rappelé, toujours gêné, que pendant ses années aux Beaux-Arts on lui avait donné le nom de Marie du Port. Et il ne faut pas oublier. Michael <u>n'est pas joli.</u> Ainsi, mon cher petit Keith, s'il te plaît, qu'en penses-tu ?

« Insensiblement ?

— Insensé. Irraisonnable. Sans raison. Ni sentiments. » Et il pensa : Impy ! Il pensa au petit ami de Violet nommé *Impy*. « Peut-être devrais-je parler à Whittaker...

— Qu'est-il arrivé à la cuisse d'Adriano ? »

> Tu saisis l'étrangeté de la chose, non ? Quand j'ai senti la moustache de Michael sur mes lèvres, tout ce que j'ai eu à dire c'est non merci. Imagine s'il avait <u>continué à y aller</u> jusqu'au bout. Ainsi, Keith, s'il te plaît, qu'en penses-tu ?

PS. Une enveloppe matelassée est arrivée pour toi du <u>Literary Supplement</u>. Je demanderai au bureau de la recouvrir de timbres et de la faire suivre.

PPS. On dirait que Kenrik <u>va</u> partir camper avec Rita. Leur destination est la Sardaigne, et je suppose qu'il est concevable qu'ils aillent jusqu'à Montale. Je lui ai donné le numéro. C'est vraiment un château? Kenrik répète que lui et Rita ne sont que de bons amis et qu'il n'a aucune intention que ça change. J'ai consciencieusement — mais en vain je crois — répété tes conseils. J'ai dit : « Quoi que tu fasses, ne baise <u>pas</u> le Chien. »

« Pourquoi ne devrait-il pas? demanda Lily. S'il en a envie. Je ne suis pas sûre de comprendre.

— Personne ne comprend. Pas vraiment. Mais tout le monde sait qu'il ne faut pas.

— Ah, mais Rita aura son mot à dire, non? Et elle se comporte comme un garçon. C'est *sûr* qu'elle va tenter sa chance. Kenrik, c'est le paradis — un rêve. Il ressemble à Noureev jeune. Mm... C'est quoi ce truc du *Literary Supplement*?

— Quand tu m'as quitté, Lily, j'ai...

— Je ne t'ai pas quitté. C'était mutuel.

— Quand tu m'as quitté, Lily, je me suis mis à réfléchir à mon avenir. » Et il avait écrit au *Literary Supplement*, pour demander qu'on lui confie un livre à critiquer, à l'essai. Il voulait devenir critique littéraire. Et poète (mais c'était un secret). Il savait qu'il ne serait jamais romancier. Pour devenir romancier il fallait être la présence silencieuse à la réunion, *celui à qui rien n'échappe*. Et il n'était pas ce type d'observateur, pas ce type de moi. Il ne savait pas déchiffrer une situation; il l'interprétait toujours de travers. « Shéhérazade ! cria-t-il. Un paquet envoyé ici d'Angleterre ! Combien de temps ?

— Ça dépend ! répondit-elle. Entre une semaine et une année !

— Regarde, dit Lily. Il lui lit les lignes de la main maintenant. Elle rit.

— Ouais. Il suit sa ligne d'amour. Ha. Sans espoir.

— Les hommes petits font plus d'efforts. Qu'est-ce qui est arrivé à son pied ? Tu vas le dire à ta mère ?

— Pour Violet ? Ne parlons pas de Violet. Ça sera le désastre absolu, dit Keith pensivement, si Kenrik et Rita viennent ici et qu'ils ne sont pas simplement de bons amis. »

À midi, Whittaker arriva avec le plateau du café, et le groupe se rassembla au soleil. Au-delà, trois colonnes de fumée montaient vers le ciel depuis la vallée, de couleur olive, bleu argenté sur les bords. Plus bas, sur la pente supérieure du contrefort le plus proche, on voyait les deux moines qui marchaient souvent là-bas — en conversation passionnée mais sans faire de gestes, marchant, s'arrêtant, se tournant, les mains cachées. Whittaker dit :

« Adriano. J'ai cru comprendre que tu es un homme d'action.

— Il serait futile de le nier. C'est que mon corps, comme la carte d'une bataille, raconte lui-même mon amour de l'aventure. »

Et c'était vrai : du haut en bas de son petit corps râblé, Adriano portait les blessures de son engagement dans la bonne vie.

« Et alors, ton pied gauche, Adriano. Qu'est-ce qui s'est passé, là ? »

Deux petits orteils avaient été coupés net par une hélice de hors-bord dans les eaux de Ceylan.

« Et cette... décoloration sur ton cou et ton épaule ? »

Le résultat d'une flambée d'hélium dans une montgolfière, dix kilomètres au-dessus du désert de Nubie.

« Qu'en est-il de ces marques noires pointillées sur ta hanche et ta cuisse ? »

En chassant le sanglier au Kazakhstan, Adriano avait réussi à se mitrailler avec son propre fusil.

Et le genou, Adriano ?

Un accident de toboggan sur la piste haute de Lucerne... D'autres souvenirs d'une vie de risques étaient écrits sur son corps, pour la plupart le résultat d'innombrables chutes sur le terrain de polo.

« Il y en a qui disent que j'ai une tendance aux accidents, expliquait Adriano. Rien que l'autre jour — eh bien, je me remettais d'un plongeon de quarante étages en ascenseur sur la Sugar Loaf Plaza à Johannesburg. Alors des amis m'ont mis dans un jet privé à destination de Heidelberg. Nous avons survécu à l'atterrissage, dans un brouillard épais, grâce au travail héroïque de mon copilote. Et nous allions nous asseoir pour écouter *Parsifal* quand le balcon s'est écroulé. »

Il y eut un silence, et Keith se sentit emporté, tiré vers un autre genre. Il pensait que les classes supérieures avaient cessé d'être comme ça — avaient cessé d'être à l'origine d'une comédie sociale peu subtile. Mais ici, preuve du contraire, se trouvait Adriano. Keith dit : « Tu devrais quand même faire gaffe, mon pote. Tu devrais plutôt rester chez toi et espérer que ça se passera bien.

— Ah, Keethe, dit-il en faisant glisser un doigt le long de l'avant-bras de Shéhérazade, mais je vis pour le risque. » Il saisit sa main, l'embrassa, la caressa et la remit en place lentement, avec soin. « Je vis pour gravir des hauteurs impossibles. »

Alors Adriano se leva. D'un pas un peu pompeux, il s'approcha du plongeoir.

« Il est très souple », avertit Shéhérazade.

Il marcha jusqu'à l'extrémité, se retourna, mesura trois longues enjambées, et se retourna une fois de plus. Puis les deux pas, le saut pour bondir (jambe droite mièvrement pliée). Et tel un missile lancé par une catapulte, avec un claquement sec, Adriano jaillit en direction du soleil. Il y eut un instant, à mi-chemin, où on put apercevoir comme une inquiétude dans les yeux gonflés, mais il se ramassa sur lui-même, se mit en boule et tournoya avant de disparaître avec un plouf presque inaudible — avalé, englouti.

« ... Dieu merci pour ça, dit Lily.

— Oui, dit Shéhérazade. J'ai cru qu'il allait se rater. Pas toi ?

— Et frapper le béton de l'autre côté.

— Ou la cabine. Ou le rempart.

— Ou la tour. »

Après encore vingt secondes, la planche cessa de vibrer et ils se mirent spontanément debout tous les quatre. Et regardèrent. La surface était à peine troublée par le plongeon parfait d'Adriano, et ils ne virent que le ciel.

« Qu'est-ce qu'il fait là en bas ?

— Tu crois qu'il a un problème ?

— C'est vrai qu'il a plongé dans la partie la moins profonde.

— Et d'une bonne hauteur, en plus. Tu vois du sang ? »

Une autre minute s'écoula et la couleur de la journée eut le temps de changer.

« J'ai vu quelque chose.

— Où ?

— Est-ce que je devrais aller voir ? »

Adriano fit surface comme le Kraken, avec un reniflement spectaculaire et un violent coup de tête pour secouer sa mèche argentée. Et il n'avait pas l'air d'une petite chose, à la façon dont il agitait toute la piscine en frappant l'eau dans un sens et dans l'autre, à la façon dont il fouettait la piscine tout entière avec ses membres dorés.

Mais c'était vrai — ce que Lily lui dit dans le noir cette nuit-là. Et Keith se demanda comment ils y parvenaient, tous les deux. Par la suite, à déjeuner, au thé, à l'apéritif, au dîner, au café, en jouant aux cartes, Shéhérazade et Adriano ne furent pas une seule fois debout ensemble.

Alors qu'ils essayaient de s'endormir, Keith dit :

« La bite d'Adriano, c'est que des couilles. Je veux dire que sa bite, c'est du toc.

— C'est le tissu. Ou alors simplement le contraste d'échelle.

— Non, il a quelque chose là en bas.

— Mm. Comme s'il y avait versé un compotier de fruits.

— Non. Il y a mis une chaîne haute fidélité.

— Oui. Ou une batterie.

— Ce n'est que le contraste. Sa bite, c'est une couille.

— Ou peut-être pas.

— Il serait quand même ridicule.

— Une grosse bite, ça n'a rien de ridicule. Crois-moi. Dors bien », dit Lily.

4

Stratégies de distance

Cher Nicholas, pensa-t-il, en insomniant à côté de Lily. Cher Nicholas. Tu te souviens d'Impy? Mais oui, évidemment.

C'était à la même époque l'année dernière, et la maison était toute à nous pour le week-end, et Violet est arrivée avant toi, le vendredi après-midi, avec son nouveau beau.

Violet : « Keith, dis bonjour à Impy. » *Moi* : « Bonjour, Impy. Pourquoi t'appelle-t-on Impy? » *Violet* (chez qui, comme tu le sais, il n'y a ni agression, ni méchanceté, ni malveillance) : « Parce qu'il est *imp*otent! »

Impy et moi étions là, debout, sans sourire, tandis que Violet se perdait dans un rire symphonique... Peu de temps après elle est venue dans le jardin avec deux verres de jus de fruit.

Moi : « Écoute, Vi. N'appelle *pas* Impy Impy. » *Violet* : « Pourquoi pas? Il vaut mieux en faire une blague, tu crois pas? Sans ça, il aura un complexe. »

Selon elle, c'était ça, être moderne. Elle avait seize ans. Tu sais, je me disais souvent que j'aurais aimé avoir une petite amie qui ressemblait exactement à notre sœur. Une idée qui t'est totalement indisponible. Blonde, des yeux doux, des dents blanches, une grande bouche, ses traits et leurs douces transitions.

Violet : « Il aime qu'on l'appelle Impy. Il trouve ça drôle. » *Moi* : « Non. Il *dit* qu'il aime ça. Il *dit* qu'il trouve ça drôle. Quand as-tu commencé à lui donner ce nom ? » *Violet* : « La première nuit. » *Moi* : « Bon Dieu. C'est quoi, son vrai nom ? » *Violet* : « Feo. » *Moi* : « Eh bien, appelle Impy Feo. Je veux dire Theo. » *Violet* : « Si tu le dis, Key. » *Moi* : « Je le dis, Vi. »

Pourquoi a-t-elle encore des problèmes avec le son *th* ? Tu te souviens de ses transpositions ? *Ackitt* pour « *attic* ». *Kobbers* pour « *because* ». Glace à la naville.

Moi (en pensant que je devais mettre les points sur les i) : « Fais un vrai effort, Vi, et appelle Impy Theo. Tu devrais le construire. Et alors tu t'apercevras peut-être qu'il n'y a pas de *raison* d'appeler Theo Impy. Appelle Impy Theo. » *Violet* (avec pas mal d'esprit) : « ... Est-ce que je devrais commencer à appeler Impy Sexy ? » *Moi* : « C'est trop tard pour ça. Appelle-le Theo. » *Violet* : « Feo. D'accord, je vais essayer. »

Et elle a été très sage. Au cours du dîner ce soir-là, et tout le lendemain, est-ce que tu l'as entendue une *seule* fois appeler Impy Impy ? Moi, j'avais de grands espoirs pour Impy. Svelte et frémissant shelleyen, avec des yeux vulnérables. Je pouvais l'imaginer lire ou même rédiger « Ozymandias ». Je voyais en Impy une force pour le bien. Et puis il y a eu le dimanche après-midi.

Toi : « Qu'est-ce qui se passe ? » *Moi* : « Je ne suis pas sûr. Theo est en larmes à l'étage. » *Toi* : « Oui, eh bien, un type, une silhouette, vient de frapper à la porte de la cuisine. Un de ces types qui sont très gros mais qui n'ont pas de cul. Vi a dit, *À plus, Impy*, et elle est partie. Qu'est-ce que ça veut dire, *Impy* ? »

Oh Nicholas, mon cher — j'aurais tant aimé ne pas avoir à te le dire.

Moi : « Alors, c'est pour ça qu'elle l'appelle Impy. » *Toi* : « ... D'accord, elle est jeune. Mais on aurait pu penser qu'*elle* voudrait garder ça raisonnablement secret. » *Moi* : « Je sais. Je veux dire, si c'était dans l'autre sens. » *Toi* : « Exactement. Je te présente ma nouvelle amie. Je l'appelle Fridgy. Tu veux savoir pourquoi ? » *Moi* : « Impy, c'est pire que Fridgy. Tu comprends, une fille peut faire semblant de ne pas être frigide. Tandis qu'un garçon... » *Toi* : « Je vais lui parler. » *Moi* : « Je l'ai déjà fait. Elle n'arrête pas de dire qu'elle a juste très envie qu'il n'ait pas de complexe. » *Toi* : « Et elle dit quoi quand tu lui expliques l'évidence ? » *Moi* : « Elle dit : *Eh bien, il* est *impotent.* » *Toi* : « Ouais, je suis prêt à le parier. »

Et nous étions d'accord : aucun talent pour ça, aucun sentiment pour ça. Alors, qu'est-ce qu'elle veut ? Qu'est-ce qu'elle veut du moderne ?

Et maintenant, un an plus tard, que fait Violet ? Elle viole des tantes — ou elle essaye. J'en parlerai à Whittaker.

T'entends les moutons ?

Cher Nicholas, oh, frérot, la fille ici, elle... Quand elle plonge, elle plonge dans sa propre image reflétée. Quand elle nage, elle embrasse sa propre image. Elle fait des longueurs d'un bout à l'autre de la piscine, plongeant son visage, embrassant sa propre image.

Il fait chaud la nuit. T'entends les moutons, t'entends les chiens ?

———————

Shéhérazade était étendue sur le dos dans le jardin — terrasse supérieure. Elle tenait un livre, qui s'interposait entre ses yeux et le soleil évanescent. Le livre traitait de probabilités. Keith était assis à quatre ou cinq mètres de là, à la table en pierre. Il lisait *L'Abbaye de Northanger*. Plusieurs jours avaient passé. Adriano était souvent là.

« Ça te plaît ?
— Oh oui, dit-il.
— Pourquoi, en particulier ?
— Eh bien, c'est tellement... raisonnable. » Il bâilla et, en un rare spasme de décontraction ou de candeur, il s'étira, sur sa chaise de réalisateur, en faisant ressortir son os pubien. « La magnifique intelligence, dit-il. Et tellement raisonnable. Après Smollett et Sterne et tous ces autres foldingues. » Keith n'y arrivait pas avec Sterne. Il avait brutalement refermé *Tristram Shandy* plus ou moins à la page quinze, quand il était tombé sur l'adjectif *dadaïque*. Mais il pardonnait tout à Smollett à cause de sa traduction osmotique de *Don Quichotte*. Vous voyez, il continuait à avoir ces pensées, pendant encore quelque temps. « Non, j'aime Jane.

— Est-ce que ce n'est pas surtout une histoire de mariage d'argent ?

— Je crois que ce doit être un mythe. Cette héroïne dit que se marier pour l'argent lui paraît *la chose la plus immorale qui soit*. Catherine. Et elle n'a que seize ans. Isabella Thorpe veut se marier pour l'argent. Isabella est fabuleuse. C'est la salope.

— Gloria Beautyman était supposée arriver aujourd'hui. Mais elle a fait une rechute.

— Un autre verre de champagne.

— Non, elle ne s'est pas encore remise du premier. Et elle ne simule pas. Jorq l'a fait entrer à la Harley Street Clinic. Il lui manque un truc chimique. Diogène. Ce n'est évidemment pas Diogène. Mais quelque chose qui ressemble à Diogène.

— Mm. Comme les Eskimos. Comme les Peaux-Rouges. Un verre de whisky et c'était fini. Tout ce qu'ils pouvaient faire, c'était traîner autour des fortins. Il y avait comme une sorte de sous-tribu. Connue sous le nom de Traîne-Autour-des-Fortins.

— C'est tout ce que nous faisons, pas vrai ? Traîner autour des fortins. »

Shéhérazade faisait référence à leur sortie récente — d'un château à un autre château, du château de Jorquil au château d'Adriano. Keith dit :

« Et toi, le tien te plaît ? C'est quoi ?

— C'est sur les probabilités. Plus ou moins. Les paradoxes. Ou est-ce que je veux dire les surprises ? C'est fascinant à sa manière. Mais pas très fort en intérêt humain. » Shéhérazade elle-même bâilla avec appétit. « Temps de prendre une douche, je crois. »

Elle se leva. « Aïe », dit-elle, et pendant quelque temps elle examina la plante de son pied. « Marché sur une bardane. Adriano revient dîner. Avec un panier de nourriture. Repas à domicile pour le troisième âge. Ça t'embête ?

— Moi ?

— C'est qu'il peut être un peu trop. Et toi... Quelquefois j'ai l'impression que ça t'ennuie. »

Keith le sentit pour la première fois : le besoin impétueux d'un discours passionné, de poésie, d'aveux, de larmes de tendresse — de confession, surtout. C'était officiel, c'était autorisé. Il était douloureusement amoureux de Shéhérazade. Mais ces adorations abstraites faisaient partie de son histoire, et maintenant il pensait qu'il pouvait gérer ça. Il se racla la gorge et dit : « Il *est* un peu trop. Mais je ne peux pas dire qu'il me dérange. »

Elle jeta un coup d'œil vers le replat du champ, où les trois chevaux broutaient. « Lily me dit que tu détestes les mouches.

— C'est vrai.

— En Afrique, dit-elle de profil, on voit toute la journée ces pauvres visages noirs. Ils ont des mouches sur les joues et sur les lèvres. Même dans les yeux. Et ils ne les chassent pas. Ils y sont habitués, je suppose. Les êtres humains s'habituent à elles. Mais jamais les chevaux. Regarde leur queue. »

Et naturellement il regarda lorsqu'elle se retourna pour partir — le short kaki masculin, la chemise blanche masculine seulement à moitié rentrée, la démarche hautaine. Sa chemise était humide et des brins d'herbe étaient collés sur ses omoplates. Des brins d'herbe luisaient dans ses cheveux. Il se cala sur sa chaise. Les grenouilles, massées sur le terrain mouillé entre les parterres de fleurs emmurés, gargouillaient et grognaient confortablement. Cela arrivait à ses oreilles telle une stupeur d'autosatisfaction — comme un groupe de gros vieillards se rappelant une vie de probité et de profit. Les grenouilles dans leur marais mouillé, dans leur stupeur.

Les oiseaux jaunes riaient dans les appartements criards de l'orme. Plus haut, les corneilles, avec des visages affamés et amers, des visages taillés à la serpe (il pensa aux cavaliers noirs des échecs). Plus haut encore, les aventuriers homériques des couches supérieures, aussi denses et solides que des aimants, et en formation, comme la lame d'une lance, visant une contrée loin au-delà de l'horizon.

Vingt pages passèrent. Étrange comme un ciel observé paraît immuable ; mais ensuite, un paragraphe plus tard, cet espadon avait disparu, remplacé par les îles Britanniques (une disposition étonnamment populaire chez les nuages italiens)... Lily était maintenant assise en face, silencieuse. *Ordre public et dignité humaine* posé, non ouvert, sur ses genoux. Elle soupira. Il soupira à son tour. Tous les deux, Keith s'en rendait compte, diffusaient un air minable et mal entretenu. En plus de tout le reste, ils faisaient l'expérience de la déchéance qu'un couple établi aura tendance à ressentir lorsqu'il y a des éveils romantiques à proximité. Lily dit paresseusement :
« Elle en caresse encore l'idée. »
Keith dit, encore plus paresseusement : « C'est grotesque.
— ... Tom Pouce veut l'emmener assister à une corrida à Barcelone. Dans son hélicoptère.
— Non, Lily, tu veux dire dans son aéroplane.
— Pas son aéroplane. Son hélicoptère. Tom Pouce possède un hélicoptère.
— Un hélicoptère. C'est la mort assurée. Comme tu le sais.
— ... Si on pouvait l'étirer en longueur, il serait plutôt séduisant.
— Mais on ne peut pas l'étirer en longueur. Et

d'ailleurs. Ce n'est pas juste un nain. C'est un nain ridicule. Je ne comprends pas, on devrait pouvoir le chasser d'ici avec un bon éclat de rire.

— Arrête. Il a un mignon petit visage. Et il est charismatique. C'est impossible d'éviter de le regarder, tu ne trouves pas ? Quand il plonge ou qu'il est aux barres de musculation. »

Les barres de musculation étaient une installation que Keith avait à peine remarquée jusqu'à présent. Il s'était dit que ce devait être une sorte de porte-serviettes. Ces derniers jours, Adriano n'arrêtait pas de tournoyer et de renifler sur les barres de musculation. Lily dit :

« On ne peut pas détourner les yeux.

— C'est vrai. » Il alluma une cigarette. « C'est vrai. Mais seulement parce qu'on est certain qu'il est sur le point de se bousiller — tu sais, avec lui je me sens très gauchiste.

— Ce n'est pas ce que tu disais hier soir.

— D'accord. » La veille au soir, il avait dit que tous les connards de la haute devraient prendre Adriano comme modèle. Cela aurait signifié une paix éternelle dans la lutte des classes. Toutes ces difficultés à franchir et toutes ces dépenses, en quête de nouvelles blessures — pourquoi s'embêter à pendre Adriano ? Il suffit de lui donner une corde, et de lui montrer un arbre ou un lampadaire. « Ouais. Mais il marche toujours, pas vrai ? Tom Pouce. C'est ça le problème. Il n'est pas Tom Pouce. Ni Super Souris, ni Atomas, la fourmi atomique. Il est Tom dans *Tom et Jerry*. Il a neuf vies. Il n'arrête pas de s'en sortir. »

Plusieurs pages plus tard.

« Tu es contrarié par Violet.

— Pourquoi est-ce que je serais contrarié par Violet? Violet, ça va. Elle ne sort pas avec des équipes de foot ou autres choses du même genre. Ne parlons pas de Violet. »

Plusieurs pages plus tard.

« ... L'impression qu'il donne de mériter tout ça — voilà ce que je ne supporte pas. On aurait pu croire que mesurer un mètre cinquante, poursuivit Keith, lui apprendrait un peu d'humilité. *Oh* non, pas Tom Pouce.

— Mon Dieu, tu ne l'aimes vraiment pas, je crois. »

Keith confirma que c'était le cas. Lily dit :

« Allez, il est gentil. Ne sois pas mesquin.

— Et j'ai détesté son putain de château. Avec un valet de pied à l'ancienne derrière chaque chaise. Avec un vieux pedzouille en tenue de dragon debout derrière ta chaise qui ne peut pas te blairer.

— Et tous ces cris d'un bout à l'autre de la table. Quand même. Et les starlettes? »

Dans l'immense *piano nobile* sans cloisons d'Adriano (une surface d'environ la taille d'un district postal londonien) ils avaient été emmenés jusqu'à un profond buffet sur lequel étaient rangées deux dizaines de photographies encadrées : Adriano, assis ou étendu, avec une série de beautés pétant de santé dans divers décors opulents ou exotiques. Keith dit alors :

« Ça ne veut rien dire. Tout ce qu'il fait, c'est se prélasser avec des riches dépensiers. Il est normal qu'il se retrouve de temps en temps près d'une fille. Quelqu'un prend une photo. Et alors?

— Je voudrais savoir d'où il tient cette confiance

en lui, alors. Et puis écoute. Il *a* confiance en lui. Et il a une réputation.

— Mm... Fragilité, ton nom est femme, Lily — c'est l'argent et le titre. Et le charme de merde... Je déteste sa façon de tout le temps l'embrasser sur la main, sur les bras et sur l'épaule. Shéhérazade.

— Tu ne vois pas tout ça clairement. Il est en fait très hésitant. Il parle beaucoup, et il est italien, il est tactile, mais il ne lui a même pas fait d'avances. Ils ne sont jamais seuls. Tu ne vois pas bien clairement. Ce qui t'arrive assez souvent, tu sais.

— Étaler de l'huile d'olive sur son dos... »

Après une pause, Lily dit : « Tout s'explique. Tellement prévisible. Mm. Je vois. Tu es douloureusement amoureux de Shéhérazade.

— Quelquefois tu me stupéfies, dit-il, quand tu te trompes à ce point.

— Alors c'est simplement du ressentiment de classe. Pur et simple.

— Le ressentiment de classe, ça te gêne ? »

En fait, ce n'était pas si douloureux, ce n'était pas encore si douloureux. Et il se disait souvent : Tu as Lily. Tu es en sécurité avec Lily... Il était certainement assez troublé par ce qui avait commencé à aller mal avec lui au lit. Il n'y avait pas que les anciens étudiants en psychologie pour s'apercevoir de la coïncidence : Keith s'inquiétait pour sa sœur, et sa sœur était ce que Lily semblait être devenue. Mais la signification du lien, s'il y en avait un, lui échappait. Et il continuait à regarder Lily dix fois par jour et à se sentir reconnaissant et surpris, heureusement surpris.

« Elle tente de susciter un peu de travail caritatif

dans le village. Elle dit que faire le bien ça fait planer, et ça lui manque.

— Et voilà. Toujours une sainte. » Il jeta *L'Abbaye de Northanger* sur la table et dit : « Euh, Lily, écoute. Je pense que tu devrais te mettre seins nus à la piscine... pourquoi pas ?

— Pourquoi pas ? Et pourquoi, tu crois ? Est-ce que tu aimerais être assis là-bas la bite à l'air ? À côté de Tom Pouce — avec *sa* bite à l'air. De toute façon, pourquoi ? »

En fait, il avait plusieurs raisons. Mais il dit : « T'es plutôt bien roulée là-haut. Ils sont bien formés et élégants.

— Tu veux dire qu'ils sont petits.

— La taille ne compte pas. Et puis la bite d'Adriano, c'est que du toc.

— Si, la taille compte. Voilà à quoi ça se résume. Elle a dit que ça irait peut-être s'il mesurait juste dix centimètres de plus. »

Dix centimètres ? pensa-t-il. Ça ne fait qu'un mètre *soixante*. Il dit : « Mesurer un mètre soixante, ou un mètre quatre-vingt-dix, ne l'empêcherait pas d'avoir l'air ridicule. Comment peux-*tu* le supporter ? Tu aimes le réalisme social. »

Lily dit : « Il est très en forme. Et elle a lu quelque part que c'est très différent. Avec quelqu'un en pleine forme. Et tu sais que Timmy est une vraie nouille. Je lui ai dit, *Les hommes petits font plus d'efforts*. Imagine les efforts que *tu* ferais si tu mesurais un mètre cinquante. Il veut l'emmener à Saint-Moritz. Pas pour la neige. Évidemment. L'escalade... Ferme les yeux une seconde et imagine les efforts qu'il ferait. »

Keith dissimula un faible grognement dans une

exhalation de Disque Bleu. Il n'y avait pas de mise en garde du ministère de la Santé sur son paquet blanc et mou. Le fait que fumer soit mauvais pour la santé : on avait alors de forts soupçons. Mais il ne s'en inquiétait pas. Typiquement, je crois, à cet égard, Keith était encore assez jeune pour supposer, selon l'humeur du moment, qu'il n'allait de toute façon pas vivre très longtemps... Il ferma les yeux une seconde et vit Adriano — brutalement chaussé, avec alpenstock et alpenhorn, pitons et mousquetons — se préparant à conquérir la face sud de Shéhérazade. Il regarda la silhouette aplatie dans l'herbe, l'endroit où sa forme avait été couchée.

« Eh bien, dis-lui de ne rien précipiter, dit-il en reprenant son livre. Elle ne devrait pas se dévaluer. C'est en fait à Timmy que je pense. »

———

Jusqu'alors, le nouveau rythme des intempéries correspondait assez précisément à son état mental. Pendant quatre ou cinq jours l'air devenait de plus en plus épais et se figeait. Et les orages — les orages, avec leur véhémence africaine, coïncidaient avec ses insomnies. Il se prenait d'amitié avec des heures qu'il connaissait à peine, celle qu'on appelle Trois, celle qu'on appelle Quatre. Ils le torturaient, ces orages, mais il se retrouvait devant une matinée plus propre. Puis les jours recommençaient à épaissir, s'amoncelaient, et une autre guerre éclatait dans les cieux.

Je ne sais pas de quoi tu te plains, avait déclaré Lily publiquement. *Tu passes encore la moitié de la nuit à jouer aux cartes avec elle. Je vous ai vus cette fois-là —*

à genoux tous les deux. J'ai cru que vous alliez vous marier. Que vous échangiez des vœux.

Quand on est à genoux, on est à la même hauteur. Pourquoi ça?

Parce que ses jambes ont trente centimètres de plus que les tiennes au-dessous du genou. À quoi vous jouez, de toute façon? demanda Lily qui détestait tous les jeux (et tous les sports). *Au vieux garçon?*

Non, ils jouaient au mariage, au barbu, au fantan et au stud poker. Et maintenant (mieux, bien mieux), sur le tapis de l'armurerie (le tapis était un tigre vautré), agenouillés l'un en face de l'autre, ils jouaient au racing demon... Le racing demon était une sorte de patience interactive. En tant que jeu de cartes, c'était presque un sport de contact. On chipait beaucoup, on s'envoyait des injures, on riait et, presque toujours, un chatoiement d'hystérie vers la fin. Il voulait jouer aux jeux qu'on appelle réussite et menteur. Est-ce bien ce qu'il voulait? Il voulait jouer à chasse-cœur. Cœur : ça, sans doute, c'était le problème.

Est-ce qu'ils signifiaient quelque chose, ces sourires et ces coups d'œil? Est-ce qu'ils signifiaient quelque chose, ces étalages, dans la salle de bains partagée, ces étalages de fascinant désordre? Keith lisait, et soupirait, et aurait voulu être un oiseau jaune. Parce qu'il aurait été horrifié au-delà de toute évaluation — de saisir sa gentillesse sans calcul et de la souiller avec ses mains, ses lèvres.

Keith avait grandi dans des villes, de petites villes au bord de la mer — Cornouailles, pays de Galles. La Cornouailles, où l'île plonge ses orteils dans la Manche; le pays de Galles, dont les bras se tendent pour étreindre la mer d'Irlande. Les seuls oiseaux qu'il connaissait étaient les pigeons des villes. Quand il leur arrivait de s'envoler (et c'était, invariablement, en dernier recours), c'était la peur qui les forçait à s'envoler.

Ici, en Italie, les *cornacchie* noires s'envolaient quand elles avaient faim, les *magneti* s'envolaient très haut vers leur destin et les *canarini* jaunes volaient de joie. Quand venait le vent, la tramontane derviche, les oiseaux jaunes ne suivaient pas les bourrasques et ne luttaient pas contre elles; ils ne volaient pas, ils ne flottaient pas, ils se contentaient de rester *suspendus*.

Le château reçut d'autres visiteurs pendant cette période d'anxiété. Il y eut un inoubliable jeune et beau commandant d'infanterie du nom de Marcello qui parut fort intéressé par Shéhérazade; mais il fut instantanément identifié par Whittaker (*Pourquoi les hétéros ne voient-ils pas?* dit-il. *Marcello est* exceptionnellement *gay*). Il y eut une apparition éloquente et érudite au bord de la piscine, Vincenzo, qui parut fort intéressé par Shéhérazade; mais il parla beaucoup de restauration d'églises et, quand il prit place pour déjeuner, il portait un col de pasteur. Le seul manquement d'Adriano au stéréotype sportif était son léger anticléricalisme (*je pense que les gens qui prient devraient prier seuls*). Est-ce que cela constituait l'occasion historique? Il vint à l'esprit de Keith qu'il était l'unique hétérosexuel séculier de la région à dépasser un mètre soixante.

Il n'avait jamais été infidèle à Lily. Il n'avait jamais été infidèle à quiconque. Je crois qu'il est important de se rappeler qu'à ce stade (et pour l'avenir à très court terme) Keith était un jeune homme à principes. Avec les filles, le nombre de ses transgressions, de ses fautes connues, était jusqu'à présent dérisoire. Il y avait eu sa négligence banale (un péché par omission) dans ses affaires avec Dilkash. Il y avait le forfait bien plus compliqué (un péché par action, cette fois, et souvent répété) dans ses affaires avec Pansy — Pansy, acolyte de Rita. Il pensait à elles toutes les heures, les deux filles, les deux injustices.

Au début de sa période religieuse (de huit à onze ans), alors qu'il ramassait les bibles après la classe, son professeur d'instruction religieuse, la hideuse mais fascinante Miss Paul (picoleuse en douce, avait-il décidé depuis), lui avait dit rêveusement, *Tu vois, Keith mon chéri, chacun d'entre nous a neuf étoiles dans le firmament. Et chaque fois que tu dis un mensonge, une de tes étoiles est éteint.* Et une Miss Paul sobre n'aurait pas dit ça (*est éteint* — une Miss Paul sobre l'aurait dit correctement). *Quand les neuf sont mortes — alors ton âme est perdue.* Et au fil des années Keith avait plus ou moins transféré cette idée à son avenir : ses filles et femmes futures. Il lui restait sept étoiles. Naturellement, la sagesse de la vieille fille galloise ivre avait été offerte (puis gauchie par lui) bien avant la révolution sexuelle. Et maintenant, sentait-il, tout le monde aurait besoin de bien plus de neuf étoiles.

Il traînait autour du fortin, et il était en sécurité avec Lily... Les montagnes qu'ils avaient devant les yeux se configuraient en trois échelons, trois stratégies de distance. Tout près se trouvaient les contreforts, pustuleux, et tachetés, et peu boisés. Au-delà des contreforts, il y avait les falaises bossues, en arête, tendues, telles des épines dorsales de dinosaure. Et très loin se dressait un monde de crêtes, de couvertures neigeuses et de couvertures nuageuses, de soleil et de lune, un monde de crêtes et de nuages.

DEUXIÈME ENTRACTE

Trouvez un miroir que vous aimez et en qui vous avez confiance, et restez-lui fidèle. Correction. Trouvez un miroir que vous aimez. Peu importe la confiance. Il est trop tard pour ça — il est trop tard pour la confiance. N'abandonnez pas ce miroir, et soyez-lui fidèle. Évitez de jeter le moindre coup d'œil à un autre miroir.

En fait, les choses ne vont pas *si* mal que ça. Correction. En fait, elles vont mal. Mais il s'agit ici d'une vérité que nous allons devoir reporter pendant de nombreuses pages avant de nous en approcher en catimini...

Après un certain âge on ne sait plus très bien de quoi on a l'air. Quelque chose ne va plus avec les miroirs. Ils perdent le pouvoir de vous dire de quoi vous avez l'air. D'accord, ils parviennent à le dire, sans doute. Mais vous ne le voyez pas.

Après un certain âge, donc, on n'a ni le moyen ni l'occasion de savoir de quoi on a l'air. Tout ce que le miroir vous donnera (dans au moins deux sens), ce sont les grandes lignes.

La première clause du manifeste révolutionnaire était comme suit : *Il y aura acte sexuel avant le mariage.* L'acte sexuel avant le mariage, pour presque tout le monde. Et pas seulement avec la personne avec qui vous alliez vous marier.

C'était très simple, tout le monde le savait, tout le monde l'avait vu venir depuis des années. Dans certains milieux, cependant, l'acte sexuel avant le mariage était vu comme une évolution affligeante. Qui en était affligé ? Ceux pour qui il n'y avait *pas* eu d'acte sexuel avant le mariage. À présent ils se disaient : *Alors, tout à coup, il y* aura *acte sexuel avant le mariage ? Sur quels fondements, alors, m'a-t-on dit qu'il n'y aurait* pas *d'acte sexuel avant le mariage ?*

Nicholas, en arrivant à la fin de l'adolescence au milieu des années 60, se retrouva impliqué dans une série de longs débats ennuyeux, répétitifs et en fait complètement circulaires avec son père. Cela commença à se produire à peu près un soir sur deux. *Pourquoi ne s'en va-t-il pas pour toujours ?* disait Nicholas. *Sinon, pourquoi ne s'en va-t-il pas très longtemps et puis repart dès qu'il est rentré ?* Le même genre de choses arrivait à Arn, à Ewan et à tous les autres amis de Keith (excepté à Kenrik, dont le père était mort avant la naissance de Kenrik).

Les débats circulaires traitaient ostensiblement des diverses limites imposées à la liberté et à l'indépendance de Nicholas. En fait, ils traitaient toujours de l'acte sexuel avant le mariage. Mais on ne mentionnait jamais l'acte sexuel avant le mariage (ce qui rendait le débat circulaire). Et pourtant c'était le professeur Karl Shackleton, sociologue, positiviste, progressiste. Karl était toutes ces choses — mais il n'avait pas eu droit à l'acte sexuel avant le mariage. Et, avec le recul, il aimait l'idée de l'acte sexuel avant le mariage. Nous pourrions indiquer entre parenthèses que le regret presque universel des hommes mourants est de ne pas avoir eu davantage de rapports sexuels avec davantage de femmes.

Keith se laissa aller à se sentir légèrement blessé quand il devint clair que le professeur Shackleton n'allait pas répéter ce rythme avec son fils adoptif (et Karl, déjà fragilisé par sa première attaque cardiaque mineure, sa première oblitération mineure, n'allait pas s'attaquer à Violet). C'était uniquement Nicholas, sa chair et son sang mâle, que Karl enviait. Et *envie*, comme le suggère le dictionnaire, nous entraîne par un mouvement de cavalier jusqu'à *empathie*. Du lat. *invidere*, « regarder avec malveillance », de *in-*, « dans » + *videre*, « voir ». L'envie est une empathie négative. L'envie est l'empathie au mauvais endroit et au mauvais moment.

« Les garçons ont gagné, dit sa belle-fille Silvia. Une fois de plus.

— Ça me fait mal d'entendre ça, dit Keith.

— Ça me fait mal de le dire. »

Silvia avait étudié le Sexe (au sens de Genre) à l'université de Bristol. Et elle était maintenant une de ces très jeunes journalistes qui déjà, à vingt-trois ans, rédigeait une colonne hebdomadaire très discutée dans un des quotidiens sérieux. Keith l'avait rencontrée pour la première fois quand elle avait quatorze ans — 1994, quand il avait vendu son grand duplex à Notting Hill et avait emménagé dans la maison tout en haut de Hampstead Heath. Silvia avait hérité la beauté de sa mère, mais pas sa gaieté insensée ; elle avait un esprit torpide qui faisait rire tout le monde sauf elle.

« Ainsi, tout en sachant que c'est une erreur, dit-elle torpidement, on se retrouve à passer la nuit avec un jeune homme. Et ils sont tous les mêmes. Peu importe qui c'est. Un quelconque duplicata en costume rayé. Une boule puante en T-shirt d'Arsenal. Et le lendemain matin, par habitude, on dit, tu sais, appelle-moi quand tu veux. Et il te regarde fixement. Comme si t'étais une lépreuse qui venait de faire une demande en mariage. Parce que *appelle-moi*, c'est du chantage émotionnel, tu comprends. Et l'engagement n'est pas autorisé. Les garçons ont gagné. Une fois de plus. »

Ses fils, Nat et Gus, avaient-ils gagné ? Ses filles — Isabel (neuf ans) et Chloe (huit ans) — avaient-elles perdu ?

Keith pleurait sa propre jeunesse, mais il n'enviait pas ses enfants. Le monde érotique auquel ils étaient confrontés (Silvia avait davantage à dire sur ce sujet), il ne le reconnaîtrait pas. De sorte qu'il comprenait en partie la consternation des pères, tandis que leur propre monde s'effondrait.

> Par cinq brasses sous les eaux gît ton père ;
> Ses os sont la fabrique du corail ;
> Deux perles brillent où furent ses yeux :
> Rien chez lui de périssable,
> Que le flot marin ne puisse changer
> En choses riches et étranges.
> Les océanides sonnent son glas chaque heure.

Il pensa, Allez, mes enfants. Multipliez-vous comme et quand vous voulez. Mais allez. Et merci, vous les océanides, pour votre glas. Et dans vos oraisons souvenez-vous, aussi, de mes péchés.

Lors d'une tentative pour soulager les problèmes sexuels chroniques dont il avait souffert pendant toutes les années 1970 (et pendant toutes les années 1980, et au-delà), Keith passa plusieurs pauses-déjeuner dans une succession d'agences de rencontres de Mayfair où, assis dans des salons ressemblant à des halls d'aéroport miniatures, avec l'aide de tenancières raffinées, il feuilleta des piles de brochures posées sur ses genoux. Les filles, par centaines, étaient photographiées de manière séduisante, et on pouvait connaître toutes leurs statistiques vitales et autres attributs. Il était en quête d'une certaine forme, d'un certain visage. Pour finir, Keith décida de ne pas aller jusqu'au bout. Mais il apprit quelque chose, et quelque chose de littéraire : pourquoi on ne peut pas écrire sur le sexe.

En feuilletant les pages des brochures luxueuses, il sentit le pouvoir fou de ceux qui vont au bordel — celui du choix. Le pouvoir corrompt : ce n'est pas une métaphore. Et les écrivains étaient instantanément corrompus par le pouvoir fou du choix. L'omnipotence de l'auteur s'accordait mal avec le pouvoir spécifiquement faillible de la créature masculine.

Mais l'été en Italie n'était pas de l'art, ce n'était que la vie. Personne n'inventait quoi que ce soit. Tout cela était vraiment arrivé.

C'était le 19 avril 2003, et il était cloîtré, à présent, dans le bureau au fond du jardin. Il ne voulait pas sortir, mais il lui arrivait de sortir. Puis, le 23 avril, il se mit à dormir là. Sa femme se tenait devant lui, les poings sur les hanches, fermement campée sur ses jambes fortes ; malgré tout, il se mit à dormir là. Il avait besoin d'échapper à la raison — pas seulement pour huit heures mais pour dix-huit heures sur vingt-quatre. Des réarrangements se produisaient dans les sources de son être.

Ouvrant les yeux, se réveillant, prenant congé du royaume moqueur induit par le sommeil, sortant du lit et se mettant debout : cela paraissait dévorer la part du lion de ce qui restait de la journée. Quant à se raser, chier, se doucher : ceci était un roman russe.

Alors, sur le lieu du rendez-vous, Écho avança précautionneusement dans la clairière. Elle leva les mains pour accueillir le garçon lisse. Il regarda son joli corps, mais il secoua la tête et se détourna en disant : Non. Je préférerais mourir que de te laisser me toucher.

Et que pouvait faire Écho, abandonnée, seule ? Que pouvait-elle dire ? Me toucher, *dit-elle en tombant à genoux.* Me toucher, me toucher, me toucher.

Comme le temps avance lentement quand il n'a que vingt ans.

Keith était maintenant bien lancé sur le train à grande vitesse de ses cinquante ans, dans lequel les minutes avaient tendance à traîner tandis que les années dégringolaient les unes après les autres et disparaissaient. Et le miroir tentait de lui dire quelque chose.

Il n'avait jamais été un candidat plausible pour la vanité et avait toujours pensé qu'il en était dépourvu. Mais l'âge, toujours prodigue de cadeaux, vous offre la vanité. Il vous pare de vanité, juste à temps.

———

Lorsqu'il parlait à ses enfants, Keith remarquait que *cool* était plus ou moins l'unique survivant du lexique de sa jeunesse. Ses fils l'utilisaient, ses filles l'utilisaient, mais le mot avait perdu ses connotations de grâce-sous-pression et ne signifiait plus que *bon.* En conséquence, on n'entendait plus jamais son contraire : *uncool.*

Pour quelqu'un né en 1949, le mot apporte quelques difficultés supplémentaires. Vieillir est *uncool.* Les cernes et les rides sont très *uncool.* Les prothèses auditives et les déambulateurs sont très *uncool.* Les maisons de retraite sont trop *uncool.*

———

Il avait d'autres choses en tête, mais il ne cessait de penser à la rencontre avec sa première épouse — dans le pub qui s'appelait Book and Bible. Quel prix il avait dû payer pour tout, pour l'été de 1970. Quel prix il avait dû payer !

LIVRE TROIS

L'HOMME QUI RÉTRÉCIT

1

Même au ciel

« Amen, dit Whittaker, peut comprendre la camaraderie. Il peut comprendre le sexe l'après-midi avec un inconnu. Mais il ne peut pas comprendre la liaison amoureuse.

— C'est qu'elles sont complexes, dit Keith. Les liaisons amoureuses.

— Les tantouses me trouvent bizarre. Je cherche une cohabitation monogame. Selon le modèle hétéro. Un dîner tranquille. La baise un jour sur deux. Et Amen — Amen dit qu'on ne devrait même pas penser à coucher deux fois avec la même personne. Ainsi, comme tu vois, nos opinions divergent légèrement. »

Keith dit : « Je n'arrête pas de le voir au bord de la terrasse. Il s'approche toujours plus. Qu'est-ce qui se passe ? Il a accepté, pour finir, les seins de Shéhérazade ?

— Non. Pas du tout. En fait, c'est pire que jamais. Mais il brave les seins de Shéhérazade à cause d'Adriano.

— ... Amen s'est entiché d'Adriano. » Keith alluma une cigarette. Plus tôt, le gargouillis suffisant des grenouilles ; à présent, la névrose installée des cigales...

« Il n'est pas exactement *entiché* de lui. Comme tu le dis de façon si charmante. Il l'admire en tant que spécimen. Moi aussi. Adriano est la perfection, à sa manière.

— Mm. Eh bien, il y a travaillé, non ?

— Je suppose qu'ils ont tous tendance à le faire. Ceux qui sont petits. Ils ne peuvent pas se rendre plus grands. Alors ils se rendent plus larges... Je n'arrête pas de penser que je regarde *L'Homme qui rétrécit*. À peu près au moment où il commence à avoir peur du chat.

— Au début, tu t'en souviens, quand il va embrasser sa femme et qu'elle est plus grande que lui ?

— Mm. D'aucuns disent que *L'Homme qui rétrécit* est un rêve d'anxiété à propos de l'érection de l'Américain. La virilité. L'essor des femmes. »

Ils poursuivirent leur jeu, échangeant, simplifiant.

« Bon, dit Whittaker. Le poète gay, était-il *vraiment* très gay ?

— Très gay ? Eh bien, gay, évidemment, d'après Nicholas. Content d'être gay, évidemment gay.

— Mm-hum. Et est-ce qu'il a la colorature gay ? La voix chantante affectée. Comme moi.

— Je ne sais pas. Les inflexions tantouses...

— Les inflexions tantouses ne sont pas un mystère. N'oublie pas que nos mignons viennent à peine d'être légalisés. Nous avons besoin des inflexions tantouses. Pour que les choses soient claires avec les autres tantouses. Mais hum, Violet. Il n'y aurait pas de l'agressivité en elle ?

— Aucune. Je veux dire, au lit, je n'en sais rien. » Et il décida lourdement de poser la question à Kenrik, quand Kenrik viendrait, s'il venait. « Mais autrement — aucune.

— *Mauvaise opinion de soi-même.* C'est ce que dirait un professionnel. Elle cherche à se rassurer par la voie la plus rapide. Tu connais tout ça. Mais y aller si fort avec une tantouse... je suis désolé. Et je vais continuer à y réfléchir. Mais je finis toujours dans une impasse.

— Moi aussi, je finis toujours dans une impasse. Match nul? Cette partie est tellement calme.

— Ouais. Nos parties ne sont pas intéressantes. Pourquoi ça? » Il leva les yeux et ses lunettes en écaille étaient pleines de lumière courbe. « C'est parce que nous sommes tous les deux amoureux. Il ne reste rien d'autre.

— Je ne suis pas certain d'être amoureux. » C'est quoi, cet « amour »? « *Toi,* tu es amoureux.

— Oui, je suis amoureux. Amen, quand il joue, Amen est féroce. Il pose les pièces avec violence. Amen n'est certainement pas amoureux. »

Les jacasseries folles, cliquetantes, des cigales — était-ce comme ça que les insectes riaient? Keith dit : « Amen dans le jardin. Il me fait penser à Bagheera dans *Le Livre de la jungle.* La panthère. Observant avec inquiétude entre les feuilles. Surveillant Mowgli.

— Et s'il est Bagheera, dit Whittaker, toi, tu es Bambi. Quand tu regardes Shéhérazade. Non. Tu es Belle, regardant le Clochard.

— *La Belle et le Clochard.* Tu te rappelles leur premier rendez-vous — le restaurant italien? Dîner à deux dans un restaurant italien.

— Ce n'est pas un premier rendez-vous typique pour des chiens. Et puis Belle et le Clochard vont regarder la lune. Pas pour hurler, juste pour regarder... Keith, un petit conseil paternel. Quand tu la regardes au dîner. Tes yeux sont humides. Et tu prends l'air *brimé*. Attention avec ça. »

Keith dit : « Ce n'est rien. J'avais de tels béguins quand j'étais petit qu'on devait me garder au lit. Le professeur venait me voir, et ma mère devait me soigner. Ceci n'est rien.

— Je croyais — ne dit-on pas que les enfants adoptés sont très prudents en amour ?

— Ouais, en général. Mais j'avais connu cet énorme succès au début, avec Violet. Et j'ai dû croire, je ne sais pas, j'ai dû croire que je pouvais rendre les filles amoureuses de moi. Il suffisait que je les aime, et elles m'aimeraient en retour... Shéhérazade, ce n'est rien. Je ne fais que l'admirer de loin.

— Regarde le bon côté des choses, dit Whittaker avec un peu de cruauté amusée sur le contour des lèvres. Elle est la meilleure amie de Lily. Alors ça ne devrait pas embêter Lily. »

Keith toussa et dit : « Elle est la *deuxième* meilleure amie de Lily. Il y a Belinda. Elle est à la fac à Dublin. De toute façon, c'est théorique. Mais Shéhérazade est la *deuxième* meilleure amie de Lily. »

Amen, apprit Keith, avait repris le car. Et se dirigeait avec fureur vers Naples. Il se tracassait beaucoup au sujet de sa sœur. Et qui ne l'aurait pas fait ? Amen avait entendu dire que Ruaa défaisait un peu son voile au marché, montrait sa bouche et une mèche de cheveux. Whittaker dit :

« Fais ça encore une fois et c'est terminé.

— Bien. Pat.

— Euh, non. Pat est un truc de fin de partie. Quand le roi ne peut que se mettre en échec. Ici, c'est juste match nul par répétition. »

Il faut essayer, pensa Keith. Un match nul par répétition : ce n'est pas ce que tu veux. Elles se moquent de toi, les cigales, les petites scientifiques folles dans le jardin. Les oiseaux jaunes se moquent de toi. Quand une fille ressemble à Shéhérazade, et qu'elle est désespérée, tu pourrais au moins *essayer*.

Ainsi, tu ne dors pas, lui dit Lily, *et tu ne manges pas. Tu dépéris.*

À la fin, évidemment, l'homme qui rétrécit, ayant échappé au chat et à l'araignée, devient tout simplement de plus en plus petit, et disparaît — dans le cosmos du subatomique.

« Alors, Oona, dit Lily. Qu'est-ce que tu en penses ? Adriano gagnera-t-il le cœur de Shéhérazade ?

— Adriano ? »

C'était un changement de sujet. Oona corrigeait des épreuves sur la table de la salle à manger qui avait été débarrassée, et elle faisait ça avec grand sérieux (elle avait déployé un manuel de style, un dictionnaire et une pile de journaux intimes et de photographies). Betty, sa tante maternelle, avait terminé de rédiger ses mémoires avant sa mort récente et Oona allait les faire imprimer — *à compte d'auteur*, disait-elle. Mais il se trouvait que la vieille Betty avait beaucoup de cordes à son arc : elle était une mécène de la littérature, une voyageuse, une aventurière érotique. Keith avait un peu plus tôt passé une demi-heure avec ça, la vie et l'époque de Betty. Yachts, divorces diaboliques, magnats, génies alcoolisés, accidents de voiture, suicides stratosphériques à paillettes... Whittaker et Shéhérazade étaient dans l'antichambre attenante et jouaient au trictrac avec grande violence (le dé doubleur était fort utilisé), à une lire le point. Adriano ne faisait pas partie de la compagnie, ayant été appelé vers quelque nouveau danger mortel (avec nids-de-poule ou parachutes). Oona, qui avait les yeux les plus expérimentés que Keith ait jamais vus, dit méticuleusement :

« Eh bien, il est très empressé, Adriano. Et persistant. Et la persistance nous impressionne — nous, les femmes. Mais il perd son temps. »

Et Lily dit : « Parce qu'il est trop, hum, petit ?

— Non. Elle pourrait même voir ça avec bienveillance. Elle a un cœur tellement tendre. C'est l'extravagance italienne qui l'offense. Trop théâtral. Elle dit que Timmy a besoin d'une leçon. Mais elle pardonnera à Timmy. Les temps changent, mais les caractères restent les mêmes, et ce n'est pas dans son caractère. Moi, *c'était* dans mon caractère. Et je sais. Keith, mon cher, quel est le sens littéral de *pandémonium* ? Est-ce que c'est comme *panthéon* mais le contraire ? »

Pendant le dîner, Keith avait fait un effort conscient pour ne pas trop regarder Shéhérazade, et il fut surpris de voir à quel point c'était facile — et surpris de voir avec quelle fluidité il avait papoté et quolibé et manié ses fers. Jusqu'à ce qu'en fait il finisse par jeter un coup d'œil de côté. Le visage de Shéhérazade était déjà fixé sur le sien : sans cligner des yeux, résolument spécifique, comme toujours, résolument personnel et (pensait-il) tranquillement interrogateur. Avec sa bouche en forme d'arc horizontal. Et dès lors, et tout le reste du temps, ne pas la regarder devint aussi pénible que tout ce qu'il avait jamais tenté de faire. Comment se priver de l'essence vitale ? Quand elle est là devant soi. Comment faire ? Il dit alors :

« Oona, pourquoi barres-tu tout le temps les hauts et les bas de page ?

— Veuves et orphelins, dit-elle. Le mot tout seul en haut de la page. La ligne toute seule en bas de la page. Je suis veuve.

— Et je suis orphelin. »

Elle sourit et dit : « Tu te rappelles ?

— L'orphelinat ? »

Il dit que non, il ne s'en souvenait pas... Il se souvenait d'un autre orphelinat, d'un autre orphelin. Chaque week-end, pendant une année ou deux, ils y étaient allés en voiture, toute la famille (c'était le genre de choses que faisait cette famille), et le sortaient pour l'après-midi — le petit Andrew. Et l'orphelinat était semblable à une école du dimanche ou à un séminaire qu'il fallait suivre vingt-quatre heures sur vingt-quatre : piliers massifs en bois, bancs disposés en lignes et assemblages de petits garçons étrangement silencieux. Andrew lui-même était plutôt silencieux. Il y avait de nombreux silences, dans la Morris 1000, dans le salon de thé au bord de la mer, dans le musée du bourg — le genre de silences qui hurlent dans les oreilles d'un enfant. Et puis ils le ramenaient. Keith se rappelait la qualité silencieuse de la pâleur d'Andrew, quand il sortait, quand il rentrait.

« Ça ne t'embête pas d'en parler ?

— Non. » Et il pensa : C'est à *mon* sujet, je crois. « Être orphelin n'est pas rien. Mais ce n'est pas tout. Loin de là. C'est juste — *là*. Bon Dieu. C'est Frieda Lawrence?

— Mm. Oh, ils sont venus plusieurs fois ici. Pendant les années 1920. J'étais une petite fille, mais je me souviens d'eux. »

Keith avait en main une photographie peu contrastée — le visage mûr, rural, trompeusement honnête de Frieda. Et D. H. de trois quarts, avec son menton obstiné, belligérant, sa barbe noire et dense coupée court. Ils se tenaient tous les deux devant la fontaine. La fontaine là en bas dans la cour. Keith dit :

« Les Lawrence, *ici*... J'ai lu la trilogie italienne juste avant de venir. Dans ces livres il l'appelle *la r-d-a*. La reine des abeilles.

— Eh bien, dans la vie, il l'appelait *la connasse*. En public. C'est ça. Il était très en avance. Betty était fascinée par Frieda. Tu sais, Frieda le trompait *tous les jours*. Frieda. Infidèle par nature. Mais elle le faisait par principe. Elle pensait que l'amour libre libérerait le monde. »

Lily dit : « Où dormaient-ils quand ils étaient ici?

— Dans la tour sud. Soit dans ta chambre soit dans celle de Shéhérazade.

— Bon Dieu », dit Keith. Un peu plus tard, il pensa au Mexique (et à l'Allemagne — Frieda Lawrence, née von Richthofen), et il dit : « Je me demande comment Conchita s'en sort. J'espère qu'elle va bien.

— Conchita? dit Oona avec une pointe de soupçon dans son froncement de sourcils. Pourquoi elle n'irait pas bien?

— Pas de raison. » Il pensait à Conchita à Copenhague, à Amsterdam, à Vienne — à Berlin, où deux guerres mondiales avaient été organisées. « Je me demandais, c'est tout. »

Onze heures n'avaient pas encore sonné, mais la soirée approchait de sa fin — par égard pour Oona, qui allait bientôt les quitter pour aller à Rome, à New York. Ils ne joueraient pas aux cartes, pas de Red Dog, pas de All Fours, avec Shéhérazade, pas de racing demon, pas ce soir. Tenant une lanterne, sous une lune semblable à un crâne, Keith se rendit avec les deux filles dans la tour sombre.

Est-ce que ça t'embête, Keith ? lui demanda son père, à plusieurs reprises — il voulait dire les après-midi avec Andrew. *Est-ce que tu préférerais ne pas y aller ?* Et Keith disait : *Non, on devrait...* Il avait neuf ans et n'était pas encore heureux ; mais il était un petit garçon honnête et sensible. Et il continua à être honnête et sensible quand vint le bonheur — honnête et snsible. Un de ces attributs, ou peut-être les deux, devrait maintenant disparaître.

Bâ-â, dit la brebis. *Gâ-â. Dâ-â.*

Il était en train de faire l'amour avec Lily.

Quand Keith la persuada de dénuder ses seins à la piscine, il avait trois objectifs. D'abord, cela réduirait son malaise quand il regardait les seins de Shéhérazade (mission accomplie) ; deuxièmement, cela augmenterait, un tout petit peu, sa ressemblance, quand elle était nue, avec Shéhérazade (mission accomplie) ; troisièmement, il pensait que ce serait bien pour son assurance sexuelle, tellement diminuée, sentait-il, par la proximité permanente de Shéhérazade (résultat peu évident).

Il était en train de faire l'amour avec Lily.

Les bras et les jambes de sa sœur spectrale allaient là où ils allaient d'habitude, les mains calmaient, ses deux langues exploraient ses deux bouches...

Il était en train de faire l'amour avec Lily.

Des années auparavant, il avait lu que l'union sexuelle sans passion est une forme de souffrance, et aussi que *la souffrance n'est pas relative*. Le plaisir est-il relatif? Comparez une salle de danse à une prison, comparez un jour aux courses avec un jour dans une maison de fous. Ou bien, si vous voulez voir les deux au même endroit, le plaisir et la douleur — une nuit au bordel, une nuit dans une salle d'accouchement.

Il était en train de faire l'amour avec Lily. *Pâ-â. Mâ-â. Nâh!...*

« Bon Dieu, dit Lily, plus tard, dans le noir.

— Les moutons. Qu'est-ce qu'ils ont? Traumatisés.

— Traumatisés. Par Tom Pouce. »

Adriano, l'avant-veille, était venu dîner en hélicoptère. Et jusqu'à l'avant-veille, les cris terribles des moutons sur la terrasse supérieure n'avaient exprimé que l'ennui: l'ennui parfaitement compréhensible (effiloché, au bout du rouleau) qui convenait aux moutons. Les moutons ne bêlent pas. Les moutons bâillent. Mais alors Adriano, comme un astérisque furieux, tomba sur eux avec bruit et fureur de la nuit étoilée...

« Ils ne font plus le bruit de moutons, dit Keith. On dirait une foule de comédiens cinglés.

— Oui. Comme des *imitations* de moutons. Et ils en font dix fois trop.

— Ils en font dix fois trop. Ouais. Les moutons pourraient être bien pires, dit-il. Tu vois ? C'est plus facile, ou plus rapide, pour Tom Pouce, de venir ici en hélicoptère. Plutôt qu'en Rolls-Royce. Et maintenant on est tous torturés par ces putains de moutons.

— Est-ce que tu sais combien mesurait Tom Pouce ? Je veux dire le vrai Tom Pouce. Celui de l'histoire... Bon. QCM. Dix centimètres, douze centimètres et demi, quinze centimètres ?

Keith dit : « Dix centimètres.

— Non. Quinze centimètres.

— Oh. Pas si mal. Comparativement.

— Aussi grand que le pouce de son père... J'en ai trouvé un, dit-elle. Le Sexe Hystérique des Anges.

— Il ne marche pas, Lily. Le beau sexe hystérique. Le sexe faible hystérique. Ça ne marche pas comme ça. D'accord — Sexe Hystérique Courtois. Celui-là, ça va. Le tien ne marche pas. »

Nâ-â, dirent les moutons. *Nâh. Nâh !*

Faire l'amour avec une jeune femme odorante de vingt ans, en été, dans un château, en Italie, tandis que la bougie pleurait sa lumière...

> L'action est éphémère — un pas, un coup.
> Mouvement d'un muscle — par ici, par là —
> C'est fait, et ensuite, une fois l'esprit vide
> Nous nous interrogeons tels des hommes trahis :
> La souffrance est permanente, obscure et sombre.
> Et participe de la nature de l'éternité.

Faire l'amour avec une jeune femme odorante de vingt ans, en été dans un château, en Italie.

Bon Dieu, même au ciel ils ne pouvaient pas le supporter. Même au ciel ils *ne pouvaient pas le supporter une seconde de plus*, et faisaient la guerre. Un peu moins de la moitié d'entre eux : anges et archanges, vertus, puissances, principautés, dominations, trônes, séraphins et chérubins — ils ne le supportaient pas *une seconde de plus*. Même au ciel, flânant sur les pavés empourprés, mollement couchés sur des roses souriantes, se prélassant sur des nuages d'ambroisie, buvant à longs traits l'immortalité et la joie — même au ciel ils *ne pouvaient pas le supporter une seconde de plus*, et ils se dressèrent, et livrèrent bataille, et perdirent, et furent jetés par-dessus les créneaux de cristal, et renversés dans le Chaos, où ils construisirent le palais noir de Pandémonium, le lieu de tous les diables, au plus profond de l'Enfer. Satan, l'Adversaire. Et Bélial (le bon à rien), et Mammon (l'avide), et Moloch (le dévoreur d'enfants), et Belzébuth, dont le nom signifie Sa Majesté des Mouches.

Ils étaient sur le plancher de l'armurerie, rangeant des cartes dans la boîte en bois, Shéhérazade en robe bleue très fine, assise en amazone, Keith en chemise et jean, assis jambes croisées à l'indienne. Keith se rappelait qu'à la maison, pendant quelque temps, lui et son frère étaient connus comme les Deux Lawrence. Il était D. H. et Nicholas était T. E. : Thomas Edward (1888-1935); David Herbert (1885-1930). L'archéologue doré et homme d'action; le fils tuberculeux d'un mineur de Nottingham. Lawrence d'Arabie et l'Amant de Lady Chatterley. Keith dit :

« C'est une idée excitante. Je veux dire historiquement. David et Frieda dormant dans la tour. Je me demande quelle tourelle.

— D'après ce que j'ai entendu, dit Shéhérazade, Frieda dormait dans les deux.

— Selon qui était dans l'autre chambre.

— M'man disait qu'elle se vantait de la vitesse avec laquelle elle avait séduit David. En quinze minutes. Tandis que son mari servait le sherry dans l'autre pièce. Plutôt pas mal pour — quand?

— Je ne sais pas, vers 1910? Shéhérazade. Il y a une chose que je dois... » Il alluma une cigarette. Il soupira et dit... Certains soupirs peuvent être emportés sur les feuilles des arbres. Certains soupirs peuvent se dissiper sur les pavés de pierre, sur l'herbe, sur des grains de sable. Certains soupirs s'infiltrent jusque dans la croûte, d'autres jusqu'au manteau. Le soupir dont Keith avait besoin devrait se rapprocher autant que possible de l'Enfer. Mais il ne pouvait pas l'atteindre, et il se contenta de soupirer et de dire : « Shéhérazade, il y a une chose que je dois te dire. Je te demande pardon par avance, mais il y a une chose que je dois dire. »

Les sourcils de Shéhérazade étaient aussi horizontaux que le plancher sur lequel ils étaient assis. « Eh bien, dit-elle. Tu es sans doute pardonné.

— ... Je ne crois pas que tu devrais fréquenter Adriano.

— Oh », dit-elle. Et elle cligna lentement des yeux. « Eh bien, je ne vais *pas* fréquenter Adriano. D'accord, je suis remontée contre Timmy en ce moment, c'est vrai. Mais je cesserai sans doute d'être remontée contre lui quand il arrivera. Adriano n'arrête pas de parler d'amour. Et je ne veux pas de tout ça. Il s'en serait bien mieux sorti avec quelques avances subtiles. Et j'aurais alors su où j'en étais. »

Le pivot des hanches, la bascule des cuisses. Elle s'agenouilla, elle se leva (c'était fini).

« Je me demande simplement comment je vais m'en sortir sans... Pauvre Adriano. Il s'est mis à faire appel à ma pitié, et là je suis une vraie poire. Il y a ce voyage à Rome qu'il prépare. Il a une surprise. Je lui dirai alors. Et je me sentirai l'esprit plus libre... Ouf. Plutôt épuisant, de dire tout ça. Allons nous coucher. Bon, prends les verres, moi, je prends la lampe. »

2

Parties du corps

Le cou de la personne aimée ressemblait à ces fûts de lumière que l'on apercevait quand le temps était incertain, quand les rayons du soleil commençaient à se frayer un chemin dans la passoire des nuages. Comme un haut abat-jour de dentelle blanche... ce style de pensée, Keith le savait, ne l'aidait en rien, et il tourna son attention ailleurs.

« Il est trop gros, dit Lily. Bien trop gros.

— J'ai l'impression de le voir pour la première fois, dit Shéhérazade. Il est absolument énorme, non ?

— Absolument énorme.

— ... Et on ne peut pas vraiment dire qu'il est gras.

— Non. Et il est — assez haut placé.

— Il est haut. Et la forme est plutôt bien.

— Pour autant qu'on puisse en juger.

— Non. Il y en a beaucoup trop », dit Shéhérazade.

Lily dit : « *Vraiment* beaucoup trop. »

Keith écoutait. C'était agréable, de traîner avec les filles : au bout d'un moment, elles oubliaient qu'on était là. De quoi parlaient-elles, Lily et Shéhérazade ? Elles parlaient du cul de Gloria Beautyman... Sur les barres de musculation, complètement inaperçu, Adriano s'enroulait, tournoyait et s'étirait, ses jambes tendues et raides jusqu'aux ongles de ses orteils.

« Il est tellement disproportionné, poursuivit Lily qui l'observait de sous sa main. C'est comme ces tribus à la télé. Celles qui ont des gros culs exprès.

— Non. Je les ai vus en chair et en os — les culs qui sont gros exprès. Et celui de Gloria — celui de Gloria... Peut-être qu'il est aussi gros que les culs qui sont gros exprès. Elle est danseuse. Je suppose que c'est un cul de danseuse.

— Est-ce que tu as déjà vu quelque chose d'aussi gros en justaucorps ? »

Gloria Beautyman, en bonnet de bain à pétales et maillot une pièce bleu foncé légèrement duveté, se tenait sous la douche extérieure de la cabine de la piscine : 1 m 67, 84-56-94. C'était une silhouette brune, peinée et farouchement autosuffisante, avec un froncement en forme de V (bas de casse et italique) inversé fixé au-dessus de l'arête de son nez. Le maillot de Gloria se poursuivait vers le bas sur quelques centimètres, comme une minijupe pas très osée ; et sa modestie maladroite, en ce lieu, faisait penser aux cabines de bains roulantes et aux fauteuils de bains...

« Elle se retourne de nouveau, dit Shéhérazade. Eh ben, quel spectacle, hein ? Elle a perdu du poids et il est vraiment protubérant. Quel horrible maillot. Virginal.

— Non, vieille fille. Comment sont ses nichons ?

— Ses nichons, ils n'ont aucun défaut. Ce sont presque les plus jolis nichons que j'aie jamais vus.

— Oh, vraiment. Décris.

— Tu sais, comme la partie supérieure de ces verres à dessert. Pour, euh, les parfaits. Juste assez dense pour avoir une touche de lourdeur. J'aimerais avoir des seins pareils.

— Shéhérazade!

— Si, c'est vrai. Les siens dureront. Et je ne sais pas combien de temps les miens parviendront à se tenir.

— Shéhérazade!

— C'est vrai, je ne sais pas. Tu les verras quand Jorquil sera là. Il voudra en faire étalage. Pauvre Gloria. M'man la terrorise. Et encore, elle ne sait pas tout. »

Lily dit : « Tu veux dire qu'elle ne sait que pour la paluche poilue dans sa culotte?

— Impossible à imaginer, pas vrai. Regarde-la. On dirait une mémé.

— Comme une jeune épouse raisonnable. Très...

— Très Édimbourg. Regarde. Oh non. Elle s'est fait couper les cheveux. Et je les aimais bien longs. C'est pour ça que sa tête paraît si petite en comparaison. En signe de pénitence. De mea culpa. Non, ce ne sont pas les nichons.

— Non. C'est le cul.

— Exactement. C'est le cul. »

Adriano tournoyait toujours comme un soleil ou des hélices sur la barre supérieure du module de musculation. Keith se dit, je vais attendre jusqu'à ce qu'il descende de là — j'irai alors le dominer par la taille un instant. Et Lily, pas vraiment prête à laisser les choses en l'état, ajouta de façon concluante;

« C'est un cul *grotesque*. »

La journée se poursuivit dans une chaleur sans rémission — pas un nuage. Déjeuner, *Orgueil et Préjugé*, thé, *Orgueil et Préjugé*, une conversation avec Lily sur la pelouse, Shéhérazade et Adriano de retour du court de tennis, douches, apéritifs, échecs... Au dîner, Gloria Beautyman, naturellement, ne but rien et ne dit pas grand-chose, son visage carré mais en forme de cœur penché avec humilité au-dessus de la nappe. Oona, dont on espérait l'arrivée, n'apparut pas; à chaque changement de l'atmosphère orale, Gloria se tendait et cessait de mâcher; puis elle s'arrêta de manger. Tandis que le reste d'entre eux tendaient les mains vers les fruits, elle sortit munie d'une double bougie, en quête, sans doute, de l'aile la plus lointaine et la plus désolée du château. Sa tête élaguée, sa silhouette en blouse, disparurent dans le corridor. Vous auriez pu penser qu'elle avait l'intention de vider les troncs des pauvres en chemin, ou de faire un dernier tour des lépreux à la cave.

« Cette sortie précoce, dit Whittaker en écoutant le bruit sourd d'une porte lourde mais distante, va assombrir la soirée.

— Elle souffre d'amour, je crois, dit Adriano.

— Pas d'amour, dit Shéhérazade. Elle a juste peur de M'man.

— Attends, dit Keith. Tu as dit à Gloria ce que tu as dit à Oona? Qu'avec le pro de polo elle n'avait fait que prendre de la cocaïne? »

Adriano leva brusquement les yeux (alerté, peut-être, par la mention d'un pro de polo), et Shéhérazade dit :

« Eh bien, j'allais le faire mais elle n'arrêtait pas

de me lancer des coups d'œil vraiment terribles. Comme si je venais d'assassiner tous ses enfants. Alors je me suis dit : Eh bien, qu'elle se débrouille toute seule.

— Croyez-moi, dit Adriano avec contentement. Elle souffre d'amour.

— Ce n'est *pas* de l'amour.

— Ah. Alors je vais devoir continuer à souffrir seul. *L'amor che muove il sole e l'altre stelle.* L'amour qui déplace le soleil et les autres étoiles. Ainsi est le mien. Ainsi est le mien.

— C'est le contraire de l'amour. »

Keith se rendit après le dîner dans la bibliothèque pentagonale avec son carnet de notes. Et il rédigea une liste, intitulée « Raisons ». Elle était comme suit :

> 1) Lily. 2) Beauté. *Shé* possède une beauté quotidienne dans sa vie qui me rend laid. Et la beauté ne peut pas avoir de *besoin.* Ou le peut-elle ? 3) Peur du rejet. Du rejet scandalisé. 4) Illégitimité. Dans son sens général et particulier. Connaître la présomption nécessaire est au-delà de mes moyens. 5) Crainte de ne pas voir les choses avec clarté. Ces étalages dans la salle de bains ne signifient peut-être rien dans un monde que Frieda Lawrence a autrefois honoré de sa présence. Crainte de la mauvaise interprétation fatale.

... Il avait maintenant acquis un peu de compréhension — cette histoire de faire des avances aux filles. On était seul dans une pièce avec celle qu'on désirait. Et alors deux avenirs se formaient.

Le premier avenir, l'avenir de l'inertie et de

l'inaction, lui était déjà grossièrement connu : il était exactement comme le présent. C'était le triste mal déjà connu.

Le second avenir était le mal dont on ignorait tout. Et c'était un géant, avec des jambes aussi hautes qu'une flèche d'église, et des bras aussi épais que des mâts, et des yeux qui brillaient et brûlaient comme d'horribles bijoux.

C'était votre corps qui décidait. Et il attendait toujours ses instructions. Sur l'épais tapis il était assis avec la personne désirée, et lorsque chaque partie atteignait son apogée, tous deux se mettaient à genoux, visages à peine séparés par leur haleine.

À de tels moments, le désespoir était nécessaire — et ça, il l'avait. Il avait le désespoir. Mais son corps ne voulait pas s'y mettre. Il avait besoin que cette couche protectrice descende sur ses yeux; il avait besoin de devenir reptilien, et de recevoir les jus anciens et les odeurs anciennes du carnivore.

Il reprit alors sa liste et y ajouta un sixième point : 6) Amour. Et il trouva le poème sans la moindre difficulté.

> Amour me fit bon accueil; mais mon âme recula,
> Coupable de poussière et de péché.
> Mais Amour à l'œil vif, m'ayant vu faiblir
> Depuis ma première entrée,
> S'approcha de moi, et me demanda gentiment,
> S'il me manquait quelque chose.
>
> Un hôte, dis-je, digne d'être ici :
> Amour dit : Tu seras celui-là.
> Moi, le cruel, l'ingrat? Ah, mon cher,
> Je ne peux te regarder.

Le poème, essentiellement un poème religieux, se poursuivait, et il y avait une fin heureuse. Le pardon, et un consentement miraculeux.

> Amour prit ma main et répondit en souriant,
> Qui fit les yeux, sinon moi?
>
> C'est vrai, Seigneur, mais je les ai souillés : ma honte
> Peut bien aller où il se doit.
> Ne sais-tu pas, dit Amour, qui a porté la faute?
> Mon cher, alors je veux bien servir.
> Assieds-toi, dit Amour, et goûte à ma nourriture :
> Je me suis alors assis pour manger.

Mais c'était l'amour qui posait problème. Parce que c'était ce qu'il avait, et c'était ce qu'elle ne voulait pas. Il rétrécissait et elle grandissait. Il était l'homme qui rétrécit. Le chat, l'araignée, et puis le subatomique — le quark, le neutrino, quelque chose de tellement minuscule qu'il traversait la planète et ressortait de l'autre côté sans rencontrer de résistance.

« Reprends-moi si j'ai tort, dit-il, mais est-ce que Shéhérazade porte une de tes culottes?

— *Due caffè, per favore...* Comment as-tu fait pour voir la culotte de Shéhérazade?

— Comment j'ai vu la culotte de Shéhérazade? Lily, je vais te le dire. J'ai jeté un coup d'œil dans sa direction quand elle était assise sur le canapé avant le dîner. Voilà comment j'ai vu la culotte de Shéhérazade.

— Mm. D'accord.

— Je veux dire, ce n'est pas un exploit que de voir la culotte de Shéhérazade, n'est-ce pas ? Ou la tienne. Je crois qu'il faudrait se lever un peu plus tôt le matin pour voir la culotte de Gloria. Ou celle d'Oona. Mais ce n'est pas un exploit que de voir la culotte de Shéhérazade. Ou la tienne.

— Pas de *cajoleries*... Non, c'est vrai. De nos jours, la culotte fait partie de ce que les filles montrent. »

Après le petit déjeuner au lit, suivi par l'infraction frontalière que tous deux connaissaient si bien, Keith et Lily descendirent au village. *Sortir avec sa sœur*, naturellement, était synonyme d'ennui. Faire l'amour avec sa sœur, au contraire (supposait-il), serait terrifiant et inoubliable. Faire l'amour avec Lily n'était ni terrifiant ni inoubliable. Ni ennuyeux, une fois qu'ils s'y mettaient. Et pourtant son esprit et son corps n'étaient pas en accord. Le seul lien qu'il parvenait à trouver entre ses deux sœurs était *mauvaise opinion de soi*. Lily aimait Keith, c'était en tout cas ce qu'elle disait ; mais Lily n'aimait pas Lily. Et peut-être était-ce là ce dont les filles auraient besoin, dans le nouvel ordre — un narcissisme vigoureux. Ça avait l'air bizarre mais il était fort possible que ce soit vrai : il leur fallait vouloir aller se baiser elles-mêmes. Il dit :

« ... *Je suis un garçon. Ceci est une fille.*

— Ne fais pas ça, dit Lily.

— Pourquoi ils nous regardent comme ça ? *Ceci est une chemise. Ceci est une jupe. Ceci est une chaussure.*

— Arrête ! Ce n'est pas poli.

— Regarder fixement est impoli aussi. Est-ce que Shéhérazade porte ta culotte ?

— Oui.

— C'est ce que je pensais. Ça m'a fait un choc.

Elle était assise là, et portait ce qui est sans doute ta culotte la plus cool.

— Je lui en ai donné une... Je lui ai montré mes culottes et elles lui ont plu. Alors je lui en ai donné deux. »

Il imagina alors la séquence suivante : Keith montrant ses slips à Kenrik, Kenrik les appréciant, et Keith en donnant deux à Kenrik. Lily poursuivit :

« Elle m'a dit qu'à côté de mes culottes les siennes ressemblaient à des shorts de gym. Ou à des slips d'homme. Ou à des pansements pour cors aux pieds... Tu es obsédé par les culottes. »

Il dit : « J'ai beaucoup souffert aux mains des culottes. »

C'était en fait un thème un peu délicat — les culottes de Lily. Quand elle l'avait quitté, en mars, elle était partie avec des sous-vêtements fonctionnels. Quand elle était revenue, c'était avec des culottes cool. Qu'est-ce qui se passe dans la tête d'une fille, se demanda-t-il, quand elle décide de mettre des culottes cool ?

« Doris, dit-il avec sans doute une amertume démesurée.

— C'était quand, Doris ?

— Longtemps avant ton époque. Je suis allé au lit avec elle tous les soirs pendant cinq mois. Il m'a fallu dix semaines pour lui enlever son soutien-gorge. Et là je me suis trouvé confronté à la culotte. Et ce n'était certainement pas une culotte cool. Ce qui est cool avec les culottes cool, c'est que tu sais qu'elles s'enlèvent. C'est tout. On a l'esprit tranquille.

— Même à l'époque, tu étais obsédé par les culottes.

— Non, *Doris* était obsédée par les culottes. »

Elle se levait en culotte. Elle se couchait en culotte. Keith voulait lui dire : Doris, tu es obsédée par les culottes. Tu portes une culotte — différentes culottes, mais une culotte quand même — vingt-quatre heures sur vingt-quatre. « Je n'arrêtais pas de lui dire : *On est en 1968, bon Dieu.* Je n'arrêtais pas de la tanner avec la révolution sexuelle... Tu sais, j'ai abandonné la psychologie à cause des culottes. Quand j'ai lu ce que Freud disait des culottes — en tant que fétiches. Il dit que la culotte de la mère est la dernière chose qu'on voit avant le traumatisme de la découverte qu'elle n'a pas de pénis. Alors on en fait un fétiche. » Et il avait pensé à l'époque : Si c'est vrai, alors le projet humain tout entier devrait être abandonné en douce. « C'est alors que j'ai commencé des études de littérature anglaise.

— Ça suffit avec les culottes.

— D'accord. Mais il y a aussi Pansy.

— Bon Dieu. Qui est Pansy?

— Je te l'ai dit. Une amie de Rita. En fait, une protégée de Rita. » Avec Pansy, Lily, j'ai vécu la nuit terrible et dramatique de la culotte. « Ne prends pas cet air-là. Quand vas-tu me parler d'Anthony? Et de Tom? et de Gordon?

— ... Et tout ça, dit Lily, parce qu'il se trouve que j'ai donné deux culottes à Shéhérazade. »

Il plia quelques billets de banque sous la soucoupe. « Allons jeter un coup d'œil au rat.

— Ils l'ont peut-être vendu. Peut-être, alors même que nous en parlons, peut-être qu'il est câliné quelque part dans une jolie petite maison.

— Devine ce qui se passe à la fin de *L'Abbaye de Northanger*. Frederick baise Isabella. Il ne l'épouse pas. Il la baise, tout simplement.

— Est-ce qu'elle était droguée ?

— Non. » Mais il pensa : Si, elle était droguée, Isabella, d'une certaine façon ; Isabella était droguée à l'argent. « Elle parvient à se persuader qu'il va finir par l'épouser. Après.

— Ainsi, elle est fichue. Elle est perdue.

— Complètement. Enfin. Pourquoi Shéhérazade veut-elle tout à coup des culottes cool ? Pourquoi se balade-t-elle, persista-t-il, avec ce qui est incontestablement ta culotte la plus cool ?

— Pour plaire à Tom Pouce. »

Et il se permit un gloussement silencieux tandis qu'ils s'éloignaient dans la rue encaissée. Néanmoins, il se rendait également compte que lui et Adriano étaient pris dans la même contradiction : ils étaient rétrogrades, ils étaient contre-révolutionnaires. Pendant l'ancien régime, l'amour précédait le sexe ; ce n'était plus comme ça maintenant.

« Le voilà. Aussi lugubre que la mort. Il sait qu'il n'ira nulle part. Jamais.

— Tu es tellement méchant.

— Je ne suis pas assez méchant.

— Ce n'est qu'un chien, plutôt petit, avec une drôle de tête.

— Tu devrais laisser tomber le côté chien, Lily. Et lui faire des compliments en tant que rat. Avec toutes les vertus habituelles du rat. » Parmi celles-ci se trouverait une étreinte plus vigoureuse de la vie — une étreinte plus vigoureuse de la vie au niveau de la *nostalgie*. *La nostalgie de la boue* : la « douleur du retour » pour la boue, l'ordure, la merde. « Les rats ont une vie plus aventureuse.

— Tu es horrible. C'est un chien. »

... Quand venait le moment binaire, et qu'on

choisissait entre deux avenirs, et qu'on choisissait l'inconnu, et qu'on agissait, une chose mystérieuse devait d'abord se passer. Celle que l'on désirait, loin de devenir plus intensément elle-même, devait devenir générique. Les parties du corps, ceci et cela chez elle, devaient se retirer, perdre leurs contours et leur individualité. Elle devait devenir toutes les femmes, toutes les filles. Et Shéhérazade ne ferait jamais ça.

3

Martyr

Adriano possédait de nombreuses voitures, y compris une voiture de course à une seule place, pareille à un canoë ; au volant, avec ses lunettes protectrices, il ressemblait à un blaireau traversant un livre pour enfants au volant d'une voiture. Mais aujourd'hui, à midi, c'était la Land Rover haut perchée qui attendait sur l'allée en gravier devant le portail du château — de la taille d'un tank Sherman, semblait-il, et Adriano était debout sur le siège du conducteur, ou sur le tableau de bord, sa tête dépassait par le toit ouvrant et il agitait des mains aux gants épais en l'air. Shéhérazade, Lily et Whittaker montèrent ; et ils partirent pour Rome.

Keith se rendit à la piscine avec l'idée de faire ami-ami avec Gloria Beautyman. L'histoire familiale, après tout, l'avait conditionné à se montrer gentil avec les filles en disgrâce. D'aucuns auraient pu dire (et Lily parmi eux) que c'était là une partie du problème : Keith et sa famille n'étaient pas à l'aise avec la disgrâce. Ils n'avaient ni le talent ni l'endurance nécessaires. Ils trouvaient plus facile de pardonner. Et d'aucuns pourraient même dire que Violet, après des transgressions bien plus chaotiques et multiformes que la faute fascinante de Gloria — eh bien, il suffisait de regarder ses yeux : Violet se demandait combien de temps durerait la disgrâce avant qu'elle puisse revenir à la transgression.

« Je peux ? Tu permets ?

— ... Mais oui. Sans problème. »

Il s'installa alors calmement et en grand style, ainsi que *L'Abbaye de Northanger*, aux côtés de Gloria. Comment expliquer la pose aérienne de son humeur ? Eh bien, Keith attendait avec impatience la disparition d'Adriano (*je me sentirai l'esprit plus libre*). Et il avait un nouveau projet ou une nouvelle politique. La charnalisation. Ne plus être amoureux de celle qu'on aime. Je peux dire (entre nous) que cela allait être un très mauvais jour pour les intérêts de Keith — ses intérêts selon son point de vue. Mais pour l'instant il était heureux, sortait de sous la douche, il avait vingt ans. Gloria dit :

« Tu m'as fait peur. J'ai cru que c'était Oona. » Elle respira profondément : puis exhala complètement. « Il fait toujours aussi chaud ?

— Ça s'accumule de plus en plus. Et ensuite il y a un orage. »

Gloria, elle aussi, avait un livre sur les genoux, qu'elle mit alors de côté après avoir marqué la page avec le talon d'un billet de train. Elle parut se préparer au sommeil mais, après quelque temps, les yeux fermés, elle lui dit, à sa grande surprise :

« Ai-je raison de penser que Shéhérazade s'est rendue à Rome pour acheter un monokini cet après-midi ? Je l'ai entendue annoncer son intention. »

Ai-je raison de penser... La voix elle-même était chaude et civilisée ; et l'énonciation précise — ce qu'on appelle du *cristal taillé* — paraissait en accord avec Édimbourg, la ville de l'économie (et de la philosophie politique, et de l'ingénierie, et des mathématiques), la ville de la pensée puissante. Il dit :

« Oui, c'est bien ce qu'elle a annoncé.

— Je sais — la gaieté des nations. Et tout ça. Mais la frivolité a ses limites. Trois heures de route. Je viens de le faire. »

Keith reconnut que c'était un long chemin.

« Un monokini. Qu'est-ce qu'elle pensait avoir mis ce matin ? »

Ses yeux étaient toujours fermés, et il regarda donc : le visage plutôt carré où le menton finissait en une pointe délicate, la ligne étroite de la bouche, le grand nez celtibérique, la coupe garçonne. Les yeux de Gloria s'ouvrirent soudain tout ronds. Il dit :

« Euh, elle avait un bikini ce matin.

— Oui. Un bikini dont elle avait jeté l'autre moitié. En d'autres mots, elle portait un monokini ce matin. Cent cinquante kilomètres. Les monokinis sont-ils moins chers que les bikinis ? Sont-ils à moitié prix ? Peut-être que je suis dépassée. Mais honnêtement. »

Un silence s'installa tandis qu'il s'occupait de *L'Abbaye de Northanger*. Il retournait voir si Frederick Tilney, en fait, baisait vraiment Isabella Thorpe. Le roman devenait en partie épistolaire, et il était difficile d'être tout à fait certain. Et c'était, après tout, l'unique événement cataclysmique du roman. Il tenta d'en soupeser le poids : un seul acte sexuel ayant une signification brutale sur toute une existence... Keith se dit que la galanterie l'obligeait à prendre la défense de Shéhérazade et à expliquer à

Gloria qu'il y avait d'autres raisons pour ce voyage à Rome. Par exemple, thé au Ritz avec Luchino, le père d'Adriano. Il se trouvait aussi que Keith savait que Shéhérazade ne se contenterait pas de l'achat d'un monokini, et projetait de dépenser *cent dollars en sous-vêtements* (elle donnerait quelques culottes à Lily). Que se passe-t-il ? se demanda-t-il. Il y avait eu une époque où il aurait désapprouvé — aurait levé les yeux des pages de *La Poursuite commune* ou de *L'Imagination libérale* pour se demander comment l'argent aurait pu être dépensé un peu plus intelligemment. Gloria dit :

« Est-ce que je suis bégueule ou est-ce que c'est allé un peu trop loin ? Cette obsession de l'*étalage*. »
Et regardant derrière lui, elle se dit avec un sourire plat : « Ah, nous y voilà. *Car ce de quoi j'avais si grand peur m'est advenu...* »

Keith se retourna. Sur la pelouse supérieure, un sécateur dans chaque main, Oona se promenait dans les roses.

« *Et ce que tant je craignais m'est survenu.* Regarde. Regarde comment elle fait durer. Ooh, je vais y avoir droit maintenant. Tu sais pourquoi, évidemment ? »

Lily lui disait toujours, comme un reproche sincère, qu'il n'avait aucun talent pour le mensonge. *C'est sans espoir,* disait-elle en lançant ses mains en l'air et en secouant lentement la tête. *C'est vraiment pathétique. Et c'est pour cela que tu es nul pour la flatterie et qu'il est si facile de se moquer de toi...* Keith garda le silence (il se préparait à dire quelque chose de malin), et Gloria dit :

« Est-ce que je devrais simplement attendre ? Ou bien devrais-je monter et me présenter pour être exécutée ?

— Oh, je ne me ferais pas de souci. Un peu de cocaïne, ça ne dérange pas Oona. »

Pendant un instant il sentit d'immenses forces d'observation se poser sur lui.

« Que veux-tu dire ?

— Oh, désolé. J'ai entendu dire qu'on t'avait surprise à prendre de la cocaïne dans une salle de bains pendant une soirée. Ça ne va pas inquiéter Oona. Elle a tout vu, celle-là. »

Une fois de plus, un rayon d'examen intense. Puis cela passa, et elle se détendit.

« D'accord. Qu'elle choisisse elle-même le moment. » Elle reprit son livre. Elle se mit même à fredonner. Les minutes, les pages, s'écoulèrent. Elle dit : « Où en étions-nous ?

— Euh, étalage. C'est allé trop loin... quoi donc ? L'émancipation... sexuelle ?

— Il vient d'y avoir du tapage à Londres, dit-elle, parce qu'on a commencé à montrer des poils pubiens.

— Qui ?

— Les femmes. Oh, tu sais. Dans les magazines pour hommes.

— Ce n'est pas vraiment une décision féministe.

— Je n'ai jamais dit que c'était ça. Je crois que ça rabaisse tout le monde, pas toi ? Mais voilà. C'est un signe des temps... Doux Jésus. Doux et docile. C'est bon — je m'attends au pire. »

Oona descendait. Elle fit une pause sur la terrasse du milieu, puis se tourna avec une légère inclinaison de tête. Gloria s'enveloppa dans une serviette de bain ; ses petits pieds se déplacèrent — en rampant, petit à petit — vers ses tongs.

« Prie pour moi », dit-elle, et elle s'éloigna dans son plissé blanc.

Le livre sur la chaise vide se trouvait être une biographie populaire de Jeanne d'Arc. Jeanne d'Arc, guerrière et porte-drapeau — conduisant des armées, prenant des villes, brisant des sièges — à dix-sept ans. L'âge de Violet... Il l'ouvrit au dernier chapitre. La pucelle d'Orléans, apprit-il, fut condamnée à mort pour hérésie, mais le prétexte judiciaire touchait à une restriction biblique sur le vêtement. Son crime de garde-robe fut commis afin d'empêcher un autre type de crime : le viol. Ils l'incinérèrent, à Rouen, en 1431 (elle n'avait pas vingt ans), pour s'être habillée en garçon.

Keith se déplaça pour se mettre à l'ombre. Sa conversation avec Gloria avait provoqué les premiers frémissements du mal du pays. Il voulait rentrer en Angleterre, et trouver un magazine pour hommes... Et, une fois de plus, il le ressentit, le tremblement dans l'air, la senteur portée par le vent qui rassemble les gnous et les lance au galop. Cela ne cessait de l'étonner — à quel point les prohibitions sont en fin de compte faibles, et comme chacun est toujours prêt à revendiquer les nouvelles terres, le moindre centimètre. Une annexion automatique. Ce qu'on appelait, chez les enfants, *auto-extension*, tandis qu'ils empilaient chaque pouvoir et chaque liberté qui leur étaient donnés, sans gratitude, sans y penser. Et maintenant : où étaient les gêneurs, les rabat-joie, où étaient les grincheux, où était la police ?

Il ferma les yeux. Lorsqu'il les rouvrit, les angles des ombres s'étaient discrètement accentués, et

Amen était dans la piscine, il y glissait sans faire le moindre bruit. Seulement la tête, et son image reflétée. Quand Adriano nageait, il semblait lutter avec l'eau, la frappait des pieds et des genoux, l'écrasait avec ses poings (tout en avançant, il fallait l'admettre, à une vitesse incroyable). Peut-être était-ce son propre reflet qu'Adriano voulait détruire... À l'autre extrémité, Amen sortit, lisse et silencieux. Il s'immobilisa. Il appela :

« *Ça va ?*

— *Bien. Et toi ?* »

Joueraient-ils aux cartes ce soir ? Et jusqu'où mènerait-il son autre nouveau projet ? Son autre nouveau projet ou sa nouvelle politique : la reptilisation volontaire. Il le ferait venir, le ravisseur, avec ses yeux fixes, son sourire de crétin avide, ses dents dégoulinantes. Une fois invoqué et activé, naturellement, le tyrannosaure serait alors renvoyé. Et Keith pourrait aimer. Il changerait de forme, ne serait plus reptilien, ni même mammalien, ni même un homme, mais le plus doux des anges.

Les chérubins, disait-on, étaient entiers et parfaits dans leur adoration de Dieu. C'étaient les séraphins qui étaient les plus doux des anges, qui tremblaient et aspiraient éternellement, telles des langues de flamme. Voilà donc ce qu'il serait. Le séraphin captivé, qui adore et brûle. Keith s'endormit.

Ce n'était pas Amen qui glissait sur la surface grise, à présent, mais Gloria. L'orbe noir pivotait, et il vit immédiatement qu'elle était plus légère. Plus légère, naturellement, du poids de l'eau qu'elle déplaçait ; mais plus légère dans le regard, plus légère dans la ligne de sa bouche. Elle s'enfonça sous l'eau et refit surface sous l'ombre du plongeoir.

« Mm. Un somme me ferait du bien, à moi aussi... Et à propos. Oublie ce que j'ai dit sur Shéhérazade. Elle peut avoir son monokini. Avec ma bénédiction. »

Il observa sa silhouette dégoulinante quand elle grimpa les marches métalliques ; et il se dit un instant qu'elle était deux femmes différentes jointes à la taille. Oui, un corps de danseuse, pensait-il, avec les muscles des mollets, des cuisses, poussant vers le haut, cherchant la hauteur... La tenue de piscine de Gloria : le maillot d'aujourd'hui (Lily et Shéhérazade étaient d'accord) était encore pire que celui de la veille ; la frontière inférieure se transformait, non pas en une jupe pareille à une ceinture, mais en un début lâche et fibreux de short.

« *Laissons*-la être prodige, dit-elle en se séchant une oreille avec sa serviette, et exhibitionniste. »

Il alluma une cigarette. « Qu'est-ce qui explique ce soudain changement d'opinion ?

— Oh, de l'ironie, c'est ça ? Vous, les jeunes gens malins. Non. Non, la chère fille a été pour moi une meilleure amie que je ne l'avais cru. C'est tout.

— Eh bien, je suis content. »

Et pour la première fois, Gloria sourit (montrant des dents d'une force sauvage, idéalement blanches, avec une très légère nuance de bleu). Elle dit :

« Qu'est-ce que ça te fait, à toi ? Tout ce temps à regarder. Allez. À ton âge. Elle vaut vraiment le coup d'œil, non ?

— Qui ? Shéhérazade ?

— Oui. Shéhérazade. Tu sais, la grande avec de très longues jambes, un long cou et une poitrine très développée. Shéhérazade. Tu as Lily, évidemment, mais tu es habitué à Lily. Ça fait combien, là, un an? Oui, tu es habitué à Lily. Shéhérazade. Que pense-t-elle des idées qui te traversent l'esprit? Hein?

— Tu es amusée.

— Tu ne vois pas ce que je veux dire? Il y a toi. Et cet Italien. Vous êtes des jeunes gens. Le soleil est chaud. À quoi êtes-vous supposés penser?

— On s'y habitue.

— Ah bon? Et comment, euh, Whittaker apprécie-t-il ça? Et cet autre que j'ai vu bouder dans les parages? Qui est évidemment musulman. Si on fait étalage de cette façon, il faut prendre ses spectateurs en considération.

— Et c'est pour ça que tu es plus discrète. Toi-même.

— Eh bien, en partie, dit-elle en s'installant dans le fauteuil en osier et en s'emparant de Jeanne d'Arc. Ce n'est arrivé qu'il y a un an environ, tout ça. Ce n'était pas une chose à laquelle on devait penser avant. Jorquil insiste quelquefois, mais j'ai décidé que je ne le ferais pas. M'exhiber.

— Pudeur.

— Il y a une autre raison. Qui a également à voir avec son petit ami. »

Il dit avec précaution : « Si c'est la raison à laquelle je pense, alors je te comprends.

— Quelle est la raison à laquelle tu penses?

— Je ne sais pas. Dévaluation. Démystification.

— Eh bien oui, dit-elle en bâillant. On perd l'élément de surprise. Mais ce n'est pas ça. » Elle lui lança un regard amical mais méprisant. « Je suppose que ça ne peut pas faire de mal si je te le dis, à toi. Quel âge as-tu? "Dix-neuf"?

— J'aurai vingt et un ans dans deux semaines.

— Alors nous devrions peut-être attendre que tu aies atteint l'âge. Oh, c'est bon. » Et elle toussota en manière d'introduction polie. « Euh-*hum*. Certaines femmes veulent avoir les seins bronzés. Pas moi.

— Et pourquoi ça?

— Je veux être capable de prouver que je suis une femme blanche... Je ne suis pas horrible et raciste et tout ça. Et évidemment je suis dévouée à Jorq. Mais quand je me retrouverai avec un *nouveau* petit ami, je pourrais avoir envie de prouver que je suis une femme blanche. Tu verras comme je bronze vite.

— Tu es déjà très brune », dit-il, et il croisa les jambes. Ils parlaient de degrés d'étalage corporel et Gloria était jolie, peut-être très jolie. Mais elle était en purdah (« voile, rideau »), en occultation, et elle ne transmettait pas d'excitation sexuelle. Aucune. Il dit : « Je ne comprends pas. Gloria, à moins de te mettre au soleil nue, tu seras toujours capable de prouver que tu es une femme blanche.

— Oui, mais je pourrais vouloir le prouver plus tôt que ça. Tu sais. À une étape précédente. »

Ils lurent en silence pendant une demi-heure.

« C'est vulgaire, dit-elle. Simplement vulgaire. Et, de toute façon, qui leur a *demandé* de le faire? »

———

À neuf heures et demie, il se trouvait assis dans la liseuse sur la terrasse ouest, avec les lucioles éphémères (tels des mégots lancés en l'air) et, selon ses propres normes, il était plutôt ivre en lisant *Mansfield Park.* Prendre la route la plus lisse vers la maison du reptile, se dit-il, allait sans doute nécessiter un peu de médication. Il ne pouvait pas droguer Shéhérazade — mais il pouvait créer le désordre en lui-même et s'anesthésier. Et deux grands verres de vin, peut-être, le mèneraient à la redécouverte de son glorieux héritage reptilien... Oona, plus tôt, avait emporté un sandwich dans ses appartements; et Gloria Beautyman, dans une robe de chambre de grosse laine brune, debout devant l'évier de la cuisine, picorait silencieusement dans un bol de salade verte.

La fiction, c'était de la comédie familiale, décida-t-il. Telle était la conclusion à laquelle il aboutissait. Le réalisme social était de la comédie familiale. Les disputes devant l'évier. Sauf que certains éviers, et que certaines cuisines, coûtaient bien plus cher que d'autres.

Il entendit le gravier crisser, et puis la jeep et son grondement sombre, il entendit les portières s'ouvrir, puis se refermer avec un bruit de déglutition, le ténor grave de Whittaker, le crissement du gravier. Il continua à lire. Il paraissait très peu probable, à ce moment du roman, que Henry Crawford baise Fanny Price. Jusqu'à présent, d'ailleurs, il ne semblait pas y avoir plus d'une baise par livre. En tout cas, *une baise par livre* était ce qu'il avait expliqué à Lily. Mais il serait plus exact de dire que dans chaque livre on *entendait parler* d'une baise. Cela n'arrivait jamais aux héroïnes. Les héroïnes n'avaient pas droit à ça, Fanny n'avait pas droit à ça. Et personne n'avait de drogue...

Dix minutes plus tard, son visage exprimant le

désagrément, Keith descendait lentement l'escalier en pierre. L'ardoise humide diffusait une fois de plus la sueur froide de fin juin. Dans le hall il discerna les sacs des achats entassés par terre, luisant de cherté rigide, d'un blanc glacé. Il sortit dans la cour, où la fraîcheur, ayant rejoint une rosée palpable, s'était épaissie en brume. Tiendrait-elle, la comédie familiale — le réalisme social tiendrait-il ? Il était un K dans un château, après tout : il devait se préparer à la transformation, aux erreurs catégorielles, aux changements de forme et aux corps devenant d'autres corps...

Pendant un instant la silhouette de l'autre côté de la fontaine se détacha tel un grand animal compliqué, de masse inégale et possédant de nombreux membres. Et il eut l'impression qu'elle se nourrissait, qu'elle donnait ou transférait de la nourriture... C'était Lily et Shéhérazade, dans une étreinte statique mais impérieuse. Elles ne s'embrassaient pas, rien de tout ça. Elles pleuraient. Il avança vers elles. Alors Lily ouvrit les yeux et les referma avec un tremblement de menton.

« *Pourquoi ?* répéta-t-il dans le noir. Allez, Lily, c'est... Ça ne peut pas s'être si mal passé. *Quoi ?* »

Lily ne versait plus de larmes ; elle se contentait de grincer et de grogner toutes les quelques secondes. Ça s'était donc si mal passé ? Quelle désolation les attendait dans la boutique, au Ritz ?

« C'était la pire chose qu'on puisse imaginer. »

Keith en concluait qu'il avait dû y avoir un accident : le monde réduit à ce qui se passe dans les faisceaux des phares, le car scolaire et le train express... Il l'entendit avaler sa salive, un reniflement bouillonnant, et Lily se remit à parler. C'était un son mince, tournoyant — la voix d'une petite fille tournant autour de son plus amer souci.

« Et c'est *tellement* plus terrible pour Shéhérazade...

— Pourquoi?

— ... parce que ça veut dire qu'elle y est *obligée* maintenant.

— Obligée à quoi?

— ... Elle n'a pas le choix. Tout est différent avec Adriano. »

Il attendit.

Un autre grognement, un autre reniflement collant, épais, et puis elle dit, d'une voix misérable : « C'est un martyr. Il est né en 1945. Alors elle est obligée. »

———

Tard le lendemain matin, Keith laissa derrière lui un château définitivement encalminé, passa derrière la piscine et descendit la pente pour s'enquérir auprès de Whittaker.

« Allons nous promener.

— Où?

— Tu devrais sortir plus, Keith, et respirer un peu d'air pur. Au lieu de rester assis dans ta chambre toute la journée à lire des romans anglais. Juste une balade.

— Oui, mais où?... Commence par le début. Imagine que je ne sais rien du tout.

— C'était une des choses les plus extraordinaires que j'aie jamais vues... Bon. On a fait les courses. »

Ils firent les courses. Et ils se rendirent à l'hôtel pour retrouver Adriano. Ils prirent l'ascenseur jusqu'à l'appartement terrasse — Whittaker et Lily et Shéhérazade, avec leurs boîtes et leurs paniers, leur monokini, leur gaieté, leur jeunesse, en robes d'été. La porte s'ouvrit en glissant et ils se trouvèrent devant Luchino.

« Je ne sais pas à quoi nous nous attendions. C'est drôle. Aucun d'entre nous n'y avait pensé une seule fois. C'est plutôt étrange. En tout cas. »

Luchino mesurait un mètre quatre-vingt-dix. Était également présent le frère cadet d'Adriano, Tybalt. Tybalt mesurait un mètre quatre-vingt-quinze. Était également présent, évidemment, Adriano. Adriano mesurait un mètre cinquante. Whittaker poursuivit :

« Et on aurait voulu dire : *Salut. Putain, qu'est-ce qui lui est arrivé, à lui?*

— Et vous ne pouviez pas faire ça.

— On ne pouvait pas le faire. C'était comme une scène de théâtre. Ou un tableau. Ou un rêve. Je n'arrêtais pas de penser que ça allait disparaître. Ou que je m'y habituerais.

— C'est ce que Lily a dit.

— Mais aucun de nous ne s'y est habitué. La tension, la pression, était plus forte que tout. Elle s'*entendait.*

— Et puis le thé. »

Keith alluma une cigarette. Ils avaient emprunté le sentier qui faisait le tour des contreforts de la montagne en face, là où la vallée s'écrasait comme une vague contre les hauteurs.

« Où allons-nous?

— Nulle part. On marche. Le thé avait été servi

sur le toit — très style anglais, comme ils sont. Napperons en dentelle. Sandwichs au concombre dont on a enlevé la croûte. Et il y avait des tables, mais pas de chaises. Pas de chaises. Luchino, Tybalt — tous les deux d'une beauté écœurante. Et on se disait alors qu'Adriano était lui aussi très beau. Mais il était là, tout en bas.

— Et il jouait son rôle.

— Il jouait son rôle. Un petit bonhomme plein de détermination, Adriano. Et c'était dingue. Pourquoi ne pas en parler? Trouver une forme de mots. Peut-être même en rire. Bon Dieu, je ne sais pas.

— Ouais. » Ouais, pensa-t-il. En rire : au cas où Adriano commencerait à avoir un complexe. « Et puis les apéritifs.

— Et puis les apéritifs. Les deux filles ont demandé du whisky. Peu habituel, non? J'étais assis entre elles sur le canapé et je sentais leur cœur battre. Leurs deux cœurs. Ah. Voici les inamoratos. »

Ils s'arrêtèrent. Les deux moines descendaient l'étroit sentier d'un bon pas dans leur direction, sur des pieds sandalés, lacés, bavardant, se tournant, hochant la tête. *Buon giorno. Buon giorno.* Ils poursuivirent leur route dans les broussailles et les affleurements déchiquetés, gesticulant d'un air soucieux, mais les mains dissimulées.

« Ah, ils sont *tellement* amoureux. J'ai eu dix minutes avec Luchino, dit Whittaker. Il m'a lancé un sourire entendu, et nous avons parlé. Ou plutôt il a parlé.

— Adriano est né en 1945.

— Oui. La plus triste des histoires. Adriano est né en 1945... Au retour, dans la jeep, personne n'a dit un mot. Excepté Adriano. Les trucs habituels.

Accidents en deltaplane. Renversements en rafting... *Incubo.* »

Ce qui veut dire *cauchemar.* Whittaker dit :

« Il a été extrêmement précis, Luchino. Très, euh, condensé. Pas exactement du par cœur. Mais cristallisé. Il avait trouvé une forme pour ses mots.

— Est-ce que tu t'en souviens ?

— Oh oui. Il a dit : *Si, que Dieu l'en préserve, Adriano devait mourir avant moi, alors enfin, dans son cercueil, mon fils sera comme sont les autres hommes.*

— Ah bon, il a dit ça.

— Et ceci : *Pas un moment ne passe sans que je prie pour des épisodes de joie comme il ne pourra jamais en vivre. Des moments d'amour et de vie. Que le ciel bénisse les anges de miséricorde qui lui accorderaient cela.*

— ... As-tu répété tout ça à Shéhérazade ? »

4

Rêves raisonnables

C'était, sans aucun doute, la plus triste des histoires. Une histoire d'un autre genre, une autre façon de faire les choses. Le réalisme social n'était pas parvenu à se maintenir. Et quelle était la forme des mots ?

L'enfant fut conçu en mai 1944. Et durant toute sa grossesse à l'exception des premiers et derniers jours, la mère d'Adriano était en prison. Le crime dont elle était coupable était d'être l'épouse de son mari. Luchino avait été incorporé dans ce qu'on appelait la Nouvelle Armée, la Nouvelle Armée de Mussolini ; et Luchino s'était soustrait à cette incorporation avec l'accord de sa femme ; tous deux craignaient, à juste titre (selon Whittaker), que Luchino soit tôt ou tard transporté dans un camp de travail du Reich. *Lucia était catégorique,* dit Luchino. *Nous savions — tout le monde savait — que la pire prison possible valait mieux que le meilleur camp possible. Ce que nous ne savions pas, c'était qu'Adriano était vivant en elle.* Tybalt naquit en 1950. Et Lucia mourut en 1957, alors qu'Adriano avait douze ans.

Ainsi Keith était attristé. Je peux ajouter à son crédit (dont il aura bientôt besoin) que Keith était dûment tourmenté en imaginant Adriano dans le sein de sa mère. Quinze ans plus tard, en 1984, lorsqu'il vit son premier enfant sur l'écran du pédiatre, s'agitant délicieusement comme un triton dans un bief, tout tremblant de curiosité festive et apparemment amusée, la première pensée de Keith fut pour Adriano et sa faim : la faim d'Adriano dans le sein de sa mère. Le spectre minuscule et son visage de douleur. Et cette douleur allait le revêtir pour le reste de sa vie. Un mètre cinquante. Un mètre soixante-sept pouvait faire une supposition semi-éclairée sur un mètre cinquante. Et comme la guerre était *proche*...

Ainsi Keith comprit pourquoi les filles pleuraient. Mais à présent les règles avaient été réécrites, et les convenances génériques n'étaient plus valables. La question devait être à nouveau posée. Qu'est-ce que les héroïnes avaient le droit de faire?

———

« Tu es bien morose. Écoute, tu devrais être content de rendre service. »

Avec des couples moroses, par un temps morose, des jours entiers passent de cette façon. Avec des intervalles, de grandes tasses de café, des silences, de brèves disparitions, des tasses de thé, des bâillements, des vides... Plus tard, Lily et Keith allaient devoir descendre au village afin de *représenter le castello* : Oona les avait engagés pour une vente de charité cérémoniale à Santa Maria.

« Ça ne me dérange pas, dit-il. Sauf qu'il va falloir aller à l'église. Non, je suis déprimé au sujet de Tom Pouce.

— Ne l'appelle pas Tom Pouce.

— D'accord. Je suis déprimé au sujet d'Adriano. Est-ce que vous pensiez que son père serait... serait dans le genre pas grand ?

— Je m'attendais, je ne sais pas, à quelqu'un de plus petit que la moyenne. Un gringalet. Comme toi. Pas un géant. Et puis le frère géant. C'est là qu'elle a fondu. Tu sais qu'elle a le cœur tendre. »

Comme un rêve, avait dit Whittaker. Tout cela est comme un rêve. Il dit : « Le *fera*-t-elle, tu crois ?

— Eh bien. D'une pierre deux coups. Une magnifique stimulation pour lui, et elle, ça l'empêchera d'être désespérée. Elle finira par y arriver. »

Keith était étendu sur le lit — il était étendu sur le lit avec *Emma.* Lily se déshabillait pour prendre une douche : pas une opération bien longue. Elle se pencha vers lui et fit glisser le bas de son bikini avec ses pouces. Au fil des semaines, l'étoile parente enduisait Lily à son goût, la chair plus brune, les cheveux plus blonds, les dents plus blanches, les yeux plus bleus. Elle envoya valdinguer ses tongs et dit abruptement :

« Qui baise Fanny ?

— Quoi ? Personne ne baise Fanny. » Ils reprenaient leur discussion sur *Mansfield Park.* Keith tenta de se concentrer — de se concentrer sur le monde qu'il connaissait. Avec une apparence de vivacité (parler valait mieux que penser), il dit : « C'est une héroïne, Lily, et les héroïnes n'ont pas le droit de faire ça. Enfin. Qui *voudrait* baiser Fanny ?

— Le héros. Edmund.

— Bon, Edmund, je suppose. Après tout, il l'épouse. Je suppose qu'il finit par la baiser. C'est lui le héros. »

Dans sa robe de chambre de satin vert, Lily s'assit devant la coiffeuse, tournant le dos aux trois miroirs. Elle prit une lime à ongles en carton et dit : « Ainsi, Fanny ne te tente pas.

— Non. Mary Crawford est plus à mon goût. Elle aussi, elle est pleine d'allant.

— Comment le sais-tu?

— Facile, Lily. Mary parle d'amiraux, et elle fait un jeu de mots au sujet de *vices*. Dans Jane *Austen*... Mais *Mansfield Park* n'est pas comme les autres. Les méchants sont des Visions et les bons des Foireux. La résurgence des anciennes valeurs. Jane devient anti-charme. C'est un roman très confus.

— Et il n'y a pas de baise.

— Si. Il y en a. Dans *Mansfield Park*, il y a *deux* baises. Henry Crawford baise Maria Bertram. Et Mr Yates baise Julia, la sœur de Maria. Et c'est un "Honorable".

— Avec quoi ont-*elles* été droguées?

— C'est une bonne question. Je l'ignore. Parents indifférents. Ennui.

— Shéhérazade se drogue à la pitié. »

Il pensait que c'était vrai. Le projet Adriano était devenu une sorte de travail social ou de bénévolat. « Le sexe comme B.A. Ouais. Dis ça à Jane Austen.

— Elle pense à lui grandissant en compagnie de Tybalt. Et puis Tybalt qui le dépasse. Tybalt qui grandit. Qui se gonfle jusqu'à devenir ce grand dieu imposant. Elle aimerait... »

En fait, ils pouvaient l'entendre dans la salle de bains intermédiaire — les robinets, le pas rapide.

« Si seulement elle avait rencontré Tybalt en premier. Elle pourrait le baiser. Mais elle ne peut pas.

À la place, elle doit baiser Tom Pouce. Et elle pense avoir trouvé comment faire. »

Alors Lily chuchota, le regard fixe. Et disparut, par la porte et dans l'escalier en robe de chambre.

Et Keith tenta de retourner à Emma, et à Miss Bates, et au pique-nique à Box Hill qui changerait leurs vies.

« Tu sais à quoi ils ressemblaient ? dit Lily qui réapparut avec une serviette autour du corps et une autre en cône sur la tête. Tybalt et Adriano ? Quand ils se tenaient côte à côte devant le bar ? Ils ressemblaient à une bouteille de scotch et à une mignonnette. La même marque et la même étiquette. La bouteille et la mignonnette. »

Lily s'habillait maintenant. Pour Keith, c'était très familier. Familier, et irrationnel, comme les pensées qui encadrent le sommeil. Sa chair était-elle simplement l'habillement de son sang, de ses os ? Puis elle s'assit à la table devant les trois miroirs, pour habiller son visage, les yeux en violet, les joues en rouge, les lèvres en rose. Il dit :

« Est-ce que tu devrais lisser tes cheveux quand ils sont mouillés ? Tu es sûre ?... Pourquoi faut-il que Tybalt mesure un mètre quatre-vingt-quinze... plutôt que un mètre quatre-vingts ou quelque chose d'approchant ?

— En fait, j'admire l'attitude de Shéhérazade. Elle fait de son mieux pour être positive. Elle pense qu'elle pourrait organiser une sorte de week-end salace. Du genre de ceux où on ne met pas le nez dehors. Où on ne se lève même pas. Ainsi ils ne seraient jamais perpendiculaires en même temps.

— D'accord, Lily. Décris le week-end horizontal. »

Keith écoutait, l'esprit vagabond... Adriano l'emmènerait dans la capitale et se garerait près — ou encore mieux dans — un des meilleurs hôtels ; invoquant la discrétion, Shéhérazade se rendrait seule dans la suite réservée ; là, elle prendrait un bain, se parfumerait et s'humidifierait, et coucherait son long corps, couvert d'un négligé déliquescent, sur les draps blancs — pour lui! pour Adriano! L'homme lui-même apparaîtrait alors théâtralement ; debout devant le lit, sans doute, il tendrait des doigts traînants vers le nœud roulé qui tenait son pantalon blanc et, avec un sourire sévère...

« Après cela, dit Lily, le service de chambre suffit. Rien en public, où ils seraient tous les deux debout. C'est ça qui la fait mourir d'embarras. Elle a honte d'elle-même, mais voilà. Elle n'arrête pas de penser à ce que *lui* il pense. Et ça lui donne la chair de poule. »

Keith était d'accord que ce ne serait pas bien si elle avait la chair de poule.

« Son attitude est la suivante. Si elle a tant envie de Tybalt, alors elle doit avoir envie d'Adriano. Plus ou moins. Et de toute façon. Elle est de plus en plus désespérée. » Lily se mit debout et laissa doucement tomber ses mains en direction du sol. « Viens. Il est l'heure. »

Et il pensa tout à coup : Ceci est le monde que je connais, c'est ma place, parmi ceux qui sont bien éveillés — avec elle. Il roula hors du lit en disant : « Je voulais te dire. Tu es vraiment très belle, Lily. Et nous n'allons pas nous séparer. Nous resterons ensemble. Toi et moi.

— Mm. Mm. Je suppose que tu es amoureux d'*elle* maintenant.

— Qui?

— Emma.

— Oh, tout à fait. Elle est un peu tape-à-l'œil, Emma, mais elle me plaît, je l'admets. *Intelligente, belle et riche.* C'est un début.

— Ah, mais est-ce qu'elle a de gros nichons?... Est-ce que Jane Austen *dit* si elles ont de gros nichons?

— Pas aussi directement. Ou pas encore. D'un moment à l'autre, maintenant, elle va sans doute dire: *Emma Woodhouse avait de gros nichons.* Mais pas encore.

— Tu as dit, tu as dit que Lydia Bennet avait de gros nichons. Celle qui s'enfuit avec le soldat.

— Eh bien oui. Ou en tout cas un gros cul. Catherine Morland a de gros nichons. Jane Austen nous le dit plus ou moins. C'est codé. Tu comprends, Lydia est la plus grande et la plus jeune des sœurs — et elle est *corpulente*. C'est un code pour dire qu'elle a un gros cul.

— Et quel est le code pour gros nichons?

— *Importance.* Quand Catherine grandit, elle devient plus *potelée* et sa *silhouette prend de l'importance. Importance* — c'est le code pour gros nichons.

— C'est peut-être plus simple que ça. Le code. Peut-être que *potelée* c'est les nichons et que *corpulente* c'est le cul. »

Keith lui dit qu'il était fort possible qu'elle ait raison.

« Ainsi, Shéhérazade est potelée, et Gloria est corpulente. Mais tu ne dirais pas vraiment que Croupopotin est corpulente.

— Croupopotin ? Non. Mais les mots changent, Lily. Les culs changent.

— Écoutez-le. D'abord on avait le dessein moral. Ensuite la vie ressentie. Et puis la drogue et la baise. Maintenant il n'y a plus que nichons et culs. Attends un peu. J'en ai un. Tout ce que vous vouliez savoir sur le sexe hystérique. Avec Gene Wilder. Celui-là, il marche.

— Non, Lily. Il ne marche pas. » Il réfléchit un moment et dit : « Hysterical Sex Story. Avec Ali MacGraw. Celui-là, il marche.

— Mais elle est morte. Et de toute façon, on n'a pas aimé le film.

— Je sais qu'on n'a pas aimé. Tom Pouce vient pour le dîner ?

— Ne l'appelle pas comme ça. Oui, en hélicoptère.

— Bon Dieu, je vais lui en parler. Les moutons sont à peine remis.

— Parle à Shéhérazade. Elle dit qu'elle aime penser à Adriano s'envolant librement... »

Keith dit : « Tu sais, je crois que c'est comme ça qu'il les attire, Adriano. Si un mètre cinquante n'y parvient pas tout seul, il les emmène chez son père et il sort Tybalt.

— ... La clé, c'est 1945. La clé, c'est la guerre. Elle peut alors se dire qu'elle le fait pour les troupes.

— Pour les troupes ? dit-il avec une lézarde dans la voix. Mais il n'était pas dans le bon camp !

— Quoi ?

— L'Italie était une des puissances de l'Axe. Donc Tom Pouce était un fasciste. » Keith poursuivit et communiqua les deux faits restants en sa possession sur l'Italie et la Seconde Guerre mondiale.

« Mussolini a introduit le pas de l'oie. Et quand ils ont fini par le pendre, il était en uniforme allemand. Nazi jusqu'au bout.

— ... Eh bien, ne dis pas tout ça à Shéhérazade. »

La soirée commença plutôt bruyamment. D'abord le chambardement grinçant des rotors d'Adriano. Et puis ils furent tous chahutés et repoussés hors de la terrasse ouest, dans le crépuscule rose, par les cris des moutons. Mais le dîner fut en fait étrangement tranquille — ou bien voulait-il dire tranquillement étrange ? Whittaker, Gloria et Keith, en face de Lily, Adriano et Shéhérazade. Adriano, alors, n'était pas en bout de table, mais il paraissait diriger la conversation, le sens de son bon droit complètement renouvelé, disant :

« Nous avons remporté le championnat avec une victoire à Foggio après un dur combat. Davantage d'argenterie pour notre salle des trophées ! À présent nous n'allons pas tarder à vivre les rigueurs de l'entraînement d'avant la saison. Je meurs d'impatience. »

Keith, une fois de plus, se trouvait savoir que Shéhérazade avait demandé à Adriano de ne plus parler d'amour, ce qu'Adriano, de façon inquiétante, avait immédiatement accepté. D'un autre côté, cela le mettait à court de sujets de conversation. De sorte qu'il parla, sans doute pendant vraiment trop longtemps, de son équipe de rugby, *I Furiosi*, et de sa réputation, au sein de ce qui était déjà la plus dure des ligues, pour son jeu exceptionnel et sans compromission.

« Où vas-tu, Adriano ? Sur le terrain. »

C'était Shéhérazade, qui arborait un nouveau sourire. Humble, chagriné, extrêmement compréhensif, extrêmement indulgent. Keith continua à écouter.

« Ah. Ma position. Au centre même du combat. »

Adriano était le talonneur, et accomplissait sa tâche comme pivot du pack. Il appréciait particulièrement, disait-il, le début de la mêlée, quand les six têtes allaient s'écraser les unes contre les autres. C'était normalement le travail du talonneur, Keith le savait, de talonner le ballon dans les semelles des dix jambes de la mêlée derrière lui. Mais c'était une autre histoire, apparemment, avec *I Furiosi* : quand commençait l'assaut, Adriano se contentait de soulever et de croiser ses petites jambes, afin que les hommes derrière lui (la deuxième rangée) puissent frotter leurs crampons sur les genoux et les tibias de la première ligne adverse. Il dit :

« Des plus efficaces. Oh, je peux vous l'assurer. Des plus efficaces.

— ... Mais personne n'empêche donc ça ? dit Shéhérazade. Et est-ce qu'ils ne se vengent pas ?

— Ah, mais nous sommes également célèbres pour notre indifférence aux blessures. Je suis le seul avant des *Furiosi* dont le nez n'ait pas été cassé. Un des deuxième ligne n'a qu'un œil. Aucun des piliers n'a de dent à lui. Et aussi, mes deux oreilles ont encore leur forme. Pas même calcifiées. Ce qui, encore une fois, fait plutôt tache au milieu de mes collègues.

— Et après le match, Adriano ?

— Nous célébrons notre victoire. Et tu peux être certaine que nous ne nous retenons pas. Ou alors, une fois n'est pas coutume, on noie notre chagrin. Toute la nuit... toujours. Il y a beaucoup de verre cassé. Nous sommes de véritables seigneurs du désordre !

— ... Qui a dit, dit Whittaker, que le rugby est un jeu de voyous pratiqué par des gentlemen ? »

Et Keith dit : « Oui, je l'ai entendu dire. Et le football est un jeu de gentlemen pratiqué par des voyous.

— J'ai vécu à Glasgow jusqu'à l'âge de dix ans. »

C'était Gloria, et tous se tournèrent vers elle parce qu'elle parlait si rarement. Sans regarder personne, elle dit :

« Une chose est claire. Le football est un jeu que *regardent* les voyous... Quand le Celtic joue contre les Rangers, c'est une guerre de religion. Incroyable. Ils devraient s'engager dans l'armée. Adriano. Toi, tu devrais t'engager dans l'armée.

— Oh, Gloria, crois bien que j'ai essayé ! Mais il existe certaines restrictions, et hélas... »

S'étant tu, il froissa la serviette blanche dans ses poings bronzés. Et pendant cinq minutes la pièce bouillonna en silence. Puis Adriano redressa le dos et dit :

« Un jeu de voyous ? Comme tu as tort, Whittaker. Si tu savais à quel point tu as tort. »

Et Adriano entreprit d'assurer aux personnes présentes, avec sans doute un peu trop de détails, que *I Furiosi* étaient tous bien nés, appartenaient à des clubs de sport très fermés dont les droits d'entrée étaient très élevés ; quand ils se rendaient aux rencontres à l'extérieur, expliqua-t-il, eh bien, ils le faisaient en cortège de Lamborghini et de Bugatti ; il prit même le soin de faire remarquer la qualité cinq étoiles, grand luxe, des hôtels qu'ils démolissaient et des restaurants qu'ils saccageaient. Adriano se détendit, s'étant ainsi expliqué.

Ils assistèrent alors à la formation graduelle d'un vide désespérant. Le regard fixe de Lily l'implorait silencieusement, et Keith prit donc la parole :

« Euh, j'étais autrefois exactement comme toi, Adriano. J'étais dingue de rugby jusqu'à treize ans. Et puis un jour... » Il y avait eu le maul habituel. Précisément le genre de choses dans lequel il avait adoré plonger pour en ressortir couvert de sang. « Et j'ai...

— Tu as manqué de courage », dit Adriano avec compréhension, et il alla jusqu'à tapoter la main de Keith. « Oh, mon ami, ça arrive !

— Oui, j'ai manqué de courage. » Mais il y avait autre chose dans sa tête ce samedi matin particulier — et une pensée derrière ça, et une pensée derrière ça. Il s'était dit, en 1963 : À partir de maintenant, rien ne sera renouvelé. Tu vas avoir besoin de tout. *Tu vas avoir besoin de tout. Pour les filles.* « Alors j'ai arrêté de plonger. Les gens l'ont remarqué. Ils m'ont viré. »

Adriano dit : « Mais Kev. Comment as-tu pu supporter la honte ? Et le mépris universel ? »

Lily dit : « Je pense que c'est très drôle, Adriano. Si tu me permets.

— Comment je l'ai supporté ? J'ai raconté à tout le monde que je le faisais pour ma sœur. » Violet avait huit, neuf ans ; ça la bouleversait quand il revenait couvert de zébrures. *Je vais laisser tomber pour toi, Vi...* C'était vrai, dans un sens. Il l'avait fait pour les filles. « En tout cas. Elle m'en a été très reconnaissante.

— C'est simple, dit Shéhérazade en pliant son set de table. Tu ne voulais plus te blesser. »

Adriano resta assis tandis qu'on quittait la table autour de lui, rejoint, le moment venu, par Shéhérazade.

———

Il s'allongea, son devoir fraternel accompli. Lily dit :
« C'était fabuleux.

— C'est vrai. Étonnant. Ça va être comme ça tous les soirs ?

— Impossible. On mourrait tous ou on deviendrait fous. Je n'arrêtais pas de me pincer. Pas pour rester éveillée. Pour vérifier que je ne dormais pas. Que je ne rêvais pas.

— On n'a pas des rêves aussi fous que ça. »

Il était étendu là, et partit en mission amoureuse — pour la dernière fois. Pour la dernière fois il conjura Shéhérazade et imagina que ses pensées étaient les pensées de Shéhérazade, et que tous ses sentiments étaient les siens. Mais tandis que l'amour faisait ses adieux, s'attardait, envoyait des baisers du bout des doigts, il apprit que quelqu'un d'aussi solide, quelqu'un d'aussi immensément convaincant que Shéhérazade ne pouvait, ne voudrait pas, s'entrelacer à quelqu'un d'aussi peu crédible — et d'aussi obscurément frauduleux — qu'Adriano. Tandis que Lily dérivait en quête de rêves raisonnables, Keith espérait et pensait qu'Adriano allait lui aussi dériver, fondrait comme les étoiles fondent à l'aube, et que Shéhérazade continuerait à être de plus en plus désespérée.

Mais ce fut la guerre qui présida à son insomnie. Pour la première fois de sa vie, peut-être, il en sentit la dimension et le poids. Et *ça*, ce n'était pas une guerre dans les cieux. C'était une guerre du monde.

Comme la guerre était proche, et comme elle était vaste.

La guerre était tellement proche d'eux et ils n'y pensaient jamais vraiment — le tremblement de terre de six ans qui tua un million par mois (et saisit l'Italie, et écrasa et pilonna ses montagnes les unes contre les autres).

La guerre avait fait sa demande au courage de leurs mères et de leurs pères, et ils étaient tous ses enfants, ses minuscules fantômes, comme Adriano dans le sein de sa mère.

La guerre était tellement proche d'eux et elle n'était pas une ombre. C'était une lumière. La couleur de la lumière était brun fécal.

TROISIÈME ENTRACTE

Comme tous ceux qui vivaient à l'époque en question, Keith était un vétéran de la Guerre froide nucléaire (1949-91) : le concours de cauchemars. En 1970, vingt ans de service étaient derrière lui. Vingt ans de service se trouvaient devant lui.

Il avait été mobilisé — il avait été *réquisitionné* — le 29 août 1949, alors qu'il avait quatre-vingt-seize heures. C'était la date de naissance de la bombe russe. Alors qu'il était couché et qu'il dormait, la réalité historique s'était glissée dans la salle d'hôpital et lui avait attribué le rang de deuxième classe.

En grandissant, il n'avait pas exactement ressenti de rancœur envers le service militaire, parce que toutes les autres personnes vivantes étaient également à l'armée. Excepté quand il devait s'accroupir sous son pupitre à l'école, au moment des exercices de défense passive en cas d'attaque thermonucléaire, il ne semblait pas avoir d'obligations. Ou pas d'obligations conscientes. Mais après la Bataille de Cuba, en 1962 (pendant sa durée, pendant ces treize jours, ses treize années d'existence devinrent un marécage de nausée), il participa de bon cœur au concours de cauchemars. Dans sa tête — oh, les parcours du combattant, les sous-officiers sadiques, les corvées, l'horrible ragougnasse, les tortillons de pelures de pommes de terre de la corvée de cuisine. Pendant la Guerre froide nucléaire, on ne voyait le feu que lorsqu'on était profondément endormi.

Pendant cette période, la violence physique se retrouvait d'une façon ou d'une autre consignée au tiers-monde, où environ vingt millions moururent dans une centaine de conflits militaires. Dans les premier et deuxième mondes, la stratégie développée était celle de la Destruction Mutuellement Assurée. Et tout le monde vivait. Là, il n'y avait de violence que dans l'esprit.

Keith était étendu sur son lit et tentait de comprendre. Quelle était l'issue de la guerre rêvée et de toute cette lutte silencieuse ? Tout pouvait disparaître, à tout moment. Ce qui disséminait une peur mortelle inconsciente mais omniprésente. Et la peur mortelle pouvait vous donner envie d'avoir des rapports sexuels ; mais elle n'irait pas vous donner envie d'aimer. Pourquoi aimer quiconque, quand tout le monde pouvait disparaître ? Ainsi était-ce peut-être l'amour qui se retrouvait blessé, dans ce Passchendaele des rêves fous.

Le *Concise Oxford Dictionary* est vraiment un livre très compatissant. Prenez par exemple la définition de *névrose*. Il téléphona à son épouse et la lui lut :

« Bon, écoute. *Maladie mentale assez légère,* mon amour, *non provoquée par un trouble organique.* Et voici quelque chose d'encore meilleur. *Caractérisée par la dépression, l'anxiété, un comportement obsession-*

nel, etc. — le et cetera est magnifique — *mais sans perte de contact définitif avec la réalité.* Voilà. C'est tellement compréhensif, tu ne crois pas ?

— ... Viens à la maison. »

Il se rendit à la maison. C'était le 28 avril 2003, et il traversa le jardin sous un ciel échevelé. Et les choses allaient plutôt bien, pensait-il : il était assis à la table avec un verre de jus d'orange en faisant une imitation passable de Keith Nearing. Ensuite les filles arrivèrent pour déjeuner.

Lui et sa femme avaient quatre épithètes principales pour leurs filles : *les fleurs, les idiotes, les poèmes* et *les rats.* Keith choisit la troisième.

« Vous voilà, mes poèmes. »

Et elles le saluèrent et s'approchèrent de lui, la petite Isabel, la minuscule Chloe.

Voilà, il y avait une tradition familiale : lorsque les filles sortaient du bain et qu'elles s'étaient lavé les cheveux, Keith offrait son nez aux épaisses mèches mouillées (en savourant la propreté, la jeunesse, le parfum de pin) : *Mmmmm...*

Sans doute, donc, Isabel ne pensait-elle pas à mal. Keith sortait de la douche, alors elle se pencha au-dessus du crâne de son père (grisonnant rapidement et radicalement dégarni, les quelques lambeaux restants raidis par le gel structurant) et dit :

« Mmmmm... Non, en fait, P'pa, je crois que tu devrais essayer une fois de plus. »

Et c'est ce qu'il fit. C'est ce qu'il fit — et pourtant il était plutôt ivre et avait très peur de tomber dans la douche. On pourrait croire que peser une dizaine de kilos en trop donnerait un peu plus de lest ; mais il est difficile, se dit-il, de mettre en équilibre une pomme de terre sur des cure-dents, particulièrement quand il s'agit d'une surface glissante. Il finit par y parvenir sans problème. Mais il ne retourna pas dans la maison.

« Alors, tu fumes, lui dit sa femme lorsqu'il sortit en douce par la porte de derrière (il s'était arrêté en 1994, le lendemain de leur mariage). Isabel a dit que tu puais comme la station de bus de Kentish Town.

— Tout ça ne va pas durer trop longtemps », dit-il.

La deuxième clause du manifeste révolutionnaire était comme suit : *Les femmes ont, elles aussi, des appétits charnels.*

Immémorialement vrai, et à présent, bien sûr, inaliénablement évident. Mais il fallait du temps pour absorber cette proposition. Dans la communauté pas-de-sexe-avant-le-mariage, la doctrine était que les filles sages ne le faisaient pas pour le plaisir — et les mauvaises filles ne le faisaient pas non plus pour le plaisir (elles le faisaient pour une brève influence ou simplement pour le profit, ou encore du fait d'une démence souillée et poussiéreuse). Et même certains jeunes ne parvenaient pas vraiment à accepter ça, le plaisir féminin. Kenrik, Rita et d'autres, comme nous le découvrirons bientôt.

Il y aura des rapports sexuels avant le mariage. Les femmes ont, elles aussi, des appétits charnels. Parfait, jusqu'ici. Mais le manifeste comportait d'autres clauses, certaines d'entre elles écrites en tout petits caractères ou à l'encre sympathique.

Me toucher, me toucher, me toucher, me toucher, me toucher...

Tels furent les derniers mots d'Écho, mais il lui fallut longtemps pour mourir. L'amour était fixé dans son corps, envenimait tout. Sa jolie forme disparut. Mais elle ne fut pas transformée en autre chose (un destin assez fréquent et pas nécessairement déplaisant dans le monde où elle vivait) — en oiseau, disons, ou en fleur. Elle disparut lentement. Tout ce qui resta d'elle était sa voix et ses os.

Ses os pétrifiés devinrent partie constituante de l'humus. Sa voix partit toute seule, invisible dans la forêt et sur les flancs nus de la montagne. Me toucher, me toucher, me toucher...

Naturellement, le jeune homme lisse continua à vivre dans sa beauté lisse. Jusqu'à ce qu'un autre garçon, un autre suppliant (également moqué et éconduit auparavant), levât la tête vers les cieux. « Qu'il aime et souffre, comme il nous fait aimer et souffrir. »

« Que, comme nous, il aime et connaisse le désespoir.
Et que, comme Écho, il périsse d'angoisse. »
Némésis, le correcteur,
Entendit sa prière et l'exauça.

———

Silvia, la belle-fille de Keith, avait dit un jour (l'ayant écouté se plaindre de sa classe de gymnastique) que la vieillesse n'était pas pour les poules mouillées. Mais il sentait monter en lui le soupçon que tout ça était bien plus simple. La vieillesse n'était pas pour les vieux. Pour s'en tirer, avec la vieillesse, il fallait vraiment être jeune — jeune, fort et en parfaite condition, exceptionnellement souple et avec de très bons réflexes. Le caractère, en outre, ne devrait pas être d'une trempe banale, mais devrait mêler l'intrépidité de la jeunesse avec une ténacité et un cran séculaires.

Il dit : « Littérature, pourquoi ne me l'as-tu pas dit ? » La vieillesse apporte peut-être la sagesse. Mais elle n'apporte pas la bravoure. Par ailleurs, tu n'as jamais eu à affronter quoi que ce soit d'aussi terrifiant que la vieillesse.

En fait, la guerre était bien plus terrifiante — et tout aussi inévitable, semblait-il, pour les êtres humains. Au café du coin, il s'assit avec le *Times* tremblant dans ses mains. *Cela* était évitable (ou au moins pouvait être retardé). Pourquoi personne n'identifiait-il le véritable *casus belli* ? C'était évident. Les présidents américains, en temps de guerre, sont toujours réélus. Il y aurait un changement de régime à Bagdad en 2003, de sorte qu'il n'y ait pas de changement de régime à Washington en 2004.

Nicholas, qui la défendait, tenta de lui insuffler un peu de courage au sujet de l'expérience mésopotamienne, mais Keith, pour le moment, ne pouvait certainement pas supporter l'idée d'acier volant et de chair mortelle, et de ce qui se passait quand la machine dure rencontrait la machine molle.

Comme les rats, les mouches aiment la guerre, aiment les champs de bataille. À Verdun (1916), il y avait des ânes, des mules, des bœufs, des chiens, des pigeons, des canaris et deux cent mille chevaux. Mais seuls les rats et les mouches (les mouches par dizaines de millions) étaient là parce qu'ils aimaient ça. Les mouches étaient énormes, noires, silencieuses. Énormes. Les rats, eux aussi, étaient bouffis, tels des profiteurs de guerre...

Dans son bureau, Keith contempla le ciel incolore et apprécia « le panorama » : la vue de ses propres impuretés, aspérités, excroissances cornéennes qui remuaient et glissaient quand il bougeait la tête. Ses yeux étaient des boîtes de Pétri, avec leurs cultures de saleté et de mort.

Que faire, pensa-t-il, maintenant que les mouches vivent dans mes yeux?

Oona leur raconta que toute sa vie elle était allée instinctivement vers le sud. *Mais maintenant*, dit-elle, *je sens que le soleil est mauvais.*

Ils n'en tinrent pas compte (et ils s'en sortirent tous impunément, à son avis).

Pour eux, c'était un barbecue ou un gril. Ils s'assirent au soleil, luisants d'huile extra-vierge, toute la journée. Et comme ils devinrent résineux, dans le pelage doré de leur jeunesse!

Une autre fois, Oona lui dit, avec ce qui ressemblait à une admiration et à un respect sans mélange : « Tu es *jeune*. » Et même alors il se posa des questions à ce sujet, cette promotion radicale de la jeunesse... Il y eut 1914-18, puis 1939-45 — avec un entracte de vingt et un ans. Ainsi, en 1966, selon le calendrier établi sur deux générations, il était temps d'envoyer la jeunesse d'Europe en première ligne vers la mort : dans le pressoir de la mort. Mais l'histoire brisa la tendance. Les jeunes n'allaient pas mourir ; ils allaient être aimés. La jeunesse le sentit, et prit conscience d'elle-même. La seule guerre que connaissaient les jeunes était celle qu'ils faisaient quand ils étaient endormis. Tout et tous pouvaient disparaître sur-le-champ. Ainsi, oui, *tutto e subito*. Tout et Maintenant.

« Eh bien, merci, Oona », dit-il, et il regarda les lucioles de l'autre côté de la terrasse — petits visiteurs d'une autre dimension. Les lucioles, les scarabées luminescents, étaient de la couleur de Vénus. Le feu, avec un photon de citron dedans.

Sa vie tout entière, il en était déjà certain, serait déterminée ici.

Lorsqu'il sortit dans les rues de Londres, il eut le sentiment presque continu que toute beauté avait disparu. Et par quoi avait-elle été remplacée ?

La beauté est vérité, la vérité beauté. C'était beau, sans doute. Mais comment pouvait-ce être beau ? Ce n'était pas vrai. Comme il le voyait. La beauté, cette chose si rare, avait disparu. Ce qui restait, c'était la vérité. Et il y avait une réserve infinie de vérité.

# LIVRE QUATRE

LES DESIDERATA

1

Les filles et le rinçage

Il y avait des allées et venues, à présent, des additions et des soustractions, et des réarrangements. Kenrik et Rita allaient venir, et Ruaa allait venir, et Oona, après une brève absence, partait de nouveau. Prentiss, Dodo et Conchita reviendraient-elles ? Il se pouvait très bien que Jorquil vienne, et Timmy, peut-être, allait venir. Très mauvais auspices, pour l'instant, Shéhérazade n'allait pas tarder à libérer sa tourelle, de l'autre côté de la salle de bains partagée, et serait remplacée par Gloria, qu'on avait rappelée de son caveau. Shéhérazade allait occuper l'appartement — et serait remplacée à son tour, c'était possible, par Gloria et Jorquil.

Ils étaient assis à la seule table du bar installée sur le trottoir et il expliquait à Lily que tout irait très bien tant que Kenrik et Rita, quand ils viendraient, resteraient juste des amis.

« Quel genre de personne, demanda-t-elle, est le Chien ?

— Attends, dit-il. Je commence à être surchargé

avec tous ces sobriquets. Un soir, ça risque de déborder. » Il pensait aux vides sans fin qui s'ouvraient maintenant à la table du dîner. « Je dirai, *Croupopotin, raconte à Tom Pouce la fois où tu as bu le...* Habituons-nous à l'appeler Rita.

— D'accord. Quel genre de personne est Rita ?

— Genre ? » Et il lui expliqua : classe ouvrière riche (la fille d'un roi des laveries automatiques), voiture de sport, elle gérait un grand éventaire (bijoux fantaisie) au Kensington Antique Market. « Elle est plus âgée que nous, dit-il, et a beaucoup d'expérience pour ce qui est de se comporter comme un garçon. C'est sa mission. Elle est une anti-policière. Elle est là pour s'assurer que tout le monde viole la loi.

— Eh bien, si Kenrik ne baise pas le Chien, dit Lily, peut-être qu'il peut baiser le Grumeau.

— Lily !

— Ou peut-être qu'il peut me baiser *moi*.

— Lily !

— Faut bien que quelqu'un le fasse.

— *Lily !* »

Faut bien que quelqu'un... C'était une remarque peu érotique à propos d'une situation peu érotique, et la réponse de Keith fut peu érotique.

« Arrête, quelqu'un le fait presque tous les soirs. Moi. Ou le matin.

— Oui, mais pas correctement.

— Pas correctement ? » Ses ongles mouraient d'envie de trouver ses aisselles. « Je t'aime toujours, Lily.

— Mm. *Tu* m'aimes peut-être. Mais ton...

— Ne le dis pas. C'est ce que Rita fait toujours. Elle le dit toujours. »

Il disparut dans le bar — une sorte d'atelier de charpentier, avec un frigo et une rangée de bouteilles de cognac grises de poussière sur une étagère. Oui, et qu'avons-nous là : des Italiens autres qu'Adriano. Dans leur toison noire, ils étaient debout en silence devant le comptoir, comme des blocs de granit auxquels les sculpteurs de la région n'avaient pas encore appliqué leurs outils, le corps endormi, l'esprit et le visage formés, semblait-il, lors des brefs intervalles entre deux coups terribles à la tête. Keith compatissait. Faire l'amour avec Lily n'était plus exactement répétitif parce que cela devenait plus périlleux chaque soir. Les hommes possèdent deux cœurs, pensa-t-il, celui du dessus, celui du dessous. Et tandis que Hansel travaillait Gretel, son surcœur était plein, il battait, il aimait, mais son souscœur n'était que fonctionnel (et encore, à peine) — anémique, hypocrite. Et, évidemment, cela commençait à se remarquer.

« Rita est un personnage, dit-il en posant le verre de vin pétillant devant Lily. Un vrai personnage.

— Encore un. Et avec Jorquil qui ne va pas tarder. Sans parler de Tom Pouce. Et tu avais tort à propos de la guerre. » Elle tapota le livre devant elle. « L'Italie a capitulé en 1943. Alors les Allemands l'ont envahie.

— C'est vrai? Merde... Non. Rien.

— Les combats, c'étaient les partisans *contre* les fascistes. Luchino a combattu les fascistes pendant que la mère mourait de faim en prison. De sorte qu'Adriano *était* du bon côté. Et Shéhérazade *peut* le baiser pour les troupes. »

Keith alluma une cigarette. « Où ils en sont? Ils restent debout très tard.

— Elle dit que c'est comme si elle avait quinze ans de nouveau. Tu sais. Les étapes. »

Keith connaissait très bien les étapes. Serrant très fort les mâchoires, il dit : « À quelle étape en sont-ils ?

— Seulement des baisers, jusqu'à présent. Maintenant avec la langue. Elle se prépare aux nichons. »

Keith but sa bière. Lily dit :

« Tu sais. D'abord avec les mains sur son corsage. Puis à l'intérieur. Elle attend ça avec impatience, si elle parvient à garder son sang-froid. »

Keith en demanda la raison.

« C'est qu'ils ont beaucoup grossi ces six dernières semaines. La sensation est différente. Beaucoup plus sensibles. Plus de pulsations chatouilleuses. Et elle aimerait les tester.

— Tester ses seins.

— Tester ses seins. Sur Adriano. » Lily fit une pause et dit : « Et puis avancer petit à petit et faire la même chose avec sa chatte. »

Keith jeta son stylo sur la surface métallique de la table et dit : « Tu sais, toute cette histoire est vraiment malsaine. Et elle est malheureuse — ça se voit. Elle ne peut pas se droguer à la pitié. C'est, c'est... Tu devrais utiliser ton influence.

— Où est Timmy, ce putain d'imbécile ? C'est d'autant plus blessant qu'il s'amuse vraiment beaucoup. Il adore son travail avec ces gens récemment convertis, mais le problème, c'est que chaque week-end il va à la chasse.

— Qu'est-ce qu'il y a à chasser à Jérusalem ?

— Il va en Jordanie. Il chasse avec la famille royale de Jordanie.

— Oh, je vois. Pourquoi ne me l'avais-tu pas

dit ? Eh bien, on ne peut pas en vouloir à Timmy de s'amuser. Tuer des animaux avec un roi.

— J'ai vraiment pensé à lui envoyer un télégramme. Lui dire qu'elle se languit. »

Keith dit, de sous ses sourcils froncés : « Je ne crois pas que tu aies besoin d'aller jusque-là... Tu sais, j'ai parfois l'impression qu'Adriano n'est pas ce qu'il semble être. » Et ce qu'il *semblait être* semblait déjà suffisamment outré. « Lui sur les genoux de Shéhérazade. Comme une marionnette de ventriloque. C'est irréel.

— Pauvre petit bonhomme.

— Riche petit bonhomme. Allez. » Il se leva et dit avec dévouement : « Je crois que nous devrions aller présenter nos hommages habituels au rat. Parle-lui, Lily. Tu devrais, tu sais. Tu le lui dois. N'oublie pas qu'elle est ta meilleure amie. »

Shéhérazade était malheureuse, et ça se voyait. Le château superstitieux, la féroce montagne, le ciel bleu et pur — tout en était écrasé. Conscient de la règle terrible sur l'aspect extérieur et le bonheur, Keith s'attendait à voir son visage perdre de sa luminosité, un léger pincement, peut-être, de la bouche. Il y avait *bien* un nouveau froncement, un nouveau pli (qui avait la forme, d'ailleurs, des deux galons d'un caporal). Mais la souffrance la rendait juste plus picturale. Dans l'Italie picturale. On sentait le poids, on sentait que son cœur était tiré vers le bas. Comparée à Shéhérazade, même Gloria, avec ses cheveux ras, ses blouses brun foncé, ses chemises d'ouvrier et ses pantalons écossais étroits, ses sandales en cuir pareilles à des briques avec les gros trous pour laisser passer les orteils, paraissait simplement s'être professionnalisée dans son repentir et son chagrin.

Oona partit pour Rome dans une jeep conduite par un chauffeur. Whittaker se rendit à Naples dans la Fiat pour aller chercher Amen et Ruaa. Conchita envoya une carte postale, avec des *a* et des *o* très ronds, de La Haye.

Sur les lèvres supérieures, sur les fronts, des gouttelettes charnues de sueur, tels des rubans d'emballage à bulles translucides. Même leur sueur était charnue. Elle s'amassait sous leurs yeux comme les larmes d'un gamin inconsolable de cinq ans. Les glandes suintaient, les yeux voyaient, les cœurs battaient, la chair luisait. Ils étaient de la couleur du beurre de cacahouète. Mais quand Keith fermait les yeux, il se voyait comme un épouvantail, calé dans une immobilité de gel.

———

« Et après ?
— Après ? Honnêtement, qu'est-ce qui va suivre ? »

Lily et Shéhérazade, en bas près de la piscine, discutaient au sujet du dernier maillot de Gloria.

« Je sais, dit Lily. Une combinaison d'homme-grenouille. Une... comment ça s'appelle ? Une bathysphère.
— Oui. Ou un kayak. Ou un sous-marin, dit Shéhérazade. Gloria vêtue d'un sous-marin tout entier. »

Toutes les cinq ou six secondes on entendait un

grincement déchirant avec un *blang* au milieu. C'était Adriano qui plongeait avant de s'élever à hauteur d'arbre sur le trampoline neuf — cadeau personnel à la propriété. Le trampoline d'Adriano avait été diversement accueilli. Shéhérazade elle-même refusait absolument de s'en servir (*Ne lui répète pas*, dit-elle à Lily, *mais ça fait mal. Et je suis sûre que ce n'est pas du tout flatteur*), et Lily demanda qu'on lui explique — la raison de vouloir sauter de cette façon ; Gloria parvenait à avoir l'air plutôt élégante en tombant et en s'élevant (elle atterrissait avec un grand écart et rebondissait en cisaillant) ; et Amen, à son retour, devint un fan (il faisait de longues et bruyantes séances au petit matin) ; et Keith y grimpa une ou deux fois pour quelques tentatives peu concluantes. Mais le principal partisan et virtuose du trampoline n'était autre, évidemment, qu'Adriano, qui vibrait et tournoyait jusqu'à des altitudes extraordinaires, ses veines et ses tendons semblables à des câbles et à des taquets, l'être humain arrimé très serré.

Lily dit : « Miss Écosse, non, Miss Glasgow. 1930.

— Mon Dieu, où les *trouve*-t-elle ? »

Le dernier maillot de bain de Gloria, il faut le dire, était gris et orné d'une jupette orange pâle faite de panneaux en forme de pétales ; la partie supérieure était en laine, la partie inférieure en plastique.

« Ce n'est même pas du plastique, dit Shéhérazade. C'est du lino.

— Pourquoi ? À quoi ça sert ? C'est comme si nous *mourions* tous absolument d'envie, dit Lily, de voir la forme exacte de son cul. »

Keith lut encore quinze pages (*Les Hauts de Hur-*

levent). Quand il leva les yeux de nouveau, Lily avait remplacé Gloria sous la douche de la piscine, Adriano était toujours sur le trampoline — et Shéhérazade se massait les seins avec deux poignées d'huile d'olive... Oui, c'était ce qu'elle faisait. Cela avait l'humble mérite d'être vrai.

« Oh, Shéhérazade », dit-il en soupirant. Oui, il était un être moral, apparemment. « Je crois que j'ai dû t'induire en erreur l'autre jour, commença-t-il. Adriano était du bon côté pendant la guerre. Je viens de passer une heure dans la bibliothèque. Tu comprends, le fascisme avait été discrédité, et Mussolini est tombé pendant l'été 1943. Ensuite les Allemands... »

Mais n'oublie pas, Shéhérazade, que ça ne faisait pas partie des objectifs guerriers de l'Italie (il voulait sans cesse insister là-dessus) ; ça ne faisait pas partie des objectifs guerriers des puissances de l'Axe, Shéhérazade, que toi, un beau jour, tu testes tes nichons sur Adriano. Il conclut :

« Le pays a souffert horriblement. 1945 a été son année de douleur. »

Elle dit : « L'histoire me terrifie... Ce sont nos parents qui ont dû vivre tout ça. Nous avons de la chance. La seule chose dont nous avons à nous inquiéter est la fin du monde. Tout pourrait simplement... s'arrêter. »

Il se rappela que Shéhérazade *agissait* réellement au sujet de la fin du monde — manifestations, meetings. Alors que ses protestations à lui étaient subliminales. Tout qui s'arrêtait. À présent, par exemple, il regarda en direction de la grotte, enduite de toute cette chair et de toute cette jeunesse, et pendant un instant la grotte devint grotesque. Grotesque, de l'ital. *grottesca,* « peinture ressemblant à quelque chose trouvé dans une grotte »; grotte, du gr. *kruptè* (voir CRYPTE). « Et qu'est-ce que nous sommes supposés ressentir à ce sujet? dit-il. Je veux dire le fait que tout s'arrête.

— M'man dit que c'est pour ça que la jeunesse n'arrête pas d'y penser. Tu sais, *carpe diem.* Cueillez, cueillez vostre jeunesse. »

Il voyait ses dents avides pour la première fois depuis des jours; mais ensuite le sourire se réduisit à une grimace de soumission quand Adriano revint sévèrement à ses côtés.

... Keith s'excusa et se rendit chez Shéhérazade pour dire au revoir à la chambre. Elle déménagerait le lendemain. Et la salle de bains : était-ce là la dernière fois — deux après-midi plus tôt, quand elle était apparue en peignoir de soie court (lâchement noué à la taille), qu'elle avait l'air hébétée, se cognait dans les objets, ne paraissait pas le voir et exsudait une chaleur épaisse et ensommeillée de féminité? Il n'y aurait plus de rencontres, plus de spectacle de désordre, dans le compartiment intermédiaire. Elle n'était jamais aussi nue, là, qu'elle l'était à la piscine; mais elle paraissait l'être davantage parce que seuls ses yeux la voyaient...

Il entra dans la chambre tudorélisabéthaine de Shéhérazade aux vitres à petits carreaux et aux poutres noires hérissées d'esquilles. Comme avant, elle était éloquente de précipitation, de distraction, de choses plus intéressantes à faire. La tentation de renifler les vêtements éparpillés, de se glisser, un instant, dans son lit défait, de s'asseoir à sa coiffeuse et d'usurper ses reflets dans le triple miroir — la tentation était présente, mais non. Sur le lit était posée une serviette, encore humide et creusée en forme de demi-cercle avec un rebord étroit à l'arrière, là où elle avait dû s'asseoir pour se sécher, moins d'une heure plus tôt. Il l'ignora, préférant s'étouffer à moitié dans un de ses oreillers.

Au moment de partir, il consulta son passeport bleu roi — renouvelé très récemment, en octobre 1969. Et la photo. Pendant un instant il eut l'impression d'observer quelque chose dans un journal de province. Le visage d'une jeune fille qui s'est distinguée au clavecin, ou qui a parcouru huit mille kilomètres en livrant des repas aux personnes âgées, ou récupéré un chat dans le grand chêne derrière l'hôtel de ville.

« Ruaa, dit Whittaker, on ne la "voit" pas, comme on dit. Même *moi* je ne la "vois" pas. Sauf quand on l'envoie ici chercher quelque chose, elle est confinée dans la cuisine. Où je n'ai plus le droit de me rendre à moins qu'il vienne, lui aussi. »

Whittaker s'occupait de son verre : Black buvait du Tio Pepe. White (qui fumait également) sirotait un verre expérimental de scotch.

« Incroyable, dit Keith, qui pensait réellement que c'était incroyable. Incroyable. Même avec la petite Dilkash, on se voyait sans problème. Elle avait un boulot. Secrétariat intérimaire. Et quant à Ashraf... Bon, dit-il (il tentait de cultiver ou d'encourager une certaine effronterie dans son attitude envers les femmes). Bon. J'ai une histoire vraie pour toi. Raconte-la à Amen.

— Amen en tirera profit ?

— Ouais, il verra les choses sous un angle différent à propos de... à propos de sa sœur. » Keith se redressa. « Bon. Il y a deux étés, en Espagne, une bande de copains, on a pique-niqué, avec beaucoup de vin, et on est allés nager dans ce lac de montagne. » Keith, Kenrik, Arn, Ewan. Oui, et Violet, qui venait d'avoir quatorze ans. « Et Ashraf est sortie de l'eau dans son deux-pièces blanc. Et on a tous crié : *Allez, ma belle, fais voir. Allez, mignonne, on voudrait se les rincer.* Et elle...

— Rincer ? » demanda Whittaker.

Keith lui expliqua qu'ils voulaient se rincer l'œil. « Pourquoi tu trouves ça drôle ?

— Je pensais juste. *Se les rincer.* Pas le plus évident des encouragements pour une musulmane. Tu comprends, pour eux, les ablutions ont un sens particulier. Ils...

— Tu veux entendre l'histoire ou pas ? Sans vouloir t'offenser, et je sais que tu es gay et tout ça, mais Ashraf est devant nous — une grande fille, tu sais —, elle sort d'un lac de montagne à moitié nue et toi tu parles d'ablutions. »

Whittaker ouvrit les mains et dit à Keith de continuer.

« Eh bien. *Allez, ma jolie, allez, on veut voir.* Et elle a mis ses mains dans son dos et... » Puis il haussa les épaules et il y eut un silence. « Et voilà que ces deux putains de volcans nous dévisageaient. C'était il y a quelques années. Longtemps avant qu'elles aient toutes commencé à le faire. » 1967, l'Espagne, Franco, et la Guardia Civil patrouillant les plages (et l'interdiction du bikini) avec des mitraillettes à moitié dressées. « Bon. Maintenant, où est-il dit qu'une nénette musulmane peut faire ça ? »

Whittaker dit courtoisement : « Oh, il y a sans doute un enseignement obscur quelque part. Tu sais. Quand des infidèles se rassemblent alors qu'on se baigne, et demandent à se rincer l'œil, et qu'on met ses mains dans son dos et... Alors, quelle morale Amen est-il supposé tirer d'Ashraf ?

— Euh, ça l'assouplira un peu à propos du Grumeau. Pardon. Ruaa. Bon Dieu. Je suis un peu éméché après... J'ai été élevé dans le respect de toutes les cultures. Et je respecte Ruaa. Mais la religion — la religion a toujours été mon ennemie. Elle apprend aux filles à être casse-pieds à propos du sexe.

— Tu sais, Keith, il y a peut-être une morale chez Ruaa pour *toi*. En fait, j'aime bien qu'elle soit ici. Cela veut dire qu'il ne peut pas simplement disparaître. Telle est ma situation. J'aime quelqu'un qui pourrait simplement disparaître. »

Keith pensa à Ashraf — une musulmane de discos et de minijupes, une musulmane aux culottes cool qui le soir buvait du Chivas Regal. Il pensa à Dilkash, avec son orangeade et ses tailleurs-pantalons pratiques. Pourtant elle aussi pouvait vous surprendre. Le choc de la présentation d'Ashraf, au bord du lac, n'était pas tellement plus fort, relativement, que le choc que lui avait fait subir Dilkash quand, après un mois d'amitié chaste, elle avait quitté son cardigan et exposé ses bras nus... Avait-il humilié Dilkash ? Humilié Pansy ? Il était incapable de les écarter, l'une et l'autre, de ses pensées — il était pareil au vieillard très malade qu'il deviendrait un jour, il avait besoin de savoir comment ça s'était passé, toute sa vie, avec les femmes et l'amour.

« Que penses-tu de la méthode Ruaa appliquée à Violet ? Tu ferais comme Amen. Tu ne la laisserais jamais seule avec un homme. Honte-et-honneur, Keith. Honte-et-honneur.

— Une méthode différente, dit-il. Partie nulle ? »

... Don Quichotte, parlant de sa bien-aimée imaginaire, Dulcinée du Toboso, expliqua à Sancho Panza : *Je la peins dans mon imagination, selon mon désir.* Keith avait beaucoup trop fait cela avec Shéhérazade, et l'avait rendue inatteignable. Elle allait devoir redescendre, condescendre, dans son imagination.

L'amour avait bien le pouvoir de transformer — comme il avait une fois transformé sa sœur nouveau-née. Il se souvenait de cette page, de ce court chapitre de son être, avec tout son corps. Il n'y avait pas que son esprit qui s'en souvenait. Ses doigts s'en souvenaient, son sternum s'en souvenait, sa gorge s'en souvenait.

Et il avait lu que les hommes commençaient à voir les femmes comme des *objets*. Des objets ? Non. Les filles débordaient de vie. Shéhérazade : les sœurs inséparables qu'étaient ses seins, les créatures qui vivaient derrière ses yeux, les grands êtres tièdes de ses cuisses.

2

La chute d'Adriano

Milieu de matinée, maintenant, et Shéhérazade faisait ses bagages : Keith l'avait déjà aidée avec tristesse pour une valise et une pile de livres. À midi, il monta avec une tasse de café et entendit le fracas de la douche... Il prit son roman (il défendait toujours mollement Catherine, ainsi que la mine renfrognée nommée Heathcliff)... Alors il entendit un bruissement agité et, au même instant, les cigales démarrèrent. Les maracas sans rythmes des cigales... Tout en écoutant, Keith sentit son visage devenir humide et mou, comme un visage bloqué et immobilisé au-dessus d'un bain beaucoup trop chaud. Puis le silence.

Il essaya la porte. Dieu merci, pensa-t-il avec lassitude ; et il pressa un index fataliste sur la sonnette.

« Tu sais ce dont je souffre? D'une amnésie clinique. Qu'en penses-tu? La semaine prochaine, il y a un dîner officiel auquel il veut m'emmener, et M'man m'a dit que je devrais aller à ce genre de choses si je peux le supporter. Adriano. Est-ce qu'on va danser? Imagine. »

Shéhérazade portait une robe que sa grand-tante Betty aurait pu mettre, ou qu'elle avait mise, à New

York, en 1914. Une lourde soie couleur vert Sherwood, avec un plissé profond commençant juste au-dessous de la taille. Il dit :

« Laisse tomber, Shéhérazade. Pour ton propre bien. »

Elle lui tourna le dos. « Je ne pense pas à mon propre bien. Pourrais-tu, euh...? »

Et Keith se tint derrière Shéhérazade, vers qui il n'avait jamais tendu la main, qu'il n'avait jamais touchée — le poing enfantin de son coccyx, la longue enfilade de son épine dorsale, les élytres de ses omoplates. Et pendant un instant il pensa qu'il serait honnêtement capable de tendre les bras, de l'étreindre avec ses mains jeunes et chaudes ; mais alors elle tira de côté la masse principale de sa chevelure, entre un doigt et le pouce, révélant la longue nuque duveteuse et aromatique (exactement à la hauteur de son nez). Tout ce qu'il désirait, c'était poser son front contre son épaule, le poser, le rafraîchir, l'apaiser.

« Je fais quoi ? Simplement...? »

Il remonta la fermeture vers le nord ; il fit se rejoindre les petits boutons pelucheux ; il attacha le fermoir. Le fermoir de sa robe, pas plus grand qu'un trombone de fée, présidant sur cet empire de vert et tout ce qu'il contenait.

Keith dit : « Je suppose que c'est la dernière fois. Que tu oublies.

— Je suppose. » Elle se retourna. « Mais si Jorq vient je reviendrai m'installer ici. Donc, on ne sait jamais. »

Deux ou trois secondes plus tard elle se retourna, et marcha. Il verrouilla la porte après elle — Shéhérazade, en vert Sherwood, bruissant comme un arbre. Géante verte de l'effrayante forêt. Lady Marianne. Qui prend aux riches pour donner aux pauvres.

Il offrit un soupir — un soupir dirigé, sans doute, jusqu'au Moho : la discontinuité entre le manteau inférieur et la croûte océanique... Au lieu de l'aider à sortir de ses vêtements, il l'aidait à y entrer. Cela viendra, se dit-il. Ça ne continuera pas à aller dans le mauvais sens.

Keith se tenait là au milieu des crochets et des patères. Il vit que la baignoire contenait à peine cinq centimètres d'eau tiédasse, très légèrement nuageuse et pourtant pareille à un miroir avec son irisation d'huile. Il songea à y entrer ; il songea à la boire ; mais il se contenta de tirer la bonde et observa la naissance tourbillonnante du petit maelström.

Ce fut alors que commença la vraie chaleur. Les ombres, riches, précises et (pensa-t-il) distinctement furtives, oui, avec quelque chose de distinctement paranoïde — les ombres ne pouvaient plus tenir leur rang et se recroquevillaient, tandis que le soleil se renflait et descendait et se repositionnait directement au-dessus comme pour observer et écouter. L'après-midi, les odeurs gustatives et intestinales du village s'élevaient en strates de sel et de sauce. Une chaise métallique, près de la piscine, pouvait vous étreindre dans son feu tel un instrument de torture ; les cuillères à café pouvaient mordre ou piquer. Les nuits étaient toujours humides mais l'air était épais et immobile. Les chiens avaient cessé d'aboyer (ils gémissaient) et les beuglements de rage et d'ennui des moutons vacillaient et séchaient dans leur gorge.

« Il est normal, dit Lily dans le noir.

— ... Non, il ne l'est pas. Qu'est-ce qu'il y a de normal chez Adriano ?

— Sa marchandise. Là en bas.

— Tu veux dire qu'elle l'a vu ? » Il avala sa salive aussi silencieusement que possible. « Je croyais qu'il était encore à l'extérieur de son corsage.

— C'est vrai, ou à l'extérieur de son soutif. Il est entre son corsage et son soutif. Qui va tomber bientôt. Mais elle a vu la forme dans son pantalon blanc. Et c'est normal. Ce n'est pas comme dans son maillot de bain. Elle pense que ses maillots de bain sont faits avec des gants de baseball. Ne t'inquiète pas de sa conduite au volant.

— Quoi ? Pourquoi devrais-je m'inquiéter ?

— Il fait partie de ces gens qui croient devoir te regarder quand ils te parlent. Ainsi il mémorise la route devant lui, se retourne et bavarde. Il n'a quasiment pas détaché les yeux de Shéhérazade d'ici à Rome. J'étais à l'arrière. Il a fait tout le trajet de profil. Est-ce que tu savais qu'elle n'a jamais sucé un homme ? Même Timmy ?

— Non, Lily. Je l'ignorais. Comment aurais-je pu le deviner ?

— Ça fait partie du problème, tu comprends. Elle vient de recevoir *trois* lettres d'amies de la fac, et elles sont toutes occupées à se comporter comme des garçons. Elle veut faire de nouvelles expériences. Ce qui pour elle veut dire tout ce qui n'est pas la position du missionnaire.

— ... Pourquoi ça s'appelle la position du missionnaire ?

— Parce que les missionnaires, dit Lily, ont dit aux indigènes d'arrêter de le faire comme des chiens et de commencer à le faire comme des missionnaires.

— Bon Dieu, quel culot. Si, vraiment. Quel culot. Quand même. C'est fascinant. Tu veux dire que tout ce temps-là elle n'a pas une seule fois sucé Timmy ?

— C'est plus ou moins pour ça qu'elle se sent délaissée. Elle a embrassé sa bite. Elle dit qu'elle l'a embrassée, mais je ne sais pas ce que ça veut dire.

— Ouais. Qu'est-ce que ça veut dire ?

— Un poutou, c'est tout, je crois. Ou peut-être un baiser avec la langue — sur la pointe.

— Lily...

— Elle l'a embrassée mais elle ne l'a jamais sucée. Elle ne l'a jamais mise dans sa bouche pour la sucer vraiment. Elle a dit : *Alors, c'est comme ça qu'on fait ? On la met dans sa bouche et on suce aussi fort que possible ?...* Qu'est-ce qui se passera si Kenrik et Rita ne sont plus simplement de bons amis ?

— S'ils sont amants ? Simple. Ils se haïront.

— Mm. Ce que nous ne pourrons jamais faire. »

Le dimanche, sous un ciel percutant qui semblait bourdonner comme une cymbale, Adriano tint sa promesse et les emmena tous les quatre déjeuner — Keith, Lily, Gloria, Shéhérazade — dans un restaurant étoilé, dans un endroit qui s'appelait Ofanto, à une trentaine de kilomètres de là.

Ils s'y rendirent dans le salon motorisé de la Rolls-Royce, étrangement pilotée par Adriano. Le malaise de Keith paraissait plus fondamental que celui de Lily. Même sur le chemin du retour, il ne parvint pas à se convaincre qu'Adriano était capable de voir par-dessus le tableau de bord, sauf peut-être à travers le segment supérieur du volant. Et quand il parlait à Shéhérazade sur la banquette arrière, tordant la tête en un demi-cercle complet sans bouger les épaules (comme Linda Blair allait bientôt le faire dans *L'Exorciste*), tout ce qu'on voyait était un sourcil arqué et l'étendue de son front argenté.

« Les truffes, disait-il sans cesser de se retourner. Il faut que tu prennes les truffes, Shéhérazade. Mmmm — pareil au goût de l'ambroisie. » La tête revint en grinçant. « Les truffes, Shéhérazade. Vraiment divines. »

Ofanto approcha. Confirmant sa capacité à voir au moins par la vitre latérale, Adriano marmonna avec surprise (et on voyait que c'était fort rétrograde pour ses espoirs et ses vœux) :

« Tant de monde ! Ce n'était autrefois qu'un bourg. Un petit bourg ensommeillé. Et maintenant ? »

Et maintenant il y avait l'industrie, et des groupes d'ouvriers, chacun avec son marcel et sa cigarette, et des cités cuboïdes de taille moyenne, et des nids d'insectes avec antennes, et des chiens jurant de loin et pivotant sur des balcons verrouillés — et là où il y a tout cela, tout ceci, il y a aussi la présence de jeunes hommes...

« Un petit bourg ensommeillé. Et maintenant — je ne sais pas. Je ne sais pas. »

À ce stade, nous devrions faire un bond en avant jusqu'à six heures trente ce soir-là. Des boissons amères sur la terrasse ouest du château. Des boissons amères dans le crépuscule amer. Adriano, invité pour la forme à monter, avait décliné pour la forme et était reparti en voiture. De sorte que tous les quatre sont disposés là-dehors, évitant de se regarder pendant l'épreuve privée de la digestion. Couleurs habituelles du coucher de soleil, avec une nuance ou touche de turbulence, tandis que l'estomac de Jupiter gargouille, dans quelque autre vallée, sous quelque autre montagne.

« *Eh bien* », dit Shéhérazade.

Et Keith se tourna vers elle. Parce qu'il y avait un problème avec le film dont elle était auparavant la vedette. Était-ce la lumière? Était-ce la continuité? Était-ce le dialogue — tout ça était-il doublé depuis le début?

Eh bien, quoi?

« *Eh bien* », dit Shéhérazade.

Pendant un moment, assise sur la balancelle, elle sembla moyenne — moyenne dans les yeux. Il y avait une bonne raison pour cela. Et Keith comprenait en partie son besoin d'aller à la table pour se servir une deuxième fois de vin blanc ; son verre, déjà à moitié vide, était posé un peu de travers sur son giron imprimé de fleurs... Ses yeux moyens étaient fixés sur Gloria Beautyman, qui se tenait devant la porte-fenêtre, tripotant avec un doigt les glaçons de son Pellegrino. Shéhérazade dit :

« *Eh bien*. Ton derrière a attiré une bonne traîne cet après-midi. »

Gloria parut avaler quelque chose d'un seul coup. Elle dit : « C'est-à-dire?

— C'est-à-dire? C'est-à-dire ton postérieur et la sensation qu'il a créée.

— Même chose pour toi, dit Gloria, qui avala de nouveau, et pour ton — ton *buste*.

— Tu vois, si tu le fourres dans ce pantalon en velours...

— C'est toi qui m'as dit de le faire. J'allais mettre une robe et tu m'as dit mets autre chose. Alors j'ai mis un pantalon en velours. Un simple pantalon en *velours*.

— Un pantalon en velours. Moulant et rouge vif. Avec ton cul pareil à une tomate primée.

— Regardez qui parle. Avec *ce* haut. »

Et Keith s'interrogeait. Qu'est-ce que les héroïnes avaient le droit de faire ?

Tandis que Lily, Keith, Shéhérazade, Adriano et Gloria traversaient la piazza grise et poussiéreuse, puis empruntaient l'avenue sans fin, les jeunes hommes d'Ofanto organisèrent leur référendum chorégraphique sur les attraits des trois filles. Les y voilà une fois de plus. Attirés comme de la limaille de fer obéissant à des aimants de diverses puissances, les jeunes hommes se tortillèrent, et grouillèrent, et puis se divisèrent — avec une franchise graphique — en deux colonnes : une devant Shéhérazade, et une derrière Gloria Beautyman. Un groupe marchait vers l'avant. Un groupe marchait à reculons. Et Lily ?... Je peux dire que sa silhouette, quand elle arriva, se trouva être parfaitement symétrique, ni trop lourde du haut, ni trop lourde du bas — classique, sans fétichisme. Mais cela, évidemment, n'aurait pas pesé bien lourd pour les jeunes hommes de Campanie, fidèles au sacrement des orbes jumelés et tournoyants. Ce fut là qu'Adriano commit sa terrible erreur. C'était une si petite chose. Il tendit simplement la main.

« Que sommes-nous supposées faire? demanda Gloria sur la terrasse rosée. Nous emmailloter comme Ruaa? »

Et Shéhérazade émit un rire métallique et dit : « Au moins tu as eu le bon sens de refuser ce verre de champagne. Autrement — eh bien, je tremble rien que d'y penser. »

Gloria observa rapidement tous les visages. Et deux larmes bondirent de ses yeux : on put les voir étinceler blanchement lorsqu'elles bondirent et tombèrent...

Lily se leva et pénétra le silence.

« Pour être vraiment populaire en Italie, dit-elle avec une emphase lente, voilà ce qu'il faudrait. *Tes* nichons. Et *ton* cul.

— Tu connais, dit Keith avec agitation, tu connais mon tuteur Garth, Lily — le poète? Il dit que le corps féminin contient un défaut de conception. Il dit que les nichons et le cul devraient être du même côté.

— ... *Quel* côté? »

Keith réfléchit un moment. « Je crois que ça lui est égal, dit-il. Bien que je suppose que vous me direz qu'au début ça ne lui était pas égal. Devant. Pour avoir le visage. Ce ne pourrait être que devant.

— Non, derrière, sûrement, dit Shéhérazade (tandis que Gloria se retournait et rentrait). Si c'était devant, ses jambes seraient à l'envers. »

Lily dit : « Elle marcherait à reculons. Et les garçons dans la rue — j'essaye de visualiser. Dans quel sens est-ce qu'ils marcheraient? »

Ce soir-là, le dîner était mort, tué par la moisissure puante d'Ofanto : personne ne s'y risqua. Comme Lily et Shéhérazade s'étaient cloîtrées dans l'appartement, Keith dévala la pente pour perdre un peu de temps avec Whittaker — et avec Amen, qui sortit une grosse barrette du plus noir et gras haschich.

« Bon Dieu, un peu fort, non?

— *C'est bien de tousser*, dit Amen. *Et puis le courage. L'indifférence.*

— Whittaker, c'est quoi, tout ça? »

Il voulait dire les images dans les peintures qui étaient éparpillées sur le sol. Whittaker dit :

« Je catalogue. Ma période Picasso. »

Les figures sur les toiles étaient toutes cul par-dessus tête ou à l'envers, et au bout de quelque temps Keith demanda s'il serait bien que les *hommes* soient sexuellement réorganisés, avec la bite et le cul du même côté, et peut-être la tête vrillée vers l'arrière, comme Adriano dans la Rolls...

« Tu sais que Tom Pouce m'a appelé *Keef* aujourd'hui? dit-il un peu plus tard. Il m'a appelé *Kif*. Et c'est vrai. Je viens de fumer une pleine pipe de kif avec Amen. »

Lily dit : « Imbécile. Tu sais bien que la drogue ne te réussit pas.

— Je sais. Tu es époustouflante. » Ce qui était vrai, d'ailleurs, à la lumière de la bougie. Elle ressemblait à Boris Karloff. « *Assassin* vient de haschich. Ou dans l'autre sens.

— Mais de quoi tu parles ?

— C'est que... C'est qu'il est impossible de croire qu'ils fumaient ce truc pour devenir *courageux*. Je chiais dans mon froc en remontant. Et encore maintenant. Et devine dans qui je me suis cogné dans le noir. Littéralement. Le Grumeau !

— Arrête. Il est une heure.

— Bon Dieu, je croyais qu'il était neuf heures et demie.

— Parce que tu es drogué, imbécile, dit Lily. Voilà pourquoi. »

Il fit ce qu'on lui demandait. Ruaa, telle la nuit duveteuse solidifiée. *Aïe...* Et puis tandis qu'il buvait un litre d'eau à la cuisine, il entendit un bruit de pas — et ressentit une montée de nouvelle peur à l'idée de Shéhérazade. Peur ? Shéhérazade ?

« C'est bon. Je suis plus calme maintenant. Tranquille. Alors, raconte.

— Cela a été une catastrophe absolue pour Tom Pouce.

— Ouais, j'ai vu ça, dit-il avec satisfaction en remontant le drap sur la ruche de sa poitrine.

— Quand il lui a pris la main. »

Parce que c'était ça qu'il avait fait. Dès qu'ils furent descendus de voiture, et que l'émeute, la révolution eut commencé, Adriano s'approcha de Shéhérazade et lui prit la main. Et lança des coups d'œil devant lui et vers le haut en direction des jeunes hommes avec cet air renfrogné que Keith avait aperçu une ou deux fois auparavant. L'air renfrogné du défi habituel que l'on voyait toujours chez le mâle très petit, et l'empressement à accepter la cruauté, à l'absorber, à la transférer. Adriano, Mr Punch. Punchinello.

« Elle a dit que c'était comme si elle marchait, dit Lily, avec son propre enfant perturbé.

— Mm, comme une jeune maman. C'est à ça qu'elle ressemblait de dos.

— C'était bien pire de face. Elle s'est vue dans une vitrine et a eu une attaque cardiaque. Pas un enfant gentil. Un enfant perturbé.

— Bon Dieu. Et cette foule...

— Qui trépignait devant elle, la langue pendante. Durant tout le déjeuner, son cœur battait la chamade. Elle se demandait s'il recommencerait sur le chemin du retour. »

Supervisé, en connaisseur sérieux, par Adriano, le repas dura trois heures. Et lorsqu'ils se regroupèrent dans le vestibule, il tendit une fois de plus sa paume ouverte à Shéhérazade. Elle se détourna avec un rire tremblotant en disant : *Oh, ne t'inquiète pas pour moi. Je suis une grande fille maintenant.*

« C'est sorti tout seul. La pauvre, elle est tellement troublée. Elle sanglote dans sa chambre.

— Alors c'est fini maintenant ? Elle ne va pas le faire pour les troupes.

— Oh, hors de question. C'était primal. Tu comprends, tu ne peux pas t'intéresser à quelqu'un qui te fait penser à ton propre enfant dément. »

Keith acquiesça, ce n'était pas vraiment un signe prometteur.

« Et puis elle a sorti ce truc sur le cul de Croupopotin.

— Ouais, eh bien, c'était pire que ça, pas vrai, dit-il. Le champagne.

— Le champagne. Et maintenant Croupopotin

sait que nous savons que sa culotte a été aspirée par le jacuzzi.

— Mm. Je n'ai jamais vu quelqu'un pleurer comme ça. Comme un pistolet à bouchon. Des deux canons.

— Mm. Pauvre Gloria. Pauvre Adriano. Pauvre Shéhérazade. »

Eh bien, dit Shéhérazade, stridente, sur la terrasse — et Keith aurait voulu crier : *Coupez !* Mais non : continuez à tourner. Il lui vint à l'esprit, alors, qu'il était le metteur en scène du film dont elle était la vedette; et le temps était venu de changer de genre. Plus de pastorale platonique. Temps pour la bergère souillon, la nymphe des bois vénale, la contessa droguée.

« Je suppose que tu es content maintenant.

— Pourquoi serais-je content ?

— Pourquoi ? Adriano parti. Pas de nouvelles de Timmy. Et elle qui est de plus en plus frustrée.

— ... Repas merdique, tu n'as pas trouvé ? Je croyais que les truffes c'était de la viande. » Les héroïnes avaient sans conteste le droit de faire ça. « Comme du pâté ou je ne sais pas quoi. » Les héroïnes avaient sans conteste le droit d'être de plus en plus frustrées. « Pas un vulgaire champignon à cinq livres la portion... J'étais fier de toi aujourd'hui. »

Keith, et pas Hansel, exécuta alors l'acte sexuel avec Lily, et pas avec Gretel. Les composants de l'acte, tels qu'il les voyait : sur la terrasse, la manière dont elle poussait avec ses mains sur les accoudoirs puis se levait entre les deux, apportant la paix; et plus tôt, à Ofanto, l'aspect délavé de ses yeux bleu pâle, le sourire fermé de déception, d'incrédulité même... Elle avait dû se sentir aussi irritée et excitée qu'Adriano, quand les jeunes hommes se levèrent des bancs en pierre (comme s'ils se préparaient à la violence), quand les jeunes hommes sortirent précipitamment de l'ombre des palmiers.

3

Billet d'entrée

« Quelqu'un a vu Gloria ? dit Shéhérazade d'un air circonspect. Non, je suppose qu'elle est encore dans sa chambre. »

Keith s'installa près d'elle, lui-même et *La Foire aux vanités*.

« Je ne comprends pas — je n'arrive pas à y croire, j'ai été une véritable *sorcière*, hier soir. »

Elle était étendue là avec son monokini à ceinture, son huile d'olive et le V charnu entre ses sourcils froncés. Elle se laissa aller en arrière et dit :

« Je lui ai apporté son petit déjeuner au lit mais, naturellement, elle me déteste toujours... Je suppose que tout le monde me déteste. Particulièrement un moraliste comme toi. Et il ne s'agit que de simple politesse. Alors vas-y, je veux entendre. »

Keith sortit un paquet neuf de Cavallo (une marque locale)... Dans *Emma*, c'était lorsque Mr Knightley lui reprochait d'avoir ridiculisé en public une femme sans défense qu'Emma Woodhouse se rendait compte, dans la scène clé du roman, qu'elle était amoureuse de lui. *Se rendait compte —* car dans le monde d'*Emma* on pouvait être inconsciemment amoureux. Pendant le pique-nique à Box

Hill, Emma avait été cruelle envers Miss Bates (la vieille vierge si gentille), et Mr Knightley le lui avait dit... Keith aurait donc pu paraphraser Mr Knightley et dire : *Aurait-elle été ton égale par sa situation — mais, Shéhérazade, rends-toi compte à quel point ce n'est pas le cas. Elle est pauvre; elle a perdu les avantages qui étaient les siens à la naissance; et, si elle vit encore longtemps, va probablement chuter plus bas encore. Sa situation devrait l'assurer de ta compassion. C'était là une bien mauvaise action, en vérité!* Mais Keith ne dit pas cela. Il dit :

« Te déteste? Pas du tout.

— Tout le monde me déteste. Et je le mérite. »

Si Keith paraphrasait Mr Knightley, Shéhérazade se rendrait-elle compte, enfin, qu'elle était amoureuse de lui? Non, parce que les choses étaient différentes à présent. Et qu'est-ce qui avait changé? Eh bien, la conversation d'Emma avec Miss Bates, à Box Hill, ne portait pas sur les bustes et les postérieurs ni (par voie de conséquence) sur un jour de honte chez un magnat du sexe; et, tandis qu'elle se préparait à la censure, Emma ne se tenait pas seins nus devant Mr Knightley; et Gloria n'était pas, ou pas encore, une vieille fille. Tout cela, et ceci. En 1970, on ne pouvait plus aimer de manière subliminale; l'esprit conscient était occupé à plein temps par l'amour ou par ce qui avait été l'amour. De toute façon, pourquoi aurait-il censuré Shéhérazade? Sur la terrasse ouest, elle s'était montrée vulgaire, pleine de vanité sexuelle, et ordinaire, ce que, à ce moment, il ne pouvait que louer. Il dit :

« Ça ne te ressemblait pas. Mais détends-toi. Nous avons tous besoin de nous endurcir. Ton cœur est trop tendre. Tu étais contrariée. Après cette histoire avec Adriano. Je... nous compatissions.

— Vraiment ? Merci. Mais ce n'est là que l'autre côté des choses, tu comprends. Sentimental-brutal. Mauvais caractère. »

Elle s'étendit et ferma les yeux. Il y eut cinq minutes de silence, que Keith respecta silencieusement, dans une tension toujours plus forte. Il examina sa cigarette italienne, sa Cavallo. Il y avait le tube en papier, il y avait le filtre, tout ce qui paraissait manquer était le tabac. Il l'alluma, et la flamme lui brûla le nez pendant une seconde, et puis elle disparut...

« On dirait que c'est une habitude qu'on a intérêt à conserver », dit Shéhérazade, avec son sourire, le sourire auquel tout son visage participait. Et elle poursuivit sur un ton plus léthargique : « Quand même, je n'ai aucune excuse... Tu comprends, elle ne pouvait pas riposter. Mm, je suppose qu'elle ripostera quand Jorq sera là... Tu sais, je crois qu'elle est pleine d'ambition, Gloria. Une sorte d'aventurière. À mon avis... Tu as rencontré Jorq, je crois. Ce n'est sûrement pas son physique qui l'a attirée, pas vrai ? »

Tout en allumant une Disque Bleu, il en convint silencieusement mais emphatiquement. Et il fut réconforté à l'idée que les *moments de vulgarité* (ainsi que George Eliot n'allait pas tarder à identifier les faiblesses chez un jeune homme par ailleurs assez impressionnant) de Shéhérazade étaient toujours visibles. Elle dit :

« Son père était un diplomate de la haute. Et il a terminé au bureau du recensement à Édimbourg, pour un salaire de misère. Elle était riche, et maintenant elle ne l'est plus. Elle n'y peut rien. Pas plus qu'elle n'est responsable de son postérieur... Le champagne, quand même. C'était horrible de ma part. J'ai simplement montré que je suis une vraie salope. C'est tout. »

Et cela aussi le remplit de foi. Mais il dit : « Non. Non. Arrête, sois indulgente. Ça a dû être extrêmement troublant, le fait qu'Adriano te prenne la main. Comme un enfant. Ça a dû te retourner. Tu n'étais plus toi-même.

— ... C'est gentil de dire ça, mais c'est un peu subtil, tu ne penses pas ? Ce n'était que de la vanité. Une vanité de pouffiasse. Ces garçons à Ofanto. J'en ai moi-même été étonnée. Ça *m'embêtait.* Parce que je suis supposée être le centre d'attention. Une attention pleine et entière. C'est pitoyable. »

Il attendit.

« Je n'ai jamais ressenti ça avant et je n'aime pas ça. Ces... vacheries hystériques. Est-ce que tout le monde ressent la même chose ? Est-ce que ce n'est que ça ? Une compétition ? »

Ce n'est que ça. Alors, pensa-t-il, il n'y a pas que moi. Nous le ressentons tous : la réalité de cette chose effrayante, la transformation sociale. Ce n'est que ça ? Une compétition ? *Oui,* aurait-il dit s'il avait su. *Oui, ma chère Emma, c'est une compétition que nous allons connaître, intersexuelle et intrasexuelle : un concours de beauté, un concours de popularité, et un concours de talent. Il y a davantage d'étalage, de comparaison, de regards, de notations, d'évaluations et en conséquence davantage d'*invidia. *Invidia :* ce qui est injuste et risque de provoquer le ressentiment et la colère chez les autres. *C'est une compétition et, en conséquence, certains échoueront, certains perdront. Et* *nous trouverons de nombreuses et nouvelles façons d'échouer et de perdre.* Il dit :

« C'est une transformation radicale.

— Et puis, dit-elle en roulant des yeux d'une manière qui entraînait toute sa tête dans le mouvement, il y a *toujours* Adriano. Tout aussi ridicule. On ne peut pas faire ça, non ? Coucher avec quelqu'un à cause d'une idée. »

Les gens le font, pensa-t-il. Pansy l'a fait. « Frieda Lawrence l'a fait. Qu'est-ce que tu vas lui dire ?

— Je lui dirai simplement que j'ai essayé, mais que j'ai compris que mon cœur était ailleurs. Et cetera. »

Keith trouvait tout cela très tonique : *véritable sorcière, vraie salope,* plus *vanité de pouffiasse* — et comme il était agréable d'entendre Timmy réduit à un *et cetera*. Elle dit :

« En tout cas, avec Adriano, au moins, ça n'a jamais vraiment commencé.

— Ah bon ?

— Non. On se tenait juste par la main. Juste par la main — plutôt ironique, je suppose. Il m'embrassait le cou, mais c'était toujours à ce moment-là que je lui disais d'arrêter. »

Keith réévalua alors la fiabilité et les dons satiriques de sa petite amie, qu'il voyait avancer en nuisette et tongs sur la terrasse est. Shéhérazade dit :

« Je croyais que je me détendrais un soir et nous verrions comment ça se passerait. Je croyais que je me détendrais. Mais ça n'est pas arrivé. Je me disais que je me débrouillerais physiquement, mais je ne lui ai jamais fait confiance. Je ne sais pas pourquoi... Si seulement il trouvait quelqu'un d'autre. Je me sentirais mieux. »

Lily avança dans la grotte.

« Temps d'apporter son déjeuner à Gloria, je crois. Et elle continuera à me détester. Tu as vu ça ? Tu as vu comment elle pleurait ? »

Shéhérazade partit. Lily arriva. Keith espérait s'instruire avec *La Foire aux vanités* — aux pieds de son héroïne si facilement malhonnête, Becky Sharp, qui ment, triche et séduit automatiquement et d'instinct : encore une infidèle par nature. Donc, Becky lui apportait son aide. Mais le livre qui allait le guider jusque dans la phase suivante de son histoire était un roman qu'il avait lu six ans plus tôt, quand il avait quinze ans. *Dracula* de Bram Stoker.

Les petits oiseaux anthracite musclés, treize d'entre eux, travaillaient, grimpaient, loin au-dessus des sommets. Plus près du sol, les *canarini* jaunes (ils étaient en fait bien plus grands que des canaris) se lancèrent tout à coup dans une jacasserie unanime. Ils ne se moquaient pas de lui, comprit-il, ou pas de lui en particulier. Ils se moquaient des êtres humains. Qu'est-ce qu'il y avait chez nous qu'ils trouvaient si drôle ?

Nous sommes des oiseaux *!* disaient-ils. *Et nous volons ! Toute la journée nous faisons ce que vous faites dans vos rêves. Nous volons !*

Lily lisait un livre intitulé *Équité*. Elle tourna la page. Ils étaient tous très jeunes, ils étaient tous ni une chose ni une autre, ils essayaient tous de comprendre qui ils étaient. Shéhérazade était belle, mais elle était exactement comme tout le monde. Demain, pensa Keith : l'occasion historique. *Carpe noctem.* Cueille la nuit.

Gloria, en fait, se leva à cinq heures cet après-midi-là. Se leva et descendit — majestueuse, maltraitée, impassible. C'était impressionnant, l'ampleur de son indignation, dont le contenu était comme suit : cette indignation est impossible à contenir, et vous avez de la chance que ce soit Gloria Beautyman qui la contienne, parce que personne d'autre ne pourrait le faire. Keith, sans doute, et certainement Whittaker, étaient exemptés de toute l'étendue de son dégoût ; mais pas Lily. *Elle, elle me hait aussi*, disait-elle. *Alors je lui rends sa haine.* La diplomatie ou l'habileté politique femme-femme était quelque chose que Keith savait ne jamais devoir comprendre ; c'était comme de regarder la mer étincelante du haut d'une falaise, les millions de taches de lumière tintant d'une gouttelette à l'autre — insaisissables. Une discipline ésotérique, comme la thermodynamique moléculaire. Tandis que le mécontentement masculin n'était que maussaderie, avec ses règles de Queensbury... *Tout ça se calmera*, dit Lily. Et il en fut ainsi.

Par ailleurs, en tant qu'habitante de la tourelle adjacente, Gloria était une coloc invisible et presque inaudible. Il fut vite évident — peut-être cela avait-il toujours été évident — que jamais elle n'oublierait de déverrouiller la porte de la salle de bains. Et, à l'intérieur, pas de gants de toilette mouillés, pas de trucs dans des pots et des bouteilles à appliquer sur le visage et pas de trucs dans des pots et des bouteilles pour plus tard tout enlever, pas de bas ou de maillots de bain sur le séchoir (et pas de silhouette tiède dans une serviette de bain blanche). Lily elle-même, un jour ou deux plus tard, annonça que la salle de bains était *utilisable*. Gloria, rarement vue, et silencieuse. Même ses douches étaient des chuchotements : comme un arrosoir pourrait pleurer au-dessus d'un parterre de fleurs. Et comparez ça aux cancans dingues, aux rumeurs extravagantes des douches de Shéhérazade.

... La stase de l'après-midi est le moment parfait pour le désir épais et pesant quand on a vingt ans. Que faire de tout ça? C'était tout et rien, cela subsumait la mort et l'infini — que faire de l'instrument du désir?... Les filles étaient descendues à la piscine, Whittaker était sorti dessiner avec Gloria, et Keith rendit visite à la tourelle jumelle, espérant y trouver une odeur ou un résidu provenant d'une époque plus intéressante. Et la chambre était à présent sans la moindre pagaille. Où étaient les empilements de chaussures, les chemises de nuit froissées, le jean ôté avec les pieds et encore debout, contenant, comme dans une paume ouverte, les lombes et les hanches de Shéhérazade? Madonna n'était pas venue depuis quatre jours et pourtant les draps de Gloria paraissaient avoir été repassés sur le lit, avec une sévérité nautique, et les oreillers avaient l'air aussi solides que des blocs de craie. Ce fut alors que les yeux de Keith repérèrent un amer. Son passeport est toujours ici, pensa-t-il — et il était là, sous le triple miroir. Mais c'était le passeport de Gloria, évidemment, et non celui de Shéhérazade.

Il le feuilleta. Renouvelé en 1967; Gloria avec des cheveux longs, en accolade luisante autour de son sourire; Signes distinctifs — aucun; 1 m 65; pas une grande voyageuse (Grèce, France et Italie, pour cette année). Coincés entre les pages se trouvaient son permis de conduire provisoire et son certificat de naissance... Keith était toujours troublé et touché, de façon un peu excentrique, par les certificats de naissance (et celui de Violet était pour lui un talisman, parce qu'il était là pour le produire et pour la recevoir). Le certificat de naissance était votre av. J.-C. — avant Jésus-Christ, avant tout — et la preuve de votre innocence. C'était votre billet d'entrée ; il vous faisait pénétrer dans l'histoire... Glasgow Infirmary ; 1er février 1947 ; sexe féminin ; Gloria Rowena ; Reginald Beautyman, diplomate ; Prunella Beautyman (née MacWhirr) ; Si mariés, lieu et date — Église de la Sainte Vierge, Le Caire, Égypte, 11 juin 1935...

Un peu plus tard, il se rendit dans l'autre tourelle et vérifia son propre billet d'entrée, conservé dans un sachet en plastique au fond de sa trousse de toilette, en compagnie d'un autre document, rédigé à la main, qui indiquait :

65 Ella 1	68 Doris 5
66 Jenny 5	68 Verity 12
67 Deirdre 3	68 « Dewdrop » (Mary) 8
67 Sarah D. 7	68 Sarah L. 11
67 Ruth 10 !	69 Lily 12*+
67 Ashraf 12 !	70 Rosemary 10
68 Pansy 11	70 Patience 7
68 Dilkash 2	70 Joan 11

La clé de ce tableau se trouvait dans la tête de Keith. Je peux la dévoiler : le chiffre 1 signifiait se tenir par la main, 2, c'était s'embrasser, et ainsi de suite, et 10 c'était *ça* (l'astérisque de Lily pouvait être glosé comme *fellation jusqu'à l'orgasme*, et le signe + comme *avalé*). Voilà. Seize filles, et huit pleins succès, en cinq ans... Le certificat de naissance de Keith, avec ses deux *décédés*, était plus dramatique que celui de Gloria. Mais cette autre chose, ce document, réécrit à chaque mise à jour, lui disait aussi qui il était.

———

À cinq heures trente, Shéhérazade partit en cabriolet d'un château l'autre et revint au bout d'une heure, l'air d'un enfant contrit, épaules relevées et bloquées. Le dîner se déroula, sa tension de surface, son ménisque, mentionné en passant par Whittaker. Quand Gloria eut fièrement pris congé, Shéhérazade parla d'Adriano et expliqua :

« Il était tout à fait correct. Calme. Plutôt en colère, je crois. Je ne peux pas lui en vouloir. Je lui ai demandé de ne pas cesser de venir nous voir. J'ai souligné que nous restions de bons amis.

— C'est ce que nous espérons pour Rita et Kenrik, dit Lily. Toujours de bons amis.

— Tu espères, dit Whittaker, qu'ils resteront chacun dans leur sac de couchage. »

Keith regarda Whittaker s'en aller. Keith regarda Lily monter...

Il était maintenant un peu moins de minuit dans l'armurerie. L'élan, avec ses yeux de marbre, avait un regard fixe et inexorable. Par terre, sur la peau de tigre, à l'indienne faisait face à l'amazone : Keith était confronté à l'abord austère, à l'ouverture illisible de Shéhérazade. Quel était cet alphabet qu'il était incapable de lire ? Elle portait une robe étroite rose terreux, avec cinq boutons blancs sur le devant à des intervalles de quinze centimètres ; elle n'arrêtait pas de gratter une petite rougeur enflée sur le côté pâle de son avant-bras, là où, la nuit précédente, un moustique avait inséré sa seringue. Keith était dans son état habituel, lequel était le suivant. Toutes les deux minutes, il entendait le ciel ricaner devant sa patience ; et à chaque minute intermédiaire, il rougissait et transpirait en pensant au puits de bitume sulfureux de son âme.

La nuit était sans doute sur le point de s'achever, et Keith disait allègrement (et en toute ignorance) quelque chose sur le château, comment l'extérieur lui paraissait parfois être plus transylvanien qu'italien (avec une tendance hantée quelque part), et il poursuivit :

« Le meilleur moment dans *Dracula* c'est quand il descend le rempart — tête la première. Il descend pour se repaître de la jeune fille.

— Tête la première ?

— Tête la première. Il colle au mur comme une mouche. Il s'est déjà occupé de Lucy Westenra. Il l'a attaquée avec férocité — sous la forme d'une bête sauvage. À présent c'est le tour de Wilhelmina. Il la mord trois fois. Et il la force à boire son sang. Et à partir de là elle est sous son contrôle.

— J'ai peur maintenant. » Elle baissa la voix. « Et si je suis attaquée en remontant ? J'ai peur maintenant. »

Et *son* sang — il s'était pesamment altéré. « Mais je te protégerai », dit-il.

Ils se mirent debout. Ils gravirent l'escalier qui

s'enroulait autour de la salle de bal. Sur le palier intermédiaire, elle dit :

« Je suppose que maintenant ça ira.

— Attends, dit-il en posant le candélabre à trois branches par terre avant de se redresser lentement. Tu as été trompée. Je suis le mort-vivant. Je suis le prince des ténèbres. »

Ainsi il prétendait être Dracula (ses mains étaient vampiriquement levées et raides), et elle prétendait être sa victime (ses mains étaient jointes en signe d'obéissance ou de prière), et il avança vers elle, et elle recula, et elle s'assit à moitié sur le couvercle courbe d'une malle en bois, et leurs visages étaient à la même hauteur, œil contre œil, haleine contre haleine. Et maintenant ils avaient un billet d'entrée pour un autre genre... le monde des poitrines haletantes et des canines dégoulinantes, des chauves-souris et des chats-huants, des liquides et des rasoirs sabres et des miroirs aveugles, où tout était permis. Il la regarda de haut en bas : les espaces étirés entre les boutons étaient des bouches de chair souriante. De la gorge aux cuisses, tout était devant lui.

Elle leva une paume en direction de la poitrine de Keith — et, comme si elle l'avait repoussé, il tituba sur le côté, et quelque chose tomba bruyamment, trois tubes de suif roulèrent avec des mèches vacillantes, et ils se mirent à rire, irrémédiablement, et soudain ce fut terminé.

Alors Shéhérazade continua vers le haut et Keith redescendit. Il traversa la cour sous l'innocence ridicule de la lune. Il grimpa dans la tour.

Et pénétra la démence de la nuit.

Oh, je sais *maintenant* ce que j'aurais dû dire et

faire. *Le comte Dracula voudrait ta gorge, ton cou. Mais moi — je veux ta bouche, tes lèvres.* Et puis en avant, et le reste aurait suivi et en aurait découlé. N'est-ce pas ?

Esprit d'escalier : désir d'avoir dit, désir d'avoir fait. Et pourtant, c'était d'autant plus indélébile quand l'escalier était *l'escalier qui menait à la chambre à coucher...*

En rassemblant, suivant, présageant, en se refermant sur Shéhérazade, il sentait une force presque irrésistible. Et un objet inébranlable. Quelle était la nature de l'obstacle, quelles étaient sa forme et sa masse ? Il se tourna vers la silhouette endormie à ses côtés et murmura :

Comment as-tu pu me faire ça ?

Depuis des semaines Keith savait que le projet qu'il avait choisi était quelque chose comme le contraire d'un progrès personnel. Mais il n'avait honnêtement jamais imaginé qu'il devrait aller si loin.

« Je suppose que tu te demandes si je suis une vraie rousse. Eh bien, j'ai détruit toutes les preuves, pas vrai ? Launukem lacetrès. Je suis bien assez vraie : regarde les pointillés de mes aisselles. Tiens. Tu sais, je connais une fille qui n'a *jamais* eu de poils pubiens. Non, jamais. Elle... »

— Excuse-moi, Rita, pour cette brève interruption, mais je viens de remarquer une veine qui bat de droite à gauche sur le front de Keith : une idée en train de naître chez lui. Et je dois commencer à m'écarter, à reculer, à me retirer... Bon, quant à

Dilkash, ma position est claire, je l'ai expliquée ; quant à Pansy, le jeu que j'ai distribué à Keith était mauvais. Si, la nuit dernière, il avait réussi son coup avec Shéhérazade, eh bien, il y aurait eu une répercussion immédiate qu'il a jusqu'à présent délibérément refusé d'analyser. Mais ce qu'il envisage au moment où je parle (observez le mouvement vermiculaire, d'est en ouest, d'un bord à l'autre de son front sans ride)... Pour le dire avec des mots qu'il comprendrait sans peine, il s'est lancé dans sa propre corruption : du lat. *corrumpere*, Keith, « gâter, détruire », mon ami, de *co-*, « complètement », + *rumpere*, « rompre ». Pardonne-moi, Rita, je suis désolé — continue s'il te plaît.

« Non, jamais. Elle leur a déclaré la guerre dès qu'ils sont apparus. Elle ne leur a jamais permis de s'installer. C'est ça, l'avenir, eh oui. Désolée, les filles, mais les jours du barbu sont finis. Plus de combat de jungle. Eh, Rik, c'est pas mal ici, non ? Lacrémensem lic-ché. On était sur la route toute la nuit, et moi, je suis vraiment sale. Je veux un bon bain, très long. Un long bain, dit-elle, et je serai comme un sou neuf. »

Rita n'était pas parmi eux depuis une demi-minute qu'elle était déjà nue comme un ver — elle s'approcha de la piscine en ôtant sa robe par la tête et en retirant ses chaussures avec ses talons ; Rita, en tenue d'Ève ; puis ce fut le sourire d'une oreille à l'autre et le sprint pour plonger. Kenrik suivait lentement sur ses traces, la tête fortement penchée.

Et où était la police ? Où était-elle ? Si Shéhérazade, pensa Keith, pouvait être traitée par les simples forces de police (et Lily s'en tirer avec un avertissement), Rita, c'était évident, méritait une visite de la brigade criminelle. Rita : 1 m 72, 81-76-78, pas seulement sans haut, pas seulement sans bas, mais en plus épilée — préadolescente, à vingt-cinq ans... Et Keith lui-même aurait pu attirer l'attention des autorités, si elles avaient été présentes. Sa nouvelle petite idée palpitait telle une fleur noire que butine une abeille. Lily, dents du haut découvertes, leva les yeux quand Rita dit :

« Alors, on peut faire un tour ? Bon, tu es... Dis-le moins vite.

— Shéhérazade.

— Hé, l'oiseau, ça traîne un peu beaucoup, tu ne crois pas — le suspense ! Et après ce virelangue, après ce nom à pioncer dehors — c'est Adriano, n'est-ce pas. Oh et t'es un sacré bonhomme pour un petit bonhomme, hein mon coco ? Et ton deuxième prénom, c'est quoi, ma poule ?

— ... Sebastiano, dit Adriano (en se souvenant finalement d'en être fier).

— Alors c'est comme ça que je t'appellerai. Ça te va ? Tu sais, Seb, j'ai eu le cœur brisé par un Adrian. C'était une putain de bête, il était... Et toi, tu es Whittaker. Enchantée. Et toi, c'est Gloria. Et toi, petite... toi, naturellement, tu es Lily. Bon. À quelles atrocités vous êtes-vous laissés aller au soleil ?

— ... Rien, dit Shéhérazade. Plutôt minable, mais voilà. Rien. »

À voix basse et menaçante, Kenrik avait demandé à être conduit au bar le plus proche.

Plus d'une fois, sur le sentier raide, Keith se tourna vers lui avec le début d'une phrase déclarative toute simple, chaque fois réduit au silence par une main levée. Et Kenrik fit des pauses, et s'assit sur un rocher, pour fumer, puis sur une souche, pour fumer, et se malaxa les cheveux avec huit doigts raidis...

Kenrik, lui aussi, était l'enfant d'une veuve enceinte. C'était arrivé au début du deuxième trimestre (décapotable rapide, pluie d'été). Donc, pendant cinq mois — le père disparu, le fils pas encore né, et la mère qui se lamentait tout en attendant son enfant. Les habits noirs ou les fringues de deuil, mais aussi la courbe familière de la silhouette, avec le profil posé tel un point d'interrogation entre la vie et la mort. Et l'ordre ancien fait place au nouveau, pas immédiatement, cependant, pas encore : les seins gonflés et les genoux affaiblis, les fringales, la perte des eaux, la matrice qui bat très fort, et les contractions, les contractions, les contractions.

Pendant cinq mois le bébé grandissant fut rincé dans les jus du deuil. Et c'était là la différence entre les deux amis. En accouchant, la mère de Keith croyait que le père était encore vivant ; de sorte que dans sa baignoire ronde le fœtus n'avait jamais goûté les excrétions du chagrin. Veuve, *widow* — du vieil anglais *widewe*, « être vide » ; mais elles n'étaient pas vides, ces deux femmes, ces deux veuves.

Kenrik dit : « Ça veut dire quoi ?

— Mussolini a toujours raison.

— Le truc, mon pote, c'est que je n'ai jamais été seul depuis vingt jours, et je... Est-ce que tu ne ressens pas ça — quand tu ne sais pas qui tu es ? »

Eh bien, non, pensa Keith. Bien que j'aie l'impression en ce moment de flotter, en moi puis hors de moi. « Plus ou moins, dit-il.

— ... Très bien. Je suis entre tes mains. Montre-moi le chemin. »

4

Éducation sentimentale

Ils entrèrent dans la grotte de charpenterie, en face de la boutique d'animaux. Les buveurs, en toison, comme déguisés en moutons. Kenrik dit :

« Je me débrouille bien maintenant. *Buon giorno. Due cognac grandes, per favore.* Ça, c'est pour moi. Qu'est-ce que tu prends ? »

Ils se tenaient tous les deux devant le comptoir, observés par six ou sept paires d'yeux anciens. Kenrik vida son premier verre d'un trait, et frissonna. Ils ne ressentaient aucun besoin de baisser la voix ; ils allumèrent des cigarettes et Keith dit :

« On peut commencer ?

— Ouais. Attends. Nicholas te salue. Tu as reçu le paquet ? Nicholas ne m'aime pas beaucoup, à mon avis. Il pense que je suis nul. Il pense que je suis un petit con minable.

— Non », dit Keith — mais il y avait là quelque chose. *Mais qu'est-ce que tu lui trouves*, demandait souvent son frère, *à ce petit con minable ? C'est un alcoolo, un raté, et un snob. Je sais. Avec lui tu peux oublier ta noblesse d'âme. Parce que tu possèdes une âme noble — tu ne fais pas semblant. Mais ça t'épuise. Et de temps en temps tu as besoin de vacances.* Là aussi, il y avait quelque chose. Quand il répondait à son frère, Keith soulignait l'expressivité de Kenrik — et le fait qu'il attirait les filles. Il attirait Lily. Les yeux de Keith s'élargirent au-dessus du faux col de sa bière pendant une seconde. « Nicholas, dit-il, pense que tu es cool. Bon, on peut commencer?

— Commence.

— Tu as baisé le Chien!

— ... Ouais, j'ai baisé le Chien. Mais ce n'était pas ma faute. J'ai *dû* baiser le Chien.

— Je le savais. Dès que je t'ai vu, je me suis dit — Il a baisé le Chien! Et je t'avais dit de ne *pas* baiser le Chien.

— Je sais, et je n'allais pas le faire. Tu comprends, je ne suis pas idiot. J'ai vu ce que ça avait fait à Arn de baiser le Chien. Et à Ewan. Et j'allais passer quarante-deux nuits avec elle. Je savais à quel point c'était sérieux. On a même eu une longue discussion à ce propos sur le ferry et j'ai solennellement juré que je ne baiserais pas le Chien — je veux dire, nous nous sommes mis d'accord, nous ne serions que de bons amis. J'étais déterminé à ne pas baiser le Chien. Mais j'ai *dû* baiser le Chien. *Ancora, per favore.* Je vais t'expliquer. »

Le camping avait commencé dans la joie, Rita dans sa MGB, Kenrik attendant avec ses sacs (les piquets, les bâches), au petit matin, trois semaines plus tôt. Ils avaient pris le ferry de midi de Folkestone à Boulogne. Conduisant à tour de rôle, et s'arrêtant deux fois pour casser la croûte, ils avaient roulé jusqu'à minuit, vers le sud. Kenrik dit :

« Et c'était cool. C'est un excellent compagnon de voyage, le Chien. Une vraie crécelle, mais très drôle — et incroyablement intrépide. Et puis elle *paye* pour tout. Tu sais, mes cinquante livres ? Je les ai perdues.

— Aux chevaux ?

— À la roulette. J'étais à peine en France que je n'avais déjà plus de quoi retourner en Angleterre. Bon. J'ai pensé : C'était une idée fabuleuse. J'aime beaucoup et je respecte le Chien, et nous ne sommes vraiment que de bons amis. Et je me suis dit : Tout ce que tu as à faire, c'est te rappeler une chose. Ne baise pas le Chien. Bon. Ensuite on a trouvé un endroit — tu sais, il suffit de sortir la tête et de dire : *Cam-piing ?* C'était au sud de Lyon. Et puis dans la tente... Dans la tente il faisait tellement *chaud.* Il faisait vraiment incroyablement chaud. » Il haussa les épaules. « Il faisait tellement chaud que j'ai baisé le Chien. Voilà.

— Mm », dit Keith. Keith avait lui aussi vingt ans. Et il comprenait qu'une tente vraiment incroyablement chaude, avec Rita à l'intérieur, cela ne pouvait que plus ou moins vous enlever tout choix. « Mm. Ouais, dans une tente très chaude. Et comment c'était ?

— Étonnant. Nous y étions encore quand les Allemands ont commencé à faire la queue aux douches.

— ... Alors, qu'est-ce qui n'allait pas ?

— Je ne veux pas en parler.

— Ouais, c'est ce qu'ils disent tous.

— C'est bon, j'ai baisé le Chien. Et alors. Je ne veux pas en parler, d'accord ?

— Ouais, c'est ce qu'Arn a dit. Personne ne veut en parler.

— C'est peut-être pour ça que les gens continuent à le faire. Continuent à baiser le Chien. Si la chose s'ébruitait, ils arrêteraient... Je fais de gros efforts pour essayer de voir ça comme une sorte de rite de passage. Quelque chose qu'on doit faire une fois dans sa vie. Baiser le Chien. »

Keith dit d'un air vague : « Ou quelque chose qu'on fait à cause du décalage horaire.

— Hein?

— Garth. Mon tuteur. Quand il est revenu de Nouvelle-Zélande. Il a dit qu'il avait emmené sa femme au parc, au bout d'une laisse, et puis qu'il avait baisé le chien. »

Kenrik dit d'un air vague : « Ou quelque chose qu'on fait aux cartes.

— Hein?

— Tu sais. Au bridge ou je sais pas quoi. Ses hautes cartes en pique l'ont mis dans une excellente position pour baiser le chien. »

Keith dit : « Non, tu avais raison la première fois. Un test du caractère. Une partie de l'éducation sentimentale. Vient un moment où chaque jeune homme doit...

— Doit abandonner les choses enfantines.

— Doit montrer de quoi il est fait.

— Et baiser le chien. »

Il y eut un silence. Puis Kenrik dit pensivement : « Tu vois comment toi et moi on bavasse sur les nanas? C'est comme ça qu'elle est avec les *mecs* — les mecs qu'elle a baisés. C'est pas les mecs qui la baisent. Elle les baise. Mais écoute. On bavasse pas sur les nanas *avec les nanas*. Bon Dieu. »

Kenrik et Keith se racontaient toujours absolument tout (toutes les agrafes de soutif, tous les crans de fermeture éclair), de sorte que, par pure habitude, Keith dit : « Dans la tente, comment vous

vous êtes déshabillés, ou est-ce que vous étiez déjà...

— Non, mon pote, je ne peux pas en parler... Je ne pense à rien d'autre — genre je l'*écris* dans ma tête. Mais je ne peux pas en parler. »

Il l'écrit ? Nicholas méprisait aussi Kenrik parce que son développement mental s'était arrêté à l'âge de dix-sept ans (lorsqu'il avait été viré de la meilleure école de Londres). Et il ne lisait jamais rien. Beaucoup de gens, en regardant Kenrik, se laissaient tromper par la ligne pure de son menton et ses pommettes bohèmes. Comme Lily s'était laissé tromper... À contrecœur et en traînant, Keith dit :

« Oh oui. Tu sais, la nuit que tu as passée avec Violet. Je veux simplement te demander une chose. Et pas de détails. Mais elle a aimé ça, tu crois ?

— Aimé ça ? Euh, ouais... En fait, à dire vrai, je ne m'en souviens pas. Je veux dire, je ne m'en souvenais pas le lendemain non plus. C'était après la fête. *Signore. Ancora, per favore. Grazie.* Quand elle s'est réveillée elle a dit : *Tu étais vraiment un sale garnement la nuit dernière.* Alors je suppose qu'il a dû se passer quelque chose. Et puis j'ai essayé d'être un mauvais garnement le matin aussi. Mais je n'y suis pas parvenu. Désolé. »

Ils parlèrent de Violet, et du château ; et Kenrik, qui n'était pas effrayé par la beauté féminine, dit :

« Est-ce que c'est la fille exquise avec les seins ? Bon Dieu. On voit rarement un visage comme ça sur une silhouette comme ça. Non, c'est vrai. Je suppose que c'est pour ça qu'elle a besoin de tout ce cou. Imagine comment il faudrait être sûr de soi pour draguer Shéhérazade.

— Toi, tu es sûr de toi.

— Jusqu'à un certain point. J'aime bien l'autre aussi. Celle qui n'a pas de cheveux mais un cul. Et le maillot. Comme Maman. »

Ils finirent leurs verres, et Keith lui montra ce qu'il y avait à voir dans le village (principalement l'église et le rat), et Kenrik dit :

« Alors, comment ça roule avec Lily ? »

Ils s'engagèrent dans le chemin abrupt juste avant un troupeau de chèvres — ou de brebis avec leurs agneaux, de la couleur de la neige en ville, s'agitant, bondissant, comme un métier à tisser.

« Je veux te parler de Lily. Tu comprends, à propos de son assurance sexuelle. Et j'ai pensé que tu pourrais peut-être m'aider.

— Comment ? »

C'était un vendredi, et l'idée était la suivante : ils déjeuneraient tard, ou dîneraient tôt, ou prendraient un thé avec des sandwichs, vers cinq heures et demie, et puis, pour ceux qui voulaient, il y aurait une voiture, sponsorisée par Adriano, pour une sorte de boîte de nuit à Montale. C'est en tout cas ce que Gloria, peu intéressée, apprit à Keith ; elle était assise seule dans la cour avec un carnet d'esquisses sur les genoux.

Kenrik dit : « Où est Rita ?

— Elle dort. Tout le monde fait la sieste. Tu veux que je te montre où ?

— Bon Dieu, non. Je vais simplement traîner un peu à l'étage. Si je peux. Avec un verre de quelque chose. »

Keith monta dans la tour. Il voulait faire réviser

Lily — et pousser doucement la réalité dans la direction qu'il voulait qu'elle prenne, en accord avec ses propres intérêts, tels qu'il les voyait... Il pensa à Rita à la piscine, sa nudité doublée, triplée. Rita lui rappelait, le contraire de l'érotisme, Violet à dix ou onze ans — très mince, mais dans ce fourreau de chair potelée, dans ce costume d'Ève.

Lily se tenait devant la fenêtre, elle regardait dehors. Elle se retourna.

Il dit : « Quelque chose ne va pas.

— Je parie que toi et ton ami, vous trouvez ça très drôle. Tu ne sais donc pas ce que ça *signifie*? »

Pendant un instant Keith eut l'impression que ses plans étaient déjà contrecarrés et révélés au grand jour — parce qu'il n'avait jamais vu Lily aussi en colère. Elle dit :

« *Menteur. Pourquoi l'appelez-vous le Chien?*

— Quoi?... Pourquoi ne peut-on pas l'appeler le Chien? Je veux dire entre amis.

— Elle est superbe!

— Bon, dit-il, dans son genre, peut-être. D'accord, elle est superbe. Je n'ai jamais dit qu'elle ne l'était pas.

— Alors *pourquoi l'appelez-vous le Chien*? Tu ne sais donc pas ce que ça *signifie*?

— Chien? Quoi? » Il écouta, et dit : « Eh bien, ça veut peut-être dire ça en Amérique. En Angleterre, ça veut simplement dire *chien*. Nous appelons tous Rita le Chien. C'est parce qu'elle... elle fait penser à un chien.

— *Comment?*

— Bon Dieu. Elle se *comporte* comme un chien. » Il continua lentement : « Rita se comporte comme un chien. Tout le temps en train de s'affairer. Cette façon qu'elle a de toujours faire vibrer sa langue. Comme si elle n'arrêtait pas de haleter un peu. Et sa façon de tortiller du cul sans cesse. Comme si elle frétillait de la queue. Elle tortille du cul comme un chien.

— Elle ne tortille *pas* du cul! »

Il essuya la sueur sur sa lèvre. « ... En fait, tu as raison. Elle ne fait pas ça. Elle a arrêté de tortiller du cul. Avant, elle le faisait, mais elle a arrêté. Je lui poserai la question — je lui demanderai de tortiller du cul pour toi. Et ça te fera penser à un chien. Je te le jure.

— Oh, Keith, *pourquoi* ne suis-je pas belle? »

Et elle l'appelait si rarement par son nom... Et il n'y avait rien à dire en réponse à cette question terrible. Il n'y avait rien à faire sinon avancer d'un pas, s'approcher, l'étreindre et caresser ses cheveux.

« *Pourquoi* ne suis-je pas belle? dit-elle de sa voix tournoyante. Shéhérazade est belle. Rita est belle. Même Gloria est belle quand elle sourit. Elles sont toutes belles. Pourquoi ne suis-je pas belle?... »

Tu le seras, ne cessait-il de dire. Et ils étaient allongés ensemble, puis elle s'endormit. Et lui aussi, il en fit l'expérience — la sieste, le somme, *le sommeil*, la visite dans la démence en plein jour... Quand Lily se réveilla, il regarda avec attention et papota avec elle tandis qu'elle se baignait et s'habillait; et il n'arrêtait pas de lui dire patiemment à quel point Kenrik la trouvait jolie.

« Magnifique et bronzée, dit-il à Lily pendant qu'ils descendaient les marches en pierre à cinq heures et demie. Et puis tu as perdu du poids. C'est ce qu'il a dit. Et tes yeux brillent.

— Mm. Je suis désolée. C'est juste que j'aurais bien apprécié un chien.

— Je suis désolé moi aussi. Je n'étais vraiment pas au courant de cette histoire de *chien*. D'après tes règles, le Chien devrait plutôt s'appeler le Renard.

— Elle a l'air d'un renard.

— Ouais, mais il est trop tard maintenant. » Et puis Rita ne se comportait pas comme un renard. Avec ambivalence mais indéniablement, Rita était en fin de compte la meilleure amie de l'homme. « Ainsi, c'est donc le Chien.

— Est-ce que Pansy parlait comme ça ? Et est-ce que c'est elle qui n'a jamais eu de poils pubiens ?

— Non. Mais elle avait l'accent de Rita. Et cette manière bizarre d'utiliser le *moi*. Passe-la-moi, la chemise de nuit. Je meurs de faim, moi. J'aime bien comment elles parlent.

— Eh bien, la moitié d'entre vous venez de là-haut, pas vrai... Visiblement, Kenrik n'est pas très heureux, dit Lily quand ils sortirent dans la cour, mais on ne sait toujours pas pourquoi il ne faut pas le faire.

— Ne pas le faire ? Oh oui. C'est vrai, nous ne savons pas. C'est incroyable, quand même, d'une certaine façon. Je n'ai pas cessé de le lui dire. Je n'ai pas cessé.

— Tu le lui as seriné.

— Je le lui ai seriné. Et il sait parfaitement qu'il ne faut pas. Et la toute première nuit, la toute première nuit, quelle est la première chose qu'il fait ?

— Voilà qu'il baise le Chien.

— Exactement.

— Et c'est exactement ce qu'il ne faut pas faire. »

La nourriture avait été posée sur le buffet, et les jeunes gens s'activaient sur toute sa longueur — viandes froides, salades d'épinards, de pommes de terre et de haricots, proximités, possibilités, odeurs corporelles, mains, cheveux, hanches. L'une après l'autre, à la table, les différentes formes prirent place. Et on pouvait être certain qu'une frontière serait franchie : Kenrik, avec ses paupières plombées, et Rita, avec sa vivacité coercitive, le garantissaient déjà. Pas un glissement de genre mais un changement de certificat. Pas de mineurs non accompagnés — cela serait classé X. Tout le monde était certain qu'une frontière allait être franchie.

Adriano se tourna vers Whittaker. « Propose un toast, mon ami ! » cria-t-il.

Whittaker haussa les épaules et dit : « À l'hétérosexualité. »

De sorte que quelque temps, sous la surveillance de Rita, les filles discutèrent du nombre d'enfants qu'elles espéraient avoir, Rita elle-même en désirant six, Shéhérazade quatre, Gloria trois, Lily deux.

« Non, dit Rita. Huit, moi. Non, dix. »

Ils parurent tous faire une pause devant cette vision de maternité prolifique. Mais Lily dit alors :

« Eh bien, tu devrais t'y mettre, alors.

— Oh mais ça viendra, ma cocotte. Là, c'est mes années de baise. Je vais me sortir tout ça du système, et puis je me mettrai au boulot. Un par an. » Rita déglutit brutalement et dit : « Ooh, Gloria, ma belle. Comment peux-tu porter ce soutif par cette température ? Est-ce que les pauvres chéris n'ont pas le souffle coupé ? »

Ayant fait une rare concession à la chaleur, Gloria avait mis un léger chemisier avec un col elliptique ; les deux clavicules étaient découpées par de larges bretelles pareilles à un pansement. Elle baissa les yeux en détournant le regard, puis rougit. Elle dit doucement :

« C'est simplement plus confortable.

— Jamais tu ne verras les miens dans un de ces trucs. » Rita fendit l'air d'un doigt. « C'est que personne ne lâche l'évidence. J'ai deux dos, moi — et j'en suis heureuse ! Les nichons peuvent être... *moua*, je sais, mais ils sont toujours là pour gêner, putain ! Même au lit. » Rita se tourna vers Shéhérazade avec son sourire de dauphin. « Eh, genre même que je voudrais pas des deux tiens. Laspé de langerdem. Comment que je ferais mon limbo ? »

Whittaker dit : « Je ne suis pas sûr de bien c omprendre, les soutifs. La politisation des soutifs. Qu'est-ce que cette histoire de brûler les soutifs, les sœurs ? Je croyais que les soutifs étaient vos amis.

— Ils, euh, ils imposent l'uniformité, dit Lily. C'est pour ça qu'on dit qu'ils sont mauvais.

— Avec les soutifs, tout le monde est pareil, dit Shéhérazade. Les seins sont différents. Les soutifs transforment chaque fille en une sorte de fille bien roulée.

— Et ça ne peut pas aller, dit Gloria. Non, nous ne pouvons certainement pas accepter ça. »

Elle paraissait peu disposée à poursuivre, mais Rita dit : « Vas-y, mon canard. Parle.

— Bon, dit-elle, et elle émit sa toux. Euh-*hum*. Ainsi c'est une coïncidence, n'est-ce pas, une simple coïncidence, n'est-ce pas, si l'absence de soutif rend vos seins dix mille fois plus visibles ? Les soutifs rendent les seins *immobiles* !

— ... Elle a raison, tu sais, dit Rita en inclinant la tête vers Shéhérazade. Je n'arrêterais pas de zieuter les tiens toute la soirée. Et puis, bon Dieu, ma petite, quand tu te déplaces — quand on te voit traverser une pièce, c'est comme si on regardait un putain de polar. Ils vont ou ils vont pas ? Et toi, dit-elle à Gloria, on dirait que t'en as une sacrée paire emmaillotée dans ce hamac de merde. Tu devrais t'en passer, de temps en temps, ma puce, et on pourrait tous se rincer l'œil. Si les proportions étaient respectées, en fait, tu serais encore mieux dotée que Shez ! Tu ne bois pas, je crois, ma poule. Moi non plus. Contrairement à certains. Contrairement à certaines petites éponges que je connais... Bon. Du rab, moi. Et encore du rab dans une minute. Je mange comme un porc et ne prends jamais de poids. Les filles me détestent pour ça, Lil. Et comment leur en vouloir ? Quelqu'un en reveut ? »

Adriano, montrant beaucoup le blanc de ses yeux, leva son assiette.

« Tu en es à quoi, Sebs chéri — le bœuf ? C'est bien, ça. Quelqu'un d'autre ? »

Kenrik était affalé sur sa chaise en bout de table, un bras protecteur lové autour d'une cruche de vin. L'autre main menait une série de très lentes expériences avec sa fourchette. Keith dit :

« Oh oui, Rita. Je me demandais. Qu'est-il arrivé à ton tortillement ? Tu as cessé de tortiller. Tu as perdu ton tortillement signature. Montre à Lily. Tortille du cul. »

Rita tortilla. Et c'était vrai : elle faisait penser à un chien — elle ressemblait à ce à quoi ressemble un chien quand on met son manteau et qu'on décroche la laisse. « Encore. »

Rita tortilla de nouveau et dit : « *Ouh.* Wouf. Non, Keith, j'ai mes raisons, moi. Bouge pas et je te dirai pourquoi. Je vais juste me soulager... *Wouf.* » Elle se pencha en avant. « Plus de tortillements. Tu vois, Keith, ce qu'il y a, c'est que je n'ai jamais autant été enculée *de toute ma vie.* »

La fourchette lâchée par Kenrik frappa son assiette avec un craquement.

« Et ce n'est pas que lui, d'ailleurs, dit Rita en le pointant du menton. Et ce n'est pas contre ma volonté ou autre chose. Appelez-moi une mordeuse d'oreiller, en amour comme à la guerre, tous les coups sont permis. Seb, ça te suffit, ou est-ce que tu veux encore un morceau ? Non. Ce n'est pas seulement Rik. Aucun d'entre eux ne semble pouvoir rester dehors bien longtemps. Et je sais pourquoi. C'est parce que je suis un garçon. Je suis un garçon, moi. Je suis un garçon. »

Keith regarda autour de la table. Lily, paupières plissées, lèvres plissées. Shéhérazade, concentrée et érigée. Gloria, irradiant une froideur puissante. Whittaker, souriant, sourcils froncés. Adriano, un enfant en état de choc. Rita dit :

« Je suis un garçon. Pas de nichons. Et pas de cul.

— Et pas de taille, dit Lily.

— Tu es un ange, gisquette, j'avais presque oublié. Et pas de taille. De sorte qu'ils sont plus ou moins obligés de me retourner, pas vrai. Particulièrement s'ils sont déjà enclins à le faire de toute façon. Comme Rik... Ça lui rappelle ses années de lycée, vous comprenez. Il pense au capitaine de l'équipe de cricket. C'est la seule chose qui le fait durcir. C'est la seule chose qui le réveille. Pas vrai, mon amour... Oh mon Dieu, vous êtes tous tellement silencieux. Est-ce que j'ai encore mis les pieds dans le plat ? »

Kenrik ramassa un couteau et en tapa légèrement la lame contre son verre. Le bourdonnement, le doux carillon mit trois ou quatre secondes à s'éteindre.

« La première fois que ça vous arrive, commença-t-il... la première fois que vous et Rita faites la bête à deux dos... vous pensez que c'est ce dont vous avez rêvé toute votre vie. Vous pensez : C'est donc ça, la baise... toutes les autres fois — ce n'était pas de la baise... C'est *ça* la baise... Mais elle n'est pas un garçon... elle est un *mec*... Non, même pas. Sale comme l'enfer, je le lui accorde, et pleine de ressources aussi — je lui accorde ça. Mais sans le moindre sentiment pour la chose... La première fois que ça vous arrive, vous tendez une main. Et puis immédiatement après, elle a son pouce dans votre arrière-train et une de vos roubignoles dans sa gorge. Et l'autre planquée derrière son oreille pour plus tard. Et les quatre jeux de cils papillonnent sur votre bout. Ses *cils*. Ensuite vous faites tout le reste. C'est la première fois, et c'est magnifique. Et ensuite, c'est... Vous savez ce qu'elle fait ? Elle vous réveille en vous secouant au milieu de la nuit, et si vous êtes trop fatigué elle vous dit avec sérieux que vous êtes pédé. *Tu détestes les femmes.* Alors que, en fait, *elle* déteste les femmes. Et elle déteste aussi les hommes. Keith. Keith. Imagine réveiller Lily en la secouant, et si elle n'obtempère pas c'est une gouine. Ou une snob. Ou frigide. Ou religieuse. Un type normal ne se comporte pas de cette façon. À moins qu'il soit déjà enfermé, un type ne se comporte pas comme ça. Et elle pense qu'elle est un coup magnifique. Et elle l'est. Mais elle ne l'est pas. Elle n'a aucun talent pour ça. Aucun talent... Parce que pas de... Pas de sympathie. Voilà. »

Pendant que Rita l'écoutait, sa tête dodelinait en rythme sur son cou. Elle dit :

« Ah, il est en quête de sympathie, celui-là. Il est en quête de pitié. Parce qu'il est terrifié. Il veut sa moman. T'es juste démodé, mon poussin. Tu es comme du mobilier d'occasion. Vous comprenez, Rik, ce qu'il aime c'est une petite minaudante — qui minaude dans un mouchoir trempé. Ooh, tu ne dois pas. C'est grossier, c'est *mal*. Oh, vas-y alors, espèce de bête, s'il le faut vraiment. Je te promets que je n'apprécierai pas. Bon Dieu, est-ce qu'on était vraiment *aussi chiantes* que ça, nous les nanas?... Bon, qui vient danser? J'ai envie de frétiller de la hanche, moi. C'est le moment de mon limbo. »

Les Italiens sont des intrigants. L'Italie est une nation d'intrigues. Cet axiome fut inventé, ou transmis, par Adriano — qui, durant l'accalmie en milieu de soirée (l'accalmie qui suit chaque offense, chaque piétinement, pendant que les concurrents évaluent les dommages qu'ils ont subis), traînait dans la grande salle à manger : il n'y avait qu'eux deux, et Rita plongeait son regard dans les yeux d'Adriano comme s'il était le seul homme qui l'ait jamais vraiment comprise... L'Italie et l'intrigue : c'était le pays de César et Lucrèce Borgia, de Nicolas Machiavel, d'Alessandro Cagliostro, de Benito Mussolini. Keith Nearing, tout empêtré dans le roman anglais, avait récemment pénétré dans cette obscure spécialité connue sous le nom de non-fiction — en particulier, l'histoire italienne moderne ; et il trouvait là un monde de fantaisie.

Keith ne s'était jamais essayé à la manipulation avant cet été-là, et sa première découverte était que ça vous tenait occupé. Keith était occupé. Il n'était pas aussi occupé que Benito Mussolini, qui prétendait avoir traité 1 887 112 affaires en sept ans (soit une décision importante toutes les trente-cinq secondes, sans aucun jour de repos), et enregistré 17 000 heures de vol dans un cockpit (autant qu'un pilote à temps plein pendant toute sa carrière), tout en lisant également 350 journaux chaque matin, et en trouvant le temps, chaque après-midi, d'un pentathlon d'exercices violents puis, chaque soir, d'un long intermède seul avec son violon. Keith n'en avait pas autant que Mussolini à son actif (et Mussolini, soit dit en passant, se trompait toujours) ; mais il lui fallait faire sa tournée.

Et la sensation persistait. Il avait l'impression de flotter en lui puis hors de lui...

Assise avec un verre de *prosecco* sur la balancelle de la terrasse ouest, Lily était occupée de façon peu caractéristique. Elle observait les étoiles — le visage levé, avec un froncement de méfiance. C'était une méfiance qu'il partageait momentanément : les constellations avaient l'air d'appartenir à un autre hémisphère. Il dit :

« C'est bizarre de penser qu'elles sont là pendant la journée. On ne peut simplement pas les voir.

— Elles ne sont pas là pendant la journée. Elles sortent la nuit. Tu vas avec eux ? »

Il dit qu'il pensait y aller.

« Eh bien, pas moi. Rita est épouvantable. Enfin. Nous savons au moins pourquoi. Pourquoi vous ne devez pas.

— Oui, je suppose que nous savons pourquoi nous ne devons pas.

— Tu ferais bien de t'excuser auprès de Shéhérazade. Puisque c'est grâce à toi qu'elle a été lâchée sur nous.

— Je me demande si tu sais ça, Lily. *Lâcher*, dans le parler ancien, voulait aussi dire cesser. On *ne lasche pas de parler*.

— Tu es lâche, Keith. Et pourquoi est-ce que tu as l'air aussi — drogué — à quel propos ?

— Tu t'occuperas de Kenrik, n'est-ce pas, Lily ? Tu prendras soin de lui.

— N'y va pas. Vas-y alors. Est-ce qu'il voulait dire *sympathie* ? Ou *empathie* ?

— Euh, c'est la même chose. Étymologiquement. Sympathie. *Avec* plus *sentiment*.

— Étymologiquement. Vas-y alors. Je prendrai soin de lui.

— Tu étais merveilleuse au dîner, Lily. Ta beauté arrive. Elle est là. »

Ensuite, évidemment, il dut s'excuser auprès de son hôtesse.

Elle était assise devant la table de jacquet dans le salon, et stabilisait avec ses mains un manuel (dont le sujet était la statistique) sur les vertigineux promontoires de ses cuisses.

« Ouf, dit-elle. C'était... C'était comme une de ces pièces à la télé avec une mise en garde. Alors, naturellement, on regarde. Whittaker, lui aussi, a adoré. C'est quoi, le langage qu'elle parle ? Du jargon ? »

Keith dit : « C'est une sorte de code. Elle s'en sert pour parler avec ses amis, et ils pensent qu'on ne les comprend pas. Ils mettent simplement la première consonne à la fin en ajoutant un suffixe et la remplacent par un *l*. Lacrémensem lic-ché. Sacrément chic. Laspé. Pas. C'est facile. Sauf quand ils s'en servent pour des phrases entières.

— ... Mon Dieu, ce qu'on peut inventer. Je ne savais pas. Avec elle j'ai l'impression d'avoir trois ans. Tout ça marche à merveille, pas vrai. Rita et Adriano. Cette nuit je pourrai dormir du sommeil du juste.

— Tu ne viens pas ?

— Je suis tentée, mais je gênerais. Pas toi ? »

C'est que, Shéhérazade, je ne dois pas être au château. Il dit : « Peut-être que rien ne se passera. Peut-être qu'Adriano aura la force de résister.

— Launukem lancechès », dit Shéhérazade.

Et enfin Kenrik. Qui était assis à la table de la cuisine avec une énorme cafetière et une expression absente d'équanimité sur le visage. Il dit :

« Désolé pour tout ça. Et voici une théorie intéressante. Je viens d'avoir une agréable conversation avec, euh, celle qui a le cul, et *elle* a dit — Gloria —, *elle* a dit que j'étais foutu à partir du moment où Rita payait pour tout. Elle dit que les femmes détestent les hommes qui ne payent pas pour tout. Elles vous détestent même si on partage. Les filles n'y peuvent rien. C'est dans le sang. Et devine. Adriano vient de passer et m'a serré la main. Ils sont en bas dans la voiture.

— Il faut que j'y aille. Tu sais, elle est sans doute un peu trop âgée pour toi. C'était bien, ton discours de fin de repas. Mais ça n'arrêtera personne.

— Le défi, tu veux dire? Mm. Donc. Les garçons sont condamnés à baiser le Chien. Et ils *devraient* baiser le Chien. Mais seulement si elle part à Hawaï le lendemain matin. Pour toujours. Regarde comment elle danse.

— Détends-toi avec Lily, dit-il. Elle est gentille et sensible et très sage.

— Très sage. Eh bien, *ça* c'est excitant. »

Keith fit une autre suggestion. Et Kenrik dit :

« Tu es vraiment sérieux ? Pourquoi ? »

———

Il se dépêcha alors de descendre les marches en pierre, dans la pâle odeur de transpiration. *C'est que, Shéhérazade, je ne dois pas être au château. Pour que Kenrik puisse coucher avec Lily. Et alors, une fois cela fait, je pourrai coucher avec toi...* Il y avait des étoiles, dont les pointes semblaient froides et aiguisées : les pointes visibles des punaises que Dieu utilisait pour clouer l'entoilage sombre de l'univers. Et qu'en était-il de son propre système, de sa galaxie personnelle, de sa constellation de la Vierge, et des sept soleils qu'il lui restait ? Avant que l'été soit terminé, combien vais-je encore en éteindre ?

La Rolls-Royce grinçait et s'irritait. Une vision claire de l'avenir aurait envoyé Keith grimper les marches pour rejoindre Lily, ou à Montale, où il aurait pu faire du stop pour rentrer en Angleterre. Keith sortit son paquet de Disque Bleu. Il pensa : C'est un test de caractère. Il fit une pause. C'est mon éducation sentimentale. Il alluma une cigarette. Il inhala.

QUATRIÈME ENTRACTE

Et exhala, un tiers de siècle plus tard.

Il se racla la gorge, pas avec un grognement (sa méthode habituelle) mais avec un aboiement (pareil à un coup de fusil). Dix minutes plus tôt il était revenu après une sortie exceptionnelle dans un endroit qui s'appelait le Smokeshack, à Camden Town, et à présent, à l'aide d'une langue décolorée extrudée de façon enfantine d'un coin de sa bouche, il essayait de coller diverses étiquettes imprimées sur divers paquets, portefeuilles, boîtes et cartons qui étaient éparpillés sur toute la surface de son bureau. *Fumer vous rend sexy,* lisait-on sur l'une d'elles. *Si vous cessez de fumer, vous finirez sans doute à l'asile,* lisait-on sur une autre. Keith avait rompu avec la nicotine en 1994, mais maintenant ils étaient de nouveau ensemble, et extrêmement amoureux.

En toussant, crachant, s'étouffant et haletant, et sa langue maculée et ses doigts tremblants moutardeux entrant une fois de plus en action, il colla une troisième étiquette (en fait sa propre adaptation d'une mise en garde du ministère de la Santé). On y lisait : *Les non-fumeurs vivent sept années de plus que les fumeurs. Devinez* quelles *sept années.*

Il l'examina avec des yeux irrités, cernés de rouge.

Ces derniers temps, quand il était dehors dans la rue, il pensait : La beauté a disparu. Il ne tarda pas à progresser à partir de cette position, et pensa : La beauté n'a jamais été — il n'y en a jamais eu. Les deux prémisses étaient tapageusement fausses. Son assèchement, l'assèchement de la beauté, se produisait à l'intérieur de sa propre chair, de sa propre poitrine.

La beauté, la beauté au présent, était assise devant lui de l'autre côté de la table de cuisine.

« Je me sens forcément un peu con, tu sais, dit-il à l'épouse numéro trois (ils discutaient de cette rencontre, au Book and Bible, avec l'épouse numéro un). Vingt-cinq ans de quiproquos. Toute une vie. Si tu ne m'avais pas sauvé, ma chérie. » Il sirota son café. « J'aurais pu être un poète.

— Tu es un critique respecté. Et un enseignant.

— Ouais, mais j'aurais pu être un poète. Et tout ça pour quoi ? Tout ça pour une... pour une *séance*.

— Regarde le bon côté des choses, dit-elle. Ce n'était pas n'importe quelle séance, tu vois.

— C'est une façon de voir très positive. Quand même.

— Du coup tes yeux ont été pédonculés pendant toute une année.

— Deux ans. Plus. Trois. C'était en partie le problème.

— Vois ça comme une épreuve pour m'obtenir.

— Je le ferai. Je le fais.

— Tu as tes garçons, tes filles, et ta nana.
— J'ai ma nana. Tu sais, tout ça a commencé il y a des semaines. Il y a autre chose. Il y a cette chose. J'ignore ce que c'est. Ça ne peut pas avoir de rapport avec Violet, dis ? Comment serait-ce possible ? »

Et il retraversa le jardin sous l'averse d'avril. Mais maintenant on était en mai.

———

Cryptée en écriture en miroir, et placée au bas de la page, la clause trois du manifeste révolutionnaire était une sorte de clause en sommeil, implicite mais involontaire et toujours imparfaitement comprise. La voici : *La surface aura bientôt tendance à supplanter l'essence.* À mesure que le moi devient postmoderne, le paraître deviendra au moins aussi important que l'être. Les essences sont des cœurs, les surfaces des sensations...

Lorsqu'il ouvrit les yeux ce matin-là, Keith pensa : Quand j'étais jeune, les gens âgés avaient l'air de gens âgés, ils devenaient lentement leur masque d'écorce et de bois de noyer. Les gens vieillissaient différemment aujourd'hui. Ils avaient l'air de jeunes gens qui étaient là depuis bien trop longtemps. Le temps courait devant eux mais ils rêvaient qu'ils restaient pareils.

Se réveiller dans son bureau, et sortir du lit, et tout le reste — ce n'était plus un roman russe. C'était un roman américain. Donc, pas beaucoup plus court, mais avec quelques gains perceptibles : une augmentation générale de l'entrain, et bien moins de choses sur les grands-parents de tout le monde.

Le coin salle de bains satisfaisait tous les besoins sanitaires de Keith. Mais il avait un défaut : deux placards à porte-miroir se faisaient face au-dessus du lavabo. Il devait vérifier que les deux placards étaient bien fermés quand il se rasait. Sinon, il voyait son crâne dégarni s'amenuiser à l'infini.

———

Un interlude typique de plaisir et de bénéfice avec les filles. Ils jouèrent à Je vois quelque chose qui commence par, et à Que préférerais-tu. Ils jouèrent à un jeu de cartes appelé Pêche. Puis ils comptèrent les taches de rousseur sur le bras gauche de Chloe (il y en avait neuf). Elle le questionna sur les trois couleurs qu'il aimait le plus et les trois couleurs qu'il aimait le moins. Isabel le questionna sur les trois parfums de glace qu'il aimait le plus et les trois parfums de glace qu'il aimait le moins. Ensuite, Chloe rota l'alphabet, et Isabel lui parla d'une piscine tellement profonde que même les adultes devaient mettre des brassards.

« Quand les garçons sont ici, dit Isabel, est-ce que tu as honte ?

— Honte ? Pourquoi, parce qu'ils sont si grands et beaux ? Non, je suis fier. »

Et les deux filles rirent comme les oiseaux jaunes...

Il se glissa dans son appentis et passa une heure à contempler le cratère de chaume de Hampstead. Vénus se leva. Qu'était-ce, cette autre chose ?

———

C'était mieux maintenant — dans la société.

Il y avait auparavant le système de classes, et le système de races, et le système de sexes. Les trois systèmes ont disparu ou vont disparaître. Et maintenant nous avons le système des âges.

Ceux qui ont entre vingt-huit et trente-cinq ans, idéalement frais, sont la superélite, les tsars et tsarines ; ceux entre dix-huit et vingt-huit ans, plus ceux entre trente-cinq et quarante-cinq, sont les boyards, les nobles ; tous les autres en dessous de soixante ans forment la bourgeoisie ; tous ceux entre soixante et soixante-dix représentent le prolétariat, le hoi polloi ; et ceux qui sont encore plus âgés sont les serfs et les spectres des esclaves.

Hoi polloi : la multitude. Et, oh, nous serons nombreux (il voulait dire la génération connue, avec de moins en moins d'affection, comme les enfants du baby-boom). Et nous serons également haïs. *La gouvernance, pendant au moins une génération,* lut Keith, *consistera à transférer la richesse des jeunes aux vieux.* Et ils ne vont pas aimer ça, les jeunes. Ils ne vont pas aimer le *tsunami d'argent*, avec les vieux qui monopolisent les services sociaux et qui encrassent les cliniques et les hôpitaux, telle une inondation d'immigrants monstrueux. Il y aura la guerre des âges, et le nettoyage chronologique...

Il se peut que ce futur possible explique une autre anomalie du système des âges : il ne rencontre aucune dissidence. Les vieux ne s'agitent pas et ne font pas de propagande, ils ne s'en plaignent même pas, plus maintenant. Ils le faisaient auparavant, mais ils ont cessé. Ils ne veulent pas attirer l'attention sur eux. Ils sont vieux. Ils ont suffisamment de problèmes comme ça.

Mais nous pensons que c'est bien, nous pensons qu'il convient, le système des âges, et qu'il est profondément et limpidement démocratique. La réalité contemporaine est le goût dans la bouche de ceux qui sont idéalement frais. Tandis que nous agonisons, peu nombreux sont ceux d'entre nous qui auront joui du privilège inestimable d'être nés avec une peau blanche, du sang bleu et un membre masculin. Tous, autant que nous sommes, cependant, à un moment ou à un autre de notre histoire, nous aurons été jeunes.

———

Le pur étang d'opale froide, blotti dans les herbes douces. Ni sanglier ni cerf n'est jamais venu laper ou licher là, aucun insecte n'a glissé à sa surface. Et vint le garçon lisse, et il s'étendit à terre et pencha la tête, et se désaltéra avec les yeux...

Dès le premier instant, lorsque l'amour eut surgi, aussi vif que la lumière, le garçon devint son propre bourreau. Ses mains plongèrent dans la surface, pour étreindre et caresser l'essence à l'intérieur — mais elle disparut dans les tremblements de l'eau troublée.

« Tu ris quand je ris.
J'ai vu tes larmes à travers les miennes.
Quand je te dis mon amour, je vois tes lèvres
Sembler me dire le tien — bien que je ne puisse l'entendre. »

Et quand cela arriva, il était trop tard : Tu es moi. Je le vois à présent... Ce que je veux, je le suis... Que la mort vienne vite. *Et quand il gémit,* Hélas, *elle gémit elle aussi — Écho, ou le spectre d'Écho. Ou l'écho d'Écho.* Hélas. Me toucher, m'embrasser, me toucher, m'embrasser, me toucher.

Que la mort vienne vite. Tel fut son dernier vœu. Et il fut exaucé.

Silvia dit : « Tu es une perdante, M'man. Pas *toi*, mais toute la première vague. Tu as raté l'occasion, et elle ne reviendra pas.

— Nous sommes devenus napoléoniens.

— Vous êtes devenus napoléoniens. »

Selon Silvia, la révolution sexuelle, comme (peut-être) la Révolution française, avait disséminé ses énergies séminales en expansion, sans marquer de pause pour assurer sa base. Son opinion était que la première et sans doute la seule clause du manifeste aurait dû être la suivante (et Keith savait qu'elle était fondamentale, parce qu'elle lui faisait peur) : *Moitié-moitié à la maison.*

« Moitemoite. Toute la merdasse ennuyeuse avec la maison et les enfants. Pas de tiret. Moitemoite. Mais vous n'avez pas établi ça. Vous avez déployé vos ailes dans la mauvaise direction. Vous n'avez pas saisi les bons pouvoirs. Administration, prise de décision. Encore plus de merdasse. Un document vraiment horrible arrive dans le courrier, et P'pa se tient près de toi l'air perdu. Et tu le lui *arraches* des mains. Je l'ai vu... Je sais qu'il a du mal en ce moment, mais même quand il est en pleine forme, il ne fait jamais le dixième de ce que tu fais. *Et* tu gagnes ta vie. Et tu ne lui cries même pas après. Tu le laisses simplement s'en sortir comme ça.

— Je ne suis pas comme toi. C'est mon milieu.

— Ouais. Et alors, comment tu protestes ? Dix minutes de vaisselle lavée à grand bruit. Tu es une perdante, M'man. »

Habitué, maintenant, à ce qu'on parle de lui comme s'il n'était pas dans la pièce, Keith dit, doucement et (comme d'habitude) hors de propos : « Ta mère est d'humeur très égale. Ma deuxième femme était un peu cyclothymique. Comme Proserpine. *D'abord Sombre tel le roi de l'enfer, et ensuite Vive comme la masse du soleil, jaillissant des nuages.*

— Le voilà parti, dit Silvia.

— Ma *première* femme s'est trouvée être exceptionnellement changeante — d'instant en instant. Vous savez, il existe une particule subatomique qui devient le contraire exact d'elle-même trois trillions de fois par seconde. Elle n'était pas aussi changeante que ça, mais elle était changeante. »

Les deux femmes soupirèrent.

« Le monde micro est de caractère féminin. *Vous* savez ce que je veux dire. Il n'est pas tellement fier d'être rationnel. Le monde macro est de caractère féminin aussi. Vous devriez être contentes. Vous sentir justifiées. La réalité est de caractère féminin.

— Il se barre dans son appentis.

— Seul le monde du milieu est de caractère masculin.

— Mais c'est celui dans lequel nous vivons », dit Silvia.

———

Keith fumait. Ça entrait, et ça sortait : le mélange familier de benzène, de formaldéhyde et d'acide cyanhydrique. Amen avait dit un jour qu'en Libye la cigarette est une unité de temps. Le village est loin ? Trois cigarettes. Tu en as pour combien de temps ? Une cigarette.

Il pensa : Ouais. Ouais, les non-fumeurs vivent sept ans de plus. Quelles sept années seront soustraites par le dieu appelé Temps ? Ce ne sera pas ce moment de convulsion et d'explosion entre vingt-huit et trente-cinq ans. Non. Ce sera ce moment vraiment cool entre quatre-vingt-six et quatre-vingt-treize.

Lorsqu'il parcourait le réseau du plan de Londres à pied, dans le métal qui coulait dans la ville, il obéissait avec reconnaissance aux instructions peintes aux intersections : REGARDEZ À GAUCHE, REGARDEZ À DROITE. Mais maintenant — et ça arrivait aussi quand il était au volant — il ne pouvait pas s'empêcher de soupçonner qu'il existait une troisième direction dont il devrait se méfier. Il y avait une troisième direction d'où pouvaient venir les choses. Pas à droite, pas à gauche — de biais, par le travers.

LIVRE CINQ

TRAUMA

1

Le Tournant

Bientôt ce fut l'attente, puis vinrent les métamorphoses, puis vint *torquere* (« tordre ») ; mais d'abord vint le tournant.

Lorsqu'il entra dans la chambre de la tour, à deux heures et demie, Lily et Kenrik étaient couchés sur le drap du dessous, sans couverture. Lily dans son peignoir en satin, Kenrik en chemise, jean et tennis. Un rhombe de lumière lunaire baignait leurs corps dans son innocence ; mais leurs visages étaient perdus dans l'ombre noire. Keith dit :

« Vous êtes réveillés ?... J'ai conduit la Rolls. »

Lily, l'air peu endormi, dit : « Où était Tom Pouce ?

— À l'arrière avec le Chien. Ils faisaient Dieu sait quoi.

— C'étaient eux les cris stridents ? C'était il y a une heure.

— Je suis resté à réfléchir.

— Mm, ça ne m'étonne pas. Et maintenant où

vas-tu poser ta tête ? Tu peux aller à côté et grimper dans le lit de Croupopotin, ça m'est égal.

— Et lui, qu'est-ce qu'il fait là de toute façon ?

— Lui ? Ce qu'il fait là ? Eh bien. Il m'a fait l'amour, tu vois. Et c'était le paradis. Certains hommes savent s'y prendre pour qu'une femme se sente belle. Et puis il s'est rhabillé — parce qu'il ne voulait pas que tu saches. N'est-ce pas. Et puis il s'est endormi. Ou peut-être qu'il fait semblant.

— J'aimerais voir ton visage. Kenrik ?... Pousse-le un peu. Il y a un oreiller sur le tapis. Pousse. »

Et alors Kenrik roula. Il y eut un bruit sourd, mou et cependant écœurant, puis le silence.

Lily dit : « À propos. La sodomie est la bête à un dos. N'est-ce pas ? »

Il dit : « J'aimerais voir ton visage.

— Mais on n'est pas obligé de le faire dans ce sens.

— J'aimerais voir ton visage. »

———

Les deux visiteurs avaient plié bagage et étaient partis dès le milieu de l'après-midi, mais aucun de ceux qui virent ça ne l'oublia jamais : Rita et Ruaa, dans le même cadre de vision — Ruaa et Rita, en bas au bord de la piscine.

Entre-temps, Kenrik et Keith étaient étendus sur la pelouse en maillot de bain. Leur poitrine parfaitement glabre, leur ventre plat, leurs cuisses fermes et bronzées : pas particulièrement bien faits, et pas innocents, mais indubitablement jeunes.

Kenrik s'appuya sur un coude. « C'est l'Éden ici », dit-il, l'air écœuré. Et il se laissa retomber en soupirant. « ... Bon Dieu, ces oiseaux ont l'air mal fichus. Les corneilles. Pas les, pas ces coolies gaiement colorés dans l'arbre — de Dieu! ils aiment bien rire, pas vrai?

— Regarde-les là-haut. » Keith voulait dire les *magneti*, qui perforaient l'horizon.

« Ils sont cool, eux aussi. Non. Les corneilles. »

Les corneilles, leurs têtes cruelles de charognards, leurs cris rauques affamés. Et Keith, lui aussi, croassa sa question : la question au sujet de la nuit précédente et de Lily... Il n'était plus tout scintillant de ruse ; il avait commencé à soupçonner que certaines personnes s'en sortaient mieux que lui avec la ruse. Keith avait l'impression d'être un physicien novice qui, le premier jour de travail, lance une réaction en chaîne irréversible et qui reste là à regarder, les bras ballants. Kenrik dit :

« Je ne crois pas qu'il se soit passé quelque chose. Mais je ne me rappelle pas. Encore une fois. Ça, c'est choquant. Et *grossier*. Mais voilà. Je ne me rappelle pas. »

Oui. Le plan de Keith contenait une autre faiblesse évidente : Kenrik en faisait partie. « Je croyais que tu avais dessoûlé.

— Moi aussi, mais après ce putain de café, j'ai bu un autre tonneau de vin et me suis remis au scotch. Bon Dieu. Je me sens un peu mieux maintenant. Quand j'ai ouvert les yeux, au début, c'est tout juste si je savais ce que j'étais. Attends. Peut-être que ça va me revenir.

— ... Décris-moi la gueule de bois. Je ne crois pas en avoir jamais eu. »

Exhibant un des fragments d'une bonne éducation (protestante), Kenrik dit : « C'est comme...

c'est comme l'Inquisition. Ouais. Exactement. La gueule de bois est une torture pour te faire avouer tes péchés. Et quand tu t'es confessé, elle te torture davantage. À propos, si tu ne crois pas avoir jamais eu la gueule de bois, alors c'est que tu n'en as jamais eu.

— Ce n'est pas pareil avec le sexe ? Si on ne pense pas l'avoir fait, on ne l'a pas fait.

— Ah, mais c'est un drôle de mélange, le sexe et la biture. On peut se réveiller en disant désolé de ne pas l'avoir fait, alors qu'on l'a fait... Bon. On a bavardé sur la terrasse. Et puis on est montés dans la tour. Je me rappelle avoir pensé qu'elle était vraiment gentille. Je me rappelle avoir pensé qu'elle était vraiment loyale — Lily. »

Ce qui n'était pas aussi instructif que ça semblait l'être : *loyal*, pour Kenrik, était un terme d'approbation vague ; il faisait l'éloge de divers clubs, salles de billard et tripots en disant qu'ils étaient *loyaux*.

« Désolé, mon pote. Je suppose que tu ne peux pas lui poser la question, à elle. Tu ne peux pas vérifier avec Lily.

— Je peux mais elle... »

Lily, dans son bikini indigo, traversait la pelouse dans leur direction, le pied inhabituellement léger, pensa Keith, comme une fille dans une publicité pour un produit sain ou odorant — disons, Ryvita, ou 4711. Elle s'agenouilla à côté de Kenrik et l'embrassa précautionneusement sur la bouche. Ils la regardèrent descendre la pente.

« Mm, ça m'a rappelé quelque chose. Changeons de sujet un instant. Rita. Tu l'as regardée danser ?

— Tout le club l'a regardée danser. » La boîte de nuit transpirante, la piste dégagée, le cercle de la foule, le stroboscope, les boules disco, le débardeur et la minijupe Union Jack. « Le limbo.

— Le limbo. » Kenrik se laissa retomber.

« Et puis, bon Dieu. Au dernier passage, cette barre ne devait pas être à plus de vingt centimètres du sol.

— Tu vois, c'est ce qu'elle veut. Étonnant, non. Pour elle, c'est le moment parfait. Tous les yeux de l'endroit, dit Kenrik, hypnotisés par sa motte.

— Nous, on ferait ça? Si on pouvait?

— Peut-être. Si on pouvait. Je nous vois mal, quand même. Et puis après?

— Et puis, dehors, elle a dit : *Tu conduis, Keith, et je me mets derrière avec Sebs.*

— Tu as vu quelque chose?

— Non, je n'ai pas touché au rétroviseur. Je n'osais pas regarder. Mais j'ai écouté. » Silences intenses, ponctués par des mouvements d'une soudaineté démente — cahots, secousses, claquements. « Des effets de coups de fouet. De sa part à lui. De temps en temps. » Keith se laissa retomber. « Quand je suis sorti, il a grimpé par-dessus le dossier. Et ils se sont tirés. »

Kenrik rit, à contrecœur; puis avec cœur. Il dit : « Coups de fouet. Dans le genre fabuleux, elle est plutôt pas mal, le Chien. Je suis trop jeune pour faire tous ces trucs bizarres. Trop jeune et trop homo.

— C'est comment, tous ces trucs bizarres?

— C'est terrifiant, en fait. Plutôt cool sur le moment. Rita a raison, tu sais. Je ne crois pas que j'aime ça — maintenant que les filles aiment ça. Je préférais quand elles n'aimaient pas. Ou faisaient semblant de ne pas aimer. Quelle heure est-il? Je peux commencer à boire, tu crois?... Ce baiser m'a rappelé quelque chose. Il y a eu des baisers.

— Des baisers, rien d'autre?

— Ouais. Je crois. Tu sais, je suis certain à quatre-vingt-dix pour cent que je n'ai *pas* été un mauvais garçon hier soir. Et je vais te dire pourquoi. » Il se remit sur un coude. « Tu sais, depuis une semaine à peu près, je pense... Je vais faire une annonce. Je vais annoncer que je ne baiserai plus personne, plus jamais.

— Plus personne. Même pas Shéhérazade si elle te le demandait.

— Même pas Shéhérazade. Et je veux que ce soit *officiel*. Je veux ça sur mon passeport. Un tampon spécial, comme un visa. Comme ça, dans la tente, ce soir, il me suffira d'ouvrir mon passeport pour le montrer au Chien. Bon Dieu, t'as vu la taille de cette abeille? Je parie qu'elle a un de ces dards... C'est l'Éden, ici. »

Les roses faisaient la moue et minaudaient, les parfums tanguaient et se pâmaient. Ils parlaient des oiseaux et des abeilles. C'était l'Éden. Et Keith, qui se sentait très déchu, dit : « Je suis désolé d'entendre ça. Je veux dire pour Lily. Mais est-ce qu'elle l'aurait fait, à ton avis? Est-ce qu'elle l'aurait fait? »

À midi, depuis la piscine, ils aperçurent la Rolls-Royce dans un lacet au flanc de la montagne. Lily et Keith allèrent jusqu'au rempart pour regarder en bas : Rita gravissait quatre à quatre les marches de pierre tandis que la voiture faisait un brutal demi-tour sur le gravier. Elle s'arrêta pour agiter la main, sur la pointe des pieds, et il y eut l'avant-bras bronzé, brandi avec paresse.

« Il vous sert un magnifique petit déjeuner, dit Rita en se trémoussant pour quitter ses vêtements. Servi sur son balcon. Ce n'est pas un château, là où vit Seb. C'est une putain de *ville*. »

Elle était à présent sous la douche de la piscine, une main posée sur le robinet, prête à l'ouvrir. Mais d'abord elle avait beaucoup à communiquer... Il n'y avait là qu'eux quatre, maintenant, et Shéhérazade.

« Des fleurs sur le plateau. Trois sortes de jus de fruit. Des croissants. Du yaourt et du miel. Une petite omelette aux herbes sous un couvercle en argent. Oh, c'était très beau. Excepté le thé. Je n'ai pas pu le boire. Je ne peux pas boire cette cochonnerie, moi. Moi, il me faut mon Tetley. J'aurais dû en emporter un ou deux sachets. Pourquoi je ne l'ai *pas* fait? J'en ai besoin, moi, de mon Tetley.

— Elle l'emporte toujours en voyage, dit Kenrik. Son Tetley.

— Je suis bonne à rien sans mon Tetley, moi, Rik. Vas-y, mon étoile, va m'en faire une tasse. Oh, allez, vas-y. »

Kenrik se mit debout en disant d'un ton désinvolte : « Sans vouloir t'offenser, et ne réponds pas si tu n'en as pas envie, mais il était comment ? Adriano. »

Ce fut alors qu'apparut Ruaa, loin, derrière, faisant rapidement le tour de la cabine de bain, s'arrêtant, se raidissant, se penchant en arrière ; sa robe noire ne vous apprenait que trois choses à propos du corps qu'elle enchâssait : son sexe, naturellement, sa taille, naturellement, et, un peu plus mystérieusement, sa jeunesse.

« Regardez ce qu'il m'a donné », dit Rita, qui ne

l'avait pas vue, tandis que ses mains montaient jusqu'à son cou : un collier ondulant en argent avec un éclat solide au bout. « *Mon serpent du vieux Nil...* Tu sais, Shez, jamais personne ne m'a fait l'amour de cette façon avant. Il commence tellement doucement. Et juste quand on se pâme devant toute cette tendresse, il se transforme. Et on pense : Ouh, est-ce que je me suis jamais sentie *aussi* remplie ? Je crois que ce doit être sa circonférence. »

Et alors elle pivota. Et le moment parut s'épanouir vers le haut dans l'or et le bleu : elles étaient là, près d'un château sur une montagne en Italie, Ruaa et Rita — oui, le Grumeau dans sa burqa, le Chien dans son costume d'Ève... Rita cria :

« Bon Dieu, ma belle, putain mais tu dois *frire* là-dedans ! Tu vas m'enlever cette tente, ma poulette, et viens te baigner avec nous ! »

Au déjeuner, il y avait les restes du (très lointain) soir précédent. Et puis ils étaient partis.

« Vous savez, dit une Shéhérazade très calme, elle est meilleure que nous.

— Qui ? dit Keith.

— Ruaa. »

Lily dit : « Oh, arrête. Pourquoi ? Parce qu'elle porte un instrument de torture ? Et pourquoi *noir* ? Le noir emmagasine la chaleur. Pourquoi pas blanc ? Pourquoi sont-elles habillées en veuves ?

— Eh bien, c'est peut-être vrai. Mais elle est meilleure que nous. »

Keith continua à regarder, longtemps après que la petite voiture de sport eut disparu derrière les pentes du premier contrefort. Et quand il détourna le regard, il n'y avait plus personne, pas de Shéhérazade, pas de Lily, absolument personne, et il se sentit tout à coup très vide, tout à coup seul sous le ciel. Il se tenait sur le bord de la piscine et regardait. L'eau était immobile et pour l'instant translucide ; il apercevait les pièces en cuivre et une palme solitaire. Et puis la lumière se mit à changer, lorsqu'un nuage se précipita de biais afin de dissimuler la modestie du soleil, et une forme ressemblant à une sombre étoile de mer remonta des profondeurs en se contorsionnant. Seulement pour rejoindre son original — une feuille qui tombait — tandis que la surface de verre devenait un miroir.

———

Il n'y avait qu'eux deux sur la terrasse avant le dîner, et Lily dit :

« Pourquoi n'es-tu pas en colère ?

— Au sujet de toi et Kenrik ? Parce que je suppose que vous me taquinez. *Certains hommes savent s'y prendre pour qu'une femme se sente...* On aurait cru Rita parlant d'Adriano.

— Et tu es pareil à Kenrik en train de l'écouter. Complètement indifférent.

— Parce que tu donnes l'impression que c'est peu plausible.

— Oh, tu ne me crois pas. Tu ne crois pas que Kenrik a essayé. Parce que je ne suis pas assez séduisante.

— Non, Lily.

— Qu'est-ce que Kenrik a dit à ce sujet ?

— Eh bien, *il* n'a rien voulu me dire, naturellement.

— Ah bon ?... En tout cas. Il ne l'a pas fait. Il a

été très gentil, on s'est embrassés et on a fait un câlin. Mais il n'a pas essayé d'aller plus loin. C'est tout.

— Ah, mais est-ce que tu l'aurais fait? C'est ça l'important. Tu *l'aurais* fait?

— Quoi, pour que tu... Non, je ne l'aurais pas fait. Écoute. Toi et moi, on a fait un vœu. On a juré. Tu te rappelles? Que nous pourrions nous séparer, mais que nous ne ferions jamais ça. Qu'on ne serait jamais sournois. Qu'on ne se tromperait jamais. »

Il admit que c'était vrai.

« ... Je ne sais pas bien ce que tu avais en tête, mais j'ai réfléchi. Est-ce qu'il y a un animal entre le chien et le renard? Parce que c'est ce que nous sommes. Nous ne sommes pas des rats arboricoles et nous ne sommes pas des écureuils roux. Nous sommes ceux qui sont gris. Tu sais, ce ne sont pas les riches qui sont vraiment différents de nous. Ce sont les beaux. Tu n'as pas de Visions. J'y *parviens*, quelquefois, parce que je suis une fille. Mais ce n'est jamais sur un pied d'égalité. Et ça fait toujours mal. On est des Possibles, toi et moi. On est quand même plutôt mignons, et on est heureux ensemble. Écoute, on ne peut pas rompre *ici*, je pense. Je t'aime assez pour l'instant. Et tu devrais m'aimer en retour. »

Il toussa, et continua à tousser. Quand on est fumeur, on a quelquefois la chance de se débarrasser de l'autre truc qui vous étouffe. Elle savait tout, il le sentait. Alors il se décida. « Je n'arrive pas à croire que j'ai dit ça. *Tu l'aurais fait?* Je te prie d'oublier que j'ai jamais dit ça. Je suis désolé. Je suis désolé.

— *Love Story*. Celui que nous détestions. Tu te rappelles ? Le sexe hystérique, c'est ne jamais devoir dire qu'on est désolé.

— Bien, Lily. C'est le premier qui marche. » Évidemment il ne lui faudrait pas longtemps pour voir combien c'était absolument nul, en tant qu'axiome. La vérité étant que l'amour signifie *toujours* devoir dire qu'on est désolé. « Je suis désolé, Lily. Et oui à tout. Je suis désolé, Lily. Je suis désolé. »

Au dîner, dans la cuisine, avec Shéhérazade et Gloria, il garda la tête baissée, et se dit : Bon, au moins les mauvais rêves vont cesser — les rêves avec Lily. Il y avait des variations en cours de route, mais dans ces rêves arrivait inévitablement le moment où elle pleurait et il riait. Ces rêves donnaient toujours assez de pouvoir à Keith pour qu'il s'en réveille. De sorte que même dans l'univers fou du sommeil — on voulait passionnément quelque chose, et ça se réalisait, ça devenait vrai. On se réveillait. Et c'était la seule fois que ça arrivait vraiment (pensait-il) : c'était dans ce sens et seulement dans ce sens que les rêves pouvaient vraiment devenir vrais.

Cette nuit-là, ce fut un peu meilleur, l'acte indescriptible. On pouvait même dire que Jupiter faisait l'amour à Junon. C'était jupitérien, cela convenait au Roi des Cieux, au sens où Junon n'était pas seulement sa sœur mais aussi sa femme.

« Je voudrais que Timmy arrive.

— Moi aussi.

— Ce serait plus simple pour tout le monde.

Particulièrement pour elle. Comme ça, elle arrêterait de... »

D'être prête à tout, pensa-t-il. Et puis il laissa tomber.

———

Pour l'instant Adriano restait en retrait. Et le lendemain matin, ce n'était pas le nom de Timmy qui était sur toutes les lèvres. Non, la venue de Jorquil, dont le bruit courait depuis longtemps, s'était durcie en une date, augmentant visiblement le prestige et la légitimité de Gloria Beautyman. Jorq, après tout, se précipitait auprès d'elle — tandis que Timmy s'attardait futilement à Jérusalem. À présent le pouvoir changeait.

Au déjeuner, s'éventant avec le télégramme de confirmation, Gloria demanda à Shéhérazade si elle avait besoin d'aide pour enlever ses affaires de l'appartement, ajoutant :

« Tu ne peux pas tout faire toute seule et Eugenio n'est pas là — ni Timmy... On peut attendre mardi. Naturellement, je serais parfaitement heureuse dans la tour. Mais tu connais Jorq.

— Je connais Jorq. Très bien. Bon Dieu, c'est son château.

— Et l'appartement est vraiment très grand pour une seule personne, je crois.

— Oui.

— Et il n'y a aucun signe de Timmy.

— Non.

— Eh bien, tu as — quoi? — encore cinq nuits toute seule là-haut. »

Et ceci.

Keith transcrivait avec détermination quelques notes dans une des antichambres (il rangeait, pour se préparer à Dickens et à George Eliot) quand Gloria passa avec sa couture (elle faisait un patchwork, morceau par morceau). Et elle dit :

« Je suppose que tu es extrêmement content à propos de Jorquil.

— ... Pourquoi supposes-tu ça?

— Parce que ça veut dire que les domestiques reviendront. Cet endroit commence à ressembler à un cendrier, tu ne crois pas? Tu n'as pas encore fini avec ça? »

Elle voulait dire *Orgueil et Préjugé*. « Presque. » Il notait les détails du *mariage prudent* de Charlotte Lucas avec le révérend Collins. « Pourquoi?

— Je pensais que je pourrais le lire. Si tu veux bien. Ou est-ce que tu es le genre de bûcheur qui est "bizarre" au sujet de ses livres? Ses, euh, livres de poche bon marché.

— Attends. » Il la regarda, et elle n'avait pas changé — épaisses sandales, robe brun terne, cheveux noirs broussailleux. « Est-ce que ça veut dire que tu as déjà réglé son compte à *Jeanne d'Arc*?

— Oh, l'ironie, encore. J'avais oublié à quel point tu peux être ironique.

— Il y a une édition bien plus luxueuse à la bibliothèque. Reliée en cuir. Illustrée.

— Non. Je lirai la tienne, si c'est possible. Je pourrai alors être aussi sale que je veux. Est-ce que c'est mon genre de truc? »

Keith pensa à Jorquil, la lourde forme blonde sous le haut-de-forme dans la grande tente rurale. Il dit (il paraphrasait) : « C'est un roman qui traite des effets amoureux de l'argent. Les jeunes femmes de la classe moyenne — révélant avec une telle sobriété — la base économique de la société.

— ... Ah, vous les jeunes malins. Et c'est tordant, vraiment, parce que vous ne savez *rien*. »

La chaleur persistait, et il y avait quelque chose d'entièrement disgracieux dans sa façon de se déplier et de se révéler tous les matins. Ils se réveillaient et elle était déjà là, se dépliant et se révélant, comme une bête. La cuisine sentait le chou et les égouts. Le lait tournait. La piscine était à trente-six virgule huit. Je ne me fatiguerai jamais, disait le soleil. Je suis comme la mer. Toi tu vas te fatiguer. Mais je ne me fatiguerai jamais.

« Oh, tu exagères, Lily. Qu'est-ce que tu veux dire, *n'arrête pas* la branlette?

— C'est ce qu'elle fait. Elle n'arrête pas la branlette. Au moins deux fois par jour.

— Deux fois par jour? » Et Keith n'était pas certain que les filles *avaient* des branlettes. « Où?

— Dans la salle de bains. Avec la pomme de douche dans la baignoire, celle qui devient un serpent fou quand on met l'eau très fort. Elle dit que celle de l'appartement n'est pas aussi bien. Moins de pression.

— ... Ça prend combien de temps?

— C'est terminé en deux minutes. Particulièrement quand elle se frotte les nichons. Maintenant ils sont tellement chatouilleux et palpitants. Devine comment elle appelle la pomme de douche? Elle l'appelle le Dieu de la Pluie. »

Il dit dans le noir : « Est-ce qu'elle sait que tu racontes tous ces trucs?

— Je te l'ai dit. Elle me tuerait.

— Tu lui racontes des choses sur nous ?
— Non. Euh. Un peu. »

Adriano, comme déjà noté, restait en retrait. Et lorsqu'il reprit ses visites (et sa pratique fidèle du plongeoir, des barres de musculation et du trampoline), ce ne fut ni avec embarras ni avec triomphe. Et il vint accompagné... Keith avait *Oliver Twist* fermé sur ses genoux, dans la bibliothèque, quand Adriano s'approcha hardiment et dit :

« S'il te plaît, embrasse Feliciana sur l'une ou l'autre joue... Elle ne parle pas anglais, alors nous pouvons parler *uomo a uomo*. J'espère — et je le souhaite — que ton ami Kenrik n'a pas été excessivement contrarié ? »

Keith, qui venait de l'embrasser sur l'une ou l'autre joue, supposait qu'on pouvait penser de Feliciana qu'elle n'était que très petite. Pieds nus (et dans une robe de coton rose), elle était plus ou moins de la taille d'Adriano — suffisamment pour que Keith se souvienne du passage de *L'Homme qui rétrécit* où le héros a un flirt étrange avec la fille du cirque ambulant. Par ailleurs, elle ressemblait à la petite sœur dépravée de, disons, Sophia Loren ou même Gina Lollobrigida — bien plus petite, mais pas beaucoup plus jeune. Plus tard dans sa vie, il reconnaîtrait ça, l'aspect luisant de masque qu'ont les femmes quand elles se rendent compte que le temps a commencé à passer.

« Contrarié à propos de Rita ? » Keith lui dit que non. « Pas excessivement. En fait, Adriano, je pense que ça a plutôt bien fonctionné. Selon ton point de vue.

— Je crois que oui. Surtout du fait qu'elle est partie à jamais le lendemain matin. Mais je ne suis pas fier de moi. Et de toute évidence cela demande un changement de stratégie. En ce qui concerne Shéhérazade. Je peux te le dire parce que tu es impartial. Tu n'as absolument aucun intérêt dans le résultat. »

Entre-temps, Feliciana glissait avec un charme concentré autour de la pièce, admirant le mobilier, le dos des livres, la vue. Une fois, deux fois, elle se rapprocha d'Adriano, afin de lui caresser l'épaule ou de lui effleurer le menton avec les lèvres. Cela le vexa et il parut le lui dire (Keith pensa avoir saisi le mot *superfluo*). Adriano poursuivit :

« Les femmes, Keach, même les femmes non éveillées, ce qui, je pense, est le cas de Shéhérazade, malgré ce *Timmy*, sont quelquefois excitées à l'idée d'une activité sexuelle intense ailleurs. »

Avec un soupir silencieux (il craignait que cela en vienne là), Keith prit la résolution d'augmenter ses attentions envers Lily. Il dit : « Tu crois ?

— Parfois. J'ai donné à Rita tous les encouragements possibles pour qu'elle décrive notre nuit ensemble. A-t-elle rendu ce service ?

— Euh, ouais. À sa façon. »

Il inclina la tête. « Et comme tu le vois, Feliciana ne se sent pas délaissée. Shéhérazade est évidemment d'un type différent. Cette modestie seyante. Pure en mot et en pensée. Mais elle a ses besoins. Des besoins que je sais justement être pressants en ce moment. Le temps nous l'apprendra. Est-ce que tu viens à la piscine ? Je recommande le spectacle du physique de Feliciana. »

Lily se déshabillait à la lumière de la bougie dégoulinante. Elle dit :
« Tu as remarqué comme elle était différente au dîner ? »
C'était là une référence à Shéhérazade. Keith dit : « Je me demandais justement pourquoi elle est montée se coucher au milieu du repas. Est-ce que Tom Pouce l'a prise à rebrousse-poil ?
— Avec Poucette numéro deux ? »
Oui. Numéro deux. Ce n'était pas Feliciana qui avait été la partenaire d'Adriano au dîner. C'était Rachele. Lily dit :
« C'était un peu trop, je crois. Le nourrir à la cuillère avec deux bols de crème brûlée.
— Et s'asseoir sur ses genoux pour le café.
— Avec sa robe retroussée. Non. Tu es complètement à côté de la plaque, comme d'habitude. Shéhérazade s'en fichait complètement. Tu n'as pas remarqué comme elle était heureuse ? J'ai juré de garder le secret, mais je ne peux pas résister. Timmy a appelé de Tel-Aviv. Il est en route.
— ... Ah. Enfin. Et c'est pour quand ?
— Elle pense demain soir. Mais avec Timmy on ne sait jamais. Tu connais Timmy. Le genre insouciant. Elle s'attend à le voir débarquer d'un moment à l'autre. Avec son sac à dos. Tu connais Timmy.
— Avec son sac à dos. Oui, nous connaissons Timmy. Oui, nous connaissons Jorq. Ils sont riches. De sorte qu'on est supposé les accepter exactement comme ils sont.

— Mm. Eh bien. Imagine. Ils vont avoir un beau et long week-end dans l'appartement avant l'arrivée de Jorquil. Et maintenant elle se réserve. Plus de branlette. Elle se réserve pour Timmy.

— C'est sage. »

Le lendemain, il resta dans sa chambre et se força à terminer *Jane Eyre*. Il admirait le roman, mais y résistait : davantage d'orphelins, et de pupilles, et de tuteurs, davantage de délires, de flamboyances, d'aveuglements. Toutes les vingt minutes, il allait fumer sur les remparts et était confronté à ce qui portait le nom technique d'*idéation suicidaire*. Il ne considérait pas la possibilité du suicide ; il l'imaginait simplement. La gravité, l'avidité de la gravité, le puits de gravité de la cour en bas. Les outils de l'extinction étaient à sa portée. Ce serait comme s'il faisait des avances (un geste, un bond) — des avances à la mort. On n'aurait aucun doute quant à l'accueil. Shéhérazade et Keith : c'était terminé. Il le reconnut flegmatiquement. Et retourna à Miss Eyre et Mr Rochester.

Puis vint le tournant.

Au cours de l'après-midi il eut droit à trois visites de trois jeunes femmes. Et cela tourna.

« Oh », dit Shéhérazade. Elle portait un bikini complet, avait une serviette roulée sous un bras dans laquelle étaient enveloppés davantage de vêtements. « J'ignorais que tu étais là. Excuse-moi. Ça te dérange si je prends une douche ? Il y a une douche à l'étage mais elle est — elle n'est pas aussi agréable. »

Moins de pression, pensa-t-il.

« Moins de pression, dit-elle d'un ton ensommeillé. J'aime bien une douche qui te laisse avec des picotements sur la peau. En haut, c'est juste du goutte-à-goutte. En comparaison. »

Il s'assit à la table et essaya : essaya de ne pas écouter. Puis il y eut des coups à la porte. Il se leva. La cage d'escalier était vide. La voix vint de derrière lui.

« Je dois savoir. »

C'était Gloria, une silhouette dans l'ombre du passage entre les tourelles. « Quoi?

— Est-ce qu'Elizabeth Bennet épouse Mr Darcy? »

Il le lui dit.

« Et est-ce que Jane épouse Mr Bingley?... Dieu soit loué. Excuse-moi du dérangement. »

Elle se tourna. Elle se retourna. Elle dit : « Y a-t-il de *graves* hauts et bas? Mets-moi au courant. »

Il la mit au courant en termes vagues des vicissitudes que devaient confronter, en particulier, Eliza et Fitzwilliam.

« Avant, je lisais tout le temps, mais ça m'a paru futile, dit Gloria, quand nous sommes devenus pauvres. »

Les robinets coulaient. À cette distance, on avait l'impression d'un coquillage tenu contre une oreille.

« C'est Shéhérazade là-dedans?... Mm. Eh bien dis donc. »

Il rentra dans la chambre et ce fut le silence. Puis une heure s'écoula en silence. Pendant ce temps

(Keith s'en rendit compte plus tard), il lut une page et demie de Charlotte Brontë.

« Finalement j'ai pris un long bain, dit Shéhérazade. Et j'ai rêvassé. »

Elle était maintenant devant lui dans sa longue chemise blanche; sa chevelure était terne et citrique, elle collait lourdement à son cou et ses épaules. Vitreux et également instables, ses yeux lui rappelaient la rencontre avec le peignoir de soie noire (les chocs contre les objets et la riche odeur de sommeil). L'air inquiet, elle dit :

« Keith, est-ce que je peux te parler plus tard ? »

C'était la première fois qu'elle l'appelait par son nom. Ne meurs pas, se dit-il. Pas maintenant. Non, ne meurs pas s'il te plaît.

Elle dit : « Vers cinq heures trente ? Près de la fontaine féminine. Pendant que Lily prend son bain. »

Plus tard cet après-midi-là, il eut sa troisième visite, qui lui apporta une tasse de thé, un baiser sur le crâne et une lettre de son frère Nicholas. Il ouvrit la chose en gardant le visage de biais. Elle était assez longue et son sujet était Violet Shackleton. *Mon cher petit Keith, L'horrible brocante du cœur. Mon cœur souffre et la douleur engourdit Mes sens...*

Oui, pensa-t-il. *Comme si j'avais bu d'un trait la ciguë.*

« Tu ne vas pas la lire ?

— Euh, pas maintenant, dit-il. Je ne suis pas d'humeur. »

Il remit la lettre dans l'enveloppe, qu'il utilisa comme marque-page, à trois pages de la fin de *Jane Eyre*.

Non formé, non sollicité, cela se durcissait en une certitude. Tout ce qu'il avait à faire, à partir de maintenant, c'était ne pas ouvrir la bouche. Tout ce qu'il avait à faire, à partir de maintenant, c'était ne rien faire.

Il était assis près de la fontaine féminine, vers cinq heures quinze, tandis que Lily était dans son bain.

Dans les mythes, les beautés affligées ou aberrantes pouvaient être transformées en une variété de choses et d'êtres. En fleur, en oiseau, en arbre, en étoile, en statue en pleurs — ou en fontaine. La fontaine au centre de la cour avait ses propres statistiques vitales, environ 2 m 30, 112-45-120. L'eau s'amassait dans la vasque ou bassin supérieur, puis tordait ses tresses vers le bas, se rassemblait à la taille, puis tordait ses tresses vers les hanches. La métamorphose de femme en ornement vivant paraissait avoir eu lieu assez récemment ; mais c'était contre cette fontaine que Frieda Lawrence s'était appuyée, cinquante ans plus tôt. Keith avait emporté un livre. Il ne l'ouvrit pas. Il s'assit simplement près de la fontaine féminine et se laissa aller à l'attente.

2

L'attente

Elle arriva sveltement vers lui, dans tout l'écrin de sa jeunesse. Ainsi, voilà ce qu'elle portait — la finition bronzée de ses vingt ans ; et un blue-jean, et une chemise blanche ; et un accessoire qu'il n'avait vu qu'une fois auparavant, à Londres, cette fois-là, alors qu'elle avançait sur le parquet légèrement souillé du couloir d'une quelconque université, avec sa toque à pompon et sa courte toge noire ; une paire de lunettes sans monture.

« Ce n'est pas vraiment correct, n'est-ce pas ? Mutuel.

— Non, pas vraiment », dit-il. Elle faisait référence au livre qu'il avait emporté — *Notre ami mutuel*. C'était sans doute le seul exemple, dans la littérature mondiale, d'un solécisme enchâssé dans un titre ; et c'était le dernier roman de l'auteur, pas le premier. Il dit : « À proprement parler, ce devrait être notre ami *commun*.

— Mm. À proprement parler. »

Ne fait rien, se dit-il. Il était aussi à moitié convaincu que, quand il s'agissait d'interlocution avec Shéhérazade, il lui suffisait dorénavant de ne rien dire. Et pourtant il sentait nombre de phrases consécutives se masser et se bousculer, sous pression dans sa gorge.

« Je vais le mélanger avec George Eliot, dit-il. Mais j'ai pensé qu'avec Dickens je pouvais commencer à la fin et remonter en arrière. C'est étrange de lire un homme. Après toutes ces femmes, Jane, Emily, Charlotte, Anne. Et maintenant George. »

Shéhérazade s'adossa et dit : « Gloria pense que George Eliot est un homme. Elle a dit : *Lui, tu crois que j'aimerais ?* Euh, écoute... je vais en venir au fait dans une minute. Mais avant que j'oublie. Rita. Je sais qu'ils l'ont appréciée au club. Comment l'ont-ils appréciée dans la rue ? Les jeunes hommes de Montale. »

Keith fit le point. Il avait dit à Lily que Rita avait été plus ou moins ignorée par les jeunes hommes de Montale. Mais maintenant il dit la vérité : Rita, en ville, avait provoqué le genre de troubles qui nécessitait des cordons de sécurité et des policiers montés — mais pas les canons à eau et les balles en caoutchouc que demandait le transit de Shéhérazade... Il dit, minimalement :

« Une agitation considérable. Quand même, pas comme avec toi. » Après quelque temps, il dit : « Les lunettes.

— Les lunettes. J'ai nettoyé mes lentilles de contact et je suis trop aveugle pour voir où elles sont. Et j'avais envie de me sentir studieuse. C'est comme la comédie romantique. *Enlevez vos lunettes, Miss Pettigrew. Mais, vous êtes... Qui l'aurait cru ?* D'accord. On respire profondément. »

Sa poitrine se gonfla, tout comme celle de Keith, et le château lui-même, qui se dressait derrière elle, parut enfler tout en perdant de la masse et de la

substance. De sa poche de chemise, elle sortit une enveloppe brune et la lui offrit. Keith lut : ARRIVÉE REPORTÉE 8 JOURS STOP TU COMPRENDS... »
Keith continua à lire. Shéhérazade dit :

« L'autre nuit — pourquoi le comte ne m'a pas embrassée l'autre nuit ?

— Le comte ?

— Le comte Dracula. »

Non, ne meurs pas — je t'en prie ne meurs pas. Il attendit. « Le comte voulait t'embrasser », dit-il alors, et il remarqua la liberté brutale de la troisième personne — du mandataire. « Il le voulait très fort. »

Elle détourna les yeux et dit : « C'est Lily. Évidemment. Je sais comment vont les choses entre toi et notre amie mutuelle. Quand vous avez rompu, c'était en grande partie la décision de Lily, non ? »

Il hocha la tête.

« Eh bien, cela va de nouveau être en grande partie sa décision. Comme je suis certaine que tu le sais. Après ton ami Kenrik. Mais il ne faut pas que tu blesses Lily. Et moi non plus. Et elle serait blessée. Alors voici une suggestion pour toi. Quels sont tes sentiments ? Envers moi.

— Je crois — sous contrôle. Maintenant.

— C'est vrai ? Avant, je sentais quelque chose qui venait de toi. D'une certaine façon, j'aimais ça. Je n'y ai pas, je n'y ai pas répondu, mais j'aimais ça... Bon, je ne te connais pas bien. Mais je sais ceci. Si nous, si toi et moi, nous commencions quelque chose, quelque chose d'assez ouvert, ce ne serait pas ton genre de le cacher à Lily. Je crois. »

Il comprit que c'était décisivement et fermement vrai, et il dit simplement : « Non.

— Ainsi voici une suggestion pour toi. »

Pour moi? Moi, si peu aimable, ingrat? Il regarda sentimentalement ses amis : les castagnettes éthérées des papillons. Keith eut l'impression profondément réconfortante que Shéhérazade était bien plus âgée — et bien plus sage — que lui. Elle remit ses lunettes (les yeux bruns étaient à présent perdus dans des ellipses de lumière blanche) en disant :

« De tout l'été, combien de fois — une fois? — elle est descendue dans la cour avec sa lampe? Lily. Et nous a trouvés en train de jouer aux cartes. Elle avait eu une drôle d'impression et était venue regarder. Une fois sur — quoi? — environ vingt soirs? Une sur vingt? »

Il hocha la tête.

« Donc. Donc si c'est une seule fois, il y a cinq chances sur cent que Lily s'en aperçoive. Si c'est deux fois, alors les chiffres augmentent. Et pas jusqu'à dix. Parce que tu vas changer, et elle saura. Il y a une chambre de bonne derrière l'appartement. Il lui faudrait être terriblement curieuse pour arriver à monter jusque-là. C'est ma suggestion. Une fois.

— Une fois. »

Elle se leva. Elle se tourna. Elle tourna tout son corps mais continua à le regarder à travers ses plaques ovales de blanc.

« Quel jour sommes-nous — mercredi? Samedi, alors, samedi. Pas d'Adriano. Pas de Jorquil, encore. Et naturellement, pas de Timmy. Seulement moi et toi. Et quand nous jouerons au racing demon, je commencerai avec un verre de champagne... Assez fatigant, de dire tout ça. Mais tu comprends. Je ne veux pas d'amour. Je veux baiser.

Bon, ça ne sonne pas du tout juste, hein ? Mais tu sais ce que je veux dire. »

Keith pensa qu'il allait vomir ; et puis ça passa. Il alluma une cigarette, dans ce décor vert, et la regarda s'éloigner. D'un pas étrangement court, qui soulevait ses épaules, comme sur la pointe des pieds ; mais ses talons et ses semelles, et leurs tiges herbeuses, restaient fermement sur terre... Et maintenant la fontaine féminine, débordant ponctuellement.

C'est direct, ne tarda pas à penser Keith. C'était un ajustement nécessaire, et il était à mi-chemin de toute façon. Il allait devoir profiter de ce qui l'attendait déjà : une classe d'être inférieure.

« D'accord », dit-il.

D'accord. Une classe inférieure d'ange. Pas le séraphin sidéré, qui adore et brûle. Une classe inférieure d'ange. Non, juste un homme. Adam, et après la chute.

Soixante-douze heures s'étendaient devant lui. Et il remarqua presque immédiatement qu'il y avait un problème avec le temps.

« Pourquoi gardes-tu les yeux fixés sur ta montre comme ça ? Tu le faisais au dîner. Comme un vieux péquenaud. Comme si tu n'en avais encore jamais vu une.

— Elle ne marche pas. » Il la secoua et écouta. « Elle est presque arrêtée. Regarde. Elle est détraquée. Tu vois ? La grande aiguille.

— Qu'est-ce qu'elle a ?

— Elle a cessé de tourner. Elle bouge à peine... Tu veux dire que c'est *supposé* être comme ça ? »

De tout ce qu'il pouvait faire, ce qui l'inquiétait le plus était ceci : mourir. Excepté ne pas mourir, cependant, tout ce qu'il avait à faire était ne rien faire. Et fermer sa gueule. Il retourna aux inquiétudes sur les catastrophes naturelles, et les tremblements de terre, et la guerre nucléaire, et les invasions d'extraterrestres, et les fléaux et les volcans. Et Timmy. L'éruption imprévue de Timmy — les nuages orange qui déferlaient et les flammes infernales écarlates, bien plus terribles que n'importe quel Etna ou Stromboli. Keith savait que le monde était le seul obstacle sur son chemin. Le monde le laisserait-il passer, c'était là le point important. La planète le permettrait-elle ?

Le mercredi soir, là-haut dans la tour, Jupiter et Junon n'étaient absolument pas visibles, et Branwell Brontë (qu'on avait retrouvé et ramené à la raison) faisait l'amour avec sa sœur Charlotte. Non. Charlotte faisait l'amour avec sa sœur Emily. Non. Emily faisait l'amour avec sa sœur Anne — la combinaison la plus malsaine et la plus faiblarde, avec Emily morte à trente ans, et Anne (*Agnes Grey*) morte à vingt-neuf ans... Keith fit l'amour avec Lily — une séance, pour ce qu'elle valait, qu'il jura de répéter le jeudi soir et le vendredi soir. Et le samedi après-midi, afin de protéger et de prolonger son temps avec Shéhérazade. Il ferait l'amour avec Lily le samedi après-midi, décida-t-il. Soit ça, soit un épisode de narcissisme appliqué. Ouais. Soit ça, soit une branlette.

Elle dit plus tard : « Il n'a même pas eu le courage de lui téléphoner pour lui dire. Puis il a ajouté l'insulte à la blessure avec le télégramme. Tu aurais dû le voir. »

En fait Keith se rendit compte qu'il connaissait le télégramme de Timmy par cœur. Lily dit :

« C'est tout juste si je suis parvenue à garder mon sérieux. »

Et, oui, Keith avait aussi eu des difficultés à ne pas rire ou au moins à ne pas sourire. ARRIVÉE REPORTÉE 8 JOURS STOP TU COMPRENDS LA CHOSE EST LA VIEILLE CHOSE QU'ABDULLAH M'A OFFERTE LA CHANCE DE MA VIE D'AFFRONTER L'OURS NOIR DANS LA RÉSERVE JUSTE DERRIÈRE AZ ZARQA STOP TU COMPRENDS LA CHOSE EST VIEILLE ABDULLAH EST PRESQUE CERTAIN QU'ILS... Et ainsi de suite. Mais le sourire de Keith, à présent, dans le noir, était respectueux et intimidé, plein d'une gratitude infinie, avant même que Lily dise avec émotion :

« Et elle avait *tant* de projets. La première chose qu'elle allait faire, c'était genre écraser ses seins sur chaque centimètre du corps de Timmy. Puis au moins une heure de *soixante-neuf*. Et voilà qu'il perd son temps à, c'est où ? Petra ?

— Une cité rose-rouge, Lily, presque aussi ancienne que le temps. » La montre de Keith était du faux ancien mais phosphorescente (avec trois aiguilles noires, joliment acérées, telles des épées faites pour étriper) : elle lui demandait maintenant de croire qu'il n'était même pas onze heures et demie. « Qu'est-ce que tu as pensé de Claudia ? Il y a un rythme évident. Les amies d'Adriano sont de plus en plus grandes. Pas plus jeunes, toutefois. Elles ont toutes l'air de starlettes vieillissantes. »

Mais Lily continua avec colère : « Il n'a pas posé

les yeux sur elle depuis trois mois. Il ne la reconnaîtrait même pas. Maintenant qu'elle suinte de partout. »

Dans cinq jours j'aurai vingt et un ans (se dit-il). Samedi sera l'apogée de ma jeunesse : la fin du premier acte. On peut donc s'y attendre — ces pensées de péchés et de fautes (Dilkash, Pansy). On peut s'y attendre — ces brèves peurs, ces petits ennemis, ces petites peurs et ces minuscules ennemis.

L'idée de sucer Shéhérazade, avait-il découvert, changeait un peu de l'idée d'être sucé par Shéhérazade, et l'idée des deux choses se déroulant en même temps changeait un peu des deux autres, mais à présent jeudi le dominait et il se sentait comme un homme qui va commencer une peine de prison incroyablement longue (impossible d'y survivre, c'était sans équivoque, comme la condamnation à un demi-millénaire des pires meurtriers en série possibles aux USA), ou comme un ascète s'installant dans une grotte au Surinam, après avoir promis d'y rester jusqu'à l'arrivée du Christ ou du Mahdi (ou jusqu'à la Fin des Temps), ou comme un... Keith se retourna et tenta de calmer ses pensées. Il bronzait précautionneusement dans le jardin (la touche finale à l'arrière de ses jambes), avec *Notre ami mutuel* grand ouvert dans l'herbe (*Enlevez votre soutien-gorge, Miss Pettigrew. Mais, vous êtes...*), et absorbant parfois une ou deux phrases ou propositions (*Enlevez votre culotte, Miss Pettigrew... Qui aurait deviné ?*) : ce qu'il lisait traitait de ce vaurien,

John Harmon, et de cette petite espiègle mercenaire, Bella Wilfer...

S'il y avait une chose qu'il n'aimait pas à propos de Timmy, c'était cette affaire d'*insouciance*. Je connais Timmy. Vous connaissez Timmy. Et ce serait tout à fait lui, n'est-ce pas — d'étrangler un ou deux ours noirs, de sauter dans une jeep, de prendre le premier avion au départ d'Amman et de franchir tranquillement la porte avec son sac à dos ? La montre de Keith n'essayait même plus maintenant de rester à l'heure. Attends. On entendait un tic. Et puis, quelque temps plus tard, un tac. Incroyable, il n'était encore que neuf heures et quart.

Anticipation, *attendre impatiemment*, pas un état passif, mais plutôt la plus énergique et la plus brillante des activités : c'était ça la jeunesse. Et l'attente lui apprenait aussi quelque chose de littéraire. Il comprenait maintenant pourquoi *mourir* avait été pendant des siècles un synonyme poétique pour l'achèvement de l'acte sexuel masculin (*Ainsi vivre à jamais — sinon mourir en pamoison*). À ce moment-là, et pas avant, on pouvait mourir.

« Combien, ce rat dans la vitrine ? dit Whittaker. Celui qui a la queue gluante.

— Ce n'est pas un rat. Peut-être un terrier, dit Lily. Croisé avec un petit teckel.

— Non, ses yeux le trahissent, dit Shéhérazade. Et les moustaches.

— La bouffe dans son bol, dit Whittaker. Ce n'est pas son genre de truc. Il voudrait un joli choix d'ordures.

— Servi dans une petite boîte de conserve, dit Shéhérazade, en forme de poubelle.

— Vous êtes vraiment horribles, dit Lily.

— Combien coûte ce rat, alors? Je vais demander », dit Whittaker, avec son accent anglais, et il entra dans la boutique en faisant sonner un carillon.

« Lily, si ce n'est pas cher tu vas devoir l'acheter, dit Shéhérazade. Tu pourras le garder dans une boîte à pain dans ta chambre.

— Tu es tellement méchante. Les chiens ont des sentiments, tu sais.

— Oui, mais pas beaucoup, dit Keith, qui entendit les cloches de l'église sonner dix heures. Pour ne pas être cruel, il faudrait l'acheter et le libérer.

— Mm. Le Grumeau — aïe — pourrait l'emmener à Naples, dit Shéhérazade. Et le relâcher sur le quai.

— Arrêtez. Regardez — il vous déteste. Tous les deux. Vous le torturez. »

Et il était vrai qu'une salve irrégulière de glapissements ou de claquements vint se répercuter contre la vitre.

« Ne vous moquez pas de lui! C'est la pire chose que vous puissiez faire! »

C'était Gloria, qui se tenait à quelques mètres de là, son carnet d'esquisses devant elle; elle plissait les yeux en regardant la ridicule grandeur de Santa Maria de l'autre côté de la place.

« Vous ne devez jamais faire ça, cria-t-elle. Il ne faut jamais se moquer des chiens. »

Le carillon de la porte sonna de nouveau, et Whittaker dit avec hésitation : « Il — il est gratuit. Le rat ne coûte rien du tout. Il est là depuis un an et demi et personne n'a jamais rien demandé à son sujet. »

Il restèrent silencieux. Passer sa vie dans la

vitrine d'une boutique d'animaux, pensa Keith. En vente, et personne n'achète ni même ne questionne. L'occlusion, la *virginité*...

« Et attendez, il y a pire encore, dit Whittaker. Il s'appelle Adriano. »

Ce n'était pas du tout drôle non plus.

« ... C'est *quoi*, ça? dit Gloria, qui venait juste de s'approcher, son carnet serré sur sa poitrine. Je ne comprends pas. Je croyais que c'était supposé être un chien.

— Et, oh regardez, il pleure.

— Ces vieilles larmes, Lily, dit Keith. Elles sont sèches depuis longtemps. »

Tandis que Gloria s'attardait, les autres s'éloignèrent; et en grimpant le sentier raide ils se retrouvèrent bloqués derrière un troupeau de chèvres. Ils les suivirent au pas, et les vieux boucs tintaient et sonnaillaient au rythme de leurs épaules qui se déplaçaient mollement. Et on ne pouvait pas s'empêcher de voir un étalage véritablement atroce d'infirmités et de déformations génitales. *Regardez celui-là*, disaient-ils tous en silence. *Bon Dieu, regardez celui-là.* Vu de derrière, le troupeau était une procession vacillante de filets à provisions, chacun contenant quelque légume cloqué — un tubercule pourri, une patate crevassée, deux avocats noirs. *Seigneur Jésus, regardez celui-là.*

« Le salaire du péché, dit Gloria, qui les avait rattrapés. Eh bien voilà vous voyez. »

Plus tard, beaucoup plus tard, beaucoup, beaucoup plus tard, pendant qu'ils préparaient le café, Gloria entra dans la cuisine avec une unique feuille de papier blanc.

« Un dessin, dit-elle en ressortant, de votre rat. »

Et Adriano était là, étrangement présent, chaque ondulation de ses poils courts, l'énergie statique de la queue ombilicale, la boucle blanche de son collier, la pompe de son perchoir capitonné.

« ... Elle est douée, dit Shéhérazade.

— Oui, dit Keith, mais ce n'est pas tout à fait ça.

— Non.

— Non, dit Lily. Vous voyez ce qu'elle a fait? Elle l'a fait ressembler à un chien. »

Ils réfléchirent à ça. Shéhérazade dit :

« Quand même. Pas seulement un joli minois.

— Un joli minois, dit Lily. Et un gigantesque...

— Oui, je n'arrête pas de penser que je vais finir par m'y habituer, dit Shéhérazade. Mais chaque fois qu'elle se retourne, je m'entends dire : *Bon Dieu...* »

Et quand on aurait pu penser qu'ils allaient peut-être commencer à parler d'autre chose — (par exemple) des courants et des émotions de masse qui continuaient à agir sur eux, des systèmes de pensée et de croyance dont ils ne s'étaient pas encore libérés, du fait que chacun d'eux contenait une foule dans son être, une foule en conflit qui défilait, scandait des slogans et chantait ses vieilles, vieilles chansons —, Gloria Beautyman, près de la piscine, s'assit sur une abeille.

Inouï (et elle allait immédiatement revenir en arrière), Gloria portait un maillot de bain une pièce normal, sans la jupe ou le short ou le plissé supplémentaire. Et pour cette liberté elle fut récompensée sur-le-champ — par une piqûre diabolique sur le cul.

Ça va nous faire passer une ou deux minutes, pensa Keith tandis que tous se rassemblaient autour d'elle, lui et les filles et Whittaker, et Adriano (et Pia).

« C'était comme une *brûlure* », disait Gloria. Avec son annulaire, elle essuya une unique larme. « Comme une *brûlure* vraiment grave. »

Les épaisses racines sombres de ses cheveux baignaient d'humidité son front peiné ; et Keith eut le loisir d'observer qu'elle avait l'air aussi étrangement sérieuse qu'exotique, comme si elle venait de terminer une course de relais à la nage dans un kibboutz sur les hauteurs du Golan, ou qu'elle avait sauvé un enfant dans les eaux peu profondes d'une capitale décadente du Moyen-Orient — Beyrouth, Bahreïn. Elle tourna son front plissé vers le bas et de côté puis, avec un pouce en crochet, révéla le quart de lune. Quatre couleurs : le noir du maillot, l'aigrette enflammée de la circonférence de la piqûre, le teck de sa cuisse bronzée et la chair plus pâle éternellement privée de soleil — qui n'était pas blanche, certainement pas (quoi qu'elle ait pu en penser), mais de la couleur du sable mouillé.

« Keith, tu me révoltes, dit Whittaker à voix basse pendant qu'ils s'installaient dans l'ombre. Et tu te dis hétéro. Même moi j'ai eu du mal à m'en empêcher. Pourquoi ne t'es-tu pas proposé pour un coup de dents et sucer le poison ?

— Ouais, c'est vrai, j'étais distrait. » N'as-tu pas vu, Whittaker, les nichons de Shéhérazade quand elle s'est penchée comme ça sur le cul de Gloria ? Pressés encore plus l'un contre l'autre tandis qu'elle se penchait en avant pour admirer le travail de l'abeille mourante. « J'ai pensé qu'il fallait laisser ça à Adriano. C'est son genre de truc.

— Tu aurais au moins pu proposer d'y poser un baiser. Mm, Intéressant. Peut-être que tu devrais être gay. Il est adorable, le cul de Gloria, mais il faut sans doute être pédé pour l'apprécier.

— Peut-être. » Mais le nouvel angle — la nouvelle *élévation* — des nichons, Whittaker. « Il a été grandement admiré à Ofanto, le cul de Gloria.

— Ça ne m'étonne pas. Par les tantes du coin. Mais tu ne saisis pas ce que je te dis. C'est un cul sacrément magnifique. »

Et voilà qu'elle revenait, Shéhérazade, et ses nichons descendaient les terrasses à toute vitesse avec un flacon de lotion à la calamine — pour le cul de Gloria.

Et ta sœur, et va dire ça à ton cheval, et me fais pas rire, et arrête ton char, va te faire foutre et tout le reste, mais le fait était qu'il n'était encore que deux heures quarante-cinq. Keith résolut de tuer un peu de temps, du mieux qu'il pouvait, en étant très attentionné envers Lily.

Ils partirent même se promener.

« Et elle déteste le voir tuer des oiseaux, des poissons ou des renards, sans parler des *ours*. Timmy est sur le fil du rasoir. Elle a bien envie de le laisser venir ici et de le virer avec un coup de pied au derche. »

Et Keith s'autorisa à imaginer comme il trouverait ça bien, plus tard — d'être amoureux de Shéhérazade, de vivre avec Shéhérazade, d'épouser Shéhérazade, de remplir Shéhérazade avec ses enfants. Ce fut Lily qui le ramena sur terre en disant :

« Bon Dieu, et tout ce qu'il rate... Tu sais, je crois qu'elle a emprunté quelques idées à Rita. Shéhérazade n'est pas le Chien, de toute évidence, mais quand même. Tu te rappelles ce que Kenrik a dit à propos de ses cils ? Qu'elle se servait de ses cils pour lui chatouiller le gland ? Elle a pensé que c'était plutôt mignon. »

L'invitée dévouée d'Adriano au dîner ce soir-là, Nerissa, mesurait un mètre soixante-cinq, et était des plus affectueuses. Après le café, Adriano s'essuya les lèvres et confirma son intention de conduire toute la nuit, dans sa Maserati, jusqu'à Piacenza — entraînement d'avant saison avec *I Furiosi*.

Le vendredi matin ils préparèrent un piquenique et se rendirent au bord de la mer.

Pas la Méditerranée. La Méditerranée, littéralement le milieu du monde et, métaphoriquement (selon un célèbre roman), également son panier — la Méditerranée avait déjà tenté d'impressionner Keith Nearing sans y parvenir. Oui, il suffira d'une minute : la Méditerranée italienne. Caillebotis, douches en plein air, bassins pour les pieds, chaises longues, parasols, les petites vagues lasses — et les Italiens, à moitié amusés, à moitié scandalisés, maintenant une distance prudente entre eux-mêmes et le soleil et le sable et l'eau salée (comme ils se contorsionnaient et se tortillaient sous la douche). Tout le monde, pensait Keith, paraissait beaucoup trop habillé. Seule Gloria, passant le seuil du vestiaire dans ses pétales en linoléum, avait l'air à l'aise.

De sorte que le vendredi, après le petit déjeuner, ils partirent vers l'est, un plus long trajet — vers l'Adriatique.

Keith conduisait la vieille Fiat. C'était seulement lui et les trois filles. Lily dit :

« Tu ne peux pas aller plus vite?

— Nids-de-poule, dit-il. Et des Italiens dingues partout.

— C'est à peine si on a vu une voiture ce matin. Regarde. Ses jointures sont blanches. À cette vitesse on n'arrivera jamais. »

Lorsqu'ils descendirent la dernière pente, sous un nuage imprévu, Keith eut l'impression qu'ils roulaient sur le plat — et eut l'impression que la mer se soulevait abruptement, qu'elle se dressait devant eux telle une falaise sombre... Ils trouvèrent l'endroit que Shéhérazade connaissait. La côte déserte, la douceur grandiose de l'air, la douceur du sable dans lequel on s'enfonçait. L'un après l'autre ils pénétrèrent dans le scintillement d'une eau plus froide.

« Si on arrêtait de s'éclabousser dans les vagues, dit Shéhérazade. Venez, je vous défie tous. Venez. Allons — là-bas. »

Ce qu'ils firent — ils allèrent là-bas, loin, très loin... Ils poussèrent au large et nagèrent encore et encore, quatre amphibiens confiants se dirigeant vers les systèmes lointains — les nuages qui vivaient là où le ciel rejoint la mer. Keith nageait aux côtés de Lily. Il faisait aussi peu attention que possible aux requins, barracudas, pieuvres géantes, espadons, crocodiles, léviathans, et ainsi de suite, qui se tortillaient directement en dessous ; ces créatures, ne tarda-t-il pas à imaginer, jouaient à am stram gram pic et pic et colégram avec les quatre paires de jambes — leurs jambes, grillées, succulentes. Et la terreur devint bientôt abstraite, et fut nuancée par l'hilarité : le poids même de l'eau qui le portait, la distance démente de la rive, l'horizon aussi acéré et droit qu'un rasoir mais essayant d'envoyer un terrible message sur la courbure de la terre.

Il semblait qu'ils allaient nager jusqu'en Albanie et ses sables dorés. Mais Shéhérazade fit demi-tour, puis Lily, puis Keith ; et quand il hissa finalement son poids immense hors de l'eau (c'était comme quand on descendait du trampoline), Gloria était toujours là-bas, loin, très loin, une tache noire sur le bleu vert.

« Elle a tourné, dit Shéhérazade. Je crois qu'elle a tourné. »

Keith s'assit dans les rochers, reboucla avec incrédulité la menotte de sa montre-bracelet (il était à peine midi) et fuma une Disque Bleu mise en valeur par le sel et l'ozone... Sa mère Tina : elle avait l'habitude de nager *là-bas* — loin, très loin. Chaque beau jour d'été elle emmenait les enfants à la plage et, à un moment ou à un autre, elle se levait de sa serviette et allait là-bas, loin, très loin. Keith regardait toujours sa brasse autosuffisante avec admiration et sans anxiété, tandis qu'elle passait derrière la carcasse du tanker ancré et disparaissait à la vue juste au-dessous du bord du monde. Nicholas avait sept ans, et Keith quatre ans, et la sœur endormie, qu'ils devaient garder, avait peut-être onze mois. Violet, qu'ils devaient garder, quand leur mère partait — là-bas, loin, très loin. Et Tina, alors, avait à peine vingt-cinq ans. Vingt-cinq ans...

Gloria arriva en barbotant dans les hauts-fonds — devant des applaudissements éparpillés. Cinq minutes plus tard Shéhérazade se dirigea lentement vers les rochers (Lily était couchée sur le ventre, la tête tournée de l'autre côté) et dit d'une voix calme :

« La chambre derrière l'appartement. Il y a une sortie vers l'escalier nord... Si le pire arrive. »

Il hocha la tête.

« Ça n'aura pas l'air bien convaincant, mais nous pourrons toujours dire que nous étions sur la terrasse nord à regarder les étoiles. »

Elle s'éloigna, une fois de plus avec ce pas étrange, comme en lévitation, les omoplates soulevées, les talons sur le sable plein de galets...

À quelle distance était l'horizon ? Keith supposait que ce devait être une constante, la même pour chaque observateur sur toutes les rives planes : le point de courbure. Et c'était là une chose terrible. Si on l'atteignait, si on le traversait et regardait en arrière, alors, comme le disaient les marins, on *noyait* son point de départ — on noyait la terre, on noyait l'Italie, et le château, et la chambre derrière l'appartement.

C'est pendant le trajet de retour de la plage (Shéhérazade conduisait, et vite, comme contre le temps) que Keith conçut son idée importante suivante : droguer Lily. Ce serait là un acte effrontément calculé, et une violation évidente de la règle essentielle qui était de ne rien faire. Mais Keith en avait enfin l'intuition — celle de la nature de son scrupule spécifique.

Il pensait que l'évaluation de Shéhérazade était à peu près correcte : il y avait un risque de cinq pour cent que, tandis qu'elle tomberait en tremblant dans l'inconscience, Lily sente un bip sur son radar sorcière — elle prendrait sa lanterne et viendrait voir. Et cinq pour cent, Keith avait établi, c'était trop élevé. Il ne lui avait pas échappé qu'un tel fantôme, la dame à la lampe, ferait plus qu'abréger son temps avec Shéhérazade : il pourrait en fait l'exclure. Une chance sur vingt — quand tout le reste semblait complété, quand tout le reste scintillait de perfection, n'était-ce pas exactement le genre de pensée qui pénétrait en vous et bloquait votre sang ? Pénétrait et descendait pour contrecarrer l'instrument du désir...

En outre. Vous comprenez, il avait maintenant identifié la spécificité de l'obstacle, de l'obstruction, du mur de verre. Et cela avait un rapport avec les jeunes hommes de Montale. Keith ne pouvait pas ajouter son oui ou son non, il ne pouvait pas ajouter son vote à ceux des jeunes hommes. Cela, en un sens inexplicable, reviendrait à rire pendant que Lily pleurait. La trahir en en préférant une autre : c'était quelque chose qu'il avait vraiment l'intention de faire. Mais le scrutin devait rester un scrutin secret. L'important étant qu'il devait y parvenir en toute impunité. Keith n'allait pas blesser Lily. À la place, il allait la droguer.

Il n'avait ni opiacés pour violeurs ni somnifères à assommer des chevaux sous la main. Mais Lily elle-même possédait quelques grosses pilules brunes qui sentaient mauvais (l'étiquette sur le flacon indiquait *Azium : pour l'anxiété*) qu'elle prenait quand elle voyageait — et dormait — en avion. Ainsi le vendredi soir Keith fit un essai avec l'Azium. Il le hacha avec une lame de rasoir et dissimula les copeaux dans un verre de *prosecco* (l'apéritif préféré de Lily) : il n'avait absolument aucun goût. Et, pendant qu'il chipotait au dîner, il sentit la dispersion des petits soucis et des petits ennemis, l'extrémité de ses doigts bourdonnait au contact des matériaux mous, et il parvint à peine à rester éveillé au cours du forfait ponctuel avec son vrai jumeau (22 h 45 à 22 h 55). Shéhérazade, à table, ressemblait à l'œuvre d'un constructeur de robots salace mais artistique — et générique. Générique, enfin, et pas particulièrement Shéhérazade.

Ce vendredi soir, Tweedledum eut des rapports sexuels avec Tweedledee. Ou bien était-ce dans l'autre sens? Est-ce que Tweedledee, en fait, eut des rapports sexuels avec Tweedledum?

« Je t'aime, dit Lily dans le noir.

— Je t'aime aussi. »

La drogue lui fournit un sommeil continu — et des rêves continus. Et après une nuit passée à perdre son passeport et à ne pas parvenir à sauver Violet et à rater des trains et à presque coucher avec Ashraf (sa tante arrivait sans cesse pour prendre le thé) et à passer des examens tout nu (avec un stylo vide), Keith se réveilla devant la *critique*...

D'où provenait la critique? Pas de Lily qui, dès

qu'elle eut entendu ou senti la libération de la clenche, se leva sans bruit de son côté et se glissa dans la salle de bains. La critique, la critique inhabituellement dure et personnelle, venait de l'intérieur. Son origine était ce qu'il avait appris à appeler le *surmoi*. Le surmoi — en opposition au moi et au ça, au *moiça* ou *egoïd*. L'egoïd était le bout utile, le fidèle dévoué au progrès socio-sexuel. Le surmoi était la voix de la conscience, et de la culture. C'était aussi la voix des anciens : ses ancêtres (qui qu'ils aient été) et ses tuteurs, Tina et Karl, qui tous deux, évidemment, étaient d'ardents défenseurs de Lily — et d'une conduite honorable entre les sexes. Peut-être, alors, le surmoi était-il le policier secret.

En sarong et haut de maillot, Lily disait : « Tu descends ? Qu'est-ce que tu as ?

— Ouais. » Il savait que ceci arrivait parfois. Le trouble actuel convergeant sur quelque chose qui se trouvait à un déplacement de cavalier de sa cause ; et cela avait un rapport avec Ruaa, peut-être ; et cela avait un rapport avec le *temps*... Il était huit heures, *ante meridiem* ; bientôt sa délectation fatale se glisserait hors de la pénombre des douze heures. Shéhérazade remontait le Pacifique-Est et se dirigeait vers l'ouest sur la mer Jaune. Il dit : « C'est bizarre. Je me fais des reproches à propos de *Dilkash*. Tout à coup.

— Dilkash ? Écoute. Tu as lu ta lettre ? » Lily avait un T-shirt sur la tête (l'encolure s'était prise dans une barrette) et on voyait ses lèvres étouffées dire : « Mais tu n'as même pas baisé Dilkash.

— *Évidemment* que je ne l'ai pas fait.

— Eh bien alors. Donc tu es innocent du pire.

La baise une ou deux fois et puis même pas un appel téléphonique. Que dit Nicholas ? *Limée et lâchée. Défoncée et délaissée.*

— *Évidemment* que je n'ai pas baisé Dilkash. Bon Dieu. » Il leva une main jusqu'à sa tempe. « Quelle idée ! Mais j'ai — je l'ai oubliée. Cette partie, je l'ai faite. Je l'ai vraiment oubliée.

— Eh bien, ce n'est pas la peine d'avoir l'air aussi dévasté.

— C'est Nicholas, dit-il, qui me l'a présentée. Il avait un boulot d'été à la revue le *Statesman* et Dilkash faisait de l'intérim. Il a dit : *Dilkash — si douce. Viens rencontrer Dilkash.* Elle était dans le...

— Est-ce que tu crois vraiment que j'ai envie d'entendre parler de Dilkash ? Et après Dilkash, on aura une heure avec Doris et ses culottes. Thé ou café ? Tu descends ?

— Dans un instant », dit-il en se retournant pour tenter de calmer la douleur dans son cou... Dilkash, Lily, était autorisée à « rencontrer » mais il lui était interdit de « frayer » — d'être en public avec un homme qui ne faisait pas partie de sa famille. Elle avait été autorisée à me recevoir dans sa chambre, ce qu'elle a fait presque tous les soirs (de six heures et demie à neuf heures) pendant presque deux mois. Nous ne craignions pas d'interruption, non, Lily, aucune interruption de ses parents à l'accueil toujours festif, les Khan seniors, qui regardaient la télé et buvaient des sodas dans le grand salon à l'étage. En tout cas, au début, il n'y avait rien à interrompre. Nous ne faisions que parler.

Tu es triste, avait-elle dit un soir. *Tu as l'air heureux, mais tu es triste.*

Ah bon? J'ai vécu des — j'ai vécu des moments difficiles avec une fille. Pendant l'été. Elle est repartie dans le nord. Mais je suis heureux maintenant.

Vraiment? Bien, alors moi aussi, je suis heureuse.

Sa sœur aînée, Perrin, portant lunettes, frappait parfois à la porte, Lily, et attendait, et puis elle entrait bavarder un peu. Mais celui dont nous devions nous méfier était Pervez, son frère de sept ans. Le petit Pervez, d'une extrême beauté, toujours silencieux : il ouvrait la porte à la volée, il entrait et c'était toujours une corvée pénible de le faire ressortir ; il se recroquevillait sur le canapé en croisant les bras très fort. Pervez me haïssait, Lily, et je le lui rendais ; il était impressionnant, quand il fronçait les sourcils, redoutable, avec ses sourcils touffus — le froncement, la mine renfrognée (Keith penserait plus tard) du réjectionniste.

Un soir — c'était peut-être ma vingtième visite... Sa chambre était sombre de toute façon, Lily (ce mur de jardin trempé), et elle s'assombrit encore d'un ton quand je tendis une main sur une grande distance pour prendre la sienne. Pendant quelque temps nous restâmes assis côte à côte, regardant droit devant nous, sans voix, et pleins d'émotion. Et ce fut presque une libération quand, sans aucun avertissement, la porte fut brutalement ouverte par Pervez.

Lorsqu'elle me raccompagna à la porte, Lily, nos mains se touchèrent à nouveau, et je dis :

J'ai senti ton cœur battre.

Et elle dit : *Et j'ai senti le tien.*

Ce n'était pas tout, Lily. Et ce sera une bonne façon de mesurer la nuit tandis qu'elle traverse la

Sibérie. Et le Pakistan. Il n'y a pas eu beaucoup plus; mais ce n'était pas tout.

Keith, nu, sortit du lit et recommença à être heureux. C'était le jour que tous les garçons préfèrent. C'était samedi.

3

Les Métamorphoses

Excepté l'horloge pitoyablement estropiée sur le mur au-dessus de la fenêtre ouverte, la cuisine du château, ce matin-là, montrait une scène de normalité cristallisée. Shéhérazade avec son immense bol de céréales, Lily avec son raisin et ses clémentines, Gloria avec son toast et sa marmelade. Jusqu'à peu, Keith démarrait la journée avec un petit déjeuner cuisiné; mais il craignait les microbes dans le bacon faisandé, tout comme il craignait les bombes H, l'*ejaculatio præcox*, la révolution, la dysenterie, l'homme arrivant à la porte avec son sac à dos... Tandis qu'il se penchait à l'intérieur du frigo en quête d'un yaourt nature, Shéhérazade tendit une main derrière lui pour prendre le lait. Il n'y eut ni mot, ni sourire, ni geste, et pourtant son regard se retrouva plus ou moins dirigé vers la bouteille de champagne à moitié dissimulée par des pêches et des tomates sur l'étagère du bas.

« Hier on a nagé le marathon, dit-elle. Aujourd'hui on pourrait paresser. »

Shéhérazade en chemise de nuit et tongs. Elle remplit son bol une seconde fois. Jambes croisées, mollet sur tibia; l'innocence des tongs. Plus constructif, à ce stade, de penser à la face intérieure de ses cuisses, plus douce et plus humide que la face extérieure... Il la laissa là sous la boucle grinçante du ventilateur de plafond. Et nous ne faisons pas vraiment confiance au ventilateur de plafond. Parce qu'on a toujours l'impression qu'il se dévisse.

Keith était assis seul devant la table en pierre, où il parvint étonnamment à passer une heure à lire *Le Moulin sur la Floss* : l'adorable, l'irrésistible Maggie Tulliver était dévoyée par le dandy Stephen Guest. La réputation de Maggie — et donc sa vie — allait être détruite. Ils étaient tous les deux seuls dans une barque à fond plat, emportés par le courant de la rivière, ils flottaient sur la Floss...

Alors, demanda-t-il d'une voix rauque en tirant profondément sur sa Disque Bleu, *comment c'était pour toi ?*

Et Dilkash dit : *C'était... Évidemment, j'étais un peu effrayée au début.*

Évidemment. C'est naturel.

C'est vrai.

Plus effrayée ou moins effrayée que tu ne t'y attendais ?

Oh, moins.

Tu as dix-huit ans. Tu ne pouvais pas retarder ça bien plus longtemps. La prochaine fois, ça ne te paraîtra pas une chose aussi importante.

C'est vrai. La prochaine fois. Et merci de te montrer si doux.

Ce dont ils parlaient, tous les deux, c'était du premier baiser de Dilkash — son tout premier baiser. Il venait de l'administrer. Keith ne l'avait pas prise par surprise. Ils avaient discuté toute la question auparavant... Ses lèvres étaient de la même couleur que sa peau, la transition n'étant marquée que par le changement de texture. Ces lèvres ne s'étaient pas écartées, et les siennes non plus, tandis qu'il embrassait la bouche couleur de chair dans le visage couleur de bouche.

La prochaine fois, commença-t-il...

Mais la porte fut alors brutalement ouverte — par l'implacable Pervez, qui vint se tenir devant eux, diaboliquement beau, les bras croisés. Et il n'y eut pas de second baiser. Il cessa de venir. Il ne la revit jamais.

Keith éternua, bâilla et s'étira. Les grenouilles et leur gargarisme de satisfaction. Les cigales cliquetantes avec leurs questions et réponses cliquetantes, qui tentaient de les bégayer — toujours la même réponse, toujours la même question.

« Où ton père a-t-il été affecté ? »

Les filles farfouillaient dans la cuisine ; après l'ancien testament du petit déjeuner, le mahâbhârata du déjeuner. L'horloge, tous les trente-six du mois, tictaquait. Ou tiquait. Ou toquait. Ou cliquetait, ou craquetait, ou caquetait. Gloria dit :

« Le Caire avant la guerre. Puis Lisbonne. Puis Helsinki. Puis Reykjavik, Islande. »

Comment résumer cette carrière diplomatique particulière ? Keith, qui se réjouissait de la distraction, cherchait dans son dictionnaire le contraire de *météorique*. Il dit de façon neutre (dorénavant il limiterait ses remarques aux lapalissades — aux lieux communs, aux tautologies) : « Direction le nord. Tu te souviens de Lisbonne ?

— Je venais de naître, à Lisbonne. Je me souviens d'Helsinki, dit-elle en frissonnant véritablement. Plus froid qu'en Islande. Le Caire est la partie dont il parle. Mm. Le mariage royal.

— Quel mariage royal ? dit Shéhérazade. Qui avec qui ? »

Gloria se laissa aller sur sa chaise. Elle dit avec contentement (Jorquil, à la différence de Timmy, était déjà en route pour l'étreindre, Douvres, Paris, Monaco, Florence) : « La sœur du roi Farouk, Fawzia, et le futur shah d'Iran. Très impopulaire dans les deux pays. Parce qu'ils appartiennent à des sectes différentes. Et la mère de Fawzia est partie en fulminant... un problème avec la dot. Les festivités ont duré cinq semaines. »

Keith observa Gloria baisser la tête sous la table ; il ne tarda pas à réapparaître (le panier), et elle plaça devant lui son exemplaire ondulé d'*Orgueil et Préjugé*.

« Merci. J'ai aimé. Et ça ne parle *pas* de se marier pour l'argent. Qui m'avait dit ça ? C'est toi, Shéhérazade ?

— Non. C'est moi.

— Toi ? Et n'es-tu pas censé être bon à ce genre de choses ? Lire des livres ? Tu es tout à fait dans l'erreur. Elizabeth rejette carrément Darcy la première fois, rappelle-toi. Et son père lui interdit de l'épouser si c'est seulement pour l'argent — vraiment tout près de la fin, en plus. J'étais atterrée. »

Orgueil et Préjugé, aurait pu dire Keith, ne contenait qu'un seul défaut : l'absence, vers la fin, d'une scène de sexe de quarante pages. Mais naturellement il ne dit rien et se contenta d'attendre. Toutes les dix minutes, l'horloge sur le buffet parvenait à produire une autre secousse arthritique. Ce qui, supposait-il, était la *relativité*. Shéhérazade dit :

« En tout cas, c'est une fin heureuse.

— Oui, dit Gloria.

— Excepté cette salope qui baise le dragon », dit Lily.

Il emporta sa tasse de café sur les remparts. Il était trois heures et demie.

Tu peux revenir au bureau, dit Nicholas au téléphone. Dilkash a remballé ses bics et ses stencils et est repartie. Après un mois à fixer le téléphone des yeux. En se languissant. Son petit cœur se languissait après Keith.

Keith écoutait avec philosophie. C'était exactement le genre de choses que Nicholas aimait le mieux.

Souffrait. Dépérissait. Se rongeait le cœur. Pauvre Dilkash. Bafouée et flétrie par son Keith. Démolie et délaissée par son Keith.

... Oh, c'est sûr. Allez. Je te l'ai dit.

D'accord. Embrassée et abandonnée par son Keith. Galochée et déglinguée par son Keith.

Arrête. Même pas.

D'accord. Bécotée et répudiée par son Keith. Maintenant tu devras en répondre à Pervez, à tous ses cousins et ses oncles.

... Je l'aimais, mais à quoi ça rimait ? Dilkash — si douce...

Keith cessa d'appeler Dilkash, sans explication. Il ne parvenait pas à en trouver — des mots à la fois vrais et gentils. Ou bien ni faux ni désagréables.

Donc il cessa d'appeler Dilkash. Tandis qu'ils échangeaient des au revoir, la nuit du baiser, elle dit : *Eh bien, je suis contente que ce soit arrivé avec quelqu'un de gentil.* Et ça, il ne l'oublierait jamais. Mais même alors, il pensa — Dilkash, oh non, non, il te faudra trouver quelqu'un de bien, *bien* plus gentil que moi. Pour t'emmener tout au bout jusqu'au moderne. Imagine. Se tenir par la main — avec le cœur qui monte dans ta gorge. Les lèvres qui touchent des lèvres — et le cosmos tournoyant sur son axe. Est-il temps, Dilkash, de passer à l'étape suivante ?

Non, je ne peux pas m'occuper de ces nanas religieuses, expliqua-t-il à Nicholas au téléphone. *Et avant Dilkash j'ai eu cette période bizarre avec Pansy. Bon Dieu, je ne l'ai pas mouillée depuis l'été. Tu as vu comme je suis pâle. Cette nouvelle nana vient de s'installer dans l'appartement, et je l'emmène dîner ce soir. Un seul coup d'œil et tu te dis, Ouais. Elle sait de quoi il s'agit, putain. La petite Doris.*

... Keith se tenait sur les remparts, raide, hochant la tête, oui, et puis secouant vaguement la tête, non. Oui, il cessa d'appeler Dilkash, et non, il ne lui écrivit pas. Il l'abandonna devant le téléphone, qu'elle fixait en se demandant ce qui n'était pas allé avec ça — son premier baiser. Et ce n'était pas très gentil.

Quelqu'un de gentil. Keith était plus gentil alors qu'il ne l'était maintenant, incontestablement. Où en serait sa gentillesse en septembre ?

———

Ainsi débarrassé de tout ça (il était maintenant quatre heures moins le quart), il descendit à la piscine et s'immergea sans réserve dans la beauté presque nue de la femme désirée — la beauté de chaque centimètre de la femme désirée... Keith avait depuis longtemps, oh tellement, tellement longtemps, élaboré quel était le meilleur endroit où s'asseoir : derrière Lily, et dans un coin négligé et délabré de la vision de Shéhérazade (et non contrôlé, soit dit en passant, par Gloria, qui, avec un panache alerte mais sévère, se tournait toujours de l'autre côté).

Le corps féminin paraissait composé de paires. La chevelure avec sa raie, même le front avec ses deux hémisphères ; puis les yeux, les narines, le septum, les lèvres, le menton avec le creux qui le divisait, les tendons et les creux doublés de la gorge ; puis les épaules assorties, les seins, les bras, les hanches, les grandes lèvres, les fesses, les cuisses, les genoux, les mollets. Seul le nombril, donc, était monoforme. Et les hommes étaient pareils, à l'exception de l'anomalie centrale. Les hommes avaient les mêmes idems, mais également ce point d'interrogation central. Un point d'interrogation qui devenait parfois un point d'exclamation ; et redevenait ensuite un point d'interrogation.

Ce qui lui fit penser. Il y avait de bonnes raisons pour une demi-heure d'inceste vigoureux : cela pourrait rendre le sommeil de Lily d'autant plus profond. Par contre, pour la détacher du groupe il risquait l'indélicatesse — et il ne voulait pas de ça. Il se dit alors : Oh, merde, je me contenterai d'une branlette. Et il se retira laconiquement.

À six heures il sortit d'un bain chaud, fit dix pompes, et pénétra dans une douche froide. Il se rasa, se lava les dents et la langue. Il se coupa les ongles et les lima, mains et pieds. Conservant un air grave, il se sécha les poils pubiens au sèche-cheveux et — avec des doigts extrêmement assurés — les lissa. Il enfila un jean, sorti tout chaud du sèche-linge, et une chemise blanche. Il était prêt.

———

Voici qu'arrive un soir, Un soir encore jamais vu... À six heures quarante-cinq Keith était penché sur la table des apéritifs au salon, où il saupoudra l'Azium prépulvérisé dans le *prosecco* de Lily... Naturellement, il s'était sermonné pour ne pas examiner ni même jeter un coup d'œil à Shéhérazade pour l'instant, il évita donc son visage (avec la sensation troublante qu'il y avait là quelque chose qui n'allait pas — quelque défaut évanescent) et se contenta de parcourir des yeux le moule et la forme extérieure, la présentation : pantoufles en velours noir, robe blanche (mi-cuisses) avec une ceinture lâche en tissu, pas de soutien-gorge évidemment, et il discernait le contour à la hanche de ce qui ne pouvait être que la plus cool de ses... Mais c'était différent maintenant. C'était le cadeau d'anniversaire (grotesquement non mérité) qu'il ne tarderait pas à déballer, et ces vêtements n'étaient que l'enveloppe : tout cela serait enlevé. Oui, la condition reptilienne l'avait saisi. Il n'y avait qu'un seul futur possible.

Et il y accédait. Ce soir, se dit-il, je vais soulager, je vais calmer et apaiser le désespoir de Shéhérazade — je vais donner de l'espoir à Shéhérazade ! Je suis le Dieu de la Pluie, et cela va advenir.

À sept heures vingt, après une approche silencieuse, un homme passa tranquillement le seuil avec son sac à dos.

Keith eut droit à l'infarctus de toute façon. Mais ce n'était que Whittaker, avec le lourd courrier.

« Je suis là, dit-il, et j'apporte le monde. »

———

Ils étaient dans la salle à manger, à présent, et la montre de Keith annonçait déjà sept heures trente. C'était surprenant. En fait, il semblait y avoir quelque chose de tout à fait neuf avec le temps. Il jeta un autre coup d'œil à son poignet. Il était huit heures moins vingt. L'aiguille acérée des secondes filait sur le cadran comme un insecte en fuite ; même l'aiguille des minutes donnait l'impression de ne pas vouloir traîner ; et oui, l'aiguille des heures elle-même était tractée perceptiblement vers le nord, en direction de la nuit.

« Je suis comme Atlas, dit Whittaker, avec son écharpe fauve, ses lunettes à monture d'écaille. Ou peut-être me contenterai-je de Frankie Avalon. J'ai le monde entier entre les mains. »

Le monde. Et il était là, le sac postal, la toile du sac postal tissée par des prisonniers. Et tous les *Life* et les *Time*, les *Spectator*, les *Listener*, les *Encounter*...

Keith l'observa, le monde. Le monde allait très bien, le monde était vaste et superbe, mais que voulait-il au château en Campanie, à Keith et Shéhérazade ? Pour couronner le tout, Lily lui tendit alors un épais paquet brun en disant :

« Pour toi. »

Et tandis qu'il s'occupait de ses affaires locales (les agrafes, la fermeture en carton), ils se mirent tous à lire — ce qu'on disait sur la planète terre... Rétrospectivement, aussi longtemps qu'on n'était pas Charles de Gaulle, ou Gypsy Rose Lee, ou Jimi Hendrix, ou Paul Celan, ou Janis Joplin, ou E. M. Forster, ou Vera Brittain, ou Bertrand Russell, 1970 était une année plutôt calme — aussi longtemps qu'on n'était ni cambodgien, ni péruvien, ni rhodésien, ni biafrais, ni ougandais...

« Mm, dit Gloria, assise avec ses cheveux hérissés inclinés au-dessus d'un *Herald Tribune*. Ils ont voté la loi sur l'égalité des salaires. Mais elle ne sera pas appliquée avant des années. Le salaire des filles. »

Whittaker dit : « Nixon nous apprend que pour l'environnement, c'est maintenant ou jamais. L'Amérique doit — je cite — *payer sa dette au passé par la reconquête de la pureté de son air, de ses eaux.* Et il balance ensuite soixante tonnes de gaz neurotoxique au large de la côte de Floride.

— Et le pitoyable géant sans défense développe la guerre, dit doucement Shéhérazade. Pourquoi?

— Et l'OLP revendique le meurtre des sept Juifs dans la maison de retraite à Munich.

— Tenez. Ils ont interdit la publicité pour le tabac, dit Lily. Qu'est-ce que tu en penses? »

Elle s'adressait à Keith, qui évidemment fumait. Mais il ne parlait pas. Jusqu'à présent il n'avait rien dit du tout, pas une syllabe, pas un phonème. Il était plus sûr que jamais de l'inviolabilité de son vœu de silence. Mais il avait maintenant du boulot à faire, et il dit, d'une voix râpeuse et desséchée qui fit tourner toutes les têtes :

« La date est un peu problématique. » Et il expliqua.

Bien qu'il n'ait pas encore commencé sa troisième année d'université, Keith (ce qui était plutôt déplaisant, auraient pu penser certains) avait écrit au *Literary Supplement* au début de l'été et demandé qu'on lui envoie un livre pour en faire la critique — à l'essai. En conséquence, il avait devant lui une pile de peluche grise et une monographie grosse comme une miche de pain intitulée *L'Antinomisme chez D. H. Lawrence* par Marvin M. Meadowbrook (Rhode Island University Press). On demandait mille mots et la date de remise était dans quatre jours. Lily dit :

« Appelle-les et dis-leur que c'est impossible.

— Je ne peux pas faire ça. Il faut essayer. Il faut au moins *essayer*.

— À peine étudiant, dit Gloria, et te voilà déjà en quête de travail. Oh, *très* ambitieux.

— C'est ce que nous sommes tous supposés être, pas vrai ? » dit Shéhérazade en se levant avant de pénétrer dans le long couloir.

Keith leva les yeux. Shéhérazade pénétra dans le long couloir, qu'enflammait le coucher de soleil. Les cieux eux-mêmes s'associaient à lui, et il aperçut le dernier sillage de la lumière, cruciforme, brûlant à travers la cuspide et la jointure de ses cuisses et de son cul. Et on pouvait aussi discerner la pression vers l'extérieur de ses nichons, même de derrière. Lily dit :

« Est-ce que tu sais ce que signifie le, euh, l'antinomisme ?

— Quoi ? Non. Mais je le saurai quand je… quand j'aurai lu huit cents pages sur le sujet. »

Les narines de Lily se dilatèrent avec encouragement, et ses mâchoires serrées frissonnèrent. Elle dit, comme si elle avançait pesamment dans une liste : « Tu as lu tous les trucs sur l'Italie. Et les poèmes. Qu'est-ce que tu as lu d'autre ?

— De Lawrence ? Voyons voir... J'ai lu un tiers d'*Amants et Fils*. Et le passage de *Lady Chatterley* où il y a le mot *con*.

— Tst, fit Gloria.

— ... Fais encore *tst*, Gloria. Allez. C'est comme le tic-tac d'une montre. Et je ne jure pas. Ce n'était qu'une citation d'un écrivain novateur.

— Arrête, grogna Lily. Tu fais ce bruit enjôleur.

— Attendez, dit-il avec soin tandis que Shéhérazade revenait. Whittaker va à Londres mardi. C'est bien ça, Whittaker ? Est-ce que tu aurais la gentillesse de jeter une enveloppe dans une boîte aux lettres ? » Il se tourna vers Lily pour une phrase. « Je le lirai en diagonale demain et j'écrirai l'article lundi. Je suis désolé, vous tous, mais cela veut dire que je ne pourrai pas aller voir les ruines.

— Pour ton anniversaire, dit Lily. Le jour de ton vingt et unième anniversaire.

— Je suis désolé, Lily. Je suis désolé, tout le monde. »

Keith se ressaisit. Tout paraissait calme et limpide. Il était déjà huit heures vingt. Whittaker sortit alors en douce pour rejoindre Amen au studio. Davantage de lumières furent allumées. Un par un ils se dirigèrent vers la cuisine, remplirent leurs assiettes et revinrent. Le monde était tout entier devant eux, et ils mangeaient comme des étudiants dans un restaurant universitaire, mais c'était normal, c'était du réalisme social, c'était de la comédie familiale. *Life, Time. Bonne salade,* fit une voix. *Peux-tu me passer le sel ?* fit une autre...

De façon très soudaine ils mangeaient leur fruit : il était dix heures dix. La tête de Lily pencha d'encore quelques centimètres, et sa bouche dessinait son masque tragique. Gloria se leva et commença à empiler assiettes et magazines. Avec une certaine nonchalance, Keith repoussa *L'Antinomisme chez D. H. Lawrence* (ça n'avait pas l'air si difficile et il y avait pas mal de choses sur Frieda Lawrence baisant avec tout le monde) et dit :

« Je pensais au sexe après la mort. »

Qu'est-ce qui lui faisait enfreindre la deuxième règle ? Il avait enfreint la première (ne fais rien); maintenant il enfreignait la deuxième (et ne dis rien). Qu'est-ce qui l'avait poussé ? Le pouvoir, en partie. Le côté oriental de chaque instant en scintillait, scintillait du pouvoir de classe et du pouvoir de la beauté, auxquels s'ajoutait infinitésimalement (ne laissons pas ça de côté) le pouvoir d'inaugurer une vocation, de s'exprimer avec des mots choisis (tout en réglant en même temps les plans de carrière immédiats de Marvin M. Meadowbrook). Mais de toute façon il ne pouvait pas s'en empêcher. Parce que chaque fois qu'il respirait maintenant, c'était de l'hélium pur, qui était bien, bien plus léger que l'air. C'est terminé, et ceci est l'apogée de ma jeunesse, pensa-t-il, en disant :

« Avec la réincarnation je suppose que cela dépend de ce dans quoi on se réincarne, un tigre, ou une hyène, et en Israël ils se contentent de ne pas bouger, je crois, jusqu'au Jugement dernier, et dans le paradis d'Amen et de Ruaa ils ont des filles mais pas de garçons, plus une bonne variété de *prosecco*, Lily, a dit Whittaker, et quant à nous ce n'est pas terminé, parce que Gabriel a dit à Adam que même dans les cieux les anges s'interpénètrent, et ils... »

Il s'arrêta, il se tassa, hennissant doucement pour lui-même, et regarda la compagnie autour de lui à la dérobée. Personne n'avait écouté. Personne n'avait remarqué. Calmement, Keith prit un *Encounter*, l'ouvrit et fronça les sourcils.

« Je vous laisse, dit Lily lentement, à vos cartes. Oh, regardez. Oh non... *Let It Be.*

— Oui, quelle tristesse. Le dernier 33 tours des Beatles, dit Shéhérazade. *Let It Be.* »

Une main posée à plat d'un côté de sa mâchoire, Gloria disait : « La Nouvelle Bible anglaise. Mauvaise idée, ça... Tst, c'est l'heure juste ? Oh, eh bien. Jorquil est arrivé à Monaco. Et Beautyman a besoin de sommeil pour se refaire une beauté. Viens, Lily, bras dessus bras dessous... Ils essayent d'en faire un livre bavard et moderne. C'est certainement une erreur, ça. La Nouvelle Bible anglaise.

— Gloria, je suis d'accord, dit Keith. Les bibles, les bibles. Je lis justement quelque chose sur les bibles.

— Oh ? Et ?

— Écoute ça. C'est vraiment plutôt drôle. Écoute ça. Un fouineur, un connard et un crétin qui s'appelle le révérend John Johnson s'est fait prendre en pleine contrebande, il tentait de faire entrer cinq mille bibles en Russie en passant par la Tchécoslovaquie. Et il avait déjà fait passer un quart de *million* de bibles en Bulgarie et en Ukraine.

Pour quelle raison ?... En tout cas, le petit couillon est en prison à Moscou. La pire prison de Moscou. »

Keith sentit le coup maladroit du pied de Lily sur son tibia. Il leva les yeux. Et Gloria se lança avec chaleur :

« Oh, c'est impayable, dis donc. Vraiment impayable. Un petit morveux comme toi qui parle comme ça d'un missionnaire ordonné. Et je te remercierai de surveiller ton langage quand tu parles de telles choses. Risquer la prison pour ses convictions. Excuse-moi, mais je suis catholique. Et je suis dans le pays de ma foi. Oui, c'est ça, il se trouve que je crois en Dieu. Et je pense que cet homme est extraordinairement courageux. »

Keith dit : « Dis-moi, Gloria, est-ce que par hasard tu crois au Père Noël ? Non. Évidemment que non. Tu as cessé en grandissant. Tu sais, c'est dommage que le Père Noël ne soit pas mentionné dans ton livre saint. Parce que tu aurais aussi pu cesser de croire aux écritures en grandissant. Oui, sacrément dommage que l'existence du Père Noël n'ait pas été au moins *prédite* dans le Nouveau Testament. » Il poursuivit d'une voix aiguë : « Tu sais — Viendra un homme, à chaque Nativité, il portera un costume rouge, bordé de blanc, il traversera les airs sur un traîneau tiré par des rennes volants... Cela aurait pu vous aider, vous les petits couillons, à mettre ces choses en... »

Lily lui balança un autre coup de pied. Un mouvement de sa tête dirigea alors son regard non vers Gloria mais vers le visage incolore de Shéhérazade. Elle avait changé, s'était altérée. Savez-vous de quoi elle avait l'air ? Elle ressemblait à la jeune fille qui s'est distinguée au clavecin, ou qui a parcouru huit mille kilomètres à livrer des repas aux personnes âgées, ou récupéré un chat dans le grand chêne derrière l'hôtel de ville.

———

Quand Keith se dirigea vers la tour sombre, vers minuit, après deux heures de solitaire dans l'armurerie, une lumière vacillante descendait en se balançant, et sur les marches il rencontra la dame à la lampe.

« Je venais te chercher, dit Lily.

— Pourquoi donc?

— Je ne sais pas. J'avais une drôle de sensation. » Elle se retourna et monta. Il suivit.

« Tu es en avance. » Elle le regardait par-dessus son épaule. « ... Et tu es *ivre*.

— Mm. Eh bien. » Ayant commencé vers onze heures vingt, Keith avait bu trois énormes verres de quelque chose qui s'appelait Parfait Amour — rose, collant et sucré à outrance. Suivis par la presque totalité d'une bouteille de Bénédictine. Il la suivit dans la chambre en disant : « Ouais. D'accord. Selon mes normes.

— Je suppose que tu es soulagé, dit Lily pendant qu'elle se recouchait.

— Soulagé? Soulagé? Pourquoi je serais soulagé?

— De ne pas t'être fait virer. Après ce spectacle. Ce n'est pas seulement ce que tu as dit. C'est comment tu l'as dit. Sadique. Tu as de la chance.

— Oh, ça, pour avoir de la chance, j'en ai. Mais bordel, comment j'aurais pu savoir qu'elle était dévote?

— Tu veux dire Shéhérazade?

— Ouais, je veux dire Shéhérazade. » Il déboutonnait sa chemise, débouclait sa ceinture. Il tomba par terre et dit : « Elle n'a pas *l'air* dévote.

— Et toi non plus... C'est Timmy, imbécile.

— Timmy? Timmy est à ce point dévot?

— Dévot? C'est un maniaque pratiquant. Tu n'écoutes donc jamais? La contrebande de bibles est exactement le genre de choses que Timmy fait à longueur de temps. C'est pour ça qu'il était à Jérusalem. Ils vont là-bas pour convertir les Juifs. »

Il éteignit la lumière et s'allongea sur le lit.

« Tu as offensé Croupopotin aussi.

— Au diable Croupopotin. »

Il y eut un bref silence. Puis elle dit : « Est-ce que tu as vu la différence? Gloria était toute prête pour la bataille. Mais Shéhérazade. Ses yeux étaient des glaçons.

— Pathétique, dit-il.

— Tu sais, je crois qu'il y a quelque chose qui ne va pas chez Shéhérazade. Tu ne crois pas? Tu as vu comme elle était pâle?

— Pâle?

— Parce que tu ne l'as pas remarqué? Gloria a dit qu'elle ressemblait à Casper le Fantôme. Comment peux-tu ne pas l'avoir remarqué? »

Il dit : « Eh bien, je ne l'ai pas vu. Et elle n'a pas *l'air* dévote. Ses *nichons* n'ont pas l'air dévots. Et puis de toute façon, pourquoi tu ne dors pas? »

Il y eut un long silence. Puis son torse se souleva effroyablement et avec raideur, et Keith serrait ses paupières devant la lumière électrique.

« Pourquoi je ne dors pas? dit-elle. Pourquoi je ne dors pas? Tu veux dire après avoir été *droguée*? »

Je ne suis pas ici, pensa-t-il. Je ne suis pas ici et, en plus, ce n'est de toute façon pas moi.

« Bon Dieu. C'était comme si je buvais un verre de *baryum*. J'ai cru que j'ovulais. Je n'ai compris ce que c'était qu'une fois rentrée ici et que j'ai roté. »

Roté? Tu vois, Lily, je suis en fait plutôt déçu de la manière dont les événements se sont déroulés ce soir. Eh bien oui. J'avais d'autres idées — j'avais d'autres plans, d'autres projets.

Elle dit : « L'Azium provoque des rots puants. »

Des rots puants? Est-ce que tu sens peut-être, Lily, un léger ratage? Selon mon point de vue, je veux bien l'admettre. Je vais t'expliquer. Plus ou moins en ce moment, je devrais former un nœud plat avec ton amie Shéhérazade, dans la chambre derrière l'appartement; je devrais être en train d'essuyer mes lèvres, à peu près maintenant, sur une cuisse soyeuse avant d'entamer ma deuxième pinte de son fluide corporel. Et à la place? À la place je me retrouve dans un monde d'actes d'accusation — d'accusations correctes, d'ovulation et de rots puants. Il dit :

« Attends. » Ses yeux s'ouvrirent peu à peu. « J'ai confondu les verres — c'est tout. Le tien m'était réservé.

— ... Pourquoi as-tu besoin d'un calmant? Dilkash? Non, dit-elle. *Menteur*. Tu avais une sorte de rendez-vous de baise avec Shéhérazade, pas vrai. Et tu as tout bousillé en chiant sur Dieu. »

Cela se poursuivit jusqu'à trois heures et demie. L'histoire de Keith n'était pas en fait falsifiable (c'était en tout cas ce qu'il pensait alors), et il s'y accrocha. Cela se poursuivit jusqu'à trois heures et demie. Alors Lily éteignit la lumière et le laissa à ses pensées.

———

Keith Nearing se réveilla après des rêves agités, dans son lit, métamorphosé en un monstrueux insecte. Sa chambre, une vraie chambre humaine, était là tranquille entre les quatre murs familiers ; et il avait ses yeux humains. Mais c'était ce qu'il était — un énorme insecte avec des yeux humains.

4

Torquere, « *tordre* »

Vas-y, affronte les regards. L'air autour de lui frémissait et frissonnait, le volume d'une cabine téléphonique, il tremblait et trépidait autour de lui, mais il devait entrer à la cuisine. Il devait entrer à la cuisine parce qu'il lui fallait du café. Et il lui fallait du café pour alimenter la nicotine que réclamait sa bouche putride...

Les trois filles, lorsqu'il s'approcha, ne se mirent pas, en fait, à hurler de toutes leurs forces, elles ne grimpèrent pas sur leur chaise, ne se précipitèrent pas, telle la petite Miss Samsa, vers la grande fenêtre pour remplir leurs poumons d'air respirable. Elles restèrent assises et le fixèrent des yeux. *Qu'on en finisse.* Lily le regardait avec une sorte de lassitude infinie, Gloria avec le mépris que mérite un ennemi vaincu, et le coup d'œil terne de Shéhérazade donna à Keith l'impression d'être invisible — moralement invisible, comme la pauvreté et la saleté étaient supposées être invisibles pour les Hindous des castes supérieures. *Vas-y, qu'on en finisse.*

... Il était assis, transpirant et jurant et tremblant et sanglotant et fumant, dans la causeuse sur la terrasse ouest, avec le professeur Meadowbrook et l'antinomisme, et Nottingham, et la Sardaigne, et Guadalajara, et D. H. Lawrence, et Frieda von Richthofen. Si la terrible théorie était vraie et que l'aspect était déterminé par le bonheur (si la surface était déterminée par l'essence), alors Keith avait bien les six membres vacillants, les mâchoires baveuses et sans dents, le ventre brun et voûté, la carapace métallique et la pomme lancée qui pourrissait et puait dans son dos. Un orage était en route, et trop tard. Pas le ciel mais l'air lui-même était d'un vert gangréneux. L'air lui-même était sur le point de vomir. Et il entendait les oiseaux jaunes dans leur arbre — ils pissaient de rire.

Il y avait donc de l'apitoiement : dans le miroir, ce matin-là, il en était fœtal, son visage un fœtus d'apitoiement crapuleux. Et quant à l'autre affaire, l'affaire de Lily, il sentait autour de lui les exhalaisons de l'ingratitude. Et il sentait également sa bâtardise. « *Bâtard, pourquoi ? Pourquoi donc bas ?* ne cessait-il de murmurer. *Pourquoi nous marquent-ils de ce bas ? de bâtardise ? bas, bas ?* » Ici, en Italie, Keith était Salò, en 1944 — la république de la dissolution et de la défaite, de l'impuissance et du vide...

Mais les hommes sont fuyants. Plus fuyants qu'ils ne le savent. Fuyants même avec leur propre être fuyant. La vie l'avait déclaré mort, mais quelque part en lui, dans son aine, peut-être, se trouvait une impulsion d'espoir. Et il ressentait la lucidité qui accompagne la catastrophe.

Keith avait un stratagème pour Lily. La poche arrière de son jean contenait maintenant la lettre de Nicholas au sujet de leur sœur, Violet — toujours pas lue. La prudence tactique demandait qu'il se renseigne sur son contenu ; une ou deux fois il avait déplié l'enveloppe et l'avait examinée. Mais sa résolution ne pouvait pas survivre à l'interdiction sadique de son ventre, de son bide, et il se contenta de trouver un peu de courage dans les courbes fermes de l'écriture de son frère.

Ainsi Keith avait un stratagème pour Lily. Et il avait un stratagème pour Shéhérazade.

Cela revint : dans le lointain, les rumeurs prétendument purifiantes du tonnerre.

———

Vers midi il leva la tête et vit que Lily le fixait des yeux à travers la porte-fenêtre. Son visage portait une version beaucoup plus distillée du regard médico-légal qu'il avait vu assez souvent la nuit précédente ; et Keith se doutait, en voyant l'acuité de ses mouvements au moment où elle ouvrait les portes vitrées, qu'elle venait avec des arguments fortifiés par la recherche. Il se sentait raisonnablement apeuré ; mais il parvint néanmoins à serrer contre lui la clarté aérienne de la catastrophe.

« Tu — as l'air — *terrible*, dit-elle. Écoute. Il m'en manque deux. Je compte mes pilules et il m'en manque deux. Pourquoi donc ? »

Il ne répondit pas.

« Tu ne réponds pas. Deux. Tu en as avalé une pour essayer, je crois. Et tu as pensé que ça n'avait pas de goût. Parce que tu fumes une cartouche de cigarettes françaises tous les jours, tu as pensé que ça ne sentait rien. Tu as essayé. Et ensuite tu m'as droguée pour pouvoir coucher avec Shéhérazade. »

Keith alluma une Disque Bleu. Il y avait un ballon gonflé de gaz — gaz hilarant et gaz lacrymogène — dans son plexus solaire; ce gaz était doucereux et sans couleur, et il le poussait à sangloter et à glousser. Car même lui pouvait discerner le calme dessein artistique, l'équilibre étouffé de son destin : il était là, faisant face aux conséquences d'avoir couché avec Shéhérazade — *sans* avoir couché avec Shéhérazade. Et (pensa-t-il avec lassitude) y a-t-il quelque quelque, n'y a-t-il pas une, nulle part connue : quelque mérite, quelque récompense morale sur cette terre, pour ne *pas* avoir couché avec Shéhérazade?

« Lily, j'ai interverti les verres. C'est tout.

— Tu les as intervertis? Comment aurais-tu pu les intervertir? Ce n'étaient pas les mêmes... J'ai demandé à Gloria et elle m'a dit que tu avais bu une bière avant le dîner. »

S'il s'était attendu à cette botte, ce n'était pas avec plaisir, mais il l'avait anticipée — cette botte au cœur même de sa défense. Gloria avait raison. De la bière, et dans un bock de bonnes dimensions, pas une flûte à longue tige de verre trempé. « C'était plus tard, dit-il. J'ai d'abord pris un *prosecco*. Comme je l'avais fait le soir précédent.

— Je crois me rappeler que tu es simplement allé te servir une bière. »

Il dit : « Crois te rappeler, Lily? Comment te rappellerais-tu? Tu étais droguée. Je suis désolé, mais c'est comme ça.

— Oui, droguée. Pour ton rendez-vous de baise avec Shéhérazade. »

Keith exhala et pensa à la colère masculine : la colère masculine en tant que tactique. Il avait une phrase d'ouverture toute prête dans son esprit. *Lily, comment oses-tu seulement* — et ainsi de suite... Nicholas, très peu expérimenté mais observateur, lui avait recommandé la colère, comme un outil qui valait toujours la peine qu'on l'essaye : quand la situation était réellement terrible, il valait encore la peine d'essayer la colère masculine — parce que certaines femmes continuaient à en avoir peur par instinct, même les meilleures et les plus courageuses d'entre elles. Même les terroristes les plus accomplies, avait dit Nicholas, étaient toujours vulnérables à la colère masculine — parce qu'elle leur rappelait leur père. Keith, à présent, une silhouette courbée sur la causeuse, sous la toundra du regard de Lily — non, Keith n'allait pas se servir de la colère masculine. Il n'avait aucun talent pour la colère, colère que seuls les ordres du pouvoir permettent de remettre à plus tard.

Lily dit : « Pas un rendez-vous. Pas une baise. Elle n'est pas comme ça. Ce n'est pas elle... Non. Tu as pensé qu'elle flirtait avec toi, et tu as planifié d'avancer ton pion. C'est pour ça que tu t'es douché pendant une heure et demie à la salle de bains. »

Keith s'agita. Il était évidemment axiomatique, selon Nicholas, que l'on bondisse sur l'occasion — dès que le radar sorcière envoyait sa première fausse interprétation. Il dit (après un éternuement de rustre qui laissa sa paume secrètement couverte de morve) :

« Arrête un peu, Lily. Tu es tellement fière de ton rationalisme. Réfléchis. J'ai eu — quoi ? — vingt soirées seul avec Shéhérazade. Si j'avais été ce genre de... Si j'avais été de ce genre-là, j'aurais avancé mon pion bien avant. Bon Dieu. Je l'aime bien, c'est une très jolie fille, mais elle n'est pas mon genre. Tu es mon genre, Lily. Toi. »

Elle l'observa. « Et les pilules ? » Elle l'observa davantage. « Mm. Ton histoire paraîtrait plus plausible si tu n'avais pas l'air aussi suicidaire. »

Maintenant Keith décida de prendre les deux risques nécessaires (avait-elle examiné *Jane Eyre* la nuit précédente ? avec quelle fréquence comptait-elle ses pilules ?). Il dit, il récita :

« Tu l'as donc remarqué. Écoute. J'ai pris la première pilule après avoir lu la première lettre de Nicholas. J'ai pris la seconde pilule — ou tenté de le faire — pour me préparer à la seconde. D'accord ?

— Tu ne l'as même pas regardée. Elle est toujours dans *Jane Eyre*.

— Non, elle n'y est pas. » Il mit la main dans sa poche arrière. « Je l'avais sur moi la nuit dernière. Je l'ai lue hier soir. C'est pour cela que je me suis soûlé. Je suis sans voix, Lily. Violet. C'est vraiment très sérieusement terrible. Aide-moi. J'ai besoin que tu m'aides à réfléchir, Lily. Aide-moi. »

Elle consentit à se laisser conduire jusqu'à la balancelle, où il lissa la lettre sur les genoux de Lily.

> Mon cher petit Keith,
> L'horrible brocante du cœur. Mon cœur souffre et la douleur Engourdit mes sens. Tant que le cœur est juste, peu importe dans quel sens la tête est couchée.

« Yeats, Keats, murmura-t-il. Et Sir Walter Raleigh. » Keith était à présent dans la situation étrange qui consistait à espérer que les nouvelles sur sa sœur seraient vraiment très sérieusement terribles. « C'étaient les derniers mots de Raleigh, dit-il. Il posait sa tête sur le billot à ce moment-là. »

Ils commencèrent. Et Violet, pas toujours la plus fiable des jeunes femmes, ne laissa pas tomber son frère.

───────

Un peu plus tard Lily réapparut avec une tasse de café, qui lui était destinée, et il la remercia, et but en silence, tandis qu'elle restait debout à regarder vers la vallée, les mains jointes et un éclat rafraîchi dans les yeux.

« C'est bon. Gloria a dit qu'elle n'était pas sûre pour la bière. Pas sûre du tout. Alors je suppose que je... Et qu'est-ce que nous avons là ? Eh bien quel spectacle. »

En tailleur à taille de guêpe anthracite, bras dessus bras dessous, Shéhérazade et Gloria traversaient la terrasse, se dirigeant vers les marches qui menaient au sentier et au village.

« L'église.

— C'est pitoyable, pas vrai, dit Keith. Putain ! Absolument pitoyable. Gloria est catholique, non ? Shéhérazade ne l'est pas. Elle est quoi, Shéhérazade ? »

Lily lui expliqua que Timmy, en tout cas, était pentecôtiste — et il faut admettre que c'était là quelque chose que Keith pensait qu'il devait savoir. Il dit :

« Ainsi. Santa Maria. Catholique. N'importe quel port dans une putain de tempête, hein ?

— Pourquoi es-tu aussi remonté à ce sujet ? Tu

aurais dû t'entendre hier soir. Grognant et gémissant dans ton sommeil.

— Toute cette hypocrisie.

— Tu glapissais, voilà ce que tu faisais. Comme un cochon qu'on opère.

— Lily, c'est le principe de la chose. Elles croient au Père Noël. Pourquoi ? Parce que le cadeau qu'il apporte est la vie éternelle.

— ... C'est quoi, l'antinomisme ?

— Cela signifie faire tout ce qu'on a envie de faire pendant toutes les putains d'heures qu'on a. *"Devoir" et "obligation" ne sont pas pour moi.* » Keith sentit son corps se détendre, et il poursuivit : « Cela signifie *anti-loi*, Lily. Je suis surpris que tu ne connaisses pas. Frieda était pareille. Allemande, tu vois. Nudisme et yaourts. Vénération d'Éros. Nietzsche. Otto Gross. *Ne rien refouler !* »

Lily dit : « Tu n'as pas faim ? Je me disais. Tu as perdu du poids. Tu n'as rien mangé toute cette semaine.

— Ouais, allons-y. Pendant qu'elles sont là en bas sur leurs genoux pourris. Bon Dieu. Sur leurs genoux. On ne sait pas s'il faut rire ou pleurer. »

Laissé seul un moment, il s'approcha du mur et regarda par-dessus. On voyait les deux petites silhouettes à forte poitrine avancer sur les pavés. Des enfants traversaient leur route, mais aucune torsade onduleuse de jeunes hommes ne se forma à l'arrière de Gloria ou à l'avant de Shéhérazade.

Dans la bibliothèque, il mit de côté le professeur Meadowbrook et feuilleta un livre de poche plutôt mal écrit intitulé *Religions du monde*, qui finit par le diriger vers le Livre de Jean. Puis il sortit l'Olivetti et rédigea une note : *Chère Shéhérazade, Puis-je te parler ? J'irai lire dans l'armurerie après le dîner. Juste quelques mots. K.* Cela accompli, il se rendit à pas de loup au salon, et traversa la zone de sa rétrogradation — tel un intrus, ou tel un fantôme servile et vain, un fantôme digne peut-être d'une villa délabrée, mais pas d'une forteresse à flanc de montagne en Italie... Il paraissait que l'excommunication éternelle était la condamnation qui avait été prononcée, et il reçut comme une sommation des ténèbres extérieures l'arrivée de Gloria dans le couloir qui lui dit avec un ton imposant :

« Oh, Keith.

— Oui, Gloria.

— Il y a le choix ce soir — viande ou poisson. J'ai goûté le poisson plus tôt, et j'ai pensé qu'il était un peu avarié. Prends la viande.

— Merci, Gloria. C'est gentil de ta part. C'est ce que je vais faire.

— Fais-le », dit-elle.

Et ce fut tout. Un tout petit peu encouragé, Keith offrit son mot plié à Shéhérazade lorsqu'ils se croisèrent dans l'antichambre, et elle l'accepta sans croiser son regard.

Tous les quatre, ils prirent place à la cuisine : une catholique, une protestante, une athée et un agnostique. Oui, Keith, contrairement à Lily, était agnostique : il savait très bien qu'il allait mourir, que le paradis et l'enfer étaient de vulgaires insultes à la dignité humaine, mais il savait aussi que l'univers était très imparfaitement compris. Selon son opinion, ce serait une issue surtout remarquable par sa banalité — mais il se pouvait en fin de compte que Dieu existe. Revendiquer le contraire, comme il le disait à Lily quand ils en discutaient, était hargneux, présomptueux *et peu rationnel, Lily. Je vacille à la frontière* — celle de l'absence de Dieu, Lily. Mais c'est ce qu'il faut faire. Vaciller. Il lui dit alors :

« Pas pour moi. » Et il couvrit son verre avec sa main.

Pendant la salade, Gloria dit à Shéhérazade : « Quand allons-nous échanger nos chambres ? Pas ce soir. Je suis trop... faible. Je crois que j'ai ce que tu avais hier soir. Barbouillée.

— Ça disparaît vite. Je vais bien maintenant. Mardi matin. Eugenio pourra nous aider.

— Jorquil est à Florence. Ma pauvre. Oh, j'aimerais tellement que Timmy soit ici. »

Le stratagème de Keith pour Shéhérazade, donc, n'était malhonnête qu'à quatre-vingt-dix-neuf pour cent : il contenait son angle mort de la taille d'une poussière. Il allait lui dire qu'il avait changé d'avis — la raison et le cœur. *Oui, Shéhérazade, c'est vrai. Et est-ce qu'il y a, peut-être, un pasteur...* Non, pas un pasteur. Un maître ?... *peut-être un conseiller spirituel à qui je pourrais parler, quand nous retournerons tous à Londres ?* Keith savait que la réussite n'était pas beaucoup plus probable que la manifestation cosmique, ce même soir, d'un être omnipotent. Mais il devait essayer. Et maintenant il cherchait le réconfort dans des thèmes harmoniques, comment ils surgissent éternellement, les feuilles tendres de l'espoir — et ainsi de suite.

« Mmm, dit Lily en goûtant sa sole.

— Mmm, dit Shéhérazade en goûtant la sienne.

— Je suis certaine que le poisson est parfaitement frais, dit Gloria. Mais Keith et moi, nous sommes très contents de l'agneau. Whittaker a dit sept heures et demie. Une bonne nuit de sommeil, je crois. Comme ça nous serons tous en pleine forme avec les accus rechargés, conclut-elle, pour les *ruines*. »

L'Antinomisme chez D. H. Lawrence était terminé et mis de côté à minuit moins le quart.

Shéhérazade avait en fait montré sa tête à la porte de l'armurerie lorsqu'elle était montée et Keith avait en fait réussi à annoncer, depuis sa chaise, qu'il était tout à coup ouvert à la persuasion quant à l'existence de Dieu et, plus particulièrement, aux mérites de la confession pentecôtiste (avec l'accent mis sur la prophétie, les miracles et l'exorcisme).

« Je connais assez bien la Bible, dit-il, et j'ai toujours été touché par ce verset de Jean. Et c'est central, pas vrai, l'idée de renaissance. Tu sais — *Le vent vente là où il veut, et tu en ouïs bien le son, mais tu ne sais d'où il vient ni où il va. Ainsi en est-il de quiconque est né de l'Esprit.* Je trouve qu'il y a là une résonance. »

Il poursuivit sur cette voie pendant quelques minutes. Shéhérazade le regardait bien droit, les sourcils froncés. Comme si ses mots n'étaient pas nécessairement invraisemblables mais simplement obtus et hors sujet. Et ennuyeux — ne pas oublier ennuyeux. Keith ne parvenait pas à interpréter Shéhérazade : une seule main visible sur la seule hanche visible, ses changements de position. Son indifférence. Il y avait quelque chose — il y avait quelque chose de presque non chrétien là-dedans. Il dit :

« J'ai eu tort d'être aussi dédaigneux. C'était trivial de ma part. Et j'aimerais réfléchir beaucoup plus à tout ça.

— Eh bien, dit-elle en hochant consciencieusement les épaules, puisque tu le demandes, il y a un homme du nom de Geoffrey Wainwright à St David-in-the-Field. Je lui enverrai un mot à ton sujet. Si tu veux.

— Oui. Ce serait bien. »

Oui. Ce serait bien. Et maintenant qu'on en a fini avec toute cette merde religieuse, Shéhérazade, si on jouait aux cartes en buvant du champagne? Une chose était claire, en tout cas. En fait cela ne l'avait jamais frappé avec autant de force de toute sa vie : la religion était l'antéchrist de l'éros. racing demon et Dieu, Dieu et racing demon, ne fusionnaient pas. C'était du moins ce qu'il pensait maintenant.

« Timmy ne jure que par Geoffrey Wainwright, dit Shéhérazade. Bonsoir.

— Bonsoir. N'en parle pas à Lily, dit-il pendant qu'elle refermait la porte sur lui. Elle n'approuverait pas. »

Ainsi, pour parachever la panoplie des accomplissements du week-end, ses percées et ses triomphes moraux et intellectuels, il mit la main dans sa poche arrière et lut la chose une fois de plus, sans la respiration de Lily dans son cou.

> Mon cœur souffre et la douleur Engourdit mes sens. Tant que le cœur est juste, peu importe dans quel sens la tête est couchée.

Au travail, la journée était morne (août) et je me suis dit que je pourrais animer la soirée avec un film violent. J'avais envie de voir <u>Un homme nommé cheval</u> — deux heures de tortures aux dépens de Richard Harris. J'en voulais deux bien tassés pour me mettre en humeur et je suis donc entré au Saracen's Head à Cambridge Circus, un endroit que Violet m'avait décrit comme « bien ». Pourquoi, je me suis demandé, Violet pensait-elle qu'il était <u>bien</u>, excepté le fait qu'on y vendait de l'alcool? C'est quoi ce binz avec Violet et l'alcool — avec l'Angleterre et l'alcool?

Ce n'était certainement pas le pire de tous les pubs possibles, les carpettes pas plus humides que des tapis de bain, les soupières des cendriers ne débordaient pas encore, la clientèle ne planifiait pas ouvertement de m'assassiner. Je devrais préciser ici que j'avais été aux informations du soir deux fois de suite cette semaine (Vietnam). Lorsque j'ai commandé, j'ai senti un relent de levure sur ma joue et une tape sur l'épaule, et avant même de me retourner j'ai senti la violence arriver (violence à <u>mes</u> dépens). C'est une drôle de sensation. Le changement de genre, de catégorie — l'arrivée de ce qui est radicalement inconnu (bien saisi, je pense, dans <u>Augie March</u>, quand il regarde son frère frapper l'ivrogne à coups de crosse de pistolet : « Le cœur m'a manqué quand la peau s'est déchirée, et je me suis dit : Il s'imagine qu'il sait ce qu'il fait maintenant que le type saigne ? »). Je n'avais pas peur. Comme tu le sais, je n'ai <u>pas</u> peur. Mais c'était une drôle de sensation.

Je me suis retourné et me suis retrouvé devant un gros visage rhomboïdal aux mâchoires lourdes, bouche grande ouverte, langue traînant sur les dents du bas. Ce visage voulait indubitablement me faire du mal. Mais il n'aurait pas besoin de force physique. Il a dit : « T'aurais pas une petite sœur qui s'appelle Violet ? » J'ai dit lentement et clairement : « <u>Ouais ?</u> » — parce que je savais ce qui allait suivre.

Il a montré ses dents du haut, alors, et a ricané en hochant la tête. Et puis il s'est mis à rire. Oui, tout cela le faisait beaucoup rire. Et puis ce putain de connard m'a examiné de haut en bas, et il a reculé pour rejoindre tous les autres putains de connards près du chauffe-plat, et ils ont tous commencé à faire comme lui. Regarder, ricaner et rire. À propos, le statut de connard, en tant que connard, était loin d'être sans importance. Je n'ai pas vraiment besoin de préciser que je ne méprisais pas le connard <u>en tant que</u> connard. Mais lorsqu'il s'agit de l'extrême délinquance sexuelle de ta petite sœur, seul un <u>putain de connard</u> va t'en parler.

Mon cher petit Keith, je t'invite à considérer certaines des implications. 1) Imagine le genre de type qu'il faut être pour prendre <u>plaisir</u> à passer l'information à un frère. 2) C'est le genre de type que Violet trouve bien. 3) Il était implicitement violent avec moi (Eh bien, grand frère, comment tu vas réagir à ça ?), pour des raisons de classe — la revanche des connards ; de sorte qu'on peut aisément parier qu'il est implicitement violent avec elle. 4) Leur réaction était indubitablement <u>collective</u>. En d'autres mots, Violet est le genre de fille qui sort avec des équipes de foot.

Tu te rappelles que quand on était petits on disait qu'on tuerait quiconque oserait la toucher ? Ça nous rendait toujours très émotifs. Et c'était ce que nous disions, encore et encore. Que nous tuerions.

Après ça, <u>Un homme nommé cheval</u> n'était pas vraiment à la hauteur. Alors je me suis rendu au

Taboo et j'ai fait ce que j'ai pu avec <u>Le Donjon qui dégoulinait de sang</u>.

J'ai plus ou moins abordé la question avec elle, de biais, et elle a dit, avec un peu d'indignation : « Chuis une jeune fille qui bette de santé ! » Pourquoi ne peut-elle plus parler comme tout le monde ? Pourquoi donne-t-elle l'impression d'être <u>habituée</u> à la prison ?

Tu es le seul qui es au courant. Rentre vite.

Et alors Keith traversa la cour qui attendait avec impatience les étoiles et grimpa les marches de la tour.

« T'entends ça ? dit Lily dans le noir. Pas les gargouillis. Santa Maria. Au prochain coup tu as — vingt et un ans. »

Il ne réagit pas. Elle l'embrassa sur l'oreille, dans le cou. Il ne réagit pas. Ses mains caressèrent ses épaules, sa poitrine et descendirent plus bas. C'était maintenant le moment de montrer de la reconnaissance envers Lily. C'était maintenant le moment d'être reconnaissant envers Lily. Mais Keith n'était plus reconnaissant.

« Je ne peux pas, dit-il. Violet. »

Son corps, s'engageant maintenant dans sa vingt-deuxième année, eut son réflexe. Pourtant Keith ne réagit pas. Lily la prit dans ses mains. Puis elle la repoussa.

« Tu veux savoir quelque chose ? Ta bite, dit-elle, est bien plus petite que la moyenne. »

Il décida sur-le-champ de ne pas prendre ça trop sérieusement. Cependant, il savait que tout ce qu'une fille vous disait à ce sujet était par définition inoubliable.

« Ah bon, dit-il. Fascinant. Bien plus petite que toutes les autres. C'est vraiment bon à savoir.

— Oui, bien plus petite, dit-elle en se retournant. *Bien plus.* »

———

Tout là-haut au firmament, d'immenses poids étaient roulés sur des jeux de roulettes titanesques : le matériel roulant des cieux, mobilisé pour les conflits sociaux...

L'agitation silencieuse de Lily ; à l'aube — il en était conscient par intermittence ; et il y eut un petit paquet de temps (il le sentit) où elle se tint au-dessus de lui et le regarda d'en haut, et pas avec affection. Il y avait eu un accident désastreux (il avait renversé par erreur un kilo de

sucre dans le mécanisme d'une horloge de parquet) — mais quelqu'un d'autre pourrait nettoyer, le rêve pourrait faire disparaître tout ça, il le laissa là pour le rêve...

Keith entendit alors les portières de la voiture claquer puis le lent et monstrueux grondement du caoutchouc sur le gravier. Et il commença le travail consistant à séparer le réel de l'imaginaire, à séparer les faits de la fiction. Des formes et des configurations féminines, puis des pensées pareilles à des définitions de mots croisés cryptiques — celles-là lentement éparpillées, et il fit marche arrière, avec de nombreuses fausses diagonales, jusque dans sa première phrase. *Ce fut sans doute avec un grand soulagement que D. H. Lawrence — la formulation d'un... La formulation d'un credo d'égocentrisme sans ornement fut sans doute un...* Keith se cabra et s'assit les pieds sur le sol. Tout était dépouillé. Il était neutre, sans amour, sans sexe ; et il avait vingt et un ans.

Nu, il poussa la porte de la salle de bains. Elle était verrouillée. Il écouta le silence. Puis il noua une serviette autour de sa taille et sonna. Il entendit des pas cliquetants.

« Ah, te voilà. Bonjour », dit Gloria Beautyman.

En la pinçant du bout des doigts, elle maintenait une robe d'été bleu clair à hauteur de ses épaules, comme si elle en vérifiait la longueur devant un miroir.

« Tu n'y es pas allée, dit-il.

— Mm. J'ai prétendu être malade. Je déteste les ruines. Je veux dire, ce sont des *ruines*.

— Précisément. » Il dit, avec prescience : « Tu es maquillée.

— C'est que j'ai dû retoucher. Je voulais avoir l'air fiévreuse. Un peu de fard violet sur les paupières, et le tour est joué.

— Tu trouves ?

— Mm. J'ai même caché une pomme pourrie sous le lit. Pour l'odeur de la chambre de malade. J'aère au moment même où nous parlons... Je suis vraiment très bonne, tu sais. Personne ne devinera jamais.

— Eh bien.

— Eh bien. Je suis désolée de t'avoir fait attendre. Je disais mes prières avant de m'habiller. Tu vois, je prie toujours nue.

— Et pourquoi ça ?

— Pour l'humilité. Tu as des objections ?
— Non. Aucune.
— Je pensais que tu aurais peut-être des objections... »

Et une voix lui dit : *Pas la peine de se presser. Tout est comme il se doit. Tout est exactement comme il se doit.*

« Oui, je pensais que tu aurais peut-être des objections.
— À la prière, ou à la prière, nue ?
— Aux deux.
— Qu'est-ce que tu dis dans tes prières ?
— Eh bien, je commence par Le louer. Puis je Le remercie pour ce que j'ai. Puis je demande un peu plus. Mais c'est sans doute inutile, tu ne crois pas ?
— Ah bon ?
— Dis-moi. S'il te fallait donner seulement une raison. Quel est ton différend avec ceux d'entre nous qui croient ? »

Jamais s'inquiéter. Continue. C'est tout décidé.

« D'accord. C'est un manque de courage.
— Pas vrai dans mon cas.
— Pourquoi ça ?
— C'est simple. Je crois. Et je sais que je vais en enfer. »

Garde le silence. Continue à la regarder dans les yeux, et garde le silence.

« Voilà ! dit-elle. Et puis j'ai pris une douche rapide et je commençais à m'habiller.
— Tu es allée loin ?
— Chaussures », dit-elle.

Ils baissèrent tous les deux les yeux. Des chaussures blanches à talons hauts. Il dit :

« Alors. Pas bien loin.

— Non. Pas loin du tout. »

Elle inclina un peu la tête et lui adressa un sourire plat. La toux polie : « Euh-*hum*. » Puis elle l'examina de haut en bas d'une façon qui lui donna l'impression, un instant, qu'il était venu réparer les carreaux abîmés ou vérifier la plomberie. Elle se retourna et marcha lentement.

Bon Dieu. Dis : Pas de piqûre d'abeille. *Dis-le. Pas de piqûre d'abeille.*

Il dit : « Pas de piqûre d'abeille. »

Elle s'arrêta et fit passer une main dans le bas de son dos. « À dire vrai, Keith, je l'ai retouchée aussi. Pendant que j'y étais. Tu sais. Du correcteur. »

Il pensa : Je suis dans un endroit très étrange. Je suis dans le futur. Et voici le plus étrange : je sais exactement quoi faire... Éclairées par les entrailles de l'orage, toutes les couleurs de la pièce étaient criardes, torrides, morbides, même les blancs. Une autre pensée étrange : la vulgarité de la couleur blanche. *Avance.*

En avançant, il dit : « Si pâle. Si froid. »

Elle écarta les pieds.

Sa serviette parut faire beaucoup de bruit en tombant — comme un auvent qui s'écroule. La robe ne fit absolument aucun bruit. La première chose qu'elle fit, tout en regardant le miroir, fut de s'occuper de ses seins d'une manière qu'il n'avait encore jamais vue. Elle dit avec ardeur :

« Oh, je m'aime. Oh je m'aime tellement. »

Aucun d'eux ne cilla quand le tonnerre envahit la pièce. Il s'approcha encore plus.

Elle serra les jambes. « Kadoink », fit-elle.

Raconte une blague. Raconte deux blagues. Peu

importe ce qu'elles sont, mais la première doit être cochonne.

« Tu as oublié de t'essuyer. »

L'épine dorsale de Gloria vibra et s'arqua.

« Parce que tu étais distraite par des choses plus élevées.

— Regardez, dit-elle aux silhouettes dans le miroir. Je suis un garçon. Moi aussi j'ai une bite. »

Dis : Tu *es* une bite. *Dis-le. Tu es une bite.* « Tu *es* une bite, dit-il.

— ... Comment *diable* le savais-tu ? Je suis une bite. Et nous sommes très rares — les filles qui sont des bites. Recule-toi une seconde. »

Elle se pencha, jambes écartées, et son petit poing gauche se serra sur le porte-serviettes.

« Regarde. La piqûre est en fait assez profonde. Regarde. »

Elle faisait quelque chose, avec sa main droite, qu'il avait déjà vu avant, mais jamais sous cet angle. *Dis quelque chose à propos d'argent.*

« Je veux lui acheter un cadeau. À ton cul. De la soie. Du vison. »

Elle faisait quelque chose, avec sa main droite, dont il n'avait même jamais entendu parler.

« Regarde ce qui se passe, dit-elle, avec deux doigts. »

Ce fut alors qu'il eut son moment de vertige. Je suis trop jeune, pensa-t-il, pour aller dans le futur. Et puis le vertige disparut et l'hypnose revint. Elle dit :

« Regarde ce qui se passe. Pas le cul. Le con. »

Il le regarda d'un œil terne — le lointain futur.

« ... Certains pourraient dire que c'est assez drôle — de *commencer* avec ça. Mais on est en pleine messe noire, toi et moi. Tu sais — à l'envers. Tout dans le mauvais sens. Reste tranquille, et je m'occupe de tout. Tu comprends ? Et fais de ton mieux pour ne pas jouir. »

« Bien, dit-elle quand, quelques minutes plus tard, ses genoux se posèrent sur le tapis de bain. Maintenant. La seule façon de faire durer, c'est que je me transforme en moulin à paroles quelque temps — tu veux bien ?... On peut parler quand on fait la plupart des autres choses... Souvent sans grand résultat, selon moi... Mais on ne peut pas parler pendant qu'on... pendant qu'on... Bon, voilà quelque chose que tu n'as sans doute encore jamais vu... Gros comme ça, et très dur. Aussi dur que le porte-serviettes. Je peux le faire complètement disparaître. Et ensuite le faire revenir, encore plus gros. Oh regarde. Il est déjà plus gros. »

Ouais, pensa-t-il. Ouais, c'est ça, Gloria. Si tu veux qu'il soit gros, il suffit de *dire* qu'il est gros.

« Complètement disparaître. Regarde. Dans le miroir... Encore ?... Encore ?... Parfait. Dans une minute je vais accélérer. Maintenant écoute attentivement. »

Il écouta attentivement — pendant qu'elle émettait une série d'instructions. Il n'avait jamais entendu parler de ça non plus (il le qualifierait plus tard de *raffinement sinistre*). Il dit :

« Tu es sûre ?

— Évidemment que je suis sûre. Bon. Je vais accélérer. Je ne vais plus parler. Mais je vais faire plutôt pas mal de bruit. Et après ça, Keith, nous prendrons un petit déjeuner léger et nous irons dans ma chambre. D'accord ? Alors enfin tu pourras toucher mes seins. Et embrasser mes lèvres. Et me tenir par la main... On aura la journée à nous. Ou est-ce que tu préférerais travailler sur ton article à l'essai ? »

CINQUIÈME ENTRACTE

Ils étaient les enfants du *Golden Age* (1948?-73), connu ailleurs sous le nom de *il Miracolo Economico, les Trente Glorieuses, Der Wirtschaftswunder.* L'Âge d'Or, quand jamais la vie n'avait été aussi facile.

Ce qu'on entendait en fond sonore, pendant cette période, était de la musique progressive. Le genre de musique qu'on entendait, par exemple, dans *The Young Ones* (1961), de Cliff Richard. Nous ne voulons pas dire les chansons. Nous pensons à cette longue séquence quand, avec un tap-tap par-ci, un knock-knock par-là, et avec le son de la musique progressive, les jeunes transforment un bâtiment délabré en un centre communautaire florissant — un club de jeunes, pour les jeunes.

Pendant l'Âge d'Or, presque tout le monde écoutait de la musique progressive en bruit de fond. Le premier téléphone, la première voiture, la première maison, les premières vacances d'été, la première télé — tout ça avec de la musique progressive. Puis l'arrivée des rapports sexuels en 1966, et l'ascension complète des enfants de l'Âge d'Or.

Dans les pays industrialisés, maintenant, *le globe grisonnant*, comme le disent les démographes, *constituera la transformation la plus significative de l'histoire.* L'Âge d'Or devenu le Tsunami d'Argent, la Bande des Années 60 est devenue la foule des soixante ans, et les jeunes, maintenant, étaient tous des vieux.

« À la seule exception, dit-il à sa femme, de Cliff Richard. Il est *toujours* un jeune. »

« Autrefois, j'avais un costume d'Adam, poursuivit-il. Mais maintenant il ne me va plus. Et il est tout usé. Je pourrais l'emporter chez Jeeve's, je suppose. Mais il aurait besoin de stoppage, de coutures invisibles.

— Retourne chez le médecin, dit-elle. Va voir celui que tu aimais bien à St Mary's.

— Magnifique. Du Club Med au Club Med. »

Le premier Club Med, ou Club Méditerranée, était le nom d'un réseau de charmantes stations estivales qui se consacraient à ceux qui avaient entre dix-huit et trente ans. Le second Club Med, ou Club Medico, était le nom de la cafétéria de l'hôpital St Mary's. Il n'y avait pas de restriction d'âge dans le second Club Med, pourtant il semblait s'adresser à une clientèle plus mature. Il dit :

« Je ne t'ai pas dit. La dernière fois que j'y suis allé, le type m'a dit que j'avais peut-être un SFC. Syndrome de Fatigue Chronique. Euh, encéphalomyélite mya... myalgique. ME, ou EM. Un virus dans le cervelet. Mais il semblerait que non. Enfin. Tu sais, Pulc, je crois que je vais mieux. » Cela faisait longtemps qu'il ne l'avait pas appelée Pulc (un diminutif de Pulchritude, ou vénusté). « Ce n'était que psychologique.

— Qu'est-ce qui te fait penser ça ?
— Pas certain. Touchons du bois. Et *c'est* déprimant. Réfléchis. De la Décennie du Moi, du *Me,* à la décennie du ME. Du Club Med au Club Med. Magnifique. »

Nous arrivons à la quatrième clause du manifeste révolutionnaire et, oui, c'est celle qui causa le plus de chagrin.

... Au XVIIe siècle, dit-on, il y eut une *dissociation de la sensibilité.* Les poètes ne pouvaient plus en même temps penser et ressentir. Shakespeare pouvait le faire, les poètes métaphysiques pouvaient le faire ; ils pouvaient écrire intelligemment sur les sentiments et sur le sexe. Mais cela disparut. Les poètes ne pouvaient plus penser et ressentir naturellement en même temps.

Tout ce que nous disons c'est que quelque chose de semblable est arrivé pendant que les enfants de l'Âge d'Or devenaient des hommes et des femmes. Les sentiments étaient déjà séparés de la pensée. Et puis les sentiments ont été séparés du sexe.

Ainsi la position du sentiment s'est trouvée (une fois de plus) déplacée. C'est ça qui l'avait presque bousillé, ainsi que des vingtaines de milliers — peut-être des dizaines de millions — d'autres.

Quand vint la fin, et que celle-ci ferma les yeux qui s'étaient trop aimés eux-mêmes, le garçon lisse pénétra dans le Pays des Morts.

> Il se précipita vers la rive du Styx
> Et observa la trace de son ombre
> Qui tremblait sur le courant effrayant.

La trace d'une ombre : c'était tout. C'était tout ce que l'eau miroitante allait jamais lui donner — la trace d'une ombre.

Les nymphes des forêts et des fontaines se coupèrent les cheveux et gémirent. Écho, ou le spectre d'Écho, ou l'écho d'Écho, renvoya en écho ses derniers mots : Adieu, adieu. Hélas, hélas, hélas. *Personne ne retrouva s on corps. Ce qu'ils trouvèrent était une fleur : un cœur jaune au centre d'une collerette de pétales blancs.*

On nous laisse entendre que la dissolution — la disparition, la flétrissure — du garçon lisse s'accomplit en un seul jour et une seule nuit. En cela il différait de ses enfants, les enfants de l'Âge d'Or.

Silvia avait dit qu'elle passerait pour leur montrer son nouvel uniforme. Son nouvel uniforme — de féministe. Et Keith se prépara pour la surprise, parce que Silvia était comme ça. À la cuisine, avec un panache torpide, elle quitta son manteau de laine (c'était le 15 mai 2003), et dit avec torpeur :

« C'est marrant, je crois. » Elle portait une minijupe blanche sur laquelle était barbouillée la croix rouge de Saint-Georges, un débardeur avec PUTE imprimé sur la poitrine — plus diverses pièces de bijouterie (détachables) dans son nombril, dans sa lèvre inférieure et dans ses deux narines. « Ça tiendra six mois. Mais c'est *marrant*.

— J'espère que ça part au lavage.

— Allons, M'man, évidemment que ça part au lavage. Tu crois que j'ai envie d'un nid de serpents sur mes hanches quand j'aurai quatre-vingt-dix ans? On va faire la tournée des clubs de strip. Avec les sœurs. On est toutes attifées pareil. J'espère que tu es fière. »

Avant de partir, elle demanda quelque chose à Keith — comment il avait appris que les bébés ne naissaient pas dans les choux.

« Euh, par étapes. Et diverses versions. Un petit merdeux à l'école qui m'a foutu une trouille du tonnerre. Puis Nicholas. Puis un cours de biologie. Pendant que nous disséquions un ver de terre.

— Et tu sais comment j'ai eu *mon* éducation sexuelle? Comment Nat et Gus ont eu la leur? Comment Isabel et Chloe auront la leur? On est *pornés*. »

Il dit : « On ne pourrait pas améliorer *porné*, Silvia? Qu'est-ce que tu dirais de *pornoïde*?

— D'accord. Pornoïde. Ouais, c'est bon. Plus proche de *paranoïde*. Et quand tu es avec un nouveau type, c'est ce que tu es. Tu es paranoïaque, tu te demandes à quel point il va être pornoïde. Tu sais, P'pa, nous sommes les araignées de la Toile. Tout ce que nous savons nous vient de l'infini de la saleté. Il va mieux, M'man, tu ne crois pas? P'pa va un peu mieux. »

Auparavant il les admirait, mais Keith n'était plus très sûr de ce qu'il ressentait pour les araignées. Les araignées mangeaient les mouches, et les mouches mangeaient de la merde. Et si, dans un sens ou dans un autre, on était ce qu'on mangeait

— si on était ce qu'on consommait tous les jours —, alors qu'est-ce qu'étaient les araignées ?

Et pourtant les araignées étaient vivantes et les mouches ne l'étaient pas, d'une certaine façon. Et Keith pensait toujours que tuer une mouche était un acte créatif — parce qu'une mouche était une tache de mort. Un pavillon à tête de mort, le pavillon noir. Des machines de survie blindées avec des têtes de masque à gaz : mais pas ici à Londres, sans doute, au XXIe siècle. Il n'y avait eu qu'un seul exemple jusqu'à présent — lorsque la mouche lui avait grogné dessus depuis un amas de fiente sur les dalles du jardin, et qu'elle avait collé ses ventouses, et résisté, et juste grogné à travers la pulvérisation.

Silvia s'en alla. Mari et femme traitèrent leurs deux filles plus petites, et Keith, prolongeant son expérience avec moitemoite, aida à préparer un modeste dîner — salade, spaghettis bolognaise, vin rouge.

Il dit : « Je ne veux plus penser à *moi*. » À moi même : en deux mots. « C'est un bon signe, non ? Et c'est plus facile physiquement aussi.

— Comment ? »

Eh bien, je pourrais l'exprimer de cette façon. Deux mois plus tôt, Pulc, en se réveillant, et ensuite en se levant, était un roman russe. Il y a un mois, c'était un roman américain. Et maintenant ce n'est qu'un roman anglais. Un roman anglais des années 70 — qui s'intéresse aux péripéties de la classe moyenne, et ne dépasse jamais deux cent vingt-cinq pages.

« C'est le progrès. Et la beauté revient. Grâce à toi. Comme d'habitude. »

Le sexe n'est déjà pas fabuleux, comme sujet, et l'*ego* est plutôt visqueux aussi. Le *I*, le *io*, le *yo*, le *je*, le *Ich*. Le *Ich* : le terme préféré de Freud pour l'*ego*, pour le *je*. Le sexe n'est déjà pas fabuleux (mais il faut bien que quelqu'un le fasse) ; et puis il y a le *Ich*. Et à quoi cela ressemble — *Ich*, le *Ich* ?

LIVRE SIX

LE PROBLÈME DU RETOUR

1

Elizabeth Bennet au lit

Nous prendrons un petit déjeuner léger et nous irons dans ma chambre. On aura la journée à nous. Ou est-ce que tu préférerais travailler sur ton article à l'essai?... Je suis très rare, tu sais. Nous sommes extrêmement rares.

Treize heures plus tard, dans la bibliothèque pentagonale, Lily disait :

« Tu ne vaux rien ? Qu'est-ce que tu veux dire, tu ne vaux rien ?

— Je ne vaux rien. Je ne vaux vraiment rien. Regarde. »

Il fit un geste vers la feuille de papier ministre, maintenue verticale par les supports croisés de l'Olivetti. Pendant un bref interlude, vers cinq heures, Keith était descendu de la tour pieds nus (sous le tremblement de ciel, le zig et le zag, les fissures soudaines dans le plancher des cieux) et avait tapé à toute vitesse deux ou trois paragraphes. La pause avait été décidée parce que Gloria Beautyman avait besoin de dix minutes pour s'habiller en Elizabeth Bennet. Vous comprenez, ils avaient eu un différend au sujet d'*Orgueil et Préjugé*, et Gloria voulait prouver qu'elle avait raison.

« Lis ce passage, dit-il à Lily. Ça a été comme ça toute la journée. Lis ce passage. Est-ce que ça a du sens ?

— ... *Lawrence était persuadé*, lut-elle, *que le grand désastre de la civilisation dans laquelle il vivait était sa haine venimeuse du sexe, et cette haine portait en elle la peur morbide de la beauté (peur le mieux résumée, selon Lawrence, dans la psychanalyse), la peur de la beauté "vivante" qui provoque l'atrophie de notre faculté intuitive et de notre pouvoir intuitif.*

— Est-ce que ça a le moindre sens ?

— Non. Est-ce que tu es *dingue* ?... Et tes cheveux sont mouillés.

— Ouais, j'ai pris une douche froide. Pour essayer de me clarifier l'esprit. Je suis nul. Je n'y arrive pas.

— ... Oh, bon Dieu. Dis-toi simplement que c'est ta dissertation hebdomadaire. »

Il fit une pause et dit : « Ouais. Ouais, ma dissertation hebdomadaire. Oui, elle est pas mal, celle-là. Je me sens déjà bien mieux. Comment étaient les ruines ?

— Oh, parfaitement misérables. Impossible même de savoir de *quoi* elles étaient les ruines. Des bains, semble-t-il. Et il pleuvait à verse. Et Gloria ? »

Vous comprenez, Gloria affirmait qu'Elizabeth Bennet était une... *C'est impossible*, objecta Keith. *Il n'y en avait pas à l'époque. Sûrement.* Mais Gloria insistait que si. Et, tandis qu'elle le conduisait dans le roman (avec des accentuations très pertinentes, des citations révélatrices), Keith commença à sentir que même un Lionel Trilling ou un F. R. Leavis seraient obligés à contrecœur de prendre en compte l'interprétation de Beautyman. Et la tenue aussi était tout à fait convaincante — elle avait même un bonnet, un panier à fruits en osier à l'envers, maintenu en place par une écharpe en soie blanche qui se nouait sous le menton.

« Je vais faire ce que Lawrence ne cessait de faire avec des romans complets, expliqua-t-il à Lily. Je vais virer ça et recommencer à zéro. Gloria ? Eh bien quoi ? Je ne savais même pas qu'elle était ici. » Il se rappelait la leçon de Gloria sur le mensonge (*Ne jamais entrer dans les détails. Prétendre simplement que tout ça est ennuyeusement vrai*), mais il s'entendit quand même dire : « Jusqu'à ce qu'elle arrive en boitillant pour se chercher une tasse de bouillon. En duffel-coat. Elle avait l'air terrible.

— Avec les ruines, elle s'en est tirée à bon compte. »

Vous comprenez, pendant leurs discussions sur Jane Austen, Gloria fondait ses arguments sur deux scènes clés : l'aspect physique d'Elizabeth lors de son arrivée chez Mr Bingley (dans les premières pages), et la conversation bien plus tard quand Mr Bennet déconseille à sa fille de faire un mariage sans amour. *Non*, décida Gloria, comme si elle se lavait les mains de toute l'histoire. *Elle n'est pas meilleure que moi, celle-là. Ooh, je te le parie.* Le déguisement fut suivi par ce qu'on pourrait appeler de la critique pratique. Puis elle dit : *Maintenant, est-ce que tu me crois ? J'avais raison et tu avais tort. Dis-le. Elizabeth est...*

Bon, d'accord. Tu m'as convaincu.

« Eh bien, je n'ai pas le choix, je crois, dit-il à Lily. Je vais devoir m'y coller jusqu'à ce que ce soit fait.

— Je suppose que je devrais te préparer quelque

chose. Pour que tu tiennes le coup. En tout cas. Bon anniversaire.

— Merci, Lily. »

Quand il termina son article, il n'était pas si tard — un peu après une heure. Un peu après une heure, et Keith se sentait heureux et fier, et riche, et beau, et obscurément effrayé, et un peu fou. Et incroyablement fatigué. On attendait Jorquil dans douze heures. Et que ressentait notre héros à ce sujet ? Seulement ceci : Jorq, à ses yeux, représentait la tradition, le réalisme social tel qu'il le comprenait, le passé. Keith, après tout, avait passé la journée dans un genre qui appartenait au futur.

Lily — Lily était restée éveillée.

« Peux pas fermer les yeux. Sais pas pourquoi. »

Toute la journée (imaginait-il) les sondes et les senseurs de Lily, ses aiguilles magnétiques, avaient été à l'œuvre ; et à présent elle voulait être rassurée. Et l'acte, l'échange, pourtant agréable (en très légère continuation) et émotionnel (en contraste total), était presque satiriquement antique, comme une danse folklorique en sabots, ou comme le frottement de deux bâtons — lors d'une des premières tentatives de produire du feu.

« Shéhérazade lui a apporté un plateau, dit Lily tandis qu'elle s'endormait avec un tremblement. Couchée avec un thermomètre dans la bouche. Et de la glace sur la tête... Tu l'entends éternuer ? C'est un peu... Tu verras. Demain elle se portera comme un charme. »

Le lendemain Keith regarda autour de lui pour voir s'il y avait au moins un peu de suspicion sédimentaire — et il n'y en avait pas. Parce que Gloria, selon ses propres mots, était *vraiment très bonne*. Keith savait déjà qu'il était dans un autre monde ; savait également qu'il avait de graves problèmes — mais psychologiques seulement. Et pour l'instant il se laissa aller et pensa, plein de pure admiration : Je préfère ça. Voilà comment la duplicité *doit* se jouer.

Par exemple, au petit déjeuner, il eut le plaisir d'entendre Shéhérazade dire :

« Franchement, j'admire son cran. Mais si. Tu sais, elle avait parlé des ruines tout l'après-midi ? Même à l'église. Elle n'arrêtait pas de lire des passages dans son guide. Et pendant tout le dîner elle paraissait penser que, d'une façon ou d'une autre, elle y parviendrait. À moitié morte, elle essaye toujours de jouer le jeu. Je dis que c'est crâne. »

Et avec Lily elle-même, à propos de Gloria et de son indisposition, Keith eut droit au luxe gratuit de se faire reprocher son manque de curiosité (et son égocentrisme) : le dimanche de Gloria — n'avait-il même pas remarqué ? — avait été un incessant va-et-vient d'étourdissements, de bouffées de chaleur et de courses misérables à la salle de bains.

« Comment as-tu pu ne rien voir ?

— Eh bien, je n'ai rien vu.

— Bon Dieu, dit Lily. Je croyais regarder *Salle des urgences 10*. »

Non contente du résultat, Gloria disait maintenant que son état avait empiré pendant la nuit. Elle demanda qu'on appelle le médecin, qui vint promptement, monté en voiture de Montale ; ayant déclaré reconnaître la présence du célèbre virus campanien, il baigna les oreilles de Gloria dans l'ail et l'huile d'olive. Et quand Jorq arriva et insista immédiatement pour que l'on échange les chambres, Gloria fut plus ou moins brancardée de la tour à l'appartement.

« Pauvre Gloria, dit Shéhérazade. Un si frêle roseau. »

———

Est-ce que cela pourrait vraiment arriver? Ouvrirait-il un jour son exemplaire de *Critical Quarterly* pour y trouver un article intitulé « Une réévaluation d'*Orgueil et Préjugé* : Elizabeth Bennet considérée comme une bite »? Par Gloria Beautyman — *et* (ou peut-être *avec*, ou même *expliqué à*) Keith Nearing. Et il était persuadé que l'exégèse de Gloria, bien qu'évidemment sujette à controverse, ne pouvait pas simplement être écartée.

Tu ne sais donc pas lire l'anglais? lui demanda-t-elle. *Écoute. C'est dix pages avant la fin. Concentre-toi.*

> Lizzy, lui dit son père, je lui [Mr Darcy] ai donné mon consentement [...] maintenant, je *vous* le donne, si vraiment vous êtes décidée à l'épouser; mais laissez-moi vous conseiller d'y réfléchir encore; je connais votre caractère, ma Lizzy, je sais que vous ne pourrez être ni heureuse ni respectée, si vous n'avez pour votre mari une estime réelle [...]. Votre vivacité, votre imagination légère et brillante, vous exposeraient, dans un mariage disproportionné, aux plus grands dangers; vous pourriez à peine éviter le déshonneur et tous les maux qui en sont la suite.

« *Je connais votre caractère* », répéta Gloria. « *Votre vivacité.* » « *Le déshonneur et tous les maux.* » « *Ni heureuse ni respectée.* » *Ni respectée. Qu'est-ce que ça veut dire ? Je te le demande encore une fois. Tu ne sais pas lire l'anglais ?*

Ouais. Mm. Il n'y a rien qui ressemble à ça dans aucun des autres. Alors, est-ce que Mr Bennet sait qu'elle est une bite ?

Pas exactement. Il sait qu'elle est exceptionnellement intéressée par le sexe. Il ne sait pas qu'elle est une bite, mais ça, il le sait.

Je crois que je comprends.

Et quand elle provoque un scandale en parcourant à pied cinq kilomètres dans la campagne pour aller chez Mr Bingley. Et attention, non accompagnée. Le visage « embrasé par la chaleur de l'exercice », « les cheveux en désordre », « presque folle ». Et puis les bas souillés. Et son jupon couvert d'« un pied de boue ». Ses sous-vêtements salis... Merde, est-ce que tu n'es pas supposé être bon à ce genre de choses ? Les « symboles » et tout ça ?

Keith restait étendu à écouter.

Et les très bonnes dents. C'est un signe de virilité. Regarde les miennes... Ainsi nous sommes d'accord. Elizabeth est une bite. Et la seule façon de se débrouiller quand on était une bite, alors, c'était de se marier par amour. De bonnes relations sexuelles devaient suivre les émotions. Ce n'est pas comme ça maintenant.

... Alors leur première nuit ?

Je vais te montrer. Va t'amuser tout seul dix minutes. Et je vais chercher des vêtements de mariage.

Lorsqu'il revint — la robe de coton blanc avec

le buste style Empire improvisé, le châle blanc, le bonnet fixé par l'écharpe de soie blanche.

Je vous prie de vous rappeler, Monsieur, que je n'ai pas encore vingt et un ans.

Quelques minutes plus tard il était en bas du lit, se frayant un chemin dans une densité phénoménale de jupons et de sous-jupons, de fermoirs et de boucles, et elle se redressa sur les coudes pour lui dire :

Tout ce dont Mr Bennet est certain, c'est que, si elle se marie pour l'argent, elle ira certainement chercher ailleurs. Le truc de la bite n'est en fin de compte qu'un supplément. Cela a à voir avec ce qu'on est quand on est nu. De quoi on a l'air.

Comment on est au toucher (une dureté au milieu de la douceur). Et comment on pense, aussi, pensa-t-il, en continuant à s'activer.

C'est juste un supplément. Être une bite. Mais c'est très rare.

Quand tout fut terminé, Keith resta étendu et imagina un avenir presque entièrement occupé par des séminaires tranquilles sur toutes les héroïnes et les antihéroïnes de la littérature mondiale, en commençant par l'*Odyssée* (Circé, puis Calypso). D'une voix un peu épaisse, il dit :

Je vais te donner Le Cœur et la Raison.

Et comment vas-tu faire ça ? demanda-t-elle en toute innocence, le regard dirigé vers le haut tandis qu'elle lissait ses joues et ses tempes avec ses mains. *En m'enculant ?... Et est-ce que tu peux ne pas fumer ici. C'est une preuve, et c'est de toute façon une habitude dégoûtante.*

Les délicates gaufrettes des billets leur indiquaient assez clairement : leur été touchait à sa fin. Lily dit :

« Et que va-t-il se passer ? Pour toi et moi ? Je suppose que nous allons rompre. »

Keith croisa son regard et retourna à *La Maison d'Âpre-Vent*. Oh oui, bon Dieu — Lily, et tout ça. *Rompre sera de nouveau son idée à elle*, dit Shéhérazade. *Après ton ami Kenrik*. C'était comme un problème d'échecs : il (Keith) pensait maintenant qu'il (Kenrik) avait lâché qu'il (Keith) voulait qu'il (Kenrik) couche avec elle (Lily) — pas pour qu'il (Keith) puisse coucher avec *elle* (Shéhérazade), mais simplement afin d'améliorer sa (Lily) confiance sexuelle. Ou quelque chose dans ce genre. C'était comme un problème d'échecs, une combinaison, facilement séparable du dynamisme que l'on trouve dans le jeu lui-même. Il dit :

« D'une certaine façon c'est une idée très effrayante. Ne décidons rien pour l'instant.

— Effrayante ? »

Il haussa les épaules et dit : « Aïe, cette lady Dedlock. Honoria. Elle est magnifique. Une fière intrigante au passé trouble.

— Alors, tu t'es entiché de lady Dedlock maintenant.

— C'est un changement agréable après Esther Summerson. Qui est une bonne âme. Et une putain de sainte, à tel point qu'elle est fière d'être défigurée par la variole. Tu imagines.

— Qui était l'autre que tu aimais bien ?

— Bella Wilfer. Bella est presque aussi bonne que Becky Sharp. Tu arrives à croire à ce Jorquil ?

— Jorquil ? Ce n'est pas un mauvais bougre.
— Si, justement. C'est un mauvais bougre. Je veux dire, on s'en fiche. Mais c'est ce qu'il est. »

L'été s'achevait. Ils allaient rentrer ; et Jorquil, dans sa personne, était une rumeur de ce vers quoi ils retourneraient. Aux yeux de Keith, le vieux Jorq était un terrible résumé de l'Angleterre de la haute, il était les courses à Ascot et le cricket à Lord's et les régates de Henley, les charrettes de foin, les sauts-de-loup, les bouses de vache et les bains parasiticides pour les moutons. Et c'était en scrutant Jorquil, pendant plusieurs jours, que Keith découvrit quelque chose d'extraordinaire : le profond et virtuose caractère frauduleux, presque hilarant, de Gloria Beautyman. Elle est vraiment très bonne, pensa-t-il. Elle est très maligne. Et elle est folle.

Quel genre ai-je visité, lors de mon anniversaire animal ? C'était la question à laquelle il ne pouvait pas répondre. Quel mode, quel type, quelle *sorte* ?

Dans la salle de bains avec Gloria, ce n'étaient pas seulement les couleurs qui n'allaient pas — fluo et musée de cire. L'acoustique était nulle, également. De même que la continuité. D'abord le tonnerre n'avait pas l'air plus bruyant qu'une poubelle en plastique tirée dans une cour ; ensuite il vous envahissait telle une détonation. Et les figures humaines — lui, elle ? Gloria s'en sortait bien mieux que lui, évidemment (elle avait le rôle principal) ; mais il ne cessait d'avoir des doutes sur ses qualités d'acteur.

La lumière et l'ambiance étaient un peu plus normales dans la chambre, plus tard, mais guère plus normales, avec les lourds éclairs jaunes, plus les ténèbres à midi, puis l'intense lumière argentée du soleil, puis une pluie biblique à inonder le monde.

Encore et encore, il se demandait : Dans quelle catégorie suis-je ? Dans ses éclats et ses facettes statiques cela lui rappelait les pages d'un magazine de mode — séduction, luxe. Mais de quel type était-ce en tant que drame, que narration ? Il était certain que ce n'était pas une romance. Toutes les quelques minutes, il se disait que ce pouvait être de la science-fiction. Ou de la publicité. Ou de la propagande. Mais on était en 1970 et il ne savait pas — ne savait pas quel était le mode.

Cela ne paraissait avoir du sens que lorsqu'on regardait dans le miroir.

Quelque chose avait été séparé. Ça, il le savait.

———

Jorq ? *Ce ne peut pas être sa beauté qui l'a séduite, je pense*, avait dit Shéhérazade. Non, pas son visage (albinoïde, avec des lèvres rouges irritées), et pas son corps (gros-fort, avec des os lourds). Et ce ne pouvait pas non plus être son esprit. Pour cette raison très claire : pour se sentir stimulé en compagnie de Jorquil, il fallait être anormalement intéressé par le fromage. Ses domaines sans bornes dans l'ouest produisaient d'énormes quantités de fromage. Et il ne parlait que de ça : de fromage.

Le jour il avait l'air d'un gentleman-farmer pesant (serge, chapeau mou, tweed, badine) ; le soir il avait l'air d'un gentleman-farmer lourdingue en smoking (sa tenue invariable au dîner). Keith ne le vit jamais occupé à autre chose qu'à manger tout en parlant ; et ces deux activités produisaient chez Jorquil une sorte d'inondation orale — un déluge de bave. Cependant, le vieux Jorq était lésé par la première impression de Keith. Son bavardage ne concernait pas seulement le Double Gloucester, le Caerphilly, le Lymeswold — le *torolone*, le *stracchino*, le *caciocavallo*. Il se trouvait que Jorq avait une activité secondaire, il était péniblement de droite.

Le début de l'après-midi était le moment qu'il choisissait pour monter à l'étage avec Gloria. Tandis qu'il forçait une dernière tranche puante de *parmigiano* ou de Dorset Blue dans sa bouche, il poursuivait sa diatribe baveuse à propos de l'impôt sur la fortune ou de l'essor des syndicats ; puis il tendait une main, paume vers le bas, et Gloria l'accompagnait à la salle de bal et à l'escalier orbital avec un air de contrition et d'application.

À ce moment-là Lily et Shéhérazade se regardaient toujours en levant le menton.

Adriano était de retour. De retour de l'entraînement d'avant-saison avec *I Furiosi*. Sur sa joue gauche, de l'œil à la mâchoire, il avait un bleu qui reproduisait avec fidélité l'empreinte d'une chaussure de rugby (on pouvait compter les crampons). Il avait disparu le jour suivant. Consolata, la récente conquête d'Adriano, soit dit en passant, était de la même taille que Gloria Beautyman.

« Qu'est-ce que tu racontes ? Il ne bave pas. Il apprécie seulement ce qu'il mange. »

Lily s'était lancée dans la première phase, exploratoire, de ses bagages — les pulls pliés dans leur sac en plastique antimite, les chaussures dans leur écrin de papier de soie... La conversation fainéantait à seize tours par minute.

« Apprécie ce qu'il mange ? » Keith tourna la page. « Montre-lui un petit pain au cheddar et c'est comme dans ce film de sous-marin. *Destination Zebra*, tu te rappelles ?

— Rock Hudson.

— Ouais. Tu te souviens du meilleur moment ? Le type ouvre la soute à torpilles bousillée. Et la moitié de l'océan Arctique dégringole dans la cale. Montre à Jorq un Dairylea et voilà ce que tu obtiens.

— Il aime simplement manger... Tu sais ce que fait Adriano en ce moment ? Il la joue cool.

— Je redemande. Comment est-ce qu'un mètre cinquante peut la jouer cool ? Jouer *quoi* cool ?

— Eh bien, toutes ces autres filles paraissent l'apprécier. Et quand elles lui caressent la cuisse ou les cheveux il se tourne vers Shéhérazade avec un certain regard.

— Quel genre de regard ? Montre-moi. » Elle le fit. « Bon Dieu... Les cils de Jorquil.

— Ses cils ? Qu'est-ce qu'ils ont ?

— Ce ne sont pas des cils — juste deux rangs de boutons de fièvre. Chacun d'eux transpercé par un poil. Et c'est un fasciste. Il a voté Heath.

— Il vote libéral. Il l'a dit.

— *Libéral*... Et puis ses plaisanteries salaces. Quand il l'entraîne à l'étage. *Il est l'heure d'une visite au cap Horn. Il est l'heure d'un peu d'EP égyptienne.*

— C'est simplement de l'argot pour la sieste. EP égyptienne. C'est de l'argot militaire. Parce que les Arabes sont supposés être paresseux... Regarde. Les hommes riches ont une circonscription de filles. C'est simplement une réalité de la vie.

— D'accord. Mais pourquoi défends-tu, demanda-t-il lentement, cette grosse brute ?

— Il n'est même pas gros. Pas particulièrement. Il est juste fort. Et il y a des filles qui aiment les hommes forts. Ça leur donne un sentiment de sécurité. Tu n'es qu'un petit gamin aigri. C'est tout. »

Keith dit : « C'est l'esthétique. Elle toute sombre et petite. Lui pareil à une énorme miche de pain. Je veux dire, on s'en fiche, mais ça ne te glace pas de penser à eux couchés ensemble ?

— Sans doute qu'elle n'est pas tellement intéressée par le sexe. Tout le monde ne l'est pas, tu sais. Tu penses que tout le monde l'est et ce n'est pas vrai. Regarde son milieu. Les filles ne sont pas supposées aimer ça. Alors elle se contente de rester allongée et de penser à l'Angleterre.

— À l'Écosse.

— Et il ne parle pas *que* de fromage. »

Ce soir-là au dîner, Keith l'observa de près — l'idiot du village en smoking. Et Keith eut l'impression que, si, Jorquil parlait réellement tout le temps de fromage (quand il n'était pas péniblement de droite), et il avait l'air extravagamment gros, en plus, et il se noyait presque dans sa propre salive, et il... Une telle impression, si elle était gauchie, n'était pas gauchie par l'envie ou la possessivité. Il aurait aimé que ce soit le cas, mais ça ne l'était pas. La distorsion restait étrangement tout autre. Lorsqu'il fixait les lèvres de Jorquil, irritées, écorchées, pelées, il voyait et sentait ces lèvres au moment du baiser. Et Keith pensait : Il n'embrasse pas Gloria. C'est moi qu'il embrasse.

———

« Tu vas mieux ? En tout cas maintenant tu sors de la maison.

— J'ai bien récupéré, merci.

— Nous étions plusieurs ici à nous inquiéter.

— Oui. Ça n'a tenu qu'à un fil, je l'admets.

— ... Bon Dieu, c'est un Foireux. »

Keith l'avait trouvée seule, avec son patchwork (les carrés et les triangles en carton, les chutes de satin et de velours), sur la terrasse sud. Elle leva alors les yeux et dit, l'air de rien (un observateur de l'autre côté de la porte-fenêtre aurait pu penser qu'elle parlait du temps qu'il faisait ce matin-là — ou du prix d'une bobine de fil) :

« Oui, n'est-ce pas. *Mons*trueux. Ces lèvres. Ces cils. Comme une rangée de boutons. »

Keith s'assit avec prudence sur la balancelle. « Donc nous partageons le même point de vue à propos de Jorq », dit-il. Était-ce ce qui était en train de se passer ? Est-ce qu'il voyait Jorquil avec les yeux de Gloria ? « Et la bave.

— Et la bave. Et le *fromage*... Naturellement, c'est pour ça que j'ai prolongé mon, euh, ma maladie. Pour éviter de me retrouver sous lui pendant encore un jour ou deux. Mais j'exagérais un peu. En ce qui le concerne, je suis malade depuis des mois.

— Des mois ?

— Depuis que j'ai bu ce verre de champagne. Tu te rappelles ? Et me suis fait prendre en train de batifoler avec le pro de polo. » Lentement et solennellement, elle secoua la tête. « Jamais je ne me pardonnerai ça. Jamais. Ce n'est pas dans mes habitudes.

— Batifoler avec le pro de polo ?

— Non. Me faire prendre. Je veux dire, ce n'était jamais arrivé. »

Keith continua à se balancer sur la balancelle, et il ne semblait pas y avoir de raison pour ne pas demander (parce que maintenant tout était permis) : « Comment il est ? Là-haut dans l'appartement ? »

Gloria saisit un autre patron découpé, un autre morceau de peluche. « Exactement comme il est partout ailleurs. Jorq est un raseur. Et les raseurs n'écoutent pas... J'allais dire qu'il n'est pas si mal au lit quand il est profondément endormi. Mais évidemment, il ronfle. Il est comme une grosse baleine blanche. Et il sature les oreillers.

— Quand même. Attends. Tu le connais depuis un moment. Et vous allez vous fiancer, non ? Je suppose que le vieux Jorq possède d'autres qualités. »

Elle dit calmement : « Écoute, imbécile. S'installer à Londres coûte de l'argent — et je n'en ai pas, imbécile. Raseur imbécile.

— C'est bon. J'écoute. J'entends. »

Le visage de Jorq (qui mâchait quelque chose) s'installa de l'autre côté de la vitre. Gloria fit onduler ses doigts vers lui ; et lui lança un étonnant sourire faux. Elle dit :

« Eh bien, au départ, je pensais me débrouiller pour qu'il m'épouse et puis obtenir le divorce dès que possible après la lune de miel. Mais je ne crois pas que je pourrais même y arriver... Il y a déjà quelqu'un d'autre.

— Qui ?

— *You* », sembla-t-elle dire.

Elle avait semblé dire *You*. Keith avait mal compris, et cela fut rapidement éclairci. Mais nous pour-

rions faire quelques pas en arrière ici, à cet instant révolutionnaire... Les hommes ont deux cœurs — celui du dessus, celui du dessous; et l'usage nous apprend que quand tout va bien ils agissent de concert. Mais ici, dans ce cas précis, les deux cœurs répondaient antithétiquement. Le cœur supérieur de Keith s'effondra, vacilla, se flétrit; ou encore il s'affaissa terriblement dans un certain type de futur. C'était son cœur inférieur qui se sentait poétique — pas au point d'éclater, comme on le dit des cœurs, mais il se gonflait, s'élevait, souffrait. Il dit :
« *Me?*
— *You?* Non, pas *you*. Huw. Hachudoublevé.
— Huw.
— Huw. Il est gallois. Il a un château, lui aussi. Tu vois, on dirait une coïncidence. Tu comprends, le truc, c'est de trouver quelqu'un qui est riche *et* mignon. Et qui écoute.
— J'ai cru une seconde que tu voulais dire moi.
— Toi? Tu écoutes, je suppose... Tu n'es qu'un étudiant.
— C'est ce que tu es, toi aussi.
— Je sais, mais je suis une fille. »

Jorq se mit à secouer la poignée de porte. Gloria dit :
« Ce bougre de con, il ne voit pas le loquet?
— C'est compliqué. Il faut tirer et puis pousser. C'est un test de QI.
— Alors il ne le réussira pas. Bon Dieu, que quelqu'un vienne en aide au bougre de con. » Elle gesticula en direction de Jorquil déconcerté — montra, tira, poussa. « Et je dois m'assurer qu'il est content. Rien que ça. Eh oui. Sinon j'ai droit au regard de gorgone d'Oona. Oona me fiche une

trouille bleue. J'ai parfois la sensation horrible qu'elle sait ce que je suis vraiment. »

Un peu plus tard, il dit : « Elizabeth Bennet.

— Oui ? Quoi ?

— Vous n'êtes pas vraiment pareilles, toutes les deux. Elle appartient au passé. Et tu appartiens au futur.

— Eh bien, dit-elle. Les bites s'adaptent naturellement. Depuis le début des temps. »

Jorquil tapait maintenant sur le cadre de la porte avec le plat de la main.

« Euh, Gloria — tu sais qu'il y a une chambre de bonne derrière et au-dessus de l'appartement ?

— Qui t'a parlé de la chambre de bonne ?

— Je pourrais venir par l'escalier nord. Nous pourrions nous y glisser une ou deux minutes. Quand il est sorti.

— Et pourquoi donc ? Regarde-toi, dit-elle en riant, tu es terrifié. Tu as déjà perdu pied. Et tu le sais. » Elle se tourna pour regarder Jorquil qui se jetait de tout son poids contre la vitre. « Quand ils sont aussi stupides, je déteste les gens riches, pas toi ? Je déteste les gens riches. Mais le problème, c'est que ce sont eux qui ont tout l'argent. J'irai voir. La chambre de bonne. Ah, le *voici* ! »

Jorquil sortit en trébuchant, se rattrapa et se redressa ; il examina le ciel, la pente, les descentes, le drap blanc de la piscine ; ses mentons se tassèrent et il émit un léger grognement de pesante approbation. Keith vit que Jorq avait une provision de gougères dans la paume en coupe de sa main gauche. Il barbouilla sa bouche de ce qui restait et dit :

« Des riens aériens, voilà ce que c'est. » Il se lécha

la main. « Comme tant de choses dans la vie. Des riens aériens. Viens, ma chérie. On va à la piscine.

— Je ne crois pas que je me sente assez bien pour la piscine.

— Si, si. Enfile ton maillot. Ou plutôt, je devrais dire, *enlève*-le.

— Jorquil m'a apporté des vêtements corrects, au moins.

— Oh, tiens », dit Keith en passant le livre. *Le Cœur et la Raison* disparut dans le panier de Gloria.

« Allez, viens. Je veux que tu fasses tourner toutes les têtes, dit Jorq, avec tes jolis lolos. Ces mignons lolos si jolis. Je veux que tout le monde les voie et pleure. »

Est-ce qu'il avait vraiment pu dire ça, Jorquil ? Mais ce qui resta à Keith, sur la terrasse, fut un souvenir soudain de sa sœur. *Vi,* lui demanda-t-il dans la Morris 1000 carrossée en bois, *pourquoi tu sors tes pieds par la vitre ?* Et Violet (huit, neuf ans) dit : *Parce que je veux que tout le monde voie mes belles chaussures neuves. Je veux que tout le monde les voie et pleure.*

Et ensuite, en désordre, vinrent d'autres souvenirs. Comme la fois où elle avait accouru du fond du jardin et lui avait rapporté la balle de cricket partie en chandelle, et puis elle était repartie en courant, sans arrêter de sangloter — sanglotant à propos d'autre chose.

Et puis vinrent d'autres souvenirs. Qui avaient besoin d'être secourus. Qu'allait-il faire d'eux tous ? Dans ce nouveau monde où il était entré (un monde très développé, très en avance), la pensée et le sentiment avaient été réarrangés. Et cela, pensa-t-il et sentit-il, pourrait lui montrer une autre route.

———

Oona était de retour. Là-dessus tout le monde était d'accord : Oona était de retour — avec Prentiss et Conchita (Dodo ayant été larguée quelque part au-dessus des Alpes). Avec difficulté, Keith fit de la place pour elles dans sa tête. Oona, oui, tranquillement vigilante, et son regard plein d'expérience suivit d'ailleurs avec attention les mouvements de Miss Beautyman. Prentiss, perpendiculaire, toute en jointures et en gonds, comme un portemanteau amish. Et Conchita, qui avait changé. Avec Jorquil là, et Whittaker de retour, et Timmy attendu, avec tous les domestiques présents, le château n'avait plus l'air spacieux. Ou peut-être voulait-il dire simplement qu'il ne semblait plus y avoir de place pour manœuvrer.

Ils durent libérer leur tour, Lily et Keith, et ils furent transférés dans une chambre sinistrement sombre mais étrangement agréable à la base du donjon. Là, Keith se jeta dans le travail, détaillant, systématisant, et il finit par alphabétiser l'énorme archive de son vingt et unième anniversaire. Il voulait l'inscrire maintenant, dans la liste qui cohabitait avec son certificat de naissance, au-dessous de *Joan 11*. Pas *Shéhérazade 10* ou même *Shéhérazade 12a*, mais *Gloria 99z* !* Il y avait tant de choses dont il ne savait pas qu'on avait le droit de les faire.

« Mais je me sens vulnérable, dit Lily, quand tu immobilises mes bras.

— C'est le but... Et puis, si elle est si petite,

pourquoi tu ne peux pas la mettre tout entière dans ta bouche ?

— Pourquoi est-ce que je *voudrais* la mettre tout entière dans ma bouche ?

— Allez. Essaye encore.

— Maintenant j'ai la tête à l'envers... Non, je ne veux pas. Tu as même l'air différent. Qu'est-ce qui t'est *arrivé* ? »

Lily dit ces choses-là, mais pas dans le noir — plus maintenant.

Gloria Beautyman avait un secret. Un secret aux dimensions titanesques. Gloria était secrètement mariée avec trois enfants. C'était quelque chose de cette dimension. Gloria était secrètement un garçon. C'était quelque chose de cette dimension.

2

Omphalos

« Comment appellerais-tu ça ? Un monokini, je suppose.

— Mais il n'est pas comme le tien, dis. Le tien a juste l'air d'un bikini sans le haut.

— C'est pour faire plaisir à Jorq. Il insiste. Mais elle a avancé d'au moins une génération, je crois. C'est comme si on avait une invitée toute nouvelle parmi nous. Un string ?

— C'est très étroit devant... Elle s'épile à la cire ? Elle a fait un Rita ?

— Un string ? Non, on voit de temps en temps une petite frange juste au-dessus de l'élastique.

— Donc, elle le rase.

— Elle le taille. »

C'est ça, Shéhérazade. Le triangle est de forme isocèle. Contrairement à ton équilatéral non calculé (je présume) — ou le tien, Lily.

« Un pagne ? Mais ce n'est pas le devant.

— Non, ce n'est pas le devant. C'est le derrière. Qui ballonne comme ça.

— Ce n'est qu'un vulgaire fil dentaire, je crois. Derrière. Je sais. Une feuille de vigne.

— Une feuille de vigne sur mesure.

— Oui. Une feuille de vigne très chère. Voilà ce que c'est, une feuille de vigne. »

C'est ça, Lily. Qui donc a dit : Et alors tous deux eurent les yeux ouverts et virent qu'ils étaient nus ? *C'était dans le jardin d'Éden, après la Chute ; ce n'est qu'après la Chute qu'on a eu besoin d'une feuille de vigne. Et envisagez une autre observation (faite deux mille ans plus tard) :* Je n'ai encore jamais touché une feuille de vigne qui ne s'est pas transformée en étiquette. *C'est ça, Lily. C'est tout à fait correct.*

Grazia, la plus récente (et la dernière) d'Adriano, qui mesurait un mètre soixante-dix-huit, soufflait des bulles iridescentes vers lui pendant qu'il se prélassait dans son transat, sa bouche une moue épaisse derrière le monocle savonneux. Lily dit :

« Je vois ce que tu veux dire à propos des nichons de Gloria.

— Mm. Elle me donne l'impression d'être maladroite... En tout cas son cul est toujours énorme.

— Mm. C'est toujours un cul *grotesque*. »

Et maintenant Timmy était là. Timmy arriva, pas à pied, mais avec une paire de taxis. Et pas avec un sac à dos. Il transportait une dynastie étendue de valises monogrammées en cuir, plus son violoncelle. Son violoncelle, comme une Ruaa en bière, avec de larges hanches où nicher une nichée.

Mais c'était une belle entrée — Timmy. Long, mince, flottant, vague et plus ou moins mollement stylé — comme le gribouillis d'une main talentueuse...

« Brr. Mmm, fit Shéhérazade en s'installant sur le canapé. Quel beau feu.

— Quel beau feu », dit Keith.

Ah oui : Shéhérazade. Il s'activa. Assis là devant les flammes avec son verre de vin, Keith renonça à analyser son état modifié. Il y renonça et se remit à ce qu'il faisait quand il n'avait rien de mieux à faire (une situation à présent fréquente) : il chérissait les treize heures. Les treize heures constituaient son secret. Pas grand-chose, en ampleur, comparé à la double vie ou à l'univers parallèle de Gloria. Comment était-ce pour elle ? *Le secret*, comme l'avait dit un jour un étudiant distingué de l'esprit, *produit un immense agrandissement. Le secret offre, pour ainsi dire, la possibilité d'un second monde à côté du monde manifeste.* Keith dit à Shéhérazade :

« Tu sais, chez Dickens, quand les personnages bons regardent le feu, ils voient le visage de ceux qu'ils aiment. Tandis que les personnages mauvais, ils ne voient que l'enfer et la ruine.

— Qu'est-ce que tu vois ? »

Keith tordit le cou, complètement, comme Adriano dans la Rolls-Royce. Étrangement, lui et Shéhérazade se trouvaient au centre de tranquillité de la pièce : tous étaient occupés à d'autres choses, les dames plus âgées d'un côté, Jorq et Timmy présidant une partie de cartes bruyante (un jeu appelé lanturlu, avec beaucoup de paris, de relances, de contres et de ramassage d'enjeux).

« Ni l'un ni l'autre, répondit-il. Entre les deux. Écoute, je suis désolé de ce que j'ai dit l'autre soir. Mais ne me méprise pas à jamais à cause de ça. Je ne savais pas que tu étais dévote.

— Je ne le suis pas. » Et elle se tourna aussi pour

voir. La tourelle de son cou, le chemisier rose, le cardigan couleur thé. « Je ne suis pas dévote. Je veux dire, je suis croyante, dans un sens. Mais c'est tout. Je ne suis pas comme Timmy... Et je ne te méprise pas. C'est moi. C'est seulement moi. »

Keith inclina la tête.

« J'ai découvert quelque chose sur moi-même. Je ne pouvais pas — je ne pouvais pas le faire. Bon, en vacances, un instant, une impulsion. Peut-être. Mais pas avec... préméditation. Un peu faiblard, je sais. Mais il semblerait que ce n'est pas mon genre.

— Il faut qu'il y ait de l'amour.

— Ça va plus loin que ça. Je suis coincée. Je crois que ça touche la mort trop précoce de Papa. Je suis simplement coincée avec ce que j'ai.

— Et qu'est-ce que tu vois, toi, quand tu regardes le feu?

— C'est vrai. Je vois quelquefois le visage de mon père.

— Mm », dit-il. Un mois plus tôt, une semaine plus tôt, il aurait été ému et honoré d'une telle confidence — de ces lèvres, sous ces yeux et ce front calme. Alors il pensa : Ainsi ce n'est pas ton genre, eh bien tu aurais dû préméditer un peu à *ce* sujet. « Je suppose que c'est compréhensible.

— Cela vaut mieux, je crois. Même si ça veut dire que je vais rater tout l'amusement. Peut-être que je deviendrai plus courageuse en grandissant. »

En entendant ça, Keith écarquilla les yeux; mais il sentit aussi une impulsion peu familière, commissariale, quelque chose comme — Shéhérazade, tu fais partie de l'ancien régime. Tu n'es pas équipée pour ce qui vient maintenant.

« Eh bien, Timmy est ici. Et je n'ai pas à me plaindre.

— Bien. Parfait. »

Adriano et Conchita, tel un petit couple marié, vinrent se réchauffer et, pendant quelque temps, ce fut le silence.

Que voyait Keith quand il regardait le feu ? Le feu, pensa-t-il, était l'élément amoureux, névrotique, corrosif, dévorant. Le feu était l'élément amoureux ; et un feu de bûches était une *orgie* — jetez-en une autre et regardez tous les serpents, toutes les vipères cuivrées, tandis qu'ils s'arquent et virent ; puis ils la recouvraient, d'en dessous, par-derrière, avec des lèvres et des doigts, crachant et léchant avec leur langue de serpent.

Conchita disait : « Comment on dit *feu* en italien ?

— *Fuoco, incendio,* dit Adriano qui avait, ces jours derniers, l'air hagard. *Inferno.* »

Et Keith était assis là avec son verre de vin et son feu et son secret.

———

Gloria Beautyman était hors d'occultation — corporellement en tout cas.

Sa feuille de vigne, en bas, près de la piscine (il y avait en fait plusieurs feuilles de vigne, argentée, dorée, platine pâle), introduisit une emphase érotique non encore explorée par Shéhérazade ou par Lily ou par Feliciana / Rachele / Claudia / Pia / Nerissa / Consolata / Grazia. Là, c'était du *relâchement*. Comme si l'élastique de la ceinture avait délibérément été détendu. Quand elle se douchait, sous l'auvent de la cabine, on sentait que d'un moment à l'autre la mince lamelle — le *rien aérien* — allait sûrement glisser à terre. Il suffisait de rester là suffisamment longtemps. Et quand elle plongeait, si on se mettait debout à temps, on pouvait l'apercevoir dans la profondeur glissante, la grande blancheur mouillée, et puis ses mains se tendaient derrière elle et tiraient.

Jorquil descendait maladroitement dans sa tenue de fermier pour l'applaudir depuis l'ombre (lui-même ne se déshabillait jamais : après cinq minutes au soleil son visage prenait la couleur d'une chambre à air). Et il y avait Timmy, affablement sans épaules, absorbé avec indifférence dans ses pamphlets et ses brochures (chasse, pentecôtisme). Et il y avait Adriano, à présent sans compagnie (et d'ailleurs doublement solitaire, tandis qu'il s'appliquait à sa nouvelle discipline : le yoga). Plus inattendue était la présence régulière d'Amen, la peau ambrée sous sa chemise blanche. Ses lunettes de soleil vous fixaient dans la lumière.

Fixaient, de temps en temps sans doute, les lunettes de soleil de Keith : il s'en était procuré une paire appartenant à Lily afin de pouvoir contempler — sans inhibition et sans ciller — le nombril de Gloria Beautyman. C'était tout nouveau : l'abdomen de Beautyman. Il n'était pas concave, comme celui de Shéhérazade, ni une surface continue et lisse, comme celui de Lily. C'était le panneau central du dessin de Gloria, une protubérance somptueuse. L'*omphalos*, comme les poètes le nommaient, représentant le centre de la terre, comme la douce houle de la mer Méditerranée.

Il y avait aussi une distinction qualitative en elle. Le corps de Gloria était complété, entier, la version finale. C'était sa coloration, pensait-il. Tandis qu'avec Lily, et même avec Shéhérazade, il y avait quelque chose de fiévreux, d'instable, ouvert au changement. Des marbrures soudaines, des alarmes. Ce dans quoi elles étaient encore, elle en était déjà sortie. Ou bien était-ce simplement la candeur des blondes?

Et tout ça était parfaitement gérable. Pendant une heure ou deux il prenait des clichés avec sa mémoire photographique, et ensuite il montait au château — avec l'omphalos vivant dans sa tête. S'ensuivaient quatre-vingt-dix secondes de narcissisme pratique, derrière des yeux fermés. Ce qui paraissait tout résoudre. Désirer Gloria n'était pas la même chose que désirer Shéhérazade, aux bons vieux jours : ça venait et ça disparaissait, mais ne s'accumulait pas. L'amour (il le savait) dilatait le monde; ceci (quoi que ce fût) réduisait le monde à un point unique. L'acte physique avec Gloria n'avait produit rien de plus qu'un désir primitif de le répéter. Un désir plus ou moins contrebalancé par une peur primitive.

Le nombril, ce creux ombreux, était le lieu du dernier lien de Gloria avec sa mère. Il délimitait aussi, naturellement, le lieu où ses propres enfants allaient un jour grandir.

« Bon, comment as-tu entendu parler de la chambre de bonne?... C'est là que tu devais aller avec Shéhérazade, je pense. Jusqu'à ce qu'elle se dégonfle. »

Gloria, au bord de la piscine, remettait ses affaires dans son panier. Tous les autres grimpaient sur le sentier du jardin, en file indienne. Elle parlait sans sourire, sans connivence. Elle dit :

« Oui, j'ai suivi tes maladresses avec Shéhérazade. Je suis curieuse. C'était quoi, cette histoire avec Dracula ?

— Elle t'en a parlé ?

— Elle m'a juste dit qu'elle s'inquiétait des chauves-souris vampires, maintenant, parce que tu avais prétendu être Dracula. Un soir. Raconte. »

Il lui en parla un peu. Elle se leva, passa son panier à l'épaule avec un bruissement, et il la suivit.

« Tu comprends, Keith, c'est pour ça que les filles vieux jeu aiment l'*idée* du ravissement. Pas la réalité, l'idée. Parce que si elles le veulent, et puis si elles apprécient, ce n'est pas leur faute.

— Ce n'est pas leur faute ?

— Non. C'est celle de Bela Lugosi ou de Christopher Lee. Typiquement Shéhérazade. Ainsi Dracula a laissé passer l'occasion, dit Gloria, de sucer son sang. Et c'est vraiment dommage.

— Je ne me plains pas. Tu étais magnifique... Dommage, pourquoi ?

— Vraiment dommage. » Elle fit une pause sur la pente et se tourna vers lui avec une gravité tranquille. « Ce truc que font les garçons avec les filles aux gros nichons. Euh-*hum*. Quand ils baisent entre les nichons.

— ... Ils font *ça* ?

— Ooh, pas qu'un peu. Tu sais, je peux y arriver si je les presse l'un contre l'autre. Mais évidemment il faut faire attention à ma croix. »

Keith attendit qu'une voix lui donne des instructions. Aucune ne vint, mais il dit : « Tu pourrais me montrer. Dans la chambre de bonne. Quand Jorq va faire un de ses tours en voiture.

— J'ai fait une reconnaissance dans la chambre

de bonne. Attends mes instructions. Silence maintenant.

— Tu sais, Gloria, tu *es* démodée. Futuriste, aussi, mais démodée. Vivant aux crochets des hommes. Tu pourrais être une grande danseuse.

— ... Bon, tu as lu beaucoup de livres, mais est-ce que tu connais *La Petite Ballerine rose* ? La petite ballerine rose prie pour être capable de tournoyer, de pirouetter et de bondir, comme une princesse de conte de fées, aussi gracieuse qu'une plume flottant dans l'air. Je ne serai jamais une danseuse. Mon cul est trop gros. Je ne peux pas mettre tout ça dans un tutu. Silence maintenant.

— Ou peintre. Tes dessins sont sensationnels.

— Il y a quelque chose — de malpropre dans le dessin. Silence maintenant.

— Tu as un secret. Ce n'est pas vrai ? »

Elle fit une pause. « ... Lily m'a dit qu'elle détestait danser. Elle déteste ça quand elle est obligée de danser. Qu'est-ce que ça t'apprend sur sa nature ?

— Je ne sais pas. Quoi ?

— Eh bien. Je suis sûre que ta vie sexuelle avait besoin d'un peu de piment. Mais j'ai remarqué que Lily a l'air maltraitée le matin. Ne la fais pas sortir de sa nature. Ne fais pas ça. Silence maintenant. »

Il s'arrêta et la laissa prendre de l'avance. Ainsi il pouvait la voir marcher : deux femmes différentes jointes à la taille.

Les fleurs : Lily ne savait pas grand-chose sur elles, mais elle en savait quand même beaucoup sur certaines d'entre elles. Et elle dit qu'on pouvait voir que l'automne était arrivé en Italie — quand les cyclamens fleurissaient dans l'ombre. N'ayant rien de la franchise de la primevère (sa cousine issue de germain), le cyclamen dissimulait son pistil dans des replis violets. La sagesse du jardinier — sous la forme d'Eugenio — soutenait que les sangliers aimaient les cyclamens à cause de l'âcreté de leurs racines. Le parfum de la fleur était frais : une fragrance glacée. Elle avait l'odeur de toutes les saisons, mais l'automne était son moment.

« L'été s'en va, dit Lily. On le sent dans l'air. »

Oui. Les répercussions automnales. Le silence de septembre.

Ils continuèrent à marcher.

À présent Lily faisait ses bagages. Après en avoir planifié les grandes lignes, sous forme de notes, elle avait commencé le premier brouillon. Elle pliait des T-shirts, pliait des T-shirts...

« J'ai trouvé, dit-il.

— Trouvé quoi ?

— Timmy est timoré. Le comte est un con. Et Jorq est un porc.

— Et Keith, il est riquiqui, dit-elle (ce qui ne lui ressemblait pas, pensa Keith). C'est kif-kif.

— Oui. D'après tes idées, Lily, tu es la seule personne ici qui n'est pas démente. De notre âge. Adriano est cinglé, ce qui se comprend facilement, et tous les autres sont religieux. Ou ne sont pas athées. Pour toi, cela revient à être cinglé.

— Whittaker n'est pas cinglé. »

C'était tout ce qu'elle allait dire... Faire ses bagages, pensa Keith, était le moyen d'expression artistique de Lily. En fait c'était le seul moyen d'expression artistique qu'elle ne désapprouvait pas en privé. Sa valise terminée était un puzzle achevé ; elle apportait la même précision à la préparation d'un panier de pique-nique ; même son sac de plage ressemblait à un jardin japonais. Telle était sa nature.

« L'automne est là, Lily. Il est temps de retrouver les vraies gens.

— C'est qui ?

— Les gens ordinaires. » Oui. Des gens ordinaires comme Kenrik et Rita, Dilkash et Pansy. Des gens ordinaires comme Violet. « Normaux.

— Pourquoi n'es-tu plus normal, toi ? Tes nouvelles acrobaties. Les déguisements et la mise en scène.

— Mais le normal change, Lily. Bientôt tout ça *sera* normal. À l'avenir, dit-il (il plagiait en fait Gloria), le sexe sera un jeu, Lily. Un jeu de surfaces et de sensations. Enfin. L'été est terminé. Le projet est terminé.

— Et est-ce que tu l'as lu, pour finir ?

— Quoi ?

— Le roman anglais. Tu n'as pas vraiment donné sa chance à Hardy. Bien que tu aies aimé la salope dans *Jude*.

— Arabella. *Un simple animal femelle.*

— Et je ne te pardonnerai jamais pour Rosamond Vincy, dit-elle (reprenant la discussion de son roman préféré — *Middlemarch*). Il y a la charmante Dorothea, et toi tu baves devant cette garce avide, Rosamond Vincy. Qui ruine Lydgate. Salopes et scélérats. C'est tout ce que tu apprécies maintenant — salopes et scélérats.

— Ouais, mais je ne peux pas supporter Hardy.

Je m'incline devant sa poésie. Mais je ne supporte pas sa fiction. »

Non, il ne pouvait pas supporter la fiction de Thomas Hardy — Tess, Bathsheba. Keith avait parfois l'impression que le roman anglais, en tout cas pendant les deux ou trois premiers siècles, ne posait qu'une seule question. Chutera-t-elle? Chutera-t-elle, cette femme? Sur quoi écriront-ils, se demanda-t-il, quand *toutes* les femmes auront chuté? Eh bien, il y aura de nouvelles façons de chuter...

« Je ne pouvais pas le supporter. Non, Lawrence maintenant. Non. Donne-moi DHL.

— Mais tu es toujours pris de convulsions quand tu le lis.

— C'est vrai, dit-il en se redressant sur sa chaise. *Il* est dingue, mais c'est aussi un génie. Et puis il est très turbulent. Les baises chez Lawrence — elles ressemblent plus à des bagarres. Bref. Celui-ci ne vaut pas tripette. »

Elle dit : « Femmes et Sexe Hystérique.

— Il ne marche pas. Sexe Hystérique parmi les meules de foin. Celui-là marche.

— Qu'est-ce qu'on va faire d'Adriano?

— Tom Pouce?

— Non. Pas le comte. Le rat. » Elle montra la feuille d'épais papier blanc. « L'Adriano de Croupopotin. »

Son attention fut éveillée. Keith n'avait pas appelé Adriano Tom Pouce depuis un bon moment; et Lily n'avait pas non plus appelé Gloria Croupopotin. Leur duolecte, comme tout le reste, vieillissait. Il dit :

« Laisse-moi le voir encore une fois... Remarque, dans ses dernières œuvres il devient très anti-motte.

— Anti-femmes?

— Ouais, mais aussi anti-motte. » Et pro-cul. « Mellors appelle la motte de Connie son bec. Et ensuite il cesse d'être normal.

— ... Ça fait mal.

— Tu as essayé avec Gordon, et ça faisait mal. Mais Gordon a une grosse bite, Lily, comme tous les autres garçons. Ça ne ferait pas mal avec moi. C'est bon. Oublie ça. Mais pourquoi ne peux-tu pas prendre toute la chose dans ta bouche?

— Bon Dieu, je te l'ai expliqué.

— Ah, le réflexe du haut-le-cœur. » C'était en fait le nom que Gloria donnait à ça. *C'est le défi auquel se confrontent les femmes aujourd'hui*, disait-elle. *Aller au-delà du haut-le-cœur.* « Il suffit que tu parviennes à maîtriser ce haut-le-cœur, Lily, et nous...

— Quel intérêt pour moi?

— Ne demande pas ce que ton pays peut faire pour toi, mais ce que tu peux...

— Oh, ferme-la, petite merde. Tu disais avant que tu espérais être *normal* au lit. Tu disais que c'est comme être sain d'esprit. La santé d'esprit, c'est la normalité.

— C'est vrai — je disais ça avant. » Il disait ça avant. Freud, après tout, a écrit que les bizarreries sexuelles sont des *religions privées*. « À toi de décider, Lily. Et je n'aime pas si tu n'aimes pas.

— Eh bien, je n'aime pas.

— Parfait... Je suppose qu'on va le bazarder. En tout cas elle sait dessiner.

— Croupopotin? Étrange, non? Tous ces trucs

de dame. Et maintenant avec sa feuille de vigne de sex-shop.

— Mm. C'est Jorq. Il est très fier d'elle.

— Il a dû apporter une pleine malle de ces robes noires moulantes. Et les jupes fendues et les corsages en satin avec les seins soulevés jusqu'au cou. Et elle a le physique du rôle, en plus. »

Une autre des qualités de Gloria : vous la regardiez maintenant, et vous vous demandiez toujours ce qui se passait de l'autre côté de ses vêtements. Lily dit :

« Ma mère avait un nom pour le genre de femmes qui s'habillent comme ça. Serveuses de cocktails.

— ... Viens t'étendre un instant, dit-il. Avec ce sarong. Et le débardeur sur la chaise là-bas. » Les yeux de Lily roulèrent vers le plafond. « Et ce chapeau », ajouta-t-il.

Quand ce fut terminé il prononça la phrase habituelle : sujet, verbe, complément. Et elle ne donna pas de réponse. Le regard de Keith se dirigea vers la fenêtre — à moitié endiguée de brume et de terreau à la lumière du soleil jaune et bas.

Lily dit : « C'est ce que Tom Pouce dit à Shéhérazade.

— Encore l'amour ? Pas possible. Avec Timmy dans le coin ?

— Il est sacrément sérieux. Plus du tout fleuri comme avant. Elle pense qu'Adriano va faire sa déclaration. »

Keith dit avec indifférence : « Le comte ? Tu es sûre que tu ne veux pas dire le rat ? Ouais, et si le rat faisait sa déclaration, Lily ? Je veux dire à toi. Tu serais obligée d'accepter. Sinon tu heurterais ses sentiments.

— Très drôle. Petite merde. Elle est inquiète. Elle a peur qu'Adriano commette une imprudence. »

Une fois seul, il contempla le dessin que Gloria avait fait d'Adriano le rat. Tout le monde était d'accord. La main suivait l'œil avec une facilité troublante : la pompe faiblarde de la poitrine, les striures cylindriques de la queue. C'était le rat ; mais il fallait dire qu'elle avait raté sa chosité. L'Adriano de Gloria avait l'air beaucoup plus digne — avait l'air bien moins disgracieux — que la chose dans la vitrine de la boutique d'animaux. L'Adriano de Gloria avait été promu dans la chaîne des êtres. Le rat de Gloria était un chien.

Pendant une de leurs pauses, au cours de cet après-midi animal (Gloria se changeait), Keith avait feuilleté son carnet d'esquisses : Santa Maria aussi grande que Saint-Pierre, rues de village nettoyées de tout encombrement et désordre ; Lily avec sa beauté bien calée depuis longtemps, Adriano avec la tête de Marc Antoine mais un torse trompeusement grandeur nature, Shéhérazade seins nus pas du tout gênée par sa « noble » poitrine ; et Keith lui-même, à qui avait été sommairement attribuée une élaboration à la Kenrik des yeux et des lèvres.

Était-ce de la magnanimité ou du sentimentalisme ? Était-ce peut-être même religieux — une absolution qui promettait l'ascendance ? Selon Keith, de toute façon, l'enjolivement paraissait peu artistique. Il pensait, alors, que l'art était supposé dire la vérité, et donc être impitoyable. Mais la main suivait l'œil avec une facilité troublante. Et c'était ainsi qu'elle était dans la chambre à coucher : accord phénoménal de la main et de l'œil. Comment, se demanda-t-il, Gloria dessinerait-elle Gloria ? Regardant dans le miroir en pied, nue, avec crayon et carnet, comment choisirait-elle de représenter ça ? Le physique, évidemment, serait standardisé. Et le visage serait honnête, et sans secret.

L'haleine froide des cyclamens. Évanescents, comme la saison, maintenant, une froide dissolution. Cet été était l'apogée de sa jeunesse. Il était venu et était parti, il était terminé, Lily, son premier amour, son seul amour, était sans doute terminée. Néanmoins il avait beaucoup profité (ressentait-il, dans le silence de septembre) de l'exemple de Gloria Beautyman. Maintenant il pensait à Londres et à ses millions de filles.

———

Whittaker disposait les pions blancs sur la table du salon. Il le faisait par bonté de cœur, parce que Keith ne jouait plus aux échecs avec Whittaker. Whittaker en était soulagé, et Keith aussi, au début. Mais Keith jouait à présent avec Timmy.

« Tu sais ce que je suis ? Je suis un parent contrarié. Je ne suis même pas une tantouse. Je suis un pépé. Amen. Il y a un fait nouveau. »

Keith leva les yeux : Whittaker, qui si souvent semblait remplir le même espace que son frère Nicholas. Dans soixante-douze heures, Keith serait dans les bras de son frère, et lui raconterait tout...

« Amen est tombé amoureux — à sa façon. Pas de moi, naturellement. C'est une de ces passions sans espoir. Et tu sais quoi ? Jamais je ne pourrai être aussi touché. Je le nourris à la cuillère et je le soigne. Et il est si gentil avec moi. Je suis un parent contrarié.

— Il est amoureux de qui?

— En fait, c'est terriblement bien, dit Whittaker. Il y a trois jours il a emmené Ruaa au car. Et je pensais qu'il l'accompagnerait jusqu'à Naples, comme il le fait toujours. Mais non — il l'a simplement flanquée dans le car et il est revenu. Pour être près de la personne aimée. C'est un amour qui n'ose pas dire son nom. Gloria. »

Il n'y avait plus aucun doute. Keith devait retrouver des gens normaux. Et rapidement, en plus. « Gloria?

— Gloria. Il dit qu'il se normalise pour le cul de Gloria.

— ... Répète ça.

— Je vais le reformuler. Amen se demande s'il ne devrait pas devenir hétéro — par amour pour le cul de Gloria.

— Avec, euh, est-ce qu'il a des ambitions?

— Non. Il le glorifie trop pour ça. Il se demande s'il ne devrait pas devenir hétéro au *nom* du cul de Gloria. Pour honorer le cul de Gloria.

— Je crois que je vois.

— Il n'aime pas son visage ou le reste. Ni sa personnalité. Ni son talent pour le dessin. Juste son cul.

— Juste son cul.

— Juste son cul. Mais il aime quand même bien ses cheveux. »

Keith alluma une cigarette. « C'est vrai que j'ai remarqué que tout à coup il était toujours ici. » Amen, au bord de la piscine, jambes parfaitement croisées, sur une chaise de réalisateur, ses lunettes de soleil étrangement proéminentes, comme des antennes. « Et je me demandais. Est-ce qu'il a fait la paix avec les nichons de Shéhérazade ?

— Au contraire. Il pense qu'ils sont plus violents que jamais. Mais il brave les nichons de Shéhérazade — pour le cul de Gloria. Et maintenant il est dans une sorte de tendre désespoir. Cela l'a rendu humble. Il est au désespoir. Il dit que jamais il ne trouvera un type avec un cul pareil.

— Et c'est vrai, il n'en trouvera pas, dit Keith avec assurance. Je veux dire, c'est un cul très féminin.

— Aussi féminin que les nichons de Shéhérazade. Et c'est bizarre. Les culs que nous aimons sont musculeux — plutôt cuboïdes. Et celui de Gloria est... »

Pareil à une tomate primée, avait déclaré Shéhérazade, cette fois-là — en parlant du pantalon en velours côtelé rouge, si litigieusement lâché parmi les jeunes hommes d'Ofanto. Plus tard le même jour, alors qu'il jouait au solitaire, Keith avait fait une adéquation visuelle exacte : l'as de cœur. En deux dimensions, donc. Et cœur : cœur. Qui n'était pas la bonne couleur.

« Là, je ne suis plus, Whittaker. Pourquoi le cul ça va ? Le cul et pas les nichons ?

— Il y a une différence fondamentale.

— ... Ah, bon Dieu. Excuse-moi un instant. Quelle est la différence fondamentale ?

— Les garçons ont un cul. »

Keith n'avait pas besoin qu'on lui rappelle que les garçons ont un cul. Toutes ces colères rentrées en lui, ces vacillements et ces réarrangements, telles des bûches succombant aux transformations au cœur d'un feu — tout cela était accompagné d'un remue-ménage dans ses intestins. À l'odeur latente et froide du sol du donjon, il ajouta l'odeur, non de ses préoccupations mortes, de ses jours passés : c'était son présent, et son investissement dans le présent, qu'il semblait évacuer. Il s'accroupit là. Il attendit. Les derniers rappels tiraillants de la douleur. Cela s'en allait... Et où va la douleur, quand elle s'en va ? Disparaît-elle, ou s'en va-t-elle ailleurs ? Je sais, se dit-il. Elle va dans le puits de notre faiblesse ; et elle attend.

Il était allongé dans la baignoire vert pâle, dans l'arpent hivernal de la salle de bains du donjon. C'était un lieu de douleur, de torture et de traumatisme, avec ses crochets de boucher aux murs, ses rigoles d'évacuation, ses seaux, ses caillebotis et sa grande famille miséreuse de bottes en caoutchouc boueuses. La salle de bains dans la tour nuageuse était un lieu de plaisir (regardez les formes humaines dans le miroir), le lieu où, néanmoins, il avait appris que le plaisir pouvait brûler et cingler, pouvait lanciner et poignarder.

Sa conversation avec Whittaker avait rouvert une ligne de malaise — la contre-intuition que sa journée avec Gloria Beautyman était dans un certain sens *homoérotique*. Et les preuves continuaient à s'amonceler. D'abord, Gloria était un garçon manqué sexuel : elle aimait grimper dans tous les arbres, s'écorcher et se salir les genoux. Et puis il y avait cette histoire (pas une petite affaire) qu'elle était une bite. *Jorquil a eu le culot de dire que j'étais une coquette,* dit-elle avec ce qui ressemblait à une véritable indignation. *Tu sais ce que le mot veut dire ?*

C'est ridicule. Je mesure un mètre soixante-treize en talons aiguilles. Et, ayant dit, elle se leva du lit et traversa la chambre toute nue ; et Keith imagina ses fesses comme une gigantesque paire de testicules (du lat. *testiculus*, lit. « témoin » — témoin de la virilité), pas ovales, mais parfaitement ronds et s'inclinant vers le haut dans l'érection de son torse et le casque de sa tête. Troisièmement, son nom : Beautyman. Quatrièmement, et de toute évidence, il y avait la bête à un dos. Plus le raffinement sinistre. Il avait entendu dire et lu que les femmes pouvaient être masochistes. Mais cela suscitait une question. Une femme pouvait-elle être misogyne — au lit ?

Il y avait aussi un sixième élément ; il était révolutionnaire, et sans doute était-ce la raison pour laquelle il ne parvenait pas à le saisir... Son secret. Son milieu, son omphalos, telle la convexité fondue au centre d'un bouclier.

Timmy, blanc, joua P-Q4 ; et noir fit de même. Blanc joua P-QB4. Le pion offert : c'était ce qu'on appelait le gambit de la dame. Les longs doigts effilés de Timmy, chacun avec sa vie indépendante, semblait-il, se retirèrent alors et sélectionnèrent deux objets, un magazine et un pamphlet, de la pile de lectures près de sa chaise. Le pamphlet était intitulé *Un seul Dieu* ; le magazine s'appelait *Chien de Chasse*. Pour l'instant, ces périodiques restèrent fermés sur ses genoux.

« Alors, comment était-ce à Jérusalem — ton travail ? » demanda Keith, qui essayait déjà de gagner du temps. Lors de leur pénultième partie, il avait accepté le gambit de la dame; et après que Timmy avait poussé le pion de son roi jusqu'à la quatrième rangée, le centre de Keith avait immédiatement disparu; et cinq coups plus tard sa position — son royaume moqueur — était en ruine. Il joua humblement P-K3 et dit : « Ça a marché ? »

Timmy joua N-QB3. « Pardon ?

— Convertir les Juifs.

— Eh bien, si on regarde les chiffres, ça paraît un peu froid. Tu comprends, notre priorité était d'attraper ces types avec, tu sais, les types avec les petits bérets sur la tête. Et les drôles de rouflaquettes. Et tu comprends, ils sont très bornés. »

Keith lui demanda ce qu'il voulait dire.

« Eh bien on va les voir et on leur dit, tu sais, qu'il existe une autre voie. Il existe une autre voie! Et ils se contentent de te regarder comme si tu étais... Tu es sûr que tu veux faire ça?

— J'adoube.

— Tu vois, ils sont *tellement* bornés. C'est étonnant. Difficile à croire. »

Ce qui aurait pu être très bien. Sauf que Keith, pour la cinquième partie consécutive, avait un mal énorme sur l'échiquier; sauf que Timmy, ce même été, avait eu sa licence avec mention très bien en mathématiques à l'université de Cambridge; sauf que ces longs doigts, la nuit précédente, avaient couru et frétillé sur le manche de son violoncelle, tandis que l'autre main sculptait une fugue incroyablement déchirante (de J. S. Bach; Oona l'avait écoutée et des larmes filtraient de ses yeux fermés). Keith dit :

« Oh c'est finaud.

— Et ton fou *en prise*... Tu permets ? Certaines personnes trouvent ça insultant.

— Non, vas-y. »

Et Timmy se cala contre le dossier — et ouvrit *Chien de Chasse* avec un grognement d'intérêt... Keith, après moult hésitations, installa un autre garde du corps sans défense devant son roi. Alors Timmy leva les yeux et lui donna sur-le-champ le terrible présent, le terrible ami, de son coup suivant.

Ils entendirent l'appel du dîner.

« Match nul ? » dit Timmy.

Keith jeta un dernier coup d'œil à sa position. Les pièces noires étaient entassées ou éparpillées ; et toutes avaient les ailes rognées. Alors que Blanc était parfaitement déployé, comme les armées des cieux, brûlant de beauté et de puissance.

« J'abandonne », dit-il.

Timmy haussa les épaules et se pencha pour redonner un peu de cohésion à sa pile de périodiques. Des périodiques d'un vif intérêt pour la foule des évangélistes, pour la communauté des hameçons et cartouches... Les échecs, les maths et la musique : c'étaient les seuls domaines, Keith avait entendu dire, où l'on rencontre des *prodiges*. C'est-à-dire des êtres humains capables d'originalité créative avant l'arrivée de l'adolescence. Il n'y avait de prodiges nulle part ailleurs. Parce que ces systèmes fermés ne dépendaient pas de la vie : de l'expérience de la vie. La religion aussi, sans doute, était prodigieuse, quand les enfants rêvaient, avec toutes leurs forces authentiques, du Père Noël et de son traîneau.

Shéhérazade vint prendre le bras de Timmy, et l'emmena : elle, le pas majestueux, lui, l'allure de mufle élégant. Oona, Prentiss et Gloria Beautyman furent les dernières à quitter la pièce.

« Est-ce que tu fais des progrès, demanda Keith, avec *Le Cœur et la Raison* ?

— Non, dit Gloria (pantalon en velours noir de brocart, chemisier cintré en soie), j'ai abandonné après sept pages.

— Pourquoi ça ?

— Elle me donne l'impression d'être une enfant. Toute cette vérité. Cela m'effraie. Ce qu'elle sait. »

Oona écoutait toujours à moitié en s'en allant, et Keith dit : « Est-ce que tu peux croire qu'elle était plus jeune que toi quand elle l'a écrit ? On pense qu'elle a écrit ses trois premiers romans avant vingt et un ans. Le premier à dix-huit ans.

— Impossible.

— Avec si peu d'expérience de la vie. Pourquoi pinces-tu tes seins comme ça ? dit-il. Devant le miroir. Pourquoi fais-tu ça ? Parce que tu aimes bien ?

— Non. Parce que ça a *l'air* bien. La chambre de bonne, dit-elle d'un ton neutre. C'est parfait pour nous. Nous pourrions nous y glisser en douce et je pourrais faire la chose dont nous avons parlé. Quand je les serre l'un contre l'autre. Ou bien est-ce que tu as trop peur de moi ? Tu devrais, tu sais.

— Je n'ai pas trop peur de toi.

— Oui, eh bien, il y a un hic avec la chambre de bonne, dit-elle en souriant. Il y a une bonne dedans. Madonna. Estime-toi heureux. Imagine que tu es l'Adriano de ma Rita. Tu as eu ton cadeau d'anniversaire. »

Il la regarda partir, en noir serré : l'as de pique, cette fois-ci. Mais maintenant l'as était à l'envers...

Les saturnales en feuilleton de toute une journée avec Gloria ne lui avaient absolument rien rappelé de son passé — à l'exception de ce moment de coupure, au début, dans la salle de bains, quand il avait été pris de vertige (*Regarde ce qui se passe avec deux doigts*) et senti tout son courage s'évaporer. Pendant juste un instant, il ne put plus confronter ce qui allait maintenant être. Cela lui rappela un épisode souvent ruminé, dans une autre salle de bains, en 1962, avec une certaine Lizzyboo, la fille magiquement transgressive d'une des plus vieilles amies de sa mère. Il avait treize ans; et Lizzyboo avait le même âge que la Jane Austen naissante, débutante. Et elle verrouilla la porte de l'intérieur et dit qu'elle allait le déshabiller pour la douche. Le petit Keith pleurait et gloussait tandis qu'elle saisissait ses boutons — c'était comme si on le chatouillait à mort. Ensuite Lizzyboo glissa la clé dans le V de son pull-over et se pencha vers lui : *Si tu es paniqué et que tu veux t'enfuir, tu peux venir la chercher.* Il envoya sa main en mission — la mission de pénétrer dans le futur — et elle ne voulut pas y aller. Sa main était la main du mime quand il se cogne dans le mur de verre invisible. Il avait treize ans, alors; et elle le gracia (il fut autorisé à fuir). Et maintenant il avait vingt et un ans.

« Timmy s'apprête à dire le bénédicité, dit Lily depuis la porte. Et tu ne devrais pas louper ça. »

L'attitude de Keith envers la religion évoluait, semblait-il. Il avait maintenant une raison pour remercier Dieu — pour remercier la religion. *Ah, mille grazie, Dio. Ooh, tantissime grazie, religione.* Nombre de fois, dans ses fantasmes à thèmes, Gloria retournait à l'idée du blasphème. *Dans une demi-*

heure on m'emmène à l'église, monologuait-elle en enfilant sa robe de coton blanc. *Je vais épouser un homme plus âgé. Comme j'ai de la chance d'être encore vierge. Il faut simplement que je ne craque pas maintenant. Oh, salut. Je ne t'avais pas vu étendu là...* Et puis encore, au tout dernier moment, dans la salle de bains, devant le miroir. La religion excitait Gloria Beautyman. Et qui allait lui chercher noise si elle produisait cet effet?

En se dirigeant vers la salle à manger, il se rappela quelque chose d'autre à propos de Lizzyboo. Cela n'avait aucun rapport, supposait-il; c'était, cependant, vrai. Elle avait un talent particulier — démontré à trois ou quatre occasions, devant la famille et d'autres visiteurs, et une fois pendant une fête (étudiants, universitaires, professeurs de sociologie et d'histoire), chaleureusement admiré et applaudi par tous. Assise sur la moquette, les bras croisés à hauteur de ses épaules, jambes remontées et pliées, avec la seule force motrice de ses muscles, Lizzyboo pouvait traverser la pièce à toute vitesse sur son cul. Toutes les autres filles avaient essayé; aucune d'entre elles ne pouvait même se soulever du sol. Lizzyboo avait des liens différents avec la gravité — la gravité, dont le désir est de vous mener là en bas, au centre de la terre.

Keith s'assit à table en secouant la tête (l'expérience de la vie, la vie!) entre Gloria et Conchita, face à Jorquil, Lily et Adriano.

3

La cabine de la piscine

Mystérieusement blasée au sujet de Frieda (et, plus tard, des filles genre Shéhérazade et Rita et Gloria Beautyman), la police s'était toujours anormalement intéressée à D. H. Lawrence. Et son attention n'avait pas seulement été attirée par *Lady Chatterley* : également par *L'Arc-en-ciel* (obscénité), et également par *Femmes amoureuses* (diffamation). Et également par un recueil de poèmes très tardif (*vulgaire et indécent*, selon le ministère de l'Intérieur ; *écœurant et dégoûtant*, selon le procureur de la Couronne). Suffisamment gay, au fond, pour être mis derrière les barreaux en premier lieu, Lawrence ignora cependant le ridicule de ses amis et intitula son recueil *Pansies* — un jeu de mots, dit-il, sur *pensées*. Il y avait eu deux éditions de *Pansies* : l'édition expurgée et l'édition originale, dans laquelle les onze poèmes les plus cochons étaient préservés.

C'était évidemment la version non expurgée que Keith cherchait — et il la trouva, tout en haut, dans l'infinie bibliothèque. En bas, Conchita était assise sur le canapé avec ses livres de coloriage. Il l'examina : le chignon noir et serré de sa chevelure, les épaules rondes, une main à plat sur la surface en pente du cuir, l'autre tendue vers le prisme simple de ses crayons et crayons de couleur. Livres de coloriage — bords de mer, robes de bal, fleurs.

« Trouvé... C'était comment, Berlin ? »

Elle haussa les épaules en disant : « Nous sommes allées voir le Mur. »

Contrairement à tous les autres, Conchita avait rajeuni au cours de l'été. La luminosité précoce avait disparu, et il n'y avait plus rien d'inhabituel — quand elle se précipitait sur ses livres de coloriage ou quand elle s'occupait, avec le sourire le plus tendre et le plus compatissant, de Canard et d'Agnelet, de Patita et de Corderito.

Il redescendit en disant : « Et comment c'était, Copenhague ? J'y suis allé.

— Froid. Et cher. C'est ce que... ce que Prentiss a dit.

— ... Répète *cher*.

— Cher.

— Il y a deux mois tu aurais dit *ssèrr*. Dit *magazines*.

— Magazines.

— Tu as changé. Tu es une Américaine maintenant. Et tu es plus mince. Ça te va très bien. »

L'exemple de l'apoplectique Dodo, imaginait-il, avait appris à l'appétit de Conchita qu'il fallait faire attention (aux repas, elle ne demandait plus qu'on la resserve). Et pourtant la perte de poids, pensa-t-il, était aussi une perte d'inquiétude, de pesanteur interne ; elle ne portait plus le deuil ; Conchita s'habillait en blanc.

« Merci... Tu as changé, toi aussi.

— Oh, vraiment ? En mieux ou en pire ?... En pire, pas vrai ? De quelle façon ? »

Elle souriait en plongeant la tête vers le bas.
« Tes yeux sont bizarres.

— ... Ah ouais. Conchita. Là-haut dans la tour. Est-ce que Shéhérazade oublie parfois de déverrouiller la porte de la salle de bains ?

— Tout le temps. »

Un instant plus tard, Keith prit congé et sortit dans le jardin. Les abeilles avaient disparu, et presque tous les papillons. Les grenouilles ne gargouillaient plus dans leur marécage. Les moutons étaient partis, mais les chevaux étaient restés par loyauté. Keith fronça les sourcils. Au-delà de l'enclos et sur une pente plus haute, il aperçut la silhouette d'Adriano, marchant lentement, le cou penché en avant et les mains jointes au bas du dos.

« *Oh ! quel mal t'oppresse, chevalier* », chuchota Keith...

> Oh ! quel mal t'oppresse, chevalier,
> Attardé, pâle et solitaire ?
> La laîche au bord du lac est flétrie
> Et nul oiseau ne chante.

J'aperçois un lys blanc sur ton front, Emperlé de fièvre et d'angoisse... Mais les vignes étaient nues et les serres de citronniers fermées. Le grenier de l'écureuil était plein.

———

« Il n'y a là rien de *sinistre*, dit Gloria. Tu es obsédé.

— Pas du tout. Je l'ai fait remarquer avant, et j'en parle maintenant.

— Tu en fais tout un plat. Mais qu'est-ce que tu as ?

— Je ne crois pas que moi, j'en fasse tout un plat.

— Oh, ce serait moi alors ? Bon Dieu, quand tu commences, tu n'arrêtes pas... C'est quelque chose que font beaucoup de filles.

— Selon mon expérience limitée, dit Keith en imaginant avec terreur comment le *raffinement* serait accueilli, par exemple, par Lily, ce n'est pas quelque chose que font beaucoup de filles.

— Eh bien, ce n'est que pure ignorance de leur part. Et ce sont des imbéciles si elles ne sont pas au courant. Ce sont des imbéciles. Tu es obsédé. C'est bon. L'éjaculat, dit-elle en faisant rouler ses yeux sur un tour complet, con...

— Attends. N'est-ce pas éjacu-lation ? Tu as dit éjacu-*lat*.

— C'est la substance, pas l'action. Imbécile. Je suis *entourée* d'imbéciles. »

Ce qui était sans doute le cas. Mais une chose était certaine : Gloria était entourée d'Italiens — et des Italiens de la bourgeoisie provinciale. Keith était à Montale, à la *casa signorile* du *sindaco*, c'est-à-dire la résidence du maire. C'était un déjeuner pour cinquante ou soixante. Oona les avait persuadés de fournir un contingent (Prentiss et Jorquil formaient un couple à vingt Italiens d'eux). Ils venaient de subir deux longs discours, l'un par un vénérable dignitaire (dont le menton avait les dimensions d'une barbe de longueur moyenne), et l'autre par un gros soldat en grand uniforme (dont la moustache en guidon de vélo atteignait le blanc de ses yeux). À présent, avec lassitude, Gloria disait :

« *L'éjaculat...* contient beaucoup des ingrédients qu'on trouve dans la crème pour le visage, les crèmes chères. Lipides, acides aminés et protéines pour raffermir la peau. Ce n'est pas un bon lait hydratant, ce qui explique pourquoi je le lave au bout de dix ou quinze minutes. Mais c'est une bonne crème exfoliante. Et que veut dire *exfoliant*?

— Je ne suis pas sûr. Défoliant?

— Encore faux. Le dictionnaire ambulant s'est encore trompé. Une crème *exfoliante* est un produit qui élimine les cellules mortes. L'éjaculat est le secret de la jeunesse éternelle.

— Je suppose que c'est logique, d'une certaine façon. »

Elle lui dit, hargneusement : « Maintenant, tu es *content*?... Oh, t'as vu ça? Oh *non*. Il prend le poisson. » Et elle frappa sa paume contre la nappe. « J'abandonne. Le pauvre con prend le poisson! »

Keith jeta un coup d'œil dans la diagonale de la table. Jorq regardait avec un tremblement appréciatif du menton tandis que le serveur déposait une tranche de saumon sur son assiette entre cuillère et fourchette.

« Que faire? Il ne veut tout simplement pas *écouter.* »

Sentant son front se plisser, Keith dit : « Le poisson. Pourquoi...?

— Mais tu ne sais donc rien? Le poisson donne une *horrible* odeur à l'éjaculat. Voilà. Tu ne savais pas ça non plus. Eh bien.

— Bon Dieu. Je me rappelle. *Je suis certaine que*

le poisson est parfaitement frais. Mais Keith et moi, nous sommes très contents de l'agneau.

— Et qu'est-ce que tu as trouvé maintenant ?

— Tu as planifié ce truc-là aussi. Le soir avant mon anniversaire. Tu l'as planifié.

— Évidemment que je l'ai planifié. Autrement tu aurais pris le poisson. Évidemment que je l'ai planifié. »

Il dit : « Eh bien, planifier, c'est très important. Tu me l'as montré.

— Bien sûr, on ne peut pas tout contrôler, dit-elle d'un air endormi (et encore plus indifférent que d'habitude). C'est une erreur de croire qu'on le peut. Tu sais, je suis vraiment furieuse, je suis tellement furieuse quand je vais à un dîner et qu'ils servent du poisson. Et on ne t'offre pas le choix. Cela veut dire que tous les hommes sont *hors de combat*. Vraiment. Et naturellement, on ne peut rien *dire*. Il ne te reste qu'à attendre et à bouillonner. Cette audace — c'est incroyable. Tu ne crois pas ?

— Tu me fais voir ça sous un jour nouveau. Tu me fais souvent voir les choses sous un jour nouveau.

— Jésus Marie Joseph. Il en reprend. »

Keith termina son verre de champagne et dit : « Tu sais quoi, Gloria, tu devrais boire un peu de ça. Ensuite nous pourrions aller dans la pièce là-bas.

— ... Oui. Oui, tu es sur la bonne voie. Tu es vraiment sur la bonne voie pour devenir un jeune homme absolument répugnant. Avec tes yeux neufs pétillants.

— Est-ce que tu travailles secrètement pour la CIA ou le KGB ?

— Non.

— Est-ce que tu viens secrètement d'une autre planète ?

— Non.

— Est-ce que tu es secrètement un garçon ?

— Non, je suis secrètement une bite... À l'avenir toutes les filles seront comme moi. Je suis simplement en avance sur mon temps.

— Toutes les filles seront des bites ?

— Oh non. Il y aura peu d'élues. Maintenant ferme-la et mange ta viande. »

Il dit : « La cabine de la piscine.

— Ferme-la et mange ta viande. »

Plus tard, en buvant son café, il dit :

« C'est le plus beau cadeau d'anniversaire que j'aie jamais eu. » Il parla pendant environ cinq minutes, terminant par : « C'était inoubliablement merveilleux. Merci.

— Ah, enfin un peu d'appréciation... La cabine de la piscine, dis-tu. Mm. Faudra qu'il pleuve. »

Des nombreuses choses dont souffrait Dodo (Dodo était un bon exemple), le narcissisme ne faisait pas partie, se dit Keith tandis qu'il était assis près de la fontaine féminine avec *Pansies* sur les genoux. Pendant toute sa vie d'adulte, Lawrence n'avait jamais inspiré sans douleur, et ses poumons l'avaient étranglé et tué à l'âge de quarante-quatre ans (derniers mots : *Regardez-le sur le lit là-bas !*). Les derniers poèmes de *Pansies* avaient pour sujet le contraire du narcissisme, la fin du narcissisme — sa fermeture humaine. L'autodissolution, et le sentiment que sa propre chair n'était plus digne d'être touchée.

Lawrence avait autrefois été un bel homme. Lawrence avait autrefois été jeune. Mais à combien est-il donné de se tenir nu devant le miroir et de dire, avec ardeur : *Oh, je m'aime. Oh je m'aime tellement* — à combien ?

À présent Lily demandait si elle pouvait enlever l'uniforme (et elle se plaignait également de la lumière aveuglante du plafonnier). L'uniforme, celui d'une femme de chambre française, était un succès par de nombreux côtés. Mais il laissait quelque chose à désirer. Quoi ? Ceci. Peu importait, dans le monde nouveau, que Lily aime Keith Nearing. Ce qui importait, c'était que Lily aime Lily. Et ce n'était pas le cas — ou pas suffisamment.

« Ouais, vas-y alors, dit-il.

— Tu ne t'es pas donné de mal, j'ai remarqué, dit Lily en jetant le chiffon pelucheux et en tirant sur le nœud de son tablier blanc. Tu n'as pas fait semblant d'être un majordome ou un valet de pied.

— Non, dit-il. Je suis normal. »

Pourquoi les uniformes sont-ils bons ?

Deux raisons, dit Gloria. *Ils te rendent moins spécifique. Je ne suis pas Gloria Beautyman. Je suis une hôtesse de l'air. Je suis une infirmière. Les nonnes, c'est ce qu'il y a de mieux, mais c'est beaucoup d'efforts et impossible sans les chaussures à boucle et la guimpe.*

« Lily. Je voudrais te parler de Pansy. Voyons si tu penses que *ça* c'est normal. Je veux ton avis juridique. » Pansy expurgée, ou non expurgée ? Il verrait. « Et en échange, dit-il, tu pourras me parler de ton passage aux culottes cool. Qui l'a suggéré? Harry? Tom? »

Quelle est l'autre raison pour laquelle les uniformes sont bons?

Eh bien, elle est censée faire autre chose, pas vrai? Elle se conduit déjà mal rien qu'en te parlant. Tu l'empêches de travailler.

« Personne ne l'a suggéré, dit Lily dans le noir. Je l'ai décidé.

— Alors tu as simplement pensé : Je sais — je vais passer aux culottes cool. »

Lily, pendant l'acte sexuel (en jupe noire retroussée, en bas noirs), lâcha quelques soupirs. Pas des soupirs hauts, pas des soupirs bas — des soupirs au niveau du sol. Mais maintenant elle soupirait sur le sol du donjon. Elle dit :

« Eh bien, quand on couche avec des gens comme ça, juste pour le plaisir... Si on se comporte comme un garçon. On veut montrer qu'on y a pensé sérieusement. La culotte envoie un signal. »

Il dit : « Et le signal est : on peut l'enlever. Seules les culottes pas cool restent en place. » Ce qui n'était pas tout à fait vrai, il s'en rendit compte. Gloria elle-même lui avait fait connaître une nouvelle technique : le maintien du sous-vêtement inférieur pendant les rapports sexuels. Et Pansy aussi (dans la version non expurgée) enfreignait cette règle. Il dit : « Il y a aussi l'auto-dorlotement. Un signal de l'amour de soi-même. Ça, c'est bien.

— C'est drôle, dit Lily, qu'il ait fallu expliquer à Shéhérazade, pour les culottes cool.

— Et qu'elle n'ait pas simplement décidé sagement d'en changer. Comme tu l'as fait, Lily. Il a sans doute fallu qu'on explique à Pansy, pour les culottes — Rita.

— Elle était mignonne, Pansy?

— Pas de façon classique. Mais gentille. Une longue chevelure brune et un visage doux. Comme une créature des bois. » Et un corps puissant, Lily. Avec ces longues jambes bronzées dans ces jupes incroyablement courtes imposées par Rita. « Et cela a été un moment vraiment extraordinaire, Lily. Dans tout cette... » Il voulait dire la révolution ou le profond changement. « Dans tout ce truc, cela a été le moment le plus extraordinaire. »

Lily soupira et dit : « Vas-y, alors.

— Eh bien, Arn m'a emmené chez eux. Et au troisième rendez-vous, Lily, j'ai aidé Pansy à se déshabiller. Et tandis que je descendais sa culotte — elle a arqué son dos, et devine quoi.

— Je le savais. Elle est celle qui n'a jamais eu de poils pubiens.

— *Non*, Lily... Ce qui était étrange c'est que — je voyais bien qu'elle n'en avait pas envie. Alors même qu'elle arquait le dos. Elle allait le faire. Mais elle ne le voulait pas. Pas de volonté. Pas de désir du moi.

— Et elle l'a fait?... Pourquoi?

— Elle était — je ne sais pas. Elle suivait l'esprit de l'époque. »

Lily dit : « Et tu l'as quand même fait?

— Évidemment que je l'ai fait. » Pour être tout à fait franc avec toi, Lily, j'avais vécu une très mauvaise période. Qui allait revenir bientôt, avec Dilkash et puis avec Doris. « D'accord. Pas vraiment l'idéal. Mais évidemment que je l'ai fait.

— Et comment c'était?

— Sans problème. » Et ensuite on est restés couchés là pendant trois heures, Lily. Et on a écouté Rita qui faisait ça avec Arn dans la chambre voisine. « Sans problème.

— Ce que tu as fait. C'est un peu comme un abus de confiance. Selon mon avis juridique. Tu aurais dû lui parler... Je suis surprise que tu aies *pu*.

— Oh, merde, Lily. Lui parler? » Persuader les filles de faire l'autre chose — ça m'a pris la moitié de ma vie. « Je n'allais pas dire à Pansy de mettre sa culotte.

— C'était une sorte de viol, d'une certaine façon.

— *Non.* » Cette accusation lui avait naturellement déjà été assenée. Par le surmoi : par la voix de la conscience, et de la culture — par la voix des pères et la présence des mères. « Non. Je suppose que je me pavanais simplement sur l'esprit de l'époque. C'est tout.

— Et tu as continué à retourner là-bas?

— Ouais. Pendant des mois. » J'étais dans de sales draps. Et pour être tout à fait honnête, Lily, je me suis dit que je pourrais m'en sortir avec la langue. J'ai pensé : Je vais beaucoup sucer Pansy — et je m'en sortirai avec la langue. « J'ai tout essayé. Je lui ai écrit des lettres. Je lui ai fait des cadeaux. » J'ai essayé de m'en sortir avec la langue. « Et je lui ai dit que je l'aimais. Ce qui était vrai.

— Ouais. Ballot pour l'amour... Peut-être qu'elle t'aimait bien. Elle était simplement timide et peu démonstrative. Peut-être qu'en fin de compte elle voulait.

— C'est gentil, Lily. Et j'aimerais penser que c'est vrai. » Mais ça ne l'était pas, et Pansy l'avait démontré. Cet addendum, pour l'instant, Keith le remisa. Il alluma une cigarette et dit : « Dans le night-club, à Montale, j'ai demandé à Rita ce que Pansy était devenue. J'espérais que finalement elle s'était révélée être gay. Mais le Chien a dit — d'un ton cinglant, remarque. Cinglant. Le Chien a dit qu'elle était repartie dans le Nord et qu'elle allait épouser son premier amour.

— Alors, toi et elle... Alors ce n'était pas vraiment dans sa nature. D'une certaine façon, c'est horrible, non?
— Oui.
— Que les gens le fassent quand ce n'est pas dans leur nature. Quand ils ne veulent pas. C'est pire, tu ne crois pas, que quand les gens ne le font pas alors qu'ils veulent. Le faire. D'une certaine façon.
— Oui.
— Un nom idiot, Pansy.
— Non. C'est juste le nom d'une fleur. Comme ton nom.
— ... Chut.

... Quand il était enfant — neuf, dix, onze, douze ans — tous les soirs, chaque soir, il s'endormait avec des fantasmes de sauvetage. Dans ces pensées colorées, ardentes, ce n'étaient pas des petites filles qu'il sauvait mais des femmes adultes : d'énormes danseuses et des stars de cinéma. Et toujours deux à la fois. Il attendait dans son canot près de la jetée de l'île forteresse. Au milieu des grincements et des clapotis il finissait par entendre le bruit précipité de leurs hauts talons sur le pont-levis baissé, et puis il les aidait à monter à bord — Bea dans sa robe de bal, Lola dans son justaucorps, et Keith en blazer de l'école et culotte courte. Elles s'empressaient autour de lui et, peut-être, lui caressaient les cheveux (pas plus), tandis qu'à force de rames il les emmenait vers la sécurité.

Violet elle-même n'apparaissait jamais dans ces fantasmes, mais il avait toujours su qu'elle en était la source — qu'elle était la captive innocente, la prisonnière trompée. Les pensées et les sentiments qui lui avaient apporté ces désirs de sauvetage, il les éliminait maintenant. Ils avaient un goût amer.

Il avait essayé d'y pénétrer, pendant des heures il avait essayé d'y pénétrer, dans le monde des rêves et de la mort, d'où provient toute l'énergie humaine. Vers cinq heures il entendit les doigts légers de la pluie qui pointillaient la vitre épaisse.

Timmy, en robe de chambre argent souillée, était assis seul à la table de la cuisine ; il faisait les mots croisés débiles d'un vieux *Herald Tribune*. Gloria, en T-shirt blanc et avec son pantalon en velours côtelé rouge, se tenait devant l'évier... Comme d'habitude, Keith était abasourdi de voir Timmy — Timmy s'occupant de ses affaires au rez-de-chaussée. Pourquoi n'était-il pas toujours à l'étage avec Shéhérazade ? La même chose s'appliquait à Jorquil. Pourquoi n'était-il pas toujours à l'étage avec Gloria ? Mais non. Ces deux-là avaient d'autres occupations. Ils partaient même pour de longues balades en voiture — le croiriez-vous ! — dans la Jaguar de Jorquil, à la recherche d'églises et de fromages...

Keith voulait poser une question à Timmy. *Tu vas sans doute trouver ça drôle, Timmy. Mais est-ce que tu vois un truc religieux à propos de la cabine de la piscine ?* Parce que Keith savait que c'était là le thème dont il avait besoin. Puis il arriva derrière Gloria et ouvrit les deux robinets. Le temps, à lui seul, était presque assez bruyant. Il dit :

« Regarde ça, Gloria. Neige fondue. Et Jorq sera parti tout l'après-midi. »

Elle jeta un coup d'œil par-dessus son épaule. Comme Keith quand il se débattait avec *Matinées mexicaines* ou avec *Crépuscules sur l'Italie*, Timmy gigotait sur sa chaise et se grattait la tête.

« C'est mon dernier jour. S'il te plaît. Viens me retrouver dans la cabine de la piscine. S'il te plaît. »

Gloria lui dit poliment : « Quoi, pour te sucer la bite, je suppose. » Avec une grande efficacité, elle continua à rincer les verres, style Édimbourg sans doute (paume en coupe sur le bord). « Je sais. Il y aura un bref pelotage, et puis je sentirai ces mains sur mes épaules. *Je* sais. »

Keith écouta, mais aucune voix intérieure ne le conseilla. Où était-elle, cette voix intérieure ? D'où venait-elle ? Était-ce le *id* (le *ça* : la partie de l'esprit qui se chargeait des pulsions instinctives et des processus primaires) ? « Je veux juste t'embrasser *ici*, dit-il, en touchant sa taille avec le bout de ses doigts. Une fois. Tu peux venir habillée en Ève.

— ... Que voilà une question intéressante. Comment s'habille-t-on en Ève ?

— Ève après la Chute, Gloria. Viens en feuille de vigne.

— Eh bien. Le temps est terrible, c'est vrai. Et ce n'est même plus blanc, hein. De la neige sale. Bon, réfléchissons... Je file là en bas en maillot de bain et tu peux me baiser sur le banc — prépare des serviettes. Et puis je plonge et je remonte en vitesse. Et, Keith?

— Ouais?

— La vitesse est essentielle. Dix coups de boutoir, et c'est tout. Dix? Est-ce que je suis folle? Non. Cinq. Non, quatre. Et pour l'amour de Dieu — sois en bas en avance et *prépare-toi*. Et prie pour que le temps ne s'améliore pas. Deux heures et demie. Synchronisons nos montres... Oh, et, Keith?

— Ouais?

— Quelle feuille de vigne? »

Il lui dit la dorée, et la regarda quand elle s'éloigna ; puis, rendu faible par l'irréalité, il se versa une grande tasse de café et se tint un instant au-dessus de Timmy — les mots croisés débiles, les carrés vierges.

« Heinz, dit Keith.

— Plaît-il?

— Un horizontal. *Célèbre nom en haricots sauce tomate.*

— Quoi?

— Heinz », dit Keith qui, en son temps, avait mangé une grande quantité de haricots blancs à la sauce tomate. « Beans Means Heinz.

— Ça s'épelle?... Bon. Aha! Cinq vertical. *Vingt-sixième de l'alphabet.* Trois lettres commençant par *z*... Non, mais c'est une question piège, Keith. Tu vois, c'est un journal américain. Et c'est une question piège. Ça a l'air simple, mais ça ne l'est pas. »

La montre de Keith s'occupait tout à fait normalement de ses affaires. Les aiguilles indiquaient dix heures moins cinq. Dans un avenir raisonnablement proche, il serait temps de commencer à se préparer dans la cabine de la piscine.

« C'est démoniaque, dit Timmy. Regarde. Un vertical. *Royaume de Pluton.* Mais de *quoi* parlent-ils ? Cinq lettres. Commençant par *e.* »

Il tira une chaise et dit gentiment : « Attends, je vais t'aider. »

Adriano était seul dans une des antichambres rigides et silencieuses.

Et Keith, qui passait par là, aurait pu poursuivre sa route rapidement ; mais il fut pris et retenu — par une vision de déliquescence. Adriano sanglotant doucement, comme un enfant, son visage entre ses mains trempées ; derrière lui, la fenêtre, et les grêlons mouillés s'écrasant contre les petits carreaux des vitres, et puis les diagonales tremblotantes de leurs queues ; et derrière cela, le troisième échelon, le rideau de bambou de la neige sale. Les larmes dégoulinaient sur les jointures serrées d'Adriano et tombaient même sur ses cuisses. Qui aurait pu croire que le comte avait autant de larmes en lui ? Keith murmura son nom et s'assit près de lui sur le canapé bas. Bientôt, il lui faudrait se préparer dans la cabine de la piscine.

Au bout d'un moment, Adriano leva vaguement la tête. Là se trouvaient ses yeux, les cils emmêlés et parsemés de larmes. « J'ai... j'ai tout déposé à ses pieds, dit-il.

— Sans résultat ? »

Avec hésitation, Adriano tendit une main humide vers la cigarette de Keith. Et Keith aurait voulu mettre ses bras autour de lui — il eut même une forte envie de le prendre sur ses genoux. Seulement la veille, Keith avait vu Adriano sur les barres de musculation. Abandonnant, pour l'instant, la sévérité figée de son yoga, Adriano avait escaladé l'échafaudage en acier, où il s'était ramassé en boule, et s'était mis à tournoyer. Et Keith pensa à la grosse mouche qu'il avait récemment envoyée *ad patres*, et comment elle avait paru disparaître dans le maelström de sa propre mort.

« Je ne suis pas un innocent, dit Adriano avec un long soupir clapotant. Tu vas sans doute être surpris d'entendre, Quiche, que j'ai connu bien plus de mille femmes. Oh oui. Un handicap, dans ces affaires, peut se révéler ne pas du tout être un handicap. Et une grande fortune, ça aide, naturellement. J'essaye vraiment très fort, tu sais. »

Keith était sceptique, mais il se demanda si Adriano avait eu le *temps* de faire une liste. « J'en suis persuadé, Adriano.

— Oh, je ne suis pas un innocent... D'abord, avec Shéhérazade, mon intérêt était purement charnel. L'"amour" n'était que le stratagème de confiance. Notre visite à Luchino et Tybalt à Rome avait semblé faire son effet habituel. Oh, j'assume pleinement. Un cas très obstiné, celui de Shéhérazade. Et puis Rita, et le changement nécessaire de tactique. Un mince espoir — mais cela valait la peine d'essayer, me suis-je dit. Oh, j'assume pleinement. »

Et Keith comprit. Les filles d'Adriano étaient des actrices payées. Luchino et Tybalt étaient des acteurs payés : en réalité, en comédie familiale, Adriano venait d'une longue lignée ininterrompue de nains — des nains riches et nobles, sans doute, mais nécessairement non-combattants. Keith haussa les épaules et dit : « Et ensuite, Adriano ?

— Ensuite tout à coup j'ai été surpris par l'amour. C'était le coup de foudre proverbial. Des rafales de sentiment comme je n'en ai jamais connu. Shéhérazade. Shéhérazade est une œuvre d'art.

— Et maintenant, Adriano ?

— Ce que je vais faire ?... Je sais que je ne peux pas me reposer. Eh bien, alors. Je vais partir en voyage. Dans le vent j'entends le mot *Afrique*... »

Et Keith, se calmant, pensa : Oh ouais, tu es un « personnage », pas vrai ? Vas-y donc : engage-toi dans la Légion étrangère, la Légion des Égarés... Qui étaient ces *personnages,* avec leur excentricité appliquée ? Jorquil était un personnage, et Timmy était en train de devenir un personnage. Une haute naissance était-elle une condition préalable pour être un personnage — cela vous donnait-il une certaine latitude ? Non. Rita était un personnage. Rita était riche. Fallait-il, alors, de l'argent pour être un personnage ? Non. Parce que Gloria était un personnage ; et Gloria, comme elle le disait elle-même, était pauvre comme Job.

« Au revoir, mon ami. Et transmets tous mes respects à Kenrik. Peut-être ne nous reverrons-nous jamais. Je te remercie pour tes mots gentils.

— Porte-toi bien, Adriano. »

Déjà auto-administrée en Azium (elle en prendrait un autre quand elle se rendrait à l'aéroport), Lily était dans leur chambre en bas du donjon, elle lisait, se reposait et polissait ses bagages (que, le lendemain matin, elle mettrait dûment au point). L'horloge annonçait midi moins vingt : très bientôt, donc, il faudrait commencer à se préparer dans la cabine de la piscine. Dans le vrombissement, la pulsion brûlante de la cabine de la piscine. Il ne neigeait plus et maintenant il pleuvait seulement. Mais il pleuvait avec zèle et élan.

En fait le ciel s'éclaircit à la toute fin de l'après-midi, laissant place, après une dernière révérence de bruine, à un crépuscule rose et jaune. Keith remarqua davantage le ciel ce soir-là, conscient, sans doute, de l'avoir négligé récemment. Ses moues roses, ses orangés de lupanar. Le soleil fit une brève apparition, avec un sourire radieux, puis disparut côté cour. Juste avant le baisser de rideau, une Vénus mûre, chaude, aux longues jambes, grimpa dans le bleu qui s'assombrissait. Et il pensait qu'il devrait y avoir un ciel pour chacun de nous. Chacun de nous devrait avoir son ciel spécifique. À quoi ressemblerait le mien ? Et le vôtre ?

Gloria dessinait les lignes quadrillées des montagnes, sur la terrasse ouest, et Keith alla la rejoindre avec sa bière. Il dit :

« Bonsoir, Gloria.

— Bonsoir, Keith.

— ... Je suis resté en bas quatre heures. »

Elle ne rit pas vraiment, mais elle ferma les yeux et serra les lèvres en frappant régulièrement sa cuisse de la main. « Quatre heures. Pour quatre coups de boutoir. Oui, c'est pas mal. » Elle continua à travailler, tête penchée.

« Il fait chaud, de nouveau », dit-il, et remarqua sa robe émeraude décolletée, la complexité presque frivole de ses clavicules, et les creux tièdes de chaque côté de sa gorge.

« Bon, je me demande comment ça s'est passé, dit-elle d'un air songeur. Voyons voir. Descendu bien en avance, naturellement. Une heure et demie ? Installant un nid douillet avec les serviettes. Et plein d'espoir jusqu'à environ trois heures et demie. Ensuite, moins d'espoir. Jusqu'à ce que tu finisses par terminer ta branlette, dit-elle en gommant et en enlevant les miettes avec son petit doigt. Et puis tu es remonté et tu as expliqué à Lily que tu adorais nager sous la pluie. »

Avec une voix de concentration tranquille, elle poursuivit :

« Tu as de la chance. Tu as de la chance qu'elle ne soit pas descendue pour te faire une sacrée surprise. Il t'aurait fallu expliquer pas mal de choses. Assis là, la bite à l'air, au milieu de l'après-midi. Mais c'est ton style, pas vrai ?

— Mon style ?

— Oui. Te faire attraper alors que tu n'as rien fait. Comme avec Shéhérazade. Et tu n'as même pas eu le bon sens de voir qu'elle avait changé d'idée. Et puis une drogue puante dans un verre de *prosecco*. Pathétique. »

C'était vrai : le radar sorcière de Lily était maintenant un appareil obsolète — comparé au NORAD transcontinental déployé par Gloria Beautyman. Et Keith lui-même ? Le radioamateur avec son antenne solitaire, sa barbe carotte, son problème de poids, son diabète... Et il se demanda entre parenthèses : Pendant toute la période post-Marconi, dans le monde entier, est-ce qu'un seul radioamateur avait *jamais* eu une petite amie ? Gloria, qui dessinait, gommait, ombrait toujours, dit calmement :

« Quelquefois, au petit déjeuner, Lily te regarde, et puis elle me regarde, et puis elle te regarde de nouveau. Et pas tendrement. Qu'est-ce que tu lui fais la nuit ?

— Oh, tu sais. On anime un peu les choses.

— Mm. Pour ton anniversaire, il s'est trouvé que j'ai commis un parfait petit crime. Et maintenant tu essayes de te faire prendre *après* coup. Tu essayes de te faire prendre... quel est le mot ? Rétroactivement. Keith, tu es un incompétent notoire... Te tromper de *boissons*. Tu devrais être reconnaissant que je n'aie rien dit au sujet de ta bière.

— Oui, je te remercie. J'ai été surpris. Je n'avais aucune idée que tu m'appréciais le moins du monde. »

Elle dit : « Mais pas du tout.

— ... Tu ne m'apprécies pas ?

— Non. Tu es très agaçant. Je me suis dit simplement : Oh, *lui*, ça ira. J'avais mes raisons.

— Quelles raisons ?

— J'avais quelques dettes mentales à régler. Disons-le comme ça. J'ai aperçu une occasion. Appelons ça... » Ils entendirent la Jag de Jorq sur le gravier en contrebas. « Appelons ça l'expression de soi. Maintenant je suppose que cet imbécile de connard va passer son smoking par-dessus son pull moite de sueur. Je rentre. Est-ce qu'il y a autre chose ? »

Keith avait Gloria à sa disposition — ses pouvoirs de divination, ce qu'elle savait — pendant encore deux ou trois minutes. Et il voulait lui parler de Violet. Mais il choisit un analogue, une nouvelle plus courte : il lui donna la version non expurgée.

« Et puis Rita et Pansy nous ont dit au revoir en novembre et sont retournées dans le Nord. Huit mois plus tard, Arn et moi rentrions chez lui un soir, et elles nous attendaient dans la rue. » Arn sans fille, Keith sans fille — et Rita et Pansy dans la MGB décapotée, comme des starlettes au Salon de l'automobile, comme un rêve vulgaire. « On est montés. Il n'y a qu'une seule chambre et un grand lit et on s'y est tous couchés.

— Et ça a été... collectif ?

— Non. En couple. Mais on était tous nus... Excepté Pansy. Qui a gardé sa culotte.

— Oh mon Dieu.

— Oui. Oh mon Dieu. Oui, vraiment oh mon Dieu.

— Ainsi tu... tu as caressé Pansy, tandis qu'à quelques centimètres...

— Ouais. » Pendant qu'à quelques centimètres, Gloria, le Chien baisait à mort le cul d'Arn. « Pendant quatre heures. » Ce fut la pire nuit de ma vie. Peut-être est-ce la raison de ma présence ici. Ici avec Lily en Italie. « Et ils ont recommencé le matin. Tandis que Pansy et moi, nous faisions semblant de dormir.

— Eh bien, que veux-tu savoir ? Huit mois dans le Nord. Tous les vieux trucs sont revenus en force. Pas avec Rita, évidemment. Avec Pansy.

— Mais pourquoi est-ce qu'elle l'a fait, pour commencer ? Plus tôt. Quand elle ne voulait pas. »

Et Gloria, toujours étonnante, dit : « Écholalie. La répétition vaine de ce que les autres disent et font. Écholalie sexuelle. Pansy a couché avec toi pour une seule raison. Parce que si elle ne l'avait pas fait, Rita se serait moquée d'elle pour ne pas s'être comportée comme un homme. »

Keith se détendit.

« J'y pense, dit-elle en refermant son bloc et en rengainant son crayon. Tu te rappelles Whittaker? Lorsqu'il a parlé ce soir-là de la politisation des soutifs? Eh bien, là c'était la politisation des culottes. Les culottes politisées étaient celles qu'on enlevait. »

Ils se levèrent. « Est-ce que je peux t'appeler à Londres? S'il te plaît. »

Elle rassembla la robe verte autour d'elle. Le visage carré avec son menton pointu, la blancheur d'œil, la blancheur de dent. « Sois raisonnable, dit-elle. Chaque fois que tu penses à moi, tu n'as qu'à penser à toi-même — dans la cabine de la piscine. Tu en veux plus? Ou moins?

— Eh bien. Moins de cabine. Plus d'anniversaire.

— C'est ce que je pensais. Regardez-le. Bousillé pour la vie. Keith, ton anniversaire n'a jamais eu lieu. Tu l'as imaginé. Je suis allée visiter les ruines. »

Jorquil, en veste de smoking et pull beige, après avoir un peu soufflé et poussé, mais pas trop, parvint à libérer la porte en verre.

« Et elles étaient tellement romantiques sous la pluie. Ah, le voilà. Nous admirions Vénus. N'est-ce pas qu'elle est jolie ce soir? »

Il resta assis sous un ciel craquelé d'étoiles — des étoiles en telle profusion sauvage que la nuit ne savait pas quoi en faire. Mais si, elle savait. Mais si, évidemment, elle savait. Nous ne comprenons pas les étoiles, nous ne comprenons pas la galaxie (comment elle s'est formée). La nuit est plus intelligente que nous — une infinité d'Einsteins plus intelligente. Et donc il resta assis, sous l'intelligence de la nuit.

Gloria avait raison. Non, Keith n'était ni présentable ni crédible, dans la cabine de la piscine. Accroupi sur le banc avec son maillot de bain autour des chevilles. Le meuble en pin aussi bruyant qu'une chambre des machines. Et aussi chaud qu'une boulangerie...

Elle avait raison aussi à propos de Pansy. C'était un principe important, qui avait son assentiment : ne *rien* faire pour la foule. Et pas *ça*, pas ça, tout particulièrement pas ça : l'intime, le plus secret. Ça marchait dans les deux sens. Avec le sexe, ne pas le faire, et ne pas *ne pas* le faire, pour la foule.

Et Adriano, il avait raison, lui aussi. Quand il avait dit que Shéhérazade était pareille à une œuvre d'art. Dans son être tout entier, dans son apparence, dans ce qu'elle pensait, et ressentait, Shéhérazade l'ingénue était pareille à une œuvre d'art. Et on ne pouvait pas dire la même chose de Gloria Beautyman. Parce qu'une œuvre d'art n'a aucune visée sur vous. Elle a peut-être des espoirs, mais une œuvre d'art n'a pas de visée.

Il était déjà évident que toutes les adaptations difficiles et exigeantes tomberaient sur les filles. Pas sur les garçons — qui étaient tous comme ça de toute façon. Les garçons pourraient simplement continuer à être des garçons. C'étaient les filles qui allaient devoir choisir. Et l'ingénuité était sans doute terminée. Peut-être que, en ces nouveaux temps, les filles avaient besoin de visées.

4

Quand ils vous détestent déjà

Et la vie, quant à elle, se comporta impeccablement jusqu'à et y compris le dernier jour de l'été. Il allait y avoir des révélations, des reconnaissances, des volte-face, des châtiments mérités et ainsi de suite. Et la vie, en général indifférente à ces choses-là, continua et rendit service.

Après le petit déjeuner ils allèrent nager, et ce fut l'occasion d'un dernier éblouissement, derrière des lunettes noires, les deux filles et leur corps, et il procéda dans un esprit d'archiviste — pour consolider le souvenir. Le visage et les seins de Shéhérazade le remplirent de chagrin ; et le cul, et les jambes, et les bras, et les tétons, et l'omphalos, et la motte de Gloria Beautyman le remplirent non pas tant de sentiments que d'un ensemble de pulsions. Les pulsions du rapace. Du lat., lit. « ravisseur », de *rapere*, « saisir ». Keith était de nouveau entré dans le monde. C'était du moins ce qu'il pensait.

C'était pour la première fois le tour de Timmy d'aller chercher le café ; et quand il revint environ une heure plus tard, quand il descendit avec le plateau, il avait l'air légèrement plus perplexe que d'habitude, et il dit, en passant d'un pas traînant dans ses pantoufles :

« Quelqu'un a téléphoné. C'était ce type, Adriano. Il est à Nairobi. Très mauvaise ligne.

— Nairobi?

— Tu sais, gros gibier. Le Serengeti. Et maintenant il est bouclé dans un hôpital à Nairobi.

— Mais c'est terrible », dit Shéhérazade.

Oui, fidèle à lui-même, Adriano s'était héliporté au Kenya. Et maintenant Keith se demandait quelle direction ça prendrait. À moitié dévoré par les chasseurs de têtes ou par des fourmis soldats? Ou bien mâché presque en deux par un hippopotame. Et pendant quelques secondes il se dit que le destin d'Adriano était une déception artistique, parce que Timmy disait :

« Non, rien de dramatique. Ça s'est passé hier soir. Il s'est présenté au Serengeti VIP. *Moi*, j'ai dormi au Serengeti VIP. Tu te rappelles, mon vieux, quand je suis venu à ton secours à Bagamoyo? Merveilleux endroit. Pas Bagamoyo. Je veux dire le Serengeti VIP. Ils te réveillent la nuit avec ces petits signaux. Deux coups pour un lion. Vous savez, visible dans la partie éclairée. Trois pour un rhino. Vous savez.

— Mais qu'est-ce qui est arrivé à Adriano?

— Oh, Adriano. Oh, il a bousillé sa jeep. En cherchant le parking. Vous comprenez, il est sur une colline, le Serengeti VIP. Et c'est, c'est énervant parce que le parking... Bref. Il a fini par le trouver, le parking. Plutôt en boule, alors, certainement. Et il a envoyé sa jeep dans un mur en brique. Et le pauvre gars s'est explosé les deux genoux. »

Après un instant, la tête de Keith eut une secousse de consentement. C'était Adriano. À jamais la victime du simple mobilier de la grande vie. Timmy dit :

« Est-ce qu'il y a quelqu'un ici du nom de Kitsch ?
— Ça doit être moi.
— Il t'envoie son bon souvenir. Comme je l'ai dit, la ligne était très mauvaise. »

Et puis il y eut des adieux, près de la piscine, avec Whittaker et Amen, et puis, au château, avec Oona, Jorquil, Prentiss et Conchita. Et avec Madonna et Eugenio.

À présent le voyage, et toutes les complications (à peine moins onéreuses en art que dans la vie) pour faire passer les gens d'un endroit à un autre.

Leur taxi arriva exactement une heure en avance, tandis que les pratiquants étaient encore à Santa Maria ; le chauffeur, Fulgencio, qui n'avait absolument pas de front (ses cheveux plats et noirs rejoignaient directement ses sourcils), les conduisit au village désert puis disparut joyeusement.

« Allons rendre un dernier hommage, dit Keith à Lily, au rat. »

Mais quand, dans la rue encaissée, ils arrivèrent au niveau de la devanture du magasin, ils furent accueillis, non par les yeux cramoisis et la queue vermiculaire, mais par un vide surprenant.

« Vendu ! dit Lily.
— Peut-être. Ou peut-être qu'il s'est échappé.
— Il a été acheté. Quelqu'un l'a acheté. »

Le panneau sur la porte annonçait *chiuso*. Keith

scruta l'intérieur et vit une femme en noir avec un balai à franges et un seau en plastique rouge. Il dit : « Donne-moi le... » Il mit la main dans le sac de Lily et en sortit le dictionnaire de poche. « Voilà. *Il roditore*. Le rongeur.

— Tu es tellement horrible.

— Reste ici. » Il entra en faisant sonner le carillon. Et il ressortit en disant : « Tu as raison. La dame, elle l'a mimé — en distribuant des billets de banque. Imagine. Quelqu'un a échangé du bon argent contre un rat.

— Avec raison. Pauvre petit Adriano. Imagine.

— Imagine. Il est couché sur le dos dans quelque petit salon.

— Avec tous les enfants qui caressent son petit ventre. Imagine. »

Et alors les cloches de Santa Maria déclarèrent la paix dans les cieux, Gloria et Shéhérazade sortirent sur la place bordée d'arbres, le visage brillant d'immortalité et de joie, dans leurs habits du dimanche. Et avec Timmy, qui marchait en crabe à l'arrière.

Shéhérazade (que, très bientôt, Keith allait toucher — que Keith allait embrasser légèrement — pour la première fois), Shéhérazade avança tout droit et dit : « Vous avez *raté* ça. Oh, c'était tellement tragique. *Tellement* émouvant. » Elle se tourna vers Gloria en la suppliant des yeux : « Dis-leur.

— Amen. Au bord de la piscine.

— Il est venu vers elle au bord de la piscine. Après avoir enlevé ses lunettes noires. Il a des yeux si expressifs.

— Et?

— Il m'a dit qu'il m'aimait, dit Gloria sèchement, et qu'il serait toujours mon ami.

— Et qu'il l'aimerait jusqu'à la fin de sa vie. Il avait l'air si triste! Des yeux tellement spirituels. Et alors Whittaker l'a plus ou moins aidé à partir. »

Tandis que Shéhérazade et Lily pleuraient et se pelotaient et chuchotaient au revoir, au revoir, au revoir, Keith marchait à la hauteur de Gloria Beautyman.

« *Spirituels*, dit-elle. Je me suis prêtée à son jeu, mais vraiment, Shéhérazade est une cruche. *Des yeux si expressifs...* Amen est simplement obsédé par mon postérieur, c'est tout. Je le vois bien. C'est normal pour les pédés — ils ont du goût, que Dieu les bénisse. *Spirituels*. Spirituel, *mon cul...* Eh bien, rince-toi l'œil. Tu ne me reverras pas. »

Ils tournèrent à un coin de rue et furent miraculeusement seuls — sur une place étroite pleine d'oiseaux jaunes qui volaient bas et rien et personne d'autre.

Et la voix parla. *N'essaye pas de l'embrasser. Prends-lui la main.* Et je la mets où? *Là. Allez. Juste une seconde.* Là? Tu es sûr? C'est possible? *C'est possible. Les gants noirs et les cloches de l'église rendent ça possible.* Qu'est-ce que je lui dis? Et la voix parla.

« Gloria, c'est ton pouvoir, dit-il. C'est *toi*. »

Elle montra les dents (ces mystérieuses pierres de lune bleues) et dit : « ... *Ich.* »

Ensuite l'Italie ruissela derrière les vitres avec ses jaunes de strontium, et ses verts paradisiaques, et ses bleus de cobalt, et ses bruns de garance, et ses rouges de garance. Pour finir, les épaules courbées de Fulgencio se redressèrent sur l'autoroute, kilomètre après kilomètre, et des nœuds d'usines contorsionnées s'approchèrent lentement, avec leurs cités cuboïdes, où on voyait des enfants à moitié nus jouer avec bonheur dans la saleté.

Peu avant le décollage Lily demanda un oreiller d'une voix pâteuse et saisit la main de Keith. L'avion avança lentement puis se lança, se cabra et s'éleva, et les tours de l'aéroport perdirent leur équilibre, vacillèrent en arrière, tandis que Keith et Lily laissaient derrière eux le pays de Franca Viola...

Ils n'avaient pas encore émergé des nuages quand l'avion parut se calmer. La tête de Lily se démena pour trouver un peu de confort dans la corne du hublot. Keith alluma une cigarette.

« Conchita s'est fait avorter à Amsterdam.

— Quoi? Oh ne me dis pas ça, Lily... S'il te plaît, n'en dis pas plus.

— Conchita s'est fait avorter à Amsterdam. Quatrième mois. Tu as dû remarquer que la bosse avait disparu.

— Je n'ai pas pensé que c'était une *bosse*. J'ai simplement cru qu'elle avait maigri. S'il te plaît. Ça suffit.

— Tout le monde marchait sur des œufs. Je me suis demandé si tu finirais par piger. Elle a été violée. Seules Prentiss et Oona savent qui c'était.

— S'il te plaît, n'en dis pas davantage.

— Tu n'as pas remarqué. Souvent tu ne vois pas les choses très clairement. Est-ce que tu... Oh bon Dieu, pourquoi sommes-nous toujours dans les nuages? »

Il s'affala dans son siège, et s'aperçut, ce qui n'avait plus aucune pertinence, qu'il n'avait plus peur de voler. Et c'était tout aussi bien. Quand Keith fermait les yeux il se croyait dans un avion par mauvais temps, avec cisaillement du vent et courant ascendant musculeux ; puis il était en bateau, franchissant une crête et glissant vers le bas et se ressaisissant au milieu de vagues violentes ; puis il était dans un ascenseur express qui montait en flèche et plongeait — mais n'avançait pas. Sur la ligne horizontale, ils paraissaient plutôt aller à reculons. Il regarda dehors. L'aile blanche fatiguait, comme si elle était faite de chair et de tendons. Un cheval ailé, un cheval avec des ailes. Comme les ailes du cheval qui emporta le Prophète au paradis. Il ferma de nouveau les yeux. Le petit avion faisait tout son possible, peinait pour les emmener dans le bleu...

Keith... Keith!

Il était huit heures quinze du soir, et il était dans la douche de la salle de bains significative. Tout le travail de la journée était sur sa chair, pendant que l'ordre ancien faisait place au nouveau — toutes les répudiations et altérations, les émeutes et les mutineries, tous ses péchés séraphiques. Allaient-ils jamais disparaître? Comme Pyrrhus au siège de Troie, son

> physique affreux et noir est barbouillé
> D'un blason plus effrayant : des pieds à la tête,
> Il est maintenant tout gueules ; il est horriblement coloré
> Du sang des mères, des pères, des filles, des fils,

> Cuit et empâté [...] rôti par la fureur et par le feu.
> Et ainsi enduit de caillots coagulés,
> Les yeux comme des escarboucles, l'infernal Pyrrhus
> Cherche l'ancêtre Priam.
> Bientôt il le trouve...

Keith sortit. Elle était agenouillée sur le carrelage, nue à l'exception de son chapeau en velours, son voile noir, son crucifix.

Dans dix minutes ils m'emmènent dans un béguinage. *Un couvent — Nostra Dama Immacolata. Je vais devenir une épouse du Christ... Viens ici.*

Je ne peux pas.

Viens ici devant le miroir. Oui, tu peux... Tu sais, le vulgaire m'appelle Jéselle. Parce que je peux te ressusciter d'entre les morts.

Il se tint au-dessus d'elle, dégoulinant, dégoulinant sur ses épaules, son ventre convexe, ses cuisses : au-dessus de la solidité élastique de Gloria Beautyman... Entendait-il le crissement des pneus sur le gravier ?

Regarde. Là ! *Baise-moi maintenant et tu ne mourras jamais.*

Oui, c'était bon dans le miroir, plus réel dans le miroir. On voyait parfaitement ce qui se passait. Dépouillé, non souillé par les autres dimensions, qui étaient celles de la profondeur et du temps.

« Keith... Keith ! »

Ses yeux s'ouvrirent — le visage de Lily, gris sur le gris. Ses os étaient la fabrique du corail ; deux perles brillaient où avaient été ses yeux.

« Comment peux-tu dormir ? Où est le ciel bleu, bon Dieu ?

— Il n'y en a pas. Pas aujourd'hui.

— Dans dix minutes nous serons morts tous les deux. Dis-moi... »

L'hôtesse de l'air passa rapidement. « Ceinture, dit-elle.

— Il peut continuer à fumer ?

— Il peut continuer à fumer.

— Vous êtes sûre ?

— Lily. Tu la gênes dans son travail.

— ... On va mourir tous les deux. Dis-moi ce qui s'est passé avec Gloria. »

Il dit, avec l'assurance d'un profond ennui : « Il ne s'est rien passé. J'avançais dans ma critique à l'essai. Elle était malade.

— Bon, elle était malade. Tout le monde le voyait bien. Mais il s'est passé quelque chose. Même malade comme elle l'était. Tu as changé.

— Il ne s'est rien passé.

— Tu as changé.

— Pourquoi tu ne dors pas ?

— Oui, pourquoi est-ce que je ne dors pas. Écoute. Je t'aiderai avec Violet si tu as besoin de moi. Mais c'est terminé. »

Il sentit sa pomme d'Adam monter et descendre.

« Tu sais, je t'aimais toujours. Au début. Jusqu'à ce que tu commences à ressembler à un entrepreneur de pompes funèbres à l'heure du coucher. Et ensuite tu as changé. Les yeux fixes comme un phasme. Ç'a été un sacré travail, de parvenir à te détester. Mais j'y suis parvenue. Merci pour cet horrible été.

— Oh, ne sois pas théâtrale, dit-il froidement. Tout n'était pas mauvais.

— Non. Tout n'était pas mauvais. J'ai couché avec Kenrik. Voilà ce qu'il y a eu de bien.
— Prouve-le.
— D'accord. J'ai dit : *Dis-lui que tu ne t'en souviens pas.* Est-ce que c'est ça qu'il a dit?... J'ai pensé à toi au milieu. J'ai pensé : Sexe hystérique — c'est ce que ceci est *vraiment.* »

Il alluma une autre cigarette. Le soir de leur réunion, et à d'autres moments dans le passé, Keith avait connu le sexe hystérique avec Lily. Il n'avait pas connu le sexe hystérique avec Gloria Beautyman. Sa voix changeait, cherchait un registre plus grave et plus lisse. Mais son aplomb n'en était pas autrement troublé (et vers midi il avait lui-même cessé de gémir et de pousser de petits cris et avait commencé à se concentrer). Et Keith comprit alors — sa spécificité essentielle. Elle s'y mettait comme si l'acte sexuel, dans toute l'histoire de l'humanité, n'avait jamais été soupçonné de mener à l'accouchement, comme si tout le monde, de tout temps, avait toujours su que c'était par d'autres moyens qu'on peuplait le monde. Toutes les anciennes colorations de signification et de conséquence en avaient été effacées... Chaque fois qu'il pensait au corps nu de Gloria (et cela continuerait à être vrai), il voyait quelque chose qui ressemblait à un désert, il voyait un magnifique Sahara, avec ses pentes et ses dunes et ses tourbillons, ses ombres et ses vapeurs de sable et ses jeux de lumière, ses oasis et ses mirages. Keith dit :

« C'est bon, Lily. Si tu veux le jouer de cette façon. Adriano a été piqué. D'accord? Le rat a été anesthésié. La femme dans le magasin — elle n'a pas mimé des billets. Elle a mis un doigt sur sa gorge et a fait *ça.* Avec un son mouillé. Oui, je suis horrible.

— Qu'est-ce qui est vrai ?

— Oh, arrête. Tu décides.

— ... Tu as vraiment un lien avec Conchita. Ses deux parents sont morts le même jour.

— S'il te plaît, n'en dis pas plus. »

Trois ou quatre fois, Lily prit sa main. Mais seulement à cause de la peur. Puis l'avion s'élança dans le bleu.

La voix de Gloria changea, et une fois elle montra ses dents dans ce qui ressemblait à une indignation sauvage, et deux ou trois fois, tandis qu'il était étendu à attendre, elle vint vers lui dans une nouvelle combinaison de vêtements et de rôles avec un sourire particulier sur le visage. Comme si elle avait comploté avec elle-même pour le rendre heureux...

Comment pourrait-on l'expliquer : pourquoi ne pouvait-on pas fumer dans les rêves ? On pouvait fumer plus ou moins partout — excepté dans les églises, et dans les aires de ravitaillement en combustible des fusées, et dans la plupart des salles d'accouchement, et ainsi de suite. Mais les rêves étaient non-fumeurs. Même lorsque la situation y aurait normalement conduit, après des moments de grande tension (après une séquence de poursuite, disons, ou alors qu'on se remettait de quelque horrible transformation) ; ou après un long épisode de nage épuisante, ou de pilotage épuisant ; ou après un deuil soudain, une soustraction soudaine ; ou après des rapports sexuels réussis. Et les rapports sexuels réussis dans les rêves, bien que rares, n'étaient pas inconnus. Mais on ne pouvait pas fumer dans les rêves.

Ils descendirent du bus à Victoria, et s'embrassèrent superficiellement, et partirent chacun dans sa direction.

Que fait-on pendant une révolution? Ceci. On regrette ce qui s'en va, on accepte ce qui reste, on accueille ce qui vient.

———

Nicholas arrivait toujours en retôt.

Et il n'aimait pas vraiment ça si on arrivait aussi en retôt. Une demi-heure, seul à une table avec un livre — c'était là une partie constituante de sa soirée. En conséquence, Keith marchait lentement. Kensington Church Street, Bayswater Road et le bord nord clôturé de grilles de Hyde Park, puis Queensway — le quartier arabe, avec ses femmes voilées, ses moustaches sceptiques. Et il y avait des touristes (américains), des étudiants, de jeunes mères poussant sur la barre de hauts landaus. Ce fut alors que Keith commença à se sentir peu familier avec lui-même, et défaillant, et désorganisé dans ses pensées. Mais il secoua la tête avec un frisson et en rendit responsable le voyage.

Il était huit heures, et il faisait clair comme en plein jour, et pourtant Londres avait pris une expression penaude et craintive, comme le font les villes, pensait-il, quand on les voyait avec des yeux neufs. Pendant un moment, mais seulement pendant un moment, les rues et les trottoirs et les croisements lui parurent pleins de mouvement et d'une variété excitante, pleins de personnes différentes allant d'un endroit à un endroit différent, ayant besoin d'aller de cet endroit différent à un autre endroit différent.

Il n'allait pas le savoir, évidemment. Il n'allait pas le savoir, mais un adjectif humble et peu éclatant décrivait complètement le Londres de 1970. Vide.

Je t'y ai déjà emmené, dit Nicholas au téléphone. *Le restaurant qui est à peine assez grand pour une personne.* Et son frère était déjà présent, dans la grotte italienne en face du dôme de l'église grecque orthodoxe dans Moscow Road. Keith resta un instant dehors et regarda à travers le verre boursoufflé — Nicholas, l'unique client assis là, à la table centrale, fronçant les sourcils, l'air sceptique, en lisant, avec sa boisson, ses olives. Il y avait eu une époque dans la vie de Keith où Nicholas avait été absolument tout — il remplissait le ciel comme un Saturne ; et il avait toujours la stature d'un dieu (pensait Keith), avec sa taille élevée et solide, son visage déterminé et ses épais cheveux blond sale un peu longs ; et l'air d'être quelqu'un qui, à part tout le reste, savait tout sur la poterie sumérienne et la sculpture étrusque. Il ressemblait à ce qu'il allait devenir — le correspondant à l'étranger.

« Mon cher petit Keith. Oui. Si *gentil*... »

Il y eut les étreintes et les baisers habituels, qui duraient souvent tellement longtemps qu'ils attiraient les regards, parce qu'il n'y avait évidemment absolument aucune raison qu'ils aient l'air de frères — les deux Lawrence, T. E. et D. H. Keith prit place ; il avait naturellement l'intention de tout raconter à Nicholas, tout, comme promis, comme toujours — chaque agrafe de soutien-gorge et chaque cran de fermeture éclair. Keith prit place. Et il eut droit à un préavis d'une seconde avant de saisir une serviette en papier et d'éternuer. Il dit (comme seul un frère le ferait) :

« Bon Dieu. Regarde ça. J'ai fait la moitié du chemin en métro. Deux stations. Et regarde ça. De la morve noire.

— C'est Londres. Morve noire, dit Nicholas. Bienvenue. Écoute. Je pensais — laissons les trucs sur Violet pour plus tard. D'accord? Je veux ton *Décaméron*. Seulement il y a... »

Il voulait dire la distraction du jeune couple de grande taille au milieu de la salle — le jeune homme et la jeune femme, à côté desquels ou entre lesquels Keith s'était glissé en approchant. Le restaurant, pas beaucoup plus spacieux que la cabine de la piscine, avec ses quatre ou cinq tables, paraissait figé ou immobilisé par le couple au centre de la salle. Avec un sourire irrité, Nicholas dit à voix basse :

« Pourquoi est-ce qu'ils ne s'en vont pas, ou alors ils pourraient au moins s'asseoir?... Tes histoires avec les filles, ça me rappelle quand je lisais *Peyton Place*, quand j'avais douze ans. Ou Harold Robbins. Tu as besoin de combien de temps?

— Oh, à peu près une heure, dit-il. C'est vraiment très bon.

— Et tu t'en es tiré.

— Je m'en suis tiré. Bon Dieu. J'avais abandonné tout espoir et puis j'ai eu droit à tous mes anniversaires en même temps. Tu comprends, elle était la...

— Attends. » Il voulait dire le jeune couple. « ... Bon, je raconte d'abord. Oh ouais. » Et Nicholas dit avec stoïcisme : « *Le Chien* m'a fait des avances hier soir. Et pas un signe de vie de ton Kenrik.

— Il est rentré. On s'est parlé. » Et Kenrik, qui était très malhonnête mais absolument pas retors (une association qui n'allait pas lui être très utile), n'avait fait que répéter, au téléphone, qu'il ne se rappelait pas. Keith voulait bien laisser tomber — mais *il* se rappelait la légèreté avec laquelle Lily avait traversé la pelouse pour embrasser Kenrik sur la bouche... Mais le malaise que ressentait Keith n'était pas lié à Kenrik ou à Lily. C'était nouveau. Il avait le sentiment qu'il allait bientôt pousser une porte, pousser une porte qui ne s'ouvrirait pas. Il se redressa sur son siège et dit : « Kenrik a baisé le Chien, naturellement.

— Naturellement.

— Dans la tente, la toute première nuit. Et maintenant nous savons enfin pourquoi il ne faut pas. Quel genre d'avance ?

— Oh. Oh, elle a simplement plongé sa main sous ma jupe, pour ainsi dire, et dit : *Allez, mon chou, je sais que tu adores ça*.

— C'est un mec, le Chien. Et tu t'es excusé.

— Naturellement que je me suis excusé. *Moi*, je ne vais pas baiser le Chien. » Il leva les yeux (le jeune couple) et dit : « Rien n'a changé, en fait. Toujours très heureux avec Jean. Je suis un peu plus célèbre maintenant. Et j'ai décidé que j'étais parfait pour la télévision.

— Comment ça ?

— Très informé. Plus séduisant qu'aucun homme n'a le droit de l'être. Et plus à gauche que jamais, d'ailleurs. Et plus engagé que jamais à mettre les connards en selle.

— La domination des connards.

— Domination des connards. Je n'attends que ça. Jean et moi, nous n'attendons que ça.

— Tu te trompes de révolution, mon bonhomme, dit Keith. C'est la mienne qui fait tourner le monde.

— Comme tu n'arrêtes pas de le dire. Bon Dieu. »

Il voulait dire le jeune homme et la jeune femme. Qui doivent maintenant être décrits, parce qu'ils ne voulaient pas s'asseoir et qu'ils ne voulaient pas partir. Comme Nicholas, ils devaient avoir dans les vingt-cinq ans : l'homme grand, avec des cheveux longs, portant un complet cintré en velours noir, la femme grande, avec des cheveux longs, portant une robe cintrée en velours noir. Il était impossible de les ignorer tandis qu'ils marchaient sur la pointe des pieds, montraient du doigt, chuchotaient, avec leur plan de table et leurs questions au serveur solitaire. Ce qu'ils disséminaient, c'était un air élaboré et une grâce consciente, et quelque chose de la lumière chatoyante d'un conte de fées. Leurs visages harmonieux étaient assez semblables et on aurait pu les prendre pour frère et sœur si ce n'était leur façon de se toucher, avec des doigts longs et langoureux... Le minuscule restaurant savait qu'il ne se montrait pas à la hauteur, et son expression était de plus en plus tendue.

« Ils viennent ici. »

Ils vinrent, ils furent ici. Avec style, ils s'accroupirent et levèrent les yeux vers Nicholas et Keith, la femme avec un sourire qui n'était pas son meilleur, l'homme — l'homme avait l'air de faire la moue à travers la mince frange de ses cheveux. La position accroupie, le sourire, la moue : ces deux-là avaient évidemment connu de nombreux succès lorsqu'il s'agissait de plier les autres à leur volonté.

Après une pause un peu flirteuse, le jeune homme dit : « Vous allez nous détester pour ça. »

Et Nicholas dit : « Nous vous détestons déjà. »

———

« Elle était en disgrâce, tu vois — Gloria. Elle s'était donnée en spectacle à ce déjeuner chez le magnat du sexe. » Keith énumérait les offenses de Gloria. « Mais quand elle est arrivée elle paraissait incroyablement réservée. Tu sais — Édimbourg. Vieux jeu. Et pas les seins nus comme les autres. Ces maillots de bain victoriens. Elle m'a dit plus tard qu'elle avait demandé à sa mère de les lui apporter d'Écosse. Une petite chose très sévère aux cheveux noirs courts et un cul absolument prodigieux. Comme on en verrait sur les panneaux d'affichage juste avant la Saint-Valentin... »

Les frères adoptifs, finalement plutôt accommodants, avaient rendu service au jeune couple de grande taille et s'étaient déplacés à une table dans un coin — où on leur avait apporté, cinq minutes plus tard, une bouteille terrifiée de Valpolicella. Ainsi Keith en buvait un peu, et mangeait des olives, et fumait (et Nicholas, naturellement, fumait). Et parlait. Mais il ressentait aussi une difficulté qu'il ne comprenait pas. C'était comme une crise de foie — une épaisse présence s'était installée dans l'air au-dessus d'eux. Keith pouvait la regarder, cette présence. Keith pouvait même se regarder lui-même. Keith voyait Keith siroter, gesticuler, pousser son récit en avant — le pantalon en velours rouge moulant, les jeunes hommes d'Ofanto, la piqûre d'abeille près de la piscine, et puis il dit :

« Je croyais que j'étais seul. Avec tout le château pour moi. Et je suis sorti du lit et j'ai... je suis sorti du lit et j'ai... Elle était dans la salle de bains. »

Qu'est-ce que c'était? Il avait l'impression qu'il avait un verrou ou un bouchon d'air dans la poitrine. Il déglutit, déglutit encore.

« Gloria était dans la salle de bains. Elle tenait cette robe bleu clair. Et elle s'est tournée... Mais elle était malade, tu comprends, Gloria. La réaction à la piqûre d'abeille. C'était ce qu'avait dit le médecin. Elle s'est tournée et avancée. Et elle était nue, excepté ses chaussures. Un spectacle époustouflant.

— Tu voyais?

— Son cul?

— Eh bien je suppose que tu voyais son cul. La piqûre d'abeille.

— Oh non. Je crois que ça devait être assez loin à l'intérieur. Non. Non, la vraie saga de l'été a été autre chose. Me faire titiller la bite, dit-il, par Shéhérazade. »

Et il raconta ça à Nicholas, les aperçus de Shéhérazade en T-shirt et en robe de bal, et Lily qui lui donnait des culottes cool, et Dracula, et la fois où il avait apparemment tout bousillé en chiant sur Dieu — et il parvint également à animer tout ça un peu, pensa-t-il, avec des détails sur Kenrik et le Chien, et sur le Chien et Adriano, et, oh oui, sur la raison pour laquelle on ne doit pas baiser le Chien.

« C'est tout? dit Nicholas en jetant un coup d'œil

à sa montre. Je ne comprends pas. Pardonne-moi, mais c'est quoi, ce que tu as fait impunément? »

Keith se pencha en avant avec un intérêt aiguisé et entendit Keith dire : « J'y arrivais. Il y avait une autre nana là-bas — la petite Dodo. »

Deux tasses de café et deux sambucas flambées furent alors posées sur leur table. La conversation s'était déjà orientée vers Violet, et Keith ne se sentait plus aussi effrayé. Il n'y avait plus d'écran, telle une corde à linge arachnéenne, entre lui et son frère, entre lui et le correspondant à l'étranger. Il n'y avait plus de bouchon d'air dans sa poitrine. Nicholas s'excusa un moment et Keith fixa du regard les flammes jumelles des verres : une pour chaque œil. De l'autre côté, le jeune homme et la jeune femme, leurs membres respectifs enlacés, présidaient une table de dix...

Un jour en Italie Keith avait lu une version alternative du mythe de Narcisse. La variante cherchait à dé-homosexualiser l'histoire, mais introduisait (comme en guise de récompense) un autre tabou : Narcisse avait une sœur jumelle, une *identica*, qui était morte très jeune. Lorsqu'il se penchait au-dessus de l'étang, c'était Narcissa qu'il voyait dans l'eau. Et c'était la soif, et non l'amour de soi-même, qui avait tué le garçon lisse ; il refusait de boire, il refusait de déranger ce reflet ravi...

Keith fit alors une vérification de sa propre réalité. La personne dans l'alcôve avec le téléphone était son frère adoptif. Le livre par terre traitait d'un certain Muhammad ibn Abd al-Wahhab. Le serveur était gros. La jeune femme embrassait le jeune homme, ou bien le jeune homme embrassait la jeune femme, et comment était-ce, quand l'autre était le même, et qu'on s'embrassait soi-même ?

« Bon, voyons si nous pouvons récapituler. » Il faisait ça régulièrement, Nicholas : il récapitulait. « Que les filles se comportent comme des garçons, c'est dans l'air. Bon. Il y a des filles qui *essayent* de se comporter comme des garçons. Mais dans leur cœur, elles sont de la vieille école. Ta Pansy. Shéhérazade peut-être. Et il y a des filles qui simplement... qui simplement tâtonnent pour avancer. Jean. Lily. Et puis il y a des filles qui se comportent plus comme des garçons que les *garçons*. Molly Sims. Et évidemment Rita. Et... Violet.

— Ouais mais... Les autres filles ont conscience d'une sorte de vague. Et Violet ne fait partie de rien du tout.

— À moins que ce soit la vague des jeunes filles en bonne santé. Violet marche avec les jeunes filles en bonne santé. »

Keith dit : « Elle a sans doute tiré ça d'un magazine chez le coiffeur. Bon Dieu, elle sait encore lire ? Le courrier du cœur, tu sais.

— Ouais. Chère Daphné. J'ai dix-sept ans, et j'ai eu quatre-vingt-douze petits amis. Est-ce que c'est normal ?

— Ouais. Chère Violet. Ne t'inquiète pas. C'est normal.

— Mm. Il faudrait quelque chose comme : *Un appétit sexuel fougueux est normal. Après tout, tu es une jeune fille en bonne santé.*

— Je la vois déjà lire ça. Et se sentir incroyablement soulagée. C'est écrit noir sur blanc.

— Noir sur blanc. C'est officiel. C'est une jeune fille en bonne santé, dit Nicholas. C'est tout.

— Est-ce qu'elle est extrême ? Ou est-ce qu'elle est *sui generis* ?

— *Sui generis ?* Tu veux dire dingue.

— Elle n'est pas dingue, hein. Elle picole, et elle est dyslexique, mais elle n'est pas dingue pour quoi que ce soit d'autre. Enfin. Il ne faut pas oublier que Vi viole des tapettes et sort avec des équipes de foot.

— Elle se comporte comme un garçon. La nature sans la culture. Comme Caliban. Comme un Yahoo. »

Keith dit : « Elle se comporte comme un très *mauvais* garçon. Et ce n'est pas dans son intérêt. Nous devons l'obliger à se comporter plus comme une fille. Et comment faire ? Nous ne pouvons pas. Elle est incontrôlable. Il faudrait... il faudrait que nous soyons la police.

— La police secrète. Comme la Tchéka ou la Stasi. Avec des informateurs. Le Comité pour la Promotion de la Vertu et la Prévention du Vice. Des hommes avec des fouets au coin des rues.

— Il faudrait que nous ne fassions rien d'autre. C'est ça que tu vas faire ? Ne rien faire d'autre ? Écoute, dit Keith. J'ai décidé ce que moi j'allais faire au sujet de Violet. » Je vais cesser de l'aimer, Nicholas. Parce que, alors, ça ne fera plus mal. « Écoute, je payerai ma part, mais j'abandonne. Émotionnellement. Ne te mets pas en colère.

— Je ne suis pas en colère. Et je ne dirai pas que c'est parce que vous n'êtes pas du même sang. Parce que je sais que tu l'aimes plus que moi. »

Keith était assis là. Nicholas dit :

« Ça ne marchera pas. Qu'est-ce que tu crois pouvoir faire ? Tu vas simplement regarder. Non émotionnellement. Pendant que Vi est baisée à mort.

— ... Je ne vais même pas regarder. Si je peux éviter. Je ne suis pas aussi courageux que toi. Je vais fermer les yeux. Je vais me *retirer*.

— Quoi ?

— Je vais me retirer. »

Et Nicholas dit : « Où ? »

Il y eut une minute de silence. Puis Nicholas regarda l'heure et dit :

« Réfléchis-y encore un peu. Bon. Je n'ai pas demandé. Comme elle va, cette Lily ?

— Oh, Lily. L'essai de retrouvailles était une erreur. L'Italie était une erreur. » Il regarda autour de lui. Les filets de pêche accrochés aux murs, les bouteilles de Chianti avec leur toit de chaume, le gros serveur avec son moulin à poivre extravagant (de la taille d'un télescope supergalactique), les photographies encadrées — églises, scènes de chasse. « Je n'aurais pas voulu rater ça, pour rien au monde. Mais l'Italie était une erreur. À la fin. En tout cas Lily m'a laissé tomber. Dans l'avion.

— Mon cher...

— Elle a dit que j'avais changé. Et tout d'un coup elle m'a laissé tomber dans l'avion. Ne t'inquiète pas — je suis soulagé. Je suis très content. Je suis libre.

— Lily aimera toujours son Keith.

— Je ne veux pas d'amour. Si, j'en veux. Mais je veux du sexe hystérique.

— Comme avec Dodo.

— Oublie Dodo... Pourquoi fronces-tu les sourcils comme ça? Écoute, Nicholas, est-ce que j'ai l'air différent?

— Eh bien tu es tout mignon et bronzé...

— Mes yeux. » Keith sentit qu'il se tendait. Conchita, Lily, Gloria elle-même. *Regarde-le, avec ses yeux neufs.* Et qu'en était-il des yeux de Gloria Beautyman? Ses yeux ultérieurs : du lat., lit. « plus loin, plus distant ». Les yeux ultérieurs de Gloria. « Est-ce qu'il leur est arrivé quelque chose, à mes yeux?

— Ils ont l'air... très propres. À cause du bronzage. Je ne sais pas, un tout petit peu plus protubérants. Maintenant que tu en parles.

— Bon Dieu. Plus protubérants. Tu veux dire comme un putain de phasme?

— Eh bien, pas vraiment au bout d'une tige, tes yeux. C'est peut-être simplement parce que le blanc est plus lumineux. Donc, plus de Lily. Maintenant une bière pour la route, et ensuite... »

Nicholas but sa bière, demanda l'addition, la discuta, la paya, et s'en alla. Keith resta assis.

———

Il restait du vin dans la seconde bouteille, et il s'en versa un peu. Il se pencha en avant, son front reposant dans une paume froide. Il supposa qu'il était très fatigué...

L'histoire à propos de Gloria, le mythe Beautyman, cela s'écroula simplement dans sa tête, comme un royaume moqueur produit par le sommeil, et maintenant il n'en avait que l'écho, un bang qui résonnait au centre de son esprit.

De l'autre côté, la table de dix, comme une seule

créature, se mit debout. Ils défilèrent vers l'extérieur, trois paires et un quatuor. Le serveur, dans son gilet tourmenté, se tenait à la porte, hochant la tête et saluant. Le couple de grande taille fut le dernier à partir, les jumeaux, dans leur velours d'ébène.

La sœur de Narcisse. Cette version n'était pas seulement incestueuse — elle était littéraliste, et sentimentale. Le récit plus ancien était celui qui faisait mal et qui résonnait. Était-il, Keith était-il coupable du vice dégoûtant qu'est l'amour de soi ? Eh bien, il aimait la rose de la jeunesse en lui, pour ce que c'était. Ça c'était pardonnable. Par ailleurs, une surface, une chose à deux dimensions, l'avait stupéfié — pas sa propre forme dans le miroir mais la forme menaçante à ses côtés. *Oh, je m'aime.* À travers elle, pendant une journée, il s'était aimé lui-même, ce qu'il n'avait jamais fait avant. Parce qu'il était lui aussi dans le miroir, debout derrière elle. Le reflet — et également l'écho : *Oh je m'aime tellement...*

Son large dos tourné vers lui et un petit poing grassouillet sur la hanche, le serveur fixait la nappe abandonnée, qui le fixait à son tour, souillée et prise de remords, maintenant, avec des douzaines, des vingtaines de verres sales, avec des cigarettes écrasées dans des soucoupes, avec des serviettes froissées lâchées dans des glaces à moitié mangées... Le serveur secoua la tête, se laissa tomber sur une chaise et déboutonna son gilet. Puis tout devint silencieux.

Gloria était *sui generis*, sans doute, non, arrête, elle n'était pas juste une bite mais une bite religieuse, et une bite religieuse avec un secret exorbitant. À présent, Keith aussi avait un secret, également impossible à révéler. Est-ce qu'on pourrait appeler ça un trauma ? Un trauma était un secret qu'on se cachait à soi-même. Et Gloria connaissait son secret, et il connaissait le sien... Elle lui avait beaucoup appris, pensait-il, sur la place de la sensibilité dans ce nouveau monde. Elle l'avait promu, pensait-il, dans la chaîne des êtres. Il était un lauréat, pensait-il, un cacique de l'académie de Gloria Beautyman ; et il était prêt maintenant à transmettre son enseignement aux jeunes femmes d'une capitale reconnaissante. Je suis libre, pensa-t-il.

L'ombre du serveur lui apprit qu'il était temps de partir. Je suis très fatigué, se dit-il. L'Italie, le château, les mois d'été, et les événements de ce matin-là (les cloches de l'église, les gants noirs, les dents découvertes, le *Ich*) paraissaient inconcevablement lointains, comme l'enfance. Ou comme le temps encore plus ancien que l'enfance — la petite enfance. Ou comme 1948, quand il n'était même pas né.

———

Mais maintenant Keith Nearing avait la liberté.

Et ce fut ainsi qu'il alla parmi les jeunes femmes de Londres. Au cours des jours, semaines, mois, années qui suivirent, il alla dans Londres, dans les rues, les amphithéâtres, les bureaux, les pubs, les cafés, les rassemblements, sous ses toits et ses cheminées. Sous les trolls urbains des arbres, sous les ciels de la ville. Et c'était la chose la plus étrange.

Il alla parmi les jeunes femmes de Londres. Et c'était la chose la plus étrange. Chacune, jusqu'à la dernière, le détestait déjà.

ÉPILOGUE — VIE

Je suppose que c'est humain. C'est humain — le besoin de savoir ce qu'ils sont tous devenus.

Eh bien, en 1971, Shéhérazade... Attendez. L'ancien ordre a laissé place au nouveau — pas aisément, toutefois; la révolution était une révolution de velours, mais pas sans effusion de sang; certains s'en sortirent, certains s'en sortirent plus ou moins, et certains coulèrent. Certains allaient bien, certains n'allaient pas bien, et certains étaient quelque part entre les deux. Il y avait trois ordres, semblait-il, comme Foireux, Possible, Vision, comme les trois échelons de distance choisis par les montagnes, comme les trois types d'oiseaux, les noirs, les jaunes, et les aimants des couches supérieures de l'air, en forme de pointe de flèche... Certains s'en sortirent, certains s'en sortirent plus ou moins, et certains coulèrent, mais ils avaient tous leurs traumas sexuels — tous ceux qui étaient présents. Tous ceux qui firent l'étrange voyage avec la veuve enceinte.

Vous en saurez davantage sur leurs destins particuliers, mais ici, pour l'instant, vous aurez les versions abrégées. Shéhérazade allait bien (avec une réserve), et Timmy allait bien, et Jorquil allait plus ou moins bien, et Conchita (il l'espérait, et avait confiance) allait bien, et Whittaker et Amen allaient bien, et Nicholas allait bien, et Lily allait bien pour finir.

Par ailleurs, Adriano était quelque part entre les deux, et Rita n'allait pas vraiment bien (et Molly Sims, à propos, n'allait pas vraiment bien de la même façon), et Kenrik n'allait vraiment pas bien du tout, et Violet n'allait vraiment pas bien du tout, et Gloria aussi n'allait vraiment pas bien du tout. Dodo (ceci n'est qu'une conjecture, parce que personne ne l'a jamais revue) n'allait pas bien. Prentiss et Oona allaient bien jusqu'en 1994 et 1998 respectivement. Après elles étaient mortes.

Quant à Keith... Eh bien, on est en 2009 maintenant, pas 2003, quand, raisonnablement fictionnellement, 1970 le rattrapa, d'un seul coup. Cette malheureuse crise — son « N. B. », comme sa troisième épouse l'appelait avec tant d'à-propos et de gentillesse — se trouvait dans le passé, et il allait bien.

L'été italien — c'était le seul passage dans toute son existence qui ait jamais ressemblé à un roman. Il contenait de la chronologie et de la vérité (cela est arrivé). Mais il se glorifiait aussi des unités, de temps, de lieu et d'action ; il aspirait à une cohérence au moins partielle ; il avait une certaine forme, un certain motif, avec ses échelons, ses bestiaires. Une fois terminé, il ne restait plus à Keith que la vérité et la chronologie — et, oh oui, la forme intrinsèquement tragique (la montée, la crête, la chute), comme la bouche d'un masque tragique : et ceci est un visage qui est commun à tous ceux qui ne meurent pas jeunes.

Mais il se trouve qu'il existe une autre façon de faire les choses, un autre mode, un autre *genre*. Et par la présente déclaration c'est ce que je baptise Vie.

La Vie est le monde de Eh Bien De Toute Façon, et Ce Qui Me Rappelle, et Dit-Il, Dit-Elle.

La Vie n'a pas de temps pour la bienséance élevée, les stratagèmes élaborés et les stylisations intenses de la comédie familiale.

La Vie n'est pas un escarpin, avec son talon aiguisé et sa semelle arquée ; la Vie est la godasse informe là-bas à l'autre bout de votre jambe.

La Vie se fabrique au coup par coup. Elle ne peut jamais être réécrite. Elle ne peut jamais être révisée.

La Vie nous arrive en unités de seize heures, entre le réveil et l'endormissement, entre l'évasion de l'irréel et une nouvelle étreinte avec l'irréel. Il y a plus de trois cent soixante unités de ce type chaque année.

Gloria Beautyman, au moins, va nous donner quelque chose dont la Vie a vraiment besoin. Une intrigue.

Quelques-uns des événements qui se déroulèrent entre 1970 et 1974

Pendant quarante mois, commençant ce septembre-là, quand ses yeux étaient très clairs, Keith vécut en Larkinland — gris poisson, brun singe, le pays de la disette sexuelle. Le trait le plus frappant du pays de Larkin est que toutes les femmes, après quelques secondes, savent très bien que c'est là que vous vivez — en Larkinland.

Au début, tous ses élans vers les filles étaient confrontés à un recul, à un saut de côté ou à une tête emphatiquement secouée. Une thésarde qui s'exprimait particulièrement bien, après l'avoir repoussé, lui expliqua qu'il exsudait un étrange mélange d'électricité et de glace. « Comme si tu avais le SPM », dit-elle. Cette période passa. Ses avances devinrent hésitantes (il tendait une main), puis tranquillement vocales, puis vainement télépathiques. Que les contraires s'attirent ne fait pas partie des lois de la physique amoureuse. En 1971, puis de nouveau en 1973, il eut des liaisons compliquées avec deux boules de nerfs de la Poetry Society (juste à côté de son appartement froid et humide à Earls Court) : la trésorière, Joy, et puis Patience, la plus vitreuse et la plus tenace des régulières aux lectures bihebdomadaires. En 1972, et à nouveau en 1973, il devint un familier de l'escalier étroit qui menait à un petit appartement sous les combles dans Fulham Broadway. À l'intérieur vivait une femme d'un certain âge, lectrice dans une maison d'édition, qui s'appelait Winifred, avec son cardigan, son sherry doux, son John Cowper Powys, son tic.

Il dragua tout son passé, naturellement, mais Ashraf était à Ispahan, Dilkash était à Islamabad, et Doris était à Islington (et il alla boire un verre là-bas, dans un pub — avec elle et son ami). Tous les cinq ou six mois, il passait une nuit chaste avec Lily (pendant qu'elle était brièvement entre deux liaisons). Il tenta de la ramener à lui, évidemment, et elle avait pitié de lui ; mais elle n'allait pas lui revenir.

Il ne manquait plus que sept jours avant 1974 (c'était la veille de Noël) quand il eut sa première retrouvaille avec Gloria Beautyman.

C'est le genre de soirée où se retrouve le secteur plutôt bohème des jeunes friqués — le genre de soirée où il est maintenant assez rare de voir Keith. Je ne vais pas la décrire (flaques de velours humide et somptueuses chevelures). Gloria arrive en retard et parcourt la pièce, se déplaçant dans un milieu parfaitement connu et maîtrisé. Physiquement, elle fait penser à Viola dans *La Nuit des rois* ou à Rosalind dans *Comme il vous plaira* : une fille visiblement et malicieusement déguisée en garçon. Chevelure dissimulée sous le tricorne, tailleur-pantalon serré en soie vert de Lincoln.

Il est en attente dans un couloir. Et voici leur amorce d'échange :

« Est-ce que tu fais semblant de ne pas me reconnaître ? C'est ça que tu fais ?

— ... J'ai du mal à comprendre ce ton.

— Tu as reçu mes messages ? Tu as reçu mes lettres ? Et si on dînait ensemble un de ces soirs ? Ou déjeunait ? Libère ton après-midi. Je suppose que c'est hors de question.

— ... Oui. Absolument. Franchement, je suis ébahie que tu aies le culot de demander.

— Ouais, reste avec ton engeance. C'est bon. Dis-moi. Comment va le monde du fromage ? » Elle fait un pas en arrière. Et pendant quatre ou cinq atroces secondes il se sent *peint* par son radar — pas simplement examiné, mais parfaitement visé. « Attends, dit-il. Désolé. Arrête.

— Mon Dieu. La malédiction d'Onan est sur lui. Mon Dieu. On peut presque le sentir. »

Le complet neuf de Keith (qui a coûté six livres à Take Six) l'étreint de ses flammes.

« Ooh, je veux te parler, dit-elle. Reste ici. C'est fascinant. J'ai l'impression... j'ai l'impression d'être comme quelqu'un qui ralentit pour jeter un coup d'œil sur un accident de voiture. Tu sais. Curiosité morbide. »

Gloria se tourne et marche... Et puis oui, il est trop gros, *beaucoup* trop gros, comme Lily l'avait toujours dit avec insistance ; mais il frappe maintenant son regard affamé comme un accomplissement à une échelle épique terrifiante, comme la Révolution chinoise ou l'essor de l'Islam ou la colonisation des Amériques. Il la regarde passer d'un invité à l'autre. Les hommes regardaient Gloria, maintenant, et se demandaient automatiquement ce qui se passait de l'autre côté de ses vêtements —

les concavités et les convexités de l'autre côté de ses vêtements. Et, oui, elle est astronomiquement éloignée de lui, maintenant, loin, très loin au-delà des capacités de son œil nu.

Elle ne cesse de s'éloigner et de revenir, mais elle lui dit beaucoup de choses ce soir-là.

« Oh, *mon Dieu*... Et tu étais plutôt gentil avec les filles en Italie. Parce que les filles étaient plutôt gentilles avec toi. Mais ça a terriblement mal tourné, pas vrai? Toi et les filles. Et ce n'est que le début. »

Au-delà d'un certain niveau d'échec sexuel, continue-t-elle à expliquer, une partie de l'esprit masculin se lance dans la haine des femmes. Et les femmes le sentent. C'est comme une prédiction qui s'autoréalise, dit-elle. Et ceci, il le savait déjà. Larkinland, ce pays s'autoréalise, il s'autoperpétue, il s'autodétruit.

« Et cela ne peut qu'empirer. Ah. Bon, regarde ce beau jeune homme qui vient d'entrer, le grand aux cheveux d'or? C'est Huw. Celui qui a un château au pays de Galles.

— Typique, ça. Ouais. La base économique de la société.

— ... Tu ne peux pas t'en empêcher, hein. Tu as seulement *l'air* d'être délibérément un cauchemar. L'instinct nous dit de nous éloigner. Mes jambes me poussent à m'éloigner. Mais c'est la période des fêtes. Paix aux hommes de bonne volonté. Tu es prêt à entendre quelques conseils? »

Il est debout là, fume une cigarette, la tête basse. « Dis-moi. Aide-moi.

— Très bien. Fais un tour de la pièce. Tourne autour des filles que tu apprécies le plus. Je vais aller embrasser mon fiancé, mais je regarderai. »

Dix minutes plus tard elle lui dit quelque chose qui au moins semble symétrique : plus les filles sont jolies, plus il paraît moche — furtif, rancunier.

« Tu avais l'air tout à fait à l'aise près de Petronella. La fille en blouse avec une tache de vin. Et de Monica. Celle qui a un léger bec-de-lièvre. Mm. Tes yeux ne pétillent plus comme avant, mais il y a quelque chose qui ne va pas avec ta bouche.

— Montre-moi », dit-il. Elle lui montre. « Bon Dieu. Gloria, comment m'en sortir ?

— C'est déjà très avancé, voilà le problème. Tu es encore étudiant ? Non ? Alors, désolée, mais je suppose que tu es un raté complet dans ce que tu fais. »

Ce qui était en réalité loin d'être le cas. Après l'obtention d'un excellent diplôme, Keith avait posé sa candidature pour des emplois un peu partout au hasard — il avait travaillé dans un magasin d'antiquités, dans une galerie d'art ; pendant deux mois il avait travaillé dans une agence de publicité, Derwent and Digby, à Berkeley Square. Puis il avait cessé d'être rédacteur publicitaire stagiaire et était devenu assistant stagiaire au *Literary Supplement.* Il y était maintenant rédacteur à temps plein, tout en publiant des articles étrangement mûrs sur la théorie critique dans l'*Observer,* le *Listener* et le *Statesman and Nation.* Une douzaine environ de ses poèmes avaient été publiés dans différents périodiques, et il était le destinataire d'une note très encourageante de Neil Darlington, rédacteur du *Little Magazine* et coéditeur d'une série de pamphlets qu'on appelait Minces Volumes...

« Oh, je vois. Sans espoir, dit-elle. Il te faut gagner davantage, Keith. Et puis laisse tomber cet air de chien mouillé. Il y a des exceptions, mais les filles veulent s'élever dans le monde, pas descendre. Est-ce que tu te souviens de cette ballade : "Si j'étais charpentier et si tu étais une lady"?

— "Voudrais-tu m'épouser et porter notre enfant?"

— Eh bien, la réponse à cette question est *certainement pas*. Ce qui est drôle, c'est qu'il suffit d'une seule jolie petite amie et les autres suivront. »

Il demande pourquoi il en est ainsi.

« Pourquoi? Parce que les lois de l'attraction sont plus vagues avec les filles. Parce que l'aspect des hommes a moins d'importance. Alors on guette les signaux de fumée. On écoute les tam-tams. Si l'une d'entre nous — une jolie fille — pense que t'es pas mal, alors nous faisons attention. Ici et maintenant, je pourrais te rendre à moitié séduisant. Il suffirait qu'on se promène dans la pièce. »

Il soupire. « Oh Robin des Bois. En vert Sherwood. Tu prends aux riches pour donner aux pauvres. Promène-moi... Je te donnerai cent livres. »

Et Gloria, toujours aussi surprenante, dit : « Tu les as sur toi? Mm. Non. C'est une sacrée performance, et Huw serait vexé.

— Alors je vais rentrer. Ce sera donc Huw, alors?

— Sans doute. Il est parfait. Excepté sa sorcière infernale de mère. Qui me déteste... J'ai vingt-six ans, tu sais. L'horloge fait tic-tac.

— Ce qui me rappelle. » Et d'une voix faible il lui parle de Shéhérazade. Déjà mariée (à Timmy), déjà mère de deux enfants (Jimmy et Millie), déjà dévote (selon Lily). Elle hausse les épaules, et il dit : « Il est temps de partir. » La voix en lui (bon

Dieu, quel croassement) fait une suggestion. Pour Keith, ça n'a pas l'air de grand-chose, mais il dit : « Eh bien, tous mes vœux pour les fêtes. Euh, c'est traditionnel, je crois, de laisser quelque chose pour le Père Noël. Oublie les friandises. Donne-lui un magnifique spectacle. Toi, priant à genoux, nue. »

Sa couleur, son bronze ombré, s'intensifie. « Comment tu sais que je prie nue ?

— Tu me l'as dit, dans la salle de bains.

— Quelle salle de bains ?

— Tu t'en souviens. Tu t'es tournée, tu tenais la robe bleue. Et j'ai dit : "Pas de piqûre d'abeille."

— Oh, n'importe quoi. Et ensuite ?

— Tu t'es penchée en avant sur le porte-serviettes et tu as dit : "La piqûre est en fait assez profonde."

— Alors tu crois toujours que ça a réellement eu lieu ? Non, Keith, tu l'as rêvé. Je me souviens de la piqûre d'abeille, ça oui. Comment est-ce que je pourrais l'oublier ? Et il est vrai que je déteste absolument les ruines. Bonne chance. Tu sais, tout ça, c'est comme les marrons. Tu te souviens des batailles de marrons ? Un marron qui ne vaut qu'un bat un vingt-cinq et devient sur-le-champ un vingt-six. Tu vois, tu ne pourras trouver une jolie petite amie que quand tu auras une jolie petite amie. Je sais. Une vraie saloperie.

— Oui, n'est-ce pas. Et comment va ton secret ? Ça va toujours ?

— Joyeux Noël à toi. »

Il marcha dans la neige dans Kensington High Street. Quel genre de poète était Keith Nearing, jusqu'à présent ? Il était un défenseur mineur de l'autodénigrement humoristique (existait-il une autre culture au monde qui appréciait ça?). Il n'était ni acméiste ni surréaliste. Il appartenait à l'école des Perdants sexuels, des Foireux, des Crapauds, dont le lauréat et le héros était évidemment Philip Larkin. Les poètes célèbres trouvaient des filles, quelquefois beaucoup de filles (il existait des poètes qui ressemblaient à Quasimodo et se comportaient comme Casanova), mais ils paraissaient éviter la joliesse, ou bien elle les effarouchait parce qu'elle était trop évidente. Les femmes de Larkin avaient leur monde,

> où elles travaillent, et vieillissent, et dissuadent les hommes
> En étant peu séduisantes, ou trop timides,
> Ou parce qu'elles sont morales...

Ainsi, avec une sorte d'héroïsme paresseux, Larkin habitait le Larkinland, et écrivait les poèmes qui célébraient ce pays. Et je ne vais pas faire ça, décida Keith, en se dirigeant vers Earls Court. Parce que sinon je n'aurai aucun souvenir quand je serai vieux. De toute façon, il ne *voulait* pas être ce genre de poète. Il voulait être romantique, comme Neil Darlington (« L'orage me traverse en grondant quand s'ouvre ta bouche »). Mais Keith n'avait rien sur quoi être romantique.

À cette époque la capitale fermait pour une semaine, à minuit, la veille de Noël. Elle devenait *noire*. Dieu maintenait une main au-dessus de l'interrupteur : d'une seconde à l'autre les lumières allaient s'éteindre et ne reviendraient pas avant 1974.

Une certaine occasion en 1975

À son assistante, puis à sa secrétaire, Keith dit au revoir, et descend dans le cube de miroirs silencieux du quatorzième étage de Derwent and Digby. Sur la plaine morne de l'atrium, Digby dans sa veste d'aviateur et Derwent dans son poncho en soie attendent leur voiture. Derwent et Digby sont cousins germains et ont chacun écrit un premier roman, il y a longtemps...

« Non, je ne peux pas, dit Keith. J'ai rendez-vous avec une jolie fille. Ma sœur Violet. Au Khartoum.

— Un homme sage. Essaye le Zombie. »

Et Keith sort dans la rareté et l'absence de couleur humaine de l'heure de pointe à Londres en 1975.

Lorsqu'il avait donné sa démission, chez Derwent and Digby, début 1972, d'abord Digby puis Derwent l'avaient emmené déjeuner et avaient parlé de leur tristesse de perdre quelqu'un d'« aussi exceptionnellement doué » — c'est-à-dire excellent colporteur de superflu. « Le salaire est le même au *Lit Supp* », dit-il, pour dire quelque chose. « Crois-moi, dit Derwent, et dit Digby, ça changera. » Ce n'était pas faux. Keith avait maintenant pris un crédit sur un duplex de bonne taille à Notting Hill, il conduisait une voiture allemande neuve, il portait — ce soir-là — un foulard et un manteau en cachemire noir.

De loin le moment le plus difficile avait été d'en parler à Nicholas. Oh non, Keith n'aurait pas voulu revivre ça. Une partie de la difficulté était qu'il ne pouvait pas dire à Nicholas exactement *pourquoi*. « Eh bien, tu es quand même mon frère », dit Nicholas à quatre heures du matin. Keith écrivait encore de la critique, mais les vers avaient cessé de venir presque immédiatement, comme il s'y attendait. Il était toujours un rimailleur, dans une certaine mesure. C'est toujours la fête — avec After Eight. Nescafé, c'est déjà fait. Son salaire avait été multiplié par huit en dix-neuf mois. Le seul poète qui lui disait encore bonjour était Neil Darlington, charmant, bel homme, procédurier, éponge, couvert de dettes, envahi de femmes, le rédacteur du *Little Magazine*. Keith expliqua pourquoi à Neil. *Pourquoi* n'aurait de toute façon sans doute pas impressionné Nicholas.

Il y avait des filles maintenant. Il y avait presque toujours une fille. Collègues — une intérimaire, une enquêtrice, une dactylo, une jeune comptable... C'était encore le résultat de l'imitation que Gloria avait faite de lui (de sa bouche) la veille de Noël, en 1973 : le bec était de retour. À présent le bec avait à nouveau disparu. Sorti du royaume des Foireux, il refaisait lentement surface en tant que Possible, mais un Possible bas équipé de patience, d'humilité et d'argent.

Il était sorti de Larkinland. Parfois il avait l'impression d'être un réfugié extatique. Il avait demandé l'asile, et l'avait obtenu. Un processus très long, sortir de Larkinland (il avait distribué beaucoup de pots-de-vin). Les mois passés dans le camp temporaire à la frontière, les interrogations hostiles et les bilans de santé ; et pendant de longues heures ils avaient fait grise mine à ses papiers et à son visa. Il avait franchi le portail sous les tours de guet, les projecteurs, le fil de fer barbelé. Il entendait encore les chiens. Quelqu'un avait donné un coup de sifflet et il s'était tourné. Il avait continué à marcher. Il était sorti.

Ses nuits chastes avec Lily s'étaient transformées en week-ends — pas vraiment des week-ends coquins, mais pas chastes non plus — à Brighton, Paris, Amsterdam.

Tandis qu'il traverse Mayfair à pied, puis Piccadilly désert, passe devant le Ritz, jusqu'à St James, balançant une paire de gants dans sa main droite (c'est le début d'octobre), il s'aperçoit qu'il est content de retrouver sa jeune sœur. Plus dans son cœur que dans sa personne, il a gardé ses distances régulées, géométriques, au contraire de son frère, qui a hébergé Violet dans son deux-pièces à Paddington pendant trois mois terribles en 1974.

« Tous les matins — le pied-de-biche », disait Nicholas. En d'autres termes, la première chose qu'on faisait chaque jour était de l'extraire de sous le cambrioleur / maçon / mendiant / videur (ou encore — en dernier recours — le chauffeur de taxi) qu'elle avait ramené la nuit précédente. Violet, semblait-il, s'éloignait du prolétariat et se dirigeait vers le quart-monde (ou ce qu'on appelait alors le résidu). Plus tard, au début de l'été qui venait de se terminer, elle avait pris la couleur de la moutarde anglaise (jaunisse). Il y avait eu une hospitalisation suivie par une convalescence très chère dans une clinique de désintox du Kent appelée Parsonage, payée par Keith. Keith payait aussi pour les psys et les thérapeutes (jusqu'à ce que Violet mette le holà en disant que c'était une perte de temps). Il donnait toujours de l'argent à Violet. Il le faisait avec empressement. Remplir un chèque ne prenait que quelques secondes, et ça ne faisait pas mal.

Il était allé lui rendre visite en septembre, le train, les champs, les vaches immobiles comme des pièces de puzzle attendant d'être réunies, le manoir avec les pignons verts, Violet au réfectoire, jouant au pendu avec un collègue convalescent, la promenade dans le jardin sous le bleu alarmant, où elle lui prit la main, comme évidemment elle le faisait pendant l'enfance... Alors que la beauté minimale de Keith avait été entièrement effacée par les années de famine (ses années de manque), la beauté de Violet avait été complètement restaurée, son nez, sa bouche, son menton se fondant l'un dans l'autre en douceur. On parlait même d'un mariage possible — avec quelqu'un qui avait le double de son âge (quarante-trois), un admirateur, un protecteur, un rédempteur.

Ce soir il y aurait des cocktails de fruits, un spectacle (elle aimait aller au spectacle, et il avait de bonnes places pour *The Boy Friend*), puis dîner au Trader Vic's.

À présent Keith entre au Khartoum, pousse la porte en verre teinté. Leur soirée, en tant qu'événement familier et intelligible, ne durera qu'une seule minute. Et cette seule minute n'est pas non plus vraiment bonne. Non, faux, inexact : les trois secondes d'ouverture sont parfaites, lorsqu'il aperçoit sa forme douce et blonde (un profil vêtu de blanc) sur un tabouret devant le comptoir circulaire en acier.

Qu'arrive-t-il au visage de Violet? Qu'arrive-t-il à ses tendons? Il voit alors qu'elle est en fait engagée dans une activité humaine plus ou moins reconnaissable. Le premier mot qui lui vient à l'esprit est un adjectif : incompétent. Le second un intensif : extraordinairement. Parce que ce que Violet accomplit, ou imagine accomplir, est ceci : l'ensorcellement sexuel du barman.

Qui, avec son catogan, son T-shirt noir sans manches, ses horribles muscles, n'arrête pas de se tourner pour la regarder, pas pour échanger mais avec incrédulité. Pour voir si elle continue. Et elle continue, continue, continue à jouer des paupières, à le lorgner, à ricaner et à se lécher les lèvres. Keith s'avance.

« Violet.

— Salut, Key, dit-elle en glissant de son tabouret.

— Oh Vi! »

Comme un œuf libéré de sa coquille, Violet s'affale sur-le-champ, et reste étendue là, formant une flaque circulaire — le blanc d'œuf maintenant étalé dans la poêle, avec sa tête blonde au milieu. Cinq minutes plus tard, il l'a enfin installée dans un fauteuil en cuir, et elle dit : « À la maison, la maison. »

Keith va appeler Nicholas, qui lui donne trois différentes adresses très loin les unes des autres. Tandis qu'il paye la note (« C'est vraiment autant? »), il voit que le fauteuil est vide. Le barman montre du doigt. Keith pousse la porte en verre, et Violet est sous ses pieds, à quatre pattes, tête rentrée, en train de vomir copieusement et bruyamment.

Peu de temps après, ils se retrouvent dans une série de taxis, en route pour Cold Blow Lane dans l'île aux Chiens, en route pour Mile End Road, en route pour Orpington Avenue, N19. Elle a désespérément besoin de son lit, elle a désespérément besoin de sa coloc, Véronique. Mais avant qu'elle puisse y aller elle a besoin de ses clés, ils doivent trouver sa clé.

La note du bar au Khartoum — c'était le genre de note qu'il aurait pu avoir à régler après deux heures avec Nicholas, ou même Kenrik. « C'est vraiment autant ? » Le barman écarquilla les yeux (et puis montra du doigt). Violet avait bu sept martinis en moins d'une demi-heure.

En se mettant au lit, dans le séduisant duplex, il écarta la chevelure irlandaise d'Iris (telle une épaisse marmelade) sur sa nuque — afin de poser sa joue contre le duvet couleur rouille.

Excepté Violet (l'ombre de Violet dans son esprit), était-il heureux ? Il voulait répondre oui. Mais les deux cœurs, le cœur supérieur (fixe, ou en état stationnaire), le cœur inférieur (extensible, en tout cas supposément), n'étaient pas alignés. Son éros était devenu traître. Le problème, triste à dire, était celui de l'*érection* : il n'en avait pas, ou alors s'il en avait une, elle ne durait pas. Et il ne les aimait pas, ses copines. Et avant il les aimait toutes. Pour ma défense (pensa-t-il) : je ne suis plus une brute dans la chambre à coucher, je n'essaye plus de forcer les filles hors de leur nature. Il faut une érection correcte pour ça. Et ainsi il subsistait, avec son sang en désaccord.

Toutes ces fleurs, les iris, les pensées, les lis, les violettes. Et lui-même — et la rose de sa jeunesse. Ô rose, tu es malade...

> Ô rose, tu es malade ;
> Le ver invisible
> Qui vole dans la nuit,
> Et dans la tempête hurlante,
> Á découvert ta couche
> De joie écarlate,
> Et son amour secret et sombre
> Détruit ta vie.

... Keith roula sur le dos. Dans Londres cette nuit-là, lui et Violet devaient trouver quelque chose. Ils devaient trouver la clé de Violet. Ce qui leur prit jusqu'à minuit et demi. Ils trouvèrent où était la clé, ils trouvèrent la clé. Puis ils durent trouver de quoi elle était la clé.

Quelques développements en 1976

En juillet 1976, Keith engagea Gloria Beautyman pour mille livres par semaine. Son boulot était de faire semblant d'être sa petite amie...

C'est le mois d'avril et Gloria traverse Holland Park d'un pas rapide et adroit, pour se rendre d'une extrémité à l'autre ; tandis que Keith ne fait que marcher, et ne se rend nulle part. Il l'appelle. Ils synchronisent leur marche.

« Bien, le *chapeau*, concède-t-elle (quand il incline son borsalino anthracite). As-tu perdu ton blues du meublé ?

— J'ai suivi tes conseils. » Et il explique. Son curriculum vitæ, la direction qu'a prise sa vie.

« Mm, dit-elle. Mais l'argent salarial ne dure jamais.

— Tu es mariée maintenant ?... En tout cas je suppose que tu vas bientôt partir pour Canterbury.

— Mais de quoi parles-tu ?

— Quand avril, Gloria, de ses averses douces a percé la sécheresse de mars jusqu'à la racine, alors ont les gens désir d'aller en pèlerinage.

— Vraiment ?

— Non, ils ne le font pas. Plus aujourd'hui.

C'est ça le problème. Ils ne font plus que soupirer et réfléchir, avril est le plus cruel des mois. Il engendre des lilas qui jaillissent de la terre morte, Gloria. Mélangeant souvenir et désir.

— ... Tu devrais arrêter tout ça, tu sais. Les filles, ça leur donne juste l'impression qu'elles sont ignorantes.

— Tu as raison. De toute façon, j'ai abandonné la poésie. Elle m'a abandonné. »

Pour la première fois, l'allure de Gloria diminue, et elle sourit dans sa direction — comme s'il avait fait quelque chose de bien. Et même Lily, Lily l'utilitariste, fut attristée par cette nouvelle. Lorsqu'il rendait visite à cette partie de son esprit d'où provenaient auparavant les poèmes, il rencontrait le genre de silence qui suit une porte violemment claquée.

« Parce que ça ne marche que quand on n'a pas un sou ? dit Gloria. Il y a sûrement eu des poètes riches.

— C'est vrai. Mais le comte de Rochester ne travaillait pas chez Derwent and Digby. » Dont les corridors, se dit-il, sont lourds de poètes réduits au silence, de romanciers bloqués, de dramaturges commotionnés.

« Et comment ça marche avec les filles ?

— Pas trop mal. Mais je ne peux pas avoir les filles que je veux vraiment. Des filles comme toi.

— Comment elles sont, les filles comme moi ?

— Les filles qui se regardent dans le miroir et disent "Je m'aime tellement". Des filles avec des cheveux noirs brillants. Comme cirés. Tes cheveux sont comme un miroir. Je pourrais y voir mon visage. C'est la première fois que tu me les montres, tes cheveux. Les filles aux cheveux brillants avec un secret.

— Comme je l'avais prédit. Bousillé pour la vie.
— Tu m'as gâté, mais j'en ai fini avec toi maintenant. Je veux Penny des Relations publiques. Je veux Pamela du Personnel. Tu es déjà mariée ? Ma sœur va se marier. Et toi ?
— Il fait chaud tout à coup. »

Et tout à coup elle s'arrête, se tourne, et ouvre son manteau... Dans les romans, le temps qu'il fait et le paysage répondent aux humeurs. La vie n'est pas comme ça. Mais là une brise tiède, un vent chaud, les enveloppe, et il y a une minuscule précipitation, telle une vapeur humide, et en quelques secondes le haut en coton blanc de Gloria devient une transparence collante, les seins complémentaires en forme de larmes, l'omphalos artistique. Le souvenir et le désir s'élèvent du sol, du sentier dallé, du pays mort, et le saisissent à l'arrière des genoux. Il dit :

« Rappelle-toi — rappelle-toi que tu m'as dit quelque chose. Que tu pouvais me promener dans la pièce, et que les filles me regarderaient différemment. Tu te rappelles ? »

Et il fit son offre.

« Penny. Pamela. Il y a deux fêtes de bureau bientôt. Je veux Penny des Relations publiques, je veux Pamela du Personnel. Viens aux fêtes d'été. Et viens déjeuner avec moi dans Berkeley Square — seulement une ou deux fois. Viens me chercher au travail. Fais semblant d'être ma petite amie.
— Ce n'est pas assez d'argent.
— Je le doublerai. Je te donne ma carte. »

À présent il était allé en Amérique — à New

York, à Los Angeles — et il en savait bien plus sur le genre (le type, le mode) auquel, dans un sens, Gloria appartenait.

Voici la femme assez jeune, apparemment maintenue par les cordons de ses cicatrices et le treillis de sa cellulite, et parfois tatouée sur l'épaisseur d'une carte de tarot. Voici l'homme assez jeune, avec sa tumescence brutale, ses joues creuses, son front ignoble.

Maintenant, fondu. Voici Keith, une serviette autour de la taille. Voici Gloria, tenant une robe bleue comme pour en mesurer la longueur. Puis le regard qu'elle lui lance juste avant de se tourner. Comme s'il était là pour livrer une pizza ou vider la piscine. Puis l'échange physique — « l'acte par lequel l'amour serait transmis, comme l'a exprimé un observateur, s'il *existait* vraiment ».

Naturellement, Gloria était non-générique par deux aspects vitaux. Le premier était son usage de l'humoristique, du drôle (avec Gloria le sexe avait été *amusant* — à cause de ce qu'il révélait sur leur nature, celle de Gloria, celle de Keith). Là-haut sur l'écran, avec ses épouvantables couleurs, fluo et musée de cire, un seul véritable sourire et toute l'illusion s'enfuirait en glapissant. La seconde anomalie de Gloria était sa beauté. Elle combinait la beauté et la saleté, comme la neige en ville. Et puis il y avait la religion.

« On est d'accord, dit-elle au téléphone. Ce qu'il y a, c'est que Huw voit un peu trop une ancienne petite amie. Pas ce que tu penses, mais il a besoin qu'on lui fasse peur. Bon, quand est-ce que je commence à faire semblant ? »

Keith reposa le combiné et pensa au T-shirt

blanc à Holland Park. La connivence météorologique ou céleste. Gouttes de pluie moucherons, et son torse moulé par la rosée porno.

Violet était une mariée de juin.
Karl Shackleton, tout tremblant sur ses cannes, la conduisit à l'autel. Il y eut un déjeuner dans la maison de son fidèle admirateur, l'irréprochable Francis, gentil, bien élevé. « Nous n'avons pas d'autre choix, dit Nicholas, que celui de voir en lui une force pour le bien. » La mère de Francis, veuve, était présente, au milieu du mobilier aussi squelettique que sa personne. Ensuite ils saluèrent les jeunes mariés qui partaient en lune de miel — l'Austin Princess avec les rubans blancs. Violet avait vingt-deux ans.
Il y eut quelques difficultés au début, apprit Keith. Puis le couple parut se stabiliser. Mais en juillet la maison était en travaux. Violet fit venir les maçons.

« Euh-*hum* », dit Gloria, en guise d'introduction polie, tandis qu'il la conduit à la première fête d'été — dont le cadre est un opulent « brick hermaphrodite » (un deux-mâts) sur la Tamise. « Tu seras peut-être gêné d'apprendre ce qu'est le truc. Je ferai tous les machins habituels comme caresser et me frotter. Mais voici le truc. Je dois fixer du regard la région de ta bite avec adoration. »
Keith, au volant, dit : « Tu es sûre ?
— Évidemment que je suis sûre. Bizarrement il y avait un... Je croyais être la seule à savoir, mais bizarrement il y avait une émission à ce sujet l'autre soir. Ils ont équipé les yeux de tout le monde avec des lasers ou je ne sais pas quoi. Quand une fille est

présentée à un garçon pendant une soirée, elle jette un coup d'œil à sa bite toutes les dix secondes environ. Il fait la même chose, à part qu'il inclut aussi ses tétons. Les yeux des jeunes mariés sont *collés* l'un à l'autre de cette façon. Quelles sont les filles qui t'intéressent ?

— Penny et Pamela.

— Je flirterai aussi avec elles. Ne t'inquiète pas si tu me vois les embrasser ou les tripoter. Les gens ignorent aussi ça, mais les filles se ramollissent si on fait ça correctement. Même les plus sérieuses.

— Vraiment ?

— Fais-moi confiance. »

À minuit il se gare devant le double portail de la grande maison de Huw à Primrose Hill. Un Keith Nearing en smoking ouvre la portière de la passagère et tend la main vers une Gloria Beautyman en qipao.

« C'était plutôt amusant, dit-elle. Bon. Qu'est-ce que tu fais qui ne va pas ?

— Je crois que toutes les filles avec un corps de chambre à coucher sont des bites.

— C'est ça. Et comme j'ai pris la peine de te l'expliquer, il y a longtemps, les filles qui sont des bites sont *très* rares. Tiens. Serre ma main gantée.

— Bites. Fixer les bites. Ne te vexe pas, mais est-ce qu'il y a des garçons qui sont des chattes ?

— Non. Il n'y a que des bites. Bonsoir. »

Lissé, papouillé, serré, mordillé et fixé avec adoration, Keith rentra chez lui et rencontra un fiasco complet avec Iris.

Trois semaines plus tard, l'enveloppe contenant la seconde moitié de ses honoraires (tel est le terme préféré de Gloria) passe d'une main à l'autre dans la BMW. Keith en cravate blanche, Gloria dans une version crûment abrégée de sa meilleure robe du dimanche. La deuxième soirée de travail est un cocktail suivi d'un dîner au gril du restaurant tournant de la Post Office Tower.

« C'était merveilleux. Tu sais, pendant une heure ou deux j'ai vraiment cru que tu étais ma petite amie.

— Mm, et alors tu t'es fait tout suave. Bon. Résumons. Oublie Penny. Elle a l'air pincé, mais je suis sûre qu'elle épuise un homme marié. Et Pamela, je pense, elle est limite gay.

— Toi et elle dans la salle de bains. Comment as-tu su ? En l'embrassant ?

— Non, elles embrassent toutes. Non. La *respiration*. Je crois que tu t'en sortirais mieux avec Alexis.

— Alexis ? » Alexis est la secrétaire de Digby. « Elle est trop — est-ce qu'elle n'est pas trop expérimentée pour moi ? Elle est mariée.

— Non, elle n'est pas mariée. Elle est avantageusement divorcée. Elle porte très bien ses quarante ans, et à présent elle s'amuse dans le sens où nous l'entendons. Ooh, je te le parie. Mais rappelle-toi : elle n'est pas une bite. »

Keith dit qu'il s'en souviendra. « Mais jamais je ne pourrai avoir Evelyn.

— Tu pourrais. Elle aime les livres. Et je ne sais pas si elle le lit, mais elle a vu les trucs que tu écris dans le *Lit Supp*. Envoie-lui des fleurs et invite-la à déjeuner. Bon. Quand tu me déposeras, on restera près du portail du jardin et tu me rouleras une pelle sexy d'au moins une minute. Parce que Huw sera là à regarder. En fait non. Une minute c'est un peu long, tu ne crois pas? Dix ou quinze secondes. Mais tu dois absolument fourrer ta main sous ma jupe. »

Conclusions. Avant longtemps tout le monde chez Derwent and Digby sut que Derwent avait quitté sa femme et s'était installé avec Penny. Pamela revint de ses vacances estivales à New York le crâne rasé. Peu de temps après, Keith commença à sortir avec Alexis. Il avait l'impression que Gloria dirigeait sa vie, comme un général sur une colline.

Et il ne se plaignait pas. Quelque chose de nouveau ne marchait pas sexuellement, mais il ne se plaignait pas. Ce qu'il ne parvenait pas à oublier était que la pelle sexy avec Gloria avait duré très très longtemps.

Ce qui tomba en 1977

Le mariage de Violet était déjà fini. Sœur invraisemblable et fille impossible, Violet se trouva être une épouse inconcevable.

« Elle a baisé le maçon?
— Non, dit Nicholas au téléphone. Elle a baisé les maçons. Avec un *s*.
— Elle a baisé deux maçons.
— Non. Elle a baisé *tous* les maçons.
— Mais il y avait plein de maçons.
— Je sais. »

C'est à nouveau le printemps (mai), et à présent Keith est dans son bureau, et Ed regarde par-dessus son épaule. Ed (diminutif d'Ahmed) est le prodige visuel de la Communication, et tous les deux sont en train d'« accoucher » un produit original (une sorte de sandwich-glace-au-chocolat). La nouvelle secrétaire de Keith, Judith, annonce sur l'interphone qu'une Mrs H. Llewellyn est là pour le voir.

« Non, je ne suis pas mariée, dit Gloria quand ils sont seuls. Pas tout à fait. Pas encore. Et est-ce que tu te rends compte que j'ai *trente* ans? » Elle se tait pendant que Judith lui apporte son thé. « Il y a un problème avec Huw.

— Il touche à la drogue, dit Keith, qui répète la rumeur.

— Huw ne touche pas à la drogue. Il est accro à l'héroïne. »

Ce qui est parfaitement compréhensible. Huw est grand, beau et riche — de sorte que, naturellement, il ne le supporte pas. Il ne peut pas le supporter *une seconde de plus.*

« Tous les deux ou trois mois, continue Gloria, il se rend au Parsonage pour un jus de fruit et un massage du dos. Et puis ça recommence. Il refuse d'aller dans cet endroit en Allemagne. » Elle lui décrit l'endroit en Allemagne — les courroies sur le lit, les infirmiers en débardeur. « Voilà un an qu'on n'a pas fait l'amour. »

Keith sent son intérêt s'aiguiser. « Et alors tu fais quoi à ce sujet ? lui demande-t-il. Tu comprends, tu es une jeune femme pleine de santé.

— Je comptais sur Probert, explique-t-elle (Probert est le cadet de Huw). Et c'est pour ça que je suis venue te voir. »

Il allume une cigarette. Gloria affecte une expression de patience infinie.

« Voilà que Probert est allé engrosser une des filles de ferme à Llangollen. Et il est religieux. Alors c'est râpé.

— ... Tu es toujours croyante ?

— Plus que jamais. En fait je commence à en avoir marre de Rome. On vous en demande si peu. J'ai besoin de quelque chose qui ait un peu plus de mordant.

— ... Tu n'as jamais pensé à changer et à prendre Probert ?

— Mon Dieu non. Selon leurs habitudes, Huw hérite de tout. Probert vit au château mais il est comme un ouvrier agricole. Il transporte des sacs de fumier d'un bout de la ferme à l'autre. Il cherche les moutons égarés.

— Excuse-moi, mais est-ce que Huw sait que tu baises son frère ? » Elle fait non de la tête et Keith se rend compte tout à coup qu'il refuse passionnément que Gloria baise *son* frère, ou n'importe lequel de ses amis, ou d'ailleurs n'importe qui. Jamais. « Et maintenant l'ouvrier agricole épouse la fille de ferme.

— Oui. De sorte qu'il y a comme qui dirait une occasion pour toi. Ce sera temporaire. Est-ce que tu es libre demain soir entre six heures et demie et huit heures ? Viens me voir, à Primrose Hill.

— Je viendrai, dit-il tandis qu'elle se lève pour sortir. Qu'est-ce que ça veut dire, te voir ? » Il espère que cela veut dire une liaison sans devoir aller au restaurant. Elle dit :

« Tu verras ce que ça veut dire, me voir. »

Violet était toujours croyante. Mais elle ne frayait plus avec de jeunes maçons. Pour obtenir les faveurs de Violet, c'est du moins ce qu'il sembla pendant quelque temps, il fallait avoir une vingtaine d'années, la raie des fesses visible, une taloche dans une main et une truelle dans l'autre. Mais Violet ne frayait plus avec les jeunes maçons. Elle frayait avec de vieux maçons. Le dernier maçon, Bill, avait soixante-deux ans.

Nicholas soutenait que les maçons n'étaient pas

seulement des arnaqueurs et des bâcleurs et tout le reste. Il disait que les maçons étaient de violents criminels en puissance, ou des psychopathes manqués. Ils vouaient leur vie à la torture d'objets inanimés — les coups, les claquements, les gémissements, les grincements. Keith et Nicholas n'avaient pas besoin de dire que Violet allait bientôt le découvrir.

À Primrose Hill, elle le reçoit en robe de satin noir et en sandales dorées à talonnettes, elle l'emmène immédiatement vers une chambre à coucher. Et à travers la chambre, dans une salle de bains.

« Assieds-toi sur cette chaise. Il y a du vin dans le seau à glace si tu veux. » Elle déploie le fourreau à la taille. « Voilà ce que ça veut dire, me voir. »

Et c'est de nouveau là devant lui, sept ans plus tard : la solidité élastique de Gloria Beautyman. Elle s'occupe de ses seins, et reste absolument immobile une seconde. Les yeux de Keith font le tour qu'on attend d'eux mais finissent par se fixer sur la convexité ovale, la créature ou le génie qui vivait au centre d'elle — et il cherche presque l'agrafe au milieu de son éclat statique.

« Tu es plus musclée.

— Ah bon ? » Elle entre dans la baignoire remplie et s'y enfonce avec un grognement. « J'ai besoin de ton aide. Il va y avoir un bal costumé à Mansion House, la résidence du maire, et il faut être quelqu'un de Shakespeare. Et tu es justement l'homme de la situation. »

Il dit d'une voix devenue grave : « Je suis cet homme. Eh bien. » Pour une raison quelconque, le premier nom qui lui vient à l'esprit est Hermione — Hermione trompée. « Du *Conte d'hiver*.

Elle passe seize années dans une chapelle, transformée en statue.

— Est-ce qu'il y a d'autres dévotes ? »

Sur fond de douce éclusée d'éclaboussements, tandis que Gloria verse un peu d'eau sur ses épaules et sa gorge avec ses mains en coupe, il dit : « Ophélia. Elle n'est pas vraiment dévote. Mais on parle de la mettre dans un couvent.

— Joli nom. Mais je crois que je l'ai vue, celle-là, elle ne devient pas folle ?

— Elle se noie à la fin. "Il y a en travers d'un ruisseau un saule..." Désolé.

— Non. Continue.

— "C'est là qu'elle est venue, portant de fantasques guirlandes de renoncules, d'orties, de marguerites..." » Et, non, Gloria ne s'immobilise pas dans le silence. Ses éclusées d'éclaboussements deviennent plus bruyantes (« "Quand tous ses trophées champêtres, comme elle, sont tombés dans le ruisseau en pleurs" »), et puis l'eau cascade avec fracas quand elle se lève (« "Ses vêtements se sont étalés et l'ont soutenue un moment, nouvelle sirène" »), et puis elle manie le serpent sifflant de la pomme de douche (« "Mais cela n'a pu durer longtemps" »), avec flexion des genoux et ouverture de l'angle entre ses cuisses.

« "Ses vêtements, alourdis par ce qu'ils avaient bu, ont entraîné la pauvre malheureuse de son chant mélodieux à une mort fangeuse."

— Je déteste les gens fous. Pas toi ?... Excepté "Être ou ne pas être", il n'y a qu'un vers de Shakespeare que je connaisse. "Penses-tu à moi qui suis brunie par les brûlants baisers du soleil".

— Cléopâtre. Tu pourrais y aller en Cléopâtre. Tu es assez brune.

— Je ne suis pas *assez* brune.

— C'est bon. Tu pourrais y aller en Viola ou Rosalind et t'habiller en garçon. Elle fait semblant d'être un garçon. Se fait passer pour un garçon. Porte une épée.

— Voilà une merveilleuse idée. » Lui tournant le dos elle tend une main vers le peignoir blanc dans la lumière avocat. « Je ferais un très bon garçon. »

La seconde moitié de la vision de Gloria consista en un strip-tease à l'envers qui dura presque une heure. Mais il n'avait pas l'impression qu'elle l'allumait. Elle lui montrait des choses — voilà comment elles se lavaient, voilà comment elles s'habillaient. Et il y eut des moments presque d'innocence : il se rappela ce qu'il ressentait quand, garçon de dix ans, il lisait les exemplaires de *Bunty* appartenant à Violet.

« Cette fois-ci, c'est du porno soft, dit-elle en montrant ses dents blanc bleuté. Mais c'est quand même une messe noire. Nous faisons tout à l'envers. »

Pendant qu'il marchait dans Primrose Hill, puis traversait Regent's Park, Keith pensait à l'Inde, à Bollywood, où les films à thèmes religieux étaient dits « théologiques ». Peut-être était-ce le genre qu'il avait pénétré. La farce pornothéologique.

Août. Keith entre dans son bureau et demande à sa secrétaire d'appeler un numéro.

« Je viens de sortir d'un lit, dit-il, qui contenait Gloria Beautyman.

— Mon cher petit Keith.

— Maintenant, je vais *tout* te dire, d'accord? Où que tu sois dans le monde. Tout.

— Tu ne le fais pas toujours?

— Je ne te raconte pas grand-chose de mes échecs. Comme le fait que je n'arrive pas à jouir avec Alexis.

— Oh. Alors pas comme avec Iris.

— Non, pas comme avec Iris. Je peux commencer, avec Alexis, mais je ne peux pas conclure. Et j'ai un tout autre genre d'érection avec Gloria. Une érection d'un autre ordre. C'est comme un porte-serviettes. De toute façon. J'ai besoin de tout te dire sur Gloria. Pour m'aider à me maîtriser.

— Eh bien, raconte.

— C'était surprenant. C'est une fille vraiment surprenante. Elle est venue chez moi et a dit : "Bon. Tu veux ça où?" J'ai dit que je le voulais dans la chambre. Et je n'y ai pas eu droit.

— En effet, c'est surprenant.

— Nous nous sommes mis au lit et devine quoi. Pas de niaiseries genre garder sa culotte ou des trucs comme ça. Mais nous nous sommes mis au lit et devine quoi. Juste une branlette.

— ... Quel genre de branlette?

— Eh bien, Nicholas, tu sais qu'il y a des poètes qui sont... qui sont tellement retentissants et pourtant techniquement en avance qu'on dit que ce sont des poètes pour poètes? C'était comme ça. Une branlette pour branlette. Mais seulement une branlette.

— Elle t'a fait une branlette. Et tes droits et privilèges, Keith?

— J'avais des droits et privilèges. Je lui ai fait une branlette, à elle. D'abord. »

Le matin, il avait apporté à Gloria son petit déjeuner au lit, thé, toast, yaourt, une orange épluchée. Il avait dit : « Crois-moi, je ne me plains pas. Mais c'est presque vieillot. Après l'Italie.

— L'Italie, dit Gloria, qui tenait sa tasse de thé des deux mains (le drap du haut sur sa poitrine comme un soutien-gorge de la largeur du lit), c'était une aventure d'été. Et quoi que ce soit maintenant, ce n'est pas ça. Bon, recouche-toi. »

Elle dit qu'il pouvait continuer à voir Alexis (qui était au courant pour Gloria et l'acceptait) — mais personne d'autre. « Je suis une terrible hypocondriaque, dit-elle. Et j'ai besoin de savoir où tu as été. »

C'était la seule fois où elle était restée la nuit.

Septembre. « Gloria vient de partir. Elle est venue pour un dîner léger.

— Oh, dit Nicholas. Alors je suppose que tu es bien pompé.

— On a dépassé ça. Je lui broute le cresson. Et puis elle me taille une pipe. Elle n'approuve pas le *soixante-neuf*. Elle dit : "On ne peut pas accorder à la chose l'attention qu'elle mérite amplement."

— Qu'est-ce qui pourrait être plus agréable ? Une avaleuse, je suppose. »

Keith lui parle du raffinement sinistre.

« Bon Dieu. »

Octobre.

« Gloria est venue me voir. Pour de l'eau minérale.

— Oh. Alors je suppose que tu as été bien sucé.

— On a dépassé ça. Maintenant on peut faire

tout ce qu'on veut. Tant qu'on peut le faire en trente-cinq minutes. » Il continue à parler pendant un bon moment. « Elle a dit : "Un cul comme le mien apprend vite à saisir les occasions." Imagine... Tu crois que la police est au courant pour Gloria ?

— Évidemment que non.

— Non. Parce que sinon...

— Les flics auraient agi. Ils vont certainement finir par l'attraper.

— Je suppose que oui. Pauvre Gloria. Nous irons lui rendre visite. »

Nicholas dit : « Non. *J'irai* lui rendre visite. Je te rendrai aussi visite. Tu seras dans une prison différente. Pour hommes. »

Tel était le verdict réfléchi de Gloria sur la poésie : « Selon moi, ce genre de choses, il vaut mieux le laisser au Vieil Homme. Honnêtement. Avec tout ça dans ta tête, je ne sais pas pourquoi tu n'es pas en larmes chaque heure de la journée. »

Fin novembre, il rendit visite à Violet au Church Army Hostel for Young Women au coin de Marylebone Road et de Cosway Street. Armée de l'Église : il pensa que cela indiquait un effort conjoint. Mais Church Army était une secte, l'Église militante — le corps des chrétiens vivants s'efforçant de combattre le mal sur la terre. Violet était assise dans la pièce commune, une fille réduite au silence parmi toutes les autres filles réduites au silence, et arborant un énorme œil au beurre noir très noir. Elle sortit dès Noël, et le processus de sa vie reprit sa course.

Il y a — il y a un saule. Il y a un saule... Il y a en travers d'un ruisseau un saule.

*Le genre de choses dans lesquelles
ils se lancèrent tous en 1978*

« Keith, dit la machine. Gloria. Tu peux me trouver dans la chambre six cent trois du Hilton à Heathrow jusqu'à environ neuf heures quinze. Mon vol a été retardé. Bises. »

« Keith, dit la machine. Gloria. Il y a une auberge tout à fait correcte qui s'appelle le Queen's Head sur la route entre Bristol et Bath. Attends-moi là samedi après-midi. Ils ont des chambres. J'ai demandé. Bises. »

« Keith, dit la machine. Gloria. Où... »

Il décroche.

« Où étais-tu donc ? Bon. C'est ce soir le bal Shakespeare. Je ne peux pas être Viola. Ils ont attribué une pièce à chaque groupe. Ils ont peur que tout le monde vienne en Roméo ou Juliette. Et on a *Othello*.

— Alors, tu es Desdémone.

— Non. Priscilla s'est pris Desdémone, dit-elle (Priscilla est la sœur aînée de Huw). Alors j'ai dû me rendre à la bibliothèque et lire tout le truc. Parce que tu étais parti je ne sais où.

— Désolé, j'ai dû aller sortir Violet d'affaire. Nicholas est à Téhéran. Où ils ont une révolution.

— Ne change pas de sujet.

— Eh bien, il n'y a pas beaucoup de femmes dans *Othello*. Je suppose que tu pourrais être Emilia. Mme Iago.

— Pourquoi est-ce que je voudrais être cette vieille peau ? Je me suis décidée pour Bianca. Tu sais — la pute de Cassio. Je veux te montrer mon costume. Je serai là vers six heures quarante. Le taxi attendra en bas. Bianca m'a inspirée. Tellement mieux si j'ai l'air de quelqu'un qui vient de se faire baiser. Six heures quarante. Je serai couverte de chiffons et de graisse. Et tu sais quoi ? Othello queutait pour Cassio. Bises. »

Six heures quarante vinrent et repartirent. C'était comme ça plus ou moins une fois sur deux. Keith était allé en voiture à Coedpoeth, dans le nord du pays de Galles, où il avait pris une chambre au Gamekeeper's Arms, il avait déjeuné seul, puis était rentré à Londres. Par contre, il avait pris l'avion pour Monaco et avait eu toute une heure avec elle dans un ranch de golf du cap d'Antibes...

Cette nuit-là, il est réveillé à quatre heures du matin. Violet est morte, alors, décide-t-il en décrochant le téléphone.

« Ils viennent de servir le kedgeree et le porridge. Je serai là dans vingt minutes. J'ai les clés. Bises. »

Vingt minutes plus tard elle dit : « Qui est cette bonne femme que j'ai croisée dans l'escalier ? Mais putain, ce n'était quand même pas *Alexis* ?

— Je lui ai demandé d'attendre dans la chambre d'amis, mais elle n'a pas voulu. Et elle n'a pas eu le temps de se maquiller.

— Oh mon Dieu. Je lui enverrai des fleurs... Ils sont tous en bas dans la voiture. Sacrée bande de rigolos, quand même... Probert avec le visage noirci, Priscilla dans une chemise de nuit en soie... et Huw sans connaissance avec une perruque rousse. Et Bianca au volant. Est-ce que ma graisse brille encore?... Huw? Roderigo... Oh, j'ai dit à Othello et à Desdémone que je devais passer prendre les drogues de Roderigo... Plus de questions. Concentre-toi, Cassio. Écoute ta pute. »

Ce genre de choses dura plus d'un an.

Depuis 1970, Nicholas Shackleton avait changé deux fois de petite amie. En 1973, Jean avait été remplacée par Jane. En 1976, Jane avait été remplacée par Joan. Ton avenir paraît illimité, lui disait Keith sans arrêt : il y a encore la possibilité d'une Jan ou d'une June.

« Ou une Jen, dit Nicholas devant un verre de scotch dans la cuisine de Keith. Ou une Jin. Je connais une Jin. Elle est coréenne.

— Mais Jen ou Jin devront être gauchistes, comme Jean et Jane et Joan.

— Plus encore. Jen ou Jan ou June ou Jin devront être des terroristes. Toi tu devrais te trouver une terroriste. Gloria — tu l'appelles l'Avenir, mais elle est rétrograde. Pas indépendante. Plaire aux hommes. Très croyante. Tu devrais te trouver une mignonne terroriste. Une féministe avec un boulot qui te criera après.

— Gloria ne crie pas. Mais elle *peut* être terrifiante. Écoute ça, dit Keith en hochant la tête. Elle a sevré Huw de l'héroïne en lui faisant prendre de la méthamphétamine. "Comme ça, dit-elle, je récupère l'arme du sexe." La métha n'est pas comme l'héroïne. Avec la métha tu l'as en porte-serviettes tout le temps.

— Elle réfléchit vraiment à fond à tout ça.

— Et elle ne le laisse pas s'approcher d'elle tant qu'il n'aura pas accepté d'aller en Allemagne. Trois mois dans un donjon. Quarante mille livres. Quatre-vingt-dix pour cent de réussite... Elle est bizarre, Gloria, mais elle est tout à fait normale en ce qui concerne le mariage et les enfants. Et ça urge. Parce qu'elle a passé les trente ans.

— Mm, les prémices de l'enfer. Je croyais que les sœurs avaient repoussé ça de quelques années — disons trente-trois ou trente-quatre. Mais elles sont toutes pareilles dès qu'elles ont atteint vingt-huit ans. Même les terroristes.

— ... Elle vient à sept heures.

— C'est bon, dit Nicholas (c'est déjà arrivé). Je descendrai au Shakespeare pour une demi-heure.

— Non. Reste ici. Moi, je descendrai au Shakespeare pendant une demi-heure. Avec Gloria.

— Ah bon. Pas comme d'habitude.

— Je peux me tromper. Mais je pense que l'habitude tire à sa fin. »

Ils continuent à bavarder, des histoires de famille, jusqu'à ce qu'ils entendent les clés dans la porte.

Nicholas dit à voix basse : « Je me sauve. Tu auras peut-être droit à un cadeau d'adieu. On ne sait jamais.

— Va au restaurant tout juste assez grand pour une personne. Avec ton livre. C'est moi qui paye, ce soir. Tu devras me tenir la main.

— J'espère que tu seras en retard. N'oublie pas.

C'est une fille surprenante. L'Avenir est surprenant. »

Keith écoute leur conversation dans le hall d'entrée, pleine de courtoisie, même de galanterie, des deux côtés. Puis elle entre, avec un sourire qu'il n'a encore jamais vu.

Mais les yeux de Keith regardaient déjà derrière elle — et il aperçut très clairement l'avenir. L'impossibilité d'entrer dans une chambre à coucher sans crainte ; tripatouiller, comme dans un rêve, entravé par d'étranges obstacles ; et l'empreinte profonde, le point de côté qu'était le doute de soi-même. Gloria, voulait-il dire : Dis-moi ton secret et, quel qu'il soit, je te supplie de venir vivre avec moi. Mais il ne dit rien quand elle avança vers lui.

Nicholas est évidemment déjà là, avec son livre, quand Keith entre et pose son chapeau sur la nappe.

« L'Avenir baise le chien.

— Arrête. Elle n'est pas surprenante *à ce point*.

— Chien avec un petit *c*. Je veux dire en général. Elle se lance. Tout est planifié. Huw a juré de se rendre en Allemagne *sur la Bible*. Bon Dieu. Je suis en état de choc. Je suis aussi ivre. J'ai bu deux énormes verres de vodka avant de sortir.

— Vodka ? Tu m'as dit que la dernière fois que tu avais bu des alcools forts, c'était en Italie. Après que tu as tout bousillé avec Shéhérazade en chiant sur Dieu.

— C'est vrai. Mais j'avais tellement peur. J'ai tellement peur. Et tu sais quoi ? Gloria était heureuse. Je l'ai déjà vue gaie. Mais jamais heureuse.

— Un joli spectacle.

— Oui. Et je le lui ai dit. Tu aurais été fier de moi. J'ai dit : "Je suis malheureux, mais ça fait plaisir de te voir aussi heureuse et aussi jeune." Et j'ai eu droit à un baiser en plus.

— Un baiser sexy ?

— Plus ou moins. Pour la forme. Et je l'ai tripotée. Mais ce n'est pas comme ça qu'on fait avec l'Avenir.

— Comment on fait ?

— Je ne te dirai pas... Bon Dieu, j'ai failli essayer, mais j'ai changé d'avis. Trop démoralisé. Oh, et puis, trop noble. Je suppose que je vais devoir redevenir noble. Et puis boiter dans le boudoir. Un boiteux noble dans le boudoir. Joli.

— Appelle Alexis.

— Appeler Alexis et me payer une crise cardiaque en essayant de terminer. Appeler Iris. Et me payer une crise cardiaque en essayant de commencer.

— Ça ne m'arrive jamais — excepté, naturellement, quand je suis complètement soûl. » Nicholas s'occupe du menu. « Ce n'est pas drôle, tout ça. Cacher sa honte derrière ses mains. Ou batailler pour jouir. Le problème, c'est que, quand ça arrive, elles le prennent personnellement.

— Mm. La seule avec qui je suis normal, c'est Lily.

— Et c'est quoi — un événement annuel ?... Peut-être es-tu normal avec Lily parce qu'elle précède ton obsession avec l'Avenir. Attends. Comment t'en es-tu sorti avec les deux folles de la Poetry Society ?

— J'ai pas réussi à bander avec elles non plus.

— Mais peut-être y a-t-il une explication simple. C'étaient deux folles de la Poetry Society. Et John Cowper Powys ?

— ... En venant ici, je me suis dit : Je vais quitter mon boulot et redevenir un poète. Ce qui signifie retourner à Joy et à Patience. Et à John Cowper Powys. Bon Dieu, qu'est-ce qu'il y a, Nicholas ? Qu'est-ce qui a foiré avec moi et les filles ?

— Mm. L'autre soir je suis tombé sur ton Neil Darlington. Il est délicieux, pas vrai. Complètement bourré, évidemment. Il m'a dit que tu devrais essayer d'épouser Gloria. "Entrer dans le labyrinthe."

— Typique de Neil. Il est accro à la complication. La raison pour laquelle je suis normal avec Lily est qu'il y a encore un peu d'amour. Il n'y a pas d'amour avec Gloria. On ne parle pas d'amour. On ne parle pas de sentiment. En quinze mois, la plus jolie chose qu'elle m'ait jamais dite est "Embrasse".

— Tu dis que l'amour te fait peur. Eh bien alors. Choisis le sexe. Épouse-la.

— Elle éclaterait de rire. Je ne suis pas assez riche. Elle fait la moue quand elle entend le mot "salaire". Il faut que ce soit de l'argent ancien. L'argent ancien. Qu'est-ce que l'argent ancien ?

— C'est ce que tu obtiens quand tu as fait toutes tes arnaques et tes massacres quelques siècles plus tôt.

— Les ancêtres de Huw étaient des aristos catholiques. Les miens étaient domestiques. Et ils n'étaient même pas mariés. Je suis de la merde.

— ... Tu sais, je ne t'ai entendu parler comme ça qu'une fois. Quand ils se moquaient de toi à l'école. Avant que M'man y mette un frein. Pense à Edmund dans *Lear* : "Pourquoi nous jeter à la face la bâtardise ?" Rappelle-toi, petit Keith. Tu as davantage en toi que toute une tribu de damerets, engendrés entre le sommeil et le réveil.

— ... Tu es un bon frère pour moi.

— S'il te plaît, ne pleure pas. Tu as l'air d'avoir huit ans de nouveau.

— À cette heure la semaine prochaine... à cette heure la semaine prochaine, il sera chevillé au sol d'une cave à Munich. Attachez bien ses bras racornis. Et je serai... Que Huw aille se faire foutre. Que *Huw* aille se faire foutre. J'espère que quelque chose de vraiment horrible lui arrivera avant le jour de son mariage. »

Levant son verre, Keith invoque le gothique, le Grand Guignol.

Et Nicholas dit : « À la bonne heure ! Maintenant, dieux, prenez la défense des bâtards. »

En septembre ils se rendirent tous deux dans l'Essex pour voir Violet, qui s'était mise à la colle à Shoeburyness avec un ancien marin absolument dénué d'humour. Il s'appelait Anthony — ou, selon la prononciation de Violet, Amfony ou Anfony. Nicholas, qui était déjà venu, l'appelait Unfunny (avec l'accent sur la première syllabe). Keith conduisait. Il avait la gueule de bois. Il buvait davantage. Cette semaine-là il avait passé deux pauses-déjeuner dans une agence de rencontres, avec des catalogues, avec le bottin des jeunes femmes sur les genoux. Il cherchait un certain visage et une certaine forme...

« Alors, ça fait combien de temps qu'elle est avec Unfunny ?

— Trois mois entiers. C'est un héros. Tu verras. Trois mois entiers dans les bras d'Unfunny. »

Maigre, barbu et chauve, en pull-over à col roulé contre les typhons, et avec des yeux bleus islandais, Anthony vivait dans la cabine d'un bateau nommé *The Little Lady*. Ses jours de vagabondage maritime étaient finis, et il était amarré de façon permanente et déterminée dans un affluent de la rivière Mersea. *The Little Lady* n'était en fait plus à flot mais coincé jusqu'aux hublots dans une vaste étendue, pareille à un océan massif, de vase fluviale; on y abordait à l'aide d'une planche gauchie aussi vibrante que le plongeoir du *castello*. Ils avaient l'électricité (et un générateur bruyant), et les robinets fonctionnaient assez souvent.

Anthony ne cherchait plus l'aventure en haute mer; mais il parvenait à gérer Violet. Comment? Eh bien, après vingt ans de travail acharné au faubert, il avait l'habitude de confier sa vie à un monstre. Il connaissait les contre-courants, la houle puissante. Et il en avait besoin. Parce que tous les matins Violet sortait sur la planche et continuait jusqu'en ville, où elle ramassait des hommes dans les pubs et dont elle revenait plus ou moins habillée et alcoolisée en début de soirée pour être baignée et nourrie.

Il y aurait une surprise, ou un retournement, mais Violet se comporta très bien le jour de la visite de ses frères. Voyons voir — que font les gens normaux? Les frères et sœur se rendirent à Clacton et déjeunèrent dans un Angus Steak House; ils dirent au revoir à Nicholas qui prenait le train pour Cambridge (un débat sur le Cambodge); et Keith emmena Violet à la fête foraine. Ensuite il y eut un plat de poisson roboratif sur *The Little Lady*, amoureusement préparé par Anthony. Qui parla toute la soirée de ses années de marin (toutes passées à vider du poisson dans la cale d'un chalutier en mer du Nord). Les deux hommes éclusèrent presque complètement une bouteille de rhum tandis que Violet buvait du soda.

À onze heures Keith se prépara à conduire en état d'ivresse jusqu'à Londres. Il remercia et dit au revoir, se lança sur la planche et, avec un bond perceptible, comme aidé par la pointe d'une chaussure, plongea dans l'océan brun de vase fluviale... Ce qui n'était pas remarquable, sans doute, sinon qu'une heure plus tard, après que Violet, avec seaux et serviettes, l'eut déshabillé et essoré puis réassemblé, il repartit et recommença.

Repêché par Anthony une seconde fois, Keith est assis, empestant, dans la minuscule coquerie tandis que Violet remplit les seaux une fois de plus.

« Vi, tu as dû faire ça au moins une ou deux fois maintenant.

— Oh, j'ai cessé de compter il y a longtemps », dit-elle.

Et elle s'occupe de lui, avec patience, avec humour, avec une indulgence infinie. Bref, avec un amour sororal. Et cela lui fait penser que si leurs rôles étaient inversés, alors *Violet* irait jusqu'au bout — qu'il serait possible, toute une vie, de ne faire rien d'autre que sortir quelqu'un de la vase, le nettoyer, le sortir une fois de plus, et le nettoyer une fois de plus.

Le 15 octobre, Keith reçut une invitation gaufrée pour le mariage de Gloria (il ne s'y rendrait pas) et reçut également, le même matin, un appel téléphonique d'un Anthony en larmes (qui n'en pouvait plus). Violet disparut quelque temps, mais elle était de retour à Londres pour Halloween.

Comment ça se goupilla en 1979

Il est sept heures du soir le jour du mariage de Gloria Beautyman, et Keith joue sa quatrième partie de Scrabble — son adversaire est Kenrik. Et tout ce temps-là Gloria essaye désespérément de le joindre. Mais il ne peut pas le savoir, n'est-ce pas (pas plus qu'il ne sait qu'elle se trouve à présent seule sur le quai de la gare de Llangollen — la pluie fine, le froid, les halos flottants des lumières) : tandis que Keith place ses mots, pose les lettres sur sa glissière, et consulte parfois le dictionnaire, il est également au téléphone avec Violet.

« Alors Gary a dit vas-y donc, frotte le putain de plancher. Et je lui ai dit sûr que non mon pote, *toi* tu peux frotter le putain de plancher si tu l'aimes tellement propre. Et il m'a battue ! Avec une batte de cricket, cermi beaucoup. »

Keith couvre le combiné et dit : « "Wrentit" ? D'abord "krait" et puis "wrentit". Sept lettres.

— Je te l'ai dit. Krait est un petit merdeux de serpent. Wrentit une petite andouille d'oiseau », dit Kenrik, qui, le lendemain, passera aux assises, la procédure préliminaire, sous l'inculpation d'agression contre sa mère — la minuscule mais impitoyable Roberta.

« Et il m'a traitée de salope et je suis *pas* une salope ! Je suis une jeune fille saine ! Alors y me dit donne ton fric. Et l'idiote que je suis lui donne. Et qu'est-ce qu'y fait ? Y se saque !

— Casse », corrige Keith d'instinct. C'est vraiment remarquable : tenter si peu en matière de langage — et bousiller *ça*. L'explication lui viendrait tardivement. « Casse, Vi. Il se casse.

— Pardon ? Ouais y se saque ! »

La communication finit par s'interrompre. Ils jouent trois parties de plus (comme Timmy aux échecs, Kenrik gagne toujours), et ils sortent dîner — au moment où Gloria change de train à Wolverhampton et fonce une fois de plus vers le sud-est.

« Alors, qu'est-ce qui s'est passé avec Bertie ?

— Comme d'hab. Bertie me hurlait dessus, je l'ai poussée un peu, et elle s'est jetée dans l'escalier. Non. Elle a fait un saut périlleux arrière. Je m'en sortirai peut-être avec un avertissement, à condition de tomber sur un juge un peu cool. C'est juste familial. »

Ce n'est pas la première fois que Kenrik passe en jugement : arnaque au crédit, fraude fiscale, conduite en état d'ivresse... Comme il est persuadé que tous les magistrats sont a) de droite et b) homosexuels, il se tient toujours à la barre avec un *Daily Telegraph* sous le bras, et il affiche une moue de connivence docile.

« Je m'en sortirai. À moins que Bertie arrive au tribunal dans un fauteuil roulant. Ou sur un brancard. Elle veut me voir en prison, tu comprends.

— ... Tu es toujours avec Olivia ? »

Maintenant les choses prennent un tour prophétiquement pertinent (ce que les choses, dans la Vie, font rarement), et Kenrik dit : « Non, elle m'a viré. Tu comprends, elle est très mignonne, Olivia, alors j'ai eu droit à un ultimatum. Les moches ne s'embêtent pas avec un ultimatum, parce qu'elles ont l'habitude qu'on les laisse tomber. Olivia me dit : moi ou la biture. Et puis elle m'a hurlé dessus à propos de quelque chose d'autre, alors je me suis soûlé la gueule. Et elle m'a viré. Maintenant, elle me *hait*. Les très mignonnes ne peuvent pas croire, *ne peuvent pas croire*, qu'on puisse les laisser tomber. Pour quelque chose qui a la forme d'une bouteille.

— Tu es vraiment très mignon », dit Keith, et il pense à Kenrik à Pentonville, à Wormwood Scrubs. Kenrik ne resterait pas mignon très longtemps.

« Ça m'a fait comprendre quelque chose. Combien Bertie a dû haïr mon père quand il est mort. Bertie était très mignonne. Et il est parti pour une cuite de trois jours et s'est tué en voiture. Et a fait d'elle une veuve.

— Une veuve enceinte. Mm. La mienne n'a jamais su qu'elle était veuve.

— Je suppose que toutes les veuves pleurent. Mais certaines veuves haïssent. »

Et Keith pense à toute cette haine traversant la féroce et petite et mignonne Roberta. Et Kenrik dans ses entrailles, qui boit ça.

« C'est pour ça qu'elle veut me voir en prison, dit Kenrik. Pour le punir. Parce qu'il est moi. »

Ils en sont au plat principal quand le train de Gloria pénètre dans la ville qui s'épaissit.

Keith rentra chez lui à pied dans un brouillard couleur de feuilles desséchées — dans un brouillard flétri, et son odeur de cimetière. Il se rappela le jour où Kenrik l'avait appelé au téléphone à deux heures du matin : Kenrik était en train de se faire arrêter pour la première fois. On entendait les voix à l'arrière-plan. Raccrochez le téléphone, monsieur. Je vous en prie, monsieur. C'était un coup de téléphone d'un autre genre — une autre façon de faire les choses.

Elle se tient, maintenant, forme solide mais altérée, dans les ténèbres froides du porche devant son immeuble.

« Mrs Llewellyn. Êtes-vous *très* enceinte ?

— Non, je suis toujours Miss Beautyman. Et, non, je porte tous mes vêtements, voilà tout. Le train était comme un frigo. Touche ma valise. Il n'y a rien dedans. Je porte *tous* mes vêtements sur moi. Est-ce que tu vas prendre pitié de moi ?

— Pourquoi est-ce que tu n'es pas au pays de Galles ? »

Elle dit : « J'ai fait un très mauvais rêve. »

Pendant ce moment charnière, donc, Gloria est désarmée, ou neutralisée : pas simplement avec tous ses vêtements, mais avec *tous* ses vêtements sur elle.

Qu'elle enlève maintenant, ou contre lesquels elle se bat, debout devant la cheminée décorative où brûle du charbon, manteau, veste en cuir, deux pull-overs, chemise, T-shirt, jupe courte, jupe longue, jean, bas, chaussettes. Puis elle se tourne, sa peau grenue et couverte de chair de poule, marquée de dentelures et de crénelures, comme des cicatrices. Il lui tend le peignoir chauffé... Elle se baigne, et boit deux théières de thé sucré. À présent elle est assise sur le canapé ; il est tassé dans le fauteuil en face d'elle et écoute le registre hivernal de sa voix.

« Ce n'était pas le moment de faire un très mauvais rêve. Je me mariais le lendemain matin. »

Gloria et Huw, explique-t-elle rapidement, occupaient la suite nuptiale du Grand Hotel, dans la ville frontière de Chester. Huw avait enterré sa vie de garçon, et Gloria avait enterré sa vie de fille, dans deux salles à manger différentes de l'hôtel. Elle était allée se coucher à neuf heures — car, comme tout le monde le sait, Beautyman a besoin de son sommeil réparateur. Huw était arrivé à dix heures moins dix, la réveillant un instant.

« Tu as remarqué toi-même comme mes seins deviennent chauds pendant la nuit. Je suis allée les refroidir contre son dos. Et ça piquait, ça brûlait. Comme de la neige carbonique. Et tu sais ce qu'il faisait ? Il mourait. Keith, reste où tu es... Non, malheureusement pas. Ils ont trouvé son pouls. Les deux mots qu'ils utilisent pour décrire son état sont "sérieux" et "stable". Et quand on y pense, c'est vraiment très drôle. Huw ? Sérieux ? Stable ?... À mon avis, son cœur a cessé de battre pendant neuf minutes. Une pour chaque année qu'il m'a volée. Il a abîmé son cerveau. Remarque, personne ne verra la différence. Bon, qu'est-ce que tu en dis ?... Je vais y réfléchir. Viens ici. J'aimerais que Huw puisse me voir faire ça. Mais il est sans doute aveugle. »

Nicholas était en Asie du Sud-Est, et ce ne fut que deux semaines plus tard qu'ils se parlèrent. Il appela en PCV depuis une sépulcrale chambre d'écho à Calcutta.

« Imagine ça, dit Keith. Tu te réveilles le jour de ton mariage. Tu essayes de séparer les faits de la fiction. Et voilà que ce bonhomme de neige est couché près de toi. Ton futur époux. » Il y eut un silence. « Nicholas ?

— Je suis toujours là. Eh bien, elle n'a pas tardé à rebondir.

— Écoute, euh, sur le plan éthique, c'est loin d'être idéal, je l'admets, mais ce n'est pas aussi moche que ça en a l'air. Bon Dieu, ce soir-là, j'étais pétrifié. Et elle aussi. Ses yeux étaient aussi durs que des cailloux. Comme des gemmes. Mais ça se comprend, dans un sens.

— Ah bon ? Comment ?

— Écoute, ce n'est pas une femme affligée. C'est une femme bafouée. » Regarde, Nicholas, son corps, avec ses creux et ses élévations, ses exagérations féminines, on l'a dédaigné pour une aiguille. « Dans son cœur, ça fait des années qu'elle le hait. Depuis la première fois qu'il s'est shooté. Une femme bafouée. Elle a eu, dit-elle, des "dizaines de liaisons", mais elle s'occupe de Huw depuis 1970. La décennie perdue. Elle est furieuse à propos de la décennie perdue.

— Et ne me dis pas. Cela l'a rendue *plus* dévote. Ils font tous ça. N'importe quelle merde leur tombe dessus et ils se contentent de doubler leur pari.

— Ouais, mais pas de la façon que tu penses. Elle croit que Dieu le punit — selon ses spécifications à elle. Ou plutôt, elle croyait. Huw est bousillé grave et ne peut ni marcher ni parler ni rien. Et elle cochait ses facultés les unes après les autres. Et puis soudain il était hors de danger.

— Et cela a secoué ses convictions.

— Un peu. La pauvre petite chose a été au plus bas pendant un jour ou deux. Mais elle a repris du poil de la bête.

— Je ne sais pas si tu es ironique ou pas.

— Moi non plus. Plus maintenant. Et écoute ça. Huw a été déshérité. D'accord, c'est un légume. Et écoute ça. L'autre matin, on a fait l'amour — couronné par le raffinement sinistre. Et elle est assise à la table du petit déjeuner le visage tout barbouillé. Mangeant des toasts. Buvant du thé. Et elle lève les yeux et dit : "Ceci aurait dû arriver il y a deux ans. Probert aurait alors été vraiment parfait." » Il y eut un silence. « Nicholas ?

— Je suis toujours ici. Ainsi elle est en résidence.

— Ouais, à une condition. Elle a dit : "Nous allons devoir nous fiancer. Ça ne t'engage à rien. Ni moi non plus. C'est simplement pour mes parents." J'ai dit d'accord. Elle est ici. Elle n'a pas un sou. Et elle est désespérée. C'est génial.

— Keith. N'épouse pas l'Avenir.

— Non. Tu sais, elle n'est jamais franche. Son secret n'a pas cessé d'infuser là-dedans. Et je ne comprends pas. Qu'est-ce qu'il y a encore dont on puisse avoir honte à notre époque ?

— N'épouse pas Miss Porte-Serviettes.

— Évidemment que non. Tu me prends pour un dingue ? »

Une des premières choses qu'il fit, après l'installation de Gloria chez lui, fut de l'emmener en prison. « Je ne veux pas aller en prison », dit-elle. Mais elle le suivit. Ils allèrent rendre visite à Kenrik, qui était à Brixton, en détention provisoire. Gloria resta forte d'un bout à l'autre, mais après elle pleura. « Tellement mignon, dit-elle dans la voiture (avec sympathie, pensa Keith), et tellement effrayé. »

Ensuite il l'emmena au Church Army Hostel for Young Women. Pour voir Violet (qui avait un autre œil au beurre noir). Gloria resta forte d'un bout à l'autre, mais après elle pleura. « L'endroit est comme une bibliothèque, dit Keith dans la voiture. Sauf que personne ne lit. Pourquoi les filles sont-elles tellement silencieuses ? » Et Gloria dit : « Parce qu'elles sont mortifiées au-delà des mots. »

La seule chose à propos de laquelle ils se disputaient, au début, c'était l'argent. Oh ouais — et le mariage. Les deux sujets étaient liés dans l'esprit de Gloria.

« Si nous rompons maintenant, dit-elle, je n'ai droit à rien.

— Je ne veux pas rompre maintenant.

— Et si je rencontrais Mr Christmas ?

— Tu manques de logique. Si tu rencontres Mr Christmas, tu n'auras pas besoin de mon argent. Qui est de l'argent neuf. Tu auras l'argent de Mr Christmas. Qui sera de l'argent ancien.

— Je veux pouvoir mettre quelque chose de côté. Triple mon allocation. D'ailleurs, je dépense presque tout en trucs pour la chambre. Tu es tellement égoïste.

— Oh bon, d'accord. »

En avril elle l'emmena à Édimbourg rencontrer ses parents (l'occasion fut grotesque), et en mai il l'emmena en Espagne rencontrer les siens.

La casita de campo — la petite maison à la campagne. Le voyage est presque toujours de l'art en mouvement (un voyage est presque toujours une nouvelle raisonnable), ainsi, d'abord, il y a des animaux. Édimbourg avait ses animaux : le perroquet dans la cuisine, l'éléphant dans le salon. Et le *campo* a ses animaux : les oiseaux et les abeilles, les poulets fouineurs avec leurs têtes strictes et névrotiques, et leur démarche, comme des infirmiers mécaniques, le berger allemand ursin, le vieux Coca, qui vous renifle l'aine et émet de puissants grognements de débilité et de désespoir. Tout autour et au-dessus, les cratères et les râpes des sierras.

« Je peux t'aider ? dit Gloria.

— Ça ne s'en va pas, dit Tina. Mais qu'est-ce qu'elle a bien pu faire ? »

Nicholas disait que s'il s'entendait si bien avec sa mère c'était parce qu'ils avaient exactement le même âge. Mais Tina est un peu plus âgée que Keith : elle a cinquante et un ans. Karl, avec neuf ans de plus, a été mis à l'ombre.

« Comment elle a fait ça ? » se demande Tina, qui a un seau en plastique devant elle et qui lave une des robes que Violet, après sa récente visite, a laissées. La robe est couverte sur tout son fond d'une épaisse couche de saleté. « Je suppose qu'elle a pu tomber sur le derrière dans la boue. Mais là, ça a vraiment l'air *compressé*. »

Il y a un silence.

« Où est-ce qu'elle va, M'man, quand elle est ici ?

— Elle va juste dans les bars. Avant elle se rendait au camp gitan. Pendant des jours, des semaines. Jusqu'à ce qu'ils la virent. »

Gloria dit : « Les Gitans sont en fait plutôt puritains. Les gens pensent le contraire, mais c'est vrai. Et ils ne viennent pas non plus d'Égypte.

— ... Je suis sa mère et elle est pour moi un complet mystère. Quand elle vient, elle est très gentille avec Papa. Dévouée. Je crois qu'elle a très bon cœur. Mais alors, pourquoi ? »

Dans le jardin de l'hôtel Reina Victoria se trouve une statue de Rainer Maria Rilke, qui se réfugia là pour laisser passer la Première Guerre mondiale, en dormant, en rêvant. Le poète — son sujet était « la désintégration de la réalité » — est ici gravé, écaillé, dans du bronze noir, et il a l'air déchiqueté, brûlé, comme quelqu'un qu'on serait en train d'électrocuter. La statue lui fait penser au récent Kenrik, son visage médiéval, druidique et taillé dans la roche... Keith sent le regard réprobateur des yeux aveugles de Rainer Maria.

« Mon plus vieil ami, dit Keith précautionneusement, partage une cellule et des toilettes avec un homme qui a sans doute tué à coups de couteau une famille de cinq. Il y a à peine quelques jours, ma sœur a été baisée dans un fossé. Gloria, rien ne pourra jamais plus me choquer. Alors, vas-y. Raconte. »

Une minute passe. Ils contemplent les pentes des montagnes, avec leurs trois stratégies de distance.

« Eh bien d'accord. Mon père n'est pas mon père. »

Et il pense. Ce n'est pas un secret. L'éléphant dans le salon : on a l'impression qu'il est important de savoir ce que *fait* l'éléphant — quand il est dans le salon. Est-ce qu'il se secoue et barrit et fait trembler ses flancs ? Ou bien est-il simplement là, aussi immobile qu'une vache sous un arbre quand il pleut ? L'éléphant d'Édimbourg était propre. C'était là le problème. Keith s'attendait à ce que l'un des parents de Gloria ou les deux soient celtibériques. Et ils étaient tous deux des produits laitiers — purs et simples. Et puis il y avait eu la visite agitée de la sœur cadette, Mary : comme la mère, elle paraissait être deux femmes différentes jointes à la taille ; mais elle aussi avait les cheveux filasse et, quand elle souriait, elle ne révélait pas les Chiclets à la menthe de Gloria, mais le balcon de basse-cour du pur Écossais. C'était tellement palpable que Keith ne le mentionna même pas — l'éléphant dans le salon, avec ses oreilles africaines.

« Je vais t'expliquer en détail, dit Gloria sous le regard de Rilke, comme ça tu sauras que je ne mens pas. D'habitude je dis à tout le monde que les parents de ma mère avaient le teint basané, et qu'il a sauté une génération. J'ai même une photo qui le montre.

— Et ce n'est pas vrai.

— Ce n'est pas vrai. Écoute. Dans les années 60, il n'y avait qu'un seul autre vrai consulat en Islande. Portugais. À cause de la pêche. Il y avait un homme qui traînait toujours dans le coin. Marquez. Prononcé Markish. Il n'arrêtait pas de me regarder avec un air étrange, et un jour il m'a caressé les cheveux en disant : "Je t'ai suivie depuis Lisbonne." J'avais quatorze ans. Et il n'était même pas portugais. Il était brésilien. Et pan.

— Pourquoi est-ce que je devrais m'inquiéter de ton ascendance ? Ou de celle de quiconque ?

— Non, tu t'inquiètes de ma santé mentale.

Mon père ne m'a jamais tenue comme m'aurait tenue un vrai père. Alors il manque quelque chose. Et pendant toute mon enfance je l'ai senti. *Il ne peut pas être mon père.* Alors je ne suis pas normale.

— Moi non plus... Gloria, ce n'est pas ton secret. C'est peut-être vrai mais ce n'est pas *ça.*

— Oh, ferme-la et épouse-moi. Donne-moi des enfants. »

Il dit : « Je préférerais attendre un peu pour les enfants. Et le mariage, c'est vieux jeu.

— Eh bien, moi aussi. C'est ce que veulent les femmes. »

Et Édimbourg, granit noir sous la pluie méchante. Comme si, tellement loin dans le nord, la nature elle-même était une industrie, une équipe de nuit qui fabriquait la mélasse, et le ciel n'était que l'endroit où elle jetait ses déchets... Il y avait de l'adoration, ou de la vénération, et il y avait de l'addiction, mais il n'y avait aucun amour. Ce serait là l'état de véritable terreur — aimer Gloria. Non.

« Je repensais à la lune de miel de Vi, dit Tina. Ils sont venus ici pour leur lune de miel.

— Ah ouais. Rappelle-moi ?

— Ils sont arrivés, et Vi est retournée, à son Gitan.

— Quoi, sans attendre ?

— Oh, immédiatement. Dès qu'ils sont arrivés ici. Elle s'est envolée dans les champs. Je criais après elle. Mais elle n'avait pas plus de pensées dans sa tête qu'un chiot. Elle voulait Juan.

— Ah ouais. Juan. Elle l'aimait.

— Lui, ça n'allait pas bien fort dans la tête non plus. Il y avait toujours du monde avec lui au cas où il se blesserait. Mais elle paraissait l'aimer. Et il l'aimait.

— Qu'est-ce qu'il a fait, Francis, quand elle s'est échappée ?

— Il est juste resté là avec sa valise à la main. Vingt minutes plus tard, Vi est revenue en courant, mais elle a continué à courir. Dans l'autre direction. Sa poitrine battait follement. Elle cherchait Juan.

— Mais elle l'aimait.

— Oui. Et puis elle est revenue en catastrophe cinq nuits plus tard. Et puis est retournée à Juan. »

Keith conduisit Gloria en ville... Il connaissait alors le contenu poétique des montagnes, mais il dit d'abord : « Je t'ai entendue pleurer dans la salle de bains. Encore. Pourquoi ?

— Je pleurais à propos de Huw. »

Il attendit.

Elle dit : « Je pleure de colère aussi, tu sais. »

Il réfléchit quelque temps. « Parce qu'il n'est pas mort.

— Non, il vaut mieux qu'il ne soit pas mort. Parce que ça torture la mère. Ce qui me fait pleurer, c'est le temps gâché. Dix ans. »

Il connaissait alors le contenu poétique des montagnes. Les jeunes montagnes sont déchiquetées et pointues. Les vieilles montagnes sont lisses et arrondies, lustrées par des milliards d'années et par le climat. Les montagnes ne sont pas pareilles aux êtres humains. Les sierras étaient de jeunes montagnes — pas plus, sans doute, de cinq millions d'années : à peu près le moment où *Homo sapiens* faussa compagnie aux singes. Les jeunes sierras cisaillent le ciel, râpent les cieux.

Ce qui se passa en 1980

Et aussi au tout début de 1980.

« Que signifie, si je peux demander, demande-t-il, cette culotte ?

— Tu le sais très bien.

— ... Je n'y crois pas. Dix ans plus tard, et c'est le retour aux culottes.

— Qu'est-ce que tu veux dire, *retour* aux culottes ?

— C'est le retour aux culottes !... Attends. Regarde. C'est la... septième nuit de suite. Alors ça ne peut pas être simplement tes *règles*, pas vrai ?

— Bon Dieu, tu es dégueulasse. Je te l'ai dit. J'ai enlevé le stérilet.

— ... C'est bien toi, ça, Gloria — le stérilet. Ça convient à ta nature. » Avec ce mystère lové dans son omphalos. « Et le stérilet est ce qu'il y a de mieux, en plus. Mieux que la pilule. Sans parler du putain de diaphragme. »

Pendant l'année écoulée, la morale de Keith, il faut le préciser, a subi une certaine... Attendez. Est-ce le moment d'expliquer qui *je* suis ? Non, pas tout de suite. Mais j'aimerais établir une certaine distance entre le « je » et l'être appuyé sur l'oreiller — dont le regard parcourt à présent le foutoir de la chambre partagée, les paravents, les tenues, les uniformes (nonne, hôtesse de l'air, visiteuse sociale, policière), les perruques et les extensions de cheveux, les deux appareils photo Polaroid, les deux caméscopes, et des miroirs partout.

« Je veux des enfants. Et je ne veux pas de bâtard, merci beaucoup. On a déjà un bâtard. Donc... pas de contraception.

— Oh, ne t'inquiète pas. Il doit bien y avoir un vieux paquet de capotes qui traîne quelque part ici.

— Bon Dieu, tu es dégueulasse.

— On le fait tellement rarement là de toute façon.

— Bon Dieu, tu es dégueulasse. Et ce n'est plus au menu, tout ça. La seule chose au menu, ce sont des relations sexuelles normales.

— Parfait. Je me retirerai à la dernière minute.

— Bon Dieu, tu es dégueulasse. Des relations sexuelles normales pour la reproduction. Épouse-moi. »

Et sa pensée était : Les filles qui sont des bites sont très rares et magnifiques. Mais on ne peut pas *épouser* une bite.

« D'accord, je veux bien. Si tu me révèles ton secret. »

Sept nuits plus tard, elle dit :

« Est-ce que tu as le numéro de téléphone de Neil Darlington?

— Pourquoi?

— Il est très séduisant. Je pensais qu'il aimerait peut-être baiser. Nicholas est à la campagne? »

Il y eut beaucoup de Dit-Il, Dit-Elle. Puis elle dit :

« Une concession importante. Nous n'avons pas

besoin d'avoir des enfants tout de suite. Disons dans un an ou deux. D'accord ? Mais tu dois faire de moi une honnête femme *maintenant*. »

... Kenrik, tout juste sorti de Pentonville où il avait purgé une peine pour activités immorales, était garçon d'honneur.

Violet, enceinte de six mois d'elle ne savait qui, était demoiselle d'honneur.

Personne ne conduisit Gloria à l'autel.

Exemples de déclarations de Violet au téléphone : « Je vais le faire adopter, Key. Je crois que c'est ce qu'il y a de mieux, non ? » Et : « Rien ne m'enlèvera cet enfant, Keif! Rien! *Rien!* Je crois que c'est ce qu'il y a de mieux, non ? »

Keith et Gloria allèrent voir le bébé, qui fut appelé Heidi (d'après Heidi, la colocataire alcoolo de Violet). Un autre alcoolique, un jeune homme en costume-cravate, vint dîner, et une autre alcoolique, une femme d'âge moyen en kaftan, vint pour le café. Et le bébé était très beau, pensait ou imaginait Keith ; mais ses langes étaient souillés et froids ; et elle était pâle, avec des lèvres gercées (Violet lui donnait du lait qu'elle prenait directement dans le frigo). Et tout le monde était ivre. La maison, une maison d'apparence normale, était ivre.

« Je crois que tu ferais mieux de la donner à l'adoption, Vi, dit-il dans la chambre de Vi.

— Mais ça fait mal, dit Violet. Je le sens dans ma gorge. »

Heidi ne fut pas donnée à l'adoption. Les services sociaux vinrent la chercher quand elle avait six semaines.

Trois mois après le mariage, le jeu de la culotte recommença.

Gloria dit : « Je te l'ai expliqué. Un *ou* deux ans. Eh bien, j'ai choisi. Et ce n'est pas deux. C'est un. Ce sera exactement un an. »

Dix nuits plus tard, après beaucoup de dérobades sophistiques à propos du secret, et après des menaces renouvelées sur Neil et Nicholas, elle dit :

« S'il te plaît. Oh *s'il te plaît*...

— Bon, d'accord. » En y pensant (et il pensait à Heidi), j'ai bien envie de voir un nouveau visage dans la maison. « C'est d'accord. On peut maintenant avoir des relations sexuelles normales.

— Oui, allons-y. Est-ce que tu veux bien m'aider à enlever ça?... Et je sais que tu ne verras aucune objection, dit-elle en arquant le dos, à ce que l'enfant soit élevé dans la foi. »

Bon, bref. Il y eut un mois de plus avec la culotte; et puis elle le quitta. Trois mois plus tard elle revint, mais changée.

Ce qui finit par arriver en 1982

Ce couple marié en particulier, en son temps, avait essayé de nombreux genres et modes, de nombreuses façons d'aborder les choses — la farce pornothéologique, le chat et la souris, sexe-et-courses, la Vie. Ils gardèrent le pire pour la fin : psychohorreur, place de la Contrescarpe, à Paris.

« Et elle ne menace jamais de se suicider ? dit Nicholas au téléphone (depuis Beyrouth).

— Non. Elle ne veut rien faire qui ne soit pas original. Par exemple, elle ne s'est pas fait engrosser en douce ou autre chose d'aussi peu original. Elle ne menace pas de se suicider. Ce n'est pas original. Alors, qu'est-ce qu'elle fait, elle menace d'entrer au couvent.

— Bon Dieu. Vous couchez toujours ensemble ?

— Une fois tous les trente-six du mois, elle m'y autorise. Et c'est absolument classique. Pas que ça m'embête, curieusement. Le seul supplément est le raffinement sinistre. Que, cela va sans dire, je n'ai jamais aimé. Elle ne parle que d'argent, et de religion et de ma voie tracée vers l'enfer.

— ... D'une certaine façon, la religion est le sujet le plus intéressant au monde.

— Ouais, mais pas si on y croit. La voilà. À très bientôt. »

Keith et Gloria étaient pour une semaine dans le meublé où ils avaient passé leur longue lune de miel, deux printemps plus tôt. Mais maintenant ils n'avaient pas de femme de chambre (ce que Gloria n'arrêtait pas de lui rappeler), et le temps était uniformément épouvantable. C'était une sacrée réussite, d'éteindre toute la lumière de Paris, mais Dieu ou un autre artiste y était parvenu. Cet après-midi-là ils buvaient un café dans un bar de la rue Mouffetard. Ils venaient de passer sous l'auvent dégoulinant...

« Tu te rappelles quand on a été arrêtés ici ?

— Arrêtés ? Qu'est-ce que tu veux dire ?

— Qu'est-ce que je peux vouloir dire avec arrêtés ? Je veux dire arrêtés par la police. Le type en civil, tu te rappelles ? *Il faut prendre votre passeport.* Et il nous a jetés dans la camionnette. Alors tu leur as expliqué dans ton français parfait, Gloria, et il nous a relâchés. Tu as dit : *C'est incroyable, ça!* Tu te rappelles ?

— J'aimerais que tu ne sois jamais né. Non, j'aimerais que tu meures. Tu vas aller en enfer. Tu veux que je te dise comment c'est en enfer ? Ce qu'ils te font ? »

Il écoute un instant et dit : « C'est bon. Je comprends. Me voilà à moitié carbonisé et on me pisse dessus. Et dans quel but, exactement ?

— Pour te punir. Pour te châtier. Tu as détruit ma vie. »

Parce que, naturellement, il n'avait jamais accepté — que l'enfant soit élevé dans la foi. Qu'il soit élevé sans courage, sans avoir à comprendre ce que signifie vraiment la mort. Elle l'avait quitté cette fois-là ; et quand elle revint, elle était vaincue (vous comprenez, elle n'avait nulle part où aller) ; et on ne parla plus d'enfants.

Il dit : « Tu aurais dû accepter un bébé agnostique.

— Quoi, et élever quelqu'un d'aussi dégueulasse que toi ? Quelqu'un qui pense que tuer et manger des animaux, baiser, rêver et chier, puis mourir, c'est très bien et point final ?... Vraiment détruite. Complètement. *Merci pour tout ce que tu m'as donné. Cher ami.* »

Cette nuit-là ils firent l'amour pour la première fois depuis presque un mois, et il y avait comme une caloricité aigre, comme s'ils avaient tous les deux eu de la fièvre et que tous leurs os leur faisaient mal, avec une haleine salée et une transpiration salée. Ils conclurent. Et avec une abondance gênante, il suivit son instruction en cinq lettres. Gloria se leva et se rendit à la salle de bains, et quand elle revint elle était vêtue de noir.

« Notre-Dame, dit-elle à travers son voile. La messe de minuit. »

Il se réveilla à trois heures dans un lit vide avec l'image d'une forme noire dans la Seine brune, les tresses qui flottaient, les yeux ouverts... Elle était dans l'autre pièce, agenouillée, nue, sur la banquette devant la fenêtre et regardait la place éclairée par la lune. Elle se retourna. Son visage était un masque de mort, incrusté de blanc séché.

« Il faut que ce soit plus fort, dit-elle. Bien plus fort. Ce n'est tout simplement pas assez fort. »

Gloria voulait un dieu plus fort. Un dieu qui

l'abattrait ici et tout de suite, à cause de ce qu'elle portait derrière son voile.

Nous aimerions que ceci se termine bientôt : cette cosmologie spécifique de deux.

Le lendemain elle n'était que glace et électricité, électricité et glace. En robe de coton blanc et avec d'étroits rubans blancs dans les cheveux, elle s'installa sombrement sur le canapé blanc. Elle ne parlait ni ne bougeait. Elle regardait fixement.

Il était assis devant la table de la salle à manger, couverte d'un miroir, penché sur *Le Déni de la mort* (1973), un livre de psychologie d'Ernest Becker. Qui affirmait, entre autres choses, que les religions étaient des « systèmes de héros ». Lesquels, dans le contexte moderne, ne pouvaient être revitalisés que s'ils entreprenaient de fonctionner « contre la culture, [et d']engager les jeunes à être les antihéros des modes de vie de la société dans laquelle ils vivent »...

Peu après une heure, Gloria se leva tout à coup. Sa bouche s'ouvrit et resta ouverte avec incrédulité et ce qui ressemblait à de la jubilation tandis qu'elle baissait les yeux vers le soudain sarong écarlate qui enveloppait ses hanches. Et sur le sofa derrière elle, non pas une tache informe, mais un globe brûlant, pareil à un coucher de soleil.

« Tout ça c'est terminé, dit-elle. Je vais partir.

— Oui. Va-t'en. » Il la prit dans ses bras et, doublement, triplement haineusement, chuchota à son oreille : « Va-t'en dans un couvent... À quoi bon te faire nourrice de pécheurs ? Au couvent, et vite. Au couvent, allez ! »

1994

Ils étaient tous là, plus ou moins. Timmy et Shéhérazade avec leurs quatre enfants déjà grands, en parfaite formation familiale — fille, garçon, fille, garçon. Shéhérazade, récemment convertie, avait l'air peu chic mais très jeune, comme ce serait sans doute le cas pour vous si vous pensiez que vous alliez vivre à jamais. Whittaker avait cinquante-six ans; son ami / fils / protégé Amen, à présent un photographe assez célèbre (parlant un bon anglais américanisé), avait quarante-deux ans. Oona avait peut-être soixante-dix-huit ans, Jorquil, supergros (déjà marié six fois, avait appris Keith, à une succession de starlettes avides), avait cinquante-trois ans, et Conchita avait trente-sept ans. Keith était là avec sa seconde ex-épouse, Lily : ils avaient tous les deux quarante-cinq ans. L'occasion était la messe de souvenir pour Prentiss. Amen s'enquit tendrement de Gloria, qui (aux dernières nouvelles) se trouvait dans l'Utah. Et Adriano n'était pas là non plus. Adriano avait épousé une infirmière kényane; puis il avait divorcé et ensuite (après un autre accident, bien plus sérieux) l'avait épousée de nouveau

— l'infirmière qui s'était occupée de ses genoux explosés à Nairobi, en 1970.

Keith supposait qu'il se sentait conforté dans son idée qu'il devrait être très facile de divorcer et très difficile, ennuyeux, douloureux et cher de se marier. Mais c'est la Vie, et nous n'apprenons jamais. Divorcer de Gloria avait été très difficile, ennuyeux, douloureux et cher. Divorcer de Lily avait été facile ; elle le désirait et il le désirait aussi.

Une semaine plus tard il déjeunait avec Conchita, et tout fut décidé au cours des dix premières minutes.

« Mon père dans un accident de bus en se rendant à l'hôpital, dit-il, et ma mère en accouchant.

— Ma mère de leucémie, dit-elle, et mon père, suicide, deux heures plus tard. »

Il tendit une main — pour sceller leur accord. Elle expliqua ensuite à Keith ce qui s'était passé entre-temps, entre la mort de l'une et la mort de l'autre : l'événement qui l'avait entraînée à Amsterdam. Ils se serrèrent la main de toute façon. Au bout d'une demi-heure il raconta brièvement à Conchita ce qu'il n'avait jamais dit à Lily (ni à personne), malgré ses interrogations bihebdomadaires pendant une décennie entière : la vérité sur son anniversaire en Campanie.

« Voilà comment ça s'est passé pour moi, dit-il tandis qu'ils finissaient de manger, et c'est simple. Je suis gentil à présent. Mes vices ne m'ont mené absolument nulle part. De sorte que depuis des années je travaille sur mes vertus.

— Très bien. Alors arrête de fumer, dit-elle. Et arrête ton boulot chez Derwent and Digby. D'accord ? »

Le surlendemain après-midi ils se retrouvèrent et il la conduisit à Heathrow pour chercher Silvia, qui venait de passer son mois obligatoire avec son père à Buenos Aires. Silvia avait quatorze ans.

Ainsi Keith épousa d'abord Gloria, puis il épousa Lily, puis il épousa Conchita. Il n'épousa ni Shéhérazade, ni Oona, ni Dodo. Mais il épousa toutes les autres.

Avec Gloria ce n'était que le sexe, avec Lily ce n'était que l'amour. Et puis il épousa Conchita, et il allait très bien.

Au Book and Bible en 2003

C'est le 1ᵉʳ avril, et il est assis dans l'arrière-salle d'un pub nommé le Book and Bible. Après le détail kaléidoscopique de la rue et ses magnifiques teintes charnelles, le Book and Bible est comme un vestige plaintif d'une Angleterre disparue, entièrement blanche, entièrement bourgeoise et entièrement d'âge mûr — l'Angleterre d'avant l'invention de la couleur. Le jeu de palet de table, les œufs panés et les couennes de porc frites, la moquette mouillée, le papier peint duveteux. Keith déteste le Book and Bible ; mais c'est là qu'il a commencé à se rendre, depuis que le grand poids est descendu sur lui, huit ou neuf semaines plus tôt. Il a cinquante-trois ans. Il boit du jus de tomate, et il fume.

La sensualité insoupçonnée de la stase, du silence, la caresse experte des draps en coton. En temps normal, une combinaison d'avidité, d'ennui et de curiosité le tirait du lit vers neuf heures (il voulait savoir ce qui s'était passé, pendant qu'il dormait, sur la planète Terre). Mais à présent il reste horizontal jusqu'à ce que l'effort de garder les yeux fermés lui paraisse plus difficile que celui de les garder ouverts. Son corps en a profondément besoin. Et tous les soirs, pendant environ une heure, il sanglote et jure. Il est couché sur le lit et jure, et ses yeux le piquent. Lorsqu'il est complètement éveillé, il a toujours un sentiment d'abattement. Et il ignore pourquoi. Que lui est-il arrivé pour qu'il soit obligé de porter un tel poids?

Il ne comprend pas. Parce que Violet est déjà morte. Elle est morte en 1999. Et la dernière section de sa vie, passée en cohabitation avec le dernier de ses terribles petits amis, a été comparativement tranquille, en grande partie dévouée à Karl. Elle le nourrissait à la cuillère. Elle lui coupait les ongles de pied. Elle mettait un maillot de bain et le guidait vers la douche. Et puis Karl est mort, en 1998. Puis Violette est morte. La doctoresse, aux soins intensifs, parlait d'« une cascade d'échecs ». Lorsque Keith a forcé ses yeux à lire le rapport d'autopsie, la seule phrase qu'il a comprise était « urine purulente » (pas seulement allitérative mais plus ou moins onomatopéique), et ensuite il a cessé de lire.

Après la mort de Violet, Nicholas a été quelque temps pris de folie, et Tina a été prise de folie quelque temps. Keith n'a pas été pris de folie. Ses symptômes étaient physiques : l'effondrement de son écriture pendant trois mois (le stylo courait sur la page dans tous les sens); et puis le mal de gorge pendant un an. C'était là qu'elle le tenait, Violet — à la gorge. Et depuis, il y a eu d'autres morts. Neil Darlington dix-sept mois plus tôt, à soixante-trois ans, et Kenrik en 2000, à cinquante et un ans. Violet est morte en 1999, à quarante-six ans.

Il y a une palpitation, maintenant, au Book and Bible. Parce qu'une personne ultra-banale entre :

une dame avec un voile noir (pas la burqa, mais le hijab, les yeux exhibés en grand style), tenant par la main un petit garçon de huit ou neuf ans — l'âge d'Isabel. Ils s'installent avec leurs sodas dans l'arrière-salle, et c'est plutôt anormal, pense-t-il, un enfant et une musulmane assez âgée dans un pub couleur taupe et cendre.

« À quoi allons-nous jouer ? demande-t-elle (avec une voix sans accent). Je vois quelque chose qui... ?

— Jouons plutôt à Que préférerais-tu ? »

Keith a trois pensées, et dans l'ordre suivant. D'abord, qu'il ne veut pas davantage demander à cette femme d'enlever son voile qu'il ne voudrait lui demander de le porter pour commencer. Deuxièmement, que deux guerres importantes se déroulent en ce moment entre les croyants et les infidèles (et la première guerre, l'ancienne guerre, avait « l'égalité des femmes » comme un de ses objectifs militaires affirmés). La troisième pensée vient de l'ex-poète en lui : *Mais nous semblions si bien nous entendre...* Sentimental, il pense à Ashraf, et à Dilkash, et à Amen, et à beaucoup d'autres, y compris la veuve Sahira. En 1980, Neil Darlington, louche jusqu'au bout, s'était converti à l'islam afin d'épouser Sahira — une Vision, une poétesse et une Palestinienne.

« Que préfères-tu ? entend-il la femme dire. Avoir vingt enfants ou aucun ? »

Ce qui provoque une pensée supplémentaire. Silvia, quelques soirs plus tôt, avait dit que l'Europe allait devenir un continent à majorité musulmane vers 2110. « La femme féminisée n'a qu'un enfant, avait-elle dit. De sorte que le résultat final de votre révolution sexuelle pourrait être la charia et le voile... Naturellement ça ne va pas se faire comme ça. Encore plus d'un siècle. Imagine ce qui va se passer entre-temps. » Et là Keith roule une autre cigarette et l'allume, et il aurait aimé que Violet adopte l'islam plutôt que le christianisme. Au moins elle serait vivante.

« Jouons à L'Hôtel le plus cher du monde, entend-il le garçon dire.

— Oui, ça suffit avec Que préférerais-tu ? Au bar, le...

— Moi d'abord... Les cacahouètes coûtent un million de dollars chacune.

— Les olives coûtent deux millions. Plus cinq cent mille si elles sont sur un cure-dents. Le papier hygiénique coûte cent mille dollars la feuille. Les cintres...

— Tantine, qui habite dans l'hôtel le plus cher du monde ?

— Oh. Eh bien, quand il a ouvert, George Soros a déposé son bilan après la toute première nuit. Le deuxième après-midi, le cheik de Dubaï a été arrêté parce qu'il n'avait pas de quoi payer son déjeuner. Et le troisième jour, même Bill Gates était dehors sur le cul. »

Keith lève les yeux. Elle remonte son voile en disant : « Je suis née au Caire en dix-neuf cent *trente-sept*. »

Gloria Beautyman. Qui a maintenant — quel âge ?

Ses pensées ne sont plus ordonnées maintenant, tandis que son passé se réétalonne comme un Rubik's Cube. Moi qui suis brunie par les brûlants baisers du soleil, *pas* assez brune pour Cléopâtre, je suis simplement en avance sur mon temps, des années, bureau du recensement (son père : certificat de naissance), les Gitans ne viennent pas non plus d'Égypte, il y a quelque chose de malpropre dans le dessin, le secret de la jeunesse éternelle, et la décennie perdue, volée. Keith se souvenait de ce qu'elle avait dit, dans la voiture, en Andalousie (« Je pleure de colère aussi, tu sais... Ce qui me fait pleurer, c'est le temps gâché. Dix ans. »). Et la transpiration nocturne et l'anniversaire animal à Paris (« C'est la fin »), quand son corps lui était tout à coup *arrivé* à elle.

« Reginald, va jouer au palet de table un moment, dit-elle, pendant que je fais un petit discours à ce très gentil jeune homme. »

Elle regarde le garçon partir en courant — son visage est toujours carré, son menton toujours en pointe, ses yeux sont toujours profonds ; mais tout chez elle a soixante-six ans.

« Mon petit-neveu. Le garçon de la fille de Mary... Oh, Keith ! Peux-tu imaginer quel *paradis* c'était, de vivre deux fois ses vingt ans ? Savoir ce que l'on sait à trente ans, et le faire de nouveau complètement ? C'était comme un rêve devenu réalité. C'était comme un jeu merveilleux. »

Il s'aperçoit qu'il peut parler. « C'était l'impression que ça donnait. Que c'était un jeu. » Oui, c'était mieux dans le miroir, plus réel dans le miroir. « Que c'était un jeu. » Le corps dans le miroir, réduit à deux dimensions. Sans profondeur et sans temps.

« Un jeu, Keith, pour lequel tu étais trop jeune. J'étais comme un de ces chocolats. Avec de la liqueur au centre. Bons, mais pas pour les jeunes. Tu avais besoin de dix ans de plus. Pour avoir la moindre chance. Je tire ce que je peux de consolation, dit-elle, du fait que je t'ai bousillé pour la vie. *Moi*, j'avais raison. C'était le temps qui n'était pas le bon.

— Ton plan. Il comportait une faiblesse.

— Oui, quand j'ai atteint trente ans — j'avais quarante ans. Au revoir.

— Au revoir. Kenrik est mort. Neil est mort. Vi est morte.

— Vi ? *Oh.* Tu dois te sentir horriblement coupable !... Mais ce n'est pas grave, parce que de toute façon tu ne l'as jamais aimée. Et tu ne m'as jamais aimée.

— Non. Et tu ne m'as jamais aimé. Évidemment. Tu ne m'as même jamais *apprécié*.

— Non. Comme j'ai fait l'effort de te l'expliquer il y a des années. Tu es très ennuyeux.

— ... D'accord. Mais je vais te dire quelque chose. Et c'est vrai. Ma mémoire t'aime. Adieu. »

Et il se demanda (et continua à se demander) : Est-ce que cela voulait dire quelque chose, historiquement ? Que Gloria soit née musulmane, que Gloria Beautyman soit née dans le pays de Hassan al-Banna, et d'Ayman al-Zawahiri, et de Sayyid Qutb ? Est-ce que cela était lié à quelque chose ? À New York, Madrid, Bali, Londres, Bagdad, Kaboul ? Une chose peut-être seulement. Gloria était une visite de l'extérieur de l'histoire. Elle était une visite d'une autre horloge.

2009 — Discours d'adieu

Il y a — il y a un saule. Il y a en travers d'un ruisseau un saule... Mais cela n'a pu durer longtemps : ses vêtements, alourdis par ce qu'ils avaient bu, ont entraîné la pauvre malheureuse de son chant mélodieux à une mort fangeuse.

Et ce fut ainsi que cette nuit-là (7 septembre), dix ans plus tôt, Keith était seul dans la pièce avec un corps haletant.

Elle était inconsciente depuis plus de cent heures, et il expliqua à sa mère et à son frère que ce n'était pas la peine de venir, elle n'allait pas se réveiller et ce n'était pas la peine de venir, de venir d'Andalousie, de Sierra Leone... Il était presque minuit. Son corps était plat, submergé, sur le lit surélevé, il ne flottait plus ; mais la ligne de vie sur l'écran continuait à onduler, telle une représentation enfantine de l'océan, et elle continuait à respirer — de respirer avec une force surnaturelle.

Oui, Violet avait l'air vigoureuse. Pour la première fois de sa vie, elle semblait être quelqu'un qu'il serait stupide de traiter avec légèreté ou de sous-estimer, visage aux arêtes marquées, totémique, comme une reine squaw aux cheveux orange.

« Elle est partie », dit le médecin, avec un geste de la main.

La ligne sinueuse s'était aplatie. « Elle respire encore », dit Keith. Mais évidemment, c'était la machine qui respirait encore. Il se tenait au-dessus d'un corps qui ne respirait pas, la poitrine se remplissait, se gonflait, et il l'imagina en train de courir, encore et encore, de voler au-dessus des champs.

« Pourquoi Vi a-t-elle pu s'intéresser au Mouvement de libération des femmes ? » demanda-t-il à Silvia un soir.

Silvia avait à présent vingt-neuf ans, et était mariée à un journaliste qui s'appelait David Silver (elle avait gardé son nom de jeune fille) et ils avaient une petite fille, Paula (pron. *Pa-oula*), et c'était moitemoite.

« Vi n'était pas une femme, dit-il. Elle était une enfant. » Une grande enfant dans un monde d'adultes : une situation extrêmement terrifiante. Où on aurait besoin de tout le faux courage possible. Et elle s'était offerte aux hommes (en tout cas au début) pour des raisons enfantines : elle voulait qu'ils la protègent de la souffrance. « C'est pour ça qu'elle parlait comme une petite fille. Elle n'était même pas une femme. »

Ils restèrent assis ensemble pendant une heure de plus ; et Silvia, comme elle le faisait souvent tard le soir, les renvoya à ce qu'elle ressentait comme étant la grande question souterraine. Sans que sa sombre couleur rose n'affecte le moins du monde la pureté lunaire de son front, elle dit : « Violence. Contre le sexe faible. Pourquoi ?

— Je ne sais pas.

— Même ici, en Angleterre. On parle tout le temps de l'autre truc. Les assassinats pour l'honneur et la mutilation génitale et tout ça. Et les filles mariées à neuf ans.

— Mm. Qui n'épousent pas des garçons de neuf ans. Imagine *Isabel*, à neuf ans, mariée à quiconque, sans parler d'un vieillard. Ça, c'est violent. Je ne peux pas imaginer quoi que ce soit de plus violent. De plus richement violent.

— Oui, mais ici? J'ai vu ça l'autre jour. Je cite : "La première cause de décès pour les femmes entre seize et quarante-cinq ans (ici, maintenant) est le meurtre par le partenaire masculin." Bon, ça c'est vraiment bizarre. Qu'ils n'aient besoin de nous tuer que quand nous sommes en âge d'avoir des enfants.

— Je ne comprends pas. Je n'ai jamais compris. Je suppose qu'il s'agit des hommes qui ont perdu l'usage des mots. Il y a longtemps. Mais je ne comprends pas.

— Eh bien c'est l'atout de l'homme des cavernes, pas vrai? Ça souligne tout. Plus grand et plus fort. Qu'est-ce que nous allons faire de *ça*? »

Un soir par semaine, David emmenait Paula chez ses parents. Un soir par semaine, Silvia venait avec Paula dans la maison à Hampstead. Tout était moitemoite. Pas question de vingt-quatre-vingts ou de trente-soixante-dix ou de quarante-soixante. Pas de quarante-cinq-cinquante-cinq.

« Ton moitemoite, dit Keith. Je savais que c'était bien parce que je le craignais. Ça fait mal. J'en ai un autre pour toi... Il y a encore du vin dans le frigo. Bouteille à capsule vissée — le vin à capsule vissée a amélioré la qualité de vie d'environ dix pour cent, tu ne crois pas? Mais ce n'est pas une capsule vissée. Il est tard. Tu es jeune. Ça ne t'embête pas ? »

Et Silvia se leva avec légèreté de son fauteuil en disant : « Et je vais voir comment va le bébé. »

Moitemoite, pensa-t-il, doit faire très mal, parce que vingt-quatre-vingts faisait sacrément mal. Tout le monde, aujourd'hui, parlait de torture. Eh bien, Keith serait facile à torturer. Obligez-le à se rendre à une réunion de l'association des parents d'élèves, obligez-le à passer un quart d'heure avec son comptable, obligez-le à aller chez Marks & Spencer avec une liste — et il vous dira tout ce qu'il sait... Les enfants ressentent l'ennui — l'ennui enfantin, décrit autrefois par un psychologue aphoriste (et corroboré, il y a des années, par Nat et Gus) comme « l'absence d'un désir ». Rien n'ennuie à vingt ans, à trente ans, à quarante ans. Keith, en 2009, sentait que l'ennui était aussi puissant que la haine. Il existait, évidemment, un autre type de torture populaire : non judiciaire, et préludant à la mort. Ce genre de torture, il en était certain, apparaîtrait plus tard.

« Merci, dit-il. Bon. Il y a cette autre asymétrie. » Une petite fille qui promet d'épouser son père, dit-il, on lui sourit et on la chatouille sous le menton. Dans la plupart des cultures, un petit garçon qui promet d'épouser sa mère se réveillera à l'hôpital, ou récupérera après une correction ou au moins une engueulade, et il décidera alors de ne jamais renouveler son offre. « Tu sais, dit-il, la première phrase déclarative de Chloe a été "Moi chème Papa". » Mieux rendue sans doute par "Moi cheu aime Papa". « Pourquoi ? Que faisait-elle ? Elle me remerciait pour vingt-quatre-vingts?... *Toi*, tu aimes Papa. »

Et Silvia dit : « Oui. Il n'a pas toujours été gentil avec Maman, mais il a toujours été gentil avec moi. C'est la façon dont il te tient quand tu es toute petite. Ta mère laiteuse est une chose — elle est toi, et tu es elle. Mais ton père. Il est plus grand et plus fort, et il sent l'homme. C'est la façon dont il te tient quand tu es toute petite. Jamais, de toute sa vie, on ne se sent mieux protégée qu'alors.

— Oui, mais nous devons travailler sur cet amour spécial pour les pères. » Karl mourut en 1998, Violet un an plus tard. Et si ces deux événements étaient liés de très près, alors il pensait que c'était la chose la plus triste dans l'univers. « Les pères doivent cesser de tenir leurs filles et de leur donner l'impression d'être protégées.

— Ça va faire mal, dit-elle. Mm. Je suppose que ça ne sert à rien si ça ne fait pas mal. »

Avec un grognement déchirant du plus tendre désespoir, Keith évoque encore, Keith ressasse encore brièvement cette nuit en Italie avec Dracula et Shéhérazade. Mais absolument pas aussi souvent qu'avant. Seulement une ou deux fois par semaine. Un matin il y a très longtemps, il se trouvait dans le café du coin avec Isabel (pas encore six ans) et, alors qu'il payait à la caisse, elle lui annonça, ce qui était sans précédent, qu'elle l'attendrait dans la rue. Elle se dirigea vers la porte avec ce même pas lévitationnel — pas sur la pointe des pieds, mais lévitationnel : exactement comme Shéhérazade au moment de l'attente. Isabel marcha vers la porte ; elle ne passa pas de l'autre côté.

Et l'année précédente il était tombé sur Rita. Il était dans la quincaillerie de Golders Green pour acheter un tapis de douche circulaire (on aurait dit une pieuvre passée sous un rouleau compresseur, avec des ventouses béantes). « Fais attention à ta première grosse chute », lui avait dit Tina en 2000, assise devant sa *casita* (où elle est toujours assise, à présent veuve récente, à quatre-vingt-un ans). En 2000, je suis content d'ajouter, Keith était accompagné, non seulement par les trois filles habituelles, mais également par Heidi, aujourd'hui nommée Catherine (elle était apparue à l'enterrement de Violet, avec ses parents adoptifs), qui remplissait le même espace physique (dans ce qu'il imaginait être une sorte de rémission) que sa mère avait rempli...

Donc Rita était là : la bouche, la mâchoire, la puissante structure osseuse étaient toutes là, mais sa biomasse avait augmenté d'un facteur d'environ trois. Elle cherchait divers équipements de salle de jeux à envoyer à la première petite-fille de Pansy.

Keith dit : « Et toi, est-ce que tu as eu tes dix ? Un par an ?

— Je n'en ai jamais eu. Pas de bébés... Je n'en ai jamais eu. »

Et il étreignit le nouveau bloc de son corps alors qu'elle commençait à sangloter, au milieu des boîtes à pain, des Thermos et des abaques.

« J'ai plus ou moins oublié d'en faire. » Elle n'arrêtait pas d'essayer de se moucher. « C'est juste que j'ai loupé le coche. »

Il rencontrait assez souvent des femmes de son âge qui avaient loupé le coche.

―――

Une phrase d'introduction. Le sexe pornographique est une sorte de sexe qui peut être décrite. Ce qui nous apprenait quelque chose, se disait-il, sur la pornographique et sur le sexe. Pendant l'époque de Keith, le sexe s'était séparé du sentiment. La pornographie était l'industrialisation de cette fissure...

Et qu'en était-il du miroir?

C'est le destin de chacun d'entre nous de tomber en désamour de nos propres reflets. Il fallut un jour et une nuit à Narcisse pour mourir — mais il nous faut un demi-siècle. Ce n'est pas de la vanité, ça n'a jamais été de la vanité. Ça a toujours été autre chose.

Keith regarda la tache d'ombre dans le miroir. Et le plus étonnant de tout était que ceci, ceci dans le verre (la goule parfaite, achevée), il s'en souviendrait comme d'une chose pas si mauvaise — comparativement. Ceci, même ceci, vraiment ceci... Le film d'épouvante, pour le dire sans ambages, le film d'horreur, était en train de devenir un film porno-sadique, mais bien longtemps avant cela, il en serait la bande-annonce. Il serait une publicité pour la mort.

La mort — le fond sombre dont a besoin un miroir avant qu'il puisse nous montrer nous-mêmes.

Ce n'est pas de la vanité, ça n'a jamais été de la vanité. Ça a toujours été la mort.

C'était là la véritable et universelle métamorphose : la transfiguration atroce d'un état à un autre — de l'état de vie à l'état de mort.

Oui, nous sommes proches de nouveau, lui et moi.

... Moi ? Eh bien, je suis la voix de la conscience (qui a fait un retour tellement théâtral entre son premier et son deuxième mariage), et j'accomplis d'autres devoirs compatibles avec ceux du surmoi. Non, je ne suis pas le poète qu'il n'a jamais été. Keith aurait pu être un poète. Mais pas un romancier. Sa provenance était bien trop bizarre pour ça. Il n'entendait pas ce qu'entendaient les autres — la résonance, l'écho de l'humanité. Confiné par la vérité, par la Vie, je suis néanmoins la partie de lui qui essaye toujours de tendre l'oreille à cela.

« Mes seins deviennent plus petits », dit Conchita, dans la salle de bains.

Ce ne fut pas dit de façon follement enjouée — quoique Conchita continue, dans l'ensemble, à être follement enjouée, pensa Keith. Et c'était d'autant plus remarquable, selon lui, que c'était à elle, et non à lui, qu'était échu le cauchemar constant de vivre avec quelqu'un qui était né en 1949.

« C'est vrai. Mes seins deviennent plus petits.

— Mais ce n'est pas grave, dit-il. Parce que les miens deviennent plus gros.

— ... Ainsi tout finit par s'arranger. »

Ouais. Cinquante, ce n'est rien, Pulc. Moi, je suis aussi vieux que l'OTAN. Et tout finit par s'arranger. Vos cuisses maigrissent — mais ce n'est pas grave, parce que votre ventre devient plus gros. Vos yeux deviennent plus chauds — mais ce n'est pas grave, parce que vos mains deviennent plus froides (et vous pouvez les rafraîchir avec le bout gelé de vos doigts). Les bruits stridents ou soudains deviennent douloureusement plus aigus — mais ce n'est pas grave, parce que vous devenez plus sourd. Les cheveux sur votre crâne deviennent plus rares — mais ce n'est pas grave, parce que les poils dans votre nez et dans vos oreilles deviennent plus épais. Tout finit par s'arranger.

Il y aura des invités ce soir. Silvia et son mari, Lily et son mari, Nat, Gus, et Nicholas et sa femme. Le troisième mari de Lily. La deuxième femme de Nicholas. Son premier mariage a duré jusqu'en 1989 (une fille). Puis pendant quatorze années Nicholas a vécu la jeunesse qu'il avait plus ou moins remise à plus tard, et les femmes n'avaient plus besoin d'être de gauche, et Keith devint celui qui écoute et non le raconteur. Puis Nicholas s'est remarié, en 2003 ; et ils ont un fils de cinq ans. L'occasion, ce soir, est un dîner pour célébrer le récent anniversaire de Keith.

Il était à présent dans son bureau, il terminait... Ses problèmes avec Violet, le dur, très dur travail avec Violet, reposait là-dessus. Keith était quelqu'un qui avait dû gagner l'amour de sa famille. Et ce n'était qu'avec Violet qu'il n'avait pas eu de handicap, de déplacement. Il n'avait pas eu de difficulté pour se faire aimer par elle. Il était toujours là, le petit visage fasciné au nez crochu observant et souriant au-dessus de la proue de son berceau ; et ensuite, tel son entraîneur personnel, l'aidant à ramper, à marcher, à parler. Et lui lisant, et lui racontant des histoires, les paraboles, les miracles. Tu comprends, Vi, ils n'ont que cinq miches de pain et deux petits poissons... Ce n'était pas difficile pour elle. Et pour lui c'était facile. Cela avait été le coup de foudre.

Il était là au début et il était là à la fin. Mais où était-il entre les deux ? Il suivait sa stratégie, sa stratégie de retrait. Et ensuite il finit par l'avoir de toute façon, plus tard, et pire — sa dépression ou effondrement. Et il n'eut jamais la moindre chance de pouvoir échapper à la force et aussi à la violence de ces sentiments du tout début (« Si quelqu'un ose la toucher... »). Qui commencèrent quand il regarda ce corps qui venait de naître et qu'il vit un ange. C'est ce qu'il vit réellement, dans son état hallucinatoire — défoncé à l'amour et au désir de protéger. Et voilà, donc. Il était là quand ça avait commencé et il était là quand ça s'était achevé.

Nous vivons la moitié de notre vie en état de choc, pensa-t-il. Et c'est la seconde moitié. Une mort survient ; et le cerveau produit des substances chimiques pour nous aider à continuer. Elles nous engourdissent, et l'engourdissement est un type de calme identifiable : un calme trompeur. Tout ce qu'il peut faire, l'engourdissement, c'est remettre à plus tard. Ensuite l'effet des drogues s'amenuise, et les vides, les petits oublis, vous rattrapent de toute façon. Où va la douleur quand elle s'en va ? Ailleurs ? Ou bien dans le puits de votre faiblesse ? Je vais vous dire : cette dernière. Et c'est la mort des autres qui finit par vous tuer.

Temps d'y aller. Vénus se levait au-dessus du puits sombre de Hampstead. Keith Nearing, Conchita, Isabel et Chloe (souvent accompagnés par Silvia) avaient maintenant passé plusieurs Noël dans le sud de l'Amérique du Sud (où Conchita avait de la belle-famille et des douzaines de cousins); et il allait poser des questions à Nicholas au sujet du temps qu'il avait passé avec son esprit tutélaire. Pendant deux jours de suite, en 1980, Nicholas avait lu pour le grand Borges. Lorsqu'ils s'étaient séparés, le prophète aveugle, le Tirésias vivant, lui avait offert « un cadeau », et avait récité ce quatrain, de Dante Gabriel Rossetti :

> Quel homme penché sur le sommeil de son fils a pensé
> Que ce visage observerait le sien quand il serait froid ?
> Ou a pensé, alors que sa propre mère embrassait ses yeux,
> À ce qu'était ce baiser quand son père la courtisait ?

Dans le cas particulier de Keith, la réponse était positive pour la première question, et négative pour la seconde. Mais il était persuadé que Borges comprenait le temps universellement : « Le temps est la substance dont je suis fait. Le temps est la rivière qui m'emporte, mais je suis la rivière... »

Vénus : quand il l'observait avec ses lunettes, elle semblait avoir des faux cils. La fille de Jupiter et de Dioné, la déesse de l'amour, avec des faux cils. Ses ailes arachnéennes — ce quoi à ressemblerait une mouche si elle naissait et grandissait dans l'Élysée... Le poète Quevedo a décrit la planète Vénus : *lucero inobediente, ángel amotinado*. Étoile insoumise. Ange rebelle.

Qui étaient ces extrémistes et ces autodestructeurs, ces méprisants, les gens qui ne pouvaient pas supporter une seconde de plus au paradis ? Oui, vas-y, Kenrik, laisse-toi arrêter après une longue poursuite pour cinq excès de vitesse à neuf heures du matin pour la quatrième fois en trois semaines (et purge un an de prison à Wormwood Scrubs). Oui, vas-y, Gloria, mets-toi en dehors de l'histoire, et vis deux fois tes vingt ans, et fais ça comme un jeu, te rendant ainsi précieusement chère dans le souvenir. Oui, vas-y, Violet, que les lunes de miel durent au moins une demi-minute, et puis précipite-toi dans les prés, sans plus de pensées dans la tête qu'un chiot, haletante, pantelante, cours, vole, en quête de quelqu'un que tu aimes.

Il ferma les rideaux, ferma tout, et entra.

Remerciements

Tout d'abord j'offre mes remerciements enchantés au souvenir de Ted Hughes. Ses *Tales from Ovid* sont un des livres les plus palpitants que j'aie jamais lus. Ma dette envers ce livre va bien plus loin que le délicieux « Écho et Narcisse », que je cite et que je paraphrase du début à la fin.

Le « distingué historien marxiste » est Eric Hobsbawn, et les citations sont tirées de son très im-portant *Âge des extrêmes*. Les détails sur Mussolini viennent de la biographie brillante, calmement et constamment comique, de Denis Mack Smith. « L'action est éphémère — un pas, un coup. / Mouvement d'un muscle » vient de la pièce de théâtre de Wordsworth, *The Borderers*. « Amour me fit bon accueil » : George Herbert. « Des mots à la fois vrais et gentils » : ceci, ainsi que beaucoup d'autres choses, est de Philip Larkin (« Talking in Bed »). « La base économique de la société » : « Lettre à Lord Byron » d'Auden. Le « psychologue aphoriste » est Adam Phillips. « L'acte par lequel l'amour serait transmis s'il *existait* vraiment » est emprunté au *Cœur à bout de souffle* de Saul Bellow ; la phrase sur la feuille de vigne et l'étiquette vient du *Don de Humboldt*. « Oh ! quel mal t'oppresse, chevalier » est évidemment de Keats. « La Rose malade » est de William Blake. « L'orage me traverse en grondant quand s'ouvre ta bouche » est le dernier vers de « The Storm », de Ian Hamilton.

J'aimerais aussi remercier Jane Austen. Sans enfants, comme tant de grandes féministes, elle est néanmoins la mère, j'en suis certain, de « l'esprit de raison » qui caractérise si bien le roman anglais. Afin de démontrer cette raison pénétrante de Jane Austen, je cite ses derniers mots. Alors qu'elle se mourait d'un cancer impossible à soulager, on lui demanda « ce dont elle avait besoin ». Elle répondit : « Rien que la mort. » Ou bien, pour le dire autrement : Rien que rien. D. H. Lawrence, dont j'ai également cité les derniers mots, avait quarante-quatre ans quand il les prononça. Jane Austen avait quarante et un ans quand elle prononça les siens.

Shakespeare, qui défie toutes les règles et les bienséances, n'a pas besoin de remerciements de la part de cet écrivain-ci. Comme l'a dit Matthew Arnold à son propos (en voulant dire tout autre chose) : « D'autres subissent notre question. Toi, tu es libre. »

Et ceci me frappe encore, presque tous les jours, comme un fait magique : l'évocation la plus retentissante de l'époque dans laquelle j'ai vécu (moi, et des centaines de millions d'autres) a été écrite en 1610. Le chant d'Ariel apparaît dans cette romance qui ressemble à une mascarade, *La Tempête*, la dernière pièce de Shakespeare, dont je vais citer une fois de plus la deuxième strophe :

> Par cinq brasses sous les eaux gît ton père ;
>   Ses os sont la fabrique du corail ;
> Deux perles brillent où furent ses yeux :
>   Rien chez lui de périssable,
> Que le flot marin ne puisse changer
> En choses riches et étranges.
> Les océanides sonnent son glas chaque heure...

Londres, 2010

2006 — Quelques mots d'introduction   13

I. Où nous installons la scène   19
  1 Franca Viola   21
  2 Réalisme social (ou Ballot pour l'amour)   39
  3 Possibilité   52
  4 Le col du Diable   67
  Premier entracte   87

II. Balle de rêve   95
  1 Où était la police?   97
  2 Regardez comment il l'éclairait   108
  3 Le trône le plus élevé du monde   118
  4 Stratégies de distance   135
  Deuxième entracte   151

III. L'homme qui rétrécit   159
  1 Même au ciel   161
  2 Parties du corps   175
  3 Martyr   187
  4 Rêves raisonnables   203
  Troisième entracte   217

IV. Les desiderata   225
    1 Les filles et le rinçage   227
    2 La chute d'Adriano   240
    3 Billet d'entrée   254
    4 Éducation sentimentale   271
    Quatrième entracte   291

V. Trauma   301
    1 Le Tournant   303
    2 L'attente   324
    3 Les Métamorphoses   348
    4 *Torquere*, « tordre »   367
    Cinquième entracte   389

VI. Le problème du retour   397
    1 Elizabeth Bennet au lit   399
    2 Omphalos   420
    3 La cabine de la piscine   445
    4 Quand ils vous détestent déjà   469

Épilogue — Vie   495

Quelques-uns des événements qui se déroulèrent entre 1970 et 1974   499
Une certaine occasion en 1975   507
Quelque développements en 1976   514
Ce qui tomba en 1977   522
Le genre de choses dans lesquelles ils se lancèrent tous en 1978   531
Comment ça se goupilla en 1979   542
Ce quis e passa en 1980   555
Ce qui finit par arriver en 1982   559

1994	563
Au Book and Bible en 2003	566
2009 — Discours d'adieu	573
Remerciements	585

DU MÊME AUTEUR

Aux Éditions Gallimard

L'INFORMATION, 1996 (Folio n° 3129).

TRAIN DE NUIT, 1999 (Folio n° 3508).

EAU LOURDE et autres nouvelles, 2000.

POUPÉES CREVÉES, 2001 (Folio n° 3797).

RÉUSSIR, 2001 (Folio n° 3796).

L'ÉTAT DE L'ANGLETERRE, *précédé de* NOUVELLE CARRIÈRE, nouvelles extraites de *Eau lourde*, 2003 (Folio 2 € n° 3865).

EXPÉRIENCE, 2003 (Folio n° 4162).

NOUVELLES ANGLAISES CONTEMPORAINES/CONTEMPORARY ENGLISH STORIES, *avec Ian McEwan et Graham Swift*, 2006 (Folio Bilingue n° 135).

CHIEN JAUNE, 2007 (Folio n° 4768).

GUERRE AU CLICHÉ, Essais et critiques (1971-2000), 2007.

LA MAISON DES RENCONTRES, 2008 (Folio n° 4979).

LA VEUVE ENCEINTE, 2012 (Folio n° 5588).

Chez d'autres éditeurs

LE DOSSIER RACHEL, *Albin Michel*, 1977, *Le Serpent à Plumes*, 1994.

MONEY, MONEY, *Mazarine*, 1987 (Folio n° 3723).

D'AUTRES GENS, *Éditions Christian Bourgois*, 1989.

LES MONSTRES D'EINSTEIN, *Éditions Christian Bourgois*, 1990.

LONDON FIELDS, *Éditions Christian Bourgois*, 1992 (Folio n° 4933).

LA FLÈCHE DU TEMPS, *Éditions Christian Bourgois*, 1993 (Folio n° 5047).

DON JUAN À HULL, *Belles Lettres*, 1995.

VISITING MRS NABOKOV, *Éditions Christian Bourgois*, 1997.

KOBA LA TERREUR, *Éditions de l'Œuvre*, 2009.

*Composition Cmb Graphic
Impression Maury-Imprimeur
45330 Malesherbes
le 17 avril 2013.
Dépôt légal : avril 2013.
Numéro d'imprimeur : 181320.*

ISBN 978-2-07-045308-5. / Imprimé en France.

252464